KB238726

1969년 아들과 함께

1972년 삼성도의문학상 시상식장에서
한말숙, 김종숙(가운데)과 함께

1998년 대한민국 보관문화훈장을 받고

1984년 성탄절, 어머니를 모시고 자녀들과 함께

1997년 강화도에서

저녁의 해후

박완서
단편소설
전집 4

저녁의 해후

박완서 소설

문학동네

2판 작가의 말

문학동네에서 등단 후 삼십 년 동안 쓴 단편들을 모아 다섯 권
짜리 전집을 낸 지 칠 년 만에 장정을 바꾸면서 한 권을 더 보태
게 되었다. 추가하게 된 여섯 권째는 역시 칠 년 전에 창비에서
나온 단행본『너무도 쓸쓸한 당신』을 제목만 바꾼 것이다. 처음
다섯 권을 전집으로 묶기 위해 훑어볼 적엔 내 개인사뿐 아니라,
마치 내가 통과해온 시대와의 불화를 리와인드시켜보는 것 같아
더러 지겹기도 하고 더러는 면구스럽기도 했다. 한때는 글의 힘
이 세상을 바꿀 수도 있을 것처럼 치열하게 산 적도 있었나본데
이제 와 생각하니 겨우 문틈으로 엿본 한정된 세상을 증언했을
뿐이라는 걸 알겠다.

새로 추가하게 된『그 여자네 집』은 그런 전작들보다 한결 편
안하게 읽힌다. 독자로서의 나의 현재의 나이 탓인지, 혹은 그
작품을 집필할 당시의 작가로서의 연륜 탓인지, 아마 둘 다일 것

이다. 편안한 게 반드시 좋은 것만은 아니라는 건 나도 안다. 그러나 지금 내 나이가 치열하게 사는 이보다는 그날그날의 행복감을 놓치지 않도록 여유를 가지고 사는 사람이 더 부럽고, 남들이 미덕으로 치는 일 욕심도 지나치면 오히려 돈 욕심보다 더 딱하게 보이는 노경에 이르렀다는 걸 무슨 수로 숨기겠는가. 내가 쓴 글들은 내가 살아온 시대의 거울인 동시에 나를 비춰볼 수 있는 거울이다. 거울이 있어서 나를 가다듬을 수 있으니 다행스럽고, 글을 쓸 수 있는 한 지루하지 않게 살 수 있다는 게 감사할 뿐이다.

새로 선보이는 여섯 권짜리는 한 권이 더해졌을 뿐 아니라, 장정도 젊은 취향으로 새로워져서 마치 내가 구닥다리 옷을 최신 유행으로 갈아입은 것처럼 으쓱하다. 나에게 이런 기분을 맛보게 해준 문학동네 여러분에게 깊은 감사를 드린다.

2006년 여름, 지루한 장마를 견디며
박완서

작가의 말

내년이면 등단한 지 삼십 년이 된다. 늦게 시작했기 때문에 이젠 나이도 많이 먹었다. 틈만 나면 은근히 주변 정리를 하는 게 일이다. 정리라고 해도 무얼 가지런히 하는 게 아니라 주로 없애는 일을 한다. 평생 비싼 걸 소유해본 적이 없기 때문인지 아까운 것도 없고 버릴 때 망설임도 없다. 꽉 찬 서랍보다 빈 서랍이 훨씬 더 흐뭇하다. 끄적거려놓은 일기나 비망록 따위도 이미 다 없앴고 그때그때 필요에 의해 남긴 메모도 시효가 지나는 대로 지딱지딱 없애는 걸 원칙으로 하고 살고 있다. 그렇게 말하고 나니 도통이라도 한 것 같지만 이미 활자가 되어 세상에 내놓은 글에 대해서는 그렇게 무심한 편이 못 된다. 세상에 퍼뜨려놓은 활자를 다 없이 할 수 없는 바에야 생전에 한 번쯤은 가지런히 해놓고 싶은 마음은 책임감 같지만 어쩌면 과욕인지도 모르겠다.

장편은 이미 전집으로 묶였고, 단편도 한 권 분량이 되는 족

족 책을 냈으니 늦어도 사오 년 터울로 작품집을 냈는데도 더러 빠진 것도 있고, 절판된 것도 있고, 선집이란 명목으로 중복된 것도 있고 하여 뒤숭숭하던 차에 문학동네에서 전집 제안을 받고는 못 이기는 척 응하고 말았다. 책임감이든 과욕이든 내 마음을 읽어준 출판사가 있었다는 걸 큰 복으로 생각하면서 지난 삼십 년 동안 쓴 단편들을 연대순으로 통독할 수 있는 기회를 가졌다. 그중에는 이런 글을 언제 썼을까, 잘 생각나지 않는 것까지 섞여 있었다. 발표 당시 주목도 못 받았고 내가 생각해도 완성도가 떨어져 아마 잊고 싶었던 글이 아니었나 싶다. 그런 글까지 이번 전집에는 포함시켰다. 한 작가가 걸어온 문학적 궤적을 가감 없이 정직하게 드러내 보여주는 것도 전집 발행의 의의라고 생각해서이다. 수준작이건 타작이건 간에 기를 쓰고 그 시대를 증언한 흔적을 읽는 것도 나로서는 흥미로운 일이었다.

이 어려운 시기에 아무리 생각해도 장사가 될 것 같지 않은 일을 선뜻 맡아준 문학동네에 깊은 감사를 드린다.

1999년 11월
박완서

일러두기

『박완서 단편소설 전집』(전7권)은 1971년 3월, 작가가 처음으로 발표한
단편소설 「세모(歲暮)」부터 2010년 2월까지 발표한 단편소설 작품 전부
를 연대순으로 편집하였다. 각권은 수록 작품들의 발표 시기에 따라 다
음과 같이 나누었다.

1권 : 1971. 3~1975. 6
2권 : 1975. 9~1978. 9
3권 : 1979. 3~1983. 8
4권 : 1984. 1~1986. 8
5권 : 1987. 1~1994. 4
6권 : 1995. 1~1998. 11
7권 : 2001. 2~2010. 2

차례

저녁의 해후

2판 작가의 말   4
작가의 말   6

재이산(再離散)   11
울음소리   58
저녁의 해후   86
어느 이야기꾼의 수렁   121
움딸   151
지 알고 내 알고 하늘이 알건만   181
해산바가지   212
초대   248
애 보기가 쉽다고?   267
사람의 일기   302
저물녘의 황홀   333
비애의 장(章)   363
꽃을 찾아서   394

해설 신수정 자아의 서사, 소설의 기원   447
작가 연보   473
단편소설 연보   478

재이산(再離散)

"이상해요. 암만 해도 이상해요."

아내가 다림질을 하면서 말했다. 단칸방이 다리미의 열기로 끓어오르고, 아내의 목덜미에서도 그의 등허리에서도 끈끈한 땀이 끓어오르고, 아내의 목소리도 지글지글 끓어오르고 있었다. 그의 단칸방을 덮은 슬레이트 지붕 위에선 팔월의 햇볕이 비정한 단근질을 하고 있었다. 관상대에선 삼십몇 년 만의 더위라고 말했지만 육십 노인도 팔십 노인도 내 생전에 처음 겪는 더위라고 장담하는 불볕더위가 보름을 넘어 계속되고 있었다.

아내의 정성스러운 다림질에도 불구하고 백 퍼센트 폴리에스테르인 그의 남방셔츠는 후줄근한 꼴을 별로 면한 것 같지 않았다. 원래는 빨랫줄에서 뚝 떼다 걸치던 거였다. 값싸고 질길뿐더러 다림질할 필요가 없어 좋다는 것쯤은 화학섬유에 대한 상식이련만 아내는 오늘따라 다리고 또 다리고 매만졌다. 해질랑은 멀었지만 찌들 대로 찌든 셔츠는 막무가내 다리미발이 서지 않았다.

"안 이상해요? 당신은 그럼……"

안 이상해서 대답이 없는 게 아니라는 걸 알면서도 아내는 이렇게 짜증을 부리면서 셔츠를 옷걸이에 걸었다. 그는 못 들은 척 옷걸이에서 셔츠를 신경질적으로 떼어내면서 시계를 보았다.

"안 늦었어요. 좀 식혀서 입어도 돼요."

아닌게 아니라 셔츠엔 다리미의 열기가 그냥 남아 있었다. 그러나 엉뚱스럽게도 더워 못 견디겠는 건 등허리가 아니라 발바닥이었다. 별안간 펄쩍펄쩍 뛰고 싶게 발바닥에 열불이 나서 그는 방을 뛰쳐나왔다.

안집 마루엔 그 집에 세든 네 가구의 식구들은 물론 이웃집 여편네들까지 모여앉아 쑥덕대다가 일제히 입을 다물고 그를 지켜보았다. 그는 평소 농지거리도 곧잘 하면서 흉허물 없이 지내던 이웃들의 시선이 기대와 호기심으로 빛나는 게 낯설고 싫어서 구두 뒤꿈치를 찌그러뜨려 신은 채 허둥지둥 대문간을 벗어났다.

"강씨댁도 참, 테레비에 나갈 사람을 옷이라도 한 벌 새로 사 입혀 내보낼 일이지…… 오늘은 어째 신수까지 전만 못하고 꺼칠하대여?"

"간밤에 웬 잠인들 제대로 잤겄소? 상관없어요. 이산가족은 배우덜하고 달라서 몰골이 초라할수록 기분이 나게 돼 있으니까."

"어여 테레비나 켭시다. 강씨가 그래도 우리 동네선 처음 테레비에 나가는데 우리덜이 못 보고 놓치면 도리가 아니께."

"케이비에스에서 만나는 게 아니라니까요. 호텔에서 만나잔대요."

"왜 이왕이면 방송국에서 만나잖구?"

"아직 확실한 게 아니니까 미리 만나서 확인을 하려는가봐요. 그쪽에선 조금도 급하게 굴질 않더래요."

여편네들이 찧고 까부는 소리에 아내가 조심스럽게 끼어들었다.

"그래도 거 뭣이냐, 호테루에서 만나자는 걸 보면 돈푼깨나 있는 사람임에 틀림이 없어요. 누가 알아요? 쥐구멍에도 볕들 날 있다고 강씨네도 부자 친척 만나서 팔자가 활짝 필라는지. 무슨 호테루라고 하던가요?"

드디어 주인남자까지 여편네들 수다판에 끼어들어 아는 척을 하는 게 들렸다. 그러나 아내의 대답은 들리지 않았다. 아내는 대답을 안 하는 게 아니라 못 하고 있을 터였다. 아내가 혓바닥이 뜻대로 구르지 않아 헛되이 입술만 쫑긋대고 있을 생각을 하니 또다시 발바닥에서 열불이 났다. 그도 마찬가지였다. 그도 지금 가고 있는 호텔 이름을 욀 수가 없었다. 그는 바지 뒷주머니에서 패스포트를 꺼내 주민등록증 뒤에 소중하게 감춰둔 종이쪽지를 꺼냈다.

"리버사이드 호텔, 리버사이드 호텔, 리버사이드 호텔……"

그는 구구단을 욀 때보다 더 힘겹게 슬쩍슬쩍 컨닝까지 해가며 그 이름을 되풀이했다. 전화 목소리를 몇 번이나 되물어서 받아쓴 거였지만 새삼 다시 긴가민가했다. 그가 이번 만남에 주눅이 든 것도 실은 '리버사이드 호텔'이란 전화 목소리를 도저히 흉내낼 수 없을 때부터였다.

만남이 이렇게 빨리 쉽게 이루어진 것부터가 꿈에도 생각 못한 일이었다. 텔레비전은 연일 오늘도 일곱 가족이 만났다거니 열다섯 가족이 만났다거니 했지만 실은 못 만나는 가족이 그 열곱은 된다는 걸 그는 알고 있었다. 어려서부터 쭉 그늘과 불운 속에서만 살아온 그는 확률 십분의 일의 제비뽑기에 당첨될 자신이 없었다. 아마 행운의 확률이 십분의 구라고 하더라도 그는 십분의 일의 불운 쪽으로 자신을 처리하는 걸 되레 자연스러워 했을 것이다. 더구나 그는 아직 텔레비전에 출연하기도 전이었다. 그의 접수번호는 40000번이 넘었고 텔레비전에선 아직 10000번대를 방영하고 있는 중이었다. 지금 같은 추세로 나가다가는 올 가을이나 겨울에도 그의 차례는 돌아올까 말까였다. 그렇다고 해서 그가 초조해하고 있는 건 아니었다. 그는 그에게 만날 가족이 없다는 게 판가름나기 전의 시기—나에게도 가족이 있을지도 모른다는 황홀한 희망의 시기를 그 나름으로 즐기고 있었다. 육친의 포옹, 체온, 손길, 눈물, 목메인 소리, 그런 것들을 그는 자주 떠올렸고, 그와는 생전 무관한 걸로 알았던 그런 것들과 이제는 어느 만큼 친근해져서 어쩌면 망각한 자신의 기억 속에서 떠오른 게 아닌가 하는 생각이 들 지경이었다.

14

전화의 목소리는 그가 이렇게 친근하게 간직하고 있는 육친의 목소리하곤 얼토당토않은 거였다. 참고참았던 정과 한이 한꺼번에 분출하는 것처럼 원색적인 목소리 대신 냉정하고 지적인 목소리는 그를 주눅부터 들게 했다.

"실례지만 댁이 몽동필이요?"

"모, 몽동필이요? 아, 그 사람, 아니 그 이름 안 쓰는 지가 벌써 언제라구요? 그런데 댁은 뉘신데 그 옛날 이름으로 저를 찾으신대요?"

그는 놓은 지 얼마 되지도 않는 주인집 전화로 그에게 처음 걸려온 게 웬 뚱딴지 같은 전화인지 옆에 바싹 붙어앉은 주인영감 눈치부터 보여서 이렇게 더듬거렸다. 그보다 오히려 먼저 눈치를 챈 안집 영감이 답답한 김에 자기 가슴을 쾅쾅 치면서 이산가족, 이산가족……이라고 애타게 힌트를 주었다. 강렬한 호기심으로 주인영감의 얼굴이 딴사람처럼 생기 있어졌다. 영감의 그런 생기는 자기 집에 오래 전부터 세든 강씨가 실은 몽동필이란 본명을 따로 가진 전쟁고아여서 이산가족을 찾기에 참여할 자격이 있다는 것과, 이산가족을 찾습니다를 신고할 때 새로 놓은 영감의 전화번호를 연락처로 삼았다는 걸 듣고부터 이미 비롯된 건지도 몰랐다. 이산가족들의 만남은 영감의 메마른 눈에서도 펑펑 눈물을 솟게 할 만큼 감동스러운 비극이었다. 그것을 구경하는 것만으로도 벌써 예전에 돌처럼 굳어버린 줄 알았던 심성이 세차게 흔들렸거늘 하물며 참여까지 하게 됐으니 살맛이 날 수밖에 없었다.

실직하고 병들어 집세로 근근이 살아가는 중늙은이답게 줄창 우울하고 지겨운 얼굴로 죽지 못해 살고 있을 뿐이라는 걸 과시해온 영감만 봐온 그는 영감의 변모가 문득 싫고 불안했다.

"지금은 안 쓰는 이름이라?"

잠깐 뜸을 들이고 나서 전화 목소리는 다시 이어졌다.

"네, 저는 강동수라고 해요."

그는 별안간 퉁명스럽게 말했다. 그는 주눅부터 든 자신에게 젠지 냉정하고 지적인 전화 목소리에겐지 대상이 분명치 않은 울화가 치밀어 견딜 수가 없었다.

"이렇게 요령부득인 사람 봤나? 그럼 몽동필이란 이름으로 6·25 때 헤어진 아버지 몽상진씨와 이름을 잊어버린 어머니를 찾는다고 신청한 사람이 누구요?"

"네, 그건 전데요."

"당신이 몽동필이야, 아냐? 그것만 말해."

목소리가 짜증스러운 듯이 반말을 했다.

"제가 몽동필이구먼요. 선생님은 그걸 어떻게 벌써 아셨나요? 전 아직 텔레비에도 안 나갔는데요."

상대방은 대답 대신 짧게 웃었다. 어쩌면 웃음이 아니라 한숨인지도 몰랐다. 그는 전화 목소리가 그가 찾고 있는 가족이거나, 최소한 가족의 소식이라도 알고 있는 사람이려니 짐작하면서도 예상한 감동이나 기쁨은 일지 않았다. 이질감 때문이었다. 목소리의 주인이 그가 여직껏 살아오면서 만난 어떤 사람하고도 닮지 않았으리라는 예감은 얼음덩이의 촉감처럼 확실했다. 전화 목소리의 웃음 섞인 한숨 역시 그런 이질감의 표현이라는 걸 알아차리자 그는 누구에겐지 모를 노여움을 느꼈다.

전화 목소리가 애써 자제한 듯 국민학교 일학년 선생님처럼 친절하고 또박또박해졌다. 그 목소리를 통해 그는 처음으로 몽동필이라는 그의 기억 속의 이름이 이미 이산가족 명부에 올라 있음을 알았다. 그는 그의 기억 속에 싸고싼 이름이 빛을 보고 소생하는 순간을 너무도 눈부시고 감동스럽게 상상하고 있었기 때문에 그게 미리 샜다는 데 심한 낭패감을 느꼈다. 미리 빛을 본 필름처럼 그의 기억의 암실 속에 갇힌 이름과 몇 가지 안 되는 단편적인 장면들이 무효가 될지도 모른다는 두려움이 앞섰다.

"자네가 몽동필에 틀림이 없고, 자네 부친이 몽상진씨임에 틀림이 없다면 자네는 돌아가신 우리 형님의 아들일지도 모르겠네. 몽씨는 흔한 성이 아니니까. 하여튼 한번 만나서 자세한 내력을 들어봄세."

전화 목소리는 그가 찾고 있는 아버지가 죽었다는 걸 말했을 터인데도 그는 충격을 받지도 놀라지도 않았다. 그는 스스로도 그것을 이상하게 생각했다. 그의 기억 속엔 처음부터 아버지가 없었기 때문일 수도 있었고 아버지 없이도 사십여 년을 잘만 살아왔다는 오기 때문일 수도 있었다. 그의 작은아버지일지도 모르는 사람의 냉정하고 지적인 목소리에 대한 최소한의 반항일 수도 있었다. 그가 이렇게 조목조목 따져가며 그것을 느낀 건 아니더라도 그는 아버지의 죽음이 아무렇지도 않은 자신에게 쾌감 비슷한 걸 느끼고 있었다.

언제가 좋을까? 전화 목소리는 이렇게 말했지만 그에게 묻는 건 아니었다. 혼잣말로 중얼중얼 에또, 내일은 일본서 온 손님 접대 때문에 도저히 짬이 날 것 같지 않고, 모레는 상공부와 외무부 두 군데를 뛰어야 하고, 글피는 동창들과 회식이 있는 날이고, 그글피는 또 어쩌고저쩌고 그그글피는 또 이러쿵저러쿵⋯⋯ 아아, 언제까지 전화 목소리는 바쁘다는 핑계를 엮어내릴 것인가. 그의 참을성이 그가 다스릴 수 있는 한계를 벗어나려 할 즈음 한결 더 떫어진 목소리가 일방적으로 받은 날이 일 주일 후 토요일 오후였다. 그는 전화 목소리가 둘러대는 구실에 질려서 감히 자기에게 편한 시간은 언제인가를 생각할 엄두도 못 냈다.

작은아버지일지도 모르는 사람의 분주하고 화려한 시간에 비하면 그의 시간은 얼마나 누추하고 보잘것없는 것일까. 목소리가 그의 시간 사정을 한 번도 묻지 않은 건 조금도 이상할 게 없었다. 그런 누추하고 보잘것없는 시간이란 보다 값진 시간을 위해 언제나 대기태세로 있어야 한다는 새로운 질서의식이 그를 매우 다소곳하게 했다. 그는 전화 목소리가 문득 잊어버리고 있던 또다른 스케줄을 생각해내면서 황급히 다음주 토요일 오후의 약속을 취소할지도 모른다는 의구심 때문에 인사말도 하는 둥 마는 둥 전화부터 끊으려고 했다.

"사람이 경망스럽긴…… 난 아직 장소도 말하지 않았네. 그리고 전화는 어른이 먼저 끊고 나서 끊는 게 아랫사람이 지켜야 할 예절인 것도 모르나?"

"아, 네. 케이비에스 만남의 집은 저도 알고 있기에……"

"만남의 집?"

전화 목소리가 또 짧게 웃었다. 얼음조각 같은 냉소였다.

"원 사람도 경망스럽긴. 자네가 내 조카라는 게 밝혀진 것처럼 속단하지 말게. 설사 그게 확실하다고 해도 난 그런 데 나가서 쇼 부릴 생각 없네. 우린 체통 있는 집안이거든."

목소리가 이렇게 점잖게 그를 타이르고 나서 일방적으로 정한 만날 장소가 바로 리버사이드 호텔이었다. 그는 생전 처음 듣는 그 호텔 이름을 알아들을 수도 흉내낼 수도 없어 염치없이 몇 번이나 되물어야 했다. 되묻는 대로 몇 번이고 대답은 해주었지만 점점 불친절하고 경멸하는 투가 되어갔다. 그는 죄송해서 어쩔 줄을 모르면서도 열심히 혀끝을 입천장에 갖다대는 데까지는 흉내냈지만 그 다음 소리로 이어지기가 앉은뱅이 일어서기보다 더 힘들어 헛되이 끙끙거렸다. 그가 그 소리를 그렇게 못 알아듣는 건 그의 생활감정과는 동떨어지게 이국적이고 세련된 고유명사인 때문도 있었지만 아직도 만남의 집에 대한 꿈이 남아 있어서였다. 이산가족 찾기가 시작되고 나서 그는 비로소 그가 왜 살아왔는지 알 것 같았다. 그가 견딘 오랜 고독과 신산과 궁핍이 휘황한 라이트를 받으면서 온 세상의 심금을 울림으로써 그의 보잘것없는 생애가 순간적이나마 위대성을 획득할 수 있기를 그는 믿어 의심치 않았다. 아직도 그 빛나는 순간에 대한 미련 때문에 그는 애써 그 혀 꼬부라진 소리를 귓전에서 밀어내려는 건지도 몰랐다.

그러나 전화 목소리는 집요하고도 참을성 있게 그가 리버사이드를 끝까지 복창하는 걸 듣고서야 그게 어디 있다는 걸 대강 일러주더니 전화를 끊었다. 수화기를 놓자마자 주인영감이 한꺼번에 여러 가지를 알고 싶어했다.

"드디어 식구를 찾은 게야? 이리로 당장 온대? 아니지 참 케이비에스로 나오라고 했겠지? 아무렴, 이왕이면 케이비에스에서 만나야지. 사람이 어떻던가? 반가워서 울지? 참, 아버지야, 형님이야? 전화 목소리가 되게 거만한 걸로 봐서 돈푼깨나 있는 사람 같던데. 내 말이 틀렸나? 내가 따라 나가줄까? 자네 왜 그래? 아이덜 말짝으로 병 찐 얼굴을 하고 있으니."

"아직 확실한 게 아니니까 좀 잠자코 계세요."

그는 이렇게 볼멘소리를 해서 영감을 섭섭하게 하고는 휑하니 제 방으로 내려갔다. 가슴께가 멍든 것처럼 쓰렸다. 아이들은 나가 놀고 아내는 시장에서 돌아오기 전이어서 그의 방은 텅 비어 있었다. 이상하도록 조용한 오후였다. 방 안은 후텁지근했지만 미미한 움직임도 눈에 안 띄는 정적에 그는 오한 비슷한 걸 느꼈다. 아내가 궁금해할 테지만 다시 시장에 나가기가 싫었다. 그와 아내는 시장에서 그의 셋집 골목어귀까지 뻗어나온 무허가 노점에 미싱을 한 대 놓고 헌옷을 고치는 일을 하고 있었다. 고장난 지퍼를 갈아달고, 뜯어진 솔기를 박아주는 잔다란 일로부터 판탈롱을 고쟁이식 바지로 고치는 일, 월남치마를 쌍둥 잘라 미니스커트 만드는 일에 이르기까지 일거리는 손 놓을 새 없이 연달아 있는 편이었다. 그러나 워낙 빈촌이라 삯을 많이 못 불러서 겨우 네 식구 밥이나 먹을 만했다. 그의 희망은 월세방을 면하고 전세방을 얻는 것하고, 언제 어떻게 될지 모르면서도 쏠쏠히 뜯기는 것만 많은 노점을 면하고 단 반 평이라도 좋으니 시장 속에 허가 맡은 가게터를 가져보는 거였다. 언감생심 가족을 찾고 고아 신세를 면할 수 있길 바란 적은 없었다. 그건 그의 꿈속의 꿈이었을 뿐 현실적인 희망은 아니었다.

그의 방은 그 동안 변한 게 조금도 없었다. 가난 때문에 단조로웠고 개구쟁이 두 아들 때문에 어수선했다. 사람의 집이라기보다는 동물의 굴처럼 최소한의 공간과 최소한의 물건을 갖추고 그에게 최대한의 휴식과 평안을 주던 그의 작은 방이 별안간 그에게 낯설었다. 그는 낯가림하는 아기처럼 울상을 지었다. 그의 낯가림은 거의 공포에 가까웠다. 그는 그의 까닭 모를 공포를 잊으려고, 이산가족 찾기가 시작된 이래 그에게 친근한 것이 되었던 육친의 포옹, 체온, 손길, 눈물, 목메인 소리…… 그런 것들을 떠올리려고 했다. 그러나 그건 좀처럼 떠오르지 않았다. 전화 목소리가 그걸 지워버린 것처럼.

'나는 그런 데 나가서 쇼 부릴 생각 없네. 우린 체통 있는 집

안이거든.'

그는 가슴가에 손을 얹었다. 무엇에 다쳐 그곳이 멍들었는지
알 것 같았다.

"이 오살을 헐 놈, 나가 죽어라. 이 오살을 헐 놈아, 네놈 죽었
단 소리를 들으면 내가 춤이라도 덩실덩실 출라."

한 집에 세든 여편네가 마당에서 악다구니 치는 소리가 들렸
다. 그 여편네는 하나밖에 없는 아들하고 앙숙이어서 이름 대신
오살을 할 놈이었다. 한 집에 살면서도 아무도 그 아들의 이름을
몰랐다. 아들은 일찌거니 빗나가서 며칠씩 안 들어오기도 했고
며칠씩 방구석에서 빈둥대기도 했다. 그러다가는 돈이나 물건을
훔쳐가지고 나간다고도 했다. 가끔 제 에미한테 손찌검까지 한
다고도 했다. 그는 아내에게 그런 소리를 듣고도 에미보다는 아
들에게 동정하는 마음이 가곤 했다. 에미가 하도 몰인정하고 고
약하게 생겨서였다. 허구한 날 제 자식에게 오살을 하라고 저주
를 해서 그런지 특별히 못생긴 얼굴은 아닌데도 인상이 고약하
다 못해 흉측했다.

아들이 오살을 해 죽으면 춤을 덩실덩실 추겠다고 허구한 날
험담을 하고 다니는 여자가 눈물을 끝도 없이 철철 흘리는 모습
은 기괴하고 감동스러웠다.

여러 가구가 세들어 사는 집에 컬러 텔레비전은 안집에 한 대
밖에 없었다. 보통때는 각기 제 방에서 흑백 텔레비전을 보았지
만 이산가족 찾기가 방영될 때만은 너도 나도 안집 마루에 모여

22

들어 그 기막힌 광경을 총천연색으로 보려 들었다. 그럴 때면 제
설움 한두 가지 없는 사람이 없어서인지 내남적없이 눈물이 흔
했다. 그중에서도 그 여편네는 흡사 눈물로 세수를 하는 것처럼
얼굴 전체로 눈물이 범람했고, 욕설이 그치지 않던 입은 가끔 씰
룩거리기만 할 뿐 조용했다.

생긴 거와 마음씨가 함께 고약한 그런 여편네도 울릴 만큼 그
비극은 진실했거늘 쇼를 부린다니.

그는 그와 그의 이웃이 그 진실성에 절대적인 신뢰감을 갖고
있는 것을 쇼 부린다고 비웃을 수 있는 사람이 무조건 두려웠다.
그건 도대체 어떻게 생긴 사람이기에 그럴 수 있을까 하는 호기
심조차 없이 그냥 두려웠다. 그런 두려움도 그 전화 목소리의 주
인공이 그의 친척일지도 모른다는 기대 이전의 문제였다.

"어떻게 됐어요?"

아내가 그의 등뒤에서 물었다.

"가게 비워놓고 뭣 하러 들어왔어?"

그는 역정을 내면서 돌아섰다. 문 밖이자 부엌이고, 부엌이래
야 마당 한 귀퉁이를 반투명의 푸른빛 나는 플라스틱 판자로 둘
러쳐서 겨우 비바람과 딴 가구의 이목이나 가리게 해놓은 곳이
었다. 때마침 석양 무렵이었다. 긴장으로 약간 오그라든 것 같은
아내의 얼굴에 송알송알 돋아나는 땀방울까지 선명하게 보였다.
복중의 강렬한 저녁 햇살이 플라스틱의 푸른빛을 통과하면서 부
엌 속을 방금 막이 오른 무대처럼 비현실적인 밝음으로 조명하

고 있었다. 가슴에 멍든 자국이 온몸으로 퍼지면서 그는 아내에게 고통스러운 애정을 느꼈다. 마치 잔혹한 고문의 현장처럼 무시무시한 밝음 속에 아내는 울상과도 같고 궁상과도 같은 얼굴로 조용히 서 있었다.

그는 아내에게 기쁜 소식을 알리되, 쇼 부린다는 말만은 빼야겠다고 순간적으로 결정했다. 그 말만 빼면 충분히 아내를 기쁘게 할 줄 알았건만 그렇지가 않았다. 아내는 그날부터 여직껏 줄창 이상하다는 타령을 했다. 한걸음에 달려오든지 당장 달려오라고 하지 않고 일 주일 후에나 오라는 걸 이상해했고, 만나는 장소가 케이비에스가 아니고 요상한 이름의 호텔인 걸 이상해했다. 그가 일 주일 내 가르쳤건만도 아내는 여직껏 리버사이드 호텔을 복창하지 못했다. 아내는 이상해하는 김에 엉뚱한 의심까지 하려들었다. 혹시 친척을 가장한 사기꾼한테 걸려들지도 모른다는 아내의 의심을 그는 우리가 사기당할 게 뭐가 있느냐는 말로 눙쳐주려 했지만 아내의 의심은 좀처럼 사그라지지 않았다.

"사기당할 게 왜 없어요? 재봉틀도 있고, 적금통장도 있고, 금반지도 있잖아요."

그들에겐 재봉틀이 큰 밑천이었다. 가정용하고 달라서 오버로크도 되고 아무리 두꺼운 천도 척척 넘어가는 공업용 미싱은 값이 비쌌다. 그들은 미싱을 두 대 놓고 영업하기를 벌써 몇 년 전부터 계획해왔다. 그러나 그만한 목돈이 모일 만하면 꼭 마(魔)가 끼었다. 월세 보증금을 껑충 올려달라기도 하고 아이가 큰돈

들 병을 앓기도 하고 사기를 당하기도 했다. 작년에 그가 믿거라
하던 친구에게 당한 사기로 또 한번 목돈을 날리자 그 벌충을 하
려고 아내가 한푼을 쪼개 써가며 안달을 떤 덕에 거의 그만한 목
돈이 모여가는 중이었다. 그때가 바로 마가 끼기에 가장 적절한
시기였다.

"이상해요. 암만 해도 이상해요"라는 아내의 떨리는 목소리엔
그들이 행복을 잡기 직전의 순간을 노리고 눈을 번득이고 있을
잔혹한 마귀에 대한 생생한 두려움이 서려 있었다.

그러나 그는 사기당할 걱정 같은 건 안 했다. 아내도 그와 전
화 목소리와의 통화 내용을 직접 들었다면 그런 걱정을 하는 대
신 더 나쁜 생각을 했을지도 모른다. 그 목소리의 냉담하고 지적
인 인상에 비하면 그에게서 돈을 사기 친 친구는 차라리 인간적
이었다.

골목은 드물게 사람의 자취가 없었다. 대낮이라서 그늘이 한
뼘도 없기 때문일 게다. 양쪽으로 회색빛 담에 군데군데 낮은 대
문이 달린 긴 골목길은 활등처럼 굽으면서 큰길로 면해 있었다.
큰길은 근처 시장이 미처 수용 못 한 잡상인들 차지여서 더럽고
시끌시끌하고 늘 활기에 넘쳐 있었다. 바로 그의 일터였다. 그
일터에서 그는 양장점집 아저씨로 통했다. 그는 좀 마음에 들게
고쳐진 옷이면 주인이 찾으러 올 때까지 옷걸이에 걸어놓기를
잘했다. 그냥 걸어놓는 게 아니라 베니어판으로 만든 벽에다 요
리조리 잔재주를 부려 걸어놓으면 그럴듯해 보여서 찾으러 오는

사람도 좋아하고 지나가던 사람도 맞춤옷 같다고 눈여겨보았다. 그에겐 그런 손재주와 그곳 주민들보다 약간 앞선 센스가 있었다. 그는 아주 가끔 그가 정말 주인이 되는 꿈을 꾸었다.

그는 아직도 구두 뒤꿈치를 찌그러뜨려 신은 채 시장거리를 망연히 바라보았다. 골목 어귀를 통해 바라볼 수 있는 건 시장거리의 극히 작은 일부였지만 그는 액자에 든 풍경화를 보듯이 전체를 볼 수가 있었다. 고기의 놀던 물처럼 한 번도 객관적으로 볼 수 없었던 시장거리를 처음으로 남의 일처럼 바라보면서 그는 그곳 삶의 치열함에 문득 오한 같은 전율을 느꼈다.

내가 왜 이러지? 그는 그 기분 나쁜 오한 때문에 비로소 제정신이 돌아왔다. 그는 엎드려서 손가락으로 구두 뒤꿈치를 세우면서 집 안에서 들리는 목소리에 귀를 기울였다. 텔레비전을 크게 틀어놓아 여편네들의 목소리는 더이상 알아들을 수가 없었다.

대문간에 쳐놓은 푸른빛 발을 통해 앞집 마당에 핀 주황빛 한련꽃과 반짝이는 수도꼭지가 보였다. 그 두 가지는 서로 얼토당토않은 거였지만, 약속이라도 한 듯이 그가 잠깐 잊고 있던 더위를 들쑤셔놓았다. 골목은 한 뼘의 그늘도 없이 햇빛이 은박지처럼 두텁게 깔려 있었다. 그는 불에 데인 듯이 질겁을 하며 골목을 빠져나왔다.

시장거리의 아는 얼굴들이 그에게 아부 섞인 아는 체를 하면서 오늘 텔레비전에 나올 거냐고 물었다. 이미 파다하게 퍼진 소문에 그는 속으로 넌더리를 내면서 입 속으로 요령부득한 소리를 중얼댔다. 그의 가게터는 쉰다는 표시로 천막지를 쳐놓았지만 종길이는 만날 하던 버릇으로 그 근처에서 빙과를 빨면서 아이들하고 놀고 있었다. 종길이는 그의 여섯 살짜리 막낸데 눈만 뜨면 시장바닥에서 놀았다. 종길이보다 한두 살 위로 보이는 녀석이 막대기에 고등어 대가리를 꿰들고 종길이 귀에다 연방 뭐라고 숙덕대는 꼴이 뭔가 좋지 않은 장난질을 사주하고 있는 것 같았다. 곧 종길이가 그 징그럽고 비린 걸, 칠 벗겨진 목마(木馬)를 시장 한가운데 갖다놓고, 타는 아이가 없어 음악만 틀어놓고 졸고 있는 할아버지 등허리나, 접시, 양념통 나부랭이를 신문지 두 장쯤 되는 자리에 벌여놓고 퍼더버리고 앉아 목쉰 소리로 골라잡아 오백원, 자아 싸구려 싸요, 백화점에서 오천원 아니면 만져도 못 보는 고급 그릇이 단돈 오백원, 늘 외치는 깨곰보 아줌마의 바지치마인지 핫팬츠인지 분간 못 할 통 넓은 반바지 가랑이 사이에 집어넣다가 얻어터질 게 뻔해서 그는 종길이를 툭 건드리며 아는 척을 했다.

"형아는 어디 갔냐? 같이 놀잖구."

"종국이 새끼 ×새끼."

종길이는 그를 쳐다보지도 않고 이렇게 욕부터 했다. 아마 형한테 따돌림을 당한 모양이다. 종길이한테 뭔가를 시키고 있던 큰 아이만이 누런 이를 드러내고 싱긋 웃으며 그를 쳐다보았다. 그는 얼른 이마의 땀을 닦으면서 시장거리를 빠져나갔다.

전화 목소리는 리버사이드 호텔이 얼마나 찾기 쉬운가를 이렇게 강조했었다.

"서울에서 살면서 제3한강교 모른다곤 못 할 테고, 제3한강교 건너자마자 가장 눈에 잘 띄는 곳에 우뚝 솟은 건물이라네. 찾고 자시고 할 것도 없어." "간판은 붙었겠죠?" "간판? 암, 강 건너기 전서부터 보이게 높직이 붙었구말구."

그렇게 가르쳐줬음에도 불구하고 그는 매우 상식적인 간판을 매우 상식적인 높이에서 찾았으므로 낯선 강남 일대를 헤매고 헤매다가 결국은 이 사람 저 사람에게 물어서 목적지까지 갈 수가 있었다. 워낙 일찍 나왔기에 망정이지 첫 대면서부터 크게 실례할 뻔했다고, 허둥대던 발걸음을 가까스로 진정시키고 남이 하는 대로 제법 의젓하게, 생전 처음 호텔이라는 데를 들어섰다. 들어서자마자 문 뒤에 지키고 섰던 말쑥한 청년이 그에게 정중하게 허리를 굽히며 물었다.

"실례합니다만, 몽동필 선생 아니십니까?"

"아, 아니오. 아, 네, 몽동필이가 전뎁쇼."

그는 선생이란 존칭이 붙은 자기 이름이 귀에 설어서 이렇게 부정을 했다가 긍정을 했다가 어쩔 줄 몰랐다.

"이쪽으로 오십시오. 사장님이 기다리고 계십니다."

그는 청년이 인도하는 대로 유리를 깔아놓은 것처럼 매끄럽게 번들대는 대리석 바닥을 엉금엉금 지나서 한결 걷기 편하게 카펫을 깔아놓은 커피숍으로 들어섰다. 청년이 곧장 걸어가는 구석자리엔 반백의 점잖은 신사가 이쪽을 날카롭게 노려보고 있었다.

"자네가 몽동필인가?"

신사가 물었다. 노신사의 눈길이 흔들리는 걸 보면서 그는 신사가 바로 전화를 건 당사자라고 생각했다.

"네, 제가 몽동필인뎁쇼. 선생님은 그럼……"

"내가 저번에 전화 걸었네. 앉지."

뒤에 두 손을 모으고 서 있던 청년이 얼른 그가 앉기 쉽도록 의자를 빼주었다. 노신사가 청년에게 나가 있으라고 눈짓을 했다. 청년이 비켜나고 노신사와 단둘이 마주 앉게 되자 그는 가슴이 울렁거리고 입 속이 탔다. 웨이터가 얼음물을 갖다놓았다. 내가 침까지 바싹 마르게 목이 탄다는 걸 어떻게 알았을까? 그는 그걸 신기해하며 얼음물을 달게 마셨다. 그런 그를 신사가 자세히 뜯어보기 시작했다.

동필아! 네가 죽지 않고 살아 있었구나. 동필아, 이렇게 목멘 소리로 불러줄 때를 그는 이제나저제나 조마조마한 마음으로 기다렸다. 어쩌면 어른이 부르기 전에 아랫사람이 먼저 어른을 알아보고 큰절을 올리는 게 예의요, 순서일지도 모른단 생각도 들었다. 그는 어떤 게 맞는 절차인지 몰라 텔레비전에서 수없이 본 상봉의 장면을 떠올리려고 애썼지만 아둔한 아이가 시험지만 받으면 여직껏 공부한 게 깜깜절벽이 되듯이 아무것도 생각해낼 수가 없었다.

유리컵 속엔 자갈만한 얼음이 하나 남아 있을 뿐인데도 그는 다시 목이 탔고 입 속이 끈끈했다. 그는 갈증과 갈망을 동시에 느꼈다. 그가 갈망하는 게 무엇인지는 그 자신에게도 확실치가 않았다. 확실한 건 다만 자신의 갈망이 결코 채워지지 않으리라는 예감뿐이었다.

"자네가 식구들과 헤어질 당시의 일 중 생각나는 게 뭐 좀 있나? 이름을 정확하게 기억하고 있으니까 말인데……"

이윽고 신사가 물었다. 전화로 들을 때보다 한결 부드러운 목소리였다. 그러나 신사의 부드러움엔 그가 여직껏 사귀고 섞여서 살아온 가난하고 못 배운 사람들의 그것과는 판이한 위엄이 서려 있었다.

그제서야 그는 아차, 중대한 실수를 저질렀다는 걸 깨달았다. 그는 조바심 때문에 중대한 걸 까먹고 있었던 것이다. 삼십여 년 동안 헤어졌던 가족이 서로 알아보기 위해선 통성명보다 한 조각의 공통의 기억이 훨씬 더 중요하다는 걸 텔레비전을 통해 수없이 보아왔으면서 그걸 까맣게 잊다니. 그는 뜻하지 않은 자신의 실수 때문에 주눅이 들었고 어쩔 줄을 몰랐다. 당황할수록 자신의 기억은 숨고 엉뚱한 남의 기억들이 그의 속에서 빛을 발하기 시작했다.

바다, 바다가 보이는 집에 살았댔어요. 그 말 한마디로 뜨겁게 얼싸안은 모자(母子)를 본 적도 있었다. 바다가 보이는 집이 이 나라에 어디 한두 집일까마는 그 모자의 바다는 두 사람만이 공유할 수 있는 특별한 바다이리라. 모자의 바닷가엔 아들이 네 살 적에 쌓은 모래성이 삼십여 년을 허구한 날 넘나드는 파도에도 아랑곳없이 옛 모습 그대로 남아 있을 테고, 모자의 바다는 아무리 비바람이 거센 날도 엄마의 자장가보다 높은 소리로 울지는 못하리라. 아침은 아침대로, 저녁도 저녁대로 모자의 바다는 얼마나 아름다운 황금빛으로 또는 장밋빛으로 물들 것인가. 모자의 바다에 대한 그의 찬탄은 끝이 없어, 자기도 모르게 치사스럽게도 그 한 조각을 슬쩍 자기의 것으로 하고 있었다.

"집 옆으로 철길이 지나갔어요. 하루에 두 번인가 세 번 기차가 지나갈 때마다 만세를 부른 생각이 나요."

그 말 한마디로 언니야, 순덕아, 하면서 통곡하는 자매를 본 적도 있었다. 그 말 한마디로 그의 마음속에서도 이미 오래 전에 자취를 감추고 폐차 처분된, 칙칙폭폭 삐익 소리도 요란하고 뿜어대는 연기도 무시무시한 구식 기차가 문득 산모퉁이를 돌아 다시 나타났다. 그가 있던 고아원에서도 기찻길이 보였다. 그곳 아이들이 기차를 보고 한 일이란 주먹으로 들입다 못된 시늉을 해 보이며 음란한 쌍욕을 퍼부어대고 킬킬대는 게 고작이었음에도 불구하고 자매의 기차의 기적은 그에게 오래도록 은은한 여운으로 남아 그의 유년기도 기차를 보면 만세를 불렀고 먼 미지의 나라를 꿈꿨으려니 하고 있었다.

"넌 어쩌면 그렇게 느이 할아버지를 빼닮았냐?"

노신사가 한탄처럼 이렇게 혼잣말을 했다. 자네를 별안간 너로 고쳐 부르는 데 놀란 그의 눈과 신사의 눈이 마주쳤다. 그는 신사의 표정에서 극명한 혐오감과 그의 기억 속에 삼십여 년을 잠겨 한 번도 떠오른 적이 없는 어떤 얼굴이 떠오르는 걸 동시에 보았다. 그 얼굴은 떠오르려 할 때마다 한사코 그가 떠다밀었기 때문에 오래 전에 익사했어야만 했다. 그는 움찔하면서 그가 부러워한 남의 아름다운 기억에 가렸던 자신의 어두운 기억을 싫든 좋든 떠올릴 수밖에 없었다.

"어떤 할아버지 뒤를 따라간 생각이 나요. 키가 크고 어깨가 구부정하고 목소리가 괄괄하고 구두쇠였어요. 지독하게 더운 날이었는데 아이스케키 하나만 사달라고 아무리 졸라도 못 들은 척하고 내 손목을 잡아끌었어요. 아이스케키가 너무 먹고 싶어 안 사주면 안 가겠다고 땅에 주저앉아도 봤지만 그 구두쇠 할아범을 당할 순 없었어요. 짐짝처럼 질질 끄는데 어떡해요. 그렇게 먹고 싶은 아이스케키 하나 안 사주면서 자기는 역전에서 막걸리를 두 사발이나 안주도 없이 들이켜데요. 그리고 기차를 탔어요. 기차 속에도 아이스케키 장수가 있었는데 안 사주고 자기만 또 소주를 한 병 사서 마셨어요. 어디만치 가서 기찰 내렸어요. 낭중에 안 거지만 거기가 춘천이었어요. 시골길을 또 한참 걸었어요. 아이스케키도 안 사달랬는데 할아범이 날 업어주대요. 거진 다 가서였어요. 업고 가다가 또 선술집에 들어가서 이번엔 할아범 혼자 술만 먹지 않고 나한테도 국밥을 사주고 많이 먹으라고 했어요. 바로 고아원 올라가는 언덕 아래였어요. 고아원은 언덕 위에 있었고 우리가 지나온 철길이 빤히 보였어요. 고아원의 아이들을 돌봐주는 할머니하고 할아범이 좀 아는 사이였나봐요. 둘이서 따로 뭐라고 한창 의논을 하고 나서 할아범이 날 떼어놓고 가버렸어요. 난 거기서 크면서 할아범이 날 그곳에다 팔아먹었다고 생각했었는데 더 크니까 고아원이 돈 주고 아이 사는 데가 아니란 걸 알게 되었어요. 할아범 말고 딴 사람 생각은 안 나요. 식구들은 더 어렸을 때 잃어버렸나봐요. 할아범이 날 고아원에 데려다주기 전에 같이 살던 사람들도 식구들은 아니었어요. 밥도 조금밖에 안 주고, 어떤 땐 골방에 가두어놓고 하루 한 번도 밥을 줄까 말까였으니까요. 맨날 배가 고팠고 구박받은 생각밖에 안 나요. 할아범은 아마 그 집 사람들한테 돈을 받고 날 고아원에 갖다췄을지도 모르겠어요. 고아원 할머니는 나중까지 나한테 잘해주고 내 이름이랑 아버지 이름이랑 잊어버리지 않도록 일깨워주고 학교 다니게 되니까 이름을 한자로 쓰는 법까지 가르쳐주면서, 제가 글쎄 좋은 집 자식이라는 거예요. 그때 제가 좀 철이 났어도 부모님에 대해서 뭘 좀 알아두는 건데…… 제가 철도 나기 전에 그 할머니는 돌아가셨고, 할아범도 다시는 안 왔어요. 절 거기 맡기고 가면서는 자주 오마더니 거짓말이었어요. 전 그래도 철길로 기차가 오는 걸 볼 때마다 할아범 생각을 했었는데. 달리 생각할 사람이 있어야 말이죠. 할머니가 돌아가시니까 정붙일 데가 없어서 큰 아이들 꾀는 대로 도망쳐서 이리저리 돌아다니면서 별의별 짓 다 하면서 살았죠. 그래도 도둑질만은 안 했죠. 지금의 집사람 만나기 전까지는 순 떠돌이였어요. 우리 집사람은 저보다는 나은 집 딸이에요. 없이 살긴 하지만 친정 식구들이 제법 여럿이고 우애도 있거든요."

신사가 어흠, 어흠 헛기침을 한다. 그는 신사의 헛기침을 불필요한 말에 대한 제동쯤으로 알아듣고 얼른 입을 다물었다. 아내 자랑은 그 자리에 불필요한 말일뿐더러 변변치 못한 위인으로 보일 수도 있는 실수라는 걸 뒤늦게 깨달았다. 그러나 아직도 못다 한 말이 남아 있는 것처럼 속이 개운치 않고 목구멍이 간질간질했다.

그에게도 어두운 기억만 있는 게 아니었다. 책이 많은 방과, 햇빛 쏟아지는 마루와 재미나는 장난감과 엄마 아빠의 자애롭고도 감질나는 미소와 부드럽고 달콤한 간식의 기억이 그에게도 있었다. 그러나 그후의 구박받고 굶주린 암울한 기억에 비해 그것은 너무도 희박했고, 더군다나 그 어두운 기억과 도무지 연결이 안 돼서, 그는 그 아름다운 기억이 정말 있었던 일이 아니라 조작했을지도 모른다는 혐의를 자신에게 걸고 있었다. 고아원 할머니의 편애와 좋은 집 자식이라는 엉뚱한 귀띔은 어린 그에게 그 정도의 환상을 만들어내게 하기에 충분한 것이었다. 또 어려서부터 몸이 작고 힘이 남과 같지 못해 큰 애한테 얻어맞거나 심부름을 당하기가 십상이어서, 그럴 때 간혹 그가 양갓집 자식이라는 자부심으로 맞섰다가 번번이 더 심한 모욕과 야유를 당하고 심지어는 돌아도 한참 돈 불쌍한 놈 취급을 당한 기억도 그런 말을 삼가게 했다. 그는 아내 자랑으로 우습게 된 자신의 체통을 회복하기 위해서 무슨 말이든지 해야 된다고 생각했지만 아무것도 생각나지 않았다. 도대체 그가 본 수많은 상봉 중 그렇게 많은 말을 한 상봉은 한 번도 없었다. 그저 한마디면 족했다. 바다가 보이는 마을, 기찻길 옆 오막살이, 귀 뒤에 남은 부스럼 자국, 손목의 파편 자국, 어려서 부르던 별명 중 어느 한 가지만 맞아떨어져도 혈육은 단박 한 가닥의 의심을 거두고 얼싸안게 돼 있었다. 그들이 믿는 핏줄의 끌어당김에 비해 의심은 최소한 신중함에도 못 미치는 미약한 것이었다.

그는 그의 긴 이야기를 하면서 내내, 이제나저제나 하고 기다렸다. 그가 본 그 엄청난 감동의 순간이 그의 것이 될 수 있기를. 신사의 냉정하고 지적인 목소리가 원색적인 목메임으로 바뀌기를.

그런 갈망을 허탕치게 하고 싶지 않았기 때문에 그는 그의 어두운 기억을 실제보다 길게 늘릴 수밖에 없었는지도 모른다. 그러나 그의 이런 절망보다 더욱 확실한 건 그의 갈망이 결코 채워지지 않으리란 예감이었다.

"그 할아범만 다시 와주었어도…… 전 실상 할아범을 기다렸거든요. 구두쇠에다 술주정뱅이 할아범이었지만 그 할아범만이 내가 누구라는 걸 알고 있을 것 같았으니까요. 그때 조금만 더 컸어도 할아범에게 뭘 좀더 물어봤을 텐데……"

"그만 해둬라. 그분이 너의 친할아버지시다."

노신사가 역정스럽게 말했다. 그는 깜짝 놀라 아무 말도 못 하고 신사의 얼굴을 쳐다보았다. 신사의 당당하고 사람을 얕잡는 듯한 태도가 눈에 보이게 흔들리고 있었다. 그러나 우울하고 침착하지 못한 눈길과 쓰디쓰게 일그러진 입가는 반가움이나 감동보다는 낭패감을 여실히 드러내고 있었다.

"그럴 리가, 친할아버지가 그럴 리가, 할아버지는 저를 고아원에다 버렸다니까요. 아이스케키도 안 사주고……"

그는 가뜩이나 보잘것없는 자신이 유아로 퇴영(退嬰)해가는 것 같은 자포자기한 심정으로 이렇게 부르짖었다.

"너는 그 어른을 누구보다도 빼닮았다. 너는 그분을 이해해야 된다. 그 시대와 그 시대의 우리 집안 사정을 이해할 수만 있다면 자연히 그분을 이해할 수 있을 게다."

"그럼 선생님이 제 작은아버지임에 틀림없단 말씀이십니까?"

"그래."

"아버지가 돌아가신 것도 사실이구요? 그럼 어머니는요?"

"그래, 그때 어머니도 함께 참변을 당했단다. 그땐 그런 때였거든. 할아버지는 너를 거기 갖다맡기고 오셔서 곧 중풍으로 쓰러지셔가지고 반년 만에 돌아가셨고……"

"작은아버지!"

그는 결코 오랫동안 꿈꾸고 연습한 목메인 소리를 낼 수가 없었다. 노여움조차 섞이지 않은 공허한 자신의 목소리에 그는 심한 배반감을 느꼈다. 신사의 대답은 더욱 뜻밖이었다.

"작은아버진, 그냥 삼촌이라고 부르렴. 요샌 다들 그렇게 부르더라."

이것으로 만남은 이루어진 건가? 끝난 건가? 그는 그것을 분간할 수가 없어서 어쩔 줄을 몰랐다. 삼촌보다 먼 사촌간도, 당질간도, 사촌동서나 처남 매부간도 하도 뜨겁게 얼싸안는 것만 봐온 그는 그의 만남이 이루어진 것을 도무지 믿을 수가 없었다. 믿을 수 있는 건 오직 더이상 기다릴 만남이 남아 있지 않다는 거였다. 더는 만남을 꿈꿀 필요가 없어졌단 사실이 부모나 할아버지의 죽음보다 훨씬 더 생생한 현실감이 되어 그를 뚫고 지나갔다. 그는 온몸이 뻥 뚫린 것처럼 허전해서 꼼짝 못 하고 다만 삼촌의 얼굴을 물끄러미 바라다만 보았다. 삼촌이 먼저 눈길을 피하면서 몹시 데면데면한 목소리로 말했다.

"참, 강동수라는 이름은 어떻게 된 거냐?"

나무라는 투였다. 그는 슬쩍 넘어갔으면 하고 바란 잘못을 정면으로 지적당했으므로 가슴이 두근거렸다.

"그건 고아원에서 같이 도망친 형 이름이에요. 그 형이 후에 아버지를 찾게 돼서 저도 그 집에 한 식구처럼 얹혀산 적이 있었죠. 그 아버진 미장이였고 어머니는 안 계셔서 사는 게 엉망이었지만 지금 생각하면 그래도 내 어릴 적 중 그때가 그중 좋았던 것 같아요. 그렇지만 좋은 시절은 눈 깜빡할 새 지나가버리나봐요. 그 형이 교통사고로 죽었어요. 나보다 한 살밖에 더 먹지 않았지만 참 믿음직한 형이었는데. 아버지가 너무 애통해하길래

제가 형 대신 아들 노릇 하겠다고 했죠. 정말 그럴 작정이었는데 아버지도 곧 공사장에서 발을 헛디뎌서 죽고 말았어요. 아버지한테 한 맹세도 있고, 또 형은 호적이 제대로 돼 있어서 형의 이름을 그냥 쓰는 게 여러모로 편했어요. 그래서 강동수로 여직껏 내려온 거예요."

"원 사람도, 변변치 못하긴. 자넨 우리 집안의 장손이야. 귀한 성씨를 그렇게 지각없이 버리고 미장이 자식 행세를 하다니."

삼촌의 나무라는 투는 좀더 노골적으로 변했다.

"그 미장이도 참 좋은 사람이었어요. 불쌍하구요. 저한테 참 잘해줬어요."

그는 그렇게 그의 소년기의 한때를 가정적인 정으로 감싸주었던 노인을 변명했지만 잘해줬다는 것의 참뜻을 삼촌이 결코 알리가 없다는 노여움이 지글지글 끓어오르는 걸 느꼈다.

"그래도 그렇지. 자기 성명 삼자를 그렇게 지각없이 저버리고 지금 무슨 낯으로 친척들을 보려는 게야? 우리가 자네한테 자네가 몽동필이라는 증거를 대라면 어쩔 텐가? 우린 얼마든지 그럴 수도 있다는 걸 자네는 알아야 되네."

삼촌의 태도가 칼빛처럼 서슬이 있어졌다. 그는 속으로 '암, 그럴 수도 있겠죠. 나를 내다버리기도 했는데 뭘 못 하시겠어요' 그렇게 빈정거리면서도 겉으론 웃음을 잃지 않고 유들유들하게 말했다.

"제가 할아버지를 쏙 빼닮았다면서요? 그게 증거가 아니겠어요."

"그건 내가 가진 증거지, 자네가 가진 증거가 아니잖아. 나는 자네가 우리 식구를 조금도 안 닮았다고 말할 수도 있는 문제란 말일세. 알아듣겠나?"

그는 어안이 벙벙해서 삼촌의 얼굴을 물끄러미 쳐다보았다. 삼촌이 별안간 칼빛 같은 서슬을 거두고 파안대소했다.

"하하하, 그건 어디까지나 농담이고 하여튼 이렇게 조카를 찾게 돼서 기쁘구먼."

삼촌이 손을 내밀었다. 그는 망설이다가 마지못해 손을 내밀었다. 삼촌이 그의 손을 잠시 잡았다 놓았다. 그리고 그가 현재 뭐 해먹고 사나를 꼬치꼬치 물었고, 아내와 자식들에 대해 물었다. 그는 행여 아내 자랑이 나올까봐 조심해서 간단히 대답했다. 무표정한 얼굴로 다 듣고 난 삼촌은 그의 아버지가 칠남매의 맏이였다는 것과 그래서 맏이를 잃고도 아직 육남매가 남았으니, 그에겐 삼촌이 넷에 고모가 둘이나 된다는 것과 거기서 낳은 자녀가 열다섯이나 되니 그에겐 또 사촌 고종사촌이 그만큼 되는 셈이었지만 그중 일곱 명이 외국에 나가 있고, 또 열다섯 명의 사촌 중 다섯 명이 이미 결혼해서 거기서 낳은 자손이 일곱이니 그의 두 아이까지 한다면 육촌끼리가 아홉이 된다고 했다.

"사촌이니 육촌이니 하면 요새 아이들은 친척으로 치려고도 안 하지만 대가 두 번 갈리면 사촌, 세 번 갈리면 육촌인 것을……"

삼촌이 처음으로 감개무량한 듯 말하고 그를 곰곰이 눈여겨보았다. 그러나 그는 촌수 감각도 수적 감각도 없이 멍하니 듣고만 있었다. 구두쇠 할아범이 누구라는 게 밝혀졌다곤 하지만 그 노인으로 하여금 장손을 고아원에 갖다맡기게 한 연유와, 그의 기억이 고아원보다 더 암울한 악몽으로 남아 있는, 그를 학대하고 구박한 사람들이 누구일까 하는 수수께끼는 아직도 안 풀린 채였다.

"내일이 일요일이니 마침 잘됐다. 우리집으로 대소가를 다 불러모을 테니 너도 네 식구 데리고 오너라. 저녁이나 같이 하자꾸나. 앞으로 친척으로 지내려면 우선 상면을 해야지 않겠니? 그동안 혼자 외롭게 고생한 너한테는 안된 얘기다만 우린 번족할 뿐 아니라 다 먹고살 만하단다. 그리고 참, 느이 아버진 6·25 전에 명문 대학 조교수였고 느이 어머닌 의사였느니라. 그때도 그랬지만 오늘날의 수준으로 봐도 최고급의 지성인 부모 밑에서 태어난 네가 아무리 세상을 잘못 만났다곤 해도 제대로 된 교육 한번 못 받고 고생한 게 무엇보다도 가슴 아프구나. 그러나 어쩌겠니? 넌 벌써 마흔을 바라보는 나이고 네 자식들이나 잘 길러 훗날을 기약해야지."

삼촌이 심란하고 우울하게 말했다. 그리고 리버사이드 호텔에서 얼마 멀지 않은 곳에 있는 아파트의 동 호수를 일러주었다. 그 아파트가 그가 내일 찾아가야 할 큰삼촌네 집이었다.

집에서 기다리고 있던 아내에게 그는 말수를 지극히 아껴서 경과보고를 했음에도 불구하고 그가 드디어 부자 친척을 찾았고, 그의 아버지는 대학교수였고, 그의 어머니는 의사였다는 소문은 순식간에 그의 골목 안에 자자해졌다. 아내는 교수와 의사 시부모가 삼십여 년 전에 이미 고인이 된 분이라는 걸 별로 개의치 않았다. 아내에겐 그들 처지로는 감히 쳐다보지도 못할 높은 자리인 줄 알았던 교수와 의사가 그의 시부모였다는 것만으로 벅찼다.

"세상에 느이 할아버지가 교수셨단다. 그리고 할머니는 의사셨고……."

그러면서 아이들을 얼싸안고 눈물을 글썽였다. 그녀에게 있어서 교수와 의사는 죽음을 초월해서 자손에게 불멸의 빛을 던질 수 있는 그런 높고 빛나는 자리였다. 실제로 그녀는 장난만 심하고 공부는 질색인 아들들의 악바리 같은 얼굴에 은은한 귀티가 후광처럼 서리는 걸 본 것처럼 느끼기조차 했다. 아내는 그 귀한 씨가 자신의 배를 빌려 태어난 것만도 황공한데 여직껏 그 귀한 씨들에 대한 대접이 얼마나 소홀했나에 생각이 미치면 큰 죄를 지은 것처럼 몸 둘 바를 몰랐다. 먹는 것, 입는 것, 거처하는 곳, 노는 것…… 어느 하나도 그 귀한 씨에 대한 대접으로 소홀하지 않은 게 없었지만 특히 못나고 무식한 부모 밑에 태어나게 한 게 그 귀한 씨한테 한 가장 큰 못 할 노릇이다 싶었다.

아내는 이제라도 그 귀한 씨들에게 못다 한 대접을 해야겠다 싶었고, 그녀도 남편과 함께 못나고 무식한 티를 벗고 귀한 씨의 부모다워져야 된다고 생각했다. 이왕 그렇게 되지 않을 수 없는 바에야 빠를수록 좋았고, 내일까지면 더욱 좋았다. 그녀는 안 먹고 안 입고 한 푼 두 푼 모이는 대로 은행도 못 미더워 장 밑 비닐장판 밑의 비닐봉투 속에 모은 돈을 아낌없이 풀었다. 아이들과 부부의 옷을 제법 어디서 들은 듯한 상표 붙은 걸로만 골라서 샀고, 수돗가에서 대강 씻기던 아이들을 데리고 공중탕에도 갔다. 여름이라 다행이었다. 옷값도 쌌고 구색 갖춰 입어야 할 가짓수도 적었다.

이런 아내를 그는 물끄러미 바라다만 보았다. 아내의 흥분을 부추기고 싶지도 말리고 싶지도 않았다. 문득문득 아내와 아이들이 내일 삼촌집에서 당할 일을 생각하면 가슴이 졸아드는 듯한 공포감을 느꼈다. 그러나 그것을 아내에게 설명하는 일은 불가능했다. 아내가 그렇게 도도하고 자신 있게 구는 것이 처음이라는 것도 그를 무력하게 했다. 그는 될 수 있는 대로 내일 일을 낙관하려 들었지만 얼굴에서 근심하는 빛을 지우진 못했다. 아내는 부자 친척을 만나고도 도무지 좋은 내색을 안 하는 남편을 이상하게 여기기보다는 정작 찾고 싶어한 부모가 다 돌아가셨다는 걸 확인했으니 의당 그래야 한다고 생각했다. 삼촌을 만나러 나가기 전까지만 해도 이것저것 근심과 의심이 그치지 않던 아내는 딴사람처럼 오직 새로운 환경에 적응하기에 열중하고 있었다. 그러나 아내의 새로운 환경이란 얼마나 짧고 헛된 환상일까.

그는 그걸 미리 알고 있다는 데 쓰라린 죄의식 같은 걸 느꼈다.

아내는 밤이 깊은 줄도 모르고 거울 앞에서 머리 모양을 요모 조모 바꿔보기도 하고 얼굴에다 오이를 썰어 붙이기도 하고, 입술 그리는 연습을 하기도 했다. 다음날은 아침부터 서둘렀지만 큰아이가 없어져서 동네방네 찾으러 다니느라, 아내가 미장원 가서 머리하느라, 그럭저럭 점심때가 지나서야 삼촌의 아파트에 당도했다. 처음 와보는 고층 아파트였다. 그는 아내와 아이들 앞에서 혹시 실수라도 할까봐 잔뜩 긴장해서 엘리베이터를 타고, 팔층을 누르고 엘리베이터 문이 닫히고 마침내 상승해서 어김없이 팔층에서 문이 열리자 자기도 모르게 회심의 미소를 짓고 어깨를 한번 으쓱했다. 그런 자신감을 타고 그는 제법 호기 있게 807호 초인종을 눌렀다.

보랏빛 홈웨어를 입은 부인이 문을 열었다. 작은어머니려니 싶기도 했고 아닐 것도 같았다. 얼굴은 젊다고 할 수는 없었으나 화장이 짙고 더구나 잘잘 끌리는 홈웨어 끝으로 드러난 맨발 끝의 새빨간 매니큐어가 부인의 나이를 종잡을 수 없게 했다. 아이들이 양쪽에서 그의 바짓가랑이를 잡으면서 뒤로 물러났다.

"저어 여기가 몽씨 댁인가요?"

"그렇소만……"

"아, 네, 전 몽동필이라고 하는데요. 삼촌을 어제 만나뵙고…… 집사람 데리고 인사차……"

"아, 이산가족."

부인은 이렇게 짧게 말하고는 문의 손잡이를 쥔 채 안에다 대고 날카롭게 악을 썼다.

"여보, 어떻게 된 거예요? 이산가족이 벌써 왔으니. 당신 저녁 초대 했다고 하지 않았수?"

"응, 난 분명히 저녁초대를 했는데…… 상관있나 뭐, 좀 일찍 왔기로소니. 집안끼린데…… 어서들 들어와."

모시 고의적삼을 입은 삼촌이 부인 뒤에 나타나며 이렇게 말했다. 밖에서 볼 때보다 한결 부드럽고 인자한 모습이었다.

"하여튼 당신 흐리멍덩한 건 알아줘야 한다니까."

그러면서 부인이 겨우 길을 비켜주었다. 어려서부터 마구 놓아 길러서, 환영받고 있지 않다는 데 대해서 별로 민감하지 못한 아이들은 어른들의 어색한 분위기에 아랑곳없이 거실 장식장에 놓인 것들을 이것저것 만져보고 있었다. 부인이 부엌에다 대고 호들갑스럽게 구원을 청하자 가정부인 듯싶은 여자가 뛰어나와 주섬주섬 손 안 닿는 위칸으로 옮겨놓기 시작했다.

"녀석들……"

삼촌이 아이들의 머리를 한 번씩 쓰다듬고 나서 소파에 앉았다.

"절 받으세요, 작은아버님, 아니 삼촌."

"그래그래, 절들 해라. 당신도 이리 오구려."

삼촌은 가정부와 함께 장식장의 것을 치우고 있는 부인을 불렀다. 그는 아내와 아이들을 양쪽에 거느리고 큰절을 올렸다. 절을 받고 나자 숙모가 정색하고 말했다.

"이렇게 만나게 돼서 반갑다. 그 동안에 고생 많았다는 건 안다. 이 탓 저 탓 해 뭐 하겠니? 세상 잘못 만난 탓인걸. 너희가 명색이 장손인데 너무 어렵게 사는 것 같아 마음에 걸리지만 어쩌니? 앞으로 우리 마음적으로나마 서로 도웁자꾸나. 너희 아버님 빼고 남은 육남매가 지금은 다 노경에 접어들었고 자손들도 다 출중하게 두어 남부럽지 않게 살고 있다만 젊어서는 다 고생도 할 만큼 했느니라. 제가끔 다 자수성가해서 그만큼 사는 거지 물려받은 재산이 있어서가 아니라는 걸 너도 명심하고 있길 바란다. 조금 있으면 삼촌, 고모, 사촌들이 몰려올 게다. 느이가 해야 할 종가 노릇을 우리가 대신 하고 있어서 무슨 일만 났다 하면 우리집으로 모인단다. 저녁약속인 줄 알고 저녁에 모이라고 했는데 느이가 이렇게 벌써 왔으니 몇 군데 다시 전화해봐야겠다."

삼촌도 자네라고 하다가 너라고 하기까지 한참 걸렸는데 숙모는 처음부터 똑떨어지게 너요, 해라였다. 나이를 분간할 수 없는 짙은 화장 때문에 똑떨어진 해라가 귀에 거슬리다가, 아이들 나이를 물으며 머리를 쓰다듬는 손이 거의 노파의 손인 걸 보고서야 안도감 비슷한 걸 느꼈다. 과일이 나왔다.

숙모가 여기저기 전화를 걸고 가정부를 슈퍼마켓에 보낸 사이에 남자아이 둘이 들어왔다. 다녀왔습니다. 하면서 비닐백에서 수건과 수영팬티를 꺼내놓는 걸로 봐서 이 집에 살고 있고, 수영장에 다녀온다는 걸 알 수 있었다. 그 아이들은 거실의 낯선 손님을 본 척도 안 하고 부엌으로 들어가 냉장고 문을 열고 주스 깡통을 하나씩 따 들었다.

"이리 온. 인사드려라. 이번에 새로 찾은 당숙아저씨란다."

"당숙아저씨가 뭐야? 이산가족이지."

"그래그래, 이산가족이다. 요새 아이들이 당숙이 뭔지 알 리 없지."

숙모는 이렇게 말하면서 작은아이를 끌어당겨 무릎에 앉히고 아들내외가 미국에 가 있는 동안 손자를 데리고 있는데 힘이 이 만저만 드는 게 아니라고 말했다.

"가만있자, 그러니까 느이 애들하고 우리 애들하곤 육촌간이로구나. 느이 애들이 여덟 살 여섯 살이랬지? 우리 애들은 일곱 살 다섯 살이니까 꼼짝없이 아우 노릇 해야겠네. 어디 키 좀 대볼까?"

대보나 마나였다. 키뿐 아니라 몸집까지 일곱 살이 여덟 살보다 다섯 살이 여섯 살보다 월등하게 컸다. 삼촌 내외가 손자와 종손자의 뒤바뀐 키와 몸집의 차이를 바라보면서 흐뭇하게 미소 짓는 걸 덩달아 그도 가까스로 웃었지만 가슴속은 무두질하듯 쓰렸다. 그의 아들의 체력의 열세는 어떤 괄시보다도 그를 참혹하게 했다.

"형아하고 같이 네 방에 가서 놀렴."

"싫어, 나보다 작은 형아가 어딨어?"

투실투실 살찐 다섯 살짜리가 여섯 살짜리 종길이를 보는 눈의 노골적인 우월감을 읽고 그는 섬뜩하도록 생생한 두려움을 느꼈다. 종길이는 갓난아이처럼 뜻 모를 소리를 웅얼대며 엄마의 치마폭을 쥐어짜고 있었다.

"왜 이렇게 못나게 구니?"

그는 종길이를 잡아끌었다. 그의 성난 손아귀에서 종길이의 팔이 당장 으스러질 듯이 가냘펐다. 그는 종국이 학교 공부가 시원치 않아서 지능이 남만 못할까봐 걱정한 적은 어쩌다 있었어도 발육이 남만 못하리라곤 상상해본 적도 없었다. 종국 종길이는 동네에서도 이름난 개구쟁이였고 남을 때려서 걱정이지 맞고 울고 들어오는 적은 없었기 때문에 그만하면 아들 형제는 튼튼하게 됐다는 자부심마저 가지고 있었다.

"자아, 네 방에 들어가서 같이 놀아라. 동화책도 보여주고, 장난감도 빌려주고. 착하지. 그래도 아이들이 어른들보다 훨씬 쉬 사귀고 친해질 테니 두고 보렴. 그래, 형이라고 부르기 싫으면 안 불러도 좋아. 할머니가 허락해주지. 육촌보다는 벗이 가까운 세상이니까 그냥 벗 하렴. 알았지? 예쁜 내 새끼."

숙모가 그러면서 자기 손자들의 살찐 볼에 번갈아서 쪽 하고 입을 맞추더니 네 아이를 방으로 들여보냈다.

곧이어 가정부가 돌아오고 숙모는 부엌으로 들어가고 삼촌은 "얘들이 왜 이렇게 안 오지?" 혼잣말을 하면서 텔레비전을 켜고 야구 중계를 보기 시작했다. 초인종이 울렸다.

"이제야 슬슬들 나타나기 시작이로군."

숙모가 손수 문을 열러 나가면서 중얼거렸다.

"어머, 작은고모."

"언니, 이런 법이 어디 있수? 우리 장조카를 찾는 자리에 나를 빼놓으려 하다니 그게 말이나 되우? 오늘 마침 셋째오빠네 전화 걸었게 망정이지 하마터면 나만 쏙 빠질 뻔했잖아."

작은고모가 호들갑을 떨면서 들이닥쳤다. 마르고, 키와 입이 큰 게 인상적이었다.

"아무리 작은고모를 일부러 빼놓았을까? 무엇에 삐쳤는지 한동안 안 들르기에 무심했지."

"내가, 그 동안 안 들른 게 뭐 자의였수? 순전히 타의였지. 내가 마치 오빠네하고 언니네를 이간질시킨 것처럼 난리들을 치니까 나 없이 잘들 해보시라고 발길을 끊었던 거지. 내가 빠지니까 오순도순 깨가 쏟아집디까?"

"깨가 쏟아지긴, 작은고모가 없으니까 동기간 많은 것 같지도 않습디다."

"앙꼬 빠진 빵은 아니고……"

"아유 수다 좀 작작 떨고 이 사람들 아는 척이나 좀 해요."

"글쎄 말이야, 언니. 난 입에 발동이 걸리면 못 말린다니까. 내 입 때문에 언니가 날 안 불렀으려니 짐작 못 한 것도 아닌데도……"

그러고 나서야 작은고모는 비로소 그에게 아는 척을 했다. 수다스러운 깐으론 아는 척은 간략했다.

"어머, 얘가 동필이야? 큰오빠 좀 닮긴 한 것 같은데 왜 그렇게 작냐?"

그러면서 가볍게 포옹을 하고는 저만치 물러났다.

"고모님, 절 받으세요."

아내가 자기의 존재도 알리고 싶어서 이러면서 일어서자 그도 따라 일어섰다.

"절? 야, 치워라. 치워버려. 너하고 나하곤 일곱 살 차이밖에 안 돼. 네가 고아원 갈 때 다섯 살이었으니까 난 열두 살밖에 안 됐었지. 내가 열다섯 살만 넘었어도 조카가 고아원 가는 걸 눈뜨고 보고만 있었겠니?"

"고모, 말을 그렇게 하는 게 아네요. 그럼 그때 열다섯 살이 넘은 딴 형제들 꼴은 뭐가 되우? 또 쟤네 아버지 어머니가 그렇게 되고 나서 졸지에 맏자식 맏며느리 노릇을 해야 했던 우리 꼴은 뭐가 되구."

"누가 언니 오빠더러 뭐랬수? 돌아가신 아빠가 다 처리를 잘 못해서 쟤를 저 꼴로 만든 거지."

고모가 한숨을 푹 쉬고 그를 측은한 듯 바라보았다.

"고모, 쟤네도 먹고살 만하고, 처자식도 잘 두었으니, 괜히 마음 헤프게 동정할 것 없어요. 저 꼴이라니. 남의 자존심을 무시해도 분수가 있지."

"시끄러, 어떻게 된 게 너만 왔다 하면 집안이 시끄러워지냐?"

삼촌이 듣다 못해 텔레비전을 끄고 안방 쪽으로 들어가버렸고 숙모도 찔끔해 부엌으로 들어갔다.

"오빠 나만 보면 역정이더라. 그래도 여기가 친정이라고 나도 참 밸도 없지 밸도 없어. 동필아, 너만 고아로 자란 게 아냐. 나도 고아로 자란 거나 마찬가지란다. 넌 세 살 때 느이 부모 잃고 다섯 살 때 느이 할아버지가 널 고아원에 갖다줬고, 난 열한 살 때 어머니가 돌아가시고 열세 살 때 아버지마저 돌아가셔서 저 올케 손에 자랐으니 네 신세나 내 신세나 피장파장이지 뭐. 생각해봐라. 6·25 때 억울하게 죽은 맏아들의 자식을 고아원에 데려다주는 할아버지의 심정은 오죽했을 것이며, 그 집안구석 형편은 오죽했을까를. 내가 그런 올케 밑에서 자랐느니라. 시아버지가 장손을 고아원으로 끌고 가게끔 만든 며느리가 시누이한텐 어떻게 했을까 짐작하고도 남지. 고아원보다 별로 날 것도 없었지."

"작은고모 정말 듣자듣자 하니 숫제 사람을 잡네, 잡아."

숙모가 고소한 양념 냄새 나는 손을 휘두르며 다시 마루로 나왔다.

"언니, 말이야 바른 대로 말이지, 그때 나만 빼고 다 장성한 아들딸이 다섯이나 되면서 부모를 한꺼번에 잃은 조카자식 하나 건사를 못 한 게 말이나 되우? 언니는 그때 유일한 며느리였으니까 그 책임이 한층 더 크지."

"고모, 그럼 동필이를 고아원으로 내친 게 나란 말유? 아유 분해."

"언니, 고정해요. 누가 언니랬수? 아버지가 쟬 데려간 생각은 나도 나요. 그렇지만 오죽했으면……"

"나도 오죽했으면 아버님이 그러시도록 내버려뒀겠어요. 난 당초에 이 집 맏며느리로 들어온 거 아니잖아요. 둘째며느리로 들어와 딴살림 나서 첫아들 낳고 오붓하게 살다가 별안간 날벼락도 분수가 있지. 홀아비 된 시아버님에다 고아가 된 조카에다 시동생 시누이 등 자그만치 일곱 식구를 새로 떠맡게 됐으니…… 그때 내 나이 겨우 스물다섯이었어요."

숙모가 억울한 걸 못 참아 눈물이 그렁해졌다.

"알아요 알아, 홀아비 되고 경제력도 없어진 시아버지는 망령까지 나고, 남편은 서른 살에 졸병으로 나가고, 시동생 시누이는 극성맞고 거기다 또 조카자식을 떠맡았으니 지옥이지 지옥. 그렇지만 그게 난리 탓이지 네 탓 내 탓 할 거 뭐 있어요."

"고모가 처음부터 난리 탓을 했는데 내가 이러는 거유? 고모 정말 말조심하잖으면 나 의절할래요."

"의절하구려, 나 겁 안 나요. 언니가 하고 싶으면 뭘 못 하겠수? 흥."

"또 내 탓을 하고 싶은가본데 그러는 게 아녜요. 그때 참 아버님도 너무하셨지. 버는 사람이 있나 먹을 게 있나, 흔해빠진 건 식구뿐인데, 제 자식 제쳐놓고 조카자식 먼저 거둬 먹일 년이 어디 있다구…… 쟤가 또 극성맞고 삼하기가 오죽했어야 말이지. 온종일 징징대는 걸 좀 혼내줬더니만 뿌르르 애를 끌고 나가 고아원에다 맡길 건 또 뭐람. 마음씨를 그렇게 쓰니까 당장 중풍에 걸려 그 고생을 하다가 돌아가셨지. 아이, 지긋지긋해."

"언니, 그럼 우리 아빠가 벌을 받아 중풍에 걸렸단 말유? 아빠 재를…… 할아버지에 삼촌에 고모가 득시글득시글한 재를, 고 아원에 갖다주고 와서 심화를 끓이다가 중풍에 걸린 거예요. 왜 이래요?"

"그만둡시다. 고모하고 입씨름해서 한 번도 이겨본 적이 없으 니까. 동필이한테 미안하구나, 이런 꼴을 보여서. 내가 다시 설 명 안 해도 네가 버려진 까닭은 대강 짐작했을 줄 안다. 어떻게 그런 일이 있을 수 있었나 분하고 야속할지도 모르지만, 누구의 잘잘못을 따질 게 아닌 줄 안다. 그땐 그런 시대였어. 느이 부모 님은 전쟁통에 돌아가셨고, 너는 전후에 버려졌고…… 평상시 에는 상상도 못 할 일이 밥 먹고 잠자는 것처럼 일상적으로 생기 는 게 난리통이란다. 고모, 쟤 앞에서의 체통을 생각해서라도 이 쯤 해두는 게 어때요?"

숙모가 이렇게 슬쩍 눙치면서 두 사람을 번갈아 보았다.

"언니, 그때 사정은 나도 이해해요. 그렇지만 우리들이 다 이 만큼 살면서 이제야 앨 찾는 건 너무했잖우."

"이제야 찾다니요. 모르는 소리 작작해요. 오빠가 제대하고 취직하고 살림이 필 만하니까 곧 애 먼저 찾았어요. 그러나 수소 문해서 애를 맡긴 고아원을 찾아갔을 땐 벌써 애가 도망친 후였 어요."

"그 밖에 딴 노력은 안 해봤잖아요."

"그걸 왜 꼭 우리만 해야 해요? 그 여러 삼촌 고모들을 그만큼 공부시켜 출세시키고 결혼시켰으면 그런 일쯤 하면 안 되나요? 지금 나를 나무라는 작은고모는 한 번이라도 그런 노력 한 적 있어요?"

"어머머, 언니, 난 막내유. 그런 어려운 일이 나한테까지 차례가 올 게 어딨수?"

"그럼 입 다물고 가만히 있어요."

숙모가 부엌으로 들어가려는데 아이들 방에서 떠드는 소리가 나더니 집 아이들이 깔깔대며 뛰어나왔다.

"할머니, 할머니, 이산가족 아이가 한글도 못 읽는다. 이학년이라는데 내 동화책을 욱이보다도 못 읽고 떠듬대다가 나더러 읽어달래. 일학년보고 책 읽어달래는 이학년이 어딨어, 그치 할머니?"

종국이도 종길이도 부끄러운지 따라 나오지 않고 남의 방에 틀어박혀 있었다. 그는 부끄럽고 부끄러워 온몸에 모닥불을 담아 붓는 것 같았다. 펄쩍펄쩍 뛰고 싶기도 했고 엉엉 울고 싶기도 했다.

"석아, 그러면 못써, 가끔 그렇게 늦게 되는 애가 있단다."

숙모가 석이를 나무라는 소리는 부드럽고도 의기양양했다.

"그런 애가 어딨어? 우리 반 꼴찌도 한글은 다 아는데."

"느이 반엔 없어도, 저기 변두리로 가면 반마다 그런 아이가 수두룩하단다. 하나도 흉될 게 없어. 알았지 석아, 아유 요 똘똘한 거."

"할머니, 나 쟤한테 형아라고 안 그래도 되지? 나보다 키도 짝고, 한글도 모르니까."

"네 마음대로 하렴. 촌수로 육촌이면 요새 세상에 친척인 줄이나 알면 되지. 형 아우 따질 게 있나 뭐."

"근데 종국이 새긴 저더러 형아라고 안 그러면 죽여놓겠다고 공갈치잖아."

"저런, 그래도 형아 노릇을 하고 싶은가보지. 우리 석이 욱인 착하지. 들어가서 싸우지 말고 잘 놀아라."

아이들이 들어가자 어느 틈에 나와 섰던 삼촌이 말했다.

"너는 이왕 못 한 공부다만 네 자식들은 대학공부를 시켜야 뒤 끝이 있지 않겠니? 딴 건 못 보태줘도 느이 아이들 대학 갈 때 학비는 추렴을 내서라도 부담할 테니 공부를 잘 시키도록 해라. 원, 이학년이 되도록 한글을 못 깨치다니……"

"얘, 그건 정말 너무했다. 아무리 없이 살아도 이학년짜리가 한글을 못 깨친 걸 내버려둔대서야 말이 되니. 이 집 애들은 영어도 척척 읽는다. 그치, 언니?"

고모가 한술 더 떴다. 그는 복받치는 울음을 참느라 이를 악물고 눈만 끔벅였다. 이때, 아이들 방에서 째지는 비명소리가 들렸다. 어른들이 뛰어갔을 때 종국이는 석이를, 종길이는 욱이를 깔고 앉아 들입다 패주고 있었다.

"주욱어, 이×새끼 주욱여버린다. 이×새끼야."

종국이와 종길이는 뭐가 수틀렸는지 이렇게 쌍욕을 하면서 자기보다 큰 동생을 하나씩 깔고 앉아 마음껏 때리고 쥐어뜯고 있었다.

"아유, 이를 어째요. 아 여보, 이를 어째요?"

아내가 그의 가슴에 얼굴을 묻으며 참았던 울음을 터뜨렸다. 크나큰 비애와 짜릿한 쾌감이 그를 옥죄어 그는 꼼짝을 못 했다.

"아니 뭣들 하는 거야. 자식이 살인을 해도 바라다만 볼 사람들 아닌가?"

삼촌과 숙모가 대성일갈(大聲一喝)하고 덤벼들어 중국이와 종길이를 당신들 손주로부터 떼어내어 벽에다 메어꽂았다. 머리를 세게 부딪친 종국이가 다시 ×새끼들을 연발하며 엉엉 울기 시작했다. 아내가 종국이를 품에 안았고 덩달아 서럽게 우는 종길이는 그가 안았다. 분을 못 이겨 종국이가 머리로 제 에미 가슴을 들이받는 걸 보는 숙모가 혀를 차며 말했다.

"그애 참 못쓰겠구나. 애를 어쩌자고 그렇게 독종으로 키웠을꼬."

그가 아내에게 눈짓을 했다. 아내는 몸부림치며 우는 아이를 억지로 끌고 밖으로 나갔다. 종국이는 동네에서 울음 끝이 질기기로 소문난 애였다. 종길이의 울음은 곧 그쳤지만 아빠의 무릎에 꼭 붙어앉아 꼼짝을 하려 들지 않았다. 아내는 어디만치 멀리 갔는지 좀체 돌아오지 않았다. 숙모가 매맞은 당신 손주를 위로하기 위해 커다란 초콜릿을 하나씩 나누어주는 김에 종길이에게도 하나 주면서 "미제다"라고 안 해도 될 말을 했다. 종길이는 널빤지같이 생긴데다 땅콩이 박힌 초콜릿을 순식간에 먹어치우고는 더 먹고 싶은지 배고프다고 칭얼대기 시작했다. 점심도 안 먹고 왔는데 그럭저럭 저녁때가 되니 그럴 만도 했다. 아이는 점점 더 몸부림을 치면서 보챘다. 그는 오냐오냐 달래다 못해 나가서 뭐 사주마고 손목을 잡고 일어섰다.

"너 아이를 그렇게 오냐오냐 응석을 받아 키우면 못쓴다. 그럴 땐 그냥 울게 내버려둬. 몇 번 마냥 울다 제풀에 그치면 저절로 그런 못된 버릇 안 하게 될 테니까."

고모가 훈계조로 말했다. 그도 아이들이 좀 버릇이 없다는 걸 알고 있었고 그렇게 하면 버릇을 고칠 수 있겠거니 싶어 벼르고 있기도 했다. 그러나 셋방살이에선 아이를 울리는 것조차 자유스럽지가 못했다. 주인영감은 더군다나 신경질이 심해 아이들이 칭얼대는 소리만 내도 당장 방을 내놓으라고 호통을 치기 일쑤였다. 이런 눈치 저런 눈치보느라 아이들이 끽 소리만 내면 오냐오냐 하자는 대로 하거나, 돈 몇 푼 줘서 밖으로 내보내다보니 아이들 버릇이 그 모양이 됐다는 걸 집 지니고 사는 사람이 알 턱이 없었다. 그는 종길이가 칭얼대는 소리보다도 그 집 식구들의 훈계가 듣기 싫고 아니꼬워 슬그머니 아이의 손목을 잡고 삼촌네를 나왔다. 아내가 안 들어오는 게 걱정스럽기도 했고 그 동안에 벌써 보고 싶기도 했다.

그가 두리번대며 아파트 현관을 나서려는데 자가용이 앞서거니 뒤서거니 두 대가 서더니 앞차에선 중년 부부가 두 쌍 내리고, 뒤차에선 아이를 안은 젊은 부부와 청년이 내렸다. 그들은 일행인 듯 서로 어울려서 이산가족이 어쩌고, 우리 몽씨네가 어쩌고 떠드는 걸로 봐서 그를 상면하러 오는 삼촌 사촌들이라는 걸 짐작할 수 있었다. 그러나 그는 모르는 척 그들과 엇갈렸다. 아파트 광장을 지나 놀이터가 있는 쪽 벤치에 아내와 아들이 꼭 붙어 앉아 있었다. 그도 그 옆에 앉았다.

"놀이터에 가서 놀렴."

그는 턱으로 놀이터를 가리키며 말했지만 아이들은 시무룩하니 엄마 아빠의 옷자락을 놓으려고 하지 않았다. 종길이가 먼저 꾸벅꾸벅 졸기 시작했다. 그는 아이를 벤치에 길게 눕히고 무릎을 베어주었다. 아이는 두 손으로 그의 노타이 셔츠 자락을 움켜쥐고 잠이 들었다.

어느 틈에 해가 뉘엿뉘엿했다. 아내가 조용히 흐느끼기 시작했다. 마주 보이는 아파트의 무수한 창 중 하나가 주황빛 화염(火焰)을 내뿜는 것처럼 보였다. 그는 석양빛을 받아 헛되이 불타는 창을 오래도록 바라보았다. 해가 지자 주황빛은 우울한 잿빛으로 사위었건만도 그는 맹렬히 번지는 불꽃을 보고 있었다. 그가 보고 있는 건 이미 석양의 반사가 아니라 그의 가슴속에 가득한 분노였다.

울음소리

처음부터 팬티만 입고 잔 것은 아니었다. 몸에 꼭 끼는 슬립이 그녀가 사철 입고 자는 잠옷이었다. 그녀는 닭살도 아니고 살집에 탄력이 없어질 만큼 늙지도 않았건만 남편은 맨살보다도 얇고 매끄러운 화학섬유를 통해 그녀의 몸뚱이를 만지기를 더 좋아했다.

초저녁부터 무덥더니 꿈속에서도 뙤약볕 속을 걷고 있었다. 온몸을 단근질해대는 뙤약볕은 실로 느낌일 뿐, 어디에도 빛은 보이지 않았다. 그늘을 기대할 수 없는 침침한 뙤약볕 속을 그녀는 처형(處刑)에 순종하듯이 서두르지 않고, 꾀부리지 않고 한결같이 걸었다.

문득 자신의 입에서 새어나오는 신음소리가 그 비현실적인 뙤약볕에 균열을 일으킬 만하면 암담한 열기는 괴물처럼 그녀의 목줄기를 눌러 못다 한 소리가 온몸에 괴로운 경련으로 파묻지게 했다. 이건 필시 악몽일 거라는 깨달음과, 악몽을 뚫을 수 있는 방법은 자신의 예리한 비명밖에 없다는 생각은 어렴풋하면서도 확신에 찬 거였지만 몸 안에 가득 찬 소리를 밀어낼 힘은 번번이 미진해서 그녀는 헛되이 허우적댔다. 웬일인지 발밑마저 눅진눅진해지면서 걸음은 점점 더 지지부진하고 고통스러워졌다. 어느 틈에 더욱 농밀해진 열기가 눅진눅진해진 아스팔트와 야합해서 콜타르처럼 *끈끈한* 용액을 만들고 있었다. 그녀는 기진한 것처럼, 절망한 것처럼 천천히 넘어졌고 지글지글 끓는 콜타르가 인화(引火)처럼 삽시간에 그녀의 몸에 옮겨붙었다.

"아이 뜨거, 아이 뜨거, 미치겠네."

그녀는 펄쩍펄쩍 뛸 듯이 몸을 뒤채며 일어나 앉아서 옷처럼 뒤감겨 끈적거리는 콜타르를 벗겨냈다. 발밑에 흘러내린 콜타르는 꺼멓지 않고 희끄무레했다. 꿈속하고 별로 다르지 않은 침침한 어스름 속에서 그게 나일론 슬립이라는 걸 알아보면서 그녀는 완전히 잠에서 깨어났다. 잠결에 슬립은 벗어버렸지만 온몸이 진이라도 날 것처럼 *끈끈했고*, 젖무덤 사이론 땀이 지렁이처럼 꿈틀대며 흐르는 게 느껴졌다. 그녀는 머리맡을 더듬어 선풍기를 미풍으로 틀고 어림짐작으로 타이머를 한 시간쯤 뒤로 맞춰놓았다. 선풍기 바람이 시냇물처럼 쾌적하게 살갗을 휘감으며 할랑댔다. 손으로 옆자리를 더듬었다. 남편은 돌아와 있지 않았다. 불을 켜고 몇시쯤 됐는지 알아볼까 하다가 꿈 없는 단잠의 예감 때문에 네 활개를 펴고 스르르 눈을 감았다.

나일론이나 콜타르나 근본은 그게 그걸걸. 마지막 의식으로 이렇게 가물대다가 그녀는 추락하듯이 곧장 깊은 잠에 빠졌다.

얼마나 잤는지 신경질적인 초인종 소리 때문에 그녀는 깰 새도 없이 곧장 일어섰다. 비틀며 방을 나와 마루를 가로지르는 동안도 초인종은 멈추지 않고 울렸다. 남편은 따로 열쇠를 가지고 있어서 늦을 때는 한두 번 눌러봐서 반응이 없으면 혼자서 따고 들어와서 슬며시 옆자리로 파고들었다. 그럴 땐 그녀는 으레 술냄새 때문에 깨어났고 아이고 미워, 술 좀 작작해요, 하면서 아프지 않을 만큼 꼬집어주곤 돌아누우면 그만이었다. 그러나 그녀는 지금 계속해 방정맞게 울려대는 초인종 소리가 평소의 남편답지 않다는 생각은 조금도 안 했다. 그녀는 잠 속을 유영(遊泳)하듯이 부드럽게 허우적대며 무의식적으로 그러나 정확하게 현관불을 켜고 문에 달린 두 개의 견고한 방범용 쇠붙이를 비틀고 문을 열었다.

두 집의 현관문이 마주 보고 있는 계단 위의 좁은 공간은 며칠째 전구가 나간 채여서 어두웠다. 현관문을 열자 안에서 쏟아져 나간 빛과 바깥 어둠이 대각선으로 갈라놓은 남자의 모습이 보였다. 남자는 계단 맨 위 난간에 고꾸라질 듯이 삐딱하게 기대서 있었다.

문이 열리자 남자가 비틀대며 그러나 저돌적으로 다가왔다. 대각선의 한쪽 어둠 속에 가렸던 남자의 얼굴이 그녀의 벌거벗은 젖가슴으로 쏟아져내렸다. 자기가 겨우 손수건을 대각선으로 접은 것만한 팬티 하나만 걸치고 있다는 것과 그 남자가 남편이 아니란 걸 인식하기는 거의 동시였다. 그 남자가 남편이 아니란 건 인식이라기보다는 일종의 이물감이었다. 이물감은 속속들이 섬뜩했다. 살의에 가까운 전율과 함께 그녀는 그녀의 가슴에 코를 박으려는 찰나의 남자를 힘껏 뒤로 밀었다. 남자는 허깨비처럼 힘없이 뒤로 비틀거리는가 했더니 발을 헛디디면서 계단으로 굴러떨어졌다. 그녀는 현관문을 힘주어 닫았다. 현관문이 닫히는 쾅 하는 울림과 함께 남자가 데굴데굴 굴러떨어져 맨 밑 양회 바닥에 머리를 찧는 소리를 분명히 들은 것처럼 느꼈다.

그녀는 꼭꼭 걸어잠근 현관문에 찰싹 등을 기댔다. 두려움에 짓눌린 그녀는 마치 책갈피에 끼워놓은 단풍잎이나 들꽃처럼 퇴색하고 부피 없어 보였다. 그녀의 가슴은 울렁거리지 않았다. 숨도 쉬는 것 같지 않았다. 청각만이 과민하게 살아서 현관문 닫히는 쾅 소리에 섞여서 사라진 쾅 소리하곤 다른 소리를 가려내서 반복해서 듣고 있었다.

이게 무슨 소리더라? 반복해서 듣는 사이에 그 소리는 자꾸만 커졌다. 마침내 그것은 뻥 하고 고막을 찢도록 엄청난 소리가 되면서 남자의 두개골이 파열하는 소리였다는 결론에 도달했다. 남자는 죽었을 것이다. 내가 그 남자를 죽였다. 그녀의 추리가 틀림없다는 걸 뒷받침해주듯이 문 밖은 마냥 고요했다. 추리가 마침내 더이상의 나쁜 상태를 생각할 여지가 없을 만큼 극한에 이르자 그녀는 되레 쉽사리 정상으로 돌아왔다. 안방으로 돌아가려다 말고 부엌에 들러 냉장고에서 콜라를 한 병 꺼내 따서 일부러 벌컥벌컥 소리가 나게 마셨다. 목이 타서가 아니라 부엌방에서 잠든 시어머니의 동정을 살피기 위해서였다.

망령이 난 시어머니는 여간 곤하게 잠든 때 아니면 누가 무얼 먹는 기척에 귀가 비상하게 밝았다. 그녀는 일부러 병따개 유리컵 따위를 소리내어 부딪치면서 "조년, 조 앙큼한 년이 시에미 몰래 군입정질하는 것 좀 봐. 아이고 배고파, 아이고 속 쓰려. 시에미는 배곯아 죽건 말건 제년 입만 아는 이 몹쓸 년아, 네년이 그 죄 안 받을 줄 알구?" 하는 악담이 새어나오길 기다렸다. 그러나 부엌방에선 인기척조차 나지 않았다. 꼭 죽은 사람처럼 꼼짝 않고 숨소리조차 잦아든 것처럼 보이는 게 시어머니가 어쩌다 깊이 잠들었을 때의 모습이었다. 그렇게 곤히 자고 난 시어머니는 한결 해맑아져서 "저승에 갔다 온 것만치나 잤쟈아?" 하고 어눌하게 묻곤 했다.

아무도 본 사람은 없다. 그 남자와 나는 생판 모르는 사이다. 따라서 원한관계가 있을 리 없다. 그 남자는 술에 곤드레가 되어 있었다. 술에 안 취했어도 조금만 정신 놓고 있으면 동이나 입구를 헷갈리기 십상인 게 아파트 단지의 구조다. 실족사가 아니라고 우길 만한 반증도 증인도 없다. 따라서 그는 실족사다.

그녀는 이렇게 한밤에 일어난 사건을 감쪽같이 마무리지었다. 그리고 안방으로 들어가 잠결에 벗어던진 슬립을 주워입을까 하다가 께적지근해서 새걸로 갈아입었다.

"모든 게 감쪽같거든."

그녀는 일부러 소리내어 중얼거렸다. 그러나 그녀의 가슴으로 쏟아져내리던 이물감마저 감쪽같다고 자기를 속일 수는 없다는 걸 알고 있었다.

그 남자의 얼굴이 어떻게 생겼는지도 무엇을 입고 있었는지도 생각나지 않았지만 그가 남기고 간 이물감은 엄청나고도 생생했다. 그녀는 두려워하고 있었다. 앞으로 그녀를 거쳐간 그 이물감을 감쪽같이 없었던 것으로 하고 살아갈 일을.

수술 후 잘못해서 뱃속에 넣고 꿰맨 핀셋이나 가위처럼 그 이물감은 그녀의 몸 속에 끝끝내 남아서 문득문득 무슨 변괴를 부리고 해를 끼칠 것만 같았다.

남편은 아직도 돌아오지 않았다. 마루의 괘종시계가 땡 하고 한 번 울렸다. 그 시계는 한시에도 한 번 울리지만 삼십분에도 한 번씩 울렸다. 지금 한시일 수도 열한시도 열두시 반일 수도 있었다. 물론 새벽 세시나 네시 반일 수도 있었다. 이물감에 대한 두려움을 몰아내려고 그녀는 잠결에 냄새만 맡아도 편안해지는 남편에 대해서만 생각하려 들었다. 그러나 칠 년 동안이나 같이 산 남편의 얼굴이 좀처럼 떠오르지 않았다. 남편은 체취마저도 순수하지 않았다. 그의 냄새에는 체취보다는 담배와 술냄새가 더 많이 섞여 있었다. 그러나 담배와 술만으로 그의 냄새를 만들 수는 없다. 그의 냄새는 체취와 담배와 술을 배합해서 된 것이고 비율은 그만의 독특한 것이다. 나는 그 비율을 수치로 나타낼 수는 없지만 느낌으로 즉각 정확하게 알 수 있거든. 그녀는 이렇게 구차하게 자신을 위로했다. 그리고 창가에 쭈그리고 앉았다.

앞 동의 불빛이 대여섯 개 남아 있었다. 입구가 다섯 개 달린 오층 아파트니까 한 층에 열 가구가 다섯 겹으로 포개 사는 걸로 계산하면 오십 가구가 된다. 열 집에 하나꼴로 수험생이 있는 걸까? 아니면 새벽밥을 짓는 불빛일까? 새벽밥을 짓는 불빛이라면 곧 날이 밝아오련만. 그럴 리는 없지. 남편이 외박을 한 적은 한 번도 없었으니까. 어쩌면 칠 년 동안에 단 한 번의 외박도 없었을까. 그녀는 별것도 아닌 것으로 남편에게 끈끈한 연민을 느꼈고 그녀만이 아는 남편의 냄새가 그리워서 목이 탔다.

어느 틈에 앞 동의 불빛이 네 개로 줄었다. 그러면 그렇지, 새벽이 아니라 오밤중일 거야. 아파트 동과 동 사이에 서린 어둠의 부피만 가지곤 도저히 오밤중인지 첫새벽인지 분간할 수가 없었다. 아아, 여름밤은 짧거든. 그녀는 의미 없는 탄식을 하며 다음 시계 소리를 놓칠까봐 귀를 곤두세웠다. 그리고 쭈그리고 앉은 채 무릎 위에 뺨을 포개고 엎드렸다. 옅은 꿈속에서 문 밖의 남자를 빛과 어둠으로 양분했던 사선을 따라 톱질하는 꿈을 꾸었다. 끔찍한 꿈이었다. 그녀는 문 밖의 남자가 죽지 않았다는 걸 알고 있었다. 그녀는 별안간 어깨를 들먹이며 울기 시작했다. 찝찔한 눈물이 그녀의 입귀로 흘러들었다. 정화(淨化)의 쾌감 같은 게 그녀의 울음을 마냥 끌게 했다. 눈물이 마르고 울음소리마저 잉잉대는 곤충의 날갯짓처럼 허공에 맴돌 때, 그녀는 분명히 자신의 것이 아닌 어떤 울음소리를 들은 것처럼 느꼈다. 그녀는 무엇에 찔린 것처럼 화들짝 놀라면서 단박 울음을 그쳤다.

"그 아이가 또 내쫓겼군. 이번엔 안 돌봐줄 테야. 그 돼먹지 않은 것들을 고발을 해서라도 버릇을 가르쳐놓아야지, 혼자 사는 집도 아니고 아파트에서 부부싸움할 때마다 아이를 내모는 몰상식한 것들을 그냥 놓아둘 줄 알구."

이렇게 중얼대며 분연히 일어난 그녀는 곧장 현관으로 달려나갔다. 그녀는 자신도 이해할 수 없는 이상한 신바람으로 긴 머리와 옷자락이 깃털처럼 나부끼는 걸 느꼈다. 그러나 그건 순전히 그녀의 자기도취일 뿐 나일론 슬립은 피부처럼 그녀 몸에 밀착돼 있었고, 머리는 땀에 절어 볼과 목덜미에 보기 싫게 엉겨붙어 있었다.

현관문을 열기도 전에 문 밖의 고요가 찬물처럼 섬뜩하게 끼쳐왔다. 아이 울음소리는 들리지 않았다. 부부싸움 소리도 들리지 않았다. 이 밤중에 깨어 있는 사람은 그녀 혼자뿐이라는 듯이 사위가 고르게 고즈넉했다. 그녀는 배반감으로 쓰린 가슴을 부둥켜안고 다시 잠자리로 돌아왔지만 잠이 올 것 같지 않아 다시 창가에 쭈그리고 앉았다. 잠이 오지 않을 때마다 창가에 마냥 붙어앉아 밖을 내다보는 청승맞은 버릇은 작년 겨울부터였다.

추위가 며칠째 유난히 극성을 부릴 때였는데 현관문을 마주보고 있는 앞집 부부가 초저녁부터 악을 쓰고 기물을 부수는 등

시끄럽게 싸우더니 밤이 깊어도 수그러질 기미가 보이지 않았다. 계단을 사이로 둔 앞집이란 비록 현관문은 제일 가까운 사이라지만 등을 맞대고 있는 옆집끼리 수돗물 트는 소리, 설거지하는 소리까지 들리는 것과는 다르게, 소리로서는 서로 무관한 사이였는데 그렇게 시끄러운 걸 보니 대단히 열렬한 싸움인 것 같았다.

"몰상식한 것들 같으니라구."

잠을 설친 남편도 이렇게 중얼거리며 일어나 앉아 애꿎은 담배만 태워댔다. 그러나 그녀는 이웃의 열전이 무슨 영문인지 모르는 채 흥미진진했다. 옆집 여편네가 평소의 그 새침이 뚝뚝 드는 교양은 어디에다 접어두었는지, 째지는 소리로 넋두리를 하기도 하고, 어디를 얻어맞았는지 원색적인 비명을 지르기도 하는 게 남편 말짝으로 몰상식하기 짝이 없어 보이는 것도 고소했고, 무언가 와장창 깨지는 소리는 덮어놓고 통쾌했다. 잘한다, 잘해. 이왕 붙은 김에 누가 이기나 끝까지 해보는 거야. 그녀는 속으로 이렇게 아낌없는 응원까지 보냈다.

"당신 취미가 아주 저속하군 그래."

남편이 눈살을 찌푸리면서 그런 그녀를 못마땅해했다.

"안됐군요. 몰상식한 이웃에다, 저속한 아내에다. 그렇지만 난 고상한 사람 별로 겁나지 않아요."

"당신 무슨 말을 그렇게 해?"

남편은 짜증스러운 김에 한 말을 그녀가 뼈 있게 받는 게 약간 의아한 듯 이렇게 되물었다.

"심심파적하고 남의 부부싸움 구경처럼 재미있고 신바람 나는 것도 없거든요."

"알았소. 실컷 즐겨요. 이러다가 우리까지 싸우겠소."

남편은 쉽사리 언쟁을 포기했다. 그녀는 속으로 문득 우리에게 과연 싸울 기운이 남아 있을까 하는 엉뚱한 생각을 했다. 싸울 기운이 마치 삶의 기운이라도 되는 것처럼 그게 안 남아 있을지도 모른단 생각은 그녀를 맥 빠지게 했다. 남편은 그녀에게 늘 정중하고 관대했지만 그녀도 가끔 남편에게 무시당했다거나 미움받는다고 느꼈다. 그런 느낌엔 아무런 근거도 없었지만 그녀는 때때로 그녀 역시 남편을 무시하거나 미워하는 걸로 앙갚음을 할 것 같은 은밀한 쾌감을 맛보곤 했다. 그러나 실상 그녀는 남편이 그녀에게, 또는 그가 살고 있는 삶 전반에 대해 어떤 생각을 하고 있는지 알지 못했다. 그까짓 거 알 필요도 없어. 이렇게 스스로 상한 자존심을 다독거리는 건 실은 앙갚음보다 더 나쁜 짓인지도 몰랐다. 남의 부부싸움에 대한 그녀의 흥미에는 질투도 꽤 섞여 있음직했다. 앞집의 부부싸움이 목숨에 관계되는 불상사를 연상시킬 만큼 극렬해졌다.

"여보, 가서 뜯어말려야 하지 않을까요?"

그녀가 안절부절을 못하는 걸 남편은 "내버려둬"란 차디찬 말로 가로막았다. 어른들의 악다구니 소리에 불에 덴 것처럼 다급한 아이의 울음소리가 합세했다. 네댓 살쯤 돼 보이는 그 집 아이를 그녀도 알고 있었다. 건강하고 씩씩한 그 애녀석은 부모들보다는 붙임성이 있어서 그녀를 만나면 싱긋 웃기도 하고 시키지도 않은 말을 붙이기도 했다. 귀여워만 해주면 마냥 휘감기고 기어오를 소지가 충분한 애녀석이어서 쌀쌀맞게 군 것은 오히려 그녀 쪽이었다. 그녀는 아이를 별로 좋아하지 않았다.

어느 순간 그들의 싸움 소리가 스위치를 끈 음향기기처럼 감쪽같이 멎더니 잠시 뜸을 들이고 나서 아이의 울음소리가 바로 문 밖에서 들렸다. 아이는 간간이 숨이 멎을 듯이 자지러졌다가는 다시 격렬한 울음을 토해냈다. 아마 밖으로 내쫓긴 모양이었다.

"쯧쯧, 저러다 자식 잡겠네."

아이가 제 집구석이 아닌 양쪽 집 공유의 공간에서 울고 있다는 걸로 그녀는 앞집 부부싸움을 대안의 불처럼 편안히 즐길 수만은 없었다. 그녀는 정체를 알 수 없는 불쾌한 것에 의해 의식의 한 자락을 잡힌 것처럼 거북해서 안절부절을 못했다. 남편도 마찬가지였다. 남편의 관자놀이에 그렇게 굵은 힘줄이 있다는 걸 그녀는 처음 알았고, 남편이 곧 그녀가 도저히 이해할 수 없는 기발한 행동으로 옮겨갈 것 같아 조마조마했다. 그녀가 남편에 대해 알고 있는 가장 확실한 건 그가 아이의 울음소리를 싫어한다는 것이었다.

"저 몰상식한 것들을 그냥……"

남편이 마침내 문 밖으로 뛰쳐나가려고 했다. 그녀가 겁에 질린 큰 눈에 눈물을 글썽이며 남편에게 매달렸다.

"여보, 어쩌려고 그래요? 내비둡시다, 제발. 부부싸움은 개도 안 먹는다지 않아요? 내비둡시다."

"그까짓 부부싸움을 상관하려는 게 아냐, 애새끼지."

남편의 온몸에 가시처럼 돋아난 살기에 질려 그녀는 지켜볼밖에 없었다. 그때도 두 집 현관문이 마주 보고 있는 좁은 공간엔 전구가 나가 있어서 아이는 마치 암실 속 같은 데서 울고 있었다. 남편은 다짜고짜 아이의 덜미를 왁살스럽게 잡더니 앞집으로 들어갔다.

"아이를 당신들 부부싸움의 희생물로 삼지 말아요."

살기등등한 태도에 비해 그의 입에서 나온 말은 너무도 상식적인 훈계여서 그녀도 하마터면 픽 웃을 뻔했다. 앞집은 방마다 불이 켜져 있었고, 생각했던 것보다는 덜 난장판이었지만 텅 비어 있었다. 아마 싸움 끝에 아내가 먼저 집을 뛰쳐나갔고 남편이 뒤를 쫓은 모양이다. 아이가 그녀에게 휘감기며 더욱 서럽게 울었다.

"얘야, 울지 말고 네 방에서 코오 자고 있을래, 그럼 곧 엄마랑 아빠랑 돌아오실 거야."

그러나 아이는 한사코 그녀에게 매달렸다. 아이는 엄마 아빠가 졸지에 없어진 일보다 빈집을 지키는 일이 더 무서운 모양이었다. 아이의 몸은 밖에서 울고 있었던 깐으론 따뜻했다. 그녀는 아이를 품에 안으면서 될 수 있는 대로 남편의 눈치를 안 보겠다는 듯이 단호하게 말했다.

"우선 이 아이를 집으로 데려갑시다. 마냥 밖에서 울릴 수도 없고 빈집에 놓아둘 수도 없잖아요."

남편의 말없음을 동의로 받아들이고 그녀는 아이를 데려왔다. 아이는 순순히 따라왔지만 울음을 그치진 않았다. 그쳤다간 울고, 울다간 그치곤 했다. 남편은 불쾌한 기색으로 베개를 들고 딴 방으로 건너가버렸다. 아이의 부모는 돌아오지 않았고 아이는 밤새도록 잠을 자지 않았다. 아이의 울음을 간신히 멈추게 하는 방법은 아이를 무릎에 앉히고 함께 창 밖을 내다보면서 저어기 엄마 온다, 저어기 엄마 온다고 거짓말을 시키는 짓밖에 없었다. 아이의 몸은 실하고 따뜻했고 귓바퀴는 섬세했다. 그녀는 그 귓바퀴에 입을 대고 저어기 엄마 온다를 속삭일 때마다 그 말 말고 아이의 혼을 홈빡 빼앗을 마술의 언어를 쏟아부을 수 있었으면 하는 헛된 바람으로 가슴이 울렁거렸다. 밖은 오밤중이었다. 그때도 앞 동의 불빛이 너댓 개쯤 남아 있었던가? 사람의 그림자가 끊긴 깜깜한 어둠을 아이는 용케도 저어기 엄마 온다는 희망을 버리지 않고 줄기차게 응시하고 있었다. 그녀는 아이의 무게에 다리가 저려 자주 고쳐앉았다. 아이의 눈은 어둠을 꿰뚫듯이 초롱초롱해졌다. 겨울밤은 마냥 길었다. 어둠에 조금씩 조금씩 젖빛이 섞이기 시작했다. 아이가 처음으로 말을 했다. 목쉰 소리였지만 또렷했다.

"아침이야."

아이가 줄기차게 기다린 건 엄마가 아니라 아침이었을까? 그녀는 실없는 생각을 하면서 아이를 힘주어 안았다.

"아이고, 똑똑도 해라. 그래, 이제 아침이 되려나보다. 어떻게 그걸 알았지?"

"아침은 초록빛이야."

"초록빛?"

그녀는 아이의 엉뚱한 대답에 소리내어 웃었다. 아무리 보아도 새벽빛 속에 초록빛이 섞여 있는 것 같진 않았다. 아이가 알고 있는 초록빛이 어떤 것인지도 그녀는 알지 못했다. 그러나 밖의 어둠에 변화가 왔다는 걸 아이는 분명히 감지하고 있었고 그걸 그렇게 말하고 있었다. 날이 밝자 아이의 엄마가 마치 맡겨놓은 물건 찾아가듯이 고맙다는 간단한 인사 한마디를 남기고 아이를 데려갔다. 그 일이 있고 나서는 두 집 사이는 더 가까워지지도 더 멀어지지도 않았다. 아이는 여전히 만날 적마다 그녀에게 붙임성 있게 굴었지만 그녀는 쌀쌀한 태도를 바꾸지 않았다. 그러나 그 일이 있고 나서부터 그녀는 잠을 설친 새벽녘이면 창가에서 마치 시험관 속의 화학변화를 응시하듯이 주의 깊고 면밀하게 어둠 속을 스미는 새벽빛을 응시하는 버릇이 생겼다. 그 새벽빛 속에서 어떡하든 한 줄기의 초록빛을 가려내고야 말겠다는 듯이.

지금도 그녀가 창가에 쭈그리고 앉아 기다리는 건 남편이 아니라 아이가 명명한 초록빛 새벽인지도 몰랐다.

그녀의 얼굴이 점점 아득해졌다. 그녀는 또 아이의 울음소리를 듣고 있었다. 그러나 성급하게 현관으로 뛰쳐나가진 않았다.

그녀는 그 소리가 문 밖이 아니라 아주 먼 곳, 그녀가 거쳐온 기나긴 무명(無明)의 시간의 회랑 저 끄트머리, 그 아득한 소실점으로부터 들려오고 있다는 걸 알고 있었다. 이제 그건 이미 귀로 들을 수 있는 소리가 아니라 그녀의 메마르고 갈라진 마음으로 골고루 스미는 습기 같은 거였다.

그녀는 칠 년 전에 딱 한 번 아기를 낳은 적이 있었다. 아기는 삼 주일밖에 못 살고 죽었고, 그 삼 주일 동안을 아기는 밤이나 낮이나 몸을 활처럼 빳빳이 뒤로 휘고 울기만 했다. 아기가 그 삼 주일 동안에 겪은 고통에 대해 생각할 때마다 그녀는 삼 주일의 짧은 생애에다 칠십 팔십을 살아도 못다 할 인생고를 담은 신의 실수에 걷잡을 수 없는 분노를 느꼈다. 그녀는 그런 끔찍한 실수를 저지른 신을 도저히 용서할 수가 없었다. 그러나 어디까지나 용서는 신의 몫이고 인간의 몫은 기도였다. 그 삼 주일 동안에도 기도를 했으니 말이다. 기도를 먼저 시작한 것은 남편이었다. 그들의 첫아이가 뇌성마비이고 살 가망이 거의 없지만, 살아도 사람 구실을 제대로 할 가망은 전혀 없다는 걸 알고 나서였다. 출근하는 남편만이라도 눈을 붙여야겠기에 각방을 쓰고 있었는데 아침에 깨우려고 방문을 열어보면 남편은 벌써 옷을 단정히 챙겨입고 방바닥에 꿇어앉아, 자고 난 간이침대에 두 팔을 모으고 기도를 하고 있었다. 모아쥔 두 손에 이마를 살짝 대고 눈을 지그시 감은 남편의 이마에 새겨진 깊은 고뇌와 간절한 희구가 그녀의 눈시울을 뜨겁게 했다. 죽어가는 생명을 위해 아무것도 해줄 수 없다는 건 끔찍한 일이었다. 그녀는 아기에게 해줄 수 있는 가장 거룩하고 아름다운 걸 먼저 발견한 남편에게 감동했다. 왜 신의 기적을 믿고 기도할 생각을 진작 못 했을까? 그녀도 아기를 위해 기도를 하기 시작했다. 그러나 그녀는 과학의 신도일 뿐 기적을 믿지 못했기 때문에 아기가 사람 노릇 하게 해주십사고 빌 수가 없었다. 그녀가 신의 마음에 사무치도록 간절한 기도를 올릴 수 있을 적은 번번이 아기의 생명을 하루빨리 거둬주십사고 빌 때뿐이었다. 그녀는 자신의 이런 기도를 통해 남편의 기도까지도 들여다본 것처럼 느꼈다. 남편의 그 아름다운 기도 역시 아기의 죽음을 위한 거였다고 그녀는 단정했다. 그녀가 아기 엄마였던 삼 주일 동안의 고통이 세월이 지나도 지워지지 않는 것은 지겨운 울음소리 때문만은 아니었다. 엄마와 아빠가 기도를 통해 감쪽같이 아기를 모살(謀殺)한 혐의 때문이었다. 그때 그 둘의 기도 중에서도 압권은 마침내 아기가 숨을 거두고 나서였다. 그들은 눈물을 한없이 흘리면서 아기의 목숨이 평안을 얻은 것을 감사했다. 감사가 눈물과 함께 온몸을 적시고 범람하는 것 같았다. 그것은 또한 기쁨이기도 했다. 그들은 아기의 울음소리로부터 놓여난 걸 그렇게 마음껏 기뻐했던 것이다. 그러고 나서 오랜만에 단잠을 실컷 잤고, 다시는 기도 같은 거 할 필요가 없었다.

"왜 여직껏 안 자고 있어?"

새벽녘에 비로소 선선해진 한 가닥의 바람처럼 남편은 소리

없이 스며들어와 전깃불을 켰다. 그녀는 조금도 놀라지 않았다. 남편의 그런 행동에 그녀는 너무도 익숙해져 있었다. 남편은 고단해 보였고 이마에 헝클어진 머리칼이 희끗희끗한 게 분장처럼 선명하고 부자연스러워 보였다.

"실컷 자고 일어난걸요. 몇시예요?"

"글쎄……"

남편은 양말만 벗어던지고 벌렁 누웠다.

"당신 날 사랑해요?"

그녀는 불쑥 이렇게 묻고 열쩍게 웃었다.

"내가 언제 한 번이라도 외박하는 거 봤어? 이렇게 꼬박꼬박 기어들어오잖아."

그게 남편의 대답이었다. 그럼 사랑이란 귀소(歸巢)하고 같은 건가?

"불 끌까요?"

"아냐 잠깐……"

남편이 남방셔츠를 풀어헤치고 가슴을 드러냈다. 목에서 가슴 한복판으로 남색 끈에 달린 금메달이 늘어져 있었다.

"웬 거예요?"

"기술상이라나."

"어디서 주는 건데요?"

"대단찮은 거야. 우리 그룹에서 산하의 연구소나 개발부의 업적을 심사해서 주는 회장상이니까."

"그만하면 대단하죠. 순금일까?"

"뭐얼, 메끼겠지."

"것도 모르고 받았어요? 아이 시시해. 부상은요?"

"상금이 꽤 됐는데 혼자 먹을 수 있는 게 아냐. 팀의 업적이니까. 몇 군데 돌면서 풀어 멕였지."

"여직껏요?"

"그래도 아직도 좀 남았을 거야. 그건 당신 몫이야. 이 메달도."

남편이 메달을 풀어놓았다. 메달엔 그룹 마크인 들입다 달리고 있는 사나이가 양각돼 있었다.

"한 돈쯤 되겠는데, 순금일까?"

"그걸 팔아먹을 일은 아마 안 생길 테니 순금이거니 하구려. 그렇게 순금이 좋으면 말야."

남편이 늘어지게 하품을 했다. 마흔도 안 돼 머리가 세다니. 남편은 그가 밖에서 종사하고 있는 반도체 기술 개발이란 것에 대해 '머리가 셀 노릇'이란 정도 이상을 말해준 적이 없었다.

"당신이 한 일이 대단한 일인가요?"

"대단하긴, 외국에 비해 십 년 넘어 뒤떨어진 기술 격차를 한 오 년쯤으로 줄인 정도지 뭐."

"어떤 일인데요?"

남편이 말없이 머리맡의 성냥갑을 끌어당겼다. 담배를 피우려는 줄 알았더니 성냥개비를 잘게 토막내서 다시 가늘게 가르더니 그걸 손바닥에 올려놓고 말했다.

"요만한 부피 속에 서울시보다 조금 작은 도시가 안고 있는 도로망 통신망을 수많은 회로로 압축해 집어넣는다면 무슨 소린지 알겠지?"

그녀는 대답 대신 고개를 저었다. 초극미(超極微)한 세계에 대한 경탄보다도 불가해한 것에 대한 이물감이 오한처럼 기분 나쁘게 그녀를 엄습했다. 그녀는 다시 한번 잠결에 문을 열어준 낯선 남자의 얼굴이 그녀의 벌거벗은 몸으로 쏟아져내려올 때의 이물감을 싱싱하게 되살려내면서 진저리를 쳤다. 그녀는 남편에게 그 이야길 털어놓고 싶었다. 죄책감 같은 건 없었다. 그 작은 사건은 잘잘못을 가릴 만한 일도 못 된다. 그러나 누군가에 의해 위무받고 싶었다. 그녀는 그녀가 경험한 한밤의 이상한 이물감을 시간이 지나면 저절로 잊혀질 사건이 아니라 집요하게 눌러붙어 번식할 세균성의 화근처럼 느꼈기 때문에 누가 그럴 리가 없다고 말해주길 바랐다.

"여보, 자지 말고 얘기 좀 해요."

그녀는 남편에게 몸을 밀착시키면서 콧소리를 냈다. 남편의 손길이 나일론 슬립 위로 그녀의 가슴을 익숙하게 더듬자 그녀는 그의 냄새에 코를 벌름거리면서 그의 취기를 가늠했다. 밤새도록 마신 깐으론 그의 냄새 속에 알콜 농도는 진한 편이 아니었다. 그러나 남편은 그녀를 밀어내고 돌아누우면서 말했다.

"오늘은 안 되겠어. 그놈의 게 떨어졌거든."

'그놈의 게'란 남편이 피임을 위해 쓰는 기구를 가리키는 말이었다. 그들의 아이가 죽은 후 그들은 다시는 아이를 갖지 않기로 하고 있었다. 말로 그러자고 약속한 바는 없지만 이심전심의 묵계처럼 돼 있었다. 그들의 사랑의 행위가 만들어낸 최초의 작품이 뇌성마비였다는 걸로 그들은 그 행위의 생산성을 저주했고, 철저히 배제하려 들었다. 그들은 그 점 마음이 딱 들어맞는 부부였다. 그들은 그 아기를 잃은 후 한 번도 '그놈의 것'을 사용하지 않고 몸을 섞은 적이 없었다. 그녀의 몸의 리듬이 '그놈의 것' 없이도 생산성이 없는 시기에도 그들은 '그놈의 것'의 사용의 중단을 고려하지 않을 만큼 철저했다.

돌아누운 남편은 일부러 그러는 것처럼 곧 코 고는 소리를 냈다. 남편의 착각이 억울했지만 해명할 기회가 없었다. 그녀는 그녀가 오랜 세월 의심할 여지 없이 편안하게 길들어온 남편의 냄새에 의해서라도 그 기분 나쁜 이물감을 희석해보려는 듯이 남편의 등에 몸을 밀착시켰다. 그러나 남편의 착각이 억울한 나머지 여직껏 되풀이해온 부부간의 그 일조차 무수한 착오의 반복이었을 뿐이란 생각이 들었다.

여름날은 서둘러 밝았다. 단지 내 녹지대의 푸르름이 아침 해에 싱그럽게 반짝이고 있었다. 아이의 눈이 본 초록색이란 어둠에 묻힌 저 초목과 잔디의 푸르름이 아니었을까? 그럴 리는 없다. 그때는 겨울이었는걸. 그녀는 아이의 눈이 본 초록색이 사실적인 빛깔이 아닐지도 모른다고 생각하다가도 간간이 그런 궁금증을 느끼곤 했다. 그러나 그 애녀석을 생각할 때마다 엄습하는 새롭고도 감미로운 그리움은 그녀 자신에게도 비밀이었다.

부엌으로 나온 그녀는 먼저 부엌방의 기척부터 살폈다. 밤사이에 시어머니가 죽어 있을지도 모른다는 기대는 매일매일 새롭고도 독한 쾌감을 동반했다. 그러나 그녀는 그 쾌감을 너무 오래탐닉하길 삼가고 찬 우유를 한 컵 받쳐들고 방문을 열었다. 시어머니가 희고 단단한 이를 활짝 드러내고 웃었다. 틀니인 줄 번연히 알면서도 그 건강함에 그녀는 공포감을 느꼈다. 그녀는 우유로 시어머니를 달래면서 요 위에 깐, 호청으로 싼 비닐을 걷어내고 새것으로 갈았다. 방에 요강이 있건만 노망난 노인은 오줌을싸기도 하고 누다가 흘리기도 해서 방에선 늘 진한 지린내가 났다. 노인의 망령은 그뿐이 아니었다. 여름이나 겨울이나 윗도리만 입고 하체는 벌거벗고 살았다. 기저귀라도 채워서 흉한 부분만이라도 가려주려 해도 막무가내였다. 워낙 고령이기 때문이기도 했지만, 막내아들 하나만 남고, 여러 자녀가 이민을 가기도 하고 먼저 세상을 뜨기도 하는 바람에 받은 충격으로 망령기가생긴 건 벌써 오래 전부터였다. 그러나 남부끄러운 데를 부끄러운 줄 모르고 드러내 보이려는 해괴한 망령은 아파트로 이사를오자마자부터였다. 시어머니가 여러 자녀를 낳고 기르고 떠나보내고 잃고 한 낡은 기와집을 팔고 이사를 할 때까지 그녀는 조금도 시어머니의 간섭을 받지 않았다. 노인에겐 이미 그런 일을 간섭할 권리가 없었지만, 환경의 변화가 아무런 충격이 될 수 없을만큼 정신이 망가져 있었다. 그러나 이삿짐을 다 부리고 나서 나중에 택시로 모셔온 노인은 아파트를 쳐다보고는 너무 큰 집을 샀다고 놀랐고, 그 큰 집을 통째로 다 쓰는 게 아니라는 걸 알자 고래고래 소리를 지르며 소동을 부렸다.

"싫다, 난 싫다. 내가 왜 영감이 물려준 버젓한 내 집을 두고 이 아래위 줄행랑 같은 셋집에 드냐, 들길. 아이고 망했구나 망했어, 며느리가 잘못 들어와 집안이 망해도 분수가 있지, 늦게 온째 셋집도 아니고, 줄행랑에 세를 들다니."

이렇게 넋두리를 하면서 아랫도리를 홀랑 벗길래 심술을 그렇게 부리는 줄만 알았었다. 그러나 노인의 기억에서 기와집의 추억이 말끔히 사라지고 나서도 아랫도리를 벗는 망령은 나아지지 않았다. 벗은 아랫도리 때문에 그녀는 남편과 시어머니 사이를 철저히 차단하지 않으면 안 되었다. 그녀도 가끔 시어머니가 아들의 얼굴을 기억하고 있을까를 의심하기도 했다. 그렇다고 시험 삼아 모자를 대면시킬 수도 없었다. 누구만 보면 더욱 치부를 활짝 드러내 보이고 싶어하기 때문이었다. 그런 해괴한 망령을 부리기 전까지만 해도 남편은 어머니에게 극진한 효자여서 말동무가 돼드리기도 하고 연시를 손수 숟갈로 파서 입에 넣어드리기도 했었다. 그러나 해괴한 망령 때문에 시어머니는 아들의 효성은 물론 모든 타인과의 관계에서 완전히 고립되어 오로지 그녀 하나만을 상대했다. 그녀마저도 대인관계라기보다는 외부와의 관계를 차단하는 담벼락일 수도 있었다. 수치감이 제거됐음에도 불구하고 시어머니의 치부는 음습하고 쓸쓸했다. 그녀는 그곳을 대할 적마다 남편이 그곳으로부터 태어났다는 데 혐오감과 굴욕스러움을 느꼈다. 그녀는 남편에 대한 그런 느낌이 매일매일 자신의 내부에 쌓여가고 있다는 걸 참을 수가 없었다. 시어머니가 그곳을 허구한 날 드러내놓고 사는 건 아들에 대한 모독일 뿐 아니라 인간에 대한 악랄한 능멸이란 생각까지 들었다.

아아, 그녀는 시어머니 방에서의 아침의 일과를 치르면서 그모든 굴욕감을 이렇게 신음했다. 그 굴욕감은 그녀에게 아직도 남아 있는 자신에 대한 일말의 호감마저도 잠식할 것 같았다.

시어머니의 아침시중만으로도 그녀는 기진맥진했다. 호청을 빨아 널고 나니까 남편이 일어났다. 남편은 그녀가 그 일로 얼마나 신경과 체력을 소모한다는 걸 알기 때문에 거의 시중을 시키지 않았다. 남방셔츠를 다려놓지 않아 후줄근해도 말이 없었고, 아무리 술을 많이 마신 다음날에도 해장국 한번 끓여달라지 않았다. 몸보신을 바칠 나이도 됐건만 그 흔해빠진 당근즙이나 들깨차 한번 얻어먹은 적이 없었다. 아침엔 손수 찬 우유를 꺼내 마시고 날달걀을 깨뜨려 먹으면 그만이었다.

남편을 내보낸 후 겨우겨우 집 안을 쓸고 닦으면서 그녀는 자신의 소갈머리 속에도 네모반듯한 집 안 구석구석에도 살 기운이라고는 남아 있지 않은 것처럼 느꼈다. 체력이 아닌 살 기운의 고갈을 느낀다는 것은 절망과도 통했다. 낮이 되어 더위가 기승스러워지자 시어머니는 아랫도리를 드러낸 채 엉금엉금 마루로 기어나왔다. 그걸 못 하게 하면 온종일 그치지도 않고, "사람 살리우, 사람 좀 살리우, 저년이 날 쪄 죽이네, 이 동네는 사람들도 안 사나" 하고 악을 쓰기 때문에 못 본 척하는 게 수였다. 시어머니는 마루에 깔아놓은 화문석 위에 비스듬히 누워서 빨간 새 무늬를 신기한 듯 어루만지기 시작했다. 보일 듯 말 듯한 미소가 감도는 얼굴이 어린아이의 얼굴처럼 작고 무구하고 무심해 보였다. 아침에 머리를 빗겨서 뒤로 묶어 리본을 만든, 케이크 상자를 장식했던 분홍색 끈도 잘 어울렸다. 그러나 벌거벗은 배는 주글주글 몇 겹의 굵은 주름과 수많은 작은 균열로 푹 꺼지고 늘어진 게, 마치 함부로 도굴하고 메워버린 무덤 자국 같았다. 저 배가 한때 쉴새없이 자식을 배고 기르느라 풍만하게 부풀었을 생명감이 넘치는 고장이었다는 걸 누가 알까? 그녀는 자기만이라도 그것을 알아줘야 할 것 같았고, 그곳에 귀를 기울이면 그 속을 거쳐간 생명들의 흔적을 느낄 수 있을 것 같았다. 그녀는 처음으로 시어머니의 적나라한 노구(老軀)에 연민을 느꼈다. 그리고 매일 아침 시어머니의 문 앞에서 되풀이한 살의에 대해 구차한 변명이나마 하고 싶어졌다. 내가 정작 죽이고 싶었던 것은 저분이 아니라 저분의 노망, 아니 저분의 이물감이었어. 그녀는 시어머니의 노구를 향한 연민보다 훨씬 진한 연민을 시어머니가 아파트를 처음 보고 느꼈을 그 엄청나고 고독한 이물감에 대해 느꼈다. 실상 그것은 그녀의 자위의 한 방법이었다. 그녀는 아직도 위로받지 못한 이물감이라고밖엔 표현할 길이 없는 간밤의 충격을 그렇게라도 해서 위로하고 싶었던 것이다.

해가 설핏할 무렵이었다. 그녀는 찬거리를 사려고 시장 쪽으로 가면서 무심히 지나친 어린이 놀이터로 황급히 되돌아왔다. 아이 우는 소리를 들은 것처럼 느꼈고 앞집 아이가 어딘지 몹시 다쳤다고 생각했다. 그러나 아파트 그늘이 길게 드리워져서 서늘해진 놀이터의 아이들은 하나같이 놀이에 열중해 간간이 즐거운 환성을 지르는 아이는 있었지만 우는 아이는 없었다. 그녀는 괜히 허전해하면서 아이 하나하나를 뚫어지게 바라보았다. 역시 앞집 아이는 보이지 않았다. 그녀는 꿈을 꾸고 있는 것처럼 초점 없는 눈으로 멍하니 서 있었다.

벤치에 앉아서 아이를 보면서 바람을 쐬고 있던 여자들이 느닷없이 킬킬대며 허리를 잡았다.

"그래서? 그래서 어떻게 됐어?"

"어떻게 되긴 뭐 어떻게 돼. 생각나는 건 여자의 젖가슴밖에 없다는 걸 더 족쳐봤댔자지 뭐."

"정작 그 아랜 못 봤대?"

"몰라, 봤으면 봤다고 실토를 하겠어? 그 여자 젖가슴 한번 댓방 크더란 소리도 술김에 해서 안걸."

"어떤 여잘까? 어느 동에 사는 누굴까?"

"아무리 한여름이지만 벌거벗고 자는 여자면 알조 아냐? 나가는 여자 아니면 쎄컨드겠지?"

"참, 우리 아파트에 쎄컨드 많이 산다고 소문이 자자해. 풍기문란해서 어쩐다지?"

"뭘 어떡해? 각자 제 남편만 안 뺏기게 잘 단속하면 그만이지."

"어쭈, 자신이 만만한데."

"가끔 술이 과해 동 호수까지 헷갈려서 탈이지, 우리집 그이 그런 문제는 깨끗하잖아."

그녀는 한참 만에 겨우 슈퍼마켓을 가는 길이었다는 걸 생각해내고 그곳을 물러났다. 화단엔 여름꽃이 한창이었다. 장미, 분꽃, 맨드라미, 기생초, 도라지꽃, 백일홍…… 파란 모자를 쓴 관리 아저씨가 물뿌리개를 단 호스로 꽃밭에 물을 주기 시작했다. 관리 아저씨가 꽃을 좋아하는 동 앞엔 꽃밭이 그렇게 잘됐다.

"아저씨 수고하세요."

그녀는 천천히 꽃밭 앞을 지나며 관리 아저씨한테 눈웃음쳤다. 그리고 돌아서서 아직도 수다를 떨고 있는 놀이터의 여자들을 바라보았다. 그녀는 앞집 아이의 손목을 잡고 꽃밭을 거닐고 싶다고 생각했다. 그리고 그 아이에게 갖가지 꽃 이름과 그 정확한 빛깔을 가르쳐주고 싶었다. 또 아이가 초록빛이라고 말하기 위해 동그랗게 오므린 입술에 뽀뽀도 해주고 싶었다. 그녀는 꽃밭을 지나자 자기가 왜 그렇게 허황한 생각에 도취했었을까를 매우 이상하게 생각했다. 그러나 그 허황한 생각은 일종의 깨달음 같은 것이기도 하여서 없었던 것으로 돌이키기가 불가능할 것 같았다.

그날 밤에도 그녀는 남편에게 그녀가 경험하고 간직한 그 기분 나쁜 이물감에 대해 말하려고 했다. 그러나 피곤한 남편은 그 말이 하고 싶어 몸이 단 그녀의 태도를 또 잘못 착각하고 '그놈의 것'을 아직도 못 준비했단 핑계를 대고 돌아누웠다. 그녀는 그렇게 거듭 당하는 남편의 착각이 야속했지만 더 말을 붙일 수가 없었다. 그녀의 조바심은 다음날 아침까지 남아 있어서 그녀의 태도를 매우 불안하게 했다. 남편은 또 무슨 착각을 했는지 오늘은 '그놈의 것'을 꼭 사가지고 오마고 일방적인 약속을 하고 출근했다. 며칠 그러는 동안 그녀의 이물감에 대한 혐오감은 날로 심해져서 혼자서 헛구역질이 날 때도 있었다.

그렇게 며칠을 끌고 나서야 남편은 드디어 '그놈의 것'을 사가지고 들어왔다. 얼큰히 취한 남편은 늦어진 채무에 대한 변명처럼 이렇게 말했다.

"암만 해도 맨정신으로 그놈의 것을 사긴 좀 뭣해서……"

칠 년 동안 충분히 타성화된 애무 끝에 드디어 그놈의 것으로 견고한 무장을 한 그의 뿌리를 그녀가 받아들여야 할 차례가 되었다. 그녀는 그놈의 것을 생전 처음 보는 것처럼, 그러나 부끄러워하지 않고 똑똑히 바라보았다. 엉뚱하게도 요 며칠 동안 그녀에게 그 기분 나쁜 이물감을 일으킨 것의 정체가 바로 '그놈의 것'이었던 것처럼 그녀 내부에 앙금처럼 침전됐던 혐오감이 아우성치며 들고 일어나 극대화되는 걸 느꼈다.

"잠깐만, 여보 잠깐만."

그녀는 순간적으로 그 일을 늦춰야 된다고 생각하면서 다급하게 부르짖었다.

그와 거의 동시에 남편도 잠깐만, 여보 잠깐만 하면서 표정이 별안간 부드럽고 아늑해졌다.

"여보 들어봐, 아이 우는 소리가 들리잖아."

남편이 이렇게 다정하게 속삭였다. 그러고 보니 정말 아이 우는 소리가 들리는 것 같았다. 그러나 문 밖은 아니었다. 그들은 동시에 아주 멀리서 우는 아이의 울음소리를 듣고 있었다. 행복한 공감이었다. 아이는 그들이 같이 걸어온 아득한 시간의 회랑 저 끄트머리쯤에서 울고 있었다. 거기서 남편을 만날 줄은 정말 뜻밖이었다. 더욱 뜻밖인 건 울음소리를 들으면서 자는 남편의 아름답고 싱그러운 미소였다. 비록 흰머리가 섞인 머리칼이 몇 가닥 늘어졌을망정 이마도 소년처럼 반듯하게 빛나고 있었다. 그녀가 남편에게서 그렇게 풍부하고 부드러운 정감을 느껴보기도 처음이었다. 마치 비로드에 싸인 것처럼 안락했다. 그리고 행복했다.

이제야말로 망설여서는 안 될 것 같았다. 그리고 정직해져야 겠다. 그녀는 자신 있게 남편의 뿌리가 입고 있는 그 흉측한 이물질을 벗겨냈다.

정욕보다도 훨씬 집요하고 세찬, 생명에의 갈구가 그녀를 무자비하게 비틀었다.

저녁의 해후

남편이 반신불수라는 건 그가 움직이지 않고 가만히 있을 때도 겉으로 드러났다. 뇌일혈로 쓰러졌다가 회복되면서 왼쪽이 마비될 초기만 해도 움직일 때가 아니면 그의 불수를 눈치챌 수 없었다. 겉으론 멀쩡했었다. 남편은 체격이 크고 당당했다. 하여 그를 의자에 앉혀놓고 바라보길 나는 즐겼었다. 곧 일어나 산책을 나가든지 뜰의 화초를 손보든지 할 것 같은 나의 행복한 착각을 위해서였다.

그러나 마비가 굳어지면서 차츰 그의 반쪽이 죽어 있다는 게 가만히 있을 때도 옷 밖으로 드러나기 시작했다. 심지어는 이불 덮고 잠자고 있을 때도 그의 반쪽이 죽어 있음을 알아볼 만했다. 건강할 때 입던 옷들이 아직도 다 그에게 잘 맞으니 겉모양이 예전과 달라진 건 아니련만도 그랬다. 의족이나 의수가 아무리 감쪽같아도 생명 없음을 숨길 수 없듯이 그를 아무리 옷 잘 입혀 흔들의자에 편안히 앉혀놓아도, 반쪽을 생명 없는 무기질로 접붙여놓은 것 같은 어색함을 도저히 숨길 수가 없다. 그를 찾아오는 문병객의 발길이 끊긴 지도 오래건만 나는 구태여 그걸 숨기고자 조바심한다.

남편의 고개가 옆으로 스르르 꺾이면서 성한 손에 들고 있던 한 무더기의 편지가 바스락 낙엽 지는 소리를 내면서 마룻바닥으로 떨어진다. 마룻바닥엔 그가 편지를 보기 전에 떨군 신문이 어지러이 흩어져 있다. 일흔다섯에 아직도 등산과 술 담배와 섹스를 즐긴다고 자랑하며 활짝 웃고 있는 어느 명사의 동안도 보인다.

남편은 한쪽이 불수가 되고부터 기억력도 필라멘트가 간댕간댕 붙었다 떨어졌다 하는 전구처럼 깜박인다. 어렸을 적 그를 사로잡았던 연날리기, 제기차기, 쥐불놀이 등을 마치 갓 붓을 뗀 수채화처럼 산뜻하고 담담하게, 그리고 축축한 정감으로 여실히 그려내는가 하면, 때로는 자기 나이도 잊어버렸다. 아까도 그 명사의 노익장 기사를 읽으면서 나도 한 십 년만 젊었어도…… 하면서 한탄을 하는 것이었다. 마치 그 명사가 자기보다 십 년은 아래인 것처럼.

옆에서 그 소리를 듣고 있던 조카딸이 깔깔대며 물었다.

"이모부, 이모부 연세가 몇인 줄이나 알고 그러세요?"

남편은 예순다섯이었다. 그러나 그는 그것을 기억하고 있는 것 같지 않았다.

그는 대답 대신 히이, 하고 한쪽으로 흘러내리는 웃음을 웃었다. 웃음뿐 아니라 먹을 것도 마실 것도 그의 입에선 한쪽으로 흘러내리길 잘했다. 또 나이뿐 아니라 자식들에 대한 기억력도 늘 깜박거렸다. 신문에서 미국의 몇십 년 만의 혹서나 혹한, 급증하는 청소년 범죄, 성적 타락, 이혼율 등의 소식을 읽고는 거기 가 있는 아이들 일을 안절부절을 못하고 걱정하다가도 금세 바로 옆집에 사는 자식이 부모를 안 돌보는 것처럼 들입다 역정을 내기도 하고, 아침에 출근한 자식을 기다리듯이 밤늦도록 기다리고 보고 싶어하기도 했다. 그럴 때마다 나는 아이들이 만리타향에 가 있다는 걸 그가 이해할 수 있도록 아이들의 편지를 내주었다. 항공우편은 쉽사리 그의 끊긴 기억을, 아이들을 하나씩 떠나보내던 공항과 이어놓았다. 나는 그가 항공우편을 뒤적일 때마다 공항에서의 그를 다시 보는 듯했다. 그때 그는 시선에 대롱이 달린 사람 같았다. 마치 곤충이 꽃 속 깊숙이 대롱을 박고 꿀을 탐하듯이 아이들의 얼굴에 끈끈한 기대와 갈망의 대롱을 박고 놓아주지 않는 그 때문에 꼼짝 못 하는 아이들을 나는 내 힘으로 밀어내지 않으면 안 되었다.

아아, 노망이란 뭘까. 기억이 이어지지 않고 끊어지기 때문에 무슨 일이고 처음처럼 새로울 수 있다는 건 얼마나 끔찍한 일인가.

"이모, 금붕어가 또 죽었어요."

마루의 양지바른 곳에 유리를 덮어놓은 돌절구 속을 들여다보고 있던 조카딸 영애가 경박한 목소리로 놀라며 죽은 금붕어를 손가락으로 집어냈다. 나는 영애의 손끝에 거꾸로 대롱대롱 매달린 금붕어보다 그녀의 손톱이 눈에 거슬려 눈살을 찌푸렸다. 금붕어는 비늘이 벗겨졌는지, 죽은 채 붉었는지 늦잠 자고 난 루즈 자국처럼 흉하게 바래 보였다. 거기 비해 그녀의 손톱의 다홍빛은 너무 진하고 두텁게 반짝거렸다.

"야, 너 손톱을 너무 빨갛게 칠한 거 아니냐? 선보러 갈 애가……"

"지가 날 손톱 때문에 퇴짜 놓으면, 까짓 거 난 절 발가락으로 차버릴걸. 그럼 될 거 아냐, 이모?"

영애는 선볼 목적이 다만 퇴짜 놓는 데 있다는 듯이 이렇게 말하면서 죽은 금붕어를 대롱대롱 흔들어 보였다. 싸구려 이어링을 고를 때처럼 조금도 심각하지 않게 무심히.

"이런 말버릇하고…… 신랑 자리한테 지가 뭐냐?"

"그럼 서방님이라고 그럴까, 이모?"

영애는 이러면서 나를 빤히 바라보더니 분합문을 드르륵 열고 죽은 금붕어를 휙 마당으로 던졌다. 금붕어는 피튜니아 팬지 따위 봄 화초가 어우러진 꽃밭에 가 떨어졌는데도 나는 시멘트 바닥에 패댕이쳐진 그놈을 상상하고 흠칫했다. 아직은 바깥바람이 찼다. 영애가 기지개를 켜면서 뭔가 답답한 듯 심호흡을 하는 동안 잠든 남편의 백발이 풀풀 일어섰다.

영애는 동생이 애지중지하던 무남독녀였지만 동생이 죽자 동생의 남편은 옳다구나 지금부터라도 아들을 얻을 수 있게 됐다 싶었던지 서른 살 노처녀한테 새장가를 들었다. 그때부터 천덕꾸러기가 된 영애를 내가 데리고 있은 지가 삼 년짼데 그 동안 더러 혼처가 나서긴 했어도 성사는 안 됐다. 한쪽 부모가 없는 편안치 못한 가정환경이 핸디캡이 되고 있었다.

"신랑 자리가 문제가 아냐. 신랑 아버지가 따라 나오신댔으니까 그쪽에 더 신경을 써야지. 내 생각으론 손톱을 아주 지우든지, 흰색으로 다시 칠하든지 하는 게 좋겠다. 화장은 될 수 있는 대로 엷게 하고…… 우선 노인네 마음에 들도록 신경을 좀 써, 알았쟈?"

"그 사람들이 내 마음에 들기도 전에 내가 왜 그 사람들 마음에 들려고 신경을 써요?"

영애가 파르르 했다. 그러거나 말거나 나는 하고 싶은 말을 다 했다.

"이번 혼처는 그쪽도 어머니가 안 계시단다. 너야 학벌 좋겠다 인물 좋겠다, 느이 아버지 사업 잘되겠다, 어머니 안 계시다는 것밖엔 꿀릴 게 뭐가 있냐? 하나밖에 없는 흠은 그쪽 역시 마찬가지니까 넌 조금도 주눅들 것 없어."

"이모, 내가 언제 주눅이 들었다고 그래?"

영애가 또 파르르 했다.

"너무 주눅이 안 들려고 조바심하는 것처럼 주눅들어 보이는 것은 없다, 너."

나는 나 하고 싶은 말만 다 하고 나서 시침 딱 떼고 돌절구 속의 금붕어를 들여다보았다. 겨울을 나는 동안 수초는 다 죽고, 금붕어도 한 마리밖에 남아 있지 않았다. 남은 한 마리도 아까 영애 손끝에 매달렸던 죽은 놈처럼 붉은빛의 생기가 바래 사색(死色)이 완연한 게 밑바닥에 조용히 머물러 있었다. 모로 눕지 않았다는 게 그놈이 아직 죽지 않았다는 유일한 표시였다. 마당 구석에서 이끼를 뒤집어쓰고 엎어져 있는 돌절구에다 금붕어를 기를 생각을 해낸 건 영애였다. 그건 처음부터 영애가 해낸 생각이라기보다는 어디서 보고 들은 흉내일 수도 있었다. 그녀는 어떤 부자 친구네서 옛날엔 짐승의 먹이통이나 했음직한 돌확을 응접실에 들여놓고 금붕어와 수초를 기르는 걸 보았는데 참 보기 좋더라고 하면서 집 안에서 그와 유사한 걸 찾다가 돌절구를 발견했다. 곧 그 오지게 무거운 걸 힘들여 마루로 옮겨놓고 금붕어와 수초를 사다넣었다. 그러나 그녀는 시작보다는 뒤끝이 흐린 편이어서 처음에 신바람을 낼 때와는 딴판으로 곧 관심도 안 가지게 돼, 한겨울을 나는 동안, 열 마리의 금붕어 식구가 한 마리로 줄었다. 돌 사이에 남아 있던 독한 양념 냄새 때문일까? 나 역시 금붕어가 죽어나갈 때마다 그 정도의 관심을 가져보는 것 외엔 달리 어째볼 도리가 없었다. 그 돌절구는 맵고 짜고 양념이 진한 남도김치를 즐기는 남편이 혈압이 높다는 걸 알고 맵고 짠 음식을 삼가게 되면서부터 마당 구석으로 밀려나 잊혀졌었다.

영애는 돌절구뿐 아니라, 뒷방이나 다락 구석, 마루 밑에서까지 잊혀진 물건들을 쑤셔내서, 본래의 용도와는 얼토당토않은 것으로 써먹기를 즐겼다. 파랗게 녹이 슨 제기접시를 끄집어내서 석류나 유자 따위를 담아서 장식장 위에 올려놓기도 하고, 향로에다 마른풀을 꽂아서 내 방 문갑 위를 장식해주기도 했다. 다락 구석에 처박혔던 시어머니의 반닫이가 마루 한가운데로 끌려나와 다탁 구실을 하는가 하면 다듬이 방망이가 벽 한가운데 매듭 장식을 달고 매달리기도 했다. 나는 영애가 일으킨 우리 집안의 이런 변화를 좋아하는 척도 싫어하는 척도 않고 그냥 내버려두고 있었다. 그러나 마루 밑에 오랫동안 버려져서 새까맣게 죽은 놋요강을 끄집어내서 또 무슨 기발한 짓을 하려고 할 때만은 제발 아서라고 말렸다. 외국 사람이 우리의 요강에다 꽃을 꽂아놓았다면 가벼운 웃음거리가 되겠지만 우리가 우리의 요강에 꽃을 꽂으면 미친 짓이 되겠기에였다.

구닥다리 물건으로 현대적인 멋을 내보려는 영애의 노력이 기특하긴 했지만 독창적인 거라고 여기진 않았다. 요새 웬만큼 사는 사람들 사이에선 그런 복고풍의 집 치장이 크게 유행하고 있다는 것쯤은 나도 알고 있었다. 유행이 싫어서가 아니라 그런 흉내가 우리 집안 분위기하곤 도대체 어울리지가 않아서 나는 영애가 하는 짓을 말리지만 못했다뿐 조금이라도 좋아하고 있는 건 아니었다. 언제고 영애가 시집가고 나면 후딱 그런 것들 먼저 치워버려야지 싶을 만큼 눈에 거슬릴 적도 있었다. 나에게도 남편에게도 이미 한물간 구닥다리 물건에 새로운 감각을 불어넣을 만한 기운이 남아 있지 않았다. 그런 짓은 기운이 남아도는 사람들이나 할 짓이었다. 나는 구닥다리 물건이 내 집에서 살아나지 않는 게 우리 부부의 생명력의 결핍 탓인 양 꼴 보기 싫었다.

"이모, 내가 이모 눈화장 시켜줄까?"

영애가 손목시계를 보면서 말했다. 그새 손톱을 연분홍으로 바꿔 칠하고 화장도 공들여 한 것 같았다.

"눈화장은……"

나는 그런 방법으로 나를 재촉하는 영애를 내심 측은해하면서 서둘러서 대강 화장을 하고, 한복을 곱게 차려입었다. 남편은 아직도 자고 있었다. 나는 세든 사람한테 남편의 점심을 부탁해놓고 영애를 앞세우고 집을 나섰다. 저만치 언덕길을 꽃장수 여편네들이 올라오고 있었다. 손바닥만하나마 집집마다 뜰이 있고, 찻길과 상가에서 한참 떨어진 동네라 봄이면 꽃장수가 줄을 이어도 그런대로 잘 팔렸다. 봄의 빛나는 영광 속에 활짝 핀 색색가지 팬지꽃을 목판 하나 가득 담아 인 꽃장수 아줌마들은 엄청나게 큰 화관을 쓴 것처럼 동화적으로 보였다. 그러나 가까이서 본 그들은 아직도 찌든 겨울파카를 입은 채 비지땀을 흘리며 힘겹게 헉헉대고 있었다. 우리 동네 언덕길은 내 나이엔 빈 몸으로도 쉬엄쉬엄 올라야 할 만큼 길고 가팔랐다. 나는 앞서거니 뒤서거니 줄지은 다섯 명이나 되는 아줌마들에게 도움을 주고 싶었다.

"여봐요, 공연한 헛수고하지 말고 딴 동네로 가봐요. 이 동네에서 그런 꽃 살 만한 집은 벌써 다 사서 심었다우. 우리도 두 목판이나 사서 심은 게 처음엔 비리비리하더니 이젠 땅냄새를 맡고 어찌나 잘 퍼지는지, 더러는 솎아내야 하게 생겼는걸."

"웬 할머니가 걱정도 팔자야, 자기가 이 동네를 다 맡았나?"

"할머니니까 걱정이 팔자지."

그들은 숫제 나를 상대도 안 하고 저희끼리 비쭉대며 내 곁을 지나쳤다.

"이모, 이몬 정말 걱정도 팔자야. 그런 소린 뭣 하러 하세요? 괜히 망신만 당했잖아요. 재수 나쁘게……"

영애까지 나를 이렇게 핀잔주었다. 그녀의 핀잔 중에서도 재수 나쁘단 말이 내 귀에 여간 거슬리지 않았다. 제가 선보는 일을 아무리 장난처럼 대단치 않게 굴려고 해도 애가 단 제 속을 다 아는 나로서는 이번에도 성사가 안 되면 내 탓을 할 것 같았다. 하지만 더 듣기 싫은 소리는 꽃장수들한테서 연거푸 들은 할머니 소리였다. 눈화장까진 안 했지만 어제부터 피부 손질에 신경을 쓴 내 얼굴은 아직도 고왔고, 더구나 연분홍 비단 치마저고리에 레이스 숄을 살짝 걸치고 거울 앞에 섰을 때 말은 안 했지만 영애하고 자매끼리로 봐주지 않을까 하는 안타까운 기대가 스멀대는 걸 느꼈었다. 그런데 아이들도 아니고 나이도 알 수 없이 굴신스럽게 찌든 여편네들한테 할머니 소리를 듣다니. 우리는 둘이 다 정체를 알 수 없는 불안 때문에 다소 일그러진 얼굴을 펼 새도 없이 목적지에 당도하고야 말았다. 신랑 아버지가 그 흔해빠진 호텔 커피숍 다 마다고 우리 동네 버스 종점에 있는 허름한 인삼찻집에서 만나자고 했기 때문이다.

"미리 이 동네 염탐을 왔었나? 그 영감이 그렇지 않고서야 이 대폿집 같은 인삼찻집을 어떻게 알았을까. 안 그래요, 이모?"

영애는 인삼찻집 옆에서 갑자기 기가 꺾인 얼굴로 나를 돌아다보면서 말했다. 우리도 모르고 있는 우리 동네 인삼찻집을 상대방이 알고 있었다는 게 기분 나쁘긴 나 역시 영애 못지않았다. 나도 모르는 새에 누가 내 오장을 뽑아본 것처럼 억울했대도 지나친 과장은 아니었다. 이래저래 우리는 상대방에 대해 우호적인 생각보다 적대감을 잔뜩 곤두세우고 인삼찻집의 삐걱대는 계단을 올랐다.

"송여사 여기야, 여기."

이번 혼담에 중매격인 김여사가 창가 자리에서 손을 흔들었다. 김여사는 남편의 회사 동료의 부인이어서 부부동반의 망년회나 결혼식장 같은 데서 어쩌다 만나면 아는 체나 하는 정도였으나 그녀의 남편이 먼저 중풍으로 고생하다가 연전에 작고하고부터 급속히 가까워지게 되었다.

김여사가 일어나 서더니 옆자리에서 의자를 하나 들어다가 보태면서 우리에겐 편한 자리를 권했다. 자연히 나는 신랑 아버지, 영애는 신랑을 마주 보게 되고, 새로 보탠 모퉁이 자리 차지는 김여사가 하게 되었다. 나는 신랑 아버지의 잘 닦은 놋대접처럼 반짝이는 대머리가 면구스러워서 눈길을 비스듬히 창으로 돌렸다.

"인사들 나누셔야죠. 이분은 신랑 조재민군 아버님, 이쪽은 색시 윤영애양 이모님. 너무 간단한 것 같지 않아, 송여사?"

"간단하지 않으면 뭘 더 어떻게……"

나는 김여사가 중매 같은 일에 익숙지 않다는 데 어줍잖게 동정심마저 동하는 걸 느끼면서 이렇게 얼버무렸다.

"그 다음은 당사자끼리 인사들 해요. 당사자 소개는 좀 길게 할 수도 있지만 내가 여기서 다 해버리면 이따가 둘이서만 할 얘기가 없을까봐 그것도 그까짓 거 생략해버릴 테니까. 송여사, 난 말야 글쎄 걱정도 팔자지, 중매로 맞선 보는 젊은이들이 중매쟁이랑 가족들이 슬슬 꽁무니 빼고 둘만 남았을 때, 무슨 할 얘기가 있을까 생각만 해도 괜히 진땀이 난다니까. 별안간 무슨 할 얘기가 있겠어?"

"정말 김여사는 걱정도 팔자네."

김여사가 부자연스럽게 떠드는 수다 속엔 양가가 비슷하게 별볼일 없는 집안이란 비아냥거림 같은 게 포함돼 있는 것 같아 나는 새침해지면서 입 속으로 중얼거렸다. 사십대로 보이는 주인 여자가 옥색 저고리에 남치마를 잘잘 끌고 와서 차는 뭘로 드시겠느냐고 물었다.

"어머, 인삼차 말고 딴 차도 있어요?"

김여사가 별것도 아닌 것에 호들갑을 떨었으나 잔뜩 움츠러든 분위기에 생기를 불어넣을 만한 것은 되지 못했다.

"쌍화차, 생강차, 당귀차, 잣죽까지 있습니다요. 잣죽으로 통일하시면 어떠실는지. 이 집에선 그게 제일 맛도 있고 비싸답니다."

주인여자 대신 앞에 앉은 대머리 노인이 이렇게 긴 말을 했다. 선을 보면서 죽이라니, 나는 그 촌스러움에 대한 역겨움으로 입술이 마르는 걸 느꼈다.

"나중에 후회하지 말고 지금 자세히 뜯어보고 뭐 물어볼 것 있으면 물어도 보고 그래요."

김여사가 딴전만 보고 있는 내 옆구리를 쿡 찌르면서 말했다. 신랑은 머리숱이 많고 장발이었다. 부자의 우스꽝스러운 대비에 나는 을씨년스럽게 웃었다.

"조선생님은 색시보다 색시 이모님한테 더 관심이 있으신가 봐. 아까부터 한시도 눈을 떼지 않으시니……"

김여사가 천박하다고밖에 할 수 없는 소리로 킬킬대면서 말했다. 나는 그 여자를 그렇게까지 주책으로 보지 않았는데 왜 이러는지 몰랐다. 그 여자도 뭔가 아구가 안 맞는 분위기에 에라 모르겠다, 지레 포기를 하려는 것 같았다. 그 여자의 귀띔이 아니더라도 나 역시 처음부터 노인의 강한 눈길을 의식하고 있었다. 찻집에 들어서자마자부터였다. 지금은 숫제 그의 염치없는 눈길이 끈끈한 손가락이 되어 나의 볼을 후벼파고 있는 것 같았다. 내가 그를 여직껏 똑바로 보지 못한 것도 그의 시선에 몰려 내 눈의 자유를 잃고 있기 때문이었다. 더욱 고통스러운 건, 우리들

의 기이한 분위기에 밀려난 정작 당사자들의 비난하는 듯 탐색
하는 듯한 눈길까지 나 혼자서 감당해야 하는 일이었다. 다행히
곧 잣죽이 오고 우린 일제히 그것을 소리내어 훌쩍이기 시작했
다. 신랑감도 색싯감도 이미 얌전 뺄 의욕을 상실하고 있음이 완
연했다. 중매를 통해 보는 맞선이라는 게 그랬다. 될 듯 될 듯 하
다가도 안 되는 데만 이골이 난 영애는 퇴짜 놓을 생각부터 하면
서 그 자리에 임했지만, 틀어지고 난 후에 어느 쪽에서 퇴짜를
놓았다는 거나마 분명히 드러나는 일도 아니었다. 상대방에게
듣기 좋은 핑계와, 제삼자에겐 내 쪽에서 퇴짜 놓았다는 허세가
따르는 게 그 짓이었다. 어쩌다가 연애 한 번 못 하고 그 치사한
짓을 통해서 시집을 가보려고 애쓰는 동안에 무슨 소모품처럼
마모돼가는 영애가 불쌍해서 나는 멀건 잣죽이나마 잘 넘어가지
않았다. 동생이 어떻게 기른 딸인데…… 곧잘 내 친딸로 남들이
보아줄 만큼 나를 많이 닮은 조카딸한테 나는 주체할 수 없는 연
민과 애정을 느꼈다. 그건 내 자식들에게 충분히 못 쏟은 채 내
속에 억압된 거여서 고르지 못하고 변덕스러웠다.

"입가를 닦으세요."

신랑이 냅킨꽂이를 영애 앞으로 밀어놓으면서 말했다. 일부
러 그런 거겠지만 소리내어 그릇 바닥을 긁을 만큼 맛있게 잣죽
을 먹고 난 영애는 입가에 보얀 잣죽 테를 두르고 있었다. 그런
유의 지적은 친한 사이에도 불쾌감을 주기 쉬운데 청년의 태도
는 전혀 그렇지가 않았다. 나는 그런 말을 조금도 거슬리지 않

게 할 수 있는 청년의 꾸밈없이 소탈한 태도에 신선한 놀라움을 느꼈다. 영애는 다소곳이 콤팩트를 꺼내 보면서 입 언저리를 닦아냈다.

"송여사, 우리 엑스트라들은 이제 물러날 시간이 된 거 아냐? 맞선의 각본상. 그렇지 않습니까, 조선생님?"

김여사도 뭔가 될 성부른 꼬투리를 발견한 양 괜히 싱글대면서 두 사람에게 동시에 물었다. 노인이 대답 대신 부리나케 카운터 쪽으로 갔다. 나는 비로소 청년을 찬찬히 뜯어보면서 우리 영애 데리고 아무쪼록 재미있고 유익한 시간 보내고 일찌거니 집으로 돌려보내달라는 부탁을 했다. 청년은 준수했다.

"우선 이 촌스러운 인삼찻집부터 면하는 거야. 분위기가 사람을 지배하는 거니까."

김여사도 이렇게 거들었다. 밖으로 나온 세 사람은 잠시 삼각형으로 서서 나는 김여사를, 김여사는 노인을, 노인은 나를 보았다. 뒤통수를 세게 당기는 듯 팽팽한 삼각형이었다. 마침 빈 택시가 우리 곁에서 속도를 늦추는 걸 본 김여사가 뭐라고 화급한 핑계를 둘러대더니 혼자서 냉큼 택시를 타고 가버렸다. 나는 그 동네가 우리 동네라는 걸 잠깐 잊고 같이 가자는 시늉으로 몇 발짝 뜀박질로 택시 뒤를 쫓았다.

"저어, 고향이 송도(松都)시죠? 중부 숫전골에 사시지 않았습니까?"

조노인이 쫓아오면서 이렇게 물었다. 처음으로 어미에 잠깐

드러난 그의 사투리에 나는 결정적으로 덜미를 잡혔다. 나는 시침 떼기를 단념하고 노인을 바로 보았다. 놋대접처럼 번들대는 대머리와는 딴판으로 눈썹은 여전히 숱이 짙고, 코는 우뚝하고, 턱은 완강했다. 하지만 정결하고 날카로운 느낌을 주던 파르스름한 구레나룻 자국은 곰팡이 빛깔로 지저분하게 변색돼 있었다. 나는 쓸쓸하게 웃으면서 말했다.

"네, 선생님은 시접골 사셨죠?"

시접골 그의 집은 바깥채는 초가고 안채는 기와집인 전형적인 송도 가옥이었다. 안뜰은 희고, 마루는 길이 잘 들어 거울처럼 번들댔다. 화강암이 부서져서 된 그 고장 특유의 토질은 도시 전체를 조용하고 정결하게 보이게 했지만 그날 그 집 안뜰은 유난히 희게 보였다. 마치 송악산에서 몇날 며칠 마련한 당목을 길길이 펴놓은 것 같았다. 부엌 앞 긴 돌엔 치자나무 화분이 놓였었고 동쪽 담장 밑엔 국화꽃이 만발해 있었다. 기둥 서까래까지 매일 기름걸레질을 하는가 싶게 손이 골고루 가 보였지만 꽃밭만은 되는대로 내버려둔 양 국화가 마구 덤불을 이루고 엉클어져 피어 있었다. 송이가 꼭 교복 단추만하면서도 꽃잎의 숱이 많아 도톰하고 빛깔이 담백한 토종국화는 그 집뿐 아니라 그 고장에 지천으로 흔한 것이었음에도 불구하고, 나는 오늘날까지도 토종국화 하면 그날 그 집 마당의 국화 덤불을 떠올리곤 했다.

그날 그와 나는 선을 봤다. 왜 그의 집에서 선을 보게 되었는지는 잘 생각이 나지 않지만 지금처럼 다방이 흔한 세상이 아니었고 그의 누이와 내가 호수돈고녀 동창이어서 무관하게 드나들던 집이기 때문이었던 것 같다. 그는 서울 가서 보성전문을 다니고 있었지만 정식 인사만 없었을 뿐 서로 얼굴은 잘 아는 사이였다. 그러니까 선은 우리보다 부모들끼리 보고 있었고, 우리한테는 그날부터 내외할 것 없이 사귀어보라는 허락이 떨어진 셈이었다. 그런 자리이고 보니 새삼스럽게 부끄럼을 타는 척하느라 그를 마주 보지 못했지만 속으론 제법 엉큼한 생각을 하고 있었다. 평소 멋있다고 생각한 그의 구레나룻 자국이 내 볼을 부비면 얼마나 따가울까? 그건 상상만으로도 온몸에 모닥불을 담아 붓는 것 같았고, 그걸 행여 누가 눈치챌까봐 더욱 쌀쌀하니 새침을 떨고 있었다.

양가의 허락이 떨어진 그와 나의 교제가 그후 얼마나 오래 계속되고 또 얼마나 자주 만났는지는 생각나지 않지만 마지막으로 만난 날도 역시 국화꽃을 보았던 것으로 미루어 한 달 남짓 교제한 게 아닌가 싶다. 그날 그와 나는 남성병원의 긴 담을 지나 초가가 드문드문 있는 들판까지 나갔었다. 그는 그 길이 그가 마음이 쓸쓸할 때 잘 다니는 산책길이라고 했다. 어떤 때 남자들도 마음이 쓸쓸할까, 나는 그게 궁금했지만 물어보진 않았다. 이미 들판엔 겨울이 시작돼 있었고 그 광활한 쓸쓸함이 나를 압도했다. 되돌아오다가 우린 양옥집이 몇 채 있는 텃밭머리에 쭈그리고 앉았다. 서양 사람들이 살던 집이야, 남성병원 의사들이었을 거야. 그가 말했다. 텃밭도 비어 있었지만, 군데군데 이름을 알 수 없는 채소가 서리를 맞고 누렇게 말라비틀어진 게 보였다. 일년감 먹어보았어? 그가 물었다. 나는 고개를 저었다. 생기긴 꼭 연시같이 생겼는데 맛은 고약해. 욕지기가 나서 뱉어버렸어. 훔쳐먹은 벌을 톡톡히 받았지. 어렸을 때 일이야, 서양 사람들이 쫓겨가기 전의 일이니까. 알고 보니 서양 사람들도 과일로 먹는 게 아니라 채소처럼 요리를 해 먹는다더군. 요새도 나는 토마토 철이면 문득 그때 그의 말이 생각나서 미소지을 적이 있다. 여기서 조오기까지는 일년감밭, 조오기서 저어기까지는 양배추밭, 저어기서 저만치까지는 홍당무밭…… 그는 이렇게 손가락 끝으로 빈 밭을 마름질해 보여주었다. 저만치 텃밭머리에 아직도 한 무더기의 토종국화가 싱싱하게 피어 있었다. 잎과 줄기가 누렇게 시든 후에도 서릿발처럼 희고 차게 피어 있는 국화는 싱싱하다기보다는 섬뜩해서 나는 가만히 몸서리를 쳤다. 그가 춥냐고 물었고 곧 귀가를 서둘렀다.

그후 그와 나는 만나지 못했다. 궁합이 안 맞으니 혼담은 없었던 것으로 하자는 통고가 그의 집으로부터 왔기 때문이다. 나의 어머니도 궁합을 몹시 중히 여겼기 때문에 그쪽 말이 참말인지 거짓말인지를 알아보기 위해 이름난 사주쟁이집을 몇 군데 돌고 와서 하마터면 큰일날 뻔했다고, 혼담이 이루어지지 않은 걸 다행스러워했다. 몇 군데서 한결같이 두 사람 사이에 공방살(空房殺)이 들었다고 했다는 것이다. 이듬해 그가 학병으로 끌려감으로써 점괘의 영검함이 생생하게 입증까지 되고 보니 그 사건은 집안 어른들에게도 나에게도 별로 큰 상처가 되진 않았다. 그러나 나는 그때 일을 초조(初潮)의 기억처럼 평생 동안 지우지 못했다. 비록 상처는 아니더라도 젊은 날을 긋고 지나간 굵은 획이었다.

당사자끼리 선을 보는 걸 일본말로 미아이(見合)라고 하면서, 가장 발달된 신식의 혼인방법인 양 너도 나도 써먹되 궁합의 세도 또한 만만치 않던 때 있었던 일이다.

"자아, 타시죠."

어느 틈에 조노인이 택시를 불러놓고 나를 그 안에 밀어넣었다.

"전 이 동네 사는걸요. 바로 저어기……"

나는 차창으로, 버스 종점이 있는 구질구질한 상점거리에서 한참 떨어진 양지바르고 잘 정돈된 언덕바지의 주택가를 내다보면서 말했다.

"점심을 대접하고 싶어요. 옛날 얘기나 하면서……"

옛날 얘기란 소리에 나는 나잇값도 못 하고 그만 가슴이 울렁거렸다.

"경실이는 못 내려왔다죠? 동창회에서 들었어요."

"그러니까 서울에 호수돈 동창회가 있다 이 말씀이죠? 해마다 있습니까? 다달이 있습니까? 많이들 나오나요? 말해봐요."

그는 누이동생에 대해선 말하려 들지 않고 호수돈 동창회에 대해서만 안타깝게 캐물었다. 그리고 내가 미처 뭐라고 말하기 전에 크고 들뜬 소리로 자기가 하고 싶은 말만 했다.

"개중(開中) 때 호수돈 여학생만 보면 왜 그렇게 가슴이 떨리고 다리가 후들댔던지…… 하여튼 하나같이 미인이었어요. 똑바로 보지를 못했으니까 그럴 수밖에요. 서울 가서 보전(普專) 들어가던 해 봄이었어요. 곤색 쓰메에리 입고, 사각모 쓰고 내려와서 부모님께 절하고 나서 어딜 제일 먼저 갔는 줄 아세요? 내 장하고 자랑스러운 모습을 호수돈 아가씨들한테 보이고 싶어 내려온 거지 부모님은 그 다음이었다구요. 시쳇말로 폼 재면서 호수돈 둘레를 지치지도 않고 뱅뱅 돌았죠. 벚꽃이 만발한 호수돈은 참 아름다웠어요. 내가 열아홉 살 때였으니까 아름다운 시절이었구요."

그가 아름답던 시절에 연모한 건 호수돈 전체였을 뿐 나 같은 건 안중에도 없었다는 듯한 말투에 나는 모욕감을 느꼈다.

"어디로 가시는 거예요?"

나는 아까 그가 운전사한테 말한 행방이 마땅한 음식점이 있을 것 같지 않은 데였다는 걸 상기하고 물었다.

"용수산 아시죠?"

"용수산이라뇨?"

"아, 용수산도 몰라요? 송도 사람이."

그가 벌컥 역정을 냈다. 그럼, 송도 남쪽에서 북으로 송악산을 바라보고 서 있는 그 용수산으로 지금 가고 있단 말인가? 나는 그 말 같지 않은 말을 따질 생각보다는 그가 혹시 노망이 난 게 아닌가 싶어 더럭 겁이 났다.

"송악산이야 송도 안 가본 사람들이 치는 산이고, 송도 사람들한테야 송악 말고도 명산이 좀 많아요. 사람마다 제각기 제 산을 갖고 있대도 틀린 말이 아닐걸요. 내 산은 용수산이에요. 용수산 기슭의 도덕정 약수터 알죠? 매일 아침 그 약숫물로 속을 씻어내고 송도 장안을 굽어보면서 한바탕 악을 쓰고 나면 속속들이 맑고 시원해졌죠. 지금까지 건강한 게 다 도덕정 약수 덕이랍니다. 그뿐인가요, 한창때는 겨울에도 벌거벗고 계곡물에서 미역을 감았죠. 하루도 안 빼놓고 말예요. 아마 개중 때였을 거예요. 그 한창때가. 그때는 웬놈의 불뎅이 같은 게 허구한 날 어찌나 지랄같이 치미는지 그렇게 식혀주지 않으면 꼭 뭔 일 저지르고 말 것 같았거든요. 용광로 같은 시절이었죠. 용광로도 식으려니까 잠깐입니다. 보성전문 시절만 해도 겨울방학에 내려가 그 짓 하려니까 도저히 안 되더군요. 고뿔만 된통으로 얻어걸려서 겨우내 콜록거렸으니까요."

나는 그의 용광로란 소리에 성욕을 연상했고, 자신에게 아직도 그런 외설의 찌꺼기가 남아 있다는 게 혐오스러워서 짐짓 냉담하게 바깥만 내다봤다. 차는 낡은 한옥이 그대로 남아 있는 동네로 접어들었다. 조노인이 상체를 앞자리 쪽으로 길게 빼고 운전사에게 왼쪽으로, 오른쪽으로, 곧장, 하면서 갈 길을 지시하다가 아이들이나 강아지가 튀어나와 차가 급정거를 하면 유리를 내리고 밖에다 대고 삿대질을 하면서 쩡쩡 울리게 우렁찬 소리로 나무라기도 하고 욕도 했다. 그의 뒤통수엔 귀 뒤로부터 목덜미에 걸쳐 호(弧)를 그리며 부드럽게 은빛으로 빛나는 머리털이 남아 있어 대머리가 더욱더 놋대접을 쓴 것처럼 보였다. 나는 그의 용광로처럼 아름답던 젊음과 길이 잘 든 대머리 사이에 끊긴 세월만큼이나 아득한 위화감을 그에게서 느끼면서 헛기침을 했다.

용수산은 주택가의 깊숙한 골목 속에 있는 한정식집 이름이었다. 주위의 집들이 퇴락을 막을 정도의 간수만 했을 뿐 벽에 타일을 붙이거나 기둥에 니스칠을 하지 않아 기품을 살리고 있는데 반해 용수산은 기둥이고 벽이고 들창이고 온통 번들대서 눈에 띌 뿐 집의 규모는 스무 평 남짓한 고만고만한 집들과 다르지 않았다.

"송도 사람이 하는 집이겠군요?"

나는 들어설 때부터 극진한 환대를 받아 으쓱한 그에게 조금은 빈정거리는 투로 말했다.

"대(代)가 갈렸으니까 송도 사람이랄 것도 없죠 뭐. 개중 선배 형님이 하시던 건데 작년에 작고하시고 지금은 따님이 경영한답니다. 여기 넘어올 때가 세 살 적이었으니 송도 사람이랄 수 있겠어요? 대가 갈리더니 분위기부터 확 달라졌어요. 우선 집수리부터 대대적으로 했으니까요. 원, 송도 사람 살림은 외빈내부(外賓內富)가 근본이 아닙니까?"

그가 으스댈 때와는 딴판으로 심란하게 말했다. 나는 시접골 그의 집의 나지막하고 조촐한 바깥채의 초가와 드높게 올라앉은 안채의 기와집을 어제런 듯 선명하게 떠올렸다. 금지된 쾌락을 훔치는 것만큼이나 아름답고 덧없는 젊음에의 향수는 짜릿했다.

"그래도 송도 음식 맛은 따님이 물려받았겠죠? 그러니까 조 선생님 같은 분도 이 구석까지 찾아오시는 거구."

"어디가요. 그 맛은 선배가 할 때 이미 없어진걸요. 사람들은 말로는 송도 음식을 찬양하지만 입맛은 안 그렇다는 게 선배님 생각이었어요. 서울이란 데가 팔도 사람들이 모여서 들끓는 데니 만치 음식 맛도 팔도음식 맛을 한데 골고루 섞었다가 나눈 맛이라야 한다나요. 한마디로 입맛 버렸다는 얘긴데 장사를 해먹으려니 어쩌겠어요. 버린 입맛이라도 맞춰줘야지, 그걸 끌어올리는 게 장사꾼의 소관은 아니잖습니까? 안 그렇습니까? 송여사?"

그가 입을 크게 벌리고, 그러나 몹시 우울하게 웃었다. 한눈에 틀니라는 걸 알아볼 수 있을 만큼 단단하게 빛나는 앞니와 분홍빛이 부자연스러운 잇몸과 그가 처음 부른 송여사라는 호칭이 함께 징그럽도록 싫어서 나는 눈을 내리깔았다.

"허나 깔끔하고 맛깔스러워요. 시속따라 달라지긴 했어도 그 깊은 맛 속엔 아직도 송도 맛이 남아 있다는 걸 아는 사람은 알죠."

그는 애써 명랑을 가장하며 말했다. 나는 그의 환각을 부추기기도 위로하기도 싫었다. 그가 나의 환상에 대해 아무것도 모르듯이, 그저 모르는 척하는 게 수라고 생각했다.

한정식 상이 들어왔다. 보통 한정식보다는 가짓수가 적고,

때깔이 고운 자기그릇에 반찬을 조금씩만 담아 정결함이 돋보였다.

"귀한 손님 모시고 왔는데 주인아주머니 좀 나오시라고 하렴."

조노인이 호텔 웨이터처럼 정장을 한 청년에게 말했다.

"꽃꽂이 배우러 가셨는데요. 곧 돌아오실 거예요."

청년이 공손하게 허리를 굽히고 속삭이는 소리로 말했다.

"그럼 그럼, 이런 장사 하려면 꽃꽂이도 배워놓아야구말구."

나는 젖빛이 나게 진한 곰탕국물을 먼저 떠먹으면서 빈정거렸다.

"오래간만에 장뗑이(된장에다 찹쌀가루와 갖은 양념을 넣고 떡처럼 만든 개성 특유의 밑반찬)나 호박김치를 먹을 줄 알았더니 겨우 이거예요."

"장뗑이? 송여사 장뗑이 만들 줄 알아요? 만들 줄 알면 나 그 것 좀 만들어줘요. 집사람한테 그걸 가르치다 못 했어요. 지금은 가르칠래야 가르칠 집사람도 없지만서두. 장뗑이 땜에 싸운 적도 있었죠. 집사람 음식 솜씨가 좋았고, 그걸 칭찬받고 싶어했는데, 난 그런 칭찬엔 영 인색한 편이었고, 가끔 장뗑이도 못 만든다고 핀잔을 주기가 일쑤였으니까요. 실물을 한 번만 보여주면 그대로 해주겠노라고까지 했지만 어디 장뗑이 실물을 구할 수가 있어야죠. 돈이 많이 드는 용미봉탕도 아니겠다 돈 안 들고 맛 좋은 제 고장 음식을 어쩌면 그렇게들 몰라라 하는지 그게 다 송도 여자들의 책임이에요. 딴 고장 사람들 좀 봐요. 어디 막국

수다 어디 비빔밥이다 어디 김밥이다 해서 그 고장 이름까지 꼬박꼬박 붙여가며 제 고장 맛을 퍼뜨리는데 송도 여자들은 뭐예요? 한마디로 못됐다니까요."

그가 장뎅이 소리에 반색을 하고 이어 비분강개까지 할수록 나는 냉담해지고 있었다.

"저도 서울로 시집오고 나서 그런 걸 한 번도 만든 적이 없어요."

"왜요? 장뎅이가 어때서 그걸 서울서 못 만듭니까?"

"장뎅이 탓이 아니라 남편이 서울 사람이라 그런 걸 먹고 싶어 하지 않았으니까요."

"참, 그렇겠군요. 우리 집사람이 서울 사람이라 그걸 만들 줄 몰랐던 거나 피차일반이 되나요?"

뜻밖에도 없어진 장뎅이에 대한 그의 비분강개는 뜬 숯 사위듯이 쉬 가라앉았다. 그는 아무 말 없이 숟갈질만 했다. 그러나 입맛 없는 걸 억지로 먹는 것처럼 고역스러워 보여 나도 덩달아서 시장기가 가시었다. 그도 그걸 눈치채고 변명처럼 말했다.

"많이 드세요. 전 틀니를 해넣고 나서 통 입맛을 모르고 지낸 답니다. 송여사는 아직 치아가 좋으시죠?"

"아, 네."

나는 부끄러움과도 모욕감과도 같은 기묘한 느낌으로 살짝 이맛살을 찡그렸고 더욱 입맛이 없어졌다.

"아드님을 잘 두셨더군요? 막내시라구요."

장뗑이나 입맛보다 훨씬 중요한 용건이 우리 사이에 남아 있었다는 게 구원처럼 떠올라 나는 한결 생기 있어졌다.

"아들만 셋을 두었는데 다 쓸 만하게 두었죠. 큰애는 종합상사 간부사원으로 일 년의 삼분의 이를 외국에서 보냅니다. 김포 공항을 여느 사람 고속버스 터미널 드나들 듯하죠. 둘째는 신문 기잔데 유능한가봐요. 그애 이름이 뒤에 붙은 기사가 자주 나죠. 난 그걸 일일이 오려두고, 말씨나 고증 같은 게 잘못됐을 적엔 즉각 전화를 걸어서 일러주기도 하죠."

나는 그도 의당 한마디쯤 영애 칭찬을 해주려니 했는데 자기 자식 자랑만 했다.

"그애들은 지금 어디서 무얼 하고 있을까요? 참 보기 좋은 한 쌍이던데 서로 마음에 들어서 좋은 시간 보내고 있었으면 좋으련만……"

나는 치사한 걸 무릅쓰고 슬쩍 이렇게 그의 속을 떠보았다.

"제까짓 게 뭘 아나요?"

그가 성난 듯이 무뚝뚝하게 말했다. 그의 안정(眼睛)에 무분별한 짓궂음 같기도 하고 잘 계산된 노회(老獪)함 같기도 한 게 얼핏 스쳤다. 나는 발끈하려는 걸 용케 참고 은근하고 부드럽게 말했다.

"자식이 마냥 어리게만 보이는 건 어머니 쪽만 그런 줄 알았더니, 아버님도 마찬가지신가보죠? 특히 막내라 더하신 것 같아요."

"그앤 효자예요."

그가 심술을 부리듯이 말했다. 그게 무슨 뜻일까? 영애를 선택할 권리가 전적으로 자기에게 있음을 주장하려는 건가? 그렇담 애저녁에 틀린 혼담이었다. 그는 여태껏 영애에 대한 호감은커녕 의례적인 관심조차 나타낸 적이 없었다. 계산된 무시는 거부나 마찬가지라는 것도 모르면 너무도 눈치 없는 사람이 된다. 딴 일도 아니고 혼사에 눈치 빼면 될 일도 안 되거니와 체면까지 잃게 된다. 나는 이렇게 생각하면서도 단념하기가 아쉬웠다. 마치 영애의 마음을 잠시 내 마음으로 한 것처럼 청년의 아름다운 젊음이 감미롭고 애틋한 설렘으로 떠올랐다.

"우린, 우린 이제 늙었어요. 자식들이 제 짝을 찾아갈 때의 불효는 용서할 줄 알아야 돼요. 우리 영애, 아시겠지만 그앤 제 딸이 아니라 조카딸이지만, 구김살 없이 자랐고, 심성도 착하고, 인물도 빠지지 않고 몸도 건강하답니다. 한 가지 흠은 한쪽 부모가 없다는 건데 그게 그애 잘못은 아니잖아요. 선생님이 상처하신 게 아드님 잘못이 아니듯이 말예요. 버릇없이 자랐으리란 걱정은 안 하셔도 돼요. 그애 엄마는 그앨 다 길러놓고 세상 떠났으니까요. 그때부터 제가 쭈욱 데리고 있었구요. 제 딸이나 마찬가지예요."

나는 몹시도 더듬거렸고 그 더듬거림은 내 귀에도 비굴하게 들릴 만큼 간절한 것이었다.

"나도 그 정도는 미리 알고 선을 본 겁니다. 김여사하고 죽은 집사람하곤 보통 각별한 사이가 아니어서 김여사가 선 중매니까 믿거라 한 거죠. 앞으로의 문제는 당사자한테 달린 거지 이 늙은 이야 무슨 상관 있나요."

"그럼, 당사자끼리만 좋다면 아버님은 허락해주시는 거죠?"

나는 조바심을 자제하지 못하고 다급하게 따졌다.

"혼인이란 인륜대산데 당사자가 좋아한다고 어떻게 당장 허락을 할 수야 있겠어요. 아무리 부모 권리가 없어진 세상이라지만 부모의 할 도리는 남아 있는 건데……"

"부모님의 도리라면? 무슨 말씀이신지?"

나는 우렁이 딱지처럼 도대체 속을 알 수 없는 늙은이에 대한 혐오감을 드러내지 않으려고 무진 애를 쓰며 물었다.

"최소한도 궁합은 봐야 할 게 아닙니까."

"궁합이요?"

"왜 그렇게 놀라세요. 죽은 우리 집사람이 아들 혼인을 주장할 때도 꼬박꼬박 궁합을 봤거든요. 에미 없다고 궁합도 안 보고 장가보낼 수는 없는 거 아니겠어요?"

나는 아주 용의주도한 올가미에 걸려 넘어진 것처럼 비참했고 걷잡을 수 없이 분통이 터졌다.

"지금 와서 또 그 수를 쓰다니, 비열하게시리……"

"송여사, 왜 이러십니까? 누가 무슨 수를 썼다고……"

"시침 떼지 말아요. 우리 때 생각 안 나요? 그때도 선보고 실컷 교제까지 하다가 궁합을 핑계로 간단히 끝장내지 않았던가요?"

"그때 그렇게 됐던가요? 자세한 사정은 잘 기억이 나지 않지만 핑계는 아니었을 겁니다. 정말로 궁합이 나빴겠지요."

"궁합이 나쁜 게 사실이었다고 해도 어떻게 단지 궁합이 나쁘단 이유 하나로 대사를 그렇게 간단히 그르칠 수가 있어요?"

나는 지레 이번 혼담이 끝장났다고 판단하고, 영애가 받을 상처까지를 미리 아파하면서 궁합에 대한 원망을 감추지 않았다. 나는 내 원망이 그 옛날 그 일의 파탄에 근거하고 있을지도 모른다는 의구심을 자아내선 안 된다는 최소한의 자존심마저 잃고 있었다. 그는 민첩하고도 음흉스럽게 나의 이런 순간적인 실수에 파고들었다.

"대사를 그르쳤다뇨? 궁합이 안 좋은 혼처를 피하고 그후 제각기 좋은 사람 만나 여직껏 행복하게 살아왔으면 된 거 아닙니까? 내가 비록 상처를 하긴 했지만 중년 상처도 아니겠다, 아무리 의좋은 부부도 한날한시에 죽을 수는 없는 바에야 그걸 가지고 잘못 만난 부부랄 수는 없죠. 혹시 송여사가 나 같은 사람 놓친 걸 아쉬워했다면 또 모를까. 하하하…… 이건 어디까지나 농담입니다. 흉허물 없는 사이니까 한번 해본 우스갯소리입니다."

그는 말을 마치고도 그 흉물스러운 틀니를 분홍빛 잇몸까지 드러내고 허허댔다. 나는 또 한번 올가미에 걸려 넘어진 것처럼 아차 싶었지만 산산이 부서진 체면을 수습할 길은 없었다. 내가 나잇값도 못 하고 그 번들대는 대머리 위에 사각모를 환상하는 동안 그가 내 발밑에 악랄한 올가미를 던지고 있었을 줄이야. 나는 노여움과 부끄러움보다 배반감이 더 견디기 힘들었다.

"잘 먹었어요. 가봐야겠어요."

나는 발딱 일어서면서 날카롭게 말했다. 그리고 뒤도 안 돌아보고 용수산을 나와 골목길을 종종걸음쳤다.

"송여사, 송여사, 나 좀 봐요, 송여사."

그가 뒤에서 숨차게 따라오는 소리가 들렸다. 나는 못 들은 척하고 걸음을 더욱 빨리했다. 열아홉 살 먹은 처녀처럼 앙칼진 앙심이 그를 다시 사각모 쓴 청년으로 만들고 있었다. 나는 정말 열아홉 살 적처럼 날쌔게 달렸고, 열아홉 살 적처럼 붙들릴 꼬리를 살짝살짝 날름대고 있는지도 몰랐다. 마침내 나는 꼬리를 밟혔다. 우린 다시 마주 보았다. 그의 대머리는 아직도 놋대접처럼 견고하게 빛나고 틀니가 버텨주는 입가와 턱은 완강하건만도 얼굴 한가운데가 무너져내린 것처럼 비참하고 무력해 보였다. 나는 그의 늙음을 직시했다. 환상은 사라지고 그의 늙음이 어쩔 수 없는 친근함으로 다가왔다.

"부탁이 있어요. 제발 거절하지 말아요. 시간을 좀 줘요. 오늘로 끝날 수 있는 일이니까. 한 군데만 더 꼭 같이 가보고 싶은 데가 있어서 그래요."

"그게 어딘데요?"

나는 부드럽게 물었다.

"임진각에 같이 가고 싶어요."

또 송돈가? 나는 그 고장에 대한 그의 병적인 집착에 벌써 넌더리가 났지만 차마 싫다고 그럴 수가 없었다. 그의 애걸하는 눈빛과 추하게 드러난 늙음은 사각모의 환상보다 한결 기분 나쁘게 한결 집요하게 나를 붙들고 늘어졌다. 다시는 속되고 어리석은 꿈을 꾸지 않으리란 안도감 같은 것도 구태여 그의 애걸을 모른 척할 것 없다는 쪽으로 기울게 했다.

나는 내외할 적의 동부인처럼 말없이 서너 발짝쯤 처져서 그의 뒤를 따랐다. 한길에서 임진각 가는 손님을 소리내어 불러모으는 관광버스에 올라타고 나란히 자리잡고 출발을 기다리는 동안 그는 고맙다고 한마디 했다. 그뿐 버스가 임진각에 도착할 때까지 그는 말이 없었고 나 역시 그의 말없음에 신경 쓰지 않고 창 밖을 흐르는 통일로의 봄경치에 떠내려가듯 무심히 몸을 맡겼다.

버스에서 내린 사람들이 뿔뿔이 흩어져 사진을 찍기도 하고 '자유의 다리' 쪽으로 다가가기도 하는 동안 나는 그가 하는 대로 따라 하기로 작정하고 그의 눈치만 봤다. 그는 곧장 '개성, 23.5km'라고 써 있는 팻말이 있는 곳으로 다가갔다. 그가 송도가 너무도 가깝다는 걸 감개무량해한다고 짐작한 나는 될 수 있는 대로 조신하게 나의 공감을 표시하려 들었다.

"저렇게 가까운 데를 못 간다는 걸 믿을 수가 없네요. 육십 리쯤이면 수유리에서 화곡동 가기만한 거리밖에 안 될 텐데."

팻말을 쳐다보고 있던 그가 휙 돌아다보면서 노기 띤 음성으로 말했다.

"육십 리는 무슨 놈의 육십 리나 된다고 그래요? 바로 요 강 건너서부터 시작해서 예성강 이남을 고려 문화권의 중심지로 보는 게 옳아요. 바로 강 건너부터라니까요."

그는 안정이 흐린 눈을 부릅뜨고 강 건너를 힘차게 삿대질했다. 그대로 하나의 동상으로 굳는다 해도 여한이 없을 것처럼 그는 혼신의 힘을 다해 자신의 염원을 몸으로 표현하고 있었다. 나는 임진강 건너가 바로 개성땅이란 그의 주장엔 긴가민가했지만 그가 손끝으로 고향땅을 바로 강 건너까지 끌어당기고 있다는 건 믿을 만했다. 나는 그가 하고 있는 그 일이 너무도 힘겨워 보여 몇 번이나 거듭 달랜 끝에 가까스로 개나리가 만발한 꽃그늘에 앉아 쉬도록 할 수가 있었다. 쉬면서도 그의 억지는 계속됐다.

"우리나라에선 고려 문화의 연구가 가장 뒤떨어진 것 같아요. 백제 신라 문화의 연구는 자료 정비다 고적 정비다 해서 수십 억씩 들이부으면서 고려사만은 도외시하고 땡전 한푼 들이길 꺼리니 어떤 문화가 더 우수하냐 우열을 따지기 전에 분통 먼저 터진다니까요."

"잘은 모르지만 학계나 정부에서 특별히 고려사를 박대해서가 아니겠죠. 우선 고려 문화의 중심지가 우리가 갈 수 없는 땅인데 어쩌겠어요?"

내 반박은 꽤 조심스러웠음에도 불구하고 그는 한동안 기가 죽은 것처럼 말이 없었다. 바람이 불고 꽃이 흔들리고 멀리 강줄기가 잔잔하게 일렁였다.

"문화가 뭐 고적이나 고분이나 땅 속에만 있는 줄 알아요. 그 문화를 사랑하고 그 문화와 숨결을 같이했던 사람의 기억이나 마음속에도 그것은 있을 수 있어요. 비록 그 가치가 티끌만한 것일지라도 없을 땐 그거라도 모아야지 어떡해요. 티끌 모아 태산이란 말도 있잖아요? 내 말은 바로 그거예요."

그는 매우 늙은이답고 고집스럽게 그러나 자신 없이 말했다. 그리고 별안간 명랑해지면서 꽃그늘을 벗어나 아스팔트가 매끈한 찻길가로 주춤주춤 나앉더니 나를 손짓해 불렀다. 나도 그의 곁으로 가 앉았다. 그는 어디서 주웠는지 벽돌 깨진 조각으로 지도를 그리기 시작했다.

송악산·용수산·남대문을 그리고, 시가지를 북부·남부· 서부·동부로 나누고 나서 싱그나무골·시접골·모락재·열두 골·장작재·핼래다리·당성다리·고리고개·큰웅굴·작은웅굴·시우물골·궁골·마하리골·합적골·가재다리·기생골· 항명사골·감전골·메주물골·큰각삿골·작은각삿골·모락 재·장작재…… 등등 그 고장 특유의 골목과 고개와 다리의 이름을 줄줄이 끝도 없이 써넣기 시작했다. 남의 아이라도 아이의 영민한 기억력을 보면 귀엽고 신통한데 늙은이의 지칠 줄 모르는 기억력은 왜 그렇게 싫은지 그만, 제발 그만두라고 들입다 소리치고 싶은 걸 참기가 여간 고통스럽지 않았다. 그때 뜻하지 않은 작은 사건이 일어나지 않았으면 그는 송도의 동네방네 골목

골목, 재와 고개, 냇물과 다리와 우물까지 이름은 물론 거기 얽힌 설화까지 다 살려냈을지도 몰랐다. 사건이라야 별것도 아니었다.

저만치 일본인 관광객이 한 떼 안내원 뒤를 따라 임진각 근처를 한 바퀴 돌고 나서였다. 안내원이 뭐라고 우스운 소리를 했는지 일제히 까르르 웃기 시작했다. 그 웃음소리는 돌연 높은 곳으로부터 떨어져서 박살이 난 유리조각처럼 생급스러우면서도 투명하고 눈부셨다. 근심 없음의 눈부심이 쏘는 것처럼 아프게 와닿았다. 그때 그는 우뚝 일어서더니 그들에게 크게 외쳤다.

"아니, 저것들이 보자보자 하니 해도 너무하잖아. 이것들아, 여기가 어딘 줄 알고 함부로 웃고 지랄이냐 지랄이. 해도 정말 너무들 한다."

목소린 우렁찼지만 아까 강 너머를 가리킬 때의 동상 같은 위엄은 어느덧 사라지고 정당한 분노조차 감당 못 해 가냘프게 떠는 노구가 거기 있었다. 나는 그를 부축해 버스로 데리고 갔다. 돌아갈 시간이 아직 삼십 분쯤 남아 있는 관광버스엔 아무도 돌아와 있지 않았다. 그는 탈진해 보였고, 무안한 듯 시무룩했다. 나는 그를 위해 아무런 위로의 말도 생각해내지 못했다. 그에게서 방금 전수받은 그 고장의 유별난 이름들을 기억했다가 언제고 필요할 때 그 고장 문화에 티끌만큼이라도 보태게 하겠다는 거짓말 같은 걸 할 생각은 더군다나 없었다. 나 역시 늙었고, 그건 단순한 기억력이 아니라 유별난 애정이라는 걸 알고 있기 때문이었다. 내가 할 일은, 그와 같은 노인들과 함께 그 고장에 대한 유별난 애정 역시 미구에 사라져갈 것을 슬퍼할 일밖에 없었다.

그럭저럭 땅거미가 질 무렵에야 집에 돌아올 수가 있었다. 문을 따준 건 영애가 아니라 세든 여자였다. 영애는 그때까지 안 돌아왔노라고 했다. 영애가 돌아와서 저녁을 지어놓고 이모부를 돌보고 있으려니 믿고 있던 나는 덜컥 가슴이 내려앉았지만, 한편 맞선 본 일이 잘 풀릴지도 모른다는 희망이 생겼다. 나의 불안을 알아차린 세든 여자가 할아버지 점심 저녁 다 잘 챙겨드렸으니 염려 마시라고 말했다.

"고마워요, 정말 고마워요."

나는 허둥지둥 안방 문을 열었다. 방 안은 어슴푸레 어둡고, 창문은 열려 있고, 남편은 요도 안 깔고 모로 누워서 곤히 잠자고 있었다. 나는 불 먼저 켰다. 남편은 꼼짝도 안 했다. 성한 쪽을 아래로 하고 모로 누운 남편은 영락없이 죽은 사람 같았다. 나는 황급히 남편의 몸을 만져보았다. 보통 때도 성한 쪽보다 온기가 덜한 불편한 쪽은 밤바람에 섬뜩하도록 차게 식어 있었지만 성한 쪽은 따뜻했고 숨소리도 평온했다. 나는 요를 깔고 그를 안아다 눕히고 포근한 명주이불로 감쌌다. 그래도 불편한 쪽의 죽음이 온몸으로 퍼질까봐 불안해서 그의 몸을 주무르기 시작했다. 평소엔 한 이불 속에서 살만 잠깐 스쳐도 질겁을 하게 싫던 불수의 반신을 온기가 돌아올 때까지 정성 들여 주물렀다. 그 반신이나마 있음으로 해서 그가 살아 있다는 사실이 새삼 눈물겨웠다.

　조노인으로부터 받아들이길 한사코 거부한 잃어버린 것, 부재
(不在)하는 것에 대한 슬프디슬픈 사랑법이 어느 틈에 나한테
옮아붙은 것처럼 느꼈지만 그게 그닥 기분 나쁘진 않았다.

어느 이야기꾼의 수렁

　나는 아이들을 위한 이야기꾼이다. 사람들은 나를 동화작가라고 한다. 내가 오랫동안 꿈꿔온 작가는 독자가 어른인가 아이인가를 의식할 필요가 없는 그냥 작가였다. 그러나 막상 작가가 되고 보니 사정이 그렇지 못했다. 우선 작가가 되기 위한 등용문이란 게 따로따로 돼 있었고 들어가고 나서도 함께 만날 수 있는 너른 마당은 아무 데도 없었다. 나는 내 속에라도 그런 너른 마당을 갖고 싶었기 때문에 신춘문예에 응모할 때마다 꼭 동화와 소설을 같이 써서 같은 신문사에 내기도 하고 각각 다른 신문사에 내기도 했었다. 해마다 같이 떨어지다가 오 년 전에 처음으로 동화가 당선이 되었다. 그래서 나는 동화작가가 되었다. 나는 어른을 위한 이야깃거리도 많이 가지고 있었지만 사람들은 나를 동화작가로만 몰아붙였기 때문에 그걸 써먹을 기회가 올 것 같지 않았다. 소설을 써서 다시 한번 등용문을 두드려볼까도 싶었

지만 동화작가의 열등감이라는 오해를 받을까봐 두려워서 참고
있다.

그렇게 생각하는 게 바로 열등감이라는 거라고 말할 수도 있
겠지만 사람의 속을 그렇게 까발리자면 한이 없는 거고, 내 관심
은 아이들을 위한 이야기를 쓰는 일과 동료 이야기꾼들을 깊이
사랑하기 때문에 행여 그들의 자존심에 관계되는 일은 저지르지
않겠다는 것뿐이다.

나는 동료 이야기꾼 중에서도 운수가 좋은 편이었다. 등단한
지 이 년 만에 국내에서 가장 판매부수가 높은 아동잡지에 연재
동화를 맡을 수 있었으니 말이다. 「풍선 타고 세계일주」란 나의
동화는 매우 인기가 높아 다달이 꼬마 독자로부터 팬레터라는
걸 적어도 대여섯 통씩은 받았다. 연재를 시작한 지 만 이 년이
되는 이 동화의 풍선을 탄 아이는 이제 중국 대륙을 지나 유럽을
두루 구경하고 아프리카로 가려 하고 있었다. 그러나 나는 해외
라곤 제주도도 가본 적이 없었다. 아마 어른을 위한 이야기에서
그런 짓을 했다간 엉터리라느니 사기 친다느니 하는 비난의 소
리가 자자했을 테고, 독자도 물론 없어서 이 년씩 끌어올 수도
없었을 것이다. 그러나 나는 기행문을 쓰고 있는 게 아니라 소설
을 쓰고 있는 거였다. 가서 직접 취재하지 않은 고장을 소설 속
의 장소나 이야깃거리로 삼을 수 없는 거라면 절대로 가볼 수 없
는 흘러간 시간 속의 고상과 인물을 다룬 역사소설도 있을 수 없
단 얘기가 된다.

나는 역사소설 쓰듯이 열심히 공부해가며 무대가 온 세계에 걸친 나의 동화를 쓰고 있었다. 그러나 공부 못지않게 중요한 건 세계의 구석구석에 대한 나의 사랑과 상상력이었다. 나와 나의 어린 독자들이 가보지 못한 고장의 풍물과 전통과 사람들과 만날 수 있게끔 하는 건 순전히 나의 상상력이었다. 나는 또 상상력은 곧 사랑이라는 말을 곧이곧대로 믿고 있으며 그 말을 매우 사랑하는 사람이다.

내가 머릿속으로 수없이 꾸며내는 이야기 중엔 어른들에게 해주고 싶은 이야기도 적지 않았는데 나의 자격 때문에 그런 이야기는 지워버리고 오로지 아이들한테 들려줄 이야기만 해야 된다는 게 다소 고통스럽긴 해도 나는 대체로 내 일에 만족하면서 살았다.

내가 참을 수 없는 건 그런 일보다도 동화작가에 대한 친구들의 오해였다. 그들은 동화작가란 나이와는 상관없는, 언제까지나 어른이 될 수 없는 만년 아동쯤으로 알고 있었다. 저희끼리 여자 얘기를 하다가도 조금만 흉측하거나 아슬아슬해질 만하면 서로 꾹꾹 찌르면서 쟤 듣는데 그런 얘기 하면 쓰냐고 아쉬운 듯이 중동을 자르고 마는 것이었다. 쟤란 물론 나를 가리키는 말이었다. 내가 키와 체중이 친구들 중에서 가장 작은 것도, 그들이 나를 친구라는 걸 깜박 잊고 사춘기를 앞둔 막내동생 취급하게 하는 까닭이 되고 있는지도 몰랐다. 나는 군대도 못 갔다. 그렇다고 신장과 체중이 군 입대도 못 할 만큼 미달됐던 건 아니다.

물론 넉넉했던 것도 아니고 간신히 최저 기준은 넘었지만 어려서 척추수술을 받은 일 때문에 군 복무가 면제됐다. 그러나 친구들은 내가 신장과 체중 미달로 면제된 줄 안다. 나는 구태여 그 진상을 밝히려 들지 않았다. 나는 내 척추에 난 수술 자국을 아끼고 사랑하느니만큼 거기 얽힌 사연이 남들 사이에 이야깃거리로 퍼지는 게 싫었다. 그것은 나 혼자만의 것일 때 비로소 특별한 의미를 지닐 수가 있었다. 멀리 바다가 보이는 고향집 툇마루 기둥에 난 무수한 칼자국이 남 보기엔 지저분한 흠집에 지나지 않지만 나 혼자만은 어머니의 냄새와 사랑이 흐르는 실개천이듯이.

키를 재보려고 그 기둥 앞에 나를 세울 때의 어머니의 표정은 특이했다. 사랑과 기대를 겉으로 드러내지 않으려는 헛된 노력으로 어울리지 않게 엄숙해 보여 나도 덩달아 시무룩했다. 나는 그 기둥 앞에선 어떻게 직립(直立)해야 하는지 알고 있었기 때문에 발뒤꿈치로부터 머리끝까지 꼬챙이에 꿴 것처럼 꼿꼿이 서서 기둥과 밀착했다. 그래도 의심이 많은 어머니는 행여 내가 발뒤꿈치를 들었나 무릎을 굽혔나, 엉덩이를 내밀었나 면밀히 검사를 거치고 나서, 미리 준비한 문패만한 널빤지로 정수리를 눌러 기둥과 직각이 되게 하고는 나를 물러나게 했다. 그리고는 제삿날 생율을 치는 날카로운 과도로 정확히 내 정수리 높이에 흠집을 냈나.

"그 동안 많이 자랐구나."

나 보기엔 결코 만족스러울 만큼 자란 게 아니건만도 어머니는 달포 전에 난 흠집에서 조금만 더 위로 올라가도 이렇게 즐거워했다. 나는 이렇게 지금의 키로 순조롭게 자랐다. 문패만한 널빤지가 내 정수리를 누를 때 나는 어머니의 어깨 너머로 먼 바다를 보았고 바다는 언제나 내 가슴 높이에서 출렁이는 것처럼 보였다. 내 척추에 난 수술 자국도 이렇게 해서 생긴 툇마루 기둥의 흠집과 깊은 관계가 있지만 그 일은 내 기억력이 미치기 훨씬 전에 일어났다고 한다.

겨우 따로 설 수 있을 적부터 어머니는 키를 기둥에 새기면서 즐거워하였다. 위로 누나가 셋에 처음 본 아들이니 성장에 대한 조바심이 더욱 각별했으리라. 나는 어려서부터 어머니의 욕심처럼 무럭무럭 자라는 아이는 아니었다. 그러나 아무리 잔망해도 자라기는 조금씩 자라는 게 당연했다. 내가 세 살 적에 그 당연한 일이 별안간 안 일어나더란다. 두어 달이나 자라지 않고 멎었던 키가 언제부터인가 줄기 시작하는 걸 보고 어머니는 기겁을 했고, 당장 짚이는 게 있어 어머니가 들일 나간 동안 나를 줄창 업어 기른 큰누나를 호되게 족친 끝에 놀라운 사실을 알아낼 수가 있었다. 꽤 높은 툇마루에서 봉당으로 굴러떨어진 일이 있다는 걸 알아낸 어머니는 당장 나를 업고 읍내 병원으로 갔고, 조금만 때가 늦었으면 곱사등이가 될 뻔했다는 진단을 받았다. 어렵사리 수술비를 마련해서 나는 곱사등이를 면한 대신 큰 수술 자국을 얻었다. 아버지는 다리 병신에 주정뱅이여서 집안 살림에 거의 도움이 안 됐기 때문에 어머니 혼자 손으로 꾸려나가는 살림은 찢어지게 가난했다. 어머니는 또 무식했고 늘 고단해서 자주 키 재는 것 외엔 귀한 아들에 대해 애정 표시할 여유도, 살뜰히 돌볼 겨를도 거의 없었다. 이웃들도 다 가난하고 몽매해서 마을엔 미신이 창궐했다. 이런 환경으로 미루어 내 척추의 이상을 조기 발견할 수 있었던 것은 나에게 기적 같은 행운이었을 뿐 아니라 이웃에도 적지 않은 충격이 됐음직하다. 이제는 많이 잘살게 된 고향 마을에서 아직도 못사는 우리 어머니에게 그 일은 오늘날까지도 전설처럼 따라다니면서 많은 사람들의 입에 오르내리고 있다. 가진 것도 내세울 것도 없는 가난한 어머니가 그 일을 후광처럼 업고 조금이라도 덜 초라할 수 있으니 얼마나 좋은가.

그러나 지금 내가 사는 곳은 도시였다. 도시란 전설이 깃들 만한 어수룩한 구석이 있을 수 있는 데가 아니었다. 나에게 그런 흠집이 있다는 걸 알면 친구들은 아마 킬킬대며 좋아라고 나를 곱사등이 취급할 것이다. 시골에선 곱사등이를 면하게 해준 흠집이 도시에선 되레 곱사등이의 누명을 씌워줄 게 뻔했다. 누명도 안 쓰고, 그 흠집에 대한 사랑과 존경심을 온전하게 하려면 그것을 비밀에 붙이는 수밖에 없었다.

군대에도 못 갈 만큼 신장과 체중이 미달인 걸로 알려진 내가 동화작가가 되자 친구들은 내가 마치 천직을 찾은 양 축하해주었지만 내 동화를 읽어보았다는 친구는 한 사람도 없었다. 그들은 내 작은 몸집과 동화가 참으로 잘 어울린다고 생각하며 재미나하는 걸로 족했다. 나는 가끔 그들이 내 모자라는 몸집을 우습게 아는 것만큼이나 당연하게 동화를 문학에 못 미치는 분야로 우습게 아는 걸 쓸쓸하게 여겼다.

연재동화를 쓰게 되어 내 이름이 다달이 신문광고란에 오르는 유명한 이름이 되자 친구들의 놀림은 더욱 짓궂어졌다. 그들은 내가 혀 짧은 소리로 말하길 바랐고, 술좌석에서 콜라를 마시고 맛있는 안주나 탐하길 바랐고, 음담패설을 못 알아듣길 바랐고, 작부 앞에서 산토끼 노래를 부르길 바랐다. 거듭 말해두거니와 나는 결코 난쟁이가 아니다. 척추수술 자국만 아니었다면 아슬아슬하게 턱걸이를 해서일망정 군대도 갈 만한 아담한 체구를 가지고 있다. 다만 동화를 쓴다는 걸로 그들은 나를 실제보다 더 작게 보려 들었고 나처럼 어른에 못 미치는 작가가 쓴다는 걸로 동화까지도 우습게 보려 들 뿐이었다. 동화와 내가 서로 상부상조해가며 서로를 왜소하게 만드는 관계에서 어떻게 하든 벗어나려고 은근히 안간힘을 쓸 무렵 김경채를 만날 수가 있었다.

김경채와의 만남은 처음부터 나를 흥분시켰다. 나의 오랜 열등감으로부터 벗어날 수 있을 것 같은 눈부신 예감이 그와의 만남엔 있었다. 김경채는 내 친구의 친구였다. 나와 함께 길을 가던 친구가 우연히 만난 김경채와 호들갑스럽게 악수를 하고, 들입다 등을 두들기고 얼마나 오랜만인가를 감격스럽게 되씹고 나서 이대로 헤어질 수야 있나 어디 가서 차라도 한잔 해야지 하면서 설치는 동안 나는 완전히 잊혀진 채였다. 그때 김경채가 순순히 친구를 따라갔더라면 친구는 나한테는 온다 간다 말도 없이 사라졌을 게 뻔했다. 그러나 아까부터 내 쪽을 곁눈질하고 있던 김경채가 친구에게 내 존재를 일깨워줬다.

"자네 동행이 있는 것 같은데……"

"어? 동행? 자넨 눈도 밝아."

친구는 이렇게 놀라면서 자기보다 모가지 하나밖에 안 작은 나를 까마득하게 밑에 있는 꼬마를 더듬듯이 내려다보면서 마지못해 김경채에게 소개했다.

"이 친구 동화작가야. 자넨 잘 모르겠지만 황길동이라구 하면 아이들 사이에선 꽤 알려진 이름일걸. 코흘리개들 잡지에다 「풍선 타고 세계일주」라는 동화를 벌써 이 년 동안이나 연재하고 있으니까."

"아, 그 유명한 황선생님이세요? 꼭 한번 만나뵙고 싶었습니다. 나 「풍선 타고 세계일주」를 한 회도 안 거르고 다 읽은 선생님의 열렬한 애독자거든요. 그게 하도 재미있어 잡지를 정기구독하는데, 월말에 잡지가 오면 누가 먼저 읽나로 아이들하고 한바탕 쟁탈전을 벌이곤 하죠."

내 동화를 읽었다는 어른을 만난 건 그때가 처음이었다. 그것도 그냥 어쩌다가 한번 읽어본 게 아니라 지속적인 애독자라니 나는 다만 황홀할 따름이었다. 더구나 나를 한 번도 동격으로 인정해준 일이 없는 친구 앞에서 존경과 극찬을 받은 기분은 「풍선 타고 세계일주」를 이 년 동안이나 쓰면서도 한 번도 경험해보지 못한 풍선을 탄 실감이 바로 그러리라 싶은 거였다.

김경채가 앞장서서 우린 가까운 다방으로 갔다. 내 친구는 어느 자리에서나 주인공이 되고 싶어하는 좀 난 체하는 성민데 김경채가 그를 안중에도 없어하고 나에게만 지대한 관심을 보이자 단박 풀이 죽어 보였다. 김경채는 자리를 잡자마자 우리나라 문단에서의 아동문학가의 형편없는 지위에 대해 비분강개하기 시작했다. 나는 문단이란 고장의 사정에 대해선 전혀 맹문이였으므로 동의도 반대도 못 하고 어정쩡한 얼굴로 듣고만 있었다. 김경채는 우리나라 아동문학계를 종횡무진으로 짓밟고 나서 그 왕성한 말발로 유럽으로 옮겨갔다. 우리의 사정과는 천양지판의 대우와 존경을 받는다는 그쪽 동화작가의 이름이 줄줄이 열거됐다. 나는 창피하게도 그 여러 이름 중에서 안데르센의 이름 하나밖에 알아들을 수 없었지만 무식이 탄로날까봐 열심히 고개를 주억거리면서 들어주고 있었다. 그런 형편이고 보니 그가 친구 이름처럼 다정하게 부르는 그 빛나는 이름들이 안데르센과 동시대인인지 우리와 동시대인인지조차 짐작이 되지 않았다.

"야, 너 유럽에 나가 있던 티 좀 작작 낼 수 없냐? 이제 이 바닥에도 왕년에 유럽이나 미국 한번 못 가본 친구 흔치 않아. 이 땅의 김서방 수효보다 많을 만큼 쌔고쌘 게 미국 유학 아니면 유럽 연수 다녀온 치들이라구."

나는 김경채가 내 앞에서 유럽 갔다 온 티를 내려고 그런 소리를 한다고 생각하진 않았다. 모처럼 귀하게 만난 내 애독자를 그런 속물로 취급하고 싶지 않았던 것이다. 그러나 유럽의 작가 얘기를 오래 끌수록 내 무식을 숨기기도 어려워질 듯싶어 초조하던 판에 친구의 참견은 매우 적절하게 들렸다.

"그곳엔 배울 게 많아, 아직도."

김경채가 즉각 대들었다.

"잘사는 나라에서 배울 거 많은 걸 누가 모르냐?"

"내가 배울 게 많다고 한 것은 기술을 말하려는 게 아니었어."

김경채가 내뱉듯이 오만하게 한 말에 내 친구는 대꾸를 못 했으므로 다음부터 친구는 제쳐놓고 우리끼리만 얘기를 했다. 친구를 제쳐놓자 김경채와 나는 곧 의기투합했다. 나는 내 동화에 대해 이야기했다. 내 동화의 주인공 또마를 풍선에 태워서 벌써 이 년 동안이나 세계를 떠돌게 하는 것은 동화작가들이 상투적으로 말하듯이 아이들에게 미지의 고장에 대한 무한한 꿈을 심어주기 위해서만은 아니었다. 이 땅에선 아이들에게 삶의 다양한 모습을 보여주는 게 허락이 안 됐다. 내가 처음에 만들어낸 또마는 변두리의 허술한 연립주택의 지하실에 세들어 사는 아이였다. 내가 그런 곳에 살고 있었기 때문에 나는 그런 곳에 사는 아이들에 대해 많이 알고 있었고 애정 깊은 마음을 가지고 있었다. 그러나 나 같은 신인에게 연재동화를 맡긴다는 건 자리를 건 모험이라고 생색이 대단한 편집장은 첫 회분 원고를 읽어보더니, 또마는 썩 마음에 드는데, 사는 데가 마음에 안 든다고 매정하게 퇴짜를 놓는 것이었다. 연재 고료를 믿고, 나를 따르던 어수룩한 여자와 냉수 떠놓고 백년가약까지 맺은 나는 난감했다.

"그럼 또마를 부자로 만들까요?"

나는 비굴하게 빌붙었다.

"안 됩니다. 너무 부자도 곤란해요."

"그럼 부자 친구와 보통으로 사는 친구를 많이 만들면 어떨까요?"

"아이들은 끼리끼리 놀게 마련이에요. 아이들은 계층간의 위화감을 더 못 참거든요."

"아이들이 그런 어려운 감정을 알까요?"

"황선생 뭘 모르시는군. 그래가지고 무슨 동화를 쓴다고 그래요? 내가 모험이 지나쳤나, 제기랄."

"또마가 사는 데가 마음에 정 안 드신다면 바꾸죠 뭐. 어떤 데가 좋을까요?"

"보통으로 사는 집이 좋을 거예요. 단독주택이라면 대지 오십 평 미만에 건평이 이십오 평 정도, 마당이 약간 있고 화분하고 강아지도 있으면 좋겠죠. 아파트라면 투기로 너무 이름난 동네 말고 보통 동네의 삼십 평 남짓한 아파트면 알맞을 것 같잖아요. 또마를 모든 어린이가 위화감 안 느끼고 친구로 맞아들이게 하려면 우선 또마에게 전형적인 보통 사람의 삶을 줘야 해요."

나는 그러마고 약속하고 부모한테 삼십일 평짜리 아파트를 선물받은 팔자 좋은 친구네 집으로 보통 사람의 규격을 견학 갔다.

나는 또마가 그런 데 사는 건 상관없다고 쳐도 또마의 모든 친구가 다 그런 데 사는 건 싫었다. 모든 사람이 다 똑같이 사는 건 생활이 아니라 틀이었다. 내가 창조한 또마는 틀에 박힐 아이가 아니었다. 또마를 틀에 가둔다는 건 죽이는 거나 마찬가지였다. 나는 또마를 살리기 위한 마지막 수단으로 그 아이를 풍선에다 태운 것이었다. 이 땅에서 또마는 빈민굴에서 살아서도 안 되고 빈민굴 아이와 놀아서도 안 되지만 로마나 파리에선 빈민굴을 기웃대든 그곳 아이와 어울리든 자유였다.

"그러니까 그 녀석의 외유가 자의 반 타의 반이었다, 이 말씀이군요?"

김경채가 킬킬댔다. 나는 김경채가 또마를 그 녀석이라고 부르는 게 매우 듣기 좋았다. 또마에 대한 구수한 애정이 느껴졌기 때문이다.

그 동안에 내 친구는 슬그머니 자리를 뜨고 없었다. 우린 그날 밤 둘이서 만취하도록 술을 마셨고 김경채의 직업이 TBS 방송국 어린이 프로의 프로듀서라는 걸 알게 됐다. 그를 알고부터 일삼아 본 그가 연출한 아동극은 그저 그랬다. 그도 그걸 모를 리가 없어서 나만 보면 부끄럼도 타고 한탄도 하고, 작가의 욕도 했다. 연출자가 좋은 작품을 망칠 순 있어도, 아무리 실력 있는 연출자도 수준 이하의 작품을 꼴을 만들 수는 없다고 변명 비슷한 말도 했다.

어느 날 김경채한테서 급하게 만나자는 전화가 왔다. 그의 음성은 퍽 들떠 있었다. 나는 덩달아 허둥대며 외출 준비를 했다. 원고 마감이 임박해 막 발동이 걸리기 시작한 원고를 내팽개치고 나가는 나를 아내는 여간 의아해하는 게 아니었다.

"좋은 일이 있을 것 같아."

나는 이렇게 아내를 위로했다. 왜 그런 말을 했는지 모르겠다. 그런 생각을 해본 적도 없는데 말이다.

"이대로가 제일 좋아요. 더 좋은 일 같은 거 없었으면 좋겠어요."

그렇게 말하는 아내의 얼굴이 별안간 예언자처럼 보여서 나는 속으로 섬뜩했다. 그 섬뜩한 느낌은 김경채를 만날 때까지도 남아 있어서 그의 꾐에 넘어가지 말아야지 하는 경계심이 되고 있었다. 그렇다고 그가 나를 감언이설로 좋지 못한 일에 꾄 적이 있는 것도 아니었다. 그는 나를 대등하게 대해줬을 뿐 아니라 좀 재미가 없을 만큼 도덕적이기도 했었다.

그는 전화 목소리와는 달리 우울해 보일 만큼 침착한 얼굴을 하고 있었다.

"날 좀 도와줘야겠네."

"무슨 일인데?"

그때 이미 우린 서로 말을 놓을 만큼 친해져 있었다.

"6·25 특집극을 하나 구상중인데 그걸 꼭 자네가 집필해줬으면 해서……"

"자네가 나 돈벌이를 시켜주고 싶어서 그러나본데 지금도 그럭저럭 밥은 안 굶고 살 만하네. 아내가 욕심이 없는 게 나에겐 큰 복이니 그럴 만한 능력도 없는 주제에 섣불리 외도하고 싶지 않네."

나는 언젠가 그에게서 텔레비전극을 잘만 쓰면 한 달에 얼마까지 벌 수 있다는 얘기를 들은 적이 있어, 구미가 동하려는 걸 참고 짐짓 떨떠름한 얼굴로 말했다.

"흥, 외도를 꺼리는 게 아닐걸. 좀더 솔직히 말하지 그래. 타락하지 않겠노라고."

"뭐 타락까지야."

"문학인지 아동문학인지는 뭐 그리 고고한 거라고 테레비극 소리가 나오니까 당장 타락할 것처럼 저 엄살떠는 것 좀 봐."

"난 안 그랬어. 생사람 잡지 마."

실상 그는 넘겨짚어도 너무 심하게 넘겨짚는 경향이 있었다.

"난 자네가 필요해. 도와주게. 자네라면 할 수가 있어."

나는 아무리 그의 간청이더라도 텔레비전극 같은 걸 쓸 능력도 마음도 없으면서 지레 그에게 덜미를 잡힌 것처럼 부자유스러웠고 불안했다. 김경채를 안 지가 오래됐다곤 할 수 없어도 짧은 동안에 쉽게 속을 줄 만큼 깊이 사귄 사이라고 생각했었는데 지금의 그는 전혀 낯설었다. 침울한 듯하면서도 문득문득 의욕이 싱싱한 비늘처럼 번득이고 있었다. 나는 까닭 없이 주눅이 들어서 힘없이 서항했다.

"자네도 아다시피 나는 아동문학가 중에서도 신인이야. 아동용 테레비극을 쓴대도 외도인데 성인용은 말도 안 돼."

"아동물이라면 하겠다는 얘긴가?"

그가 음흉하게 추궁했다.

"6·25 특집극이라면서?"

"아동용 특집극으로 꾸미려고 해. 내 구상을 한번 들어보게나. 북쪽 아이와 남쪽 아이가 만나게 하는 거야."

김경채는 만난다는 말을 특이하게 했다. 말에도 빛이 있는 것처럼 나를 눈부시게 했다.

"어디서? 어떻게?"

"장소는 아무래도 남쪽이라야겠지. 민통선 안의 농촌이 좋을 거야. 어떻게라는 방법의 문제는 우리 둘이서 앞으로 연구하면 무슨 수가 생길 거야."

"그러니까 어른들이 주선해서 만나는 걸로 하는 게 아니란 말이지?"

"그럼 그걸 말이라고 하나? 그냥 만나는 거야. 놀이터에서 동네 아이들이 만나듯이, 심부름 갔다가 딴 동네 아이를 만나듯이, 물론 서로 불구대천의 원수의 땅 아이라는 걸 모르고 그냥 만나는 거야. 만나서 얘기하고 놀고 하는 사이에 친해지게 하는 거야. 우정이니 화해니 하는 것보다 더 소박하게 그냥 친해지게 하는 거야. 자네 가슴이 울렁거리지 않나? 난 그 생각이 떠오르자마자 오래간만에 실로 오래간만에 가슴이 울렁거리더군. 자기 일 때문에 가슴이 울렁거린다는 건 정말 살맛나는 일이었어."

"여보게, 살맛은 좀 나중에 내고 그애들을 어떻게 만나게 하겠다는 건지 그 얘기나 좀 해보라니까."

나는 괜히 화를 내면서 그의 흥분을 식히려고 했다. 그러나 그는 못 들은 척 하던 얘기를 계속했다.

"아마 그런 만남은 분단 후 처음 있는 일일걸. 남북회담이라는 것도 있었고, 남쪽 사람과 북쪽 사람이 나라 밖에서 어색하게 대면하고 몇 마디 나누는 일도 요샌 드문 일이 아니고, 일 대 몇십, 몇백만 명이 만나는 귀순용사와 환영 군중의 만남도 종종 있었고, 깜깜한 밤중 어디에선가 간첩과 연고자의 공포의 만남도 우리 모르게 있어왔을 테지만 체제를 의식할 필요가 없는 천진(天眞) 그대로의 만남은 이게 처음일 거야. 안 그런가?"

김경채는 마치 그런 만남을 그가 주선해서 방금 이루어진 것처럼 으스대고 있었다.

"자넨 내가 북쪽 아이를 풍선에 태워서 남쪽으로 데려오길 바라는군."

나도 북쪽 아이를 겨우 풍선이나 태워서 남쪽으로 데려올 마음도 없었거니와 그가 혼자 좋아하는 것도 꼴 보기 싫어서 비꼬는 투로 핀잔을 주었다.

"천만에, 나의 자네에 대한 기대는 그보다 훨씬 높다네."

"자네의 기대에 어긋나지 않으려면 로켓이라도 태워야 할 판이군."

"내가 자네에게 기대하는 건 그 아이들의 만남에 리얼리티를 부여하는 거야. 자네라면 할 수가 있어."

"농담 작작 하게. 설마 지금의 군사분계선을 그대로 두고 아이들을 만나게 하는 게 가능하다고 생각하는 건 아니겠지?"

"왜 아냐? 철통같은 군사분계선이 없다면 남쪽이나, 북쪽 아이가 무슨 뜻이 있겠나? 지금 우린 전라도 아이와 경상도 아이를 만나게 하려는 것도 섬 아이와 육지 아이를 만나게 하려는 것도 아냐. 군사분계선 때문에 남북으로 갈라진 아이들을 만나게 하려는 거야."

"근데도 리얼리티를 부여할 수 있다고 생각하다니, 자넨 군사분계선을 뭘로 아나? 한심한 친구 같으니라구."

나는 그를 험악하게 노려보며 말했다. 나는 그를 사귄 지 얼마 안 되는 친구답지 않게 깊이 좋아하고 있었지만, 사귄 지 얼마 안 되는 친구답지 않게 쌓인 유감 또한 적지 않았다. 그는 술기운만 돌았다 하면 술버릇처럼 유럽 얘기를 했고, 그중에도 우리의 분단에 비하면 꿈같은 동서독의 분단상황을 늘어놓길 잘했다. 그가 그럴 때마다 나는 마치 고약한 술주정을 받아줘야 할 때처럼 피곤하고 곤혹스러웠다. 지금도 맨숭맨숭한 정신으로 뭔가 착각을 즐기고 있는 것 같아 정신이 번쩍 들 판잔을 주고 싶었지만 나 역시 우선 피곤했다. 그러나 그는 내 눈치 같은 건 살필 필요도 없다는 듯이 당당하게 저 하고 싶은 말만 했다.

"거듭 말하거니와 북쪽 아이는 북쪽 체제하에서 태어나서 자랐고, 남쪽 아이는 남쪽 체제하에서 태어나서 자랐으되 서로 다른 체제를 의식하지 않고 그냥 만나서 친해지도록 해야 돼. 나중에 그걸 알더라도 그땐 이미 서로 친해진 뒤여서 체제의 차이가 만남의 장벽이 될 수 없다는 걸 자연스럽게 보여줘도 되고. 그러니까 그 북쪽 아이는 공산당이 싫어서 목숨 걸고 휴전선을 넘는 여느 귀순자하곤 달라야지."

"차라리 그 편이 쉽지, 우리의 남북이 어디 옆동네 드나들 듯이 무심히 넘나들 수 있는 고장이던가."

"몇 년 전에 민통선 안에 있는 부락으로 취재 나갔다가 노인네들한테 들은 얘긴데, 휴전 직후 몇 년 동안만 해도 제삿날 밤에 몰래 휴전선을 넘어가 북쪽의 큰댁에서 제사 지내고 아침이슬 밟고 돌아오는 일이 예사로웠다고 하더군. 물론 그 반대의 경우도 있었겠지. 길을 잘 아는 안내원만 앞세우면 감시에도 안 걸리고 지뢰밭도 수월하게 피할 수 있었던 시기가 꽤 있었던 모양이야. 생각해봐, 밤에 가서 제사 지내고 새벽이슬 밟고 돌아올 수 있는 거라면 바로 이웃동네지 뭔가?"

"여보게, 내가 불가능하다는 게 거리를 두고 하는 말이 아니란 걸 몰라서 자꾸만 중언부언하나?"

"알아, 알아. 그 동안 군사분계선이 얼마나 견고해졌다는 걸 왜 모르겠나. 그렇지만 아이라면 그곳을 통과하는 게 가능할 수도 있을 거야. 그 아이가 막연히 저 산 너머 먼 곳에 행복이 있을 것 같아 집을 나와 산과 고개를 넘을 수도 있을 테고, 일터에 나간 부모를 마중 나갔다가 날이 저물고 길을 잃을 수도 있어. 그렇게 헤매다 도달한 곳이 남쪽 땅일 수도 얼마든지 있을 수 있는 일이거든."

"나는 군대도 못 가서 잘은 모르지만 이십사 시간 감시하는 수 없는 초소와 새앙쥐 한 마리도 살아서 드나들 수 없게 고압전류가 통하는 철조망과 지뢰밭, 그런 걸로 돼 있는 게 군사분계선 아닐까? 방위선이 이렇게 철통같음으로써 우리가 이만큼 평화를 누리고 살 수 있는 거기도 하고."

"자넨 비무장지대를 지상낙원 삼아 서식한다는 동식물 얘기도 못 들었나? 그중 동물들은 비무장지대에만 갇혀 살 리가 없지. 나도 잘은 모르지만 자유롭게 남북을 드나들 거야. 아이들이라고 못 그러란 법 없지. 금지된 구역이란 의식만 없다면 얼마든지 그럴 수가 있을 거야. 나는 아이들에겐 위험을 피하게 하는 특이한 감각이 있다는 걸 믿는데 그게 바로 동물적인 감각하고 통하는 게 아닐까? 삼신할머니의 보호란 말 자네도 들은 적이 있지? 아이들이 위험을 아슬아슬하게 피하는 능력을 삼신할머니의 보호라고 생각한 옛사람의 믿음을 끌어와도 상관없어."

김경채는 집요했다. 나는 거절도 승낙도 못 하고 지레 기운만 빠졌다. 뭔가 급한 핑계를 둘러대고 우선 그를 면하고 봤지만 개운하기는커녕 빚진 기분만 들었다.

눈도 없이 추위만 극성스러운 황량한 겨울날이 계속됐다. 나는 내 일이 잘 손에 잡히지 않았다. 나도 모르게 멍하니 특별한 증오나 특별한 사랑이 의무처럼 부과되지 않은 편견 없는 만남에 대해 생각하길 잘했다. 나는 어쩌면 김경채의 음모에 이미 말려들었는지도 몰랐다. 나는 진저리를 쳤다. 그러나 보다 많이 그의 음모 중 아름다운 부분에 매혹당하고 있었다. 그렇게 지내는 동안 다시 김경채로부터 전화를 받았다. 헌팅 가세. 그는 매우 명랑하게 그러나 명령조로 말했다. 나는 헌팅을 얼핏 하이킹으로 알아듣고 겨울 소풍은 취미 없다고 대답했다.

"사냥을 가자니까, 겨울 사냥."

나는 그의 명령조가 저으기 불쾌했지만 부랴부랴 그가 지적해준 장소와 시간을 맞춰 나갔다. 물론 우리의 겨울 사냥을 위해 엽총 대신 필기도구를 챙기는 것도 잊지 않았다.

그는 TBS란 방송국 마크가 찍힌 지프차를 타고 나와 나를 기다리고 있었다. 그 지프차는 몹시 흔들렸다. 나는 그와 무릎을 맞댄 뒷자리에서 엄살처럼 중얼거렸다.

"제발 날 좀 봐주게. 이제 겨우 아동문학가로 자리를 잡아가는 판에 텔레비 쪽으로 빠지면 내 꼴이 뭐가 되겠나?"

"왜, 텔레비가 어때서?"

김경채는 예의 집요한 다변으로 소위 순수문학 한답시는 사람들의 방송 쪽에 대한 터무니없는 비하를 비난하면서 하인리히 뵐이 쓴 방송극에 대해 한동안 설을 풀기 시작했다. 나는 하인리히 뵐이 썼다는 방송극을 듣지도 읽지도 못했을 뿐 아니라 그런 게 정말 있기나 있는 건지도 알지 못했으므로 입을 다물고 있을 수밖에 없었다.

차가 의정부를 벗어나자 벌써 도로엔 긴장이 감돌기 시작했다. 길가에 줄을 선 돌무더기와 장작을 쌓아놓은 원두막 같은 집들을 내다보면서 나는 중얼댔다.

"아이가 이웃 마을에 가듯이 무심히 휴전선을 넘는 일에 현실성을 부여하는 게 정말 가능하다고 자넨 생각하나?"

"우린 지금 그 리얼리티를 헌팅 가고 있는 게 아닌가. 현장에 가보면 무슨 수가 생길 거야."

그는 제풀에 신바람이 나서 또 그가 본 독일 분단 얘기를 하기 시작했다. 서로 왕래할 수 있고, 전할 말이 있으면 언제나 통화가 가능한 자동전화가 가설돼 있고, 기자들이 서로 뉴스를 교환하기 때문에 양쪽 소식에 밝은, 우리의 안목으론 개방된 거나 다름없어 보이는 이상한 분단 얘기를 들으면서 우리의 삼엄하고 완벽한 분계선을 향하는 느낌은 슬프고도 비참했다. 나는 참다 못해 우리의 안내를 맡고 취재에 도움을 주기로 돼 있다는 ××사단 못 미쳐서 차를 세우고 허허로운 들판에 내려 아침에 먹은 걸 다 토해냈다. 철원이 가까운 그곳 농촌 풍경은 우리나라 어느 농촌이나 다름없이 단조롭고 쓸쓸했다. 나는 내가 발로 확인한 흙의 감촉과 이런 낯익은 풍경에 안도감을 느끼면서 담배를 한 대 피워물려고 했다. 차멀미에 시달린 몸에 겨울바람이 샘물처럼 상쾌했지만 담뱃불을 붙이기엔 강풍이었다. 헛되이 성냥개비만 다 없애갈 무렵 김경채가 내려와서 바람막이 노릇을 해주었다. 그는 담배연기를 달게 들이마시면서 먼 산 보고 서 있는 나를 변변치 못하게 차멀미씩이나 한다고 빈정거리면서 먼저 지프차에 올라 탔다. 나도 마지못해 그의 뒤를 따라가 다시 그와 무릎을 맞대고 앉으면서 아예 눈을 감아버렸다. 속이 깨끗이 비었기 때문인지 거짓말처럼 편안한 잠이 엄습해오는데 다 왔다고 했다. 우린 곧 ××사단본부 정훈참모실에 안내됐다. 정훈장교 염소령은 오늘 벌써 세번째 손님을 맞는다며 약간 피곤한 눈치였다. 김경채는 TBS에서 금년 6·25 특집으로 굉장한 대작을 기획하고 있으니 많은 협조와 편의를 바란다고 허풍을 떨었다. 우린 다시 참모장 실로 안내됐다. 대령인 참모장은 염소령보다 사교적으로 보였고 먼저 우리의 일에 호의와 관심을 표명했다. 김경채는 거기 힘입 어 나를 대령에게 지금 한창 인기가 상승하고 있는 텔레비전 드 라마 작가로 소개했다. 나는 대령이 내가 어떤 드라마를 썼나 구 체적인 걸 물어볼까봐 조마조마했지만 다행히 대령은 오후에 높 은 분들의 내방을 맞기로 돼 있어 우리와 좋은 이야기를 오래 할 수 없다는 걸 매우 아쉬워하면서 우리를 안내해줄 정보참모를 급히 불렀다. 그럭저럭 한시가 임박했으므로 우리는 참모장이 붙여준 중령과 함께 장교식당에서 점심을 먹었다. 미역국, 상추 무침, 고등어조림, 김치 등 다 간이 맞고 양도 알맞아서 우린 모 두 보리밥 한 그릇을 거뜬히 비웠다. 아침 먹은 걸 다 토한 나는 약간 모자라는 듯했지만 밥을 더 타올 용기는 없었다.

민간인 통제선 안으로 들어가는 길목 초소의 경계는 삼엄하고 도 면밀했다. 중령의 안내를 받고 있음에도 불구하고 사단본부와 연락을 취해보고 나서야 우리를 통과시켜주었다. 그러나 일단 통과가 되고 나서 남방 한계선까지는 보통 농촌과 다르지 않았다. 가끔 노적가리도 보였고 울긋불긋 근대화된 농촌도 보였고, 경치가 뛰어난 호수도 보였다. 그러나 눈여겨보면 철조망에다 붉은 헝겊조각으로 표시를 해놓은 지뢰밭이 보이는가 하면 불타고 파괴된 작은 도시가 복구되지 않은 채 남아 있는 폐허도 보였다. 중령이 그중 꽤 큰 이층 건물의 콘크리트 골조를 가리키며 구철원의 노동당 당사 자리라고 했다. 김경채가 그 앞에서 사진을 찍자고 하면서 차를 멈추었다. 김경채와 나는 번갈아가며 그 앞에서 바보 같은 얼굴로 사진을 찍었다. 노동당사였다고 해서 딴 폐허보다 더 무시무시하지도 위엄 있지도 않았다. 나는 사진 찍을 때와 마찬가지의 바보 같은 얼굴로 암회색의 벽과 천장만 있는 건물의 방방을 기웃댔다. 방이라기보다는 칸막이라고 불러야 할 공간 아무 데도 지난날의 악업의 흔적도 세도의 흔적도 찾아볼 수 없었다. 나는 일층을 두루 살피고 이층으로 올라갔다. 이층엔 천장조차 없어 찬바람이 몰아쳤다. 나는 바람이 불어오는 곳을 등진 벽에 기대섰다. 멀리 한 떼의 까마귀떼가 날아오르는 게 보였고 가까이는 김경채가 오줌누는 게 보였다. 한참 만에 김경채가 두리번거리며 이층으로 올라왔다.

"여기 있었군. 한참 찾았네. 아이들이 숨바꼭질하고 놀았으면 딱 좋게 생겼구먼. 요새 도시엔 숨바꼭질할 만한 데가 없어서 그런지 숨바꼭질이란 놀이가 아예 없어진 것 같아."

"자넨 오나가나 그저 아이들 생각뿐이군."

"그 아이들을 여기서 만나게 하면 어떨까?"

"그 아이들이라니?"

"북에서 온 아이하고 남쪽 민간인 통제선 안에 사는 아이하고 말야. 아냐, 여긴 안 좋아. 딱딱한 콘크리트 바닥에서 만나면 아무리 아이들이라도 마음이 부드러워지기가 어려울 거야. 들판의 낟가리 속이나 농가의 헛간에서 만나는 게 나을 거야. 친해진 후에 여기 와서 숨바꼭질을 하는 건 상관없지만 최초의 만남의 장소론 안 어울려. 자넨 안 그렇게 생각하나?"

나는 대답을 피하고 먼저 내려가 지프차를 탔다. 운전석 옆자리에 탄 중령이 지루한 듯 하품을 하고 있었다. 민통선을 지나 이십 리는 왔음직한 곳에 우리가 한 걸음도 더 내디딜 수 없는 남방한계선이 나타났다. 우린 드디어 남방한계선 전망대에 섰다. 한눈에 드높고 장장한 철조망과 아무도 살 수 없는 DMZ와 그 너머 북녘의 산하가 보였다. 처음 내 눈으로 확인한 우리 땅을 자르고 있는 분단의 선은 내가 평소 생각했던 것보다 훨씬 더 견고해 보였다. 물 샐 틈은커녕 한숨이 샐 틈도 있을 것 같지가 않았다.

전망대를 담당한 장교가 거기 설치된 그 근방 지형의 모형도와 실제의 산하를 대조해가며 친절하게 설명을 하기 시작했다. 그는 하루에도 몇 번씩 이런저런 연줄을 타고 그곳을 빙문하는 철없는 민간인들을 위해 그런 설명을 해왔으리라. 그의 설명은 능숙하고도 명쾌했다. 그러나 그가 설명하고자 하는 궁극의 목적이 우리의 철통같은 방위태세라면 그는 그렇게까지 긴 말을 할 필요도 없었다. 눈으로 보는 것만으로 우리의 남과 북의 분단 상태는 완벽했다. 그 분단의 띠를 양쪽을 지키는 눈과 철조망을 피해 통과할 방법은 절대로 없음이 분명했다. 삼신할머니의 도움이란 얼마나 철딱서니 없는 환상이었던가.

허나 김경채는 아직도 그 환상의 끄나풀을 놓기 싫은 눈치였다. 그는 한껏 바보 같은 얼굴로 북녘에 있는 거대한 호수 봉래호에서 흐른다는 역곡천 대교천을 가리키며 여름 장마철에 물이 불으면 혹시 북에서 돼지나 개나 하다못해 삼태기 같은 물건이 떠내려올 수도 있지 않겠느냐고 물었다. 장교는 절대로 그런 일은 없다고 잘라 말했다. 강도 밑바닥까지 촘촘한 쇠창살이 가로지르고 있다고 했다. 그럼 육로의 들판이나 숲을 통해 북쪽의 들짐승이 넘어올 수도 없냐고 물었다. 장교는 완강하게 고개를 저었다. 다람쥐나 새앙쥐도 넘어올 수 없냐고 물었다. 장교는 역시 고개를 저었다. 나 보기에 김경채는 바늘로 철판에다 구멍을 내려 하고 있었다. 마지막으로 김경채는 그럼 간첩이나 귀순자는 어떻게 넘어오냐고 대들었다.

"근래엔 육로로 간첩이 침투하거나 귀순해 올 수 있는 방법은 전무하다고 봐야죠. 거의 바다를 통해 오는데 바다로도 짐승이나 보따리처럼 무심히 떠내려온다는 건 말도 안 됩니다. 치밀한 계획, 강렬한 의지, 초인적인 체력, 목숨을 건 증오나 사랑 없인 불가능한 일이죠."

장교는 마치 아이들로 하여금 무심히 그 철통같은 분단선을 넘게 하려는 우리의 철딱서니 없는 계획을 꿰뚫어보고 있는 것처럼 이렇게 잘라 말했다.

서울로 돌아오면서 그는 내처 잠만 잤다. 입을 헤벌리고 잠든 그는 더욱 바보 같았다. 나는 그의 잠든 얼굴을 지켜보면서 연민과 자유스러움을 동시에 느꼈다. 이번 헌팅의 헛됨은 나에겐 되레 큰 소득이었다. 그의 무모한 계획에서 힘 안 들이고 놓여날 수 있었으니 말이다. TBS 앞까지 와서 같이 내린 그가 무슨 좋은 꿈을 꾸었는지 만면에 웃음을 띠고 나를 맥주홀로 끌고 갔다.

"북쪽 아이와 남쪽 아이가 만나기까지의 과정에 리얼리티를 부여하는 일은 단념했네."

"잘 생각했네."

"그렇지만 만남 자체를 단념한 건 아니네. 그애들은 꼭 만나게 해야 돼. 자네라면 할 수 있어."

"어떻게?"

"북쪽 아이를 비눗방울로 만드세. 비눗방울이 분계선을 넘는 거야 누가 뭐라겠나. 비눗방울이 된 북쪽 아이가, 남쪽 아이가 엄마한테 야단맞고 혼자 실컷 울려고 숨어든 헛간의 짚더미 위로 사뿐히 내려앉는 거야. 내려앉자마자 제 모습으로 돌아오는 것과 제 모습으로 돌아온 후에 남쪽 아이와 만나게 하는 건 말할 것도 없고…… 어떤가? 내 생각이."

그는 사뭇 가슴이 울렁거리는 얼굴을 했지만 역시 쓸쓸해 보였다.

"그렇게 환상적으로 처리한다면 어려울 것도 없지 뭐."

나는 마지못해 대답했다.

"그렇지만 하나는 북쪽 아이, 하나는 남쪽 아이란 차이점까지 환상적으로 얼버무리란 소린 아니네. 그게 환상적으로 처리된다면 이번 만남에 아무런 뜻도 없게 되어버릴 테니까."

"제발 날 좀 내버려둘 수 없나?"

나는 왠지 못 하겠다고 딱 잘라 말하지 못하고 이렇게 비명을 질렀다. 김경채는 싸늘하게 웃으면서 최면을 걸듯이 암시적인 저음으로 자네라면 할 수 있다는 소리를 반복했다.

"정말 이렇게 빚쟁이처럼 굴지 말게. 난 내 일이 있는 사람이야. 내 일이 자네에겐 우습게 보일지 모르지만 난 그 일을 사랑하고 또 만족하고 있다네."

"자네라면 할 수가 있어."

"싫다니까. 그건 다만 기발한 발상으로 족해."

"그 기발한 발상이 어떻게 떠오른 줄 아나? 자네 때문이었어."

"나 때문이라고?"

"그래, 자네의 「풍선 타고 세계일주」를 읽으면서 떠오른 생각이니까. 자네의 귀여운 주인공 또마 녀석은 자네도 아직 못 가본 세계의 방방곡곡을 신나게 떠돌아다니면서 실컷 구경을 하고 닥치는 대로 친구를 사귀고 있어. 자네의 뛰어난 상상력이 그걸 가능하게 한 거지. 그런 자네가 왜 못 해? 바로 지호지간(指呼之間)에 있는 아이들을 왜 못 만나게 해? 내가 만날 수 있게까지 해줬으면 자넨 말문이라도 열어줘얄 게 아니냔 말야. 남들은 외계인도 끌어들여 아이들의 친구를 만들어주는데 우린 서로 악을 쓰면 들릴 거리의 아이들을 만나게 하는 데도 이렇게 힘이 든다니. 자네도 알잖아? 그 ET인지 뭔지 하는 외계 아이 때문에 지구 아이들에게 외계가 얼마나 가깝고 친한 이웃이 됐나를. 한 작가의 상상력이 외계를 바로 이웃으로 끌어당긴 거지. 근데 자넨 육안으로 볼 수 있는 거리에 사는 아이끼리 말문도 못 열어주겠다고? 남들의 상상력은 그 징그럽고 흉하게 생긴 괴물과도 우정을 맺게 하는데, 우린 한 핏줄끼리 친교를 맺자 하는 것도 이렇게 어려울 수가……"

나는 또 김경채의 열성에 지고 말았다. 어떻게 해보마고 약속을 하고 헤어졌다. 그러나 내 상상력은 남북의 아이가 친하게 하기는커녕 말문을 여는 데서 꽉 막혀서 꼼짝도 안 했다. 각오한 대로 김경채의 독촉이 빗발쳤다. 나는 6·25까지는 아직도 많은 여유가 있는데 뭘 그러냐고 되레 느긋이 그를 능쳐주려고 했다. 이번 작품만은 졸속 제작을 하고 싶지 않기 때문이라고 김경채는 말했다. 우린 서로를 속이고 있었다. 나는 시간이 많이 있어서 여유를 잡고 있는 게 아니었고, 김경채는 졸속 제작을 안 하려고 나를 다그치는 게 아니었다. 우린 그 일이 어렵고 어려워서 어쩌면 아주 못 하고 나가떨어질지도 모른다는 걸 인정하기까지를 그렇게 서로 약을 올리고, 못되게 굴기로 작심하고 있었다.
그러나 그 동안에도 시간은 사정없이 흘러 계절은 봄의 한가운
데로 들어서고 있었다. 나는 새로운 변명을 필요로 했다.

"아이들의 말문을 열게 하려면 암만 해도 그쪽 사투리 공부를
좀 해야 할 것 같아. 사투리 외에도 그쪽에서 즐겨 쓰는 상투어,
고전이나 전래동화에 대한 그들의 독특한 해석 같은 것도 알아
둬야 할 것 같고……"

나의 이런 말이 떨어지자마자 김경채는 관계 기관과 교섭해서
북쪽의 교과서나 동화책 등을 볼 수 있게 해주었다. 그래도 아이
들은 말문을 열 것 같지 않았다. 나의 또마가 자유롭게 지구의
구석구석을 돌며 많은 나라 아이들과 사귀고 친해질 수 있었던
건, 내가 그 여러 나라 말들을 다 할 수 있어서가 아니라 그 여러
나라에 대한 그리움과 이해 때문이었다.

내가 그쪽 사투리와 상투어를 익힌 후에도 아이들은 말문을
열지 않았다. 이제 내가 할 수 있는 마지막 일은 그 일을 못 하겠
다는 정직한 실토뿐이었다. 그러나 나는 그 실토를 죽자꾸나 참
아내고 있었다. 이제 그건 목구멍까지 차올라 참아내기가 여간
고통스럽지 않았다. 글쓰는 사람들은 흔히 쓰기 위한 고통을 뼈
를 깎고 피를 말리는 괴로움이라고 말하는데 나야말로 단 한 자
도 못 쓰면서 뼈를 깎고 피를 말리고 있었다. 나는 자다가도 벌
떡 일어나 가슴을 쥐어뜯으며 신음했다.

'안 돼, 안 된다니까. 못 하겠어. 아냐, 그럴 순 없어. 제발 날

내버려둬줘.'

　벌써 두 달째 「풍선 타고 세계일주」도 쉬고 있었다. 여직껏 그게 인기가 대단한 연재였기에 작가의 피치 못할 사정으로 당분간 쉬는 걸로 돼 있지 그렇지 않았으면 나는 벌써 편집자로부터 버림받고 잊혀졌을 것이다.

　아내는 내가 못된 친구 꾐에 빠져 되지도 않는 방송일을 한답시고 고정 수입이 보장된 연재를 중단하고 있는 줄 알고 김경채에 대한 원망이 대단하다. 내가 딱 잘라 거절을 못 하면 자기라도 나서겠다고 그녀답지 않게 설치는 걸 보면 생활비도 다 떨어져가는 눈치였다. 아내는 내가 그 일에서 아주 손을 떼면 하던 일을 예전처럼 할 수 있을 줄 안다. 그러나 몇 달째 그 일은 한 발짝도 진전이 안 되었고, 앞으로도 그러리라는 걸 알면서도 내가 그 일을 하고 있는 척 폼이라도 재려는 건 그 일의 불가능을 인정하면 딴 일까지 끝장이 날 것 같아서였다. 다시는 어떤 글도 못 쓸 것 같아서였다. 좀더 솔직하게 말하면 그 아이들의 말문을 열지 못하는 한 그 밖의 어떤 글을 써도 가짜임을 못 면할 것 같아서였다.

　나는 마치 진퇴양난의 수렁에 빠진 꼴이었다. 헤어나려 할수록 깊이 빠져들고 있었다. 김경채를 만난 것이 잘못이었다. 김경채야말로 나의 수렁이었다.

움딸

아이의 손을 잡은 내 손아귀가 끈끈해졌다. 아이의 작고 보드라운 손도 철사심을 넣은 것처럼 고집스러워졌다. 아이의 손목을 비틀고 싶다는 잔혹한 생각으로 어느새 이마에까지 끈적한 땀이 배어나오고 있었다.

"안녕하세요. 혼자 다니게 내버려두시잖구. 정성이 참 한결같으시네요."

동네에서 만난 것 같기도 하고 유치원에서 만난 것 같기도 한 낯익은 여자가 이렇게 아는 척을 했다. 정성이 한결같단 말이 칭찬 같지 않고 비꼬는 투로 들렸다. 아이들을 데려오고 데려가는 건 유치원에서도 금하고 있었다. 어머니들이 그 핑계로 선생님을 만나려고 할까봐 아예 지정된 참관일 빼고는 유치원 문 안에 발도 못 들여놓게 했다. 하여 아이를 데려오기 위해선 맞은편 그늘도 없는 땡볕 아래 지켜서 있지 않으면 안 되었다. 아무리 그

렇다고 해도 내가 아이의 친엄마라면 그 여자한테 정성이 한결
같단 소리는 안 들었을 것 같았다.

"나는 원래 아이들을 좋아하거든요."

무슨 당치도 않은 소리인가. 나는 그렇게 말해놓고 나서 분노
같기도 하고 수치심 같기도 한 게 화끈하게 얼굴로 모이는 걸 느
꼈다.

아이들을 좋아한단 말은 아이 아빠한테도 써먹은 일이 있었
다. 그 말이 아이 아빠의 청혼에 간접적인 승낙이 되었었기 때문
일까? 그 말을 회상할 때마다 나는 거의 피부적인 혐오감을 느
꼈다. 지금도 나는 등허리로 벌레가 기어가는 것 같아 두어 번
진저리를 쳤다. 아이가 나를 빤히 쳐다보았다. 콧날이 죽고 입술
이 얇고 피부가 검기 때문에 눈이 예쁘단 소리를 더 자주 듣는
아이의 동그란 눈에 어른스러운 조소가 어렸다. 나도 아이를 싸
늘하게 노려보았다.

"나 아이스케키 사먹을래."

아이가 날카로운 소리로 말했다. 아직 여름방학도 되기 전인
데 연일 무더위가 계속되고 있었다. 저만치 국민학교의 회색빛
담장 너머로 미루나무 이파리가 불에 달군 무수한 양은조각처럼
뜨겁고 새하얘 보였다. 튜브를 들거나 어깨에 멘 아이들이 땡볕
속을 어디론지 느릿느릿 걸어가고 있었고 마늘을 잔뜩 실은 리
어카가 주인 없이 길 한가운데 버려져 있기도 했다. 아무 데도
그늘은 없었고 다만 땡볕만 있었다. 땡볕은 닿는 모든 것을 야금

야금 미세한 먼지로 증발시키고 있는 것처럼 공기는 혼탁한 연기로 가득 차 있었다.

"아이스케키는 안 돼. 착하지, 엄마가 맛있는 아이스크림을 사 줄게."

요새 이 거리에 새로 들어선 외국 상표의 아이스크림 전문점은 거리로 난 전면이 유리여서 안이 환히 들여다보였다. 바닐라, 초콜릿, 아몬드, 그레이프, 레몬, 체리, 스트로베리 등 맛도 빛깔도 가지가지의 아이스크림이 든 쇼케이스를 배경으로 미키마우스 등받이가 달린 빨간 의자에 앉아 아이스크림을 핥는 아이들과 엄마들은 딴 나라 사람들처럼 서늘하고 세련돼 보였다. 미니스커트를 입은 웨이트리스들의 황갈색으로 염색한 머리가 썩 잘 어울리게 그 안은 이국적이었고, 이국적인 게 곧 품위라고 생각하는 손님들은 어항 속의 열대어처럼 마음껏 폼을 재고 있었다. 동네 어귀에 그 가게가 들어서고부터 웬만큼 사는 집 아이들은 백원이나 오십원짜리 아이스케키를 안 먹었다. 유명 메이커에서 나오는 크림도 훨씬 덜 팔린다고 했다. 그러나 우리 아이는 막무가내로 백원짜리만 먹으려고 했다. 아무리 달래도 그 정결하고 이국적인 가게가 생사탕집인 양 바로 보기조차 꺼리면서 뒷골목으로 꼬부라지는 모퉁이의 구멍가게 쪽으로 몸을 빼려고 했다.

"안 돼."

나는 아이의 손목이 빠지는 것도 불사할 것처럼 이를 악물고 아이의 손을 놓아주지 않았다. 아이의 온몸이 화살처럼 성이 나서 내 손아귀를 벗어나려고 했다. 나는 속으로, 울어라 울면 놓아줄 테다, 이렇게 양보를 했음에도 불구하고 아이는 울지 않았다. 아이의 판판한 양미간에 서린 단호한 적의에 나는 두려움을 느꼈다. 탁 놓아버릴까보다. 그러나 곧장 땅바닥에 곤두박질치면서 이마가 깨져 크게 우는 아이의 울음을 상상하는 것만으로 약간의 우월감을 느끼면서 나는 아이에게 항복했다.

"그래, 그래. 네 마음대로 그 싸구려 아이스케키를 사먹으렴."

아이가 곧 힘을 빼고 배시시 웃었다. 얇은 입술 사이로 썩어서 송곳처럼 날카로워 보이는 앞니가 드러났다. 나는 지갑에서 백원짜리를 꺼내 아이에게 주었다. 아이가 훨훨 춤을 추면서 구멍가게 쪽으로 달음질쳐갔다. 아이의 갈색 머리카락과 벗겨져 등 뒤에 매달린 새빨간 유치원 모자가 함께 나풀댔다. 아이와의 그동안의 실랑이로 나는 주저앉고 싶게 힘이 빠졌다. 그러나 아이에게 어떻게든 백원짜리보다 오백원짜리를 먹여보겠다는 내 고집은, 의붓자식에게 보리쌀만 골라 먹이려는 옛날이야기 속의 의붓엄마의 심보보다 훨씬 더 표독하고 집요했다. 나는 어쩌면 유치원 앞에서의 실랑이질을 위해 아이를 매일 마중 가는지도 몰랐다. 그 짧고 악랄한 실랑이질에서 내가 이길 가망은 없었지만 나는 번번이 새로운 전의(戰意)를 가다듬었다.

나는 느릿느릿 아이의 뒤를 따라 구멍가게 앞으로 갔다. 아이는 벌써 구멍가게 앞길에 내놓은 냉장고의 유리 뚜껑을 열고 안의 것을 들쑤성거리고 있었다. 아이가 찾는 것이 없길 바랐으나 아이는 기어코 그걸 찾아내고야 말았다. 아이가 종이 껍질을 능숙하게 벗겨서 쓰레기통에 처넣고 막대기에 달린 걸 빨기 시작했다. 냉장고보다 키가 더 큰 하늘색 비닐통엔 순전히 빙과류의 껍질만으로 이미 넘치고 있었다. 가게 안의 물건은 보잘것없었다. 라면과 깡이니 칩이니 하는 항렬이 붙은 이름의 과자봉지가 먼지를 뒤집어쓰고 있었다. 주인여자는 숫제 밖으로 나앉아 안에 틀어놓은 선풍기 바람으로 등허리를 식혀가며 배에 찬 주머니 앞치마를 두둑하게 불리고 있었다.

워낙 날씨가 무더워선지 막대기에 달린 빙과는 곧 허물어져서 아이의 입가로부터 윗도리로 온통 검붉은 게 뚝뚝 떨어졌다. 영락없이 썩은 핏빛처럼 탁한 붉은색은 빨아도 잘 빠지지 않았다. 아이는 허구한 날 하필 겉엔 하얀 당의를 입히고 속엔 그런 징그러운 곤죽 같은 게 든 것만 좋아해서 아이의 옷은 하나같이 그 자국이 더럽게 얼룩져 있었다. 아이가 검붉은 곤죽으로 테를 두른 입 언저리를 핥으면서 나를 힐끔 쳐다보았다. 나의 차가운 마음을 아이의 눈치가 바늘처럼 찌르고 지나갔다. 아이는 팔딱팔딱 앞서 걸어갔다. 우린 서로 실랑이질할 건덕지가 없어졌으므로 서로 손잡을 필요도 없었다. 동네로 들어오면서 아이는 자주 친구를 만났다. 아이는 그럴 때마다 뒤돌아보면서 놀다 가도 좋으냐고 눈으로 물었다. 나는 짐짓 너그럽게 미소지으면서도 "집에 가서 씻고 옷 갈아입고 나와 놀아야지"라고 단호하게 말했다.

아이는 아쉬운 듯했지만 억지 부리지 않고 내 뜻을 잘 따랐다.

아이의 친구 중 더러는 나에게도 인사를 했다. 유치원이나 미술학원에 다니는 아이들은 인사성이 발랐다. 공손하게 허리를 굽히고 안녕하세요 하는 아이도 있었다. 씩 웃기만 하는 아이도 있었고, 우리집에 놀러 와서 간식까지 준 적이 있는 걸 번연히 알고 있는데도 딴청 보는 아이도 있었다. 그만그만한 미니 이층이 다닥다닥 붙은 이 동네엔 아이들이 많았다. 나는 그 모든 아이들이 마음으로부터 귀여웠다. 인사성 바른 아이로부터 딴청 보는 아이까지 다 마음속이 근지럽도록 사랑스러웠다.

"나는 원래 아이들을 좋아하거든요."

나의 이 말은 조금도 거짓이 아니었다. 그러나 내가 좋아하는 모든 아이들 중에 나의 아이만은 포함시킬 수가 없었으므로 그 말은 새빨간 거짓말일 수밖에 없었다. 단 하나의 예외 때문에 거짓말쟁이가 되었으니 그 예외를 미워할 수밖에 없다고 나는 속으로 억지를 부렸다.

다짜고짜 목욕탕으로 끌려들어온 아이는 벌 받을 걸 체념한 것처럼 비참하고 순종적인 얼굴을 하고 있었다. 한 평 남짓한 목욕탕 속에 단둘이 있다는 사실이 나의 분노를 새롭게 일깨웠다. 나는 거침없이 아이를 노려보며 아이의 옷을 거칠게 벗겨내서 빨래통으로 집어던졌다. 갈비뼈를 셀 수 있을 만큼 앙상한 가슴과 번데기처럼 위축된 고추기 드러났다. 아이는 고개를 떨구고 나의 학대에 순종할 태세를 취했다. 학대래야 별게 아니었다. 먼저 샤워로 아이의 몸에 고루 물을 끼얹고 나서 머리를 감기고 온몸에 비누질을 하고 다시 샤워를 시켰다. 앙상한 가슴에 비누질을 해주면서는 이렇게 중얼대기도 했다.

"맨날 그 싸구려 아이스케키만 먹고 밥을 안 먹으니까 이렇게 살이 못 붙지. 아이스케키도 아이스케키 나름이지, 엄마가 사주는 크림을 먹으면 좀 좋아. 맛있고 영양 많고, 비싸긴 또 얼마나 비싸다고."

아이를 씻기는 행동이나 씻기면서 하는 잔소리가 보통 모자지간하고 다를 게 없었다. 그러나 우린 서로 학대처럼 느끼고 있었다. 나는 학대의 쾌감을 즐기고 있었고, 아이는 학대당하는 굴욕을 제법 어른스럽게 잘 참아내고 있었다. 찬 물줄기 속에서 흑흑 느끼면서도 아이는 물줄기를 피하려 들지 않고 꼿꼿이 서 있었다. 옷을 입힐 때까지도 아이의 입술은 포도물이 든 것처럼 질려 있었다.

"우리 윤섭이 착하지. 엄마하고 같이 점심 좀 먹자. 점심 먹으면 아이스케키 사줄게."

나는 아이가 점심을 먹기 싫다고 하기도 전에 이렇게 달래기부터 했다. 아이는 교활하게 웃으면서 도리질을 했다. 밥은 싫다고 해서 빵을 먹이려고 했지만 그것도 안 먹으려고 해서 가까스로 우유 반 컵을 먹였다. 아이는 그것도 점심 먹은 거라고 의기양양해서 아이스케키 값을 달라고 손을 내밀었다. 갈아입힌 흰 티셔츠가 또 그 썩은 핏빛으로 얼룩질 생각을 하면 매라도 들어서 아이의 고약한 버릇을 고쳐놓아야겠지만 나는 얼른 백원을 쥐서 아이를 내보냈다. 아이와의 팽팽한 긴장감에서 놓여나고 싶었다. 아이로부터 놓여나자마자 손끝 하나 까딱하기 싫은 허탈감과 형언할 수 없는 슬픔이 엄습했다.

아이는 온종일 정체불명의 찬 것만 탐하다가 아빠와 함께 먹는 저녁상에선 꼭 걸신들린 아이처럼 왕성하게 먹어댔다. 남편은 아이의 이런 식욕을 흐뭇한 듯이 바라보다가도 나를 보는 눈길엔 순간적이지만 분명한 의혹이 서리곤 했다. 아이를 번쩍 쳐들어보거나 앙상한 가슴을 쓸어보면서 먹는 건 다 어디로 가고 이렇게 살이 못 찌냐고 노골적으로 물어볼 때도 있었다. 의붓에미 밥이라 살로 안 가나보죠. 나는 이렇게 빈정대고 싶은 걸 꾹 참고 이 여름이나 나거든 용 든 약을 한 제 먹여야겠다고 말머리를 돌렸다.

낳은 정보다 기른 정이 제일이니라. 지금의 남편과 결혼하기로 정하고 나서 결혼날까지 나는 어머니로부터 얼마나 자주 그 말을 들었던가. 어머니는 나의 불안뿐 아니라 당신의 불안까지도 그 한마디로 위로하려 드셨다. 그러나 그 한마디는 번번이 서로의 불안을 다시 확인하는 데 그치고 말았다. 낳은 정보다 기른 정이 제일이라는 생각은 지당하다. 불행히도 한 아이를 낳는 일과 기르는 일이 대립될 때 낳기보다 기르기가 훨씬 어려우니까. 기르는 일과 길러야 할 창창한 날들을 가늠하는 일은 깊이 모를 절망을 들여다보는 것만큼이나 두려운 일이었다.

혼자서 점심을 먹는데 남편으로부터 전화가 왔다. 윤섭이 점심 먹였느냐는 전화였다. 벌써 며칠째 남편은 전화로 아이의 점심을 챙기고 있었다. 남편은 손끝으로 다이얼을 돌리면서 손바닥으론 아이의 앙상한 가슴을 짚어보고 있으리라. 나는 먹였다고만 해도 될 것을 무엇무엇을 어떻게 맛있게 먹였다는 것까지 자세하게 고해바쳤다. 남편은 진정으로 미안한 듯 수긋하고 다정한 목소리로 당신 수고가 많다고 하면서 전화를 끊었다. 수화기를 내려놓고 망연히 창 밖을 내다보다 말고 나는 잠꼬대처럼 중얼댔다. 아아 싫다. 싫다. 정말 싫다. 이놈의 노릇이 정말 싫다. 싫다.

또 전화벨이 울렸다. 어머니면 어쩌나 하는 생각이 들었다. "내다" 하는 어머니의 목소리가 들리면 나는 방금 중단한 "싫다" 소리를 끝없이, 저절로 기진할 때까지 반복할 것 같았다. 다행히 "내다"가 아니라 "나야, 나"였다. 나는 그가 누군지 생각나지 않는 채 그 싱그럽고 탄력 있는 목소리에 선망을 느꼈다.

"얘는, 나야, 나. 초아야."

"어머 초아, 너 언제 왔어?"

"한 일 주일 됐나봐. 그 동안에 너 결혼했다며? 축하한다. 깍쟁이. 미국이 뭐 달나라라도 되니? 알려주면 하다못해 앞치마라도 미제 하나 부쳐줬을 텐데 그렇게 감쪽같이 해치울 건 또 뭐냐?"

"지금이라도 앞치마든지 밥주걱이든지 미제 하나 주면 누가 사양할까봐."

"그래그래, 뭐든지 요구만 해. 거기 나가 있는 동안 살림은 일습을 기차게 장만해가지고 왔으니까. 뭐든지 한 가지 선물할게. 언제 초대할래?"

"근데 왜 벌써 왔니? 미제 좋아하는 기집애 미제만 있는 고장에서 실컷 좀 살다 오지 않구?"

나는 아슬아슬하게 말머리를 딴 데로 돌리고 나서도 가슴이 울렁거렸다. 나는 내 집에 친구를 초대한단 생각이 너무 낯설어 전화통에다 대고 정신없이 고개까지 흔들고 있었다.

"기집애, 누굴 약올리고 있어. 그러잖아도 한 일 년 연장해볼까 해서 여기저기 들쑤셔거려봤지만 안 되더라. 뒤에서 들쑤셔거려 일 만드는 건 뭐니뭐니 해도 여기가 본고장 아니니?"

"아무렴, 그 방면의 네 실력도 자타가 공인하는 바구. 네 실력 때문에 너희 차례가 아닌데도 나갔다면서?"

"아냐, 절대로 아니다, 너. 제 차례도 못 찾아먹는 얼간이가 있으니까 차례를 제까닥 찾아먹은 사람이 새치기한 꼴이 되는 거야. 너 그런 허튼 소리 누구한테 들었나?"

"그렇지 않으면 그만이지 그건 캐내서 뭐 하려구?"

"하긴 그래. 중상모략이 판치는 고장으로 돌아온 이상 신경줄 끊고 사는 게 제일 속 편하지, 안 그래?"

"너야말로 내 나라를 그렇게 중상모략해도 되는 거니? 듣자듣자 하니 좀 너무하는 것 같다, 애."

"내가 그랬나? 미안미안. 그래도 이렇게 돌아왔지 않니? 연장이 불가능하기도 하지만 거기 한번 나가보려고 꾸준히 줄서 기다리는 동료들을 위해서도 차마 더 있으려고 어떤 술수를 부릴 수가 없더라."

"거기가 그렇게 좋더냐?"

"백문이 불여일견이야, 너도 한번 나가보면 알아. 참 느이 신랑 뭐 하는 사람이니?"

"응, 그저 평범한 공돌이야."

"요샌 공돌이 세상 아니니? 아무튼 네가 시집간 건 사건이다."

나는 친구의 입에서 언제 초대하겠느냐는 말이 또 나올 것 같은 예감에 얼른 화제를 엉뚱하게 바꾸었다.

"우리 동창들 많이 나가 있지? 그 동안 더러 만났겠다."

"그럼, 특히 영문과 애들은 반은 나가 있나봐. 내 우스운 얘기 하나 해줄까? 그 쟁쟁하고 콧대 높은 영문과 애들이 미국 가선 다 국문과 졸업을 사칭하는 거 있지?"

"그래? 그건 또 왜?"

"영어를 워낙 못하니까 창피해서……"

친구가 까르르 웃는 소리를 나도 따라 웃으면서 이쯤에서 통화를 끝냈으면 싶었다. 그러나 친구의 목소리는 긴한 얘기를 하고 싶을 때의 은밀하고 나직한 어조로 변했다.

"향숙이네 이민 간 건 알지?"

"그럼, 작년에 친정 식구들이랑 몽땅 같이 떠났잖아?"

"그 기집앤 복도 많아. 여기서도 그렇게 떵떵거리고 살더니."

"너 정말 미국병이 들어도 단단히 들었구나. 그저 어떻게든 미국만 가면 다 복이 터진 것처럼 보이니. 걔네가 너 오죽해서 이민을 떠난 줄 아니?"

"얘는, 무슨 소릴 하고 있어. 내가 뭐 이민이 부러워서 이러는 줄 아니? 아무리 미국이 좋다지만 노동력하고 부지런한 것만 믿고 이민 온 가난뱅이들은 나도 하나도 안 부러워. 향숙이네는 여기서도 잘살았지만 거기서도 어쩌면 그렇게 호화판으로 사냐? 정말 부럽더라. 워낙 땅이 큰 나라라 거기 호화주택하고 여기 호화주택하곤 댈 게 아니지만 걔네 사는 집은 집이 아니라 숫제 성이야 성. 너도 〈러브 스토리〉 영화 봤지? 여주인공이 부자 남자네 처음 방문할 적에 정문에서 집까지 차로 한이 없자 질리는 대목 생각나니? 내가 걔네 집에 처음 갈 때 꼭 그짝이었다니까."

"그럴 리가. 그럴 리가 없는데. 걔 남편이 별안간 떼돈을 벌었나? 그렇다고 해도 그럴 리가……"

"걔 남편 얘기가 아니고 친정 얘기야. 걔 남편은 팔자 좋게 석사라나 박사라나 한답시고 처가에 붙어사는데 뭐. 딸은 향숙이 하난데 그만큼 잘살면서 못 데리고 있을 것도 없잖니? 아들들은 다 나가 살겠다."

"향숙이 친정이 그렇게 잘산다는 건 더군다나 말도 안 돼, 너."

나는 모기 소리처럼 가냘프게 친구의 수다를 부정했다. 입에 침이 마르고, 모든 게 아득하고 노래 보였다.

"왜 말이 안 돼. 걔네가 여기서도 좀 잘살았냐? 한밑천 단단히

162

잡아가지고 이민 떠나는 집이 어디 한두 집이니. 아무튼 친한 친구네가 고생하는 것보다 잘사는 거 보니까 기분좋더라. 글쎄 흑인 하녀를 다 부리더라니까. 웬만큼 부자 아니면 거기서 하녀 부리고 살 수 없다는 건 너도 알지? 해놓고 사는 것도 기차더라구. 모든 게 다 미젠 건 두말하면 잔소리구, 마당엔 풀장에다 정문까지 숲속 길엔 다람쥐와 원숭이가 노닐구…… 워낙 땅뎅이가 큰 나라니까 그런 것도 그닥 놀랄 건 없구 내가 정말 질린 건 역시 흑인 하녀였어. 여기서 왕창 벌어다가 거기 가서 그렇게 쓰고 살 수만 있다면 그야말로 이상적 아니니?"

"향숙이네가 그럴 리가 없어. 그건 네가 잘못 본 거야."

침이 말라 목구멍까지 갈라지는 것처럼 아팠다.

"너 참 이상하다. 내 눈으로 똑똑히 본 걸 왜 그렇게 못 믿겠다는 거야? 아, 너 질투하는구나? 그치? 그런 사람도 있고 저런 사람도 있지 뭘 그래? 너도 늦게 신랑 하나는 잘 만났다며? 느이 어머니는 흡족하신가보더라. 칭찬에 침이 마르시던데. 그럼 된 거야. 참, 언제 초대할래?"

나는 대답 대신 스르르 수화기를 놓쳤다. 아무것도 꼴 보기 싫어서 눈길도 발끝으로 떨어뜨렸다. 훌쩍훌쩍 울 수 있었으면 얼마나 좋을까. 그러나 생각뿐 눈도 입 속처럼 메말라 당기고 있었다.

향숙이네와 우리집 사이는 각별했었다. 대물림의 친구 사이랄까. 양가의 조부는 양반 고을로 이름난 충청도 고향 마을의 품위

와 맥을 끝까지 움켜쥐고 있던 마지막 유생(儒生)의 쌍벽이었
고, 아버지끼리는 죽마지우였고 아들딸들은 도시의 명문 중고교
와 대학의 동창이 아니면 선후배간이었다. 서울에 자리잡기 시
작한 것도 양가가 다 아버지의 청년 시대부터였지만 출세와 치
부에는 향숙이 아버지 임영목씨가 단연 앞섰다. 제3공화국 때던
가 임영목씨는 고향에서 두 번이나 출마해서 두 번 다 당선되어
고향을 빛내고 자신의 이름을 떨친 적도 있었다. 임영목씨의 금
의환향에 비하면 아버지 귀향은 늘 쓸쓸하고 면목 없는 것이었
다. 그때 이미 양가의 조부는 별세하고 안 계셨지만, 양가 선산
묘역의 위풍의 차이만으로도 아버지를 주눅들게 하기에 충분한
것이었다.

그러나 그건 어디까지나 속이 깊지 못한 자식들의 소견이었을
뿐 두 분의 우정은 사회적 지위에 상관없이 한결같았다. 임영목
씨가 처음 출마했을 때 공교롭게도 아버지는 실직중이었는데,
아버지는 너무 당연한 것처럼 선거운동에 나섰다. 친구 좋다는
게 뭐냐. 이럴 때 안 도와주면 언제 도와주겠니? 이렇게 말씀하
시는 걸로 봐서 아버지는 당신의 실직조차 친구를 위한 절호의
기회로 다행스러워하시는 것 같았다. 우리 형제들은 고향 마을
을 비롯한 선거구에서 친구가 고향의 발전을 걸머진 화려한 입
후보자인 데 비해 그의 말단 운동원으로 선보일 아버지의 굴욕
적인 입장을 생각하고 심히 민망해했다. 그러나 아버지는 자식
들의 그런 옹졸한 심보를 되레 못마땅해하시는 것 같았다. 아버

지의 이런 탈속에 대해서도 자식들은 헛된 찬반양론으로 엇갈렸을 뿐 아무도 아버지에게 영향력을 행사하진 못했다.

투표일을 하루 앞두고 지방에서 돌아온 아버지는 얼굴이 새까맣게 타고, 손짓 발짓으로 의사표시를 해야 할 만큼 목이 꽉 잠겨 있었다. 자진해서 차가 안 들어가는 벽지만 골라서 자전거 타고 다니면서 임영목씨를 국회로 보내자고 외쳤다고 했다. 나중에 딴 사람을 통해서 들은 얘긴데, 말로만은 부족해 스스로 샌드위치맨이 되어 '임영목 선생을 국회로' 라는 간판을 앞뒤에 달고 그렇게 다녔다고 했다. 임영목씨가 당선되고 나서 아버지는 그의 도움으로 취직이 됐다. 우리는 그걸 당연한 대가라고 생각했지만 아버지는 우리의 그런 사고방식도 마음에 들어하지 않으셨다. 아버지의 선거운동이 대가를 바라지 않은 순수한 우정이었듯이 임영목씨의 도움 역시 우정이라고 생각하고 싶은 눈치였다. 그 사람하고 나 사이에 네 것 내 것이 어디 있고, 신세를 지고 갚고가 어디 있니? 아버지는 우리 시대의 이해관계에 얽힌 얄팍한 우정을 비웃듯이 이렇게 자랑하기를 좋아하셨다.

두번째 임기중 국회가 해산되고 유신체제로 바뀌는 격동을 겪고 나서 임영목씨는 심기일전 정치에서 손을 떼고 사업 쪽으로 눈을 돌렸다. 그의 사업적 수완도 보통 이상이고, 운도 좋은 편이라는 걸 아버지를 통해 들을 수 있었다. 그렇다고 임영목씨가 아버지를 그의 사업체에 끌어들여 좋은 자리 하나쯤 마련해주려고 했던 것 같진 않다. 아버지가 얼마 안 되는 퇴직금을 쥐고 회사에서 물러나 쓸쓸하고 넉넉지 못한 노년을 보낼 때 우리는 은근히 아버지가 그에게 도움을 청하길 바랐었다. 그럴 때마다 아버지는 퇴직금이랑 어머니의 곗돈이랑 그가 다 맡아서 관리해주면서 다달이 적지 않은 이자를 주는 것도 큰 신센데 무얼 더 바라느냐고 나무라셨다. 우린 임영목씨가 아직도 왕성한 사업가인데 비해, 어느새 친구의 신세를 감수하게 된 아버지의 조로(早老)가 측은하기보다는 불만스러웠다. 임영목씨보다 훨씬 늦게 둔 아버지의 자식들은 하나같이 그때까지도 경제적으로 확고하게 자립을 못 하고 어중간한 상태였다. 큰오빠는 회사를 몇 군데 전전하다 고시나 쳐볼까 하는 상태였고, 작은오빠도 회사를 그만두고 대학원에 들어가 유학을 꿈꾸는 주제에 아이가 벌써 둘이었다. 언니는 시집가서 걱정 없이 살고 있었지만 막내인 나는 미혼이었다. 그 무렵 임영목씨가 돌연 부도를 내고 회사는 채권단에게 넘어갔다. 그건 우리 식구에겐 청천벽력이었고 아버지는 몇 년 심화만 끓이다가 돌아가셨다. 아버지는 어떻게 된 게 채권단에도 끼지 못했고, 돌아가시는 날까지 임영목씨 걱정만 하시는 것이었다. 임영목씨는 아버지가 돌아가시기 일 년 전쯤 먼저 미국 가서 자리잡은 아들의 초청으로 초췌한 모습으로 이민을 떠났는데 아버지는 그걸 두고두고 안쓰러워하셨다. 당신이 병석에서 공양을 받을 때마다 이런 한탄을 빠뜨리지 않아 어머니의 구박도 많이 받으셨다.

"뭐니뭐니 해도 늙은이한테는 늙은이 공경할 줄 아는 한국 땅이 최곤데 그 사람은 무슨 팔자로 늘그막에 아래위턱도 몰라보는 이국만리로 떠났으니 그 외로움과 고초가 오죽할꼬. 내가 조금만 힘이 있어도 같이 의지하고 살자고 붙드는 건데."

이런 와중에서 나는 저절로 노처녀가 됐고, 아버지가 돌아가시자 그전부터 혼인말이 있었던 지금의 남편의 청혼을 받아들였다. 재기의 가망 없이 몰락한 집안의 딸이자, 서른 살을 채운 노처녀란 두 가지 악조건을 갖춘 나에게 혼처가 있을 리 없다는건, 그 동안의 쓰라린 경험으로 익히 알고 있었다. 그러나 아버지가 생존해 계실 때까지만 해도 아이가 딸린 후처 자리에 일단은 모욕당한 것처럼 화도 냈고, 시큰둥하게 재고 관망할 만한 여유도 있었다.

남편은 아이가 하나 딸렸다는 것 빼고는 연령차도 알맞았고, 생긴 것도 번듯했고, 모시거나 거느리는 신경 쓸 딸린 식구도 없었고, 무엇보다도 경제적으로 안정돼 있었다. 아이 아버지답게 그의 구혼은 특이했다. 몇 번 만나서 서로 싫지 않아진 후, 그는 아주 어렵고 심각한 얘기를 할 듯 굳은 표정으로 폼만 잡고 좀처럼 입을 떼지 않았다. 나는 벌써 그의 구혼을 예상하고, 호락호락 승낙할 순 없지만 뒤를 두고 뜸을 들이면서 상대방을 적당히 애닯게 그리고 자신의 값어치도 적당히 올릴 수 있는 알쏭달쏭한 명답을 찾느라 속으로 부심하고 있었다. 이왕이면 단도직입적인 결혼합시다보다는 사랑합니다 소리를 듣고 싶었다. 아무리 몰락한 집 딸이자 서른 살 먹은 노처녀라도 그 정도의 꿈과 권리까지 포기한 건 아니었다. 그러나 그가 오랜 침묵 끝에 진땀까지 흘려가며 어렵사리 말한 첫마디는 아이를 좋아하냐는 물음이었다. 나는 조카들을 유별나게 귀여워해서 어머니한테 가끔 핀잔을 듣기까지 했다. 어서 시집가서 네 자식 낳아 길러야지, 그까짓 조카가 무슨 소용 있는 줄 아니? 어머니의 이런 핀잔도 물론 일리가 있었지만 나는 나중에 소용이 있으라고 조카들을 귀여워하는 게 아니었다. 그냥 아이들이 좋았다. 정 혼처가 안 나서면 유치원 보모 노릇을 할 수 있는 길을 모색해보리라 마음먹으면 여간 위로가 되지 않았었다.

그러나 그가 좋아하느냐고 묻는 아이는 그런 일반적인 아이들이 아니라 특정한 아이일 터였다. 나는 그 특정한 미지의 아이한테 돌발적인 미움을 느꼈다. 나는 그의 물음에 대답하지 않았다. 싫다고 해도 좋습니다고까지 어떤 확실한 대답을 요구했지만 나는 입을 꽉 다물었다. 그후 곧 아버지가 돌아가시고 그의 정중한 문상을 받았다. 아무리 병들고 무력한 아버지나마 안 계시니까 나에겐 홀어머니 딸이라는 악조건이 하나 더 붙게 되었다. 서른 살의 경직된 지혜가 생각할 수 있는 건 하루빨리 그에게 아이를 좋아한다는 대답을 해주는 일이었다. 나는 그 대답을 해치울 기회를 사뭇 초조하게 기다렸다.

다방에서 벚꽃이 만개했단 꽃소식을 DJ의 익살을 통해 듣다 말고 나는 그에게 불쑥 어린이대공원에 가자고 응석조로 말했다. 별 진전 없이 일요일마다 만날 때였다. 화창한 날의 어린이

대공원답게 공원 안은 아이들 천지였다. 아이들이 뛰놀면서 일으키는 흙먼지와 햇살이 행복하게 융화되어 그지없이 부드럽고 자욱한 봄빛을 만들고 있었다. 우리는 구름처럼 만개한 벚나무 밑에 앉았다. 여기저기서 어른들은 돗자리를 펴고 먹고 마시고, 아이들은 꺅꺅 즐거운 비명을 지르면서 뛰놀고 있었다. 아이들이 우리의 어깨를 치고 지나가기도 했고, 우리 뒤에 숨어서 술래의 눈을 피하기도 했다. 우리가 앉은 데서 앞으로 난 길로는 끝도 없이 어른과 아이들이 밀려들고 있었고, 길 건너 잔디는 아직 군데군데 조금씩만 파릇파릇했지만 잘 가꾸고 손질해 보기 좋았고, 잔디밭이 끝나는 가장자리를 울타리처럼 에워싼 떨기나무엔 하얀 꽃이 만발한 게 꿈길처럼 환상적으로 보였다.

"저게 아마 앵두꽃이죠?"

그가 말했다.

"희다 못해 푸른빛이 도는 게 배꽃 같은데요."

나는 고개를 갸우뚱하면서 이렇게 이의를 제기했다.

"배나무는 떨기나무가 아닐걸요."

"그런가요, 참."

"우리 가볼까요?"

"잔디밭 밟으면 야단맞을 거예요. 아무도 안 들어가잖아요."

"하긴, 가봐도 정확하게 알아맞힐 자신은 없어요."

"저도 그래요."

우린 소리를 합해 들뜬 웃음을 웃었다. 아버지가 돌아가신 후 처음 그렇게 근심 없이 웃어보는가 싶었다. 마침 바람이 한바탕 지나갔다. 벚꽃이 마구 흩날리고 아이들이 기성과 환성을 지르면서 꽃바람 속을 이리 뛰고 저리 뛰었다. 우린 계속해서 킬킬댔다. 바람이 멎자 그가 머리를 털었다. 나도 덩달아 머리를 털려는데 그가 내 손을 덥석 잡으면서 말렸다.

"그냥 놔둬요. 그대로 얼마나 아름답다구요."

그 대목은 내가 노처녀가 되기 훨씬 전서부터 꿈꿔온 로맨틱한 대목이었으므로 나는 연분홍빛으로 상기했고 벼르던 것보다 훨씬 덜 사무적으로 "나는 원래 아이들을 좋아하거든요"라고 말할 수가 있었다.

그후 나는 곧 그의 후취로 들어앉게 됐고 덩달아서 아이의 의붓엄마가 됐다. 결혼식도 성대했고 패물 예단 등도 후취라고 해서 조금도 소홀함이 없이 챙겨 받았다. 아이가 하나 딸렸다는 것만 빼면 그는 나에겐 과분한 신랑이었다. 그러나 아이가 하나 딸렸다는 것 때문에 그 돈 많이 드는 시집을 나는 땡전 한푼 안 들이고 거저로 갈 수가 있었다. 그는 신부가 의당 해가야 할 세간까지 다 새로 장만해놓고 나를 맞이했다. 그렇다고 해서 전처가 쓰던 것을 대충 남겨놓고 사람만 새로 들일 만큼 무신경한 남편도 아니었다. 전처에겐 좀 가혹하다 싶을 만큼 철저해서 손때 묻은 세간이라곤 간장종지 하나 찾아낼 수 없었다. 남편은 그렇게 꼼꼼한 면과 허술하고 관대한 면을 같이 지니고 있어 어려운 친정을 알게 모르게 도와줄 수도 있었다. 서른 살을 꽉 채운 노처녀가 그만하면 잘한 결혼이었다. 나도 그 사실을 모르지 않았고, 친정 식구나 친구들 앞에서 나의 행복을 과장해서 드러내 보인 적도 있었다. 그러나 어머니를 속일 순 없었다. 어머니만은 나의 불행, 모든 아이를 사랑하되 한 아이만은 사랑할 수 없는 나의 비밀스러운 불행을 눈치채고 있었다. 그럴 때 어머니는 나직하게 한숨을 쉬며 이렇게 나를 위로하려 들었다.

"어떡하니? 모든 걸 팔자거니 하고 참고 삭여야지. 팔자 도망은 아무도 못 하는 거란다."

어머니의 말씀은 나에게 적이 위안이 되었다. 혼자 속상해할 때도 팔자소관으로 돌리면 한결 견디기가 수월해졌다. 혼기를 놓친 몇 년 동안에 나에게 엎친 데 덮친 불행들은 그야말로 팔자소관으로 돌릴 수밖에 없는 공교로운 것들이었으니까.

내가 이렇게 모든 걸 팔자소관으로 돌리고 편안해질 수 있었던 것은, 팔자란 아무도 거역할 수 없는 절대적인 힘, 초월적인 존재에 의해 조종되고 있는 줄 알았기 때문이었다.

그러나 알고 보니 그게 아니지 않은가. 향숙이 아버지, 임영목씨 따위한테 내 팔자는 농락당하고 있었던 것이다. 맙소사, 내 팔자는 임영목씨가 우리 식구에게 친 크고 작은 사기 중 맨 마지막의 가장 성공적인 사기에 불과했던 것이다. 정작 팔자를 주관해야 할 힘은 그 동안 어디서 뭘 하고 있었길래 임영목씨 따위가 내 팔자를 장난감처럼 박살내게 내버려뒀단 말인가. 나는 상처를 손톱으로 우비듯이 원망을 되풀이했다.

"윤섭 에미 있수?"

현관문이 열리고 노인의 짤막한 회색빛 파마머리가 먼저 나타났다. 노인이 히죽히죽 웃었다. 내가 웃지 않고 바라다만 보자 노인의 얼굴이 울상이 됐다. 그래도 노인은 물러가지 않고 흰 커버를 신은 조그만 발을 들여놓고, 이어서 푸르스름한 원피스를 입은 몸체가 뭉그적뭉그적 문 안으로 들어왔다. 보자기에 싼 무거운 보따리는 맨 나중에 들어왔다. 보따리까지 안으로 들어오자 노인은 뭉그적댈 때와는 딴판으로 재빨리 부엌 쪽으로 가서 보따리를 끄르면서 말했다.

"달랑무가 하도 예쁘고 고수하길래 총각깍두기를 담근다는 게 글쎄 너무 많이 담갔지 뭐요. 혼자 사는 늙은이가 주책만 남아 손이 커서 정말 큰일이라니까. 그렇지만 맛은 썩 잘됐어. 찹쌀풀을 쑤어넣고 곰삭은 멸치젓에 버무렸더니 익으니까 먹을 만해. 윤섭 아범은 이렇게 개운하게 담근 김치를 좋아하지. 그리고 이건 마늘장아찌라우. 단골 장수가 부득부득 장아찌 마늘을 두 접이나 놓고 갔지 뭐유. 혼자 사는 늙은이가 먹으면 얼마나 먹겠다고, 글쎄 두 접이나. 그 여편네도 정말 주책이라니까. 윤섭 애비가 마늘장아찌를 좋아하길래 좀 가져왔수."

혼자 사는 늙은이가 좀 넉넉히 담가서 가져왔다기엔 너무 많은 분량의 총각김치와 마늘장아찌를 노인은 마치 자기 살림처럼 익숙하게 유리그릇에 옮겨담았다. 김치를 냉장고에 넣으면서, 며칠 전에 역시 자기가 담가온 오이소박이가 거의 다 없어진 걸 확인하고는 한결 생기가 나서 다시 수다를 떨기 시작했다.

"윤섭 애비는 순 서울식 오이소박이를 좋아한다우. 순 서울식은 짤막한 조선오이라야지 시퍼렇고 기다란 트기오이론 제 맛이 안 나지. 그리고 순 서울식은 무나 부추 따위는 안 넣는다우. 마늘, 파, 생강을 곱게 다져서 소금이나 새우젓으로 간을 해서 고운 고춧가루하고 같이 찐득한 반데기를 만들어서 조금씩만 소를 넣지. 그리고 참, 순 서울식은 국물을 넉넉히 붓는다우."

이때 나가 놀던 아이가 들어왔다.

"외할머니!"

아이가 왈칵 노인의 품으로 뛰어들었다.

"오냐, 오냐, 내 새끼. 내 새끼 잘 있었나."

아이와 노인은 부둥켜안고 서로 얼굴을 부볐다. 노인의 눈에선 찔금찔금 눈물이 배어나오고 입은 노여움 타는 갓난아이처럼 함부로 비죽대고 있었다. 이윽고 노인의 금가락지 낀 손이 아이의 등허리를 더듬고 가슴을 더듬고 그러고 나서 번쩍 안아올렸다. 그건 남편이 저녁마다 하는 짓하고도 비슷했다.

"밥 잘 먹고 유치원 잘 다니나, 내 새끼."

"응, 할머니."

"어째 거짓말인 것 같은데. 밥 많이 먹고, 할머니가 들어올릴 수 없이 크고 튼튼한 사람 되겠다고 전번에 약속했잖아. 근데 지금 할머니가 이렇게 번쩍 들어올렸으니. 이 다음엔 할머니가 정말 못 들게 밥 많이 먹어야 돼."

그저 밥, 밥. 남편도 그렇고 노인도 그렇고 내가 혹시 아이 밥을 덜 먹일까봐 그것만 탐색하려 들지만 나는 콩쥐팥쥐 시대의 의붓에미가 아니었다. 밥이 귀할 때라면 나도 밥을 아꼈겠지만 지금은 밥이 귀한 시대가 아니지 않은가.

아이는 곧 노인의 포옹에 싫증을 내고 몸을 비틀었다.

"할머니 아이스케키 사먹게 백원만."

"찬 것 자꾸만 먹으면 입맛 떨어지고 배탈나. 착하지, 윤섭아. 할머니가 앙꼬 넣고 찹쌀전병 부쳐왔는데 그거 먹을래? 아주 맛있게 됐단다. 에미도 좀 먹어봐요."

노인이 부엌으로 가서 남은 보따리를 끌렀다. 아이는 막무가내 도리질을 하고 돈 달라고 손을 내밀었다. 노인은 빳빳한 천원짜리를 주면서 거슬러다가 저금통에 넣으라고 몇 번이나 일렀다. 아이가 나간 후 노인은 아직도 따뜻한 찰전병을 접시에 담아 가지고 내 앞으로 오면서 혼잣말처럼 중얼댔다.

"통 돈이라곤 모르던 앤데 왜 저러지?"

"제가 잘못 길렀나보죠?"

"아, 아니라우, 그런 뜻이 아니라, 너무 오냐오냐 위해 기르는 것 같아서."

"그게 그 말씀 아닌가요?"

"글쎄 아니라니까요. 내가 그런 생각을 조금이라도 했다면 벼락을 맞으리다."

노인이 처참하도록 비굴하게 쩔쩔맸다. 노인이 무엇을 그렇게 두려워하는지 나는 알고 있었다. 죽은 윤섭이 엄마가 외딸이니, 넉넉한 재산을 가진 노인은 딸네 집 가까이 살면서 딸네 치다꺼리하는 걸 유일한 낙이자 보람으로 살아왔음직하다. 첫아들 낳고 한참 살림 재미가 옥시글거릴 때 딸이 무서운 병을 얻고 마침내 죽음에 이를 때까지 노인의 비통이 오죽했을까마는, 에미 없는 외손자를 자기 아니면 돌볼 사람이 없다는 사명감이 노인의 삶의 의욕을 새롭게 북돋았으리라. 윤섭 엄마가 죽고 나서 내가 들어올 때까지의 만 이 년 동안 노인은 안방 차지까지 하고 이 집안의 실질적인 주부 노릇을 하고 있었다. 이 년 동안이나 아마 노인에겐 딸을 잃은 충격의 완충지대 역할을 해주었을 것 같다. 노인은 나와 엇갈려 자기 집으로 떠날 때 울면서 떠났다곤 하지만, 그땐 이미 딸이 죽은 지 이 년 후였으니 딸의 죽음보다는 외손자와 살림을 내놓는 섭섭함 때문에 울었으리라.

사람의 목숨이란 도대체 얼마만큼이나 치사할 수 있는 것인지, 아무리 구차스럽게라도 살아야 할 까닭을 마련하고야 만다. 우리집에서 필요 없이 된 노인은 딸이 건강하게 살아 있을 적의 버릇으로 돌아가, 사흘이 멀다 하고 부지런히 밑반찬이랑 김치랑을 해 나르면서 산다. 그런 노인을 보고 있으면 딱하다기보다는 능청스럽단 생각이 든다. 김치 맛이 똑같은 것 때문에 남편도 여전히 장모가 드나드는 걸 눈치채고 있다. 장모의 김치 솜씨가 일품이라는 건 인정하면서도 그는 노인이 드나드는 걸 좋아하지 않았다.

"앞으로 윤섭이 외할머니는 당신 어머니여야 돼."

감쪽같이 전처의 흔적을 말살한 것도 어쩌면 나를 위해서가 아니라, 아이를 위해서였을지도 모르겠다. 그는 미처 말살하지 못한 단 하나의 흔적인 장모도 마침내 없는 것으로 할 결심을 한 모양이다. 복덕방에 집을 내놓고 노인한테는 절대로 알리지 말라고 나에게 신신당부했다.

노인이 권하는 찰전병을 두 개나 맛있게 먹었다. 노인은 흡족해서 말이 많아졌다.

"애비가 많이 위해주지? 그저 처자식밖에 모르는 사람이니까. 여편네가 고우면 처갓집 말 말뚝에도 절을 한다고 나한테도 얼마나 잘한다구. 일류 요릿집에서 산해진미를 먹고 와도 장모님이 담근 김치로 입가심을 해야 속이 편안하다고 허풍을 떨곤 했으니까. 참말로 원앙 같은 금슬이었다우. 오래 살진 못했어도 호강하다 갔지. 아범이 병구완을 어찌나 극진하게 했던지 어떤 사람은 복이 많아 앓는다고까지 했으니까. 내가 보기에도 그애가 앓는 동안에 받은 사랑은 보통 사람이 칠십 팔십 해로해도 다 못 받을 지극정성이었으니까. 내가 이런 소리 한다고 언짢게 생각 말아요. 난 결단코 언짢으라고 하는 소리가 아니니까. 그냥 아범 인품이 그렇단 얘기지. 후취로 들어올 때 흔히 남편이 전취 부인과 금슬이 안 좋았길 바라나봅디다만, 그게 그런 게 아니라우. 전취 부인 위할 줄 모르는 위인이면 후취 부인도 위할 줄 모른다는 걸 알아야지."

그러고 나서 요새도 일요일마다 데리고 나가느냐, 잠자리에서 밤새도록 팔베개를 해주느냐, 시앗 본 본처처럼 억압된 욕망이 지글대는 얼굴로 온갖 치사한 걸 다 알고 싶어했다. 처음이 아니라 늘 당하는 일이었다. 유쾌한 일은 아니었지만, 노인이 하도 측은해서, 또 맛있는 김치를 얻어먹는 맛에, 집이 팔리면 그런 말 들을 날도 얼마 안 남았기에 참아주던 거였다. 그러나 지금의 나에겐 그럴 참을성도 아량도 남아 있지 않았다. 노인도 진상을 알아야 한다고 생각했다. 일의 진상을 아는 고통을 노인에게 나누어주리란 생각으로 나는 악마처럼 잔혹해졌다.

남편과 전처와는 노인이 생각하는 것처럼 그렇게 금슬이 좋았던 건 아니었다. 남편은 전처의 흔적이라곤 머리카락 하나 안 남기고 깨끗이 치운 뒤에 나를 맞아들인 줄 알지만 적어도 한 인간이 살고 난 자취를 그렇게 완벽하게 지울 수 있는 게 아니었다. 결혼한 지 얼마 안 되어 광 속에 버려진 헌 잡지랑 신문뭉치 사이에서 나는 우연히 전처의 가계부를 발견했다. 알뜰주부는 못 되었던 모양으로 가계부는 쓰다 말다 했고 쓴 부분도 엉터리였다. 그러나 병들고부터는 지출을 기입하는 난 밑에 있는, 일기를 쓸 수 있는 공란에다 감상문 비슷한 일기를 쓴 날이 꽤 많았다.

— 나는 죽 한 숟갈도 못 넘기는데 아빠는 꾸역꾸역 밥을 잘도 먹는다. 저럴 수가 있을까. 아빠가 밉다.

— 아빠는 누가 문병 왔을 때만 나를 위하는 척한다. 남이 보는 데선 안아일으켜주고 손도 잡아주고 뽀뽀도 해주지만 아무도

안 보면 노골적으로 싫어하는 기색을 한다. 물 한 그릇 떠다달래도 못 들은 척한다.

—자다가 깨니 별안간 죽을 것 같았다. 무서워서 아빠를 흔들었더니 내 손을 무섭게 뿌리쳤다. 돌아누워서까지 진저리 치는 걸 느낄 수가 있었다. 송충이나 뱀이 닿아도 더이상 싫어할 순 없으리라. 그러고 나서도 아침에 우리 어머니 보는 앞에선 내 손톱 발톱을 다 깎아주고 손등에 입술까지 대주었다. 위선자, 이중인격자.

—오늘 그는 문병 온 내 친구 앞에서 눈물까지 흘렸다. 친구는 어떻게든지 네가 살아나야지 만약 잘못되면 이 집에 쌍초상 나게 생겼다고 심란해했다. 그러나 저녁때 친구한테 들은 용한 한의원 얘기를 하니까 눈살만 찌푸리고 들은 척도 안 했다. 그뿐이면 그래도 참겠다. 방문을 밀어붙이고 나가면서 하는 소리를 나는 분명히 들었다. 죽을 사람은 하루빨리 죽는 게 제 신상에도 편하고 옆에 사람도 살리는 길이야. 어떻게 그럴 수가 있을까. 위선자, 이중인격자, 악마.

—이대로는 못 죽어. 엄마에게 다 고해바치고 죽어야지. 악마, 위선자, 이중인격자.

그 여자의 병이 깊어가는 것과 감정이 격해가는 속도가 눈에 보이는 듯했다. 그러나 죽음을 체념하고부터는 조금씩 격정을 가라앉히고 뭔가를 정리하려고 애쓴 흔적도 간간이 눈에 띄었다.

—그가 표리부동한 건 어제 오늘의 일이 아니다. 내가 건강할

때도 그는 이기적이고 냉담하고 나를 은근히 구박했다. 남이 보는 데서만 여자 위하는 척하고 행복한 척하다가 단둘이 있을 땐 딴사람으로 돌변했었다. 그러니 내 불행을 누가 알랴. 내 병은 그의 이중성을 견디다 못해 생긴 병이다. 그의 위선이 얼마나 고약했으면 병 중에도 악질적인 암이 됐을까. 난 억울해. 벌을 그가 받아야지 왜 내가 받습니까? 오, 하느님.

그 여자의 필적도 내용도 나에겐 섬뜩하기만 한 거였을 뿐 극도로 병적인 정신상태에서 쓴 것인 만치 그렇게 신빙성을 두진 않았었다. 그러나 지금 나는 노인에게 무서운 고통을 주고 싶었고, 내 집에서 내쫓고 싶었고 그게 다 사실이라고 믿고 싶었다. 사실은 누구에게나 공평하게 끔찍한 거여야 했다.

"윤섭이 할머니, 드릴 말씀이 있어요."

내가 어찌나 차갑고 매몰스럽게 말했던지 노인의 얼굴에 역력한 공포가 서렸다. 노인은 매를 피하려는 어린애처럼 한 팔로 방어태세를 취하면서 떨리는 소리로 말했다.

"제발, 날 이 집에 오지 말라고만 하지 말아요. 제발, 한 달에 한 번이라도 좋으니 아주 못 오게만 말아요. 윤섭이가 보고 싶어서만 이러는 게 아니라우. 점점 새댁이 내 딸 같아서…… 주책도 내 딸 같아서 부렸다고 봐주구려. 새댁은 내 딸이야, 내 딸이구말구. 움딸이야. 움딸도 못 보면 이 늙은이가 무슨 재미로 살겠수?"

"움딸이라뇨?"

"시집간 딸이 죽고, 그 사위가 다시 장가든 색시를 예전부터 움딸이라고 하잖나뵈? 색시는 내 움딸이야."

노인도 그렇고, 그런 말을 만들어낸 예전사람도 그렇고 얼마나 터무니없는 몽상가일까? 딸이 죽은 자리에 새로운 딸이 움트길 꿈꾸다니. 나는 나로부터 노인의 딸이 움틀 리 없다는 걸 알고 있었다. 노인의 딸은커녕 내 새끼가 움트기조차 기대해본 적이 없을 만큼 나는 자신 속에 다만 차갑고 단단한 불모지를 느끼고 있을 뿐이었다. 그러나 아무리 악마 같은 마음으로도 노인에게 사실을 말하는 것만은 단념해야 할 것 같았다. 사람이 목숨을 이어가기 위해 꾸는 꿈이라면 그게 아무리 허황돼도, 엄연한 사실보다 존중해줘야 한다는 생각이 들었기 때문이다. 움처럼 느닷없이, 움처럼 새롭게, 그런 생각이 났다.

지 알고 내 알고 하늘이 알건만

"참 혼자된 마나님이 안 보이네. 슬픔에 겨워서 기함이라도 했남?"

"기함은, 그 마나님이 그래 봬도 보통내기가 아니라던데 제 살 궁리 하기에 바쁘겠지 뭐."

"쯧쯧 삼우제나 치르고 제 살 꿍꿍이속 차려도 늦지는 않으련만 누가 당장 내칠 것도 아니고……"

"뉘 아니래. 삼우까지도 안 바라고 내일 장례 때까지만이라도 의젓하게 마나님 노릇 해주면 이 집 체면이 서련만……"

"아 보통 사람 수준은 돼야 그런 사람 노릇을 바라지. 내 보기엔 처음부터 그럴 위인이 못 되더구먼. 진태 엄마가 암만 약은 척해도 헛약았다니까. 잠깐 눈에 뭐가 씌었던지. 그 거렁뱅이 할멈을 어쩌자고 집에다 끌어들여가지고……"

"거렁뱅이는 아니었대요. 성남 모란시장 근방에서 광주리장수를 했다던데……"

"성남이 아니라 잠실 굴다리 밑에서 채소장사를 했다니까……"

"아냐 잠실은 맞는데 굴다리 밑이 아니라, 새마을시장에서 고 무줄이랑 덧버선이랑 그런 걸 조금씩 보자기에 싸갖고 다니면서 팔다가 진태 엄마 눈에 띄었나보던데……"

"암튼 그 마나님 이 집에 들어올 땐 내가 제일 잘 아는데 거렁 뱅이나 다름없었다구. 봉두난발에 땟국에 전 등거리에선 쉰내, 썩은 내가 코를 찌르구, 손톱 발톱, 갈라진 발뒤꿈치에 낀 새까 만 때만 긁어모아도 아마 연탄 한 뎅이는 실컷 만들고도 남을 만 했으니까."

"설마?"

여자들이 깔깔댔다. 영감님이 숨을 거두자 일 거든답시고 겸 음내기로 드나드는 이 집 맏며느리인 진태 엄마의 동창 계 친구 꽂꽂이 친구 동네 친구들은 말이 많고 웃기들을 잘했다. 어젠 그 래도 말소리들이 나직나직하고 웃음소리도 조심스럽더니 오늘 은 벌써 상가라는 걸 깜박깜박 잊는 모양이었다.

"이렇게 큰 소리로 웃어도 되는 거니?"

"어떠니? 호상인데."

"진태 엄마도 그새를 못 참고."

"뭘 말야?"

"마나님 끌어들인 지 삼 년도 채 안 됐잖아. 그 동안만 어떡하 든지 혼자서 시아버지 시중들었더라면 지금 얼마나 개운할 거냐 말야. 그야말로 호상이구."

"남의 일이니까 삼 년이 잠깐이지 중풍 들린 홀시아버지 시중
삼 년이 수월해? 그리고 제아무리 효자 효부도 악처만 못하단
소리도 못 들었어? 마나님 얻어드린 게 진태 엄마로선 큰 효도
한 거지."

"하긴 진태 엄마만한 효부도 드물 거야. 어젠 어찌나 서럽게 우
는지, 그리고 여직껏 곡기를 끊고 저렇게 누워 있으니. 딸들이 셋
이나 있으면 뭘 해. 모다 입 꼭 다물고 울음을 삼키고 있는 시늉들
을 하더구만. 그 말똥말똥헌 눈 보면 몰라? 딸도 소용없고 아들도
소용없고, 돌아가시는 날까지 모신 며느리가 제일이라니까."

"참 진태 엄마 우유라도 좀 뎁혀다 먹여야지. 효부도 좋지만
여직껏 곡기를 끊고 저렇게 기진해 있으니."

"그래 말야. 국하고 우유하고 가지고 들여다보자. 동서고금을
털어도 시아버지 따라 죽는 효부는 없다던데, 맹추 같으니라구."

여자들이 우르르 진태 엄마가 몸져누워 있는 안방으로 몰려가
자 부엌이 비었다. 부엌에 딸린 작은 골방에서 꼼짝도 못 하고
웅숭그리고 있던 성남댁 할머니가 문을 빠끔히 열고 부엌 눈치
를 살폈다.

"저 여편네들은 다녀도 꼭 작당을 해서 다닌다니까." 성남댁
은 이렇게 중얼거리며 혀를 찼다. 뭔 일을 나누어 할 줄도, 찾아
서 할 줄도 모르고 그저 한데 어울려서 손보다 입으로 더 많이
법석들을 떨던 여자들이 일제히 사라진 부엌은 난장판이었다.

가스레인지는 넷이나 되는 구멍마다 푸른 불을 넘실대며 뭔가를 맹렬히 끓이고 있었고, 부엌 바닥엔 다듬다 만 파단과 긁다 만 무 토막이 슬리퍼짝과 함께 나동그라져 있었고, 부엌문을 가로막은 큰 교자상은 보다 만 상인지 물려온 상인지 분간을 못 하게 어수선했다.

성남댁은 어제 받은 수모를 생각하면 못 본 척해야 된다고 생각하면서도 살금살금 나와서 국이 끓어 넘치는 쪽 가스불을 알맞게 줄이고, 물이 다 졸은 제육은 젓갈로 찔러보니 다 익은 것 같아 불을 껐다. 동태찌개는 잘 끓고 있었다. 간을 보니 슴슴했지만 시원했다. 간을 보느라 입맛을 다시기가 잘못이었다. 느닷없이 아귀같이 맹렬한 식욕이 치밀었다. 뱃속에서 창자가 용틀임을 하면서 단말마의 비명을 지르려는 것 같았다. 어제 새벽 영감님 임종 후 성남댁은 아직까지 한 번도 요기가 될 만한 걸 먹어보질 못했다. 며느리가 곡기를 끊고 애통해하는데 명색이 마누라가 무얼 꾸역꾸역 먹을 수가 없었다. 그러나 진태 엄마가 애통 끝에 몸져누운 방엔 우유네 잣죽이네 요구르트네 박카스네 인삼차네 안 들어가는 게 없었지만 성남댁의 허기에 대해선 아무도 헤아려주는 사람이 없었다. 부엌에 나오지도 못하게 했지만, 끼니때 부르지도 않았고 누구 하나 밥상을 차려 들여보내주지도 않았다.

부엌엔 맨 먹을 것 천지였다. 설거지를 기다리는 교자상 위의 음식찌꺼기만 해도 제육, 전유어, 나물, 찌개국물, 국에 말아 남긴

밥 등 주린 배엔 다 진수성찬이었다. 깨끗한 척하기 좋아하는 여편네들이 그런 것들을 휘뚜루 쓰레기통에 처넣을 생각을 하면 성남댁은 가슴이 아렸다. 후딱 제육을 김치에 싸서 꿀떡 삼키려다가 체면이란 말이 생각나면서 반사적으로 손이 오므라들었다. 성남댁이 영감님 시중을 들고 나서 삼 년 동안 진태 엄마한테 가장 자주 들은 잔소리가 바로 "저희 집 체면을 생각해주셔야죠"였던 것이다.

성남댁은 허리띠를 질끈 동여맨 몽당치마를 입어야만 몸이 편했고, 엄동설한 아니면 버선이고 양말이고 갑갑해서 못 신었고, 우거지찌개하고 신 김치만 있으면 밥이 마냥 꿀맛 같은 대식가였고, 목에 왕방울을 단 것처럼 목소리가 컸고, 머리에 무거운 임을 이고 다니던 버릇으로 걸을 땐 엉덩이를 몹시 흔들었고, 골목을 드나드는 리어카나 광주리장수가 외치는 소리만 나면 겅정 겅정 뛰어나가 사지도 않을 물건을 살 듯이 만수받이하고 싶어 했고, 말끝마다 걸쩍한 욕지거리를 덧붙이지 않으면 맨밥 먹은 것처럼 속이 메슥메슥해하는 고약한 버릇들을 가지고 있었다. 그런 성남댁이 지금처럼 안존한 보통 마나님으로 닦달질이 된 것은 진태 엄마의 자기네 체면에 대한 줄기차고 차디찬 경고 때문이기도 했지만 성남댁 자신이 주리 참듯 참은 결과이기도 했다. 성남댁은 자신의 참을성이 흔들리려 할 적마다 열세 평짜리 아파트를 생각하고 이를 악물었다. 가르친 게 없어서 막벌이밖에 할 게 없는 아들이 일생을 벌어도 살까 말까 한 아파트를 단 몇 년 동안의 참을성만 가지고 얻어가질 수 있다는 생각을 하면 자다가도 신바람이 나서 절로 엉덩이가 휘둘러졌다. 그러나 아들 며느리에 손자까지 있다는 건 어디까지나 성남댁 혼자만의 비밀이었다. 팔자가 이렇게 바뀔 줄 처음부터 알았던 건 아니건만, 아들 가진 늙은이가 너무 고생하는 건 아들 욕 먹이는 일밖에 더 되나 싶어 혼자 사는 박복한 늙은이로 행세해왔었다. 진태 엄마 역시 체면에 관계되는 상스러운 거동에 대해선 매우 까다롭게 굴었지만 과거는 묻지 않았다. 그녀는 성남댁같이 막돼먹은 여자의 과거에 대해선 본능적인 혐오감마저 품고 있는 것 같았다. 자기네 체면을 생각해달라고 애걸할 때마다 매번 덧붙이는 말을 들어도 알 만했다.

"성남댁 할머니, 제발 그 광주리 이고 이리 쫓기고 저리 쫓길 때 티 좀 작작 낼 수 없어요? 창피하지도 않아요? 난 아무한테도 할머니가 그런 출신이란 걸 얘기 안 했단 말예요. 아이들한테도, 우리 애아빠한테까지도 숨긴 할머니 본색을 그렇게 아무 때나 드러낼 때마다 난 아찔아찔하다니까요. 할머니만 그 티를 안 내면 감쪽같이 점잖은 집 안방마님 노릇 할 수 있다는 걸 왜 몰라요."

그런 소리를 귀에 못이 박이게 들었건만 진태 엄마 친구들은 벌써 어제부터 수군수군 속닥속닥 좀을 집듯이 성남댁 과거를 들추어내더니 오늘은 숫제 성남댁도 들으라는 듯이 서로 목청을 돋우어 그 소문을 풍기고 있었다. 그 얌전하고 새침한 진태 엄마

186

가 시아버지 숨 끊어지기가 무섭게 그 소문부터 냈단 말인가? 진작부터 다 풍겨놓고 성남댁한테만 간특을 떨었단 말인가? 성남댁의 아둔한 소견으론 도무지 종잡을 재간이 없었다. 실상 성남댁은 자신의 본색이 드러난 게 그닥 무안하거나 억울한 건 아니었다. 비록 광주리를 이고 온종일 쫓겨다닌 적이 편히 퍼더버리고 앉아 장사를 한 적보다 더 많은 고달픈 신세였지만 뭘 잘못해서 쫓겨다닌 건 아니란 생각 하나는 제법 확고했다. 그래서 이다음에 저승에 가서 벌을 받아도 행상들을 못살게 구는 데 이골이 난 시장 경비들이 받을 것이지 쫓겨다닌 행상이 받지는 않을 거라고 믿고 있었기 때문에 진태 엄마가 쉬쉬 숨기려 드는 것만큼 성남댁은 부끄러움을 느끼고 있었다.

"저희들끼리 실컷 찧고 까불라구. 털어서 먼지 안 나는 사람 없다카지만 난 잘못한 거 하나 없으니까."

이런 배짱이기 때문에 진태 엄마 친구들이 그녀의 근본을 드러내서 웃음거리로 삼는 걸 탓할 마음은 없었다. 모란시장이나 굴다리 밑, 새마을시장에서 장사한 게 그렇게 신기한 거라면 내 모가지가 마늘 열 접을 이고도 끄떡없었다는 걸 알면 저 여편네들이 아마 다 진태 엄마 곁에 나란히 기함을 해 자빠질걸. 이런 익살스러운 마음까지 동했다.

성남댁이 이렇게 진태 엄마 친구들한테 너그러울 수 있는 건 진태 엄마에 대해 새롭게 품게 된 석연치 않은 마음 때문인지도 몰랐다. 성남댁이 부탁한 것도 아닌데 말끝마다 본색을 숨겨주

는 걸 그렇게 생색을 내고 나서 제가 먼저 풍긴 것도 성남댁으로
선 도무지 이해할 수 없는 요망한 짓거리였지만 그녀의 표변한
태도는 더욱 괘씸했다.

어제 새벽 영감님이 운명하시자 며느리의 애통은 거의 난동에
가까웠다. 상주는 물론 진태 진숙이까지 그녀의 애통을 달래고
돌보느라 정작 시체는 본 체 만 체였다. 정말 숨이 끊어졌나를
확인하고 팔다리를 곧게 뻗게 해서 손은 배 위에 모아놓고, 발도
모아놓고, 목을 바르게 하고 홑이불을 덮어주는 일을 성남댁 혼
자서 정성스럽게 했다. 그리고 장 속에서 망인이 평소에 입던 저
고리를 꺼내놓으면서 초혼(招魂)을 부를 때 쓰라고 일렀다. 그
건 성남댁이 알고 있는 장례 절차였고 그 이상은 잘 알지도 못했
지만 진태 엄마가 애곡을 그치고 차차 알아서 할 일이지 자기가
간섭할 일이 아니라는 분수쯤은 알고 있었다. 그러나 영감님 시
중에 전적으로 매달려 있다가 갑자기 놓여나니까 허전하기도 심
심하기도 해서 뒤늦게 눈물이 나오려고 했다. 성남댁은 소리 죽
여 흐느끼면서 할 일을 찾는다는 게 사잣밥을 짓는 일이었다. 성
남댁이 막 쌀을 씻어 안치고 가스불을 당기는데 애곡을 그친 진
태 엄마가 뿌르르 부엌으로 나왔다. 진태 엄마는 애통한 사람답
지 않게 살기등등해서 묻는 것이었다.

"아니, 거기서 뭘 하는 거예요?"

"사잣밥을 지으려고…… 참, 기별할 데는 빨리빨리 기별을 해
요. 부엌 걱정은 말고. 초혼은 시신을 안 본 사람이 부른다지 아

마. 요샌 장의사 사람이 그것도 불러주겠지 뭐."

"성남댁, 빨리 들어가 있지 못해요! 여기가 어디라고 성남댁 이 감히 감 놔라 배 놔라 하는 거예요?"

진태 엄마가 표독하게 말하면서 성남댁을 노려보았다. 성남 댁은 한 대 얻어맞은 것처럼 어안이 벙벙해서 아무 말도 못 했 다. 영감님이 살아 계실 때는 그래도 꼬박꼬박 '성남댁 할머니' 라고 불렀었다. '성남댁 할머니'는 진태 엄마뿐 아니라 진태 아 빠, 진태, 진숙이 등 이 집 식구는 물론 고모들, 파출부나 드나 드는 손님에게까지 휘뚜루 통용되는 성남댁의 호칭이었다. 실 은 그·호칭도 성남댁에게 그렇게 흡족한 건 아니었다. 우선 약 속이 틀렸다.

진태 엄마가 성남댁을 맞아들일 때는 단순한 시아버지의 시중 꾼으로서가 아니라 계모(繼母)로서였다. 깍듯이 시어머니로 모 시고, 시아버지가 돌아가시면 아직도 시아버지 명의로 돼 있는 열세 평짜리 아파트를 주겠다는 조건을 무수히 되풀이했었다. 그 열세 평짜리 아파트에서 영감님하고 단둘이 살 때는 그래도 행복했었다. 영감님은 중풍으로 한쪽이 불편했지만 부축만 해주 면 곧잘 걸었고, 식성도 좋았고 마음씨도 너그러웠다. 돈 아껴 쓰라는 잔소리가 처음엔 좀 듣기 싫었지만 다달이 며느리가 갖 다주는 빠듯한 생활비에서 얼마간이라도 남겨서 성남댁에게 주 고 싶어서 그런다는 걸 곧 알게 됐다. 이 년 남짓 그렇게 살다가 다시 한번 중풍이 도진 영감님은 몸져누워서 의식이 오락가락했고 대소변을 받아내야 했다. 그렇게 되자 진태 엄마는 자식 된 도리를 내세워 합치자고 했고 성남댁은 알뜰히 정들인 열세 평 짜리 아파트를 내놓고 영감님을 따라 진태네로 들어갈 수밖에 없었다. 따로 살 때도 어머님 소리를 들어본 것 같진 않았지만, 합치고 나서 휘뚜루 부르는 '성남댁 할머니'도 처음에만 좀 섭 섭하다가 곧 예사로워졌다. 가끔 '댁'은 빼고 성남 할머니라고 만 해도 듣기에 한결 붙임성 있으련만 하는 정도의 욕심이 날 적 도 있었지만 그걸 입 밖에 낸 적은 없었다. 그 정도가 성남댁의 욕심의 한계였다. 그녀 역시 진태 엄마처럼 귀부인 티가 철철 흐 르는 여자를 감히 며느리뻘이 된다고 생각해본 적이 없었다. 그 래 그런지 할머니를 뺀 성남댁이란 하대를 당하고도 분하고 괘 씸한 생각이 오래가지 않았다. 다만 영감님 장사나 지내고, 셈이 나 끝내고 나서 남 돼도 늦지는 않으련만, 하고 진태 엄마의 조 급한 성미를 딱하게 여기는 게 고작이었다. 셈이란 물론 열세 평 짜리 아파트의 인수인계를 의미했다.

진태 엄마 친구들이 우르르 부엌 쪽으로 몰려나올 기미에 성 남댁은 얼른 방으로 숨었다. 먹을 거라고 가지고 들어온 게 겨우 무 꽁지토막이었다. 성남댁은 손톱으로 대강 껍질을 까고 아귀 아귀 무를 먹기 시작했다. 꽁지토막이라 지린 맛밖에 안 났지만 뱃속으로 들어가선 제법 독하고 쓰리게 창자를 무두질했다.

뭐니뭐니 해도 배고픈 설움이 제일인데, 성남댁은 영감님 생 각이 나서 꽁지토막이나마 무를 끝까지 다 먹지 못했다. '정작 살 대고 자식 낳고 산 서방이 죽었을 때는 젊으나 젊은 나인데도 그저 자식새끼들하고 앞으로 먹고살 걱정만 태산 같아 눈물이고 콧물이고 한 방울 안 흘려서 독종 소리도 들었건만 이게 무슨 꼴이람. 아무리 배지가 부른 탓이라지만 죽은 서방이 알면 섭하겠다.' 속으로 이러면서 성남댁은 치맛자락으로 눈시울을 눌렀다.

아파트에서 영감님하고 둘이서만 살 때는 끼니때마다 요것조것 챙겨서 영감님 공경을 극진히 했었다. 영감님은 워낙 식성이 좋은데다가 할 일 없는 늙은이의 식탐까지 겹쳐 잘 잡수면서도 가끔 식비가 너무 많이 든다고 잔소리를 했었다. 영감님은 자기가 죽은 후에 그 아파트를 주기로 며느리가 성남댁에게 약조한 걸 모르는 것 같았다. 그래서 다달이 며느리로부터 받는 생활비에서 한푼이라도 더 여퉈서 성남댁에게 주고 싶어서 하는 잔소리기 때문에 듣기 싫지가 않았었다. 이차 중풍이 들어 아들네로 들어오고 나서도 영감님의 식욕은 줄지 않았다. 그러나 진태 엄마는 밥은 반공기, 라면이면 반개 이상은 주지 않았다. 점심때면 부엌에 나와 칼로 라면을 탁 반으로 내리쳐서 반은 봉지에 도로 넣어 서랍 속에 챙겨넣고, 반만 남겨놓으면서 "아버님 점심 준비하세요" 할 때의 진태 엄마의 목소리는 어찌 그리 정 없이 야멸차던지. 영감님은 말도 못 하고 늘 눈으로 걸근걸근했다. 누운 채 꼬불꼬불한 라면 줄기를 쪽쪽 빨아들이다가 그릇이 비어갈 무렵엔 빈 그릇과 성남댁 얼굴을 번갈아 바라보면서 슬픈 빛이 가득하던 영감님 눈을 생각하면 성남댁은 지금도 하늘이 무섭다. 앞으로는 벼락 치는 밤에 제대로 잠을 잘 것 같지 않다. 낸들 무슨 수가 있었어야 말이지. 성남댁은 하늘에겐지 자신에겐지 어설프게 변명을 한다. 정말 어쩔 수가 없었다. 진태 엄마는 라면 반개 끓일 때 외엔 성남댁에게 부엌 출입을 안 시켰고 냉장고까지 꼭꼭 잠가놓고 살았다. 성남댁이야 실컷 먹을 수 있었지만 파출부하고 따로 식당 바닥에 앉아서 하는 식사니 무얼 남겨 빼돌릴 엄두를 못 냈다.

"다 성남댁 할머닐 위해서 그런 거예요. 자시고 싸시는 게 일인 양반 양껏 드려보세요. 그 똥을 이루 다 어떻게 치고 그 빨래는 이루 다 어떻게 빨려고 그러세요?"

영감님 진지를 조금씩만 더 드리자고 성남댁이 애걸할 때마다 진태 엄마는 이렇게 성남댁을 생각해주는 척했다. 그러나 영감님은 아무리 진지를 조금밖에 안 드려도 똥은 많이도 쌌다. 그동안 성남댁은 밤낮없이 똥오줌에 파묻혀 살았다고 해도 과언이 아니었다. 기저귀고 바지고 호청이고 이루 빨아댈 수가 없이 금방금방 싸놓고는 낑낑댔다. 탈수기란 게 있었게 망정이지 어쩔 뻔했을까. 성남댁은 하루에도 몇 번씩 탈수기란 신기한 기계를 고마워했었다. 조금 먹고 많이 싸는 것만큼 영감님은 하루하루 여위어갔다. 그 신수 좋던 영감님이 갈비뼈가 앙상하게 드러나고 무릎뼈는 고목의 옹이처럼 불그러지고 장딴지는 말라붙었다. 성남댁은 지금 영감님이 죽은 게 아니라 사그라진 것처럼 여기고 있었다.

영감님이 살아 있을 땐 진태 엄마가 성남댁에게 부엌 출입을 잘 안 시키더니, 돌아가시고 나니 진태 아빠가 또 성남댁을 빈소에서 내몰았다. 빈소는 영감님이 운명하신 방에 차렸기 때문에 성남댁은 으레 거기 있어야 될 줄 알았다. 그러나 진태 아빠는 몹시 데면데면한 말투로 조객들 보기에 뭣하니 남의 눈에 안 띄는 데 가 있으라고 말했다. 뭣하다는 게 무슨 뜻일까? 진태 엄마만 같아도 따지고 넘어갔으련만 진태 아빠는 어려워서 하라는 대로 빈소가 있는 방을 쫓겨났다. 허구한 날 똥 치고 씻기느라 공깃돌 다루듯 하던 영감님이건만 염습하는 것도 입관하는 것도 못 보게 했다. 입관 후 남들의 어깨 너머로 얼핏 본 관은 칠이 얼굴이 비치게 번들대고 자개로 된 무늬까지 박혀 있었고 엄청나게 컸다. 관의 호사스러움과 크기는 더더욱 영감님은 죽은 게 아니라 사그라졌다는 느낌을 더했다. 영감님은 점점 부피와 무게가 줄다가 어느 날 마침내 사그라졌기 때문에 저 관은 비어 있으리라고 성남댁은 생각했다.

부엌으로 돌아온 여자들이 시아버지의 죽음을 애통해하다 지친 진태 엄마의 효성을 한바탕 칭송도 하고 못마땅해하기도 하다가 어쩌 화제가 이상한 방향으로 흐르기 시작했다.

"얘, 너 이런 거 생각해본 적 없니?"

여자는 낄낄대기부터 했다.

"뭘?"

"난 그 생각만 하면 자다가도 웃음이 난다니까."

"뭔데 무엇 본 벙어리처럼 웃기부터 하고 지랄이야."

"있잖아, 이 집 후취 마나님인지 성남댁인지 그 여자하고 돌아가신 영감님하고 자봤을까?"

"자보다니? 으응 잡것, 생각하는 것하고……"

"나도 그건 궁금하더라 뭐. 아파트에 사실 때야 영감님 신수가 좀 훤했어? 살집 좋고 정정하기가 매일 밤이라도 자겠더라."

"정정한 거 좋아하네. 그때 벌써 중풍 들어서 한쪽 팔다리는 건덩건덩 맥을 못 추었잖아?"

"그렇다고 가운뎃다리까지 맥을 못 추는 걸 네가 봤냐, 봤어?"

"아유 잡것, 쟤만 끼면 나까지 입이 걸어진다니까. 상종을 말아야지."

"말렴, 네가 아무리 얌전한 척해도 네 남편은 지금 이층 와이당 판에서 가오 잡고 있더라."

"건 또 어떻게 알았어?"

"음식 나르면서 귓결에 그것도 못 들을까?"

"상갓집에서 와이당 한판 못 벌여도 바보다. 네 남편은 정견 발표라도 하고 있다던?"

"우리 남편은 노름 쪽이야. 입 꾹 다물고 눈에 불을 켜고."

"잘해보시라지. 선거자금 톡톡히 보탤 수 있을걸."

"쟤네들은 어디서고 만났다 하면 싸움이라니까. 그만 해두고 본론으로 들어가지 않을래?"

"본론이 뭐였지?"

"마나님하고 영감님이 잤을까 안 잤을까 말야."

"잤을까 못 잤을까지."

"못 잤으면 마나님이 여직껏 붙어 있었을라구."

"마나님이 나이 몇인데 설마 그런 거 바라고 재가를 해왔을까?"

"확실한 나이는 모르지만 워낙 건강하고 상스럽잖아?"

"건강은 몰라도 상스러운 게 그런 욕망하고 무슨 상관이니?"

"상관이잖구. 상스럽다는 건 고상하다는 것보다는 단순하단 뜻이고 단순한 사람일수록 그런 재미밖에 바칠 게 뭐가 있겠어."

"네 말도 일리는 있다. 우리 남편 말야. 회사 그만두고 뒤늦게 석사 박사해서 겨우 지방대학 교수 자리 하나 얻고부턴 머리만 센 게 아니라 그것도 못 하는 거 있지. 나 역시 자원봉사니 뭐니 이것저것 신경 쓰는 데가 많다보니 통 그 방면에 뜻이 없어지더라."

"애 좀 봐. 느이나 우리나 나이 생각을 해라. 그럴 때가 돼서 그런 거지 느이가 특별히 고상해서 그런 줄 아니?"

"그러니까 우리 나이가 다 이미 그 방면의 사양길이다 이거지?"

"그렇다. 왜 아쉽냐? 이 시대가 워낙 조숙하고 조로하는 시대 아니냐?"

"거창하게 나오네. 시대까지 들먹이고. 저희들은 그따위로 조로하는 주제에 사실 만큼 사시고 돌아간 영감님하고 마나님을 가지곤 그 무슨 불결한 상상들이니?"

"다 그럴 만해서 하는 소리야. 너 아직 그 망측한 얘기 못 들었구나, 진태 엄마한테."

"무슨 얘긴데?"

"글쎄 말야……"

여자가 말끝을 흐리며 웃기부터 했다. 음란한 상상력을 유발하기에 알맞은 육감적인 웃음이었다.

"쟤는, 누굴 약올리고 있어, 빨리 말해봐."

"진태 엄마한테 들은 얘긴데, 마나님이 보통내기가 아니었다더라. 대소변을 받아내게 되고부터 저 아니면 누가 그 노릇 하랴 싶었던지 제법 세도가 당당했대. 또, 한번 싸고 나면 방으로 물을 몇 대야씩 가져오게 했는데, 아무리 깨끗하게 거두는 것도 좋지만 어떤 때는 너무 오래 걸리는 것 같아 살그머니 들여다보면, 글쎄 영감님 아랫도리를 마냥 주무르고 있더라지 뭐니?"

"어머머 망측해라."

"아이 징그러워."

여자들이 계집애처럼 생경한 교성을 지르면서 자지러지게 웃기 시작했다.

저, 저런 해괴망측한 것들이 있나. 저희들도 자식 길러보았으면 똥 싼 머슴애 아랫도리 씻기기가 얼마큼 더 손이 간다는 것쯤은 모르지 않으련만 늙은이들을 가지고 어떻게 그런 흉측한 생각들을 할 수가 있을까? 성남댁은 분해서 부들부들 치가 떨렸다. 영감님이 똥 싸 뭉갠 걸 치고 씻기는 일은 정말 못 할 노릇이었지만, 특히 늙어서 겹겹의 주름만 남은 아랫도리에 늘어붙은 걸 말끔히 씻겨주는 일은 여간한 비위와 참을성 가지곤 어림없는 일이었다. 자꾸자꾸 싸는 거 대강대강 해둘까 하다가도 내가 이 일을 소홀히 하고 아파트를 바란다면 그건 도둑놈의 배짱이니 죄받지 싶어 욕지기를 주리 참듯 참으면서 정성을 다했었다.

성남댁은 부엌에서 찧고 까부는 여편네들보다 그 일을 그렇게 고약하게 풍긴 진태 엄마한테 만정이 떨어지고 오장육부가 다 떨려서 구정물 맞은 개처럼 연방 온몸으로 진저리를 쳤다.

"내 그럴 줄 알았다니까."

"뭘?"

"마나님 걸음걸이 보면 모르냐? 이렇게 엉덩이를 맹렬히 돌리면서 걷는 걸음걸이 말야. 이렇게."

여자는 몸소 흉내까지 내는 듯 다시 숨이 끊길 듯 자지러진 웃음소리가 들렸다. 아직도 부들부들 떨고 있는 방 안의 성남댁에게 그 웃음은 모닥불을 끼얹는 듯이 사정없이 화끈거렸다.

"난 흉내도 못 내겠어."

"암튼 너희들도 봤으니까 짐작하지? 그런 걸음걸이는 아직도 그 방면에 왕성하단 표시야."

성남댁이 영감님을 모시기로 작정한 것은 진태 엄마가 제시한 아파트에의 유혹도 유혹이지만 첫 대면한 영감님이 한눈에 남자로서의 기능이 없어 보였기 때문이기도 했다. 아무리 아파트에

욕심이 나도 다 늦게 그 짓까지 하고 싶진 않았었다. 한창 나이
에 과부가 됐지만, 먹고살 걱정이 태산 같아 몸으로 남자 생각을
해본 적이 없는 성남댁은 그 방면의 결벽증이 남달랐다. 만일 영
감님이 성남댁의 짐작대로가 아니었다면 그녀는 아파트가 아니
라 빌딩이 한 채 생긴대도 어마 뜨거라, 뿌리치고 달아났을 것이
다. 고맙게도 영감님은 성남댁을 믿음직한 친구처럼 대해줬다.
그래서 성남댁은 나중에 저승에 가서 먼저 죽은 서방을 만날 일
이 조금도 겁나지 않았다. 누가 뭐래도 서방만은 그녀가 일부종
사했다는 걸 알아주겠거니 싶어서였다.

"아무튼 여러 가지로 마나님이 안됐다."

"그래도 처음엔 좀 즐겼겠지."

"즐겨봤댔자지. 그 정력적인 엉덩이짓에 중풍 들린 영감님이
아랑곳이니?"

"그러고 보니 영감님도 안됐다."

"너무 쎈 마나님 얻어서 명 재촉한 거 아냐? 몇 년은 더 사실
걸."

"그 노인도 살 만큼 사셨어. 말년에 한번 화끈하게 살아보셨겠
다, 아까울 거 하나도 없어. 진태 엄마도 홀가분하게 좀 살아봐
야지 않니. 저것들은 시집살이들을 안 해봐서 남의 사정을 저렇
게 모른다니까."

"하긴 그래. 네 말이 맞다. 혹시 성남댁이 시어머니 행세하고
눌어붙는 일은 없겠지?"

"안 그럴 거야. 영감님 돌아가시자마자 빈소고 부엌일이고, 모른 척 꼴도 안 비치는 걸 보면 알잖니?"

"호적엔 올렸을까?"

"누굴, 성남댁을? 쟤는 어림 반푼어치도 없는 소리를 하고 있네. 진태 엄마가 누군데 그런 후환을 남길 짓을 하겠어?"

"돈이나 얼마간 주어서 내보내면 되겠군, 그럼."

"돈 문제는 성남댁이 진태 엄마보다 훨씬 더 영악했다나봐. 아무튼 두 분이 그 쬐끄만 아파트에 살면서 생활비는 진태네 이 큰살림 하는 것하고 똑같이 타갔는데도 다달이 한푼도 안 남는 것처럼 우는 소리를 했다니까. 하도 기가 막혀서 사는 꼴을 가보면 그렇게 안 해먹고 살 수가 없었다니 그 돈이 다 어디로 갔겠어? 이 년을 넘어 그렇게 살았으니 성남댁은 그 동안 한 재산 챙겼을 거야. 그래도 늙어서도 부부간이라는 게 뭔지 영감님은 한푼이라도 마나님을 더 주고 싶어 그렇게 못 얻어먹으면서도 뒤론 또 며느리한테 손을 내밀었나보더라. 그럴 때마다 속상해하는 소리를 나도 여러 번 들었느니라."

"그래도 왕년엔 한가닥 하던 양반이 늘그막엔 돈줄이 설마 아들 며느리밖에 없었을까?"

"당신 재산 있던 건 아마 다 아들 명의로 넘겨줬을걸. 아주 다 주긴 섭섭했던지 쬐끄만 아파트 하나 당신 명의로 갖고 있던 거가 그래도 말년엔 꽤 쓸모가 있었지. 거기서 새 마나님하고 꿀같은 신접살림을 했으니까. 어떻든 생전에 다 자식 줄 건 아니더라구."

"그 아파트가 그럼 영감님의 유일한 유산이겠네."

"유산이 되기 전에 벌써 팔아치웠다더라. 중풍이 도져 이 집으로 합칠 때, 다시 그 집으로 들어가시게 될 것 같지도 않고, 놔둔다고 큰 재산 될 것도 아니어서 후딱 팔아치웠나봐. 잘했지 뭐. 대단찮은 것도 유산이랍시고, 세금이니 분배 문제니 구질구질한 문제가 생길지도 모르니까."

아니 우리 아파트를 팔다니, 내 집을 누가 팔아, 누구 맘대로 내 집을 팔아먹어? 대명천지 밝은 날에 이런 법이 어디가 있어?

성남댁은 벌떡 일어났다. 당장 진태 엄마한테로 달려가서 따질 작정이었다. 늘 반짝이는 금줄이 걸린 희고 상큼한 진태 엄마의 멱살을 와살스럽게 움켜잡고 들입다 흔들면서 따지고 싶어서 근질대는 주먹을 쥐었다 폈다 어쩔 줄을 몰랐다. 그러나 문 밖에 있는 그 해괴한 소문을 퍼뜨리던 요사스러운 입들을 생각하면 선뜻 발이 떨어지질 않았다. 문 밖의 소문의 울타리에 성남댁은 진저리를 쳤고 공포감을 느꼈다. 따져야 돼, 암 따져야 하구말구. 제까짓 것들이 무서워서 죽은 듯이 들엎드려만 있을까보냐. 성남댁이 소문의 울타리에 지레 겁을 먹고, 당하기도 전에 허우적대기부터 하는 자신에게 이렇게 용기를 불어넣으려고 할 때였다. 문 밖의 소문은 계속되었다.

"미리 엄마야, 네가 떡집에 갔다 올래? 인절미를 두 말쯤 맞출까?"

"애는 누가 떡을 그렇게 먹는다고…… 그리고 전화로 해도 될걸. 얘, 그건 내일 쓸 전유어야. 뒤꼍으로 내놔. 여기 놔뒀다간 또 금방 다 없어지겠다. 상엔 제육이나 놓으럼. 제육도 다 떨어졌다고? 아유, 먹성들도 좋아. 나물도 내일 쓸 걸 다시 무쳐얄까 보다."

"산소도 아니고 화장장인데도 먹을 걸 이렇게 잔뜩 해가야 되는 거니?"

"그럼, 화장장이라고 거기까지 온 손님들을 맨입으로 보낼 수는 없잖니?"

"참, 이만큼 살면서 여직껏 산소 자리 하나도 못 장만해났나, 산 사람 체면이 있지, 어떻게 화장을 하니?"

"산소 쓰려면야 미리 장만 안 해놔도 요샌 공원묘지라는 게 얼마나 편한데. 그게 아니라 영감님이 화장을 해달라고 유언을 하셨다나봐. 진태네가 미국 가 있을 동안 시어머니가 돌아가셨지 않니. 그때 영감님은 딸들만 데리고 장사를 치르면서 심정이 착잡했나봐. 이 다음 세상에야 조상의 묘소 알뜰히 돌볼 자손이 어딨겠느냐고 부득부득 마나님을 화장하자고 하셨나봐. 딸들도 못 말리고 영감님 뜻대로 됐는데, 영감님은 그걸 두고두고 마음에 두고, 아무리 죽어서라도 무슨 재미로 혼자 땅에 묻히겠느냐고, 절대로 싫다고 하셨다는군. 마나님이 연기가 됐으니 당신도 연기가 돼야 만날 수 있으리라 생각하셨나보지 아마. 자식 된 도리로 화장으로 모시기가 섭섭한 건 당연하지만 유언을 지키는 것은 더 큰 자식 된 도리 아니겠어."

성남댁은 조용히 그 자리에 주저앉았다. 그녀는 자신 속에서
앙심과 분노의 결의가 빠져나가는 피익, 소리를 멀리서 나는 소
리처럼 아스라이 듣고 있었다. 이윽고 그런 것들이 다 빠져나가
자 그녀는 터진 풍선처럼 참담하고 무력해졌다. 영감님이 화장
을 원하고 유언까지 남겼다는 건 새빨간 거짓말이었다. 먼저 간
마나님을 영감님이 우겨서 화장을 한 건 사실이었지만, 어머니
가 돌아가셨다는데도 귀국하는 대신 조위금 몇 푼 보냈다는 전
화로 때운 아들에 대한 노여움으로 그렇게 했다고 했다. 영감님
은 성남댁한테 먼저 마나님과의 유별난 금슬을 숨기려 들지 않
았기 때문에, 그 마누라가 불구덩이에 들어갈 때 얼마나 뜨거웠
을까 생각만 하면 금창이 미어지는 것 같다는 하소연을 자주 했
었다. 나 죽거든 집도 없는 마누라 혼백이라도 내 무덤에 불러들
여 지난날의 그 몹쓸 짓을 사과하고 위로하고 잘해줘야지, 하는
소리도 들은 적이 있었다. 가끔 꿈에 뵈는 마누라는 이마가 지글
지글 타고 있거나 불붙은 옷을 입고 뜨겁다고 펄펄 뛰더라고 말
하는 소리만 들어도 영감님이 마나님을 화장한 걸 얼마나 마음
속 깊이 후회하고 있는지 알 만했다. 그런 영감님이 자신의 화장
을 유언으로 부탁했다니 말도 안 되는 소리였다. 두번째로 중풍
이 들고 나선 임종 때까지 유언을 할 만한 의식은 돌아오지 않았
었고, 임종이 임박한 걸 가족들에게 알린 것도 성남댁이었다.

그렇지만 성남댁이 이제 와서 그게 아니라고 한들 대체 누가

믿어준단 말인가? 진태 엄마의 친구들 말짝으로 사람됨이 단순한 성남댁이지만 사정은 너무도 뻔했다. 성남댁은 비로소 자기만 빼놓고 모든 사람이 가담해서 진행시키고 있는 교묘한 음모를 감지했다. 그 음모는 불과 이틀 전까지 이 집안을 드높은 기성(奇聲)과 지독한 똥구린내로 가득 채우고 거침없이 지배하던 영감님을 흔적도 없이 말살하려 하고 있었다. 그녀가 진태 엄마와 둘이서만 맺은 약속쯤 감쪽같이 없던 걸로 하는 건 문제도 아닐 터였다. 자기에게 이롭지 않은 건 가차없이 무화(無化)시키는 간악한 음모의 톱니바퀴에 성남댁은 스스로 곁다리로 말려들면서 누가 흠씬 밟아놓은 것처럼 입체감을 잃고 짜부라졌다. 한동안 그러고 있었다. 체념이 너무 속도가 빨랐던지 아직 얼얼한 배신감이 남아 있었지만, 덤으로 편안했다.

그날 밤 성남댁은 잘 잤다. 다음날 그녀는 흰 치마저고리로 갈아입고 아무의 허락도 받지 않고 영구차에 올라탔다. 아직도 진태 엄마는 곡기를 끊고 애통중이었으므로 조객들의 심심한 위로와 관심을 한몸에 모으고 있었다. 친구들이 앞뒤 좌우에서 다 죽어가는 맏며느리를 삼엄하게 부축을 하며, 병원에 가서 링거라도 꽂고 가야지 쌍초상 나겠다고 방정맞게 설쳤지만 그녀는 점잖게 도리머리를 흔들고 영구차에 올라탔다. 조객들은 여기저기서 요새도 저런 효부가 있다니, 하고 수군대기도 하고 인기배우의 연기를 구경하듯이 얼빠진 얼굴로 들여다보기도 했다. 장례식에서조차 주역은 망인이 아니라 진태 엄마였다. 보다 못한 시누이들이 영구 위에 엎드려 한바탕 통곡을 했지만 그 주역의 자리는 끄덕도 안 했다. 그녀는 백랍처럼 핏기가 바랜 얼굴로 남편의 무릎 위에 하얀 손수건처럼 떨어져서 또 한바탕 소동을 빚었고, 남편도 연기가 좀 지나치다 싶었던지,

"이 사람이 워낙 아버님을 지극정성으로 모셨으니까 그만큼 충격도 컸겠지만 몸살도 날 만해요. 꼬박 열 달을 대소변을 받았으니까요. 성질은 또 지랄같이 깔끔해서 뭘 대강대강 하는 건 모르니까 그 고초가 이만저만했겠어요?"

그걸 들은 사람들은 더욱 크게 감동해서 기를 쓰고 턱들을 주억거리고 있었다. 성남댁은 무안해서 얼굴이 달아올랐다. 영구차 속에서 성남댁은 단 하나의 진짜였기 때문에 조마조마하고 무섭고, 당당치가 못했다. 그녀는 자신이 진짜임이 탄로날까봐 될 수 있는 대로 몸을 작게 웅숭그리고 골똘히 창 밖만 내다보았다. 볼품없는 건물들, 멍청히 서 있는 사람, 똘똘하게 정신 차리고 걷는 사람, 악착같이 버스에 매달리는 사람, 짐을 산더미같이 싣고 차 사이를 누비는 오토바이, 고래고래 외치는 행상, 연근토막 같은 다리를 내놓고 구걸하는 거지, 임을 인 여자, 짐을 진 남자…… 이런 사람 사는 모습들은 실로 얼마 만인가? 성남댁은 걸신들린 것처럼 주린 눈으로 이런 것들을 실컷 바라보았다.

화장장은 매점이나 화장실 등 잗다란 부속건물 말고 크게 두 개의 건물로 나누어져 있었다. 굴뚝이 높이 솟은 화장장 내부는 바깥이 화창한 봄날인 것과는 상관없이 음습하고 썰렁한 회색빛

이었다. 거기선 영구가 차례를 기다리기도 하고 간단한 종교의
식도 치를 수 있다지만, 영구를 밀어넣을 수 있는 아궁이의 쇠문
이 나란히 다섯 개 붙어 있는 벽만 아니라면 겨우 지어만 놓고
내부장치를 못 한 건물처럼 황량한 미완의 빈터 같은 게 흐르고
있을 뿐, 화장장이라고 특별한 덴 없었다.

화장장과 평행으로 마주 선 건물은 대기실과 식당으로 돼 있
고, 두 건물을 지붕 달린 양회바닥 통로가 이어주고 있고, 통로
양편 황토흙엔 온실에서 꽃 피워서 심어만 놓고 돌보지 않은 서
양화초가 시들시들 늘어져 있었다. 대기실에 붙어 있는 식당에
선 음식 냄새가 지독했다. 벌써 찬합과 양동이를 끄르고 나물과
지짐질과 두부조림을 은박지 접시에 담는 가족이 있는가 하면,
시뻘겋게 취한 얼굴에 건강한 이빨로 소주병을 따는 아저씨도
있었다. 죽은 사람은 죽은 사람이고 산 사람은 먹어야 한다고,
눈이 부은 어린 상제를 달래는 아주머니는 먼저 식사를 한 듯 번
드르르한 입가에 고춧가루가 묻어 있었다.

화장장 굴뚝에서 깃털구름처럼 살짝 나부끼는 건 도무지 사람
타는 연기 같지 않았고, 그곳 역시 화장장 식당 같지 않았다. 화
장장에 식당이 있다는 것부터가 어울리지 않았다. 왕성하게 먹
는 사람, 뭘 더 가져오라고 악쓰는 소리, 밀치고 뛰고 장난치는
아이들, 서로 부르고 찾는 소리, 김치 냄새…… 영락없이 시간
이 많이 늦은 시골 소읍의 결혼 피로연장이었다. 가끔 양복 소매
에 헝겊을 감은 젊은 상제가 신랑처럼 피곤하게, 신랑보다는 눈

치 보며 웃는 모습도 보였다.

아직 영구가 불아궁이로 들어가기 전의 가족이 모인 대기실은 시외버스 정류장처럼 붐비고 시끌시끌하고 초조해 보였다. 영구가 차례를 기다리고 늘어선 화장장과 대기실, 식당 사이를 사람들은 자주 오락가락했고, 장소에 따라 사람들은 혜까닥헤까닥 민첩하게 잘도 표정을 바꾸었다. 화장장 쪽에선 울음소리 염불소리가 그치지 않았고, 입 다물고 있는 사람도 비통을 온몸에 예복처럼 걸치고 있었고, 어쩌다 밤샘에 지친 상제가 꾸벅꾸벅 조는 게 약간 민망해 보일 정도였다.

사람들은 아직도 몸을 가누지 못하는 진태 엄마를 대기실 나무의자에 눕혔다. 그녀는 화장장과 식당 사이의 완충지대처럼 고요하고 평화롭고 품위 있게 누워 있었다. 식당과 화장장은 극과 극이어서 과연 완충지대가 있을 만했다. 혜까닥헤까닥 표정을 바꾸는 일에 서투른 사람은 애매한 웃음과 애매한 근심으로 얼굴을 애매하게 흐리고, 그 효부 근처에서 얼쩡거리면 됐다. 진태네와 아무 상관 없는 딴 집의 조객이나 상주도 그 여자 곁을 그냥 지나치지 못하고 한참 들여다보고 나서 심심한 우려와 경의를 표했다. 그들은 자기네의 슬픔이 그녀에게 훨씬 미치지 못함을 마음으로부터 부끄러워하고 있음이 역력했다. 누가 보기에도 그녀의 고요와 평화와 품위는 슬픔이 고도로 정제된 상태로 보였다.

초조하게 화장장 쪽을 다녀온 진태 아버지가 아내의 이마를 짚어보고 나서 "못난 사람 같으니라구, 사람이 이렇게 허해가지

206

고야……" 하면서 입맛을 다셨다. 그리고 흩어진 머리를 쓸어올려주는 양 허리를 굽히고 날카롭게 속삭였다.

"아직 아직 멀었어, 시체도 나라빌 섰다니까."

"돈을 써요."

그들이 주고받는 말은 화살처럼 신속하고 정확하게 서로의 의중에 명중했다. 진태 아버지가 슬며시 화장장 쪽으로 돌아갔다. 이윽고 차례가 됐다는 전갈이 왔다. 사람들은 진태 엄마에게 그대로 거기 누워 있으라고 했지만 그녀는 다 죽어가는 소리로 맏며느리가 어떻게 하직인사를 안 드릴 수가 있냐고 비틀비틀 일어섰다. 사람들이 다투어 그녀를 부축했다. 영구를 보자 그녀의 슬픔은 새로운 기운을 얻어 크게 목놓아 울기 시작했다. 이제 눈물이 말라버린 그녀의 울음은 슬픔이라기보다 히스테리에 가까웠고, 바퀴 달린 판이 영구를 아궁이 쪽으로 싣고 가자 마침내 발작적인 히스테리로 변했다. 그녀는 영구를 따라 곧 불아궁이로 들어갈 듯이 날뛰었다. 사람들이 힘을 합해 그녀를 영구로부터 떼어냈고, 그 동안에 직원들은 재빨리 영구를 문 안으로 밀어넣었다. 문이 닫히고 문 위에 빨간 신호등이 들어오자 진태 엄마는 사지를 비틀면서 정신을 잃었다. 진태 아버지가 외마디소리를 질렀고, 진태 진숙이가 울었고, 친척 젊은이가 나서서 그녀를 들쳐업었다. 다시 대기실에 눕히고 다리팔을 주무르고 포도주를 입 속에 흘려넣고 한바탕 법석을 떤 후에야 그녀는 눈을 떴다. "여기가 어디예요. 암만 해도 죽을 것 같아요." 그녀가 이렇게 입술을 달싹거렸다. 그녀의 친구들이 암만 해도 병원에 옮겨서 기운 날 주사를 맞고, 푹 쉬게 하는 게 좋을 거라고 떠들었다. 그럼그럼, 진작 그럴 일이지. 모든 사람이 이의가 없자 진태 아버지는 차를 대기시키고 아내를 부축했다. 진태 진숙이도 뒤따랐다. 그 식구들이 떠나자 사람들의 얼굴이 한결같이 홀가분해졌다. 점잖은 문상객들은 슬금슬금 자기 차로 꽁무니를 빼고 나머지들은 콜라병 아니면 소주병을 땄다. 뭐 안주 좀 없습니까? 하는 소리에 찬합이 하나 둘 열렸다.

혼자서 화장장 쪽에 남은 성남댁은 영감님 영구가 들어간 철문만 바라보고 서 있었다. 그 철문은 영락없이 그녀가 살던 아파트의 쓰레기통 문처럼 생겼다고 생각했다. 사람 팔자도 쓸모없어지면 버려지긴 쓰레기보다 나을 게 없다는 생각도 했다. 언젠가 과일껍질과 함께 과도를 쓰레기통에 버린 적이 있었다. 영감님은 한사코 쓰레기가 모이는 지하실로 데려다달래더니, 반나절을 쓰레기를 뒤져서 과도를 찾아냈다. 그때 영감님 몸에선 아주 고약한 냄새가 났다. 목욕시키고 빨래하느라 혼났지만, 영감님은 대단한 공을 세운 것처럼 자랑스러워했었다. 지금 성남댁은 몸에다 영감님이 다달이 얼마간씩 여퉈준 목돈을 감고 있었다. 어젯밤에 전대를 만들어 그걸 배에 찼더니 안 먹어도 배가 불렀다. 이런저런 생각을 하고 있는 사이에 철문 위에 빨갛게 켜졌던 불이 돌연 나갔다. 성남댁은 그게 무엇을 의미하는지 모르면서도 영감님이 운명하셨을 때처럼 한 번 가슴이 크게 내려앉았다. 철문이 나란히 붙은 벽 옆으로 난 골목에서 진태 아버지 이름을 부르는 소리가 났다. 성남댁은 놀라서 그 안을 휘둘러보 았지만 진태네 식구라곤 자기밖에 없었기 때문에 두려워하면서 도 부르는 쪽으로 갔다.

벌써 유골이 나와 있었다. 그건 유골이라기보다는 재였다. 바 퀴 달린 철판 위에 남아 있는 건 잘 타고 난 모닥불 자국처럼 사 위어가는 분홍빛 불빛과 희고 포실포실한 재뿐이었다. 색이 바 랜 군청색 제복을 입은 직원이 수상쩍은 듯 할머니가 인수하실 거냐고 물었다. 성남댁은 얼떨결에 고개를 끄덕거렸다. 보통으 로 생긴 직원이 보통 빗자루로 그 모닥불 자국 같은 재와 불기가 있는 뜬숯 같은 걸 보통 쓰레받기에 쓱쓱 쓸어담기 시작했다. 보 통 비질과 다르지 않은 직원의 이런 행동을 지켜보면서 성남댁 은 당초에 두려워한 것과는 다르게 속속들이 편안해졌다. 그리 고 그것을 보길 참 잘했다고 생각했다. 진태 엄마한테 남아 있던 뭔가 청산되지 않은 감정의 찌꺼기, 남아서 할 일이 있을 것 같 은 치사한 미련 등이 깨끗이 가시는 걸 느꼈다. 비질해 쓸어담은 걸 가지고 뒤쪽으로 돌아간 직원이 한참 만에 멜빵이 달린 흰 상 자를 가지고 나왔다. 성남댁이 그걸 멜 수는 없다고 미처 손을 내세울 새도 없이 달려온 딸과 사위가 그것을 받았다.

혼자 남겨진 성남댁은 식당 쪽으로 가지 않고 곧장 화장장을 빠져나왔다. 그녀는 여러 사람에게 묻고 물어서 한 번만 갈아타 고 성남까지 갈 수 있는 버스 노선을 알아냈다. 그 노선버스를 타려면 한참을 걸어야 했다. 어떤 사람은 택시 기본요금 거리라고 했고, 어떤 사람은 천오백원 거리는 될 거라고 했다. 육백원 거리고 천오백원 거리고 상관없었다. 그녀는 택시를 타보지 않아서 그 거리를 짐작도 할 수 없었지만 걷는 데는 자신이 있었다. 머리에 임도 안 이고 걷는 걸음이라면 그까짓 거 하루 백 리는 못 걸을까 싶었다. 그 동안 너무 오래 편하게 지냈지만 차츰 왕년의 걸음걸이가 살아났다. 임을 일 자신까지 생기면서 어느 틈에 엉덩이를 신나게 휘두르고 있었다. 그녀도 스스로 그걸 느꼈고, 어제 여편네들한테 들은 해괴한 흉이 생각났다. 천하 잡년들! 엉덩이짓이라면 그저 잠자리에서 그 짓 하는 생각밖에 할 줄 모르는 몸 편한 것들이 나의 엉덩이짓이야말로 얼마나 질기고 건강한 생명의 리듬이란 걸 어찌 알까보냐는 비웃음을 그녀는 그렇게밖에 표현 못 했다. 임을 안 이고도 엉덩이짓은 되살아났지만 그 이상의 욕은 생각나지 않았다.

진태네서 혹시 나를 찾을까? 찾아봤댔자 죽은 주인 찾아 집 나간 똥개 찾는 것만큼밖에 더 찾을까? 그런 생각도 했다. 그러나 무엇보다도 전대의 것을 풀어서 아들에게 줄 생각을 하면 즐겁고 신이 났다. 아들에게 아파트 얘기까지 안 하길 참 잘했다. 크게 바랐으면 실망도 크련만 그러지 않았으니 그만한 목돈만 봐도 감지덕지하리라. 다 주진 말고 조금 떼어놨다가 다시 장사를 해야지. 곧 마늘장아찌 철이 될걸. 내 모가지에 마늘 열 접이면 고작인 것을 감히 아파트 한 채를 이고 가려 했으니. 사람이 분수를 모르면 죄를 받는다니까. 그렇지만 아파트 한 채는 지 알고, 내 알고, 하늘까지 아는 일이건만 어쩌면 그렇게 감쪽같이 사람을 속여넘길 수가 있담. 천벌을 받을 년.

성남댁은 진태 엄마한테만은 더 걸찍한 욕을 해줘야 속이 후련해질 것 같은데, 삼 년 동안 점잖은 집 체면 봐주느라 잊어버린 욕은 쉬 되살아나지 않았다. 그녀는 욕 대신 카악 가래침을 한 번 뱉고 나서 걸음을 재촉했다. 욕이야 두고두고 풀어먹어도 늦을 건 없지만, 그 동안 주리 참듯 참은 아들, 며느리, 손주새끼 보고 싶은 마음은 걸음을 앞질러 애꿎은 엉덩이짓만 한층 요란하게 했다.

해산바가지

서로 깊이 좋아하면서도 일부러 만날 기회를 만들 필요 없이 생각만으로도 푸근해지는 친구가 있는가 하면 며칠만 목소리를 못 들어도 궁금증이 나서 전화질이라도 해야 배기는 친구도 있다. 오늘 아침 설거지를 하다 말고 나중 경우에 속하는 친구 목소리를 못 들은 지가 일 주일은 된다는 데 생각이 미치자 불현듯 좀이 쑤셔서 일손을 놓고 허겁지겁 전화통에 매달렸다. 용건 같은 건 따로 없었다. 애써 용건을 꾸며대자면 나의 고질적이고 주기적인 우울증이 듣기만 해도 절로 세상만사가 별거 아닌 것으로 여겨질 만큼 낙천적인 그녀의 목소리에 의해 무산될 수 있길 은근히 바랐다고나 할까.

하마터면 전화 잘못 건 줄 알고 끊을 뻔하게 친구의 목소리는 침울하게 가라앉아 있었다.

"느이 파산했구나?"

나는 그 친구와의 평소의 버릇대로 이렇게 농지거리부터 해보았다. 생판 농지거리만은 아닌 것이 씀씀이가 헤프고, 해놓고 사는 게 친구들 사이에선 가장 화려해서 우리가 샘을 낼라치면 언제 파산할지도 모르는 신세라고 엄살을 떨곤 했었기 때문이다. 그녀의 남편은 중소기업 정도의 사업체를 갖고 있는 유능한 사업가지만 대기업도 하루아침에 물거품처럼 꺼지는 세상이니 그 정도의 엄살은 부릴 만도 했다.

"아냐, 차라리 파산이라도 했으면 좋게……"

"뭐라구, 그럼 더 나쁜 일이 생겼단 말이니?"

"글쎄 더 나쁜 일이라면 좀 이상하지만, 파산을 했다고 해도 이렇게 서운하진 않을 것 같아. 그까짓 돈이야 있다가도 없고 없다가도 있는 거 아니니?"

"난 또 뭐라고. 조사장이 바람을 피웠나보구나? 맞지?"

"얘는 생각하는 것하고…… 바람은커녕 어제부터 맥이 빠져 회사에도 못 나가고 지금도 내 옆에 쓰고 드러누워 있단다."

"무슨 일이야, 그럼?"

"내가 또 손녀를 봤단다. 또 딸을 낳을 게 뭐니."

"이번이 참 둘째지? 약간은 섭섭하겠지만 곧 나아져. 낳을 때 섭섭한 거 벌충하고도 남을 만큼 예쁘게 구는 게 딸 아니니?"

"남의 일이니까 그렇게 말할 수 있는 게지. 당해보면 심각하다너. 우리 영감은 숫제 쓰고 드러누웠다니까. 맥이 풀려 사업이고 돈이고 다 귀찮대."

"알 만해, 네 목소리만 들어도. 그렇지만 어쩌겠니? 임의로 할 수 있는 노릇이 아니니 며느리한테도 행여 그런 내색 하지 마."

"왜 임의로 못 하니? 양수검사니 초음파검사니 아들 딸 미리 알 수 있는 방법이 얼마든지 있는데 제가 뭐 잘났다고 그런 것도 안 해보고 겁 없이 또 딸년을 덜컥 낳아놓느냐 말야. 시집을 우습게 봐도 분수가 있지!"

"아들 딸을 미리 알 수 있을지는 몰라도, 딸을 아들 만들 수는 없는 거라면 그거 안 해본 걸 나무랄 수는 없잖니."

"딸을 아들 만들지는 못해도 딸인 줄 알면 안 낳을 수는 얼마든지 있잖느냐 말야. 다들 그러려고 양수검사하지, 미리 궁금증이나 풀어보려고 하는 사람이 어딨니? 요새 애 떼는 게 무슨 큰일이라고."

"얘, 우리 피차 살 날이 창창한 것도 아닌 늘그막에 그런 하늘 무서운 소린 안 하도록 하자."

"넌 왜 꼭 나만 나무라려고 그러니? 우리 며늘애 걔가 보통 애 아닌 건 너도 알지?"

"그럼, 소문난 재원(才媛)이지. 외며느리 그만큼 보기 어렵다고 다들 얼마나 부러워했니."

"얘 얘, 듣기 싫다. 그건 다 옛날 고릿적 얘기고, 걔 콧대 세고, 시집 어려운 줄 모르는 고약한 성깔 말야."

"여직껏 잘 지내고서 지금 와서 그게 무슨 소리니? 성깔 때문에 딸을 낳은 것도 아니겠다."

"걔가 딸만 내리 둘 낳은 것 때문에만 내 속이 이렇게 상하겠니? 나도 말이다, 딸 낳으면 아들 낳는 날도 있겠지 마음 눙쳐먹고 기다릴 아량도 있는 시에미다 너. 근데 적반하장도 분수가 있지, 이번 애 뱄을 적부터 시부모 앞에서 고개를 꼿꼿이 세우고 한다는 소리가 '아들이고 딸이고 둘까지만 낳아보고 그만 낳을 테니 그런 줄 아세요' 글쎄 이러지 뭐니? 제가 남의 집 외며느리로 들어와서 그게 글쎄 할 소리니? 그래도 그때만 해도 속으로 필시 재가 양수검사라도 해서 아들 밴 걸 미리 알고 저렇게 큰소리치려니 하는 한 가닥 희망이 있었기에 나무라고 싶은 것을 꾹 참을 수가 있었는데, 딸년을 배고 시부모 앞에서 감히 그런 발칙한 소리를 한 생각을 하면 괘씸하고 분해서 미칠 지경이지 뭐니. 앞으로 그 고집을 어떻게 꺾어 또 아이를 갖게 할 것이며 억지로 하나를 더 갖게 한들 그게 아들이란 보장이 있는 것도 아니고…… 글쎄 이런 법도 있니? 외며느리 입에서 딸이라도 둘만 낳겠다는 소리가 감히 어떻게 나올 수가 있느냐 말야."

"애야, 좀 진정을 해. 세상이 그런 걸 어떡허니. 아들딸 가리지 말고 둘만 낳자가 둘도 많다로 변한 것도 몰라? 꼭 그대로 해야 된다는 법적 제약이 있는 건 아니지만 요즈음 젊은 부부라면 의당 인구문제를 모른 척할 순 없는 거 아니니? 내버려둬. 그애들 자녀의 수는 그애들 스스로 알아서 결정하게 내버려둬야지, 우리네 부모가 섣불리 나설 일이 아니라고 생각한다, 나는."

나는 꽤 조심스럽게 내 생각을 말했는데도 기가 팍 죽었던 친구의 목소리가 별안간 귀청이 째지게 날카로워졌다.

"넌, 넌 아들 하나 낳으려고 딸을 넷씩이나 낳았기에 내 이 속 타는 걸 알아줄 줄 알았더니 어쩜 그렇게 남 복장 찧을 소리만 골라서 하니. 나는 지금 우리 집안의 손이 끊길지도 모르는 중대한 고비를 맞아 미치고 환장을 할 지경인데 인구문제가 나하고 무슨 상관이야. 지는 아들 하나 낳으려고 딸을 넷씩이나 내리 낳은 주제에 누구한테 인구문제를 뒤집어씌우려고……"

이렇게 마구 지껄이더니 분에 못 이겨 전화를 끊고 마는 게 아닌가. 나의 오남매는 주시는 대로 낳을 수밖에 없었던 시대의 오남매일 뿐인데, 그중 딸 넷을 마치 막내로 아들 하나를 얻기 위한 네 번의 시행착오에 불과한 것으로 단정하는 친구의 말투가 어이없었지만 변명할 겨를도 없었고, 또 그러고 싶지도 않았다. 아무 데나 마구 싸움을 걸고 싶게 착란돼 있는 친구의 상태가 측은하기도 했지만 남자 여자 문제라면 더욱 갈피를 못 잡는 이 시대의 우리 의식의 갈등과 혼란이 한동안 나를 우울하게 했다. 다음날 그 친구로부터 전화가 왔다.

"오늘 나한테 시간 좀 내주지 않을래?"

"왜? 아들 딸 푸념 더 하고 싶어서? 미안하지만 사양하겠다."

"오늘 퇴원한다니까 한번 가봐야지 않겠니?"

"가보긴 가봐야 한다니, 누구 말야?"

"누군 누구야. 우리 잘난 며느리 말이지."

"그럼 여직껏 한 번도 안 가봤단 말이니? 그리고 퇴원한다니까 가봐야겠다니, 집으로 퇴원하는 거 아냐?"

"그 동안 가볼 기운이 어딨니? 밥 해먹을 기운도 없어서 정 배고프면 아무거나 한 그릇 시켜 먹으면서 산걸. 우리 영감도 오늘 겨우 출근했다. 그것도 나갈래 나간 게 아니라 사장님 아니면 안 되는 일이 있다고 야단법석들을 해서 마지못해 나간걸. 퇴원은 즈이 친정으로 하지 왜 우리집으로 하니? 그건 딸을 낳았대서가 아니야. 아들을 낳았어도 마찬가진데 다만 사돈집에서 면목이 있고 없고의 차이는 있겠지."

"딸이 딸을 낳으면 친정에서까지 면목이 없어야 하니?"

"그래, 그걸 몰라서 묻니? 그러니까 딸은 애물이고 어떡허든 아들은 있어야 한다는밖에."

"몰랐어. 모를 수밖에. 딸이 넷씩 되지만 다 아직 출가 전이잖니."

"그러니까 네가 세상물정 모르는 소리만 탕탕 해서 남의 기통을 터뜨려놓아도 내가 봐주는 거야. 하나만 출가를 시켜보렴. 어떤 맛인가. 딸 아들이 똑같단 생각이 하루아침에 회까닥 뒤집힐 테고, 내 섭섭한 심정도 이해가 될걸. 정말이야. 네가 몰라서 그러지 나 조금도 심한 시에미 아니다 너."

"알았어, 알았으니 용건이나 빨리 말해."

"병원에 같이 가보자구. 시간 있으면 말야."

"시간은 있지만 좀 우습다."

"뭐가?"

"축하가 될지 문병이 될지 모르지만 그런 걸 네 쪽에서 요청한다는 게 말야."

"혼자 가기가 암만 해도 어색해서 그래. 친정어머니도 와 있고 할 텐데 좋지 않은 기색 드러내기도 그렇고, 아무렇지도 않은 척할 자신도 없고 네가 중간에서 이쪽저쪽 위로도 좀 해주고 분위기를 좀 잡아주라. 친구 좋다는 게 뭐니?"

나는 내키지가 않았지만 승낙을 하고 말았다. 그쪽에서 청하지 않아도 가서 축하해줄 만한 사이였지만 축하가 아닌 심심한 위로를 해야 할 판이고 보니 우선 자신의 감정 처리가 문제였다. 한편 호기심도 없지 않아 있었다. 친구 며느리가 얼마나 당당한 여자라는 걸 잘 알고 있는 나는 그녀가 시어머니의 부당한 죄인 취급으로부터 어떻게 자신을 지키나, 또 사돈끼리는 그런 문제에 어떻게 대처하나, 좀 안된 얘기지만 구경해보고 싶었다.

우리는 K대학 부속병원 일층 엘리베이터 앞에서 만나기로 약속을 했는데 피차 어쩌나 시간을 잘 지켰던지 앞서거니 뒤서거니 거의 동시에 닿은 택시에서 나란히 내렸다. 친구는 생각보다 더 초췌하고 늙어 보였다.

"화장이라도 좀 하지 않구⋯⋯"

자기가 얼마나 속상하다는 걸 한껏 과장하려는 친구의 속셈을 은근히 경멸하면서 나는 이렇게 핀잔을 주었다. 그리고 조금 웃었다. 화장 타령은 친구가 나를 만날 때마다 하던 소리였기 때문이다. 친구는 웃지도 않고 대꾸도 안 하고 앞장섰다.

면회시간중의 신생아실 유리창엔 사람들이 다닥다닥 붙어 있었다. 미키마우스 그림이 붙은 쇼윈도 너머론 신생아실이 훤히 들여다보였지만 아기를 보여주는 간호사는 한 명밖에 없어서 차례로 잠깐씩만 보여주는 것 같았다. 자연히 감질이 난 가족들이 유리창에 잔뜩 얼굴을 갖다대고 저만치 소쿠리 같은 침대에서 새근새근 잠든 아기들 중에서 자기네 아기를 찾아내려고, 또는 방금 유리창 옆에서 선을 보이고 있는 남의 아기와 자기의 아기를 비교하려고 눈을 빛내고 있었다. 아기 아버지인 듯싶은 젊은 남자는 어찌나 유리창에 얼굴을 바싹 갖다댔는지 코가 짜부라져 바보같이 보였지만 눈빛만은 진지하고 심각했다.

"어쩜, 무슨 애가 저렇게 클까. 신생아 같지도 않네."

"글쎄 3.5킬로래. 저 눈 뜨고 두리번대는 것 좀 보게나."

"3.5킬로나요. 조그만 엄마가 어쩌면 저렇게 크게 낳았을까. 그것도 첫아들을. 형님, 앞으로 며느리한테 더 쩔쩔맬 테니 눈꼴시어서 어찌 보지."

"왜, 샘나나?"

나는 친구의 손녀는 어디쯤 누워 있나 찾는 것도 아니면서 그 큰 유리창 앞에서 멈칫대며 빙글대고 있었다. 참으로 즐거운 쇼윈도였다. 나는 새롭고 이상한 행복감이 스멀대며 전신에 퍼지는 걸 느꼈다.

"우리도 아기 먼저 보고 나서 산모 보러 가자."

나는 응석 부리듯이 친구에게 동의를 구했다.

"안 돼, 싫어."

친구가 단호하게 신생아실을 외면하고 입원실 쪽으로 앞장섰다. 나는 그 이상한 행복감에서 갑자기 깨어난 것도 아까웠지만 신생아실에 전혀 매혹당하지 않는 친구의 미욱스러움이 혐오스러워 거기까지 따라간 것을 후회했다. 무엇보다도 나는 곧 목격해야 할 지긋지긋하고도 잔혹한 대결이 두려워서 잠시라도 유예의 시간을 얻고 싶었던 것이다.

병실은 예상과는 달리 시끌시끌하고 명랑하게 들떠 있었다. 젊고 교양 있어 보이는 한 떼의 남녀가 산모의 침대를 에워싸고 주스 깡통으로 막 축배를 들려는 찰나였다. "득남을 축하하네." "첫아들이라니 짜식 혼런 깠잖아." "정말 장하십니다." "득남 턱은 언제 낼 건가." 그런 소리들이 어울려 축제 분위기가 한껏 고조돼 있었다.

"방을 잘못 알았나봐."

친구가 씹어뱉듯이 말하며 내 소매를 잡아끌었다. 나 역시 그렇게 생각하고 멈칫 돌아서려는데 초췌한 노부인이 울상을 하면서 친구를 가로막았다.

"사부인 나오셨습니까? 뵐 면목이 없습니다."

그 병실은 이인실이었던 것이다. 사태는 내가 예상했던 것보다 더욱 나빠질 게 뻔했다. 남이야 어찌 됐건 깡통을 서로 요란하게 부딪치고 난 득남 축하객들은 계속해서 떠들기 시작했다. "그 녀석 장군감이던데. 백날 아기만해." "몇킬로나 되나?" "3.8

킬로야. 아마 그 신생아실에선 우리 아들이 일등일걸.""이 친구 벌써부터 일등 바치는 것 좀 보게.""내가 뭐라던, 배가 두루뭉실한 게 아들 낳겠다고 안 하던?""그래도 우리 시어머니는 자꾸만 딸이라고 그러시잖니? 뭐 태점에 딸이라고 나왔다나.""그게 시어머니 곤조라는 거야.""그래도 제일 기뻐하시는 게 시어머니더라.""친정어머니가 더 기뻐하시는 거 아니니?""그건 기뻐하는 것하곤 다르지. 큰 근심 하나 덜어서 개운하신 것뿐이지." "하긴 우리 어머니도 내가 첫딸 낳고 두번째 아기 가졌을 때 어찌나 조바심을 하시는지 정말 못 봐주겠더라.""딸이 시집가서 아기 낳을 때까지 그렇게 속을 태워야 하니 딸이 애물일 수밖에.""정말 딸 낳을 건 아냐. 헛수고 중에도 그렇게 고약한 헛수고는 없을걸.""헛수고면 좋게. 헛수고는 아무것도 안 남는 거지, 딸이 왜 아무것도 안 남니? 딸이 또 딸 낳을까봐까지 전전긍긍해야 할 생각을 하면 악순환이야.""얘 그만 해두라. 남자들 좋아할라.""우린 똑똑히 들어두었습니다. 김선생님의 중대한 실언을.""제가 무슨 실언을 했다고 그러세요?""김선생님처럼 우리나라에서 알아주는 남녀평등주의자가 그런 보수적인 발언을 하시다니."

그들은 서로 잘 아는 사이인 듯 남자는 남자끼리 여자는 여자끼리 지껄이다가 이번엔 남녀가 공방전을 펼 낌새였다. 나도 김선생이라고 불리는 우리나라에서 알아주는 남녀평등주의자라는 여자를 눈여겨보았다. 그럴싸해서 그런지 신문이나 잡지 같은 데서 많이 본 듯싶은 얼굴이었다. 소위 명사가 하나 끼여 있다고 생각하니 그 명사와 흠허물 없이 지껄이는 그들이 모조리 어딘지 명사다운 데가 있어 보였다. 젊은 나이에 교양과 옹졸함이 너무 드러나 보이는 사람들이었다.

"있는 그대로의 현실을 말했을 뿐이에요. 현실을 외면하고 어떻게 주의나 운동이 있을 수가 있겠어요." "그렇지만 주의나 운동의 본뜻이 현실 개조에 있는 거라면 주의자가 앞장서서 그릇된 현실을 바로잡아야 하는 거 아닙니까?" "그런 면으론 이름난 여권운동자보다 간호사가 한 수 위더군. 아들은 아드님이에요 하고 딸은 공주님이에요 하니 말야." "자넨 모를걸세, 그 공주님이에요 소리를 처음 들었을 때, 아버지가 된 남자의 속이 얼마나 철썩 내려앉나를. 그 아찔한 실망을 모르면 가히 복 받은 남자라 할지어다." "어머머, 저 남자들 말하는 것 좀 봐." "남자들보다 김선생, 당신을 성토해야 할까봐. 당신 여권운동 거꾸로 하는 거 아냐? 우리 때만 해도 첫딸은 세간 밑천이라고 해서 그래도 대우를 해주었는데 요샌 어떻게 된 세상이 첫애 때부터 아들 아들 아들만 바치니." "어떡허든 남보다 앞서 가고 이겨야 된다는 경쟁사회적인 심리 아닐까?" "결국 아들은 이기는 거고 딸은 지는 거라는 남성 우위이구먼." "남성 우위라기보다는 경제성 우위 아닐까. 딸이 얼마나 손해라는 것은 길러본 사람 아니라도 다 아는 사실 아냐? 시집보낼 때 봐, 기둥 하나씩 빼가던 건 옛날 얘기고 네 기둥을 다 빼가니 말야. 집 한 채 값은 우습게 든다지, 아마."“설마.”“설마가 뭐야. 그야 집도 집 나름이긴 하지만 아무튼 호화주택에 살 만한 사람이면 호화주택 값이, 오막살이에 살면 오막살이 값이, 셋집에 살면 전세값만치는 들어야 딸 하나를 치우는 모양이니 경제제일주의 사회에서 손해가 내다보이는 게 환영 못 받는 건 당연하잖아.”“아무렴, 인간의 가치라는 게 별거야, 돈을 얼마나 벌 수 있느냐는 경제적 가치를 빼면 뭐 남을 게 있다구.”“어머머 그건 너무했잖아요, 윤선생님.”“뭐가 너무합니까. 탁 까놓고 말해서 우리가 일생 공부하고 노력해서 추구하는 게 뭡니까. 이상? 학문적 완성? 자기 성취? 그건 다 그럴듯한 속임수고 실상은 자신의 경제적 가치를 높이는 일 아닙니까? 난 미국 가서 전공까지 바꾸었습니다. 왠 줄 아시죠? 처음 전공 가지고 학위 따봤댔자 돌아와서 취직하기도 어려울 것 같아서였죠.”“남의 경사에 와서 왜 언성들을 높이고 야단일까.”“놔둬, 그것도 축하야. 절대로 취직이 보장 안 된 딸을 안 낳아 얼마나 다행이냐고 득남의 기쁨을 새삼스럽게 할 수 있잖아?”“정말 아들 낳기 잘했어.”“공주면 어쩔 뻔했니?”“아들이란 소리 들으니까 제일 먼저 떠오르는 생각이 다신 그 무서운 고생 안 해도 되겠다는 해방감이더라.” 산모가 응석이 섞인 소리로 말했다.

“그러니까 너도 딸이면 더 낳을 작정이었구나? 아들 딸 가리지 않고 하나 이상 절대로 안 낳는다고 큰소리 땅땅 치더니.”“마냥 낳겠다는 것보다 더 지독한 각오지, 아들 낳을 때까지는 낳아야겠다고 생각했으니.”“어쩜 남편이 외아들도 아닌데 그런 생각을 할 수가 있니?" "아들을 갖고 싶다는 건 본능 같은 거지 누가 시켜서 되는 거 아니잖아." "본능이자 남편에 대한 의무 아닙니까? 아들이 이렇게 좋은 건 줄은 나도 애아버지가 되기 전엔 미처 몰랐댔죠. 최상의 기쁨이에요. 아들이 소중한 나머지 내 몸 소중한 걸 알겠더라니까요. 습관적으로 차를 마구 몰다가도 아서라, 우리 아들을 위해 오래 살아야지, 이러면서 살살 몰면서 느끼는 벅찬 기쁨, 아내는 남편에게 그 정도의 기쁨은 선사할 의무가 있는 거 아닙니까?" "그만해두게. 징그럽네 징그러워. 젊은 사람이." "왜 샘나나?"

새로 아버지가 된 남자와 그의 친구가 여자들끼리처럼 서로 옆구리를 간질이며 킬킬댔다. 그제서야 비로소 내가 정작 문병 온 산모도 잊고 팔려 있던 그들의 화제에 구역질 같은 혐오감을 느꼈다. 친구의 며느리는 모포를 머리끝까지 뒤집어쓰고 누워 있었다. 늘 당당하고 쾌활한 태도에 어울리게 늘씬하고 볼륨 있는 그녀의 몸매를 알고 있는 나는 반쯤 침대 속으로 잦아든 것처럼 얄팍하게 위축된 모습에 가슴이 찡한 연민을 느꼈다.

"안녕하세요? 어머니께서 애 많이 쓰십니다. 산모는 어떻습니까? 미역국이나 잘 먹는지요."

나는 겨우 이렇게 뒤늦은 인사치레를 사돈한테 했다. 내 친구는 아직도 저쪽 이야기에 깊이 빠져 며느리는 아는 척도 안 하고 있었다. 친구의 표정이 폭풍 전야처럼 암울하고 험악했다. 산모를 보러 오기까지 가까스로 억제했던 분통이 그들의 철딱서니

없는 화제 때문에 다시 지글지글 끓어오르고 있음이 분명했다. 그들이 다시 한번 왁자지껄 목청 높고 과장된 축하인사를 남기고 한꺼번에 병실을 나갔다. 남자가 네 명, 여자가 세 명 도합 일곱 명의 축하객은 서로 나이뿐 아니라 풍기는 것도 엇비슷해서 동창이나 직장동료쯤 되는 관계로 보였다.

"뭐 저렇게 무식한 사람들이 다 있어요?"

나는 그 동안 안쓰럽도록 몸 둘 바를 모르고 쩔쩔매고 있는 사돈마님한테 위로 겸 이렇게 그쪽 흉을 봤다. 한 방 산모가 두번째 딸을 낳고 누워 있다는 걸 모르지 않을 텐데 첫아들 축하를 너무도 거침없이 대대적으로 하는 그들의 몰인정과 잔혹성을 나로서는 그렇게밖에 표현할 길이 없었다.

"무식하긴요. 다 이 대학 교수들일 텐데요. 아기아빠가 이 대학 공대 교수라니까요. 온종일 겪음내기로 저렇게들 드나든다니까요. 쟤나 나나 못 할 노릇이죠 뭐."

사돈마님이 쓰고 누운 딸한테 눈물이 그렁한 눈길을 보내며 한숨처럼 말했다.

"천하에 무식한 것들 같으니라구."

사돈마님은 극구 부정했지만 나는 계속해서 입 속으로 그들의 무식을 강조했다. 전엔 그렇게 생각한 바가 전혀 없었음에도 불구하고 그 자리에선 왠지 무식함과 잔혹함이 한치의 어긋남도 없는 동일한 것으로 여겨졌다. 산모의 어깻죽지가 세차게 흔들리는 게 모포 밖으로 여실히 드러났다. 그녀의 자존심이 죽자꾸나 억제하고 있으련만, 미미하지만 처절한 흐느낌도 밖으로 새어나오고 있었다.

친구의 눈길이 잠깐 이런 며느리의 모습을 스치고 나서 사돈마님을 똑바로 봤다. 험악하다 못해 살기가 등등한 눈빛이었다. 나는 앞으로 일어날 일에 지레 겁을 내며 원망스럽게 옆의 침대를 건너다보았다. 앞으로 일어날 일의 책임의 반 이상은 그쪽에 있다 싶었다. 그러나 방금 축하객을 전송하고 난 그쪽 산모는 나른하게 포만한 표정으로 머리맡의 가습기의 방향을 조절하고 나서 창 쪽으로 모로 누웠다. 이웃에 대한 철저한 무관심 때문에 그 여자는 일자무식보다 훨씬 더 답답해 보였다.

"쟤가 시에미 대접을 어찌 이리 할 수가 있습니까? 한 번쯤 쳐다봐도 제가 시에미 같은 건 안중에 없다는 걸 모를 내가 아닌데."

친구가 착 가라앉은 그러나 떨리는 소리로 사돈마님한테 이렇게 쓰고 드러누운 며느리를 나무랐다.

"저도 면목이 없어서 안 그럽니까. 잘 먹지도 않고 시시때때로 저렇게 울고 속을 끓이니 저애 꼴이 말이 아닙니다."

"아니죠, 쟤가 시에미 알기를 워낙 개떡같이 아는 앱니다. 벼르고 별러서 한마디 해도 어느 바람이 부나 하는 식이죠. 그러니 말해 뭘 하겠습니까. 그래도 이번 일만은 어른 된 입장에서 한마디 다짐을 받고 넘어가야겠다 싶어 이렇게 왔더니만 바로 내가 하고 싶은 말을 아까 그 사람들이 다 해주지 뭡니까? 저도 귀가 있으니까 들었겠죠. 더 보태지도 덜지도 않을 테니 그 사람들한테서 들은 소리를 고스란히 명심하고 있으라 이르세요. 나 절대로 심한 시에미 아닙니다. 이번에 또 딸 낳은 것 가지고 뭐라지 않아요. 이 친구는 딸을 넷 낳고 기어이 아들을 낳았답니다. 딸둘이 흉 될 것 하나 없어요. 그렇지만 남의 집 대를 끊어놓겠다는 걸 어떻게 가만히 보고만 있습니까. 그건 안 될 말이죠. 부처님 가운데 토막도 눈을 부라릴 일입니다. 알아들으셨죠, 사돈마님? 더 긴 말은 안 하겠어요. 아까 그 사람들이 내 속에 들어갔다 나온 것처럼 내 하고 싶은 말 다 해줬으니까. 그 사람들처럼 젊고 교양 있는 사람들이 그렇게 말했으니 이 시에미 생각을 덮어놓고 구닥다리 낡은 생각으로 치지도외하지는 못하겠죠. 이만 가보겠습니다. 지가 시에미 꼴 안 보려고 흉물을 떨고 있는데 시에미라고 제 꼴 보고 싶겠습니까? 얘, 가자."

친구가 서슬이 퍼렇게 말하고 나서 내 소매를 잡아끌었다.

"이대로 가면 어떡허니? 안 오니만도 못하게."

나는 친구 눈치를 봐가며 모포 위로 슬며시 산모의 어깨를 잡았다. 격렬한 떨림이 손아귀에 닿자마자 나는 미리 준비한 축하와 위로를 겸한 인사말을 까먹고 말았다.

"가자니까, 시에미 우습게 아는 게 시에미 친군들 안중에 있을라구."

친구는 내 등을 떠다밀다시피 해서 먼저 문 밖으로 내쫓고 따라 나왔다. 뒤쫓아 나온 사돈마님은 참회하는 죄인보다 더 기운없이 고개를 떨구고 파리한 입술을 간신히 들먹여 면목 없다는 소리만 되풀이했다.

면회시간이 끝나갈 무렵의 부속병원 택시 정류장은 들어오는 차는 드물고 기다리는 손님은 밀려 끝이 보이지 않게 긴 줄을 이루고 있었다. K대학 본부로 넘어가는 고갯길가엔 앵도꽃인지, 키 작은 나무에 흰 꽃이 만발해 먼먼 한적하고 평화로운 마을로 이어진 듯한 착각을 일으켰다. 그 환상적인 길을 뒤통수가 준수한 청년이 환자복을 입은 소녀가 탄 휠체어를 천천히 밀면서 거닐고 있었다. 소녀적에 가졌던 병이니 입원이니 하는 것에 대한 감미로운 동경이 아련하게 되살아났다. 그들이 고개를 넘어 보이지 않자 아름다운 환각에서 깨어난 것처럼 정신이 아뜩하면서 속이 메슥거렸다. 친구의 희끗희끗하고 부스스한 파마머리와의 간격을 바싹바싹 좁혀가며 택시를 기다리는 일이 별안간 참을 수 없이 고역스럽게 여겨졌다. 정문까지의 비스듬하고 드넓은 잔디밭은 아직은 군데군데만 파릇파릇했다. 유난히 파란 부분은 곧 구박받고 제거당할 토끼풀 무더기인지도 몰랐다. 거기 삼삼오오 모여앉은 흰 가운의 젊은이들의 머리카락이 미풍에 나부끼는 게 참으로 보기 좋았다.

"저기서 좀 쉬었다 가지 않을래?"

나는 미풍처럼 친구의 귓전에 속삭였다. 딴 뜻은 없었다. 그냥 쉬고 싶었고 바람이 허락한다면 희끗희끗한 머리나마 나부껴보고 싶었다. 나는 친구의 동의를 기다릴 것 없이 그 지루한 기다림의 행렬에서 이탈했다. 친구도 순순히 뒤따라왔다. 우리는 누

가 야단칠까봐 감히 잔디밭에 들어가지 못하고 가장자리에 걸터
앉았다. 할 말을 다 한 친구도 그닥 유쾌해 보이지 않았다. 그러
나 사나워 보였다. 요즈음 아이들은 생명에 대한 존엄성을 모르
거든. 점점 미워져가는 요즈음 아이들을 보면서 한탄하던 상투
어가 밑도끝도없이 문득 생각났다.

"무슨 말이든지 좀 해봐."

친구가 사나움이 많이 가신 목소리로 말했다. 아마 나의 말없
음을 자신에 대한 비난으로 받아들인 모양이다. 무슨 말이든지?
나는 친구의 말을 속으로 되뇌면서 불쑥 하고 싶은 얘기가 생각
났다. 그 이야기는 내가 살아온 이야기 중의 한 토막이어서 당연
히 시시할 수밖에 없었고 친구도 대강은 다 아는 이야기였다. 그
럼에도 불구하고 나는 그 시시한 이야기 속에 우리가 이 세상을
살아가며 허구한 날 맺는 온당한 인연, 온당치 못한 인연이 훗날
무엇이 되어 돌아오나를 풀 수 있는 암시 같은 게 들어 있는 것
처럼 느꼈다. 아니 그렇게 복잡한 까닭이 아닌지도 몰랐다. 나는
친구에게 그저 겁을 주고 싶었다. 친구가 이 세상에 두려운 거라
곤 없는 것처럼 구는 게 견딜 수가 없었다. 나는 마치 아이에게
겁을 주기 위해 손가락으로 제 입을 찢고 제 눈을 까뒤집어 도깨
비 형상을 만들듯이 과장법을 써야겠다고 마음먹었다. 그렇게
해봤댔자 이 겁 없는 친구가 무서움을 타게 되리란 보장은 물론
없었다. 그러나 생각만으로 미리 즐거웠다.

내가 시집갈 때, 신랑이 하필 과부의 외아들이라고 해서 친정

에선 참 걱정들을 많이 했다. 그러나 나는 그 과부 시어머니를 처음 뵈었을 때부터 싫지가 않았다. 친정어머니는 신식 학력은 없었지만 아는 것이 많으셨다. 한글은 물론 한학에도 조예가 깊으셨고 어쩌다 하루 신문이 안 오면 신문사에 전화를 걸어 호통을 치실 만큼 세상 돌아가는 일에도 관심이 많으셨다. 지식욕이 강한 사람이 흔히 그렇듯이 어머니도 꼬치꼬치 따지길 좋아했고, 꼬치꼬치 따질 대상이 집안일과 자식들 일밖에 없는지라 당하는 자식들은 피곤할밖에 없었다. 그래 그런지 친정어머니가 지닌 일종의 지적인 분위기가 빠진 어수룩한 시어머니에게 나는 단박 호감을 느꼈다. 편하게 시집살이 할 수 있을 것 같은 확실한 예감이 왔다. 이모나 고모들은 예로부터 전해내려오는 갖은 해괴망측한 외아들의 홀시어머니 노릇을 수집해다가 나를 위협했지만 내 마음은 변하지 않았다. 어머니는 워낙 똑똑한 분이라 말려봤댔자 소용없다는 걸 미리 알고 계셨는지 그것도 네 팔자지 하는 태도로 일관했다. 어머니는 그런 분이셨다. 나는 어려서 등잔불을 만지고 싶어 안달을 했다고 한다. 식구들은 다 그런 나를 등잔불로부터 멀리 떼어놓으려고 조심했지만 어머니는 어린 내가 등잔불을 만져볼 수 있도록 도와줌으로써 불이 얼마나 뜨겁다는 걸 체험하게 해 그 버릇을 고쳤다는 걸 자랑스럽게 말씀하시곤 했다.

시어머님은 내 관상이 적중해 나는 마음 편히 시집살이를 할 수가 있었다. 실상 시집살이랄 것도 없었다. 나는 두 살 터울로 아이를 다섯씩이나 낳았지만 젖만 먹였다뿐 기른 건 시어머님이셨다. 그때만 해도 식모가 흔할 때여서 우리도 식모를 두고 살았지만 그분은 식모에게 절대로 기저귀를 빨리거나 아이를 업히는 법이 없었다. 왜 내 천금 같은 손자 똥을 남이 더러워하고 찡그리게 하느냐는 것이었다. 업히는 것도 질색이었다. 업고 갈 데 안 갈 데 가는 것도 싫지만 혹시 아기를 떨어뜨리거나 부딪혀도 안 그랬던 척 속일지도 모른다는 거였다. 젖만 떨어지면 데리고 자는 것도 그분의 일이었다. 아이가 에미 애비하고 한 방 쓰면 아이에게도 부모에게도 이로울 게 하나도 없다는 게 그분의 생각이었다. 그분은 한글도 제대로 해독을 못 했다. 한때 언문은 깨쳤었지만 써먹을 데가 없다보니 거의 다 잊어버리고 말았다는 것이었다. 깨친 글도 써먹을 바를 모를 만치 지적인 호기심이 결여된 분이었지만 자기 나름의 확고한 사랑법을 가지고 있었다.

그분은 안방을 쓰고 우리는 건넌방을 썼었는데 작은 집이라 귀를 기울이면 그분이 칭얼대는 손자를 잠재우려고 토닥거리는 소리와 함께 나직하고 그윽한 자장가 소리를 들을 수 있었다.

자장 자장 우리 아기, 잘도 잔다 우리 아기, 금자동아 은자동아, 금을 주면 너를 사랴, 은을 주면 너를 사랴, 자장 자장 우리 아기, 잘도 잔다 우리 아기, 멍멍 개야 짖지 마라, 꼬꼬 닭아 우지 마라, 우리 아기 잠을 잔다.

그분의 자장가를 듣고 있노라면 나도 착하고 무구(無垢)한 아기가 되어 너그럽고 큰 손에 안겨 온갖 세상 시름과 악으로부터 보호받고 있는 듯한 편안감에 잠기곤 했다. 고모나 이모한테서 들은 해괴한 홀시어머니 노릇이란 거의가 아들의 침실을 엿본다든가 아들을 데리고 자고 싶어한다든가 하는 다분히 성적인 거여서 신혼 초엔 내 쪽에서 문득 침실 밖을 살피기도 했었다. 강박관념에서라기보다는 일종의 호기심이었다. 그러나 그런 일은 처음부터 일어나지 않았고, 앞으로 일어날 가망도 없었다. 그렇게 서로 구순하고 편안하게, 서로 사랑한달 순 없어도 자꾸만 늘어나는 새 식구를 더불어 사랑하고 예뻐 어쩔 줄을 모르면서 어느새 그분은 일흔 고개의 정상에, 나는 마흔 고개의 정상에 다다랐으니 말이다. 일흔다섯까지도 그분은 정정해서 손자들 도시락 찬을 챙기고 싶어했고, 입시가 있을 때마다 절에 가서 천 번이나 절을 하고 그 생색을 내고 싶어했고, 증손자 볼 때까지 살고 싶다는 생의 의욕에 충만해 있었다. 좀 지나치리만치 건강하시어 고혈압으로 쓰러지실 때까지도 우리는 그분의 혈압이 높다는 것도 모르고 있었다. 반신불수가 될 것 같다는 우려와는 달리 그분은 얼굴이 약간 비뚤어졌을 뿐 신속하게 건강을 회복했다. 식욕은 더욱 왕성해졌고, 목소리는 더욱 쨍쨍해졌고 아침잠은 더욱 엷어졌다. 나는 일흔다섯 살의 이런 정력적인 재기를 경탄해 마지않았지만 때때로 배은망덕하게도 부담스러워하기도 했던 것 같다. 우리 시어머님은 아마 백 살은 사실 거예요, 이러면서 입술을 삐죽댔으니 말이다.

그분의 망가진 부분이 육신보다는 정신이었다는 걸 알아차린 건 그후였다. 우리는 그걸 서서히 알아차리게 됐다. 처음엔 아이들 이름을 헷갈려 부르는 정도였다. 노인들이 흔히 그러는 걸 봐온지라 대수롭지 않게 알았다. 그러나 바로 가르쳐드려도 믿지를 않고 한사코 자기가 옳다고 주장하는 건 묘하게 신경에 거슬렸다. 숫제 치지도외하기로 했다. 어쩌면 나는 그걸 기화로 그때까지도 그분이 한사코 움켜쥐고 있던 살림 권리를 빼앗을 수 있어서 은근히 기뻤는지도 모르겠다. 그러니까 그분의 노망을 근심하는 소리는 집 안에서보다 집 밖에서 먼저 났다. 오랜만에 고모님을 뵈러 온 당신 조카한테 당신 누구요? 하며 낯선 얼굴을 해서 조카를 당황하게 하더니 어찌어찌해서 그가 조카라는 걸 알아보고 나서 아이가 몇이냐고 물었다. 아들이 둘이라고 하자 아이구 대견해라 일찌거니 농사 잘 지었구나라고 정상적인 대답을 했다. 그러나 곧 똑같은 질문을 하고 똑같은 덕담을 했다. 똑같은 질문은 한없이 되풀이됐다. 그는 내가 애써 차려준 점심을 뜨는 둥 마는 둥 진저리를 치며 달아나버렸다. 그렇게 해서 그분이 노망났다는 소문은 그분의 친정 쪽으로부터 먼저 퍼졌다.

집에서도 같은 말의 되풀이가 점점 심해졌다. 그 대신 그분의 주된 관심사에서 제외된 어휘는 급속도로 잊혀지는 것 같았다. 쌀 씻어놓았냐? 빨래 걷었냐? 장독 덮었냐? 빗장 걸었냐? 등 주로 의식주에 관한 기본적인 관심이 온종일 되풀이되는 대화 내용이었다. 하루 이틀도 아니고 허구한 날 같은 말에 같은 대꾸를 해야 된다는 것도 쉬운 일은 아니었다. 더구나 그 빈도가 하루하

루 잦아지고 있었다. "쌀 씻어놓았냐?" "네." "쌀 씻어놓아라. 저
녁때 다 됐다." "네, 씻어놓았다니까요." "쌀 씻어놓았냐?" "씻
어놓았대두요." "쌀 씻어놓았냐?" "쌀 안 씻어놓으면 밥 못 할
까 봐 그러세요. 진지 안 굶길 테니 제발 조용히 좀 계세요." 이
렇게 짜증이 나게 마련이었다. 그렇다고 그 줄기찬 바보 같은 질
문이 조금이라도 뜸해지거나 위축되는 것도 아니었다. 남들은
몇 년씩 똥오줌 싸는 노인도 있는데 그만하면 곱게 난 망령이라
고 나를 위로했지만 나는 온종일 달달 볶이고 있는 것처럼 신경
이 피로했다. 차라리 똥오줌 치는 게 온종일 같은 말 대꾸하는
것보다 덜 지겨울 것 같았다.

사태는 점점 더 나빠졌다. 언제부터인지 우리 방 문 창호지에
손가락에 침 묻혀 뚫은 것 같은 구멍이 하나 둘 생겨났다. 어느
날 밤, 인기척도 같고 야기(夜氣)와도 같은 섬뜩한 느낌에 깬 나
는 그 구멍에서 음험하게 반짝이는 눈빛을 보았다. 시집오기 전
고모와 이모한테서 들은 해괴망측한 외아들의 홀시어머니 노릇
을 이 나이에 당할 줄이야. 억압된 성(性)이 얼마나 무서운 화근
이라는 걸 어설프게 얻어들은 프로이트까지 떠올리며 재확인한
것처럼 느꼈다. 그렇다고 그분의 소싯적의 불행과 고독을 손톱
만큼이라도 동정할 수 있었던 것은 아니다. 오직 소름이 끼치게
혐오스러울 뿐이었다. 우리 부부는 이미 누가 침실을 엿본다고
해서 우리 자신의 성적 불만이 축적될 만큼 젊지가 않았다. 그러
나 그분이 징그럽고 혐오스러운 것은 성적 불만보다 더 참기가

234

힘들었다. 때때로 혐오감이 고조될 땐 살의를 방불케 해 섬뜩한 전율을 느끼곤 했다. 이런 정서적인 불균형을 은폐하고, 아이들 앞에서나 이웃이나 친척 보기에 여전히 좋은 며느리처럼 보이려니 여간 힘이 들지 않았다. 나는 점점 못쓰게 돼갔고 때로는 자신의 몸과 마음이 망가져가는 걸 즐기기도 했다. 저 늙은이가 저렇게 며느리를 못살게 굴다가 필시 며느리를 앞세우고 말걸. 두고 보라지. 이렇게 악담을 함으로써 복수의 쾌감 같은 걸 느꼈다. 그러나 그건 어디까지나 내 비밀스러운 속마음일 뿐 겉으론 음전한 효부 노릇을 해야 했으므로 나는 어느 틈에 신경안정제를 상습적으로 복용하고 있었다. 그러나 그 음험하고 초롱초롱한 눈동자는 문 밖에만 머물러 있으려 하지 않았다. 언제고 문안에 들어오려고 호시탐탐 노리고 있다는 걸 나도 알고 있었다. 어느 날 밤, 화장실에 가려고 미닫이를 열던 남편이 억 소리를 지르며 주춤했다. 그때까지도 우리의 침실을 지키고 있는 밤눈이 있다는 걸 모르고 있던 남편이 흰머리를 산발하고 내복 바람으로 문 밖에서 떨고 있는 귀신 같은 노인을 보고 비명을 지른 건 당연했다. 그러나 그 다음에 놀란 건 오히려 나였다. 시어머님은 기다리고 있었다는 듯이 밤눈에도 반짝반짝 빛나는 놋요강을 남편한테 내밀면서 말했다.

"내 이럴 줄 알고 요강을 닦아놓았느니라. 요강을 놓아두고 뭣하러 그 먼 뒷간에 가냐 가길. 감기 들려고."

남편이 반짝거리는 놋요강에 소피 보는 소리를 들으며 나는 이불을 뒤집어쓰고 오래도록 진저리를 쳤다. 화장실이 시골집처럼 멀달 순 없어도 구옥이라 마루를 지나 댓돌을 내려서 대문간까지 나가야 있었다. 그러나 나는 요강은 야만적이라고 시집올 때 해온 놋요강을 마루 밑에 처박아두고 쓰지 않았다. 남편이나 나나 밤중에 화장실에 가는 일은 어쩌다나 있었으므로 조금도 불편한 줄 몰랐다. 아마 이사를 한 대도 그 요강이 거기 있는 걸 잊어버렸을 테고 생각났다고 해도 버리고 떠났을 것이다. 그런 요강을 언제 어떻게 꺼내서 무슨 생각과 무슨 기운으로 그렇게 반짝반짝 광을 냈을까? 나는 진저리를 치다가 기어코 몸부림을 치면서 울기 시작했다. 뭔가 견딜 수가 없어서 미칠 것 같았다. 자신이 미쳐가고 있다는 것을, 정신에도 미친 세포가 있어 정상적인 온당한 세포를 마구 잡아먹고 마침내 그 질서를 증오와 광란의 도가니로 만들어가고 있음을 역력히 감지한다는 것은 무서운 일이었다. 오밤중에 그런 일이 있은 다음날부터 시어머님은 큰 구실이 하나 생긴 셈이었다. 아침 일찍 우리 방으로 건너와 요강을 내가고 밤이 이슥해 어리어리 잠이 들 만하면 요강을 받쳐들고 와서 머리맡에 놓고 나갔다. 우리 부부는 이상하게도 그날부터 밤오줌을 누기 시작했다. 나도 남편이 잠들었건 말건 궁둥이를 허옇게 까고 놋요강에다 사뭇 요란스럽게 방뇨를 했다. 행여 그 일을 누구한테 빼앗길세라 첫새벽에 요강을 비우러 들어올 때나 이슥한 밤에 요강을 들고 들어올 때의 그분의 표정은 아무도 흉내낼 수 없을 만치 특이했다. 가장 신령스러운 일에 영혼이 부림을 당하고 있는 무당처럼 요괴스러워 보이기도 하고 자기 아니면 안 되는 일에 헌신한다고 생각하는 독재자처럼 고집스럽고 당당해 보이기도 했다. 나는 내가 숨쉬기 위해 매일 밤 그분을 죽였다. 밝은 날엔 간밤의 내 잔인한 소망을 부끄러워했지만 내 잔인한 소망은 매일 밤 살쪄갔다. 그 기운을 조금이라도 죽일 수 있는 방법은 신경안정제밖에 없었다. 은밀히 먹던 그 약을 남편 앞에서 당당히 입에 털어넣었고 분량도 여봐란듯이 늘려갔다. 그가 약을 빼앗으려는 시늉을 하면 마귀처럼 무섭게 이를 갈며 덤볐다.

"괜히 이러지 말아요. 이 약 없으면 내가 당신 어머니를 죽일 거예요. 그래도 좋아요? 그것보다는 당신 어머니가 나를 죽이는 게 나을걸요. 그게 낫다는 걸 알기 때문에 이 약을 먹는단 말예요. 이래도 당신 말릴 수 있어요?"

요강을 계기로 시작된 시어머님의 우리 방 밤출입은 그 빈도가 점점 잦아졌다. 문 창호지 구멍으로 엿보다가 미풍처럼 가볍게 문을 열고 들어와 머리맡에서 속삭였다.

"아범 대문 빗장 걸었나?" "어멈아, 아범 자리끼 떠다놨냐?" 이렇게 하찮은 걸 물어보기도 하고 방이 차서 발을 녹이러 왔다고 요 밑에다 하얀 맨발을 넣으며 부르르 진저리를 치기도 했다.

"그럴 리가 있습니까? 안방이 제일 외풍 없는 방이고 연탄불이 괄던데요."

참다 못해 이렇게 말하면 내가 거짓말시켰나 가보자고 굳이 우리 두 사람을 다 끌어내어 당신 방 요 밑을 만져보게 했다. 절절 끓어도 소용이 없었다.

"아범 봤지? 냉골이지? 내가 얼마나 서러운 세상 산다는 걸 아범도 이제 알았지? 세상에 이런 법은 없는 게야. 젊으나 젊은 것들은 절절 끓는 방에서 자고 외로운 홀시에민 냉골로 혼자 내치다니."

이러면서 앙상한 몸을 돌돌 말아 일으켜세운 양 무릎 사이에 산발한 머리를 파묻고 홀쩍홀쩍 울었다. 그런 그분의 모습은 늙었다기보다는 열서너 살 먹은 소녀처럼 미숙해 보여 남편의 얼굴엔 비통한 연민이 어렸다.

"왜 이러세요, 어머니! 절 봐서라도 망령 좀 그만 부리세요. 네, 어머니!"

그러나 내 눈엔 그분의 그런 짓이 평범한 망령으로 보이지 않았다. 빌어먹을 프로이트 때문인지 성적인 연상을 하고 내 속에 또하나의 지옥을 만들었다. 그분은 점점 더 자주 우리 방으로 야행을 하였다. 당신 방으로 아들을 불러냈다. "아범, 추워 죽겠어. 정말이야, 냉골이라니까. 늙은이 얼어 죽는 꼴 안 보려면 한 번만 와서 만져봐." "아범, 나 배고파 죽겠어. 어멈이 나를 굶겨. 정말이야, 배가 등갓에 붙었어. 와서 한 번만 만져보라니까." 이렇게 새록새록 구실을 만들어냈다. 구실만 새로워지는 게 아니라 망령 노릇도 새록새록 새로워졌다. 겨울에서 봄이 되어도 엷은 옷으로 갈아입기를 한사코 마다고, 가을에서 겨울로 접어들어도

238

두터운 옷으로 갈아입히기가 며칠은 걸릴 만큼 힘든 일이 되었다. 그런 증세가 점점 심해져 옷 자체를 안 갈아입으려 들어 어쩔 수 없이 강제로 내복을 갈아입히려면 동네가 떠나가게 비명을 지를 만큼 망령은 날로 심해졌다. 갈아입기를 싫어하고부터는 씻지도 않았다. 목욕을 시키기는 갈아입히기보다 더 힘이 들었다. 순순히 몸을 맡겨도 애정이 없는 분의 속살을 만진다는 건 극기를 요하는 일인데 길길이 뛰며 마다는 걸 씻길 엄두가 나지 않았다. 그분이 정성과 힘을 다해 하루도 빠지지 않고 닦아주는 건 오로지 아들의 놋요강밖에 없었다.

이렇게 나는 구원의 가망이 조금도 안 보이는 지옥을 살면서도 아이들이나 친척과 이웃들에겐 여전히 무던하고 참을성 있는 효부로 보이길 바랐다. 내가 양다리를 걸친 두 세계 사이의 심한 격차로 미구에 자신이 분열되고 말 것을 번연히 알면서도 나는 나의 이중성에 악착같이 집착했다. 어쩌면 나는 내가 처한 고통으로부터 벗어날 수 있는 길이 자신의 분열밖에 없다는 자포자기한 생각을 하고 있었는지도 모른다.

그 무렵 집에 드나들던 파출부가 어느 날 나한테 이런 소리를 했다.

"세상 사람들이 눈이 멀어도 분수가 있지. 왜 사모님 같은 분을 효부 표창에서 빠뜨리느냐 말예요. 별거 아닌 사람들이 다 효자 효녀 효부라고 신문에 나고 상금도 타던데."

그 여자가 순진하게 분개하는 소리를 들으며 나는 나의 완벽한 위선에 절망했다. 나는 막다른 골목에 쫓긴 도둑이 살의를 품고 돌아서듯이 그 여자에게 돌아서서 무서운 얼굴로 말했다.

"오늘 우리 어머님 목욕을 좀 시키고 싶은데 아줌마가 좀 도와 줘야겠어요."

"그럼은요, 도와드리고말고요."

"목욕탕에 물 받으세요."

나는 벌써부터 내 속에서 증오와 절망적인 쾌감이 지글지글 끓어오르는 걸 느끼고 있었다. 아줌마 보는 앞에서 시어머님의 옷부터 벗기기 시작했다. 조금도 인정사정 두지 않고 거칠게 함부로 다루었다. 목욕 한번 시키려면 아이들까지 온 집안 식구가 총동원되어 좋은 말로 어르고 달래가며 아무리 참을성 있고 부드럽게 다루다가도 종당엔 다소 폭력적으로 굴어야 겨우 그게 가능했다. 그러나 이번엔 처음부터 폭력적으로 다루기로 작정하고 있었다. 그분도 내 살기등등한 태도에 뭔가 심상치 않은 걸 느끼고 그 어느 때보다도 심한 반항을 했다. 믿을 수 없을 만큼 강한 힘으로 저항했지만 나 역시 거침없이 증오를 드러내니까 힘이 무럭무럭 솟았다. 옷 한 가지를 벗겨낼 때마다 살갗을 벗겨 내는 것처럼 절절한 비명을 질렀다. 보다 못한 아줌마가 제발 그만 해두라고 애걸했다. 알지 못하면 가만있어요. 이 늙은이는 이렇게 해야 돼요. 나는 씨근대며 말했다. 그리고 아줌마도 내 일을 도울 것을 명령했다. 노인은 겁에 질려 목쉰 소리로 갓난아기처럼 울었다. 발가벗긴 노인을 반짝 들어다 탕 속에 집어넣고 다짜고짜 때를 밀기 시작했다. 나 죽는다, 나 죽어. 저년이 나 죽인다. 노인이 온 동네가 떠나가게 비명을 질렀다. 나는 그러면 그럴수록 더 모질게 때를 밀었다.

"너무하세요. 그렇게 아프게 밀 게 뭐 있어요?"

아줌마가 노인 편을 들었다. 그녀는 이제 아무 도움도 안 됐다. 혼비백산한 얼굴로 구경만 했다.

"알지 못하면 가만하나 있으라니까요. 아무리 살살 밀어도 죽는 시늉 할 게 뻔해요."

골치가 빠개질 듯이 띵하고 귀에서 잉잉 소리가 났다. 나는 남의 일처럼 내가 미쳐가고 있다고 생각했다. 골 속에 아니 온몸에 가득 찬 건 증오뿐이었다. 그런데도 나는 자꾸자꾸 증오를 불어넣고 있었다. 마치 터뜨릴 작정하고 고무풍선을 불듯이. 자신이 고무풍선이 된 것처럼 파멸 직전의 고통과 절정의 쾌감을 동시에 느끼고 있었다. 별안간 아찔하면서 온몸에서 힘이 쭉 빠졌다. 그런 중에도 나는 냉혹한 미소를 잃지 않았다. 이래도 나를 효부라고 할 테냐고 묻고 싶었다.

그날 이후 나는 몸져누웠다. 파출부도 다시는 우리집에 오지 않았다. 몸살에 신경안정제의 후유증까지 겹쳐 정신과 치료까지 받지 않으면 안 되었다. 집안 꼴이 엉망이 되었다. 정신과 의사도 그런 귀띔을 했지만, 시어머님을 한동안 어디로 보낼 수 있었으면 하는 논의가 본격화된 것은 그분의 친정 조카들로부터였다. 그런 분을 잠시라도 맡아줄 만한 아들이나 딸이 또 있는 것도 아니니까 입원을 일단 생각해보았던 것 같다. 그러나 그때만 해도 의료보험제도는 없을 때고 쉬 나을 병도 아니고 아직도 몇 년을 더 사실지 모르게 몸은 정정하시니, 우리가 부자가 아니란 걸 아는 그들이 비용 문제를 생각 안 할 수가 없었으리라. 달리 여기저기 수소문해본 끝에 양로원과 정신 치료를 겸한 수용기관 이 꽤 있다는 걸 알아내서 우리에게 권했다. 물론 유료였고 그게 그닥 싸달 수 없는 상당한 액수인 게 되레 우리를 솔깃하게 했 다. 경치 좋고 공기 좋은 한적한 시골 정갈한 거처에서 비슷한 처지끼리 가벼운 운동과 이런저런 이야기로 소일하며 적절한 치 료도 받을 수 있는 노인들의 천국이 꼭 있을 것 같았다. 우리는 물론 자주 면회를 갈 테고 또 자주 그분을 가정으로 초대할 테 고, 상태를 봐가며 퇴원도 시킬 수 있으리라. 이런 꿈을 꾸며 남 편이 직접 일요일마다 그런 수용기관 중 시설이 괜찮다고 소문 난 데를 찾아나섰다. 그러나 번번이 기대에 어긋나는지 남편은 일요일마다 초주검이 돼서 돌아왔다. 어떻더냐고 캐물으면 몬도 가네야 몬도가네, 하는 대답이 고작이었다. 남편이 노인들의 천 국을 단념하고 나도 십자가를 다시 질 만큼 건강을 회복해갈 무 렵 역시 시어머님의 친정 쪽에서 스님이 하는 아주 좋은 수용기 관이 있다는 소문을 들었다고 일러주었다. 왠지 남편이 또 솔깃 해했다.

"불교 쪽보다는 기독교 쪽에서 하는 기관이 안 낫겠어요?"

"그건 또 왜?"

"그냥요, 기독교 계통이 학교도 더 많이 짓고 경영도 더 잘하는 것 같아서요."

나는 약간 근거가 희박한 소리를 했다.

"모르는 소리 말아요. 여직껏 내가 다녀온 데가 다 무슨 기도원 이름이 붙은 덴데 망령난 노인이나 정신병자를 다 함께 마귀 들린 걸로 취급하면서 마귀 쫓는 기도를 하는데, 마귀 쫓는 기도가 왜 꼭 마귀 목소리처럼 소름이 끼치던지……"

처음으로 남편한테서 그런 기관에 대한 구체적인 얘기를 들은 셈이었다.

"시설은 어때요? 살 만해요? 주위 환경은요?"

"그렇게 궁금하면 같이 가볼래? 우리가 무슨 일을 저지르려는지 당신도 어차피 알아야 할 테니까."

이렇게 해서 오랜만에 동부인해서 기차를 탔고, 완행열차나서는 작은 역에서 내린 우리는 다시 버스를 타고 포장 안 된 시골길을 한 시간이나 달렸다. 기도원 대신 무슨 암자라는 이름이 붙은 그곳은 거기서도 한참을 더 가야 한다고 했다. 마침 가을이었다. 논에서는 벼가 누렇게 익어가고 경운기가 겨우 다닐 정도의 소롯가엔 코스모스가 한창 보기 좋게 끝도 없이 피어 있었다. 우선 코스모스 길을 말없이 타박타박 걸었다. 남편이 윗도리를 벗어들었다. 알맞은 기온인데도 그의 와이셔츠 등허리에 동그랗게 땀이 배어 있는 게 보였다. 나도 괜히 진땀이 났다. 조그만 마을이 나타났다. 마을 어귀엔 구멍가게도 있었다. 구멍가게 좌판엔 비닐통에 든 부연 막걸리와 라면이 진열돼 있을 뿐 주인은 보이지 않았다. 남편이 그 앞에서 걸음을 멈추었다. 그의 얼굴엔 막걸리가 먹고 싶다고 씌어 있었다. 나는 너그럽게 웃었지만 속으론 까닭 없이 낭패스러웠다. 남편이 좌판에 털썩 주저앉았다. 그리고 주인도 찾지 않고 막걸리병 마개를 비틀었다. 등허리뿐 아니라 이마에도 번드르르 땀이 배어 있었다. 서늘한 미풍이 숲을 이루다시피 한 길가의 코스모스를 잠시도 가만 놔두지 않았다. 색색가지 꽃이 오색의 나비떼처럼 하늘댔다. 쾌적한 날씨였다. 그런데도 우린 둘 다 달군 프라이팬에 들볶이고 있는 것처럼 안절부절을 못했다. 막걸리를 병째 마시는 그가 조금도 호방해 보이지 않고 조바심만이 더욱 드러나 보이는 걸 나는 쓰라린 마음으로 곁눈질했다.

"라면이라도 하나 끓여달랠까요?"

"당신 시장하오?"

"아뇨, 당신 술안주 하게요."

"안주는 무슨……"

나는 주인을 찾아 가게터 뒤로 돌아갔다. 좀 떨어진 데 초가가 보였다. 초가지붕 위엔 방금 떠오른 보름달처럼 풍만하고 잘생긴 박이 서너 덩이 의젓하게 자리잡고 있었다.

"여보, 저 박 좀 봐요. 해산바가지 했으면 좋겠네."

나는 생뚱한 소리로 환성을 질렀다.

"해산바가지?"

남편이 멍청하게 물었다.

"그래요, 해산바가지요."

실로 오랜만에 기쁨과 평화와 삶에 대한 믿음이 샘물처럼 괴어오는 걸 느꼈다.

내가 첫애를 뱄을 때 시어머님은 해산달을 짚어보고 섣달이구나, 좋을 때다, 곧 해가 길어지면서 기저귀가 잘 마를 테니, 하시더니 그해 가을 일부러 사람을 시켜 시골에 가서 해산바가지를 구해오게 했다.

"잘생기고, 여물게 굳고, 정한 데서 자란 햇바가지여야 하네. 첫 손자 첫 국밥 지을 미역 빨고 쌀 씻을 소중한 바가지니까."

이러면서 후한 값까지 미리 쳐주는 것이었다. 그럴 때의 그분은 너무 경건해 보여 나도 덩달아서 아기를 가졌다는 데 대한 경건한 기쁨을 느꼈었다. 이윽고 정말 잘 굳고 잘생기고 정갈한 두 짝의 바가지가 당도했고, 시어머니는 그걸 신령한 물건인 양 선반 위에 고이 모셔놓았다. 또 손수 장에 나가 보얀 젖빛 사발도 한 쌍을 사다가 선반에 얹어두었다. 그건 해산사발이라고 했다.

나는 내가 낳은 첫아이가 딸이라는 걸 알자 속으로 약간 켕겼다. 외아들을 둔 시어머니가 흔히 그렇듯이 그분도 아들을 기다렸음직하고 더구나 그분의 남다른 엄숙한 해산 준비는 대를 이을 손자를 위해서나 어울림직했기 때문이다. 그러나 퇴원한 나를 맞아들이는 그분에게서 섭섭한 티 따위는 조금도 찾아볼 수 없었다. 그 잘생긴 해산바가지로 미역 빨고 쌀 씻어 두 개의 해산 사발에 밥 따로 국 따로 퍼다가 내 머리맡에 놓더니 정성껏 산모의 건강과 아기의 명과 복을 비는 것이었다. 그런 그분의 모습이 어찌나 진지하고 아름답던지, 비로소 내가 엄마 됐음에 황홀한 기쁨을 느낄 수가 있었고, 내 아기가 장차 무엇이 될지는 몰라도 착하게 자라리라는 것 하나만은 믿어도 될 것 같은 확신이 생겼다. 대문에 인줄을 걸고 부정을 기(忌)하는 삼칠일 동안이 끝나자 해산바가지는 정결하게 말려서 다시 선반 위로 올라갔다. 다음 해산 때 쓰기 위해서였다. 다음에도 또 딸이었지만 그 희색이 만면하고도 경건한 의식은 조금도 생략되거나 소홀해지지 않았다. 다음에도 딸이었고 그 다음에도 딸이었다. 네번째 딸을 낳고는 병원에서 밤새도록 울었다. 의사나 간호사까지 나를 동정했고 나는 무엇보다도 시어머니의 그 경건한 의식을 받을 면목이 없어서 눈물이 났다. 그러나 그분은 여전히 희색이 만면했고 경건했다. 다음에 아들을 낳았을 때도 더도 아니고 덜도 아닌 똑같은 영접을 받았을 뿐이었다. 그분은 어디서 배운 바 없이, 또 스스로 노력한 바 없이도 저절로 인간의 생명을 어떻게 대접해야 하는지를 알고 있는 분이었다. 그분이 아직 살아 있지 않은가. 그분의 여생도 거기 합당한 대우를 받아 마땅했다. 나는 하마터면 큰일을 저지를 뻔했다. 그분의 망가진 정신, 노추한 육체만 보았지 한때 얼마나 아름다운 정신이 깃들었었나를 잊고 있었던 것이다. 비록 지금 빈 그릇이 되었다 해도 사이비 기도원 같은 데 맡겨 있지도 않은 마귀를 내쫓게 하는 수모와 학대를 당하게 할 수는 없는 일이었다.

　나는 남편이 막걸리병을 다 비우기도 전에 길을 재촉해 오던 길을 되돌아섰다. 암자 쪽을 등진 남편은 더이상 땀을 흘리지 않았다. 시어머님은 그후에도 삼 년을 더 살고 돌아가셨지만 그 동안 힘이 덜 들었단 얘기는 아니다. 그분의 망령은 여전히 해괴하고 새록새록해서 감당하기 힘들었지만 나는 효부인 척 위선을 떨지 않음으로써 조금은 숨구멍을 만들 수가 있었다. 너무 속상할 때는 아이들이나 이웃 사람의 눈치 볼 것 없이 큰 소리로 분풀이도 했고 목욕시키거나 옷 갈아입힐 때는 아프지 않을 만큼 거칠게 다루기도 했다. 너무했다 뉘우쳐지면 즉각 애정 표시에도 인색하지 않았다.

　위선을 떨지 않고 마음껏 못된 며느리 노릇을 할 수 있고부터 신경안정제가 필요 없게 됐다. 시어머니도 나를 잘 따랐다. 마치 갓난아기처럼 천진한 얼굴로 내 치마꼬리만 졸졸 따라다녔다. 외출했다 늦게 돌아오면 그분은 저녁도 안 들고 어린애처럼 칭얼대며 골목 밖에서 나를 기다리고 있곤 했다. 임종 때의 그분은 주름살까지 말끔히 가셔 평화롭고 순결하기가 마치 그분이 이 세상에 갓 태어날 때의 얼굴을 보는 것 같았다. 나는 마치 그분의 그런 고운 얼굴을 내가 만든 양 크나큰 성취감에 도취했었다.

초대

쿨컥, 쿨컥 쿨컥……, 희주의 맹렬한 펌프질에 따라 막대기 끝의 시커먼 고무 벙거지도 괴롭게 쿨컥대며 압축과 흡입을 되풀이했다. 희주의 코끝에 반드르르 진땀이 배고, 이마에 헝클어진 머리칼도 수초처럼 늘어붙었다. 막대기를 누르던 손바닥의 심한 통증과 함께 온몸의 기운이 대롱의 물이 빠지듯이 발끝으로 쪽 빠져버리는 듯한 느낌과 함께 희주는 고무 벙거지가 달린 막대기를 스르르 놓쳤다. 머리가 아찔하면서 까닭 모를 슬픔이 가슴을 후볐다. 그녀는 생채기를 다칠세라 감싸듯이 가슴을 오그리고, 세운 무릎에 얼굴을 파묻는 자세로 주저앉았다. 찌르는 듯한 슬픔은 여전했다.

전화벨이 울렸다. 놓은 지 며칠 안 되는 전화라 남편한테서밖에 걸려올 데가 없었다. 그럼에도 불구하고 그녀는 잘못을 저지르다 들킨 것처럼 허둥대며 겁에 질린 소리로 전화를 받았다.

248

"여보세요."

"나야 나. 준비는 잘 돼가고 있겠지? 접때처럼 또 시간 어기지 말아. 이삼십 분 일찍 도착할 요량하고 떠나도록 해. 초대한 쪽에서 늦게 온다는 건 큰 실례야. 또 호스트의 너무 수수한 옷차림도 손님 대접을 소홀히 한다는 오해를 받기 쉽다는 걸 잊지 말고……"

"네"라고 대답하고 나서인지 그전인지, 전화는 찰카닥 끊겼다. 희주는 되돌아온 자신의 "네" 소리에 흠칫 놀랐다. 마치 깊고 음산한 동굴 속을 휘젓고 되돌아온 메아리처럼 인기척이 빠진 공허한 목소리였다. 식탁 위에 걸린 동그란 전자시계가 세시 오십오분을 가리키고 있었다. 이삼십 분 일찍 도착할 요량을 해도 집 떠나기까지는 두 시간이나 넘어 남아 있었다. 두 시간이나 넘게 자신을 치장하는 방법을 희주는 알고 있지 못했다. 그녀는 반평 남짓한 욕실 앞으로 돌아왔다. 타일 바닥에 벙벙히 괸 물은 조금도 줄지 않은 채 미동도 안 하고 있었다. 하수도 뚫는 기구로 애써 펌프질한 흔적으로 구정물 건더기가 죽어 썩어가는 거품 해파리처럼 부유하고 있을 뿐이었다. 광고에서 본 하수도 뚫는 약을 사와야겠다고 생각했다. 그 약 선전에 의하면, 하수도를 막고 있는 물질을 뭐든지 녹여서 뚫는다고 했다. 머리카락까지도. 머리카락을 특별히 강조한 것을 보면 인체 여러 부분 중 머리카락이 가장 늦게 부패한다는 말이 맞는구나 싶었다. 사람이 살아가면서 경험한 온갖 기억과, 맛본 기쁨과, 슬픔과 분노와 꾀

한 음모와, 용서와 집념을 담았던 뇌수와 두개골이 썩은 후까지
도 머리칼은 올올이 남아 있는 것일까? 묘비는커녕 봉분도 안
남은 수많은 사라진 무덤 속에서 사라지지 못한 머리카락이 산
발하고 꾸는 꿈은 어떤 것일까?

일 주일 전에도 욕실 하수도가 막혔었다. 하수도 뚫는 간단한
기구가 있다는 것도 몰랐을 때라 일꾼을 부를 생각만 하고 딴 일
을 하고 있는데, 누가 초인종을 시끄럽게 울렸다. 아래층 사는
여자라고 했다. 화장이 유난히 짙은 그 여자는 덮어놓고 마루로
올라와 욕실문을 열어젖혔다. 그리고 범행의 현장을 덮친 수사
관처럼 의기양양해서 째지는 소리로 단죄를 했다.

"세상에, 세에상에, 위층에 산다고 이래도 되는 거예요? 일껏
드라이한 머리에 구정물 벼락을 맞았단 말예요. 아파트에 살려
면 이웃보다 아래위층을 잘 만나야 한다더니, 뭐 이런 여자가 다
있어?"

"아래층으로 새는 줄은 정말 몰랐어요. 곧 뚫는 사람을 부를
게요. 용서하세요."

"일꾼을 불러요? 흥 피차 열세 평에 사는 주제에 부티 내봤댔
자예요. 보아하니 신접살림인데, 뚫는 것도 없나보군. 빌려줄 테
니 빨리 뚫어요."

여자가 검정 벙거지가 달린 막대기를 가져왔다. 그러나 어떻
게 쓰는지를 몰라 우두망찰을 하고 있는데 마침 남편이 퇴근해
왔다. 그는 믿음직스럽게 바짓가랑이를 올리고 팔뚝을 부르걷

고, 구정물 한가운데로 들어섰다. 그리고 고무 벙거지를 하수도 구멍에다 대고 막대기로 들입다 펌프질을 하면서 잔뜩 앙심 먹은 얼굴로 이를 악물었다. 머리카락일 거야, 머리카락이 뭉쳐서 꽉 막혔을 거야. 그가 간간이 내뱉는 소리를 들으며 희주는 자신의 유난히 긴 머리카락을 죄스럽게 생각하며, 한 손으로 뭉쳐 뒤에서 쪽을 만드는 시늉을 하며 서 있었다. 제발 비닐봉지나 치약 껍데기 따위가 떠올라 자신의 무고를 증명해주었으면 얼마나 좋을까, 마음을 졸였다. 그때도 흐느적대는 구정물 건더기만 떠오르고, 막힌 하수도는 좀처럼 뚫어지지 않고 쿨럭대기만 했다. 남편의 관자놀이에 힘줄이 서고 호흡이 거칠어졌다. 희주는 남편의 앙심이 팽배하여 폭발 직전에 이르는 것을 아득한 기분으로 지켜보기만 했다. 머리카락일 거야, 머리카락이 뭉쳐서 꽉 막혔을 거야. 남편은 머리카락에 대한 자신의 적의를 절정까지 끌어올리려고 이렇게 이를 갈았다. 드디어 하수구에서 울컥 토악질하는 소리가 나면서 정말 다박솔만한 크기로 뭉친 머리카락을 토해냈다. 머리카락에도 구정물 건더기가 느적느적 엉겨붙어 마치 메밀국수 다발처럼 희뿌옇게 보였다. 남편은 집게로 그것을 집어서 수돗물을 한껏 틀고 엉겨붙은 걸 씻어냈다.

"뭐 하러 그래요? 버리지 않고."

"이것 보라구. 검은 머리가 아니야. 백발이야. 전에 살던 집에 노인이 계셨나봐."

남편은 그렇게 함으로써 희주의 무고를 증명해냈다는 듯이 개운하고 관대한 표정을 지었다.

"네? 백발이라고요?"

희주는 가슴이 오래 벌렁대도록 크게 놀랐고, 남편처럼 개운해지지 않았다. 그녀의 머리카락이 그 속에 뭉쳐 있는 동안 그렇게 하얗게 세어갔으리라고 여겨졌기 때문이다. 세는 것도 생명현상일진대 머리카락은 그녀의 몸을 떠나서도 죽지 않고 살아있었단 말인가. 어쩌면 자신의 길고긴 검은 머리는 가짜이고, 더러운 하수구를 막고 있던 백발이야말로 진짜 자신의 머리칼이아닌가 하는 혼란이 왔다. 그래서 마치 하룻밤에 머리를 세게 한다는 깊고깊은 절망을 자신 속 어디엔가에 은폐하고 있는 것처럼 느꼈다. 그것을 어떻게든지 토해내게 해서 다시 한번 확인해보고 싶었다. 독한 약으로 감쪽같이 녹여버릴 수는 없다는 것이자신의 것에 대한 그녀의 애정이자 증오였다.

오줌이 마려웠다. 다시 그 구정물에 발을 담그지 않고는 변기까지 갈 수 없다는 게 그녀의 요의(尿意)를 한결 다급하게 했다. 지금도 구정물이 아래층으로 떨어지고 있는 것일까? 그 동안 고친 일 없으니 일 주일 전에도 샌 물이 저절로 안 새게 될 리가 없었다. 여자는 머리를 손수 화려하게 드라이하고 외출을 했거나짙은 화장을 하고 낮잠을 자고 있음이 분명했다. 그렇지 않고서야 그 좁아터진 집 한쪽 귀퉁이에서 나는 뚝뚝 물 떨어지는 소리를 못 들을 리가 없었다. 시간이 어느 틈에 다섯시에 육박하고있었다. 별볼일 없이 외출했던 여자들도 슈퍼에 들러 저녁 찬거

리를 사들고 돌아올 시간이고, 낮잠 자던 여자도 크게 기지개를
켜며 일어나 화장실에 갈 시간이었다. 미구에 아래층 여자가 째
지는 소리를 지르며 올라오리라. 희주는 욕실 문지방에 앉아서
괸 구정물 위에 오줌을 누었다.

남편은 호스트라고 했던가 호스티스라고 했던가, 아무튼 여주
인 노릇을 해야 할 모양이다. 남편은 집으로 손님을 초대하는 법
이 없었다. 그러고도 희주에게 자주 여주인 노릇을 시켰다. 결혼
한 지 반년밖에 안 되는데 벌써 다섯번째였다. 사업상 필요한 사
교라고 했다. 희주는 남편이 정확하게 무슨 사업을 하는지 알지
못했다. 월급생활을 삼 년쯤 하고 나서 독립했다고 했다. 그의 독
립과 결혼은 거의 같은 시기여서 생활비에 꽤 짰다. 희주는 한 끼
에 그녀의 한 달 생활비보다 많은 돈이 드는 사교적인 식사에 참
석하는 것이 매우 고역스러웠다. 더욱 괴로운 것은 그런 사교적
인 모임에서 돌아와서 그녀가 사교적이지 못한 것을 일일이 책잡
히는 일이었다. 내가 당신을 잘못 봤나봐. 이렇게 말할 때의 남편
은 매우 입맛이 써 보였다. 사람을 잘못 본 것은 희주도 마찬가지
였지만, 드러내놓고 내색할 기회가 없었다. 그와의 일상이 곧 기
회의 연속이었기 때문에 기회가 없는 것과 다를 바 없었다.

다섯시를 넘기자 갑자기 시간의 흐름이 빨라지기 시작하면서
불투명한 긴장감이 그녀를 옥죄었다. 여주인의 너무 수수한 옷
차림은 손님에게 실례가 되는 모양인데, 어떻게 차려입어야 수
수하지 않게 보일지 난감했다. 그녀는 머리를 한 손으로 끌어올

리고 한 손으로 블라우스 단추를 몇 개 뺐다. 그러고 나서 목둘레가 깊게 파인 옷과 세팅이 우아한 에메랄드 목걸이를 걸어보았다. 참, 구슬백도 있어야지. 그러나 그중 하나도 실제로 가지고 있지는 않았다. 예물로 받은 패물 중에 딱 하나 마음에 드는 것이 에메랄드 목걸이였지만, 지금은 품목도 모양도 생각나지 않는 딴 패물과 함께 남편의 사업자금으로 들어가버렸다. 그녀는 자주는 아니었지만 가끔 그것을 걸어보는 적이 있었다. 그것은 이미 바래져버린 자신의 여자다움에 대한 쓸쓸한 향수를 되씹는 시간이기도 했다. 그때마다 그녀는 공중탕에서 서로 등을 밀어주던 어떤 아주머니한테서 들은 얘기를 생각해내곤 했다. 색시 목둘레는 어쩌면 이리 고울까, 백조 같아, 장신구 같은 거 할 생각 말아요. 처녀적 미모에 대한 찬사를 들은 것이 한두 번이 아닌 희주였다. 남편도 입에 침이 마르게 그녀의 아름다움을 칭송하면서 청혼했다. 그러나 그의 칭송은 곧 미모와 사교적인 쓸모와를 동일시한 착각이었다는 것을 깨달은 것은 남편과 아내가 거의 동시였다. 그것을 깨닫자 그녀의 처녀 시절을 화려하게 수놓았던 그 칭송의 의미는 무지개처럼 허망하게 사라지고 말았다. 그런데도 공중탕에서 만난 아주머니의 찬사만이 사라지지 않는 것은 무슨 까닭일까. 벌거벗은 사이니만큼 순수함을 믿을 수 있어서일까. 벌거벗고 있어서 빈부나 신분을 헤아릴 수는 없었지만, 눈가의 잔주름이 어머니 연배는 되어 보였고, 웃는 모습이 착해 보였었다. 그 아주머니 말짝으로 장식품 없이 더욱 아름다워 보이는 목이라면 목이 파인 옷이라도 입어야 할 텐데 그나마도 없었다. 무슨 옷을 입을까 망설이는 사이에 삼십 분이 가버리고, 그때부터 어릴 적 개꿈 같은 실수가 연속되고, 시간은 실수에 바람을 일으키며 미친 듯이 가속이 붙었다. 한창 키가 클 나이에도 그녀는 낭떠러지를 뛰어내리거나 하늘을 나는 꿈을 꾸어보지 못했다. 그녀의 단골 개꿈은 연쇄적인 착오의 끝도 없는 되풀이에 칭칭 얽히고설키는 꿈이었다. 학교 갈 시간이 임박했는데 책가방이 없어서 동동거리며 천신만고 찾아가지고 숨가쁘게 학교길을 뛰다보면 교복을 안 입은 평상복이었고, 집에 가서 교복을 찾아 입고 뜀박질하다보면 흰 칼라가 안 달린 온통 까마귀처럼 새카만 교복이어서 다시 집으로 가 칼라를 아무렇게나 달고 뜀박질하다보니 언니의 샌들을 신고 있었다는 식이었다. 교복이 자율화되기 이전 교칙이 유난히 까다로운 공립 중학교에서도 융통성 없는 모범생이었던 그녀에게 그런 꿈은 유령이 나오는 꿈보다 훨씬 더 고통스러운 박진감이 넘치는 악몽이었다. 꿈에서도 생생하게 피가 마르는 것 같은 노심초사를 했다.

어릴 적 개꿈 속의 연쇄적인 착오가 결혼 후 때때로 현실에서 일어나고 있었다. 그녀는 시간 가는 소리와 심장 뛰는 소리를 동시에 느끼며 헛된 착오를 끝없이 되풀이하고 있었다. 꽃무늬가 잔잔한 원피스를 입고 나니 거기 맞는 핸드백이 만만치 않아 베이지색 핸드백을 의식하고 커피색 투피스로 갈아입으려니 그 점잖은 색에 어울리는 화사한 블라우스가 없었고, 회색에 갈색 줄

무늬가 있는 원피스가 그럴듯하다 싶어 입어보니 단추가 하나 떨어져나갔는데 스페어 단추도 없다는 식이었다.

겨우 입어서 편하고 거울에 비춰보기에도 어색하지 않은 옷차림으로 집을 나설 때는 가까스로 제 시간에나 대갈 수 있는 시간이었다. 또 수수하게 입고 나왔다고 핀잔을 들을 각오는 하고 있었다. 요행히 아파트 단지로 들어오는 차는 많고 나가려는 사람은 적은 저녁시간이라 쉽게 택시를 잡아타고 L호텔 로비에 당도했을 때는 오 분 전 일곱시였다. 초조하게 기다리고 있던 남편은 그녀를 보자 낭패와 분노로 얼굴을 일그러뜨렸다.

"그렇게 옷이 없어? 접때하고 같은 옷을 입고 올 게 뭐야?"

희주는 그제서야 일껏 차려입은 옷이 저번에 손님을 초대했을 때 입었던 옷과 같은 옷이었다는 것을 알아차렸다. 남편의 표정으로 미루어 연거푸 두 번 같은 옷을 입는다는 것이 수수한 옷보다 더 큰 잘못이 된다는 것도 짐작했다.

"다들 초면일 텐데 당신 말고 누가 또 나를 단벌치기 취급할까봐 그래요?"

희주도 그 정도의 입바른 소리는 해야 견디는 성미였다.

"접때 대접한 사람도 끼어 있단 말야. 그런 것까지 일일이 고해바쳐야 되겠어?"

희주는 오늘 남편이 초대한 인사들이 어떤 친분이나 이해관계로 얽힌 사람들인지 미리 궁금해한 적도 없었고 나름대로 짐작한 바가 있는 것도 아니었다. 남편이 더 화를 내기 전에 성장한 부부가 그들 앞으로 걸어왔다. 일곱시 정각이었다. 남편이 언제 화를 냈더냐 싶게 부드럽게 웃으면서 희주를 그들에게 소개했다. 희주는 그녀의 곤경을 구해준 그들에게 마음으로부터 와주셔서 고맙다는 인사를 했다.

남편이 앞장서 안내한 곳은 그 호텔 이십층의 뷔페식당이었다. 서울의 야경을 한눈에 볼 수 있는 창가에 예약된 자리 수로 보아서 아직도 두 커플쯤이 더 오게 되어 있는 듯했다. 일곱시를 전후로 한 십 분 사이에 초대한 손님들이 다 모였다. 희주는 맛이 비슷비슷한 육류를 눈을 까뒤집고 먹고 나도 손해본 것 같은 기분이 드는 뷔페식당이라는 데를 좋아하지 않았다. 그러나 은 도금한 각종 나이프와 포크와 꽃처럼 접은 냅킨으로 아름답게 세팅한 양식당에서 금박 문양이 박힌 메뉴를 펴들고 이국의 어려운 요리 이름에다 자기만의 식성까지 가미해서 주문할 줄 아는 세련된 신사 숙녀 앞에서 수프 이름 하나도 제대로 말 못 하는 곤욕을 치르기보다는 훨씬 편한 곳이었다. 남편도 손님들에게 스스럼없이 이런 대중적인 데로 모셨노라고 너스레를 떨고 있었다.

접시를 들고 음식 주위를 도는데 성장한 여자가 좋은 소식이 있나보죠? 하며 희주를 유심히 보았다. 희주는 자신이 여주인이고 그 여자가 방금 소개받은 손님이라는 것을 잊고, 그 여자 곁을 건너뛰어 모르는 사람들 틈바구니에 끼었다. 얇게 썬 분홍빛 나는 육류를 서너 점이나 덜어내고 있는 그녀를 보고 남편이 다가왔다.

"또 남기려고 그래? 고기가 먹고 싶으면 숯제 갈비를 먹어. 여기 갈비 맛이 괜찮아."

남편은 마치 능숙한 커닝꾼처럼 점잖고 권태로운 표정과는 딴판의 신경질적인 소리로 날카롭게 속삭이고 나서 그녀 곁을 건너뛰어 싱그러운 양상치를 듬뿍 덜어내고 있었다. 희주도 금빛 나는 커다란 그릇 속에서 감미로운 냄새를 풍기며 지글대고 있는 갈비를 수북하게 덜어냈다. 희주는 그녀 안에서 지글대는 욕구불만과 식욕을 구별하지 못하고 있었다. 식탁으로 돌아온 그녀는 알맞게 조금씩 덜어온 손님들 앞에서 잠시 어쩔 줄을 몰랐다. 특히 남편의 눈총은 따가웠다. 그녀는 애매하게 웃으면서 자리에 앉았다.

"좋은 소식이 있나봐요?"

아까 음식을 덜 때 만나서 같은 말을 한 여자가, 섬뜩하도록 정결한 잇속을 드러내고 우아하게 웃으면서 말했다.

"그래요? 어머, 축하해요."

딴 여자가 탄력 있는 소리로 말하고 남편에게 손까지 내밀었다. 남편은 그 여자의 손을 살짝 잡고 나서 난처한 듯이 희주를 강하게 일별했다. 진주 반지를 끼고 진줏빛 매니큐어를 칠한 그 여자의 손은 갖고 놀고 싶게 앙증맞고 보드라워 보였다.

"아, 아녜요, 정말 아녜요."

희주는 그제서야 좋은 소식의 뜻이 짐작되어 강하게 부정했다. 그러나 아무도 그녀의 강한 부정을 귀담아듣지 않고 딴 얘기로 옮겨갔다. 그들에게 그것은 사건이랄 것도 없는 일일지도 몰랐다. 희주는 그들의 잠깐 동안의 관심에서 놓여난 게 우선 다행스러웠다. 그러나 그녀가 갈비를 그렇게 많이 덜어내기 전부터 좋은 소식이 있느냐고 물어온 까닭은 무엇이었을까, 혼자서 곰곰이 생각했다. 아마 어떤 이질감 때문이었으리라. 풍만한 목둘레를 대담하게 드러내고도 품위를 잃지 않고 차분히 하늘대는 실크옷 사이에서 평범한 진 원피스도 초라해 보였지만, 면밀한 피부관리와 컬러풀한 화장으로 갓 피어난 요염한 꽃송이 같은 얼굴들에 비해, 나올 때 임박해서 이것저것 찍어바르는 둥 마는 둥한 자신의 얼굴은 어쩌면 병색마저 돌아 보일지도 몰랐다. 어디 아프냐고 묻고 싶은 것을 슬쩍 좋은 소식으로 둘러댄 상대방의 화술에 희주는 뒤늦게 감탄을 하며 실소를 했다. 손바닥이 얼얼했다. 식탁 밑에서 몰래 펴보니 살갗이 무참히 으깨어져 있었다. 매니큐어는커녕 로션을 바르는 것도 잊어버린 손등은 까슬했고, 집게손가락 손톱 밑엔 어쩌자고 새카맣게 때까지 끼어 있었다. 기회를 보아서 상 밑에서 살짝 이쑤시개로 후벼내야 할 것 같았다. 손톱 밑의 때 때문에 갈비 먹는 일이 더 어줍어졌다.

남편이 그녀의 옆구리를 날카롭게 찔렀다. 그러나 깜짝 놀라 쳐다본 남편은 고개를 끄덕이며 열심히 좌중의 화제에 귀를 기울이고 있을 뿐이었다. 그렇게 상관없는 얼굴을 하고 있지 말고 동참하라는 뜻임을 희주는 쉽사리 알아차렸지만, 손님들에 대한 낯가림처럼 껄끄러운 느낌은 혼자서 삭이기에는 벅찼다. 불가(佛家)에서는 소매를 스치는 것도 인연이란다지만, 한 상에서 비싼 식사를 더불어 하는 그들에게 희주는 완벽한 무연감(無緣感)을 느끼고 있었다. 그것은 어쩌면 그녀의 비밀스러운 결벽증일 수도 있었다. 그들은 한창 각자의 식도락 경험을 자랑하고 있는 중이었다. 그녀가 한 번도 가본 적이 없으되 전생에 살았음직한, 그 이름도 우아하고 짜릿하니 그리운 유럽의 고도(古都) 뒷골목의 해묵은 음식점의, 발음도 흉내낼 수 없는 진귀한 요리를 마치 무교동 낙지 골목을 순례하듯이 종횡으로 누비며 마구 품평을 하는 그들이었다. 어떻게 그와 같은 그들과 삶이나 운명이나 하다못해 사소한 이해관계라도 서로 얽히거나 섞이는 일이 있을 수 있을까. 그녀는 남편이 왜 그들을 초대해서 엄청난 과용을 해야 하는지, 그녀가 왜 하수도를 뚫던 일을 팽개치고 그들과 어울려야 하는지 이해할 수 없었다.

"여기 갈비 맛도 괜찮네요."

희주처럼 수북이는 아니지만 모두 갈비 한두 대씩은 덜어가지고 있었다.

"이 호텔만 해도 자체적으로 갈비를 수입할걸요."

희주가 넋을 잃고 바라볼 만큼 미적으로 교묘하게 갈비를 다 뜯고 난 신사가 번드르르한 입가를 냅킨으로 누르며 말했다.

"그럴 거예요. 한우는 기름만 많고 도저히 이런 맛이 안 나거든요. 저희도 집에서 손님을 치를 때 제일 애먹는 게 외제 갈비

를 구하는 일이랍니다. 값도 때에 따라 엄청나지만 때맞춰 있기
도 어렵거든요."

희주에게 두 번씩이나 좋은 소식이 있나봐요, 라고 말한 여자
의 얘기였다. 모처럼 화제가 국내로 돌아왔건만, 희주에게는 더
욱 어려워지기만 했다. 쇠고기 값이 비싸 고기를 수입해들일 때,
그녀의 어머니는 고기를 살 때마다 한우 고기로 살까 수입 고기
로 살까를 망설이고 또 망설였었다. 교육공무원 월급으로 여러
식구 먹여 살리려니 고기는 어쩌다가나 상에 올릴 수가 있었다.
값이 싼 대신 맛없는 수입 고기로 넉넉히 먹이느냐, 비싸고 맛난
한우 고기를 조금만 먹이느냐로 어머니는 국가 예산을 짜는 고
관보다 더 세심하게 앞뒤를 재고 심각하게 갈등하곤 했었다. 그
러나 어머니는 종당에는 한우 편이었다. 조금 넉넉히 먹으려고
수입 고기를 산 날은 영락없이 후회를 했고, 한우를 상에 올리고
는 역시나, 하면서 의기양양해했다. 그럴 때 어머니의 고기 심부
름을 하는 것은 질색이었다. 장사꾼을 믿지 못하는 어머니는 육
고간에서 행여 수입육을 한우로 속여 팔까봐 전전긍긍했다. 그
렇게 싸고 천한 수입 고기 말고 또 딴 수입 고기가 있단 말인가.
한우 고기, 싼 수입 고기, 비싼 수입 고기, 세 등급의 고기가 희
주의 머릿속에서 마구 혼란을 일으켰다. 아유 노린내. 어머니는
싼 맛으로 수입 고기로 국을 끓일 때면, 자주 코를 킁킁대며 냄
새를 맡고 나서 이렇게 진저리를 쳤다. 아직도 많이 남은 접시
의 갈비에서 그 누린내가 풍겨와 희주는 눈살을 찌푸렸다. 수북

하게 남은 갈비가 접시가에 촛농처럼 점점이 허옇게 기름기를
남기며 굳어가고 있었다. 구역질이 날 것 같았다. 희주는 자신의
구역질엔지 좌중의 늘쩍지근한 포만감엔지 모를 맹렬한 적의를
느끼고 대들듯이 말했다.

"마알도 안 돼요. 말도 안 된다구요. 한우보다 수입 고기가 더
맛있고 비싸다니 마알도 안 된다구요."

통 말이 없던 그녀의 돌연한 시비조에 좌중의 시선이 일제히
모였지만, 곧 저희들끼리 눈을 맞추고, 약속이나 한 듯이 누구
한 사람 대꾸하지 않았다. 남편도 뭐라고 그러려고 입만 씰룩거
리다가 곧 차갑게 날이 섰다. 희주는 또 실수했다고 생각했다.
저번에 손님을 초대했을 때도 그랬다. 처음 화제는 패션계가 돌
아가는 얘기였는데, 그녀가 딴생각하고 있는 사이에 아이들 교
육 문제에 열을 올리기 시작했다. 우리 아이들의 장래를 근심하
는 것까지는 좋았는데, 아이들을 망쳐놓은 게 국민학교 선생님
이란 데에 의견의 일치를 보아 설마 그랬을까 싶은 교사들의 야
비한 짓거리를 코미디 경연대회처럼 한껏 과장되게 보고하기 시
작했다. 아버지가 교장선생님이고 언니가 선생님인 희주는 거의
가학 취미에 가깝게 마구 구겨지고 짓밟히는 교사상에 자기도
모르게 감연히 항의를 하고 나섰다. 그때도 마알도 안 돼요, 말
도 안 돼,로 시작했던 것 같다. 교사가 다 그렇다는 얘기는 아니
라는 정도의 어정쩡한 해답을 얻어내기는 했지만, 그 후유증은
좀 심각했고 오래갔다. 남편은 노발대발했고, 차후에는 절대로

남의 말에 끼어들지 말고, 더군다나 자기 의견 같은 것을 가질 필요가 없고 다만 표정과 미소와 간간이 아, 네, 그러믄요, 그렇구말구요, 하는 정도의 말로 우아한 동의만 하라는 엄명이 내렸다. 우아한 동의, 아아, 우아한 동의…… 그녀는 자다가도 이렇게 중얼거릴 만큼 그 일이 어렵고 두려웠다. 그리고 구역질이 났다.

"말이 났으니 말인데, 한우 값 폭락이 정말 심각합디다. 신문에 난 유가 아녜요. 시골에 취미 삼아 조그만 농장을 하나 가지고 있어 가끔 바람 쐬러 내려가다보니 더러 농사꾼 사정도 얻어듣게 되는데, 엊그저께 내려갔더니 외양간을 불지르고 자기도 불 속에 뛰어들어 같이 타 죽은 사건 때문에 시골 인심이 사뭇 흉흉하더군요. 송아지를 사다가 살찐 어미소로 길러 새끼를 두 배나 낳았는데, 새끼하고 어울러 팔아도 송아지 값밖에 안 나간다니 불지를 것도 없이 가슴에서 활활 횟불이 날 만도 하잖겠어요. 정말 심각해요."

신사가 조금도 심각하지 않은, 다만 편안하고 식욕적인 얼굴로 갈비를 야금야금 뜯으면서 말했다. 희주는 구역질을 참느라 거의 사색이 되어 있었다. 무슨 생각에서인지 남편이 친절하게도 사리에다 냉면국물을 부어왔다.

"여기 냉면도 별미야. 비위가 좀 가라앉을 테니 먹어봐."

남편의 뜻하지 않은 친절이 어쩌면 좋은 소식과 관계가 있을 것도 같아, 희주는 쓸쓸하게 웃으며 국물을 한 모금 마시고 대젓

갈로 뭉친 사리를 풀었다. 국물 맛이 제법 맛깔스러워 비위가 가라앉았을 듯도 했다. 뷔페식당의 냉면은 그릇도 돌쟁이 반병두리만밖에 안 했고 사리도 적었다. 사리를 풀면서 그것이 꼭 하수도 구멍에서 울컥 치민 머리카락 다발만하다고 생각했다. 그녀를 떠나서도 오히려 그녀의 절망에 민망해 단 며칠 만에 하얗게 세어버린 그 머리칼 생각은, 그녀의 구역질을 더이상 참을 수 없게 했다. 그녀는 입을 막고 허둥대며 화장실을 찾아나섰다. 타일 바닥에 무릎을 꿇고 변기에다 대고 웩웩 헛된 욕지기를 하는데, 뒤에서 인기척이 났다. 남편이었다. 눈물이 그렁한 눈으로 쳐다본 남편의 얼굴은 웃는 것도 같고 우는 것도 같았다. 그녀는 남편을 안심시키기 위해 억지로 웃었다.

"아무것도 아녜요. 정말 아무것도 아녜요."

"고집은, 고집 부릴 게 따로 있지."

남편은 뻣뻣하게 긴장한 채 씹어뱉듯이 말했다.

"고집이 아니라 정말 아무것도 아니라니까요."

아마 그날이 그녀의 생리일만 아니었어도 그렇게 필사적인 부정은 안 할 수도 있었으리라. 어제부터 생리중이었고, 그간에는 비위가 약해지는 게 그녀도 어쩔 수 없는 체질적인 리듬이었다.

"아니긴 뭐가 아냐. 다들 그렇게 알고 있는데 아니라니 말도 안 돼."

남편은 여전히 뻣뻣하게 선 채 말했다. 희주는 뭐라고 악을 쓰려 했지만, 마치 누가 그녀의 입에 그 흉측한 고무 벙거지로 자갈을 물리고 펌프질을 해대는 것처럼 심한 구역질이 식도에 한 바탕 경련을 일으켰다.

"심하게 셀 모양이지?"

남편이 혼잣말로 중얼거렸다. 희주는 아니라고 항의할 기운도 남아 있지 않았다. 그것은 어차피 그녀와는 상관없는 일이었다. 남편은 지금 자신이 초대한 사람들의 의견에 동의하고 있을 뿐이었다. 그녀가 알 수 없는 사람들에 대한 남편의 무조건의 동의를 번복시킬 수는 도저히 없을 것 같은 절망감이 그녀를 무력하게 했다. 손끝 하나 까딱할 수 없는 아찔하고도 아늑한 무력감 속에서 그녀는 어두운 하수구에서 하얗게 세어가는 그녀의 머리칼 다발을 보고 있었다. 그것은 내일쯤이나 은빛으로, 아니 메밀 국숫빛으로 둥실 떠오르리라. 그녀의 절망이 옮아붙은 머리칼이 밤새 세고 있는 동안은 하수구는 뚫리지 않을 테고, 하수구가 뚫리지 않는 동안은 구정물은 조금씩 조금씩 아래층으로 떨어지리라. 아무리 늦어도 지금쯤은 그 화장이 짙고 목소리가 째지는 여자가 외출에서 돌아와 또 물이 새는 것을 발견하고 씨근대며 위층으로 달려왔을 테지만, 말짱 헛수고일 테니 얼마나 고소한가. 그 여자가 팔짝팔짝 뛰고 있는 동안 자기는 얼마나 근사한 장소에서 얼마나 고상하고 우아한 인사들과 사교를 즐기고 있다는 것을 그 여자에게 보여줄 수 없는 것이 유감스러울 뿐이었다. 그 여자는 아마 용변을 보는 동안도, 세수를 하는 동안도, 구정물을 피할 수는 없으리라. 구정물에 오줌까지 더하고 나온 것도 얼마나 잘한 일인가. 꼼짝달싹할 수 없는 무력감 속에서 가학적인 망상만이 작은 도깨비들처럼 나름대로 눈부시게 날뛰기 시작했다.

애 보기가 쉽다고?

지겹던 늦더위 끝에 반갑잖은 가을장마가 지더니 오랜만에 청명한 날씨였다. 아까부터 마당에 내려가서 맨손으로 클럽 휘두르는 폼을 재고 있던 맹범(孟凡)씨가 주춤주춤 마루로 올라왔다. 잠깐 마나님 눈치를 보다가 이 방 저 방 다니며 장롱을 뒤지기 시작했다. 뭘 찾는 데는 워낙 재간이 없는 맹범씨였다. 지금도 자기 힘으로 찾으려는 게 아니라 마나님이 알아서 찾아주든지 귀띔이라도 해주길 바라는 눈치가 역력했다. 그러나 마나님은 못 본 척 텔레비전만 보고 있었다. 저명인사와의 대담 프로였다. 마나님은 그 집 마당의 장미가 참 곱다고 생각했다. 맹범씨네 정원도 예년 같으면 늦장미가 제철 장미보다 더 화사할 땐데 장마 끝이라 퇴락해 보였다. 마나님은 별것도 아닌 것에 묘한 질투가 나서 매스컴 타기 좋아하는 사람은 어딘가 달라도 다르니까, 하고 명사를 깔보았다.

"여보, 내 골프 바지 어디 있소?"

드디어 맹범씨가 계면쩍은 얼굴로 마나님에게 물었다.

"안 돼요. 김박사는 110이었고 당신은 120이라는 거 벌써 잊으셨수?"

110, 120은 최저혈압을 말했다. 고등학교 때부터의 친구라 노년에는 비슷한 고혈압 증세로 여러 가지 생약과 민간요법에 대한 정보를 교환하느라 가족끼리도 친척처럼 친했던 김박사가 골프장에서 뇌일혈로 급사하자 맹범씨는 다시는 골프를 안 치겠다고 맹세했었다. 골프가 지병을 악화시키고 죽음을 재촉했다고 생각해서가 아니라 사람 사는 것의 덧없음과 친구에 대한 감상적인 의리 때문이었을 것 같다. 그러나 반년도 채 안 돼 고혈압엔 맑은 공기, 적당한 운동, 잔 근심으로부터의 해방 등이 최상의 치료법이란 말이 친구 생각보다 훨씬 더 솔깃했다.

"오늘 당장 시작하겠다는 게 아니라……"

맹범씨는 친구의 죽음을 목 놓아 울며 굳게 맹세한 게 계면쩍어서 이렇게 얼버무렸지만 건성이었다. 마나님 역시 끝끝내 말릴 생각은 아니었다. 등산이나 낚시보다 훨씬 격이 높은 취미라고 생각했고, 일요일날 온종일 집에서 텔레비전이나 보지 않으면 낮잠으로 소일하는 졸때기들의 마나님인 친구들한테 골프 때문에 일요 과부가 된 자기 신세를 한탄할 때처럼 으쓱한 우월감을 느낄 적도 없었다. 한번 맛들인 우월감이었다. 언젠가는 다시 그 맛에 연연하게 될지도 몰랐다.

백 평이 넘는 제법 넓은 마당에 은행나무는 아직 청청하고, 자귀나무는 분홍색 깃털을 가진 어여쁜 새들이 무수히 내려앉아 고개만 푸른 잎 사이에 감추고 있는 것처럼 화려하게 하늘대고, 담 모퉁이의 빨랫줄 아래 자생한 맨드라미꽃은 장닭의 벼슬처럼 도도하게 검붉고, 장마통에 여기저기 웃자란 잡초만 제거해준다면 잔디의 푸르름도 반드르르 한결 더 윤기가 흐를 것 같았다. 그럼에도 불구하고 그 모든 것들은 이제 전성기에 있지 않았다. 그런 것들 사이에 소리도 그림자도 없이 고루 스민 가을 기운의 사정없는 잠식은 이미 시작되고 있었다. 마나님은 춥지도 않은데 공연히 어깨를 웅숭그리며 나직하게 한숨을 쉬면서 말했다.

　"처서만 지나면 나무뿌리 풀뿌리가 물 빨아올릴 기운이 없어진다더니 정말인가봐요."

　"옛말 그른 거 없다지 않소."

　"왜 없어요. 그른 거 천지죠. 난 옛날식보담 신식이 더 좋아요."

　"임자 좋아하는 걸 누가 말리겠소."

　"두 늙은이 살기엔 집이 너무 큰 것 같지 않수?"

　"또 아파트 타령을 하고 싶소?"

　"겨울에 기름값 생각하면 끔찍해서 그래요."

　"아직은 그만한 능력이 있는데 무슨 걱정이요. 할망구가 점점 걱정도 팔자라니까."

　"할망구라뇨. 말조심하세요. 접때 종혁이 소풍 갈 때 따라갔

더니 다들 막내인 줄 압디다. 남보다 일찍 본 손자도 아닌데 그
렇게들 보더라구요."

"눈들이 삐었남."

"왜 약오르슈?"

"약이 올라서가 아니라 측은해서 그래요. 그 소리가 듣기 좋
아 두고두고 우려먹는 걸 보면 임자도 별수 없는 할망구야."

"당신은 어떻구요. 백화점 아가씨가 아저씨, 아저씨 하면서
잘 받을 것 같다고 권하는 게 온통 새빨간 넥타이더라고 얼마나
여러 번 자랑을 하셨수?"

"그건 사실이라구. 난 아직 어디 가서 할아버지 소린 안 들어
봤으니까."

"그런 데만 골라 다니시니까 그렇죠. 시내버스 한번 타보시구
랴."

맹범씨는 마나님의 말을 되받지 않았다. 말문이 막혀서가 아
니라 오히려 그런 종류의 단조로운 입씨름이란 태엽이 풀릴 때
까지 작동하는 기계처럼 입아귀가 아플 때까지 마냥 계속될 것
같은 예감 때문이었다. 경험에서 우러난 예감이 그를 권태롭게
했다. 마침 전화벨이 울렸다. 마루에도 전화기가 있건만 마나님
은 안방으로 들어갔다. 그러나 마나님의 목소리는 맹범씨가 구
태여 귀를 곤두세우지 않아도 될 만큼 시끄러웠다.

"여보세요. 응, 혜숙이구나. 앨 봐달라구? 시어머니한테 봐달래
렴. 나 외손자 보는 거 취미 없는 거 알잖냐. 차별하는 게 아니라 외

손자가 한결 더 조심스러워 그런다. 새빨간 남의 자식 아니냐. 그리고 그 시간엔 나도 나갈 일이 있단다. 계동 아줌마 있잖아, 그 아줌마 딸이 오늘 시집가는데 안 가볼 수 있냐? 영동 목화예식장에서 한시에 한단다. 어머, 내 정신 좀 봐. 미장원 다녀가려면 지금부터 서둘러도 늦겠네. 그러니까 시어머님한테 좀 봐주십사고 그러렴. 뭐, 시어머님도 한시까지 목화예식장 가신다고 했다구? 아, 맞다 맞어. 계동 아줌마하고 느이 시어머님하고 여학교 동창 아니니? 그렇게 됐구나. 오랜만에 사돈 마나님 뵙게 됐네. 그건 그렇구 네가 딱하게 됐구나. 웬만하면 애를 데리고 가렴. 으응, 그럼 그런 장소에 아이를 데리고 갈 순 없지. 아버지? 계셔. 애는, 아버지가 애를 어떻게 보시냐? 뭐라구?"

마나님이 별안간 깔깔대기 시작했다. 소녀처럼 거침없고 경망스러운 웃음소리도 귀에 거슬렸지만 그 울림 속엔 그가 여직껏 어디에서도 들어보지 못한 신랄한 야유와 버릇없는 능멸이 들어 있는 것처럼 느꼈다. 왜 느닷없이 그런 느낌이 들었을까? 맹범 씨는 그걸 이상해하기 전에 식구들로부터 경멸뿐 아니라 따돌림까지 당했다는 배신감과 고독감에 사로잡혔다. 어떤 결말이 났는지 전화를 끊고 나온 마나님 얼굴엔 아직도 그 기분 나쁜 웃음의 여운이 남아 있었다. 그러나 막연한 느낌을 근거로 마나님에게 뭘 따진다는 건 금물이었다. 어느새 망령이 나셨수, 할 게 뻔했다.

"당신 오늘 애 좀 봐주셔야겠어요. 서너 시간이면 된대요. 애가 워낙 순해서 별로 힘 안 드실 거예요."

"날더러 애를 보라구?"

맹범씨는 사태가 피할 수 없이 됐다는 걸 느끼면서도 말도 안 된다는 듯이 펄쩍 뛰고 보았다.

"그럼 어떡해요. 혜숙인 김서방하고 점심 초대를 받았다는데 안 갈 수 없대요. 초대받은 것만도 영광스러워해야 할 자리라니 우리가 안 도와주면 누가 도와주겠어요. 다 들으셨죠? 시어머님도 마침 볼일이 생긴 모양이니 친정 좋다는 게 뭐겠수?"

"글쎄, 난 못 해요. 어디서 모녀가 생각한다는 게 고작······"

"여보 우리 영감, 이러지 맙시다. 당신 애 보기에 소질 있는 건 세상이 다 아는 사실 아뉴?"

마나님이 이렇게 능청을 떨더니 뭐가 재미있는지 혼자서 깔깔 대기 시작했다. 전화에다 대고 웃던 바로 그 웃음소리였다. 그래도 맹범씨는 모녀가 그리도 행복하게 죽이 맞아 그를 조소하는 까닭을 알지 못했다. 교묘하게 양지 쪽만 걸어온 그의 생애는 누구에게나, 특히 가족들에게 떳떳했다. 그러나 아직도 말귀를 못 알아들은 내색을 한다면 마나님의 경멸 속에 충분히 포함된 친밀감마저 잃을까 두려워 그는 어정쩡하게 웃으면서 어정쩡하게 중얼거렸다.

"이거 왜 이래요? 얼렁뚱땅 떠맡길 일이 따로 있지. 애 보기가 무슨 장난인 줄 아남."

마나님은 들은 척도 안 하고 안방에서 외출 준비를 했다. 삼십 분도 안 돼 딸과 사위가 외손주를 데리고 달려들었다. 아홉 달 된 손자녀석은 그 동안 먹여야 할 것만도 한 보따리였다. 우유와 야채죽과 과즙과 과자와 철분과 기침약이 한 보따리, 기저귀와 옷이 한 보따리, 보행기와 장난감이 한 보따리, 도합 세 보따리는 사위가 두 손에 들고 어깨에 메고 딸은 아기를 안고 들어왔다.

"우유 먹을 시간은 열두시예요. 냉장고에 넣었다가 정각에 먹이세요. 죽은 두시쯤 멕이시구요. 잘 안 먹으려고 그럴 거예요. 어떻게 된 애가 발육에 비해서 이유가 순조롭질 않아요. 울려가면서 막 퍼넣으세요. 어떡하든지 멕이기만 하면 소화는 잘 시키니까요. 식후에 철분하고 기침약 먹이세요. 과즙하고 과자는 칭얼댈 때 조금씩 주시구요. 참, 곧 낮잠 잘 시간이에요. 푹 자고 나면 보행기 타고 잘 놀 거예요. 선잠 깨면 투정이 굉장하니까 절대로 선잠 안 깨도록 하세요. 땡깡 부릴 때는 먹을 것도 막무가내지만 차만 태워주면 직통으로 뚝 그치는데, 오늘 천기사 안 나왔죠? 아버지 골프 그만두시고 나서 천기사만 수 났네."

이렇게 단숨에 말하고 난 혜숙은 나가는 길에 태워다드리마고 어머니를 재촉했다. 요새 제 차를 장만해서 사위가 직접 모는 딸네는 첫밧이라 차 인심이 좋았다.

"알았다, 알았어. 우리 딸네 자가용을 타야구말구. 미장원 들러 가려구 했더니 그 동네에 가서 할까보다."

화장을 짙게 한 마나님이 입을 함박꽃처럼 벌리고 좋아했다.

크림색 마직 투피스에다 진주 목걸이를 늘인 마나님은 머리 손질 안 해도 귀부인 티가 번지르르 흘렀다.

"아버님, 죄송합니다. 이 좋은 일요일날 애를 보시게 해서……
영준이 빠이빠이 아빠 다녀올게. 빠이빠이."

두 여자를 앞세우고 조금 뒤떨어져서 현관을 나서던 사위가 그렇게 장인과 제 아들에게 인사를 차렸다. 구원을 청할 마지막 기회다 싶어 맹범씨는 사위에게 애걸을 한다는 게 헛되이 입술만 실룩거리고 있었다. 사위는 한 눈을 찡긋했다. 장인한테 윙크를 할 정도로 버르장머리 없는 사위는 아니니까 제 아들에게 애정 표시를 그렇게 했으리라. 그러나 맹범씨는 자신이 조롱당한 것처럼 느꼈고 모녀가 주거니 받거니 낄낄대던 웃음과 한통속으로 그 조롱의 의미를 파악하려 들었다. 사위의 뒤통수가 현관문 밖으로 사라지고 애 보기가 그만의 것으로 현실화되자, 그제서야 마치 시험지를 내놓자마자 떠오른 정답처럼 깔깔대던 조소의 의미를 깨달았다. 그 의미는 떠오르면서 날카롭게 그의 자존심을 관통했다. 저, 저런 괘씸한 것들이 있나. 맹범씨는 모녀와 사위가 사라져간 현관을 향해 헛되이 격앙했다. 맹범씨는 유신정치 때 국회의원을 지낸 적이 있었다. 맹범씨는 그런 경력을 매우 대견스럽게 생각했고 그후에도 그의 처세에 여러모로 유리하게 써먹을 수 있었으므로, 그런 그의 덕을 가장 많이 본 식구들로부터 비록 악의적은 아닐지라도 경박한 야유의 대상이 됐다는 건 생각할수록 괘씸했다. 식구들의 난데없는 빈정거림이 그의 자랑스러운 경력과 관계있다는 걸 진작만 깨달았어도 가장으로서의 권

위로 한바탕 크게 호통을 쳤으련만. 물론 정말 애 보기를 떠맡는 얼간이짓을 했을 리도 만무였다. 그는 비록 국회의원을 지냈다고는 하지만 공천을 받고 선거를 치르느라 패가망신의 위험성을 각오해야 하는 국회의원이 아니라 위에서 지명해서 되는 국회의원이었다. 이나라엔 그때부터 그런 국회의원 제도가 생겨났고 그는 주는 떡도 못받아먹는 바보가 아니었으므로 그 기회를 놓치지 않았을 뿐이었다. 그런 기회가 그에게 돌아가기까지의 경위가 밖으로 정확하게 알려진 바는 없지만 구구한 욕된 소문에 시달리지도 않았다. 운이 좋은 사람, 될 만해서 된 사람, 무난한 사람 정도로 넘어갔다. 그건 그만큼 존재가치가 희박한 국회의원이었단 얘기도 되지만, 그 희박한 존재가치로 하여 그후의 여러 고비의 정변 때도 다치는 일이 없었으니 행운을 타고난 사람임에 틀림이 없었다. 행운이 자기 편이란 믿음 때문인지 맹범씨는 자기에게 돌아온 행운을 받아들일 때 과연 받을 만한가 아닌가 망설이거나 개인적인 행운과 그 시대와의 관계에 어렴풋이라도 의문을 품어본 적이 없었다. 마찬가지로 그 시대가 지난 지금도 그 시대에서 자신의 역할에 대해 질문을 던져보는 일이 없었다. 타인이 질문을 던지거나 의혹을 갖는 것도 싫었다. 그의 시각으론 마냥 같은 시대가 계속되는 걸로 보였고 따라서 그 시대를 반성하거나 정리해야 할 까닭은 추호도 없었다. 근데 딴 사람도 아닌, 그의 행운의 덕을 가장 많이 누린 식구들이 행운에서도 가장 꽃다운 데에다 그런 방자한 평가를 내리면서 즐거워하다니 울분이 목줄기를 뻐듯하게 했다. 그는 울분의 경험이 없었기 때문에 견디기가 힘들었다. 그는 기물이라도 부수고 싶은 강렬한 충동으로 반짝이는 크리스털 그릇이 정연하게 앉은 장식장 앞으로 돌진했다. 그러나 땡그렁 소리는 그가 장식장 문을 열기도 전에 났다. 보행기를 타고 이리저리 돌아다니느라 엄마 아빠의 외출에도 별 관심이 없던 아이가 탁자 위의 늘어진 난초 잎을 잡아당긴 모양이다. 화분째 떨어지면서 아이는 흙을 뒤집어쓰고 화분은 마룻바닥에 떨어져 박살이 났다. 큰 소리와 흙벼락에 놀란 아이가 까무러칠 듯이 울기 시작했다. 난초 중에선 줄기가 잘 뻗고 번식력이 강한 흔해빠진 종류였지만 분은 이름 있는 도예가가 구운 운치 있는 것이었다. 생각 같아선 그걸 함부로 깨뜨린 녀석을 아무리 혼내주어도 직성이 안 풀릴 것 같은데 녀석은 뭘 잘했다고 점점 더 큰 소리로 울어댔다. 그제서야 엄마 아빠가 없다는 걸 알았는지 눈물을 철철 흘리며 서럽게 우는 꼴이 좀처럼 그칠 것 같지가 않았다. 그냥 내버려두었다간 무슨 일 날 것 같았다. 보행기에서 들어올리려니 영양 좋은 아홉 달짜리는 갈비뼈가 휘게 무거웠다. 안아주어도 아이는 울음을 그치긴커녕 할아버지 얼굴을 한번 빤히 바라보고 나서 불에 덴 것처럼 더욱 날카로운 울음소리를 냈다. 오냐, 오냐, 괜찮다. 착하지, 할아버지하고 놀자. 우리 아기 착하지. 고작 이런 말로 얼러봤지만 아기는 그의 가슴을 밀치면서 더욱 힘들게 악을 썼다. 금세 아기 목이 쉬고 얼굴은 눈물과 콧물 범벅이 되었다. 맹범씨는 진땀이 버쩍 났다. 아이가 온몸으로 그의 가슴을 밀칠 때마다 녀석을 힘껏 내동댕이치고도 싶었지만 차마 그럴 수는 없는 일이었다. 그렇잖아도 애 잡을 것 같은 두려움이 그의 가슴을 옥죘다. 시계를 보니 열한시 사십오분이었다. 떠나기 전에 일러준 말이나 밖에서의 용건으로 미루어 딸 내외와 마나님이 돌아올 시간은 일러도 세시는 넘어야 할 것 같았다. 넉넉잡고 네시쯤으로 잡아놓고 기다려야 안달을 덜 할 것 같은데, 지금부터 네 시간이라니, 맹범씨는 하룻밤 새에 머리가 하얗게 센다는 옛날이야기 속에 나오는 짧고도 긴 고난의 시간을 연상하고 치를 떨었다. 어떻게 해서 이 지경이 됐는지 너무 창졸간에 당한 일이라 악몽에 시달리고 있는 게 아닌가 싶기도 했다. 울어서 죽는 법은 없다는 말을 어디서 들은 것도 같았으나 아기는 정말 울어도 너무 울었다. 어느 순간 숨이 꼴깍 넘어가는 게 아닌가 싶게 온몸의 힘을 다해 울고 있었다. 가만히만 있을 수 없어 안고 흔들면서 집 안을 몇 바퀴 돌았건만 울음의 기세는 조금도 꺾이지 않았다. 시계를 보니 겨우 오 분이 지나서 열두시 십 분 전이었다. 울 때는 그저 젖으로 틀어막던 예전 육아법과 함께 우유 먹을 시간이 열두시라고 일러주던 딸의 말이 생각났다. 열두시까지는 아직 십 분이 남았지만 십 분 상관으로 큰일이야 나랴 싶었다. 무작정 울어대는 입을 틀어막을 게 생각났다는 것만으로도 살 것 같았다. 잘 시간도 얼마 안 남았다고 했겠다, 그만큼 울었으니 우유를 먹으면서 곯아떨어질 만했다. 맹범씨는 처음으로 한숨 돌리면서 우는 아이의 입에 우윳병을 물렸다. 워낙 몹시 울던 끝이라 그런지 아이는 몇 모금 빨다간 울고 빨다간 울곤 했다. 그래도 울음의 기세가 많이 꺾이고 우유도 반병쯤 줄었다. 눈엔 졸음도 어리는 듯했다. 더도 말고 덜도 말고 네시까지만 자거라, 맹범씨는 비로소 애 보기에 자신이 생기는 듯했으므로 회심의 미소를 지으며 이렇게 축수했다. 그때 아이는 울컥 목이 메게 우유를 토해내고 나서 더 다급하게 울기 시작했다. 다시 우유 꼭지를 물리려 해도 막무가내였다. 혹시 급한 병이 난 게 아닌가 싶어 가슴이 덜컥 내려앉았다. 머리를 짚어보니 식은땀이 쫙 흐르는 게 열은 없는 듯했지만 너무 차가운 것도 겁이 났다. 둥개둥개 흔들면서 집 안을 뱅글뱅글 돌았다. 흔들 동안만 조금 울음을 그쳤다간 조금만 덜 흔들어도 악을 썼다. 팔이 떨어져나가는 것 같았다. 가슴까지 담이 든 것처럼 결렸다. 겨우 열두시 오분이었다. 먹는 건 막무가내니 흔드는 것 말고는 재간이 없었다. 국회의원한테 애 보기나 하라는 엉터리 같은 발상을 제일 먼저 한 건 만화가일까, 신문기자일까, 흔해빠진 칼럼니스트일까? 아무튼 지옥에나 떨어지라는 악담이 저절로 나왔다. 어깨가 내려앉고 팔이 저려 더이상 아이의 무게를 지탱할 수가 없었다. 아이의 울음이 너누룩한 걸 기화로 그는 아이를 보행기에 앉혔다. 낮잠 잘 때가 가깝다는 말은 믿을 게 못 되는 게 아이의 눈은 초롱초롱하다 못해 심상치 않은 적의마저 번득이고 있었다. 아이는 보행기로 한달음으로 장식장 앞으로 가더니 미니 양주병을 꺼내 유리문을 두드리려고 했다. 맹범씨는 비명을 지르며 달려가 양주병을 빼앗았다. 아이는 기다렸다는 듯이 목쉰 소리로 고래고래 악을 썼다. 그는 다시 아기를 안아올려 우유를 마저 먹이려 했지만 아이는 도리질을 하면서 밀쳤고 과자도 과일즙도 막무가내였다. 아까 토한 우유가 맹범씨 트레이닝복에 허옇게 얼룩져 시척지근한 냄새를 풍기고 있었다. 그걸 닦거나 갈아입을 새도 없는 악전고투의 시간이었다. 시계를 보니 겨우 열두시 이십분이었다. 아이들 키가 넘게 큰 괘종시계는 일부러 그러는 것처럼 한껏 굼뜨게 추가 오락가락해서 어째 믿을 만하지가 못했다. 가끔 망령을 부린다고 마나님이 타박하는 소리를 들은 생각이 났다. 그러나 안방의 탁상 전자시계도 경대에 풀어놓은 그의 금딱지 롤렉스도 같은 시간을 가리키고 있었다. 미쳐서 오락가락 서성대는 시간 때문에 환장을 할 것 같았다. 아이보다 더 큰 소리로 울면 아이가 질려서 혹시 울음을 그치지 않을까 하는 생각까지 들었다. 궁하면 통한다고, 이때 비로소 아이가 심통 부리고 울 때 차만 태우면 뚝 그치는 버릇이 있다고 일러주던 딸의 말이 생각났다. 어렵지 않은 일이었다. 천기사는 안 나왔지만 택시나 버스를 태울 수도 있었다. 어어기 가자, 빵빵 타고 어어기 가자. 그렇게만 말해도 아이는 잠깐잠깐씩 울음을 그치고 솔깃해하는 것 같았다. 그는 현관문과 대문 단속을 대강 하고 나서 정원으로 내려선다. 빨랫줄과 장독대가 있는 담 모퉁이에 옆집 마당과 통하는 협문이 있었다. 서로 집을 비울 때 이용하기로 하고 낸 문이었다. 마나님은 파출부가 안 오는 날더러 이용하는 눈치였다. 맹범씨가 이용하긴 처음이었다. 한 시간도 안 되는 사이에 아이의 얼굴은 코와 눈물로 더럽게 얼룩지고 한결 수척해졌을 뿐 아니라 눈치가 빨해서 영락없는 천덕꾸러기였다. 토한 젖의 시척지근한 냄새는 아이한테서는 더 심하게 났고 옷 꼴도 꾀죄죄했다. 협문을 통해 옆집 마당에 들어선 맹범씨는 그런 아이 꼴이 창피해서 집 비우고 잠깐 나갔다 올 테니 잘 부탁한다고 소리치고는 얼른 그 집 대문을 나섰다. 거실 유리문 안에서 맹범씨의 이런 거동을 지켜보던 그 집 새댁은 고개를 갸우뚱하면서 중얼댔다. 저 댁에 무슨 좋지 않은 일이 생겼나? 이웃집 주인영감임엔 틀림이 없는데 출근할 때 봐오던 그 신수 좋은 멋쟁이 노신사가 아니었기 때문이다. 맹범씨는 손님을 맞을 명절 때 아니면 집에서 평상복 겸 잠옷으로 트레이닝복을 애용했다. 누워서 뒹굴기에도 마당을 서성이다가 생각난 듯이 맨손체조를 하기에도 산책 겸 담배를 사러 동네 나들이를 나가기에도 편하고 무난했기 때문이다. 요새 부쩍 젊어 뵈는 빛깔을 받쳐입는 영감님을 위해 마나님이 손수 고른 짙은 포도주빛 트레이닝복은 빨래할 때 파출부의 취급 부주의로 표백제가 묻어 여기저기 허옇게 얼룩져 낡고 초라해 보였고, 윗도리엔 아기가 토한 우유가 어른이 게운 밥풀찌꺼처럼 엉겨붙어 있었다. 보채는 아이하고 씨름하느라 지퍼가 반 넘어 내려와 가슴을 드러내고 있었고, 엉겁결에 맨발에 슬리퍼를 짝짝이로 신고 있었다. 그 노인에 그 아이였다.

"아이고 맹사장님께선 어쩐 일이십니까?"

골목어귀 구멍가게 남자가 이런 맹범씨의 몰골이 민망해서 바로 보질 못하고 괜히 손을 부볐다. 맹범씨는 아이가 거리로 나오자 울음을 뚝 그친 것만 고마워 계속 둥개둥개하면서 큰길로 나가다 말고 돌쳐와서 가게 남자에게 말했다.

"잔돈 좀 꿔주겠나?"

"네? 잔돈이라뇨?"

"이 녀석 빵빵을 태워주려고 나왔는데 마침 돈을 안 가지고 나왔네그려."

남자는 꿔주는 게 아니라 꾸는 것처럼 연방 머리를 조아리며 오천원짜리를 내놓았다.

"뭘 오천원씩이나. 천원짜린 없나?"

"넉넉히 가져가시는 게 안 좋겠습니까?"

"아닐세. 택시 타고 동네나 한 바퀴 돌걸 뭘."

맹범씨는 천원짜리를 한 장 꿔가지고 큰길로 나왔다. 빈 택시는 좀처럼 오지 않았고 아이는 둥개둥개 흔들지 않으면 당장 칭얼거렸다. 어떻게 하든지 울리지를 말아야지 한번 울기 시작하면 끝이 없이 울음끝이 질기다는 데 맹범씨는 거의 공포감을 느끼고 있었다. 저만치 시멘트 교각 위로 풀빛 전동차가 가는 게 보였다. 전철이 이 동네를 지난 지 대여섯 해는 됨직한데 맹범씨는 그걸 한 번도 타본 적이 없었다. 친구들 중에는 그게 승용차보다 빠르고 안전하고 편하더라고 칭송이 대단한 친구도 있었지만 언제고 한번 타봐야 하는, 격이 다른 교통수단일 뿐이었다. 격이 다르다는 걸 번연히 알면서도 괜히 한번 친한 체해보는 위선적인 서민성이 그에겐 조금도 없었다. 그러나 아이를 울리지 않기 위해서였다. 맹범씨는 죽자꾸나 아이를 둥개둥개 흔들면서 멀지 않은 전철역으로 갔다. 표 파는 데는 사람들이 줄을 서 있었다. 역 안에서 뛰어노는 아이들도 있었다. 아이는 걸음마도 못 하는 주제에 아이들을 보자 좋아라 환성을 지르며 내리겠다고 맹범씨 가슴을 밀쳤다. 팔이 떨어질 듯이 아픈 맹범씨는 양회바닥에 잠깐 아이를 내려놓고 줄을 섰다. 표를 사가지고 아이를 안아올리니 엉덩이가 걸레처럼 새까맣다. 그제서야 맹범 씨는 아이의 기저귀와 함께 바지가 질편하게 젖어 있다는 걸 알아차렸다. 여벌로 기저귀를 가지고 나오지 않은 맹범씨는 난감했다. 마침 역 구내에 약국이 있었고 그 안에 일회용 기저귀 봉지가 산적해 있는 게 보였다. 사람이 죽으라는 법은 없거든. 맹범씨는 이렇게 안도하며 약국으로 들어갔다. 청년에게 드링크류를 팔고 있던 아리따운 여약사가 눈살을 살짝 찌푸리고 맹범씨를 일별했다.

"종이기저귀 하나만 줘요. 애 보기도 경험이 있어야지 아무나 보는 게 아닙디다. 가장 중요한 걸 빠뜨리고 나왔지 뭐유."

맹범씨는 불필요한 변명을 늘어놓으며 선웃음을 쳤다. 약사가 밀가루 자루만한 기저귀를 통째로 꺼내놓으며 쌀쌀하게 말했다.

"이천원 되겠습니다."

"옛? 이천원이요? 그렇게 많이는 필요 없어요. 집에 기저귀가 없나 뭐."

약사는 말없이 봉지를 본디 있던 자리에다 던져놓고 다음 손님을 상대했다. 날이 선 코와 얇은 입술이 인정머리 없어 보였다.

"몇 개만 파시구려. 네, 약사 선생?"

맹범씨는 아니꼬운 걸 꾹 참고 비굴하게 웃으면서 빌붙었다.

오줌을 쌌으니 똥도 쌀지 모르고, 갈아댈 기저귀 없이 차를 탈 엄두가 나지 않았다. 녀석이 아까부터 그렇게 보챈 게 젖은 기저귀 때문인지도 모른다고 생각되자 한시가 급하게 갈아주고 싶기도 했다.

"간이 많이 나쁘신 것 같으네요. 간장약은 이게 제일이에요. 술 좀 덜 드시구요."

중년 남자가 단골인 듯 미주알고주알 세세하게 얘기하는 증세를 다 듣고 난 약사가 상냥하게 웃으면서 은박지에 포장된 약을 내놓았다. 그 쌀쌀한 여자가 딴 사람한테는 그렇게 상냥하게 웃을 수 있다는 것만으로도 맹범씨는 모욕감을 느꼈다. 그러나 그걸 따지고 시비를 걸 계제가 아니었다. 그에겐 마른 기저귀가 절실하게 필요하고 그것 한 봉지를 다 살 돈은 태부족했다.

"약사 선생님, 부탁 좀 합시다. 딴 일도 아니고 어린이를 위하는 일이니 사정 좀 봐주시구려. 낱개로 몇 장만 팔면 안 되겠소?"

못 들은 척 중년 남자와의 수작을 좀더 계속하고 간장약을 팔고 난 약사가 삼한 눈으로 맹범씨와 아이를 째려보더니 기저귀 봉지를 쌩 바람이 나게 낚아채다가 진열장에 놓으면서 물었다.

"낱개론 백원씩이에요. 몇장 필요해요?"

"아이고, 이거 고맙구려. 한두 장? 아니 석 장만 주구려."

"원은 낱개로 안 파는데 할아버지가 하도 불쌍해서 드리는 거예요."

약사는 아기가 기어다니는 그림이 있는 푸른 봉지를 끄르고 기저귀를 석 장 꺼내서 딴 비닐봉지에 넣어주면서 말했다. 삼백 원을 낸 맹범씨는 얼른 아이의 기저귀를 갈아주려고 아기를 안고 구석배기로 돌아앉았다.

"할아버지, 냄새나게 어디서 기저귀를 갈려고 그래요. 데리고 나가세요. 노인네가 염치도 없어."

약사가 맹범씨를 거러지 내쫓듯 했다. 맹범씨는 그새 구박에 익숙해져서 고분고분 약국을 나와 쓰레기통 그늘에서 아이의 바지를 내리고 흠빡 젖은 기저귀를 뺐다. 그사이에도 아이는 쉬지 않고 버둥대 한 손으로 아이의 몸을 지탱하며 다른 한 손으로 새 기저귀를 채우는 일이 야생마한테 재갈을 물리는 일만큼이나 힘에 겨웠다. 그래도 바깥 구경에 팔려 악을 쓰고 울지 않는 것만 고마웠다. 기저귀를 갈았다고 바지까지 부숭부숭해지는 건 아니었다. 걸레가 다 된 바지를 치켜올려주고 나서 다시 안아올렸다. 홈으로 나가 전동차를 기다리는 동안 아기는 처음으로 벙글벙글 웃었다. 맹범씨는 비닐봉지 속에 챙겨넣은 젖은 기저귀를 꺼내 아기의 더러운 얼굴과 새까만 발바닥을 대강 닦아주었다. 학생이 얼른 자리를 내주었으므로 맹범씨는 아기를 창가에 세우고 비스듬히 앉았다. 아기는 정말 차 타기를 좋아했다. 꺅, 꺅 환성까지 지르며 창에 꼭 붙어서 있었다. 옆에 앉은 부인이 아기에게 닿을세라 몸을 자꾸만 오그리고 있었다. 엉덩이 쪽만 걸레 같은 게 아니라 옷 전체가 더럽고 냄새났다. 그는 창구에서 무턱대고 행선지를 댔으므로 차표에 명시된 역에 내리고 나서도 멍청히 왜 그 고장 이름을 알고 있었는지를 생각하려고 했다. 역을 빠

284

져나오자마자 고층 아파트 단지였다. 작년엔가 친구가 그리로 이사해서 한 번 와본 적이 있는 단지였다. 전혀 우발적이 아니었다는 게 되레 그를 낭패스럽게 했다. 그는 행여 친구나 친구의 식구를 만날까봐 잔뜩 겁을 먹고 아파트 단지를 벗어났다. 새로운 단지는 단독주택가인지 불도저로 밀어놓은 광활한 택지가 나타났다. 아이가 얼굴을 들입다 부비며 다시 칭얼거리기 시작했다. 부드러운 흙을 보자 맹범씨는 느닷없이 예전에 돌아간 어머니 생각이 났다. 그는 다섯 남매를 낳아 다 길렀고 아이들은 비교적 무병하게 잘 자라주었다. 아이들마다 앓은 병은 홍역과 태열이 고작이었다. 홍역은 그때만 해도 누구나 한 번 치르는 병이었지만 태열은 흔치 않은 피부병인데도 그의 아이들은 하나도 안 빼고 다 앓았다. 그 병은 걸음마할 때까지의 한창 예쁜 아기를 보기 싫게 했을 뿐 아니라 자각증상도 상당히 괴로운 편이어서 아이들이 돌 안에 심하게 보챘다. 병원 약이나 생약도 태열엔 별로 신통한 게 없었고 그때의 속설로는 아이가 흙을 밟게 되면 저절로 낫는 걸로 돼 있었다. 그건 아마 걸어다니게 되면 낫는다는 뜻이련만 그의 어머니는 그 동안을 못 참고 어린 손자를 마당으로 데리고 나가 맨발에다 흙을 쓱쓱 묻혀주면서 흙 밟고 태열 뚝 떨어져라, 흙 밟고 태열 뚝 떨어져라, 하고 주문처럼 되뇌곤 했다. 그럴 때 흙은 신비한 생명력의 근원이고 자연의 만병통치약이었다. 흙과는 본능적인 친화감이 있는지 아이들도 그런 흙장난을 좋아했다. 본디 청결을 좋아하는 맹범씨였지만 그의 어머니가 손자의 발에 흙을 묻히는 경건한 의식에는 미소를 금치 못했었다. 어머니에겐 종교에 가까운 의식이 아이에겐 유쾌한 놀이였고 의식과 놀이의 조화가 그렇게 보기 좋을 수가 없었다. 한번 발에 흙을 묻히는 재미를 터득한 아이는 손으로도 흙을 만지고 싶어했고 나중엔 흙에 뒹굴고 싶어했다. 그러고 나서 흙강아지가 된 아이를 씻기면 밭에서 갓 뽑은 무를 씻는 것처럼 살갗이 싱싱하고 건강했었다.

맹범씨는 흙을 보자 그 옛날의 어머니처럼 손자와 함께 흙장난을 하고 싶어졌다. 아이의 손발과 옷은 벌써부터 꾀죄죄했지만 그건 흙이 아니라 도시의 먼지였다. 진짜 흙을 묻혀주고 싶었다. 아이에게 그 즐거움을 느끼게 해주고 싶었다. 그런 뜻밖의 생각을 통해 그는 처음으로 손자에게 할아버지다운 정이 우러나는 걸 느꼈다. 그는 돌이 적은 고운 흙을 골라 아이를 내려놓았다. 예상한 대로 아이의 표정이 싱싱하게 살아나면서 흙과 자유자재로 친해지기 시작했다. 아이는 기운차게 흙 위를 기고 뒹굴고 흙을 파고 주무르고 흩뿌리고 맛보면서 연방 낄낄거렸다. 아이의 꼴이 말이 아니었지만 맹범씨는 개의치 않고 같이 장난을 치면서 히히거렸다. 아이의 손톱 밑이 새까매지고 머리털 속에도 흙이 버적버적했다. 어느 틈에 흙을 주워 먹었는지 아이의 입에서 흙물이 흐르면서 욕지기를 했다. 맹범씨가 더러운 손가락을 아이 입에 넣고 휘저었다. 아이의 입 속이 온통 깔깔한 흙이었다. 아이는 계속해서 욕지기를 하면서 울기 시작했다. 흙장난이 과했던 것 같아 얼른 안고 달랬지만 아이의 울음은 심상치가 않았다. 주위를 휘둘러보니 저만치 천막집이 보였다. 포장마차보다 조금 큰 집엔 장독대도 있고 줄에 빨래도 널려 있었다. 문이라기보다는 구멍으로 들여다본 그 안은 대낮의 밝음에 익은 눈으론 아무것도 분간 못 할 만큼 어둑시근했다. 누군가가 그 안에서 꿈적거리고 있다는 걸 겨우 어림짐작할 수 있을 정도였다.

"실례합시다. 물 한 대야만 얻읍시다."

"뉘시우?"

대답은 천막 뒤 한데서 났다. 호미를 든 노인이 바지춤을 여미며 어슬렁어슬렁 나타났다. 머리는 하얫으나 체격이 우람하고 피부가 건강한 옹기빛이어서 나이를 짐작할 수 없었다.

"주인장이슈? 물 한 대야 얻읍시다."

"물을 한 대야씩이나 뭘 하게? 여긴 물이 귀한데."

"보면 모르슈. 이 아이를 좀 씻기려고 그러니까 편의 좀 봐주슈."

"먹으려고 구걸해다는 물을 세숫물로 달래? 아니꼽게."

노인은 숫제 반말이었다.

"여긴 평진데 물이 왜 그렇게 귀해요?"

"평지라도 수도꼭지가 없으니 귀할 수밖에."

"아무리 돈이 많이 들어도 수도쯤은 끌고 살아야죠. 기본적인 생활 여건이니까."

"에이 여보슈. 뭐 이런 맹문이가 다 있어. 우린 여기서 살라는 걸 사는 게 아니거든. 끌기는커녕 끊어버렸다우."

그렇게 말하는 노인은 신산스럽기는커녕 매우 자랑스러워 보였다. 맹범씨는 속으로 약간 돈 노인네가 아닌가 싶어 섬뜩했다.

"그럼 실례했수다. 어디 간들 물 한 대야 못 얻겠수?"

그때 천막 안에서 여자 소리가 났다.

"물 한 대야 드려요. 물 적선이 제일이란 소리도 못 들었수?"

"먹을 물이 아니라 씻길 물이래."

"알아요. 그애 꼴 좀 봐요. 불쌍하지도 않아요?"

목소리만 들리던 여자가 안에서 나왔다. 오십 세 전후의 허여멀건한 여자였다. 여자는 선선히 속에서 물을 한 대야 퍼냈다.

"고맙습니다, 아주머니."

맹범씨가 아이를 씻기려 하자 아이는 발버둥을 치면서 또 울기 시작했다. 지겹게도 울기 잘하는 아이였다.

"이리 줘요. 왜 애 씻기는 게 그 모양이에요?"

여자가 화난 듯이 애를 뺏더니 벅벅 씻기기 시작했다. 손가락으로 입 안도 마구 후벼냈다. 애는 숨넘어가는 소리를 냈지만 수건질할 땐 그치고 똘방똘방 이 사람 저 사람 눈치를 봤다.

"어메, 씻겨논게 제법 훤한 도련님이네. 낯도 안 가리고. 너꾹너꾹."

여자가 평상에 퍼더버리고 앉아 넓적한 얼굴을 허물고 아이를 얼렀다. 천막 안에서 예닐곱 살 되어 보이는 계집애가 찐 고구마를 먹으면서 쪼르르 나오더니 아이에게 주려고 했다.

"이 계집앤 애만 보면 사족을 못 쓴다니까. 사내동생도 하나못 보는 주제에, 저리 치지 못해, 남의 애 목메."

여자는 계집애가 부득부득 아이 입에 처넣으려는 고구마를 뺏더니 자기 입에 넣고 꼭꼭 씹어 뱉어 아이 입에 조금씩 넣어주었다. 아이는 새처럼 입을 짝짝 벌리고 잘 받아먹었다. 맹범씨는 그 여자의 다루는 법이 믿음직스럽고 또 잠시나마 아이 안는 일은 면할 수 있어 여간 고맙지 않았지만 천막 속에 사는 정체 모를 여자가 씹어 뱉은 걸 아이에게 먹인다는 걸 애어미가 어디서 보면 기절초풍을 할 것만 같아 조마조마했다.

"애가 배가 되게 고팠네. 고구마 하나 더 가져온."

계집애가 안으로 들어갔다.

"아녜요, 아주머니. 우유 먹일 시간이 다 됐으니 그만 집에 가봐야죠."

맹범씨가 아이를 받으려 하자 아이는 도리머리를 흔들면서 여자의 가슴에 찰싹 붙었다. 여자는 아이의 뺨에 쭉 입을 맞추고는 기저귀를 만져보더니 아이구 딱해라, 아이구 차거워라, 하면서 기저귀를 뺐다. 아이가 시원한 듯이 흥얼대며 다리를 쭉 뻗었다. 아이고매, 고추도 잘도 생겼네. 조년은 언제나 이런 사내동생을 보누, 하며 기저귀 채울 생각은 안 하고 고추를 만지기 시작했다. 계집애도 신기한 듯이 생그레 웃으면서 들여다봤다. 맹범씨가 비닐봉지에서 새 기저귀를 꺼내면서 아이를 빼앗으려 하자 아따 고추 닳을까봐 겁나요, 하면서 자기가 갈아주고 나서 바지를 치켜주고 끌끌 혀를 찼다.

"헌 옷이 있으면 한 벌 줬으면 좋으련만 워낙 애 길러본 지 오래돼서…… 글쎄 조년이 돌문을 닫고 나왔는지 아수가 없네요."

"아들 딸 가리지 말고 하나만 낳아 잘 기르란 소리도 못 들었어? 애 에미 듣는 데선 제발 그 아들 타령 좀 그만 혀."

"아드님 내외도 같이 사시나보죠?"

맹범씨가 아까보다 한결 잘 보이는 천막 안을 기웃대며 넌지시 물었다.

"장가 안 든 아들이 둘이나 더 있어요. 손이 귀한 집도 아닌데."

여자는 아직도 아들손주에 대한 미련을 못 버리고 심란한 얼굴을 했다.

"그 여러 식구가 여기서 다 함께 산단 말입니까?"

"임시지, 우리라고 생전 이러고 살라구요. 이렇게 살고 싶대도 살게 내비두지도 않을 거구먼요."

"흥, 저희들이 안 내버려두면 어쩔 거야. 누가 이기나 보라지."

영감이 허공에다 대고 눈을 부라리며 별렀다.

"이 땅에 소송이라도 붙었습니까?"

맹범씨는 아까부터 궁금하던 걸 이렇게 넌지시 물었다.

"아녜요, 이 동네가 다 개발인지 쇠발인지 걸려서 벌써 없어졌는데 우리는 보상금 까탈로……"

"정부하고 합의가 잘 안 돼서."

여자가 말을 끝마치기 전에 노인이 얼른 말꼬리를 낚아챘지만 노인 역시 말끝을 맺진 못하고 별안간 괜히 으스대기만 했다. 정부라는 말에 힘을 주면서 거만을 떠는 게 자신과 정부를 일대일의 대등한 위치로 가정하는 데 쾌감을 느끼는 눈치가 역력했다.

"이제 그 고집 좀 그만 피우시우. 우리보담 더 억울한 왕근네도 진철이네도 결국은 떠났잖아요."

"듣기 싫어. 그 배신자덜 소린 왜 또 혀?"

"암튼 우리가 한 번 돈을 받아먹은 건 사실 아녜요."

"닥치지 못해. 조, 조놈의 여편네 입초시에 될 일도 안 된다니께."

"몰라요. 난 암것도 모른께 낼부터 물도 당신이 길어요."

"아따따, 물 긷는 자세 또 부리네."

"물 한 바가지나 길어보고 하는 소리여요. 아빠뜨 수위가 오죽 지랄을 하는 줄 알아요. 젊은놈이 늙은일 사람 취급도 안 한다구요."

"아 즈네들 흥청망청 차 닦는 물 먹는 물로 선심 좀 쓰는 게 그렇게 아깝대. 나쁜 새끼 같으니라구."

"그 사람 나무랄 것도 없어요. 차 닦는 물이라고 거저 나오는 게 아니래요. 공동수도료도 다 같이 문다니 밖의 사람 퍼주면 욕 안 먹겠어요?"

"아따따, 이해심 많아 좋다."

"빈정거리지 좀 말구 마음이나 고쳐잡수세요."

"날더러 마음을 고쳐먹으라구? 내가 뭘 잘못했게."

"고집도 잘못이에요. 남 하는 대로 하고 삽시다."

"벌써 세번째야. 자리잡고 살 만하면 개발 쇠발 당한 게. 우리가 다 해논 개발을 누가 또 헌다고 지랄이야."

"이이가 증말, 만길이 어멈 혼이 씌었나?"

여자가 한숨을 푹 쉬었다.

"씌면 좀 어때? 이 동네 사람덜 만길이 어멈 원혼이 안 씬 게 더 이상하지."

"요새 세상에 원혼이 어딨어요?"

"원혼이 왜 읎어? 사람덜이 쇠붙이처럼 독해져서 씌일 데가 읎다뿐이지."

"만길이 어멈이 어떤 사람입니까?"

맹범씨가 두 사람의 말다툼 사이에 끼어들었다.

"이 동네 도오쟈로 밀 때 앞장서서 말리다가 도오쟈에 깔려 죽은 여자랍니다."

"네에, 그런 일이 있었군요."

맹범씨가 마음으로부터 비통하게 말했다.

"떨 거 읎어, 영감. 제 집 읎으면 그런 일 당하고 싶어도 못 당할 테니까."

노인이 뽐내면서 맹범씨를 경멸했다. 아이가 또 칭얼대자 이번엔 계집애가 고구마를 씹어서 아이 입에 넣어주기 시작했다. 아이가 하도 허겁을 하며 받아먹으니까 계집애는 입으로 직접 아이 입으로 넣어주며 좋아하고 해해거렸다.

"그만 먹여라, 남의 애 체할라. 할아버지, 얘가 배가 많이 고픈

가봐요. 집이 어딘지 어여 데려다 젖을 물리도록 하세요. 세상에, 가엾어라. 먹고살려고 저 입 벌리는 것 좀 보게나."

아이는 입을 벌리고 고구마 부스러기가 묻은 계집애의 입술이라도 빨려고 허둥대고 있었다.

"보면 몰라, 에미 있는 애 같지도 않구먼."

노인이 맹범씨와 아이를 가련하다는 듯이 바라보면서 말했다.

"할아버지, 아이를 업혀드리리까. 안는 것보다 훨씬 힘이 들 테니 업으시우. 우리 애 두르던 띠가 어디 있을 테니 잠깐만 기다려요."

여자가 계집애를 앞세우고 안으로 들어갔다. 노인이 평상에 앉아서 담배를 피워물면서 맹범씨에게도 권했다.

"안 피워요. 건강 때문에."

"건강 좋아하네. 곧 죽어도 돈 읎어서 못 피운다고 안 할 얼굴이군."

맹범씨는 갖은 수모를 다 당하면서도 노인이 밉지 않았다. 마음에 들었다. 여기서 진 신세를 훗날 후하게 갚고 싶었다. 이런 데서 이렇게 사는 사람들의 소원은 뭘까? 고작 안전한 일자리 아니면 쫓겨나지 않아도 되는 집이 아닐까? 맹범씨는 야담에 나오는, 미행을 나가서 만난 착하고 곤궁한 선비의 소원을 들어주는 임금님 생각을 했다. 이 노인에게라면 그런 임금님이 돼줄 수도 있었다. 그는 노인을 위해 수위나 농장 관리인 자리를 생각했고 비어 있는 별장과 비울 수 있는 농막도 생각했다. 무엇보다도 시급한 건 자신의 변신을 노인에게 보여주는 일이었다. 노인은 얼마나 놀라고 황공해할까? 야담의 클라이맥스는 결코 선비의 금시발복에 있지 않고 선비가 임금님이 언젠가 만난 적이 있는 보잘것없는 노인이었다는 걸 알아보고 황공무지해하는 대목에 있다. 맹범씨의 공상도 마찬가지였다. 여자가 띠를 찾아가지고 나왔다. 군데군데 해지고 찌든 무명띠였다. 업으니까 한결 편했다. 그래도 여자는 타박을 했다.

"왜 애 업은 꼴이 그래요. 아이가 붙질 않고 겉도는 게 가관이네. 진지라도 따뜻하게 얻어잡수려면 애를 잘 봐야 돼요. 노인도 공밥 먹긴 힘든 세상이니까 애 보기 싫은 눈치 하지 말구요. 오죽해야 할아버지한테 애를 맡겼겠어요. 딱해라. 참 점심요기는 하셨수? 고구마나 두어 개 드리리까? 뭐든지 잡수셔야 허리를 펴고 애도 봅니다요."

"걱정도 팔자야. 동냥자루 도루 달래면 될 걸 웬 걱정이야."

노인이 또 밉상을 떨었다. 그러나 맹범씨는 그 동안에 속으로 노인의 일자리뿐 아니라 아들 며느리의 일자리까지 다 마련했으므로 여유 있게 웃으면서 물었다.

"노인장, 그 동안 신세 많이 졌수다. 이 은혜를 어찌 갚을지."

"궁상 작작 떨고 어여 가봐요."

"노인장의 소원은 뭐유?"

"내 소원? 왜 들어줄라우?"

노인이 조롱하는 듯 시비하는 듯 물었다.

"어찌 들어줄 수야 있겠소만 늙은이끼리 서로의 소원을 알아 두는 것도 재미있을 것 같아서."

"흥, 난 당신 소원 알고 싶지도 않은데. 내 소원은 말야, 저놈의 아빠뜨나 옮겼으면 좋겠어. 우리집이 이래 봬도 정남향판인데 저놈의 아빠뜨 때문에 해가 들어야지. 앞으로 날은 점점 추워질 텐데 햇빛 뺏긴 게 생각할수록 억울하단 말야."

"노인장, 노인장은 디오게네스를 알고 있었구먼."

노인의 뜻밖의 대답에 맹범씨는 한편 놀라고 한편 이렇게 반색을 했다.

"내가 누구네를 안다고?"

맹범씨가 하도 반색을 하는 바람에 노인이 어리둥절해서 물었다.

"디오게네스 말요. 디오게네스."

"누구네라구? 되기네?"

"디오게네스."

"여보 마누라, 되기네가 누구네지?"

노인은 드디어 아내에게까지 구원을 청했다.

"글쎄요. 잘 생각나지 않는데요."

"그럼 노인장은 정말 디오게네스를 모른단 말요?"

"생전 처음 들어보는 이름인걸."

"거 참 이상하다."

"뭐가 그렇게 이상해요?"

"디오게네스도 모르구서 어떻게 그런 대답을 할 수가 있단 말요. 그런 명답을 말요?"

"내 원 참, 별꼴 다 보겠네. 되기네를 모르면 그럼 어떤 대답을 해야 한단 말이요."

"그야 우리네 상식으로야 감히 저 아파트 없앨 생각을 어떻게 하겠소. 이 천막집 없애는 게 훨씬 쉽지, 그게 순리구."

"아니, 이 영감이 듣자듣자 하니 누굴 약을 올리러 왔나, 염탐을 하러 왔나. 말도 못 해, 말도. 그러니까 소원이지. 이 늙은 거렁뱅이야 썩 꺼져라. 퉤퉤, 오늘 재수 더럽다, 더러워."

독이 머리끝까지 오른 노인이 아까 아이를 씻긴 대야의 구정물을 냅다 맹범씨한테 끼얹었다. 엉겁결에 도망을 치면서 맹범씨는 물벼락을 맞아 싸다고 생각했다. 디오게네스라니, 자신의 유치한 망발이 생각할수록 닭살이 돋을 것처럼 혐오스러웠다.

"할아버지, 할아버지, 집이 어딘지 아기를 우유라도 한 병 사 먹여야겠습니다. 시상에 배가 얼매나 고픈지 먹는 거라면 환장을 해쌓는."

그 동안에 정이 들었는지 여자가 도망치는 맹범씨한테 이렇게 악을 썼다. 그러고 보니 열두시에 우유 반병 먹은 건 다 넘기고 그후 변변히 먹은 게 없었다. 고구마 얻어먹던 데를 떠나니까 아이는 등에서 몸을 비틀면서 기색을 하는 소리를 냈다. 우유를 사 먹이라는 귀띔이 고마워서 맹범씨는 돌아보면서 손을 흔들었다. 그러나 맹범씨는 친구네를 의식하고 가까운 아파트 단지는 피해 아직 택지가 조성 안 된 '재개발 지역'이란 큰 글씨를 아치형으로 써붙인 이웃 동네 쪽으로 갔다. 곧 갈아엎을 동네라 집 같지도 않은 집들이 다닥다닥 붙어 있고 좁은 골목도 꼬불탕꼬불탕했다. 그러나 구멍가게는 자주 눈에 띄었다. 이왕이면 깨끗한 구멍가게를 고른다는 게 모주꾼같이 생긴 남자들이 몇 명 막걸리를 마시고 있는 제법 큰 가게를 기웃거리게 됐다. 냉장고도 갖추어져 있었고 팩에 든 생우유가 이백원이라고 했다. 꽤 큰 팩이어서 맹범씨가 먼저 목을 축이고 나서 컵을 하나 빌렸다. 워낙 배가 고팠던지라 아이는 젖꼭지 없이도 잘 마셨다. 가끔 사레가 들려 킥킥대다가도 울지도 않고 다시 허겁지겁 컵에 달려들곤 했다. 그럭저럭 한 컵의 우유를 다 마신 아이는 좌판을 짚고 서서 이것저것 장난을 하려고 했다. 주인남자는 연탄난로에서 부글부글 끓는 냄비를 열고 젓갈로 그 안의 제육 덩어리를 찔러보다 말고, 원 녀석 잘생겼다 하며 씽긋 웃는 게 마음 좋아 보였다. 맹범씨는 주인의 인심에 힘입어 거기서 잠깐 쉬기로 했다.

"영감님, 막걸리 한잔 하십시다."

우락부락한 젊은이가 플라스틱 컵에 부연 막걸리를 가득 부어서 맹범씨한테 불쑥 내밀었다.

"아니, 아닙니다요."

맹범씨는 막걸리가 얼마나 비위생적이라는 데 겁을 먹는다는 게 그만 젊은이에게 너무 공손하게 쩔쩔매는 결과가 되고 말았다. 그러나 일단 자초한 터무니없는 저자세는 쉬 번복할 수 있을 것 같지 않았다.

"괜찮아, 괜찮아. 사양 말고 쭉 마셔요."

딴 모주꾼들도 합세를 한다. 여기서 비위생이라는 핑계로 사양한다면 아마 디오게네스보다 더 큰 망발이 되리라.

"아닙니다요. 술을 한 방울도 못 합니다요."

맹범씨는 이렇게 뒤늦게 마땅하고 무난한 변명을 생각해냈다.

"술은 한 방울도 못 한대."

"술도 못 하는데도 늙게 저렇게 되는 수가 있나."

"딴 짓을 했겠지, 뭐. 노름이나 계집질이나."

저희끼리 이렇게 수군거렸다. 주인이 제육을 꺼내 도마도 없이 비닐을 깐 좌판에 놓고 쑹덩쑹덩 썰기 시작했다.

"어째 비계가 좀 적은 것 같다."

"글쎄 비계가 두툼해야 우리같이 먼지 마시는 놈들 목구멍이 미끄덩 씻겨내려가는데."

다 썰기도 전에 소금을 꾹꾹 찍어 먹으면서들 하는 소리였다. 맹범씨는 자기도 모르게 침을 꼴깍 삼켰다. 생전 처음 느껴보는 강한 식욕으로 눈앞이 다 어질어질했다. 주인남자가 제육을 따로 몇 점 담아서 맹범씨 앞으로 넌지시 밀어놓았다. 맹범씨는 체면불구하고 잘 무른 제육을 아귀아귀 먹었다. 제육이 그렇게 맛있는 줄을 여직껏 모르고 살아왔다니. 열이 먹다 아홉이 죽어도 모르게 맛있다는 말이 결코 과장이 아니었다. 맹범씨가 제육을 하도 맛있게 먹자 먼저 막걸리를 권한 젊은이의 얼굴에 문득 연민이 스치더니 제육을 몇 점 더 보태주었다. 그제서야 맹범씨는 됐습니다요, 잘 먹었습니다요, 하고 인사를 차릴 만큼 제정신이 돌아와 있었다.

"아이고 이 녀석 봤나, 일을 저질렀네그려."

주인남자가 난처한 얼굴로 아이를 안아올렸다. 그 동안 소리가 없길래 잊고 있던 아이가 좌판에 있는 카스테라 팥빵 따위를 몇 개 홈빡 짓이기며 놀고 있었다.

"아이고, 이를 어쩌나. 이 녀석이 기어코 큰일을 저질렀네. 염려 마십시오, 주인어른 도합 얼맙니까? 제가 물어드리죠."

주인이 비닐봉지를 헤어보더니 꼭 삼백원어칩니다, 고 했다. 그때 맹범씨 주머니엔 딱 삼백원이 남아 있었다. 십원만 모자랐어도 망신당할 뻔했다 싶은 마음에 맹범씨는 오랜만에 떳떳한 얼굴로 그걸 털어놓고 아이를 업었다. 주인남자가 아이가 못 팔게 망쳐놓은 빵과 카스테라를 기저귀 봉지에 꾹 찔러주면서 큰 적선이라도 베푸는 얼굴을 했다. 맹범씨는 거기 있는 모주꾼들한테 연방 허리를 굽신거리며 그 가게를 떠났다. 돼지고기 때문인지 허리에 한결 힘이 생겼다. 그제서야 등에서 아이가 새근새근 잠이 들었다. 고난과 수모를 같이한 외손자의 체온과 숨결이 맹범씨의 가슴을 편하게 했다.

지하철역 창구엔 여전히 사람들이 줄 서 있었다. 그 끄트머리에 줄을 서려다 말고 맹범씨는 무일푼이라는 걸 깨달았다. 전철로 이백원 거리가 몇리쯤 되는지 어림짐작도 가지 않았다. 사람

들마다 그를 흘끔흘끔 쳐다보고 지나갔다. 어떤 사람의 표정엔
불쾌감이, 어떤 사람의 표정엔 무관심이 어리는 걸 맹범씨는 색
깔을 구별하듯이 명료하게 알아보았다. 자는 아이는 깨어 있는
아이보다 훨씬 더 무겁고 자꾸만 옆으로 뭉그러져내렸다. 그는
아이를 힘겹게 추스르며 역내를 마냥 헛되이 서성댔다. 문득 그
의 모습이 역내의 대형 거울에 비쳤다. 저 늙은이가 누굴까. 저
늙고 초라하고 더럽고 비굴한 늙은이는 누구란 말인가. 그 늙은
이가 그가 매일 아침 거울에서 봐온 품위 있고 건강하고 자신 있
게 늙어가는 자신이란 말인가. 구내의 전자시계는 세시 사십오
분을 가리키고 있었다. 맹범씨는 네 시간 전의 자신과 지금의 자
신의 모습이 얼토당토않다는 게 조금도 이상하지 않았다. 방금
경험한 네 시간은 그가 여직껏 살아온 고르고 유연하게 흐르던
시간과는 전혀 단위가 다른 시간이었으므로. 그건 돈의 단위에
서도 마찬가지였다.

그가 지금 필요한 이백원의 가치를 그가 여직껏 쓰거나 모아
온 재산과 같은 단위로 헤아리는 건 불가능했다. 그는 거울 속의
자신을 오랫동안 직시하고 나서 창구 앞에 줄선 사람들한테로
갔다. 그리고 떨리는 두 손을 모아 구슬픈 소리로 구걸을 하기
시작했다. 이 늙은이를 불쌍히 여기시어 차비를 좀 보태주십시
오. 집은 먼데 차비가 떨어졌습니다. 이 늙은이와 등에 업힌 이
어린것을 불쌍히 여기시어 한푼만 보태주십시오.

맹범씨는 버스나 전철을 타본 일이 거의 없었으므로 정말로

돈이 없거나, 노망기로 정거장에서 구걸하는 노인을 구경한 적이 없었다. 그럼에도 불구하고 그의 구걸은 그에게 썩 잘 어울렸다.

사람의 일기

식목일날이었다. 아파트 녹지대에도 나무 심기가 한창이었다. 지은 지가 육 년이나 되는 단지인지라 여름만 되면 녹지대가 제법 울창했다. 그런데도 묘목을 잔뜩 실은 트럭이 들어오고 하늘색 모자를 쓴 수위 아저씨들이 삽을 들고 분주하게 왔다갔다했다. 눈여겨보니, 작년에 진입로와 동과 동 사이를 잇는 인도 양측에 가로수로 심은 목련나무 중 고사(枯死)한 걸 파내고 그 자리에다 새 묘목을 심고 있었다. 월동을 하면서 고사한 게 아니었다. 작년에도 식목일날 심었는데 심던마다 삼분의 이 이상이 밥풀처럼 비져나오던 꽃봉오리가 말라붙더니 끝내 잎도 돋지 않고 말았다. 한여름 뙤약볕에 줄기만 서 있는 가로수를 바라본다는 것은 저으기 짜증스러운 일이었다. 오랜 가뭄 끝에 말라비틀어진 걸 보는 것처럼 사람의 심성까지 타들어가게 했다.

바깥의 식목일 풍경 때문에 집 안을 두리번대며 식목일다운 일거리를 찾기 시작했다. 겨우내 라디에이터 박스를 가리고 있던 소철, 팔손이 분을 베란다로 내놓기로 했다. 벌써 내놓았어야 할 것들이었다. 혼자 들려니 꼼짝도 안 했다.

"혜령아, 나 좀 거들어줄래?"

목욕하고 로션을 처덕거리고 있던 딸애가 가운만 걸치고 나왔다. 눈에 띄게 화려한 애는 아니었지만 뜯어볼수록 귀여운 아이였다. 막 목욕을 끝낸 살갗이 만개하기 전의 분홍 장미처럼 발그레 촉촉하고 향기로워 보였다. 막내딸이라 그런지 내 눈엔 안 예쁜 데가 없는 아이였다. 특히 그 아이의 코는 보면 볼수록 교묘하게 예뻤다. 어려서부터 나는 그 아이를 어를 때 "우리 혜령이 코는 누가 빚었기에 이리도 공교로운고!" 하며 허풍스럽게 감탄하기를 좋아했었다.

실내에서 겨울을 난 관상수가 양지바른 베란다로 나오니까 영양실조와 함께 주인의 무관심이 고스란히 드러났다. 나는 괜히 민망해하며 헝겊을 축여다가 이파리의 먼지를 닦아내기 시작했다. 딸애도 거들면서 밖을 내다보았다. 뽑아낸 고목들을 장작처럼 묶는 이, 구덩이를 파는 이, 묘목을 대충대충 세우고 흙을 덮는 이, 삽을 땅에 꽂고 담배를 피우는 이, 가지각색이었다. 나무를 심고 있다기보다는 식목일 행사를 하고 있다는 인상 때문인지 새로 심은 나무도 제대로 뿌리를 내릴 것 같지가 않았다.

"하필 또 목련이야?"

딸도 혼잣말처럼 투덜댔다.

"처음에 목련으로 시작한 걸 어쩌겠니? 가지각색 가로수도 우습잖아."

"전 처음부터 목련이 마음에 안 들었어요."

"왜 그 꽃이 어때서?"

"목련 자체가 싫은 게 아니라 나무 하면 기껏 목련밖에 생각해 낼 줄 모르는 그 저능아 같은 발상이 마음에 안 들어요."

"네가 마음에 들든 안 들든 올핸 잘 자라주었으면 좋겠다."

"반타작이나 하면 잘 자라는 거겠죠."

"무슨 말을 그렇게 하나?"

"두고 보세요. 우리나라 사람들이 하는 짓 다 그런 거 아녜요?"

어쩌면 젊은애가 저렇게 말할 수 있을까. 그거야말로 저능아 같은 발상이 아닌가. 나는 그애를 크게 나무라주고 싶은 걸 꿀꺽 참았다. 그애와 지낼 날이 얼마 남지 않았다는 모성적인 감상 때문이었다. 받아놓은 결혼날짜도 임박하거니와 약혼자가 유학을 떠나기로 돼 있어 그애도 같이 가려고 수속중이었다. 아마 신혼여행이 미국행이 될 모양이고, 신랑이 물리학 전공이니 학위 따고 돌아오려면 오륙 년은 잡아야 할 것 같았다. 수속을 하면서 도처에서 부딪친 이 나라 독특한 관료주의에 대한 넌더리가 딸애로 하여금 그런 아니꼬운 소리를 하게 했을지도 모른다고 너 그렇게 이해할 수도 있었다.

우리 모녀는 곧 머리를 맞대고 혼수 목록을 작성하기 시작했다. 면팬티 스무 장, 브래지어 열 개, 청바지 세 벌, 티셔츠 열장, 면양말 스무 켤레…… 이런 것들을 하나같이 실용적인 싸구려로만 사도 된다고 생각하니까 나도 막 신이 나기 시작했다. 큰딸을 번족하고 유복한 댁으로 시집보내본 나는 혼수라면 겁부터 났다. 최고급이라고 이름 붙은 영문 모르게 비싼 걸 끝도 없이 사들였건만도 나중에 섭섭한 소문을 듣고 말았건만. 그러다 가난한 유학생한테 시집을 보내니 그렇게 편할 수가 없었다. 가서 너무 고생할까봐 될 수 있는 대로 돈으로 좀 주어 보낼 작정이었다. 딸이 연애하던 남자가 유학을 가게 됐으니까 딸려보내려는 것뿐, 사윗감으로 유학생을 원했다든가 기피했다든가 하는 내나름의 선호도가 있는 건 전혀 아니었다. 그러나 집안이 한때 허룩하도록 실어보내야 하는 혼수를 장만하는 수고와 부담이 비행기 수화물 크기로 준다는 건 확실히 신나는 일이었다. "우리 혜령이가 효녀로구나." 싸구려도 더 싸게 사려고 남대문이나 동평화시장 쪽으로만 도는 딸을 나는 이렇게 대견해했다.

저녁 무렵 보험회사 외무사원인 동창생한테서 들르겠다는 전화가 왔다. 보험금 낸 진 며칠 됐다구, 했더니 그냥 근처까지 왔길래 잠시 보고 가고 싶다고 했다. 여고 동창생으로 흉허물 없는 사이였지만 손발이 닳도록 고달프게 사는데도 늘 가난하기만 한 친구란 때로는 부담스러울 적도 있었다. 이 나이에 변두리에 겨우 중산층 아파트 하나 쓰고 사는 내 살림 형편을 부자로 보는 친구란 솔직히 말해서 곤혹스러웠다.

친구는 며칠 사이에 더 늙고 고단해 보였다. 처녀 시절엔 그녀의 얼굴을 서구적으로 돋보이게 하던 광대뼈가 더욱 두드러져 늘그막의 그녀를 거칠고 신산하게 만들고 있었다.

"담배 없냐? 꽁초라도⋯⋯"

들이닥치던마다 담배 먼저 찾는 친구를 보며 적어도 서너 시간은 넋두리를 들어줄 각오를 했다. 자주 피우는 편은 아니고 더구나 남편이나 회사 동료들은 피우는 걸 감쪽같이 모르게 피우는 정도지만 그녀 말에 의하면 되게 속상할 땐 되게 생각이 나서 못 견딘다는 거였다.

나는 서너 개비 남은 양담배를 꺼내놓았다.

"흥, 부잣집은 달라."

친구가 비꼬기부터 했다. 나는 변명 대신 쓸쓸하게 웃었다. 외국 출장 갔다 온 친정 동생이 매형한테 선물이라고 달랑 양담배 한 갑을 들고 왔을 때 내색은 안 했지만 섭섭했었다. 집안 내에서 외국 나들이가 별로 없는 남편은 그래도 좋아하면서 집에서만 아껴서 피우던 거였다. 담배를 한 개비 꼬나물고 나서 친구가 들뜬 소리로 말했다.

"우리 큰딸 정미 시집간다. 날까지 잡았어. 아유 정신 없어. 애인 생겼다고 데려오자마자 어떻게 서둘러서 들볶아치는지."

친구의 과장된 명랑이 되레 친구를 부자연스럽게 했다. 그러나 나는 이해할 수 있었다. 과년한 딸 치우는 게 좋기도 하려니와 없는 살림에 남하는 흉내라도 낼 생각을 하면 근심이 태산 같으리라. 얼굴이 갑자기 못쓰게 된 까닭도 알 만했다. 정미가 시집을 가다니. 나도 정미가 결국 보통 여자들처럼 살게 된 게 반갑기도 하고 서운하기도 했다. 정미는 좀 특별한 아이였다.

"잘됐지 뭐니. 들볶아치는 대로 한바탕 들볶이고 나면 너도 한시름 놓게 될 게 아니냐. 한두 푼 드는 일이 아니니까 걱정이야 되겠지만 넌 분수껏 하는 데는 원래 도사 아니니. 나도 동창들을 규합해서 한번 힘껏 도와볼게."

"정미가 돈 들이고 시집갈 애니. 한푼 안 들이고 가겠단다."

"저런 기특한 것. 그렇지만 결혼을 어디 혼자서 하는 거니. 두 집안 일이니까 너무 이쪽 고집만 부리지 말라고 해. 하긴 정미가 골라잡은 신랑이니까 그런 통속쯤은 벗어났겠지만……"

"신랑이 소위 운동권 학생이란다. 옥살이 경력만도 정미한테 댈 게 아닌 골수래. 놀랬지?" 친구가 연거푸 또 한 개비의 담배를 피워물면서 말했다. 나는 대답을 못 하고 마른침만 꼴깍 삼켰다.

"너라면 이럴 때 어쩌겠냐? 네 딸이라면 말야."

친구가 애걸조로 말했다. 친구의 말인즉 입장을 바꾸어서 생각해봐달란 얘기 같은데 얼핏 그게 되지가 않았다. 언젠가 어떤 여성단체에서 마련한 '독자와의 대화'란 모임에 소설가로서 참석한 적이 있는데 그때 나는 소설이 독자에게 끼칠 수 있는 가장 큰 미덕은 타인의 삶을 자기 삶처럼 체험케 하는, 즉 남과 입장을 바꿀 수 있는 능력이라고 공언했었다. 소설이 독자에게 그런 능력을 줄 수 있는 거라면 그런 소설을 꾸며내는 소설가는 마땅히 그런 능력의 도사여야 하련만 도무지 그 능력이 말을 들어주지 않았다. 나는 내가 나불댄 말에 부끄러움을 느꼈고 화도 났다.

"망할 계집애 같으니라구. 즈이 엄마 가슴을 그만큼 놀래키고 속을 그만큼 태웠으면 됐지 뭐가 부족해서 시집까지 유난벌떡하게 가려누."

기껏 만만한 정미한테 이렇게 화풀이를 했다. 그러나 지금 정미한테 화를 내고 있는지 그것도 실은 분명치가 않았다. 정미도 소위 운동권 학생이었다. 다감하고 원색적인 친구가 딸의 옥바라지하는 동안 반미치광이가 돼가는 걸 지켜보면서 나도 함께 고통스러워했기에 그런 욕도 할 만했다. 옥바라지를 시킨 것 외엔 정미는 나무랄 데 없는 딸이었다. 남들이 생각하는 것 같은 투사 티는커녕 보통 여대생보다 더 여자답고 소박하고 조용하고, 없는 살림 꾸려가는 어머니에 대한 효성 또한 지극했다. 정미가 풀려난 후 친구는 이런저런 구실을 붙여서 정미를 자주 나한테 심부름을 보냈었다. 뒷구멍으로 전화를 걸어 좀 떠보고 타일러보라는 부탁과 함께였지만 남의 마음을 떠본다든가 바꾸는 일이 그렇게 쉬운 일은 아니었다. 나로서는 엄두도 못 낼 일이었다. 섣불리 설교도 할 수 없는 게 이런 얘기 저런 얘기 해볼수록 핍박받는 사람들에 대한 정미의 사랑과 책임감은 조금도 의심할 여지가 없었다. 나의 가냘픈 작가정신도 그런 것이 줄기를 이루고 있다고 자부해왔건만 정미의 투박한 진실성 앞에선 어딘지

간사스럽고 가짜스러워지는 것 같았다. 이론적으로도 정미한테 끌렸다. 옥살이하는 동안 그 방면의 이론서만 읽었을 테니 쉽사리 허점을 보일 리가 없었다. 나는 겨우 날카롭고 강한 걸 이길 수 있는 것은 더 날카롭고 더 강한 힘이 아니라 유하고 부드러운 것이라는 노자(老子)의 아류쯤 됨직한 방법론으로 체면을 세우곤 했다. 그럴 때 정미는 노자가 생전에 웃었음직한 더할 수 없이 질박한 미소로써 대답을 대신하곤 했었다.

"집안에서 다들 나한테 미쳤다고 그런단다."

"왜?"

"딸년을 그런 데 시집보낸다고. 나더러 글쎄, 옥바라지가 그렇게 좋더냔단다. 얼마나 그게 좋았으면 딸년한테 물려주냐니 그게 할 소리니, 악담이지. 누군 누구겠니. 오빠들이 그러지. 친정 어머니도 길길이 뛰시지. 붙들려가는 거는 못 막았어도 시집가는 걸 왜 못 막냐는 거야. 다리몽둥이를 우지끈 분질러 생전 처녀로 늙히는 게 낫다나."

친구의 친정 쪽은 매우 번족하고 오빠들도 다 상당한 사회적인 지위를 가진 이들인지라, 못사는 데다 자식까지 유별나게 둔 누이를 측은해하기도 했지만 짐스러워하기도 했다는 건 나도 알고 있었다. 반대의견이 얼마나 드셌으리라는 건 더군다나 짐작이 가고도 남았다.

"이런 경우 너라면 어쩌겠니?"

친구가 또다시 자기 입장에다 나를 끌어들이려 하고 있었다.

나는 심사숙고하는 척, 그러나 고작 듣기 좋고 책임지지 않을 말을 고르느라 어물쩍대고 있었다.

이때 혜령이가 외출 준비를 하고 나왔다.

"쟨 누굴 닮아 저렇게 예뻐지니? 부잣집 막내딸 티가 잘잘 흐르는구나."

처음에 인사할 땐 제 걱정 때문인지 변변히 쳐다도 안 보더니 한껏 멋부리고 나온 걸 보자 이렇게 비꼬는 투로 말했다. 친구가 시기하고 있는 것 같아 나는 얼른 혜령이를 내보내려고 했다. 약혼자를 만나러 가는 줄 알고 있으면서도 짐짓 심부름이라도 보내는 것처럼 예사롭게 굴었다.

"다녀오렴, 늦겠다. 진작 나가지 않구 여직껏 뭘 꾸물대고 있었을까."

"넌 애인도 없니? 한창때 잡아야 한다, 너."

친구가 나가려는 혜령이에게 이렇게 말을 시켰다. 혜령이가 돌아서면서 의아한 얼굴로 뭐라고 하려고 하자 나는 짜증을 부리다시피 했다.

"얘 좀 봐, 시간 없대두. 얼마나 기다리겠니?"

나의 영문 모를 호들갑에 밀려나면서도 혜령이는 납득할 수 없는 얼굴을 하고 있었다. 딸애가 나가자 나는 비로소 안도의 숨을 쉬었다. 처음엔 혜령이도 약혼중이고 결혼날짜도 임박해 있단 소리를 할 기회가 없어서 못 했다. 이번엔 자연스럽게 그 말을 할 기회가 왔는데도 하기가 두려웠다. 친구 눈에 내가 너무

공리적으로 자식 관리를 한 것처럼 비칠까봐, 어쩌면 친구가 시기를 할까봐 조심스러웠다. 정미야 그런 속물스러운 비교로 자신을 비하시킬 아이가 결코 아니지만 친구나 나는 보통 어머니였다. 내가 작가라고 해서 보통 어머니 이상이 될 수 없듯이 친구도 특별한 딸을 두었다고 해서 저절로 보통 어머니 이상이 되는 건 아닐 터였다. 그러나 왜 내 딸이 가난한 미국 유학생에게 시집가는 걸 순간적으로 이 친구 앞에서 떳떳지 못해했고 감추고 싶어했던가라는 추궁으로 자신을 궁지에 몰아붙인 건 역시 어머니로서가 아니라 작가로서였음직하다.

친구가 핸드백을 뒤지더니 돌돌 말아 고무줄로 동인 편지뭉치를 꺼내놓았다.

"읽어봐."

"뭔데?"

"우리 정미하고 그 남자애가 주고받은 편지란다. 공교롭게 둘이 옥살이를 같이 하지 않고 번갈아가며 했으니까 서로 부지런히 편지 쓰고 책 넣어주는 걸로 옥바라지 품앗이를 했나보더라."

"그런 편지가 어떻게 네 손에 들어왔니?"

"정미가 보물처럼 숨겨놓은 걸 내가 훔쳐봤지 뭐. 그중의 몇 통을 이렇게 빼냈고……"

"얘는 미쳤어. 그러면 안 돼. 어떻게 그런 야만적인 짓을 할 수가 있니?"

"난 야만인이니까. 프라이버신가 뭔가 개나 물어가라지."

"그러지 마. 정미가 알아봐라. 아무리 모녀간이지만 정떨어질걸."

"알아도 겁 안 나. 오히려 즈네들 편지 훔쳐본 걸 나한테 감사해야 될걸. 세상의 입 가진 사람은 다 반대하고 비웃는 즈네들 결혼을 나 혼자서 편들고 감싸고 이만큼 추진시킨 게 다 이 편지 덕이었으니까. 너도 한번 읽어봐. 괜찮아. 어쩌면 요새 아이들이 그렇게 맑고 순수한지 나도 놀랬다니까. 요샛말로 감격 먹었단다. 그래서 외롭게 걔네들 역성을 들고 나선 거지."

나는 내키지 않는 마음과 호기심 반반으로 '검열필'의 스탬프가 찍힌 편지를 한 통 펴들었다. 검열을 의식해서였을까. 이념적인 말이나 그런 뜻을 우회하거나 함축한 말도 찾아볼 수가 없었다. 그냥 순수한, 거의 고전적이라고도 할 수 있는, 그리움이 절절하고 사랑의 기쁨과 슬픔이 시(詩)처럼 아름답게 표현된 연애편지였다. 그건 삼십여 년 전, 나의 젊은 날 앳된 감성과 타는 갈망으로 상대도 없이 썼다 지우고 썼다 지우곤 했을 뿐 끝내 부쳐 보지 못한 편지이기도 했고, 받기를 갈망하다 이루지 못한 몽상의 편지이기도 했다.

요새 세상에도 이런 편지를 쓰는 연인들이 있다니 — 나는 그 편지가 어여쁘고 신기한 나머지 요새 세상에도 그런 편지가 있을 수 있게 한 교도소의 높은 담장을 마치 로맨틱한 소도구쯤으로 여길 뻔하고 있었다. 그런 편지를 쓸 까닭이 없을 만큼 그리움을 참을 필요가 없는 자유로운 젊은이의 연애가 밍밍해서 불쌍할 지경이었다. 그렇다고 그들 중 한쪽이 갇혀 있는 몸이란 게 드러나는 대목이 많은 건 아니었다.

　— 형,(정미는 애인을 그렇게 부르고 있었다) 왜 안데르센의 「성냥팔이 소녀」라는 동화가 있지. 추운 겨울밤 길거리에 웅크리고 앉아 팔다 남은 성냥을 한 개비씩 켜서 손가락을 녹인 소녀 이야기 말야. 그 소녀는 한 개비의 성냥이 탈 때마다 한 가지의 아름다운 공상을 하고…… 그 짓을 되풀이하다가 결국 얼어 죽었지. 지금의 내 처지가 꼭 그래요. 눈을 감고 꿈을 꾸는 거야. 형이랑 포장마차에서 따끈한 우동을 시켜놓고, 형의 눈은 소주병도 하나 까고 싶어하고 나는 눈치없이 로맨틱해져서 포장에 부드럽게 부딪치는 눈 나리는 소리에 귀 기울이고…… 그 다음엔 내 생일이야. 형이 제법 큰 선물보따리를 들고 들어왔잖아. 내가 뭐냐고 물으니까 곰인형이라나. 시이, 날 맨날 어린애 취급하기야? 조금 골낸 시늉을 하면서 북북 포장지를 뜯었지. 웬걸 푹신한 내 털코트잖아. "돈도 없을 텐데 뭘 이런 걸 다." 그러면 형은 "변변한 게 못 돼 미안해. 겨우 십만원짜린걸" 하면서 송구스러워하지. 뭐 대충 그런 이야기를 줄줄이 엮으며 혼자 킬킬대며 하루를 보내지. 그러다가 눈을 뜨면 보이는 건 차가운 벽과 한 덩이 보리빵…… 형, 그 순간 한기가 밀어닥치고 나는 영락없는 성냥팔이 소녀라구.

　겨우 이런 대목에서 그녀가 영어의 몸이란 걸 어렴풋이 짐작할 수 있을 정도였다. 밝고 낙천적이긴 남자가 옥중에서 쓴 편지도 마찬가지였다. 내가 그들의 편지를 대충 다 읽고 났을 때 친구는 거의 울먹이는 소리로 말했다.

"내가 그 편지를 훔쳐보기가 잘못이지. 그전까지만 해도 너 죽고 나 죽자는 식으로 반대하던 결혼을 차마 못 그러겠는 거 있지. 참답게 사랑하는 건 남이라도 예뻐서 북돋아주고 싶은 거 아니니? 하물며 내 자식이 그렇게 사랑하는 걸 어떻게 안 도와주고 배기니. 그래서 남이 뭐라든 나는 그애들 편을 들기로 한 거야. 내가 잘하는 걸까, 잘못하는 걸까?"

나는 친구의 절박한 눈길에 붙잡혀 꼼짝도 할 수가 없었다.

"그애들은 잘살 거야."

나는 이렇게 말했지만 마음으로부터 그애들의 결혼에 동의한 건 아니었다. 그애들이 그애들답게 잘살 건 의심할 여지가 없었지만 시시때때 놀라고 애태우고 애간장이 마르는 친구의 마음고생이 마냥 더 계속될 생각을 하면 속이 상했다.

"너만은 내 마음을 좀 이해해주려마."

친구가 매달리듯이 절박하게 말했다. 그제서야 나는 친구의 진의를 깨달았다. 모든 사람이 다 극구 말리는 결혼을 혼자서 동의하고 거들면서 외로웠던 것이다. 그녀가 옳다고 믿는 걸 더불어 옳다고 박수쳐줄 동조자가 필요했던 것이다. 그녀가 딴 친구도 많았는데 하필 나를 동조자로 만들 수 있다고 지목한 건 내가 작가라는 것과도 무관하지 않을 것 같았다. 결코 막돼먹거나 무식하지 않은 그녀가 딸의 편지를 훔쳐내는 짓까지 한 것도 글쟁이는 글로 감동시키는 게 가장 빠르리라는 그녀 나름의 소박한 계산에서가 아니었을까. 그러니까 한 사람의 작가로서의 나의 의견을 구하고 있건만 그게 잘 되지를 않았다. 자꾸만 눈물 마를 날 없이 지지리 고생만 한 많은 어머니의 입장에 나를 대입시키고 있었다. 같은 어머니로서 입장을 바꾸어서 생각해봐달랄 때는 그게 잘 안 되더니, 작가의 입장에 서라니까 또 슬며시 어머니 입장을 기웃거리고 있었다. 결국 내 솔직한 심정은 어떤 입장에서고 비켜나 있고 싶은 거였다. 비열한 짓인 줄은 아나 명확한 의견을 가진 자리는 피하고 싶었다. 그러면서도 비열의 속성인 거짓을 들키지 않으려고 요령껏 어물쩍거렸다. 친구가 외로움을 덜고 갔는지 더 큰 외로움을 안고 갔는지 헤아릴 겨를도 없었다. 행여 영향을 끼칠 말이나 책임질 말을 했을까봐 돌이켜보면서 문득 자신에 대해 매우 비위가 상했다.

그날 역시 넘어까지 혜령이가 안 돌아오는데도 나는 거의 신경을 쓰지 않고 있었다. 남에 대해 무심하고 때로는 차갑기까지 한 만큼 내 식구들에 대한 나의 애정과 관심은 내가 생각해도 좀 지긋지긋한 바가 있었다. 딴 날, 내 딸이 밖에서 전화도 없이 열 시를 넘겼다면 안절부절 온갖 방정맞은 생각과 들어오면 혼내주고 설교할 궁리로 골 속이 후끈 달아올랐을 것이다. 그러나 그날 밤, 나는 텅 빈 마음으로 맥을 놓고 있었다. 간혹 친구한테 한 내 말들이 신트림처럼 치받쳐서 얼굴을 찌푸렸지만 정신적 고통이라기보다는 생리적 고통에 더 가까웠다.

전화벨 소리가 났다. 너무 시끄러워서 잔잔한 음악 소리가 나는 신식 전화기로 바꿔야지 하고 별렀다. 마루에서 남편이 받는지 시끄러운 소리는 곧 멎었다. 이어서 비명에 가까운 남편의 고함소리가 들렸다. 나도 뛰어나가고 아들도 제 방에서 뛰어나왔다. 남편이 수화기를 놓으면서 "혜령이가 교통사고래. 한남동 S병원에 있대" 그러면서 파자마 바람으로 현관으로 나가다가 되돌아와서 어쩔 줄을 몰랐다. 손을 덜덜 떨고 있는 게 보였다.

"어느 정도래요, 부상이?"

아들이 물었다.

"몰라, 안 물어봤어."

남편이 바보처럼 말했다.

"아버지도 참."

아들이 침착하게 전화번호부를 뒤적이는 걸 보면서 나도 어디론지 붕 떴던 정신이 좀 돌아왔고 아들이 너무 믿음직스러워서 의지하고 응석 부리고 싶었다. 어느 틈에 오열이 걷잡을 수 없이 치받쳤다.

아들이 전화번호를 누르고 혜령이 이름을 대는 동안 나는 착한 아기처럼 꿀꺽꿀꺽 울음을 참았다. "네? 중상이라구요?" 아들이 버럭 소리를 질렀다. 그로부터 병원 응급실까지 어떻게 갔는지 잘 생각나지 않는다. 그냥 이게 꿈이었으면, 설마 꿈이겠지 하는 생각에 열심히 매달렸다. 꿈인가 생시가 살을 꼬집어보는 짓 같은 건 하지 않았다. 꿈이었으면 하고 바라다본 모든 것은 꿈속에서처럼 몽롱하고 이치에 맞지 않았다. 유혜령의 가족이라니까 우린 곧 응급실로 인도되었다. 아직 의식이 돌아오지 않았다고 하면서 피투성이의 한 부상자를 가리켰다. 코에서 많은 피가 흐르고 있고 이마에서 콧등에 걸쳐 도끼로 내려친 것 같은 처참한 상처가 입을 벌리고 있는 환자는 혜령이가 아니었다. 아니에요. 아니에요. 우리 딸이 아니에요. 들입다 체머리를 흔드는 내 눈앞에 흰 가운 입은 남자가 쇼핑백을 가져와 확인하라고 했다. 저 환자의 옷과 소지품입니다. 나는 그 안에서 뭐가 나올지 보고 싶지 않아 뒷걸음질쳤다. 남자가 안의 것을 끄집어냈다. 꾸역꾸역 꾸역꾸역, 서리서리 서렸던 오장육부가 쏟아져나오듯이 피투성이의 옷가지가 쏟아져나왔다. 한껏 멋부리던 실크 블라우스, 바람이 불 때마다 우산처럼 펴지는 모슬린 주름치마, 순백의 슬립. 그런 것들이 비록 피걸레가 됐다고는 하나 처음 보는 것은 아니었다. 어느 틈에 큰딸과 사위도 오고 조카들도 와서 나를 밖으로 내몰았다. 나는 울기 시작했다. 울음이 잘 나오지 않고 가슴에 뭉쳐서 찢어질 것처럼 고통스러웠다. 쥐어뜯고 몸부림쳐도 소용이 없었다. 내가 뭘 잘못했기에, 하는 원망이 나의 비통을 더욱 처참하게 했다. 너무 괴로워서 죽고 싶었다. 자식을 앞세우는 수모를 겪느니 죽는 게 훨씬 나을 것 같았다. 혜령이가 죽다니, 내가 혜령이 죽는 걸 보다니, 내가 도대체 뭘 잘못했기에 자식이 그런 끔찍한 꼴로 죽는 걸 봐야 한단 말인가.

조금도 잘못 없이 살았다곤 못 해도 나보다 잘못이 많은 사람들이 내 주위에서 얼마든지 나날의 무사안일을 누리며 다복하게 살고 있었다. 나는 평소에도 도덕적인 결벽증이 좀 심한 편이었다. 그런 사람이 흔히 그렇듯이 나 역시 내 잘못보다 남의 잘못을 꿰뚫어보는 데 더 눈이 밝았다. 그런 밝은 눈으로 보건대 세상은 온통 죄인투성이고, 그들의 죄에 비하면 내 잘못은 티끌만큼밖에 안 됐다. 이런 불공평에 대한 원망과 조금도 거짓 없이 대신 죽고 싶은 딸에 대한 사랑이 뒤범벅이 되어 나를 모질게 고문했다. 미칠 것 같았다. 순탄치 못한 세월을 살아온 탓으로 아버지가 약을 제대로 못 써 죽는 것도 보았고 난리통에 동기간이 비명에 가는 것도 보았고, 이 나이에 벌써 친구를 몇 사람이나 앞세웠다. 그럴 때마다 통곡을 했지만 지금 생각하니 어떤 통곡에도 약간의 감미(甘味)가 섞여 있게 마련이었다. 그 감미 때문에 따르는 울음을 즐길 수도 있었다. 이렇게 감미가 섞이지 않은 완전한 비통은 처음이었다. 미치고 환장하지 않고는 도저히 감당할 수 없는 비통이었다.

"어머니, 고정하세요. 혜령이가 지금 죽은 게 아니잖아요."

큰딸 혜숙이가 나를 얼싸안으며 울먹이는 소리가 혜령이가 곧 죽을 거란 소리로 들려서 사지가 와들와들 떨렸다. 혜숙이가 다급하게 내 두 팔을 모두어 잡으며 애걸했다.

"정말 왜 이러세요. 기도하세요, 네. 어머니는 기도할 자격이 있잖아요. 저기 저 사람 좀 보세요. 어머니도 저렇게 하실 수 있잖아요."

그 자리에서 기도란 소리가 어찌나 생급스럽던지 귀가 번쩍 띄었다. 어쩌면 너무 적절해서 되레 생급스러웠는지도 모른다. 어쨌든 나는 끼룩끼룩 목을 길게 빼면서 울음을 삼킬 수가 있었고 그 기도라는 것의 모습을 보기 위해 주위를 살폈다. 몇신지는 모르겠으나 밤이 깊으련만 응급실 앞 대기실엔 우리 말고도 불의의 사고를 당한 가족들이 여럿 불안한 자세로 서성이고 있었다. 그중에서도 나의 난동은 구경거리였던 듯 모두 내 쪽을 보고 있는데 홀로 대기실의 웅성거림과는 무관한 부인이 있었다. 부인은 양회바닥에 무릎을 꿇고 나무의자에다 팔꿈치를 괴고 두 손을 모아 기도를 드리고 있었다. 고뇌에 찬 모습이었으나 침범할 수 없는 신성한 분위기로 둘레의 불안으로부터 홀로 초연하게 자신을 지키고 있었다. 나에게도 퍼뜩 희망 같은 게 보이기 시작했다. 그 지경에서도 나의 원색적인 난동을 추하게, 그 부인을 아름답게 볼 만한 객관성 같은 게 생기기 시작했다. 혜숙이가 나더러 기도할 자격이 있다고 한 것은 지난 여름 가톨릭에 입교한 걸 두고 하는 말이었다. 그러나 나는 입교하기 전에도 그랬지만 후에도 기도에 익숙지가 못했다. 가톨릭의 수많은 기도문 중에서 고작 주기도문을 외는 정도였다. 나는 주기도문을 좋아했다. 뺄 것도 더할 것도 없는 아름답고 완전한 기도문이었다. 거기다 뭘 더한다는 것은 중언부언이었다. 그중에도 "우리가 우리에게 잘못한 이를 용서하듯이 우리의 죄를 용서하시고⋯⋯"라는 대목은 우리가 주님께 용서를 빌 수 있는 자격을 너무도 준엄하고 간결하게 규정짓고 있었다. 예수쟁이들을 헐뜯을 때, 흔히 하나님께 용서만 빌면 다 되는 줄 알고 함부로 죄를 짓는 사람들이라고 하는데 용서받을 자격 없이 용서만 빌면 그런 소리 들어도 싸다고 생각했다. 남을 용서하기란, 마음으로부터 정말 용서하기란 어렵고도 어려운 일이기에 용서받을 자격을 얻는다는 것 또한 지극히 어려운 일이어야 마땅했다. 그러나 어느 한 구절에만 매료된다는 건 옳은 일이 못 된다는 걸 곧 알게 되었다. 가장 지적(知的)인 척 그 구절에 구애를 받다보면 함부로 용서를 빌지 않겠다는 마음이란 결국 아무도 용서할 수 없다는 교만에 다다르게 된다. 주기도문을 욀 수 있기 전서부터도 그리스도교가 가장 미워하고 경계하는 것이 교만이라는 것쯤은 알고 있었기에 짧은 주기도문 속에서도 나의 인색한 마음과 모순에 찬 교만은 여지없이 부대꼈다. 그러나 여전히 주기도문을 비롯한 복음서의 말씀들은 아름다웠고 감동과 영감에 충만해 있었다. 소설 쓰는 일이 바닥을 드러낼 무렵이었다. 더 쓸 게 없었다. 마지막이었다. 비참했다. 전에도 간간이 이제 마지막이다 싶을 적이 없었던 것은 아니다. 마지막까지 가지 않으면 새로운 시작도 할 수가 없었다. 그러나 이번 마지막은 그런 타성적인 절망과는 달랐다. 써먹을 소재가 바닥났다든가 소재가 잘 풀어지지 않을 때 곧잘 겪던 절망감이 아니었다. 여직껏 써갈긴 이야기에 넌더리가 났다. 내 소설에서 주로 다루어온 나보다 못난 사람들, 짓눌리고 학대받고 신음하는 사람들에 대한 관심이 다만 이야기를 꾸미기 위한 관심이었다는 걸 왜 느닷없이 깨닫게 되었는지는 알 수 없다. 관심만 있고 사랑 없음이 그 삭막한 바닥을 드러내자 이제야말로 마지막이다 싶었다. 이런 나의 사랑 없는 관심에 새로운 사랑의 가능성을 부어준 게 성경 말씀이었다. 산상수훈도 아름다웠거니와 마태복음 25장 최후의 심판 장면은 나에겐 새로운 경이였고 그리스도교에 대한 여직껏의 나의 옹졸한 편견을 일소할 만한 것이었다. 그 무렵 나는 나의 문학적 관심의 사랑 없음에도 절망하고 있었지만, 가족이라는 가까운 핏줄에만 집중적으로 국한된 나의 지긋지긋한 모성애에도 적이 절망하고 있었다. 밖으로 확산하지 않으면 독이 될 것처럼 그 사랑은 이미 너무 진하고 편협했다. 그런저런 절망 속에서 만난 성경구절은 가뭄에 단비처럼 나를 감지덕지하게 했다. 그래서 그리스도를 영접했다고는 하나 아직은 그게 신앙이란 자신이 없었다. 본받을 분으로 영접했는지 주님으로 영접했는지도 분명치가 않았다. 입교하고도 기도를 한 적이 별로 없었다. 의식적으로 안 하려고 했는지도 모른다. 그리스도를 믿는 이들이 가장 소중하게 여기는 기도에 대해 나는 혐오감 같은 걸 느끼고 있었다. 열성적인 기도일수록 더했다. 기도합시다, 기도해주세요. 이런 소리가 마치 푸닥거리의 효험을 비는 소리처럼 주술적으로 들려서 내가 기도를 잘 안 하는 걸 떳떳해하고 있기조차 했다. 그 또한 얼마나 같잖은 교만이었을까. 지금 내 눈앞의 부인이 기도란 아무리 엄청난 재난 속에서도 가장 품위 있고 겸손할 수 있는 방법이라는 걸 보여주고 있었다. 나는 무너지듯이 주저앉아 두 손을 모았다. 주님, 우리 혜령이를 살려만 주십시오. 더는 안 바라겠습니다. 살려만 주십시오. 제발 그 아이를 벌써 죽게만 마옵소서. 어떤 모습으로라도 살아만 있게 하여주소서. 그 아이에게 다리가 없어진다면 기꺼이 다리가 되겠습니다. 눈을 못 보게 된다면 일생 눈이 되겠습니다. 그 아이가 잃은 것을 대신하고 봉사하는 걸로 낙을 삼겠사오니 부디 그 아이를 살려만 주십시오. 그 아이를 죽게 하시려거든 저를 먼저 죽게 하소서. 제가 대신 죽게 하소서.

거짓 없이 진정으로 매달린다는 건 좋은 일이었다. 모든 것이 시간조차 멎고 어떤 초월적인 힘과의 신비한 교류가 이루어지고 있었다. 얼마나 지났는지 혜숙이가 나를 조심스럽게 두들기며 말했다.

"들어가보세요. 혜령이가 의식을 회복했어요. 엄마를 찾고 있어요."

오오 주님, 감사합니다. 이 불쌍한 에미의 기도를 들어주셔서 감사합니다. 나는 기쁨의 눈물로 주님께 감사하고 또 찬양하면서 혜령이를 보러 들어갔다. 딸은 그사이에 머리를 홀랑 깎아서 더 알아볼 수 없이 참혹한 모습을 하고 있었다. 그러나 내 손을 잡고 "엄마 울지 마. 난 괜찮아" 하는 게 아닌가. 얼굴이 퉁퉁 부어서 눈을 떴는지 감았는지도 모르겠는데 그래도 나를 알아보는 것이었다. 감사합니다. 주님, 감사합니다. 하늘에 계신 우리 아버지 감사합니다.

그러나 기쁨에 넘친 나와는 달리 혜령이를 둘러싼 우리 식구와 친척들은 다 깊은 수심에 싸여 있었다. 곧 수술을 해야 하는데 두개골에 저만큼 큰 개방성 골절을 입었으니 뇌 속이 손상을 입었을지도 모른다는 거였다. 컴퓨터 촬영상으로도 그런 우려를 할 만한 흔적이 나타나 만약의 경우를 생각해 삭발을 했다고 했다. 뇌수술이란 생각만 해도 끔찍했다. 후유증으로 정신장애 아니면 기능장애가 오는 걸 많이 들어서 알고 있었다. 기능장애만 생각했지 정신장애에 대해선 전혀 마음의 준비가 돼 있지 않았다. 여직껏 눈물을 보이지 않던 남편과 아들의 눈시울이 벌겋게 충혈되는 걸 보면서 나도 새로운 슬픔이 복받쳤다. 그러나 아까 같은 난동은 안 부렸다. 나에겐 기도할 수 있는 희망이 있었다. 응답이 있을 때까지 열심히 기도할 작정이었다. 나는 수술실로 들어가는 딸의 손을 잡고 귓전에 속삭였다. 아무 걱정 말고 마음을 턱 놓고 있거라. 수술실에 주님이 임하시도록 엄마가 열심히 기도하고 있으마.

정말로 간절히 티끌만한 의심도 없이 기도했다. 주님, 그 아이를 살려주시되 정신만은 올바르게 살려주소서. 정신이야말로 아버지가 인간에게 주신 가장 고귀한 선물입니다. 그게 성하지 않고 어찌 인간이라 할 수 있으며 어떻게 주님을 찬양할 수 있겠습니까. 구해주신 목숨에다 부디 정신을 더하여주소서.

주님이 응답을 안 할 수 없을 만큼 내 기도는 마음속 깊이에서 우러나 주님에게 미치고 있다는 걸 스스로 느끼고 있었다. 온몸이 텅 비고 기도의 기쁨만이 충만했다. 그분은 전능하신 분이었다. 그분은 하려만 들면 못 하실 게 없는 분이었다. 나는 그분을 움직일 수 있는 기도의 비결을 알고 있었다. 성령이 내린다는 게 바로 이거로구나 싶은 짜릿하고 환상적인 기쁨이 온몸에 충만했다. 퍼런 옷 입은 직원이 흰 홑이불을 씌운 바퀴 달린 침대를 시체만 운반하는 엘리베이터 쪽으로 밀고 가면서 늘어지게 하품을 했다. 우르르 뒤따르는 식구들이 슬피 우는 소리를 들으며 나는 성호를 긋고 고인의 명복을 빌었다. 나만이 주님의 은총을 더 넉넉히 받고 있다는 넘치는 기쁨이 그런 여유를 갖게 했다. 기도를 통해 얻은 확신은 틀림이 없었다. 수술실에서 혜령이가 실려나왔을 때는 어언 아침나절이었다. 천만다행으로 그렇게 깊이 광범위하게 이마뼈가 나가고도 전혀 뇌손상이 없어서 수술은 개방성 골절상의 소독과 봉합으로만 끝났다고 했다. 감사합니다. 감사합니다. 이 에미의 간절한 기도를 들어주셔서 감사합니다. 정말로 강 같은 기쁨이 밀려왔다. 기도가 이다지도 영검하고 이다지도 큰 기쁨을 가져오는 것일 줄이야. 그리스도를 주님으로 영접할 것을 약속하고도 기도를 무시한 나의 교만과 온전치 못한 신앙을 꾸짖는 사랑의 벌로 나에게 그런 간난을 주셨을지도 모른다고 생각했다. 그런 짐작은 곧 확신으로 변해서 절절이 뉘우치고 열심히 감사했다.

이마의 골절을 봉합하는 것만으로 수술이 끝난 건 아니었다. 부러져 가루가 된 뼈들을 들어내고 외상만을 봉합했기 때문에 뼈를 이식하는 성형수술이 남아 있었고 크게 남은 외상 자국도 문제였다. 그러나 그런 것들은 맨 마지막으로 해야 할 일이고 앞으로도 수없는 난관이 가로놓여 있었다. 안면골, 상악, 비골, 안구골, 치조, 앞이마 등 얼굴을 만들고 있는 뼈들이 모조리 골절, 함몰, 감돈, 결손되어 얼굴 모양이 말이 아니었다. 골반골과 다리도 골절되어 온몸을 꼼짝도 못 하게 했다. 그러나 다 완치될 수 있는 골절상이고 안면골들이 그렇게 망가지고도 기능장애가 조금도 안 나타났다. 교통사고와 산업재해 환자가 들끓는 정형, 성형외과 병동에서 그건 기적처럼 보였다. 외상 하나 없이도 눈이 안 보이는 환자가 있는가 하면, 옥상에서 공치기하다 떨어진 건장한 고등학교 학생이 부러진 데도 피 나는 데도 없이 정신이 서너 살 먹은 어린애로 퇴화해서 온종일 아이스크림 사달라고 징징대기도 했다. 다리를 절단한 젊은 엄마, 손목을 잘린 처녀, 전신이 마비돼 특수 휠체어를 타는 청년, 척추마비, 보기에도 끔찍끔찍한 화상…… 우리의 삶을 풍요롭고 편리하게 하는 문명의 이기는 곧 인간을 해치는 흉기이기도 했다. 매일매일 흉기에 다친 사람들이 연달아 들어오고, 나아서도 나가고 죽거나 병신이 돼서 나가기도 했다. 그런 환자들을 볼 때마다 내 딸의 완치될 수 있는 부상을 감사하고 또 감사했다. 기도도 더욱 열심히 했고 기도마다 응답이 있었다. 젊고 건강한 몸이라 하루가 다르게 치유돼갔으니 말이다. 골절되고 함몰된 뼈를 복원하는 수술도 성공적이었다. 매일매일이 기도와 감사로 충만한 나날이었다. 비뚤어졌던 얼굴이 제자리로 돌아온 날 나는 엉엉 소리내어 울며 주님을 찬양했다. 주님의 은총은 우리 병실에 특별히 충만했고 그것을 놓치지 않기 위해 나는 더욱 열심히 기도했다. 나의 하루하루가 곧 간증거리였다. 주님 없이 어찌 하루라도 살랴 싶게 그분의 은총은 미소한 데까지 미쳤다. 병원생활이 길어져도 지루한 걸 모르게끔 보는 것마다 감사와 기쁨이 안 되는 게 없었다.

사십 일 만에 절대안정을 위해 두 다리에 매달아놓은 추를 제거하고 처음으로 휠체어를 타고 병원 잔디밭을 거닐던 날은 화창하고 신록이 눈부셨다. 공기중엔 햇빛이 충만하고 연연한 어린 잎은 미풍에 살랑대고 그 가운데 건강하게 살아 숨쉬는 우리는 평화롭고 행복했다. 일찍이 이렇게 행복했던 적이 또 있었을까. 앞으로도 나에겐 기쁨만이 있을 것 같았다. 문병을 와준 친구나 친척한테도 거침없이 말할 수 있었다.

"혜령이가 다치기 전보다 더 기쁘답니다. 혜령이가 다치지 않았던들 어찌 이런 기쁨을 알았겠습니까?"

아직도 딸의 이마엔 큰 흉터가 있고 비골은 내려앉은 채였지만 그들은 동정이나 위로의 말 한마디 못 하고 고개를 갸우뚱대며 물러가곤 했다. 기뻐할 일은 아직아직 많이 남아 있었다. 걸음 연습을 위해 재활의학과로 가니 거기엔 정형외과에서 못 보던 더 비참한 환자들이 많았다. 평행봉을 잡고 한 발짝을 옮기기 위해 전신에 땀이 비 오듯 하고도 무위로 끝나기도 하고, 한 발짝을 위해 온몸이 다 뒤틀리고 온 집안 식구가 힘을 모아 끙끙대고 마침내 성공을 하자 눈물겨운 환호성을 울리며 얼싸안고 울음을 터뜨리기도 했다. 혜령이는 처음부터 잘 걸었다. 나는 마치 일등을 맡아놓고 하는 아이 엄마처럼 여유 있는 미소를 어금니 밑에서 굴리며 점잔을 뺐다. 재활의학과에서 내 딸은 단연 일등이었다. 기도하고 감사하는 데도 더욱 기름이 오르고 신이 났다. 사흘 만에 딸은 정상적으로 걸었고 식욕도 왕성해졌다. 몸무게도 늘기 시작했다. 얼굴 모양과 사지의 기능이 제대로 돌아오고 남은 일은 코뼈를 해넣고 흉터를 손질하는 성형수술밖에 없었다. 그런 수술을 성공적으로 하려면 아직도 남아 있는 부기가 빠지고 다리 팔에도 힘이 생긴 후가 좋겠다고 주치의는 일단 퇴원을 할 것을 권고했다. 혜령이는 좋아서 어쩔 줄을 몰랐다. 완치해서 퇴원하면 더 바랄 게 없겠지만 그래도 얼마나 바라던 퇴원이었나. 퇴원 소리가 나자마자 딸은 더이상 한 끼도 병원 밥을 못 먹겠다고 어리광을 부리기 시작했다. 보름 후로 다음 수술날짜를 잡아놓고 일단 퇴원을 시켰다.

퇴원을 시키고 보니 밤송이 머리가 문제였다. 가발을 하나 씌웠으나 잘 어울리지 않고 본인도 갑갑하다고 홀러덩홀러덩 벗길 잘했다. 뇌수술도 안 할 걸 머리칼 먼저 밀어낸 병원당국이 슬그머니 원망스러워지기 시작했다. 컴퓨터 촬영은 폼으로 했나. 처녀의 머리칼을 절대적인 필요성 없이 일단 자르고 본 무지막지한 경솔에 대해 뒤늦게나마 싸움이라도 걸고 싶었다. 그런 울분 때문인지 딸하고도 자주 다투었다. 나는 딸이 약혼자가 왔을 때만이라도 얌전하게 가발을 쓰고 있길 바랐으나 딸은 그러고 싶지 않아했다. 약혼자는 장발이라 딸애가 가발을 벗고 있으면 서로 성이 도착돼 보였다. 나는 그게 민망해서 사윗감 앞에서 어쩔 줄을 몰랐다. 흠이라곤 없이 고이고이 길러 자랑스럽게 넘겨주고 싶던 딸이었다. 사윗감은 딸이 입원해 있는 동안도 퇴원 후에도 변함없이 성실했건만도 나는 때때로 미안하고 눈치가 보였고 그러고 나면 속에서 지글지글 울화가 치밀었다. 중앙선을 넘어 딸이 탄 택시와 충돌했다는 가해자인 자가 운전자를 찾아가 내 딸을 고스란히 물어내라고 격렬한 싸움을 하고 싶은 충동에 밤잠을 못 이루기도 했다. 가슴이 울렁거리기도 하고 쫄리기도 해서 자주 가슴에 손을 얹고 호흡을 조절해야 했다. 병원에서의 기도와 기쁨에 충만했던 날이 먼먼 옛날 같았다. 주여 주여, 아무리 불러보아도 그 다음 말이 이어지지 않았고 마음으로부터 우러나는 기도가 되지 않았다. 기도가 건성이니 기쁨이나 평화가 우러날 리 없었다.

날씨가 하루가 다르게 더워지고 있었다. 보다 많은 사람이 밖으로 나와 배드민턴을 치기도 하고 유모차를 밀기도 하고 차를 닦기도 하는 걸 내다볼 수가 있었다. 옷도 점점 얇아지고 짧아져 기분좋은 건강미가 아낌없이 드러났다. 아무도 내 딸 같은 흠은 이마에 붙이고 있지 않았다. 흠 없는 사람들이 가발이 아닌 제 머리칼을 바람에 날리고 있다는 사실이 부러워서 또 가슴이 쫄리기 시작했다. 가슴이 쫄릴 때마다 손끝까지 떨리면서 현기증을 동반한 두통이 왔다. 내 딸 외의 모든 여자들이 흠 하나 없이 건강하다는 너무도 당연한 사실이 내 건강과 정신을 무참히 좀먹고 있었다. 흠 없고 건강한 사람한테 질투가 나서 꼴도 보기 싫었다. 헤어날 길 없는 불행감이었다. 병원에선 달 반도 후딱 갔는데 퇴원하곤 하루가 여삼추였다. 원망과 불행감에 짓눌린 시간이란 얽힌 실타래처럼 마냥 더디게 풀렸다. 기도를 잊어버린 지도 오래였다. 어떤 날은 분하고 억울한 느낌과 싸우다 지쳐서 곧 죽을 것 같았다. 실제로 숨이 넘어갈 것처럼 정신이 아뜩아뜩하고 손발이 차게 곱아들어오기도 했다. 주여 나를 버리시나이까. 주님이 옆에 계셔도 들어줄 것 같지 않았지만 마지막 비명처럼 그렇게 신음해 보였다. 그러면서 홀연히 내가 한 번도 주를 가까이한 적이 없다는 걸 깨달았다. 병원에서 내가 매일매일 기뻤던 것은 주님을 가까이해서가 아니었다. 우리보다 못하고 우리보다 불행한 사람들과 비교해서 자신의 처지를 우위에 올려놓을 수 있었기 때문이었다. 기쁨이 그분으로부터의 은총이었다는 건 중대한 착각이었다. 우리보다 못한 사람의 불행을 즐긴 데 지나지 않았다. 어떻게 그렇게 가장 야비한 기쁨으로 착각할 수 있었을까. 내 이웃의 고통이 나에겐 그렇게도 맛있었단 말인가.

내 딸이 피투성이의 처참한 모습으로 엑스레이실로, 컴퓨터 촬영실로, 수술실로 실려다닐 때 복도에서 서성이던 사람들은 비켜주기는커녕 큰 구경거리처럼 모여들어 들여다보고 동정을 표시했다. 자기가 아니면 가족이 병든 그 사람들이 내 딸을 보고 동정보다는 자신의 불행을 위로받고자 했다는 것을 나는 알고 있었다. 내 딸의 불행이 그들의 위안거리가 된다는 걸 나는 참을 수가 없었다. 나는 그들을 원수처럼 노려보았고 내심 불같은 증오심을 불태웠다. 그러나 내가 내 딸보다 더 불행한 사람을 보고 느낀 기쁨에다 대면 아무것도 아니었다. 신앙과 구원의 기쁨으로 착각할 정도였으니 말이다. 나보다 못한 사람을 거리로 해서 얻을 수 있는 야비한 기쁨에 욕지기가 치밀었지만 지났으니까 그렇지, 그땐 얼마나 거기 탐닉했던가. 그건 또한 글쓰는 일에 절망했을 때와 매우 닮은 상황이기도 했다. 가난하고 억눌린 이웃이란 소설뿐 아니라 같잖은 우월감의 소재일 뿐 그들에게 해줄 수 있는 건 아무것도 없었다. 나의 메마른 작가정신이 그리스도교의 휴머니즘에서 생기와 가능성을 찾으려 했던 건 퍽 그럴듯한 몸짓이었다. 그 무렵 "이웃을 네 몸같이 사랑하라" "너희가 여기 있는 형제 중에 가장 보잘것없는 사람에게 해준 것이 바로 나에게 해준 것이다"라는 그리스도의 말씀들은 황홀하도록 감동적이었다. 그러나 나보다 못한 사람을 보고 느끼는 위안과 행복감보다는 덜 황홀했다. 나는 마치 이러지도 저러지도 못할 막다른 골목에 몰린 기분이었다. 딸에게 일어난 재난을 통해 주님의 은총을 깨달은 줄 알았는데 그게 아니었다. 내 이웃 사랑의 허위를 폭로당한 것이었다. 이웃 사랑이란 쉬운 일이 아니었다. 나처럼 육친에 대한 사랑이 지긋지긋하게 뭉친 사람에겐 더더욱 어려운 일이었다. 그건 주님이 쉬운 분이 아니란 것과도 같았다. 나는 그분이 쉬운 분이 아니란 걸 알고 있어야 했다. 유순하고 단순한 사람에겐 쉽게 올 수도, 복잡하고 꼬인 사람에겐 어렵게 올 수도 있는 게 그분 아닐까. 나에게 그분은 어렵다 못해 가혹했다. 나의 인간과 문학의 막다른 골목에서 문득 구원처럼 나타났다가 다시 막다른 골목으로 몰아붙이고 그분은 감쪽같이 모습을 감추었다. 그만큼 어려운 분인 줄은 알았건만도 배신감을 느꼈다. 다시는 주님을 안 부르리라고 마음을 도사렸다. 마음을 독하게 먹으니까 가슴이 쫄리는 괴로움도 조금씩 가벼워지기 시작했다.

'신은 죽었다'는 참 근사한 말이었다. 나는 한술 더 떠 '신을 죽였다'고 뽐내고 싶지만 예전에 죽은 신을 죽여봤댔자였다.

다시 입원할 날이 다가왔다. 마지막 성형수술이었다. 코뼈를 이식하고 흠집을 손보는 까다로운 수술이었다. 막상 수술실로 실려가는 딸을 보자 가슴이 미어지는 것 같았다. 딸도 "엄마!" 하면서 눈물이 그렁해졌다. 따라 들어가고 싶게 절박한 감정이 솟구쳤다. 여직껏의 수술은 다 살갗 속의 것을 맞추는 수술이었지만 이번 것은 눈에 띄는 외모를 손질하는 수술이었다. 스물넷 앳된 나이의 외모란 목숨과도 같은 거였다.

별안간 가슴이 두방망이질을 했다. 혹시 잘못될 경우를 생각하니까 미칠 것 같았다. 두려웠다. 처음엔 무엇이 그렇게 두려운지 몰랐는데 차츰 내가 등을 돌린 그분이 두렵다는 걸 알게 됐다. 나는 부끄러움을 무릅쓰고 그분께로 돌아서면서 무릎을 꿇었다. 그리고 기도했다.

주여, 제 딸의 얼굴을 더도 말고 덜도 말고 주님 보시기에 좋도록만 돌이켜주소서. 주여, 이 에미의 간절한 기도를 들어주소서.

저물녘의 황홀

　열쇠로 대문을 따기 전에 먼저 우편함에 손을 넣어보았다. 밖에서 우편함에 손을 넣을 때마다 알이 큰 가짜 비취 반지가 거치적댔다. 그 조그만 장애 때문에 그 밑에 뭐가 있을 것 같은 막연한 기대가 일순 타는 갈망으로 변했다. 나는 허둥대며 손에 든 걸 반지 낀 손으로 옮겨들면서 다른 한 손을 우편함 속 깊숙이 밀어넣었다. 조급하게 끄집어낸 건 숯불갈비집 신장개업 광고와 네 절로 접은 갱지(更紙)였다. 그것 역시 보나마나 광고지겠지만 접은 모양이 봉투에 들어가기 알맞은 편지 모양이어서 반사적으로 가슴을 울렁거리며 펴들었다. 파출부 안내란 큰 글씨 밑에 작은 글씨로 일일제, 시간제, 격일제, 각종 심부름, 요리사, 환자 구완, 산모 산구완, 다시 조금 큰 글씨로 기타 뭐든지 전화 한 통으로 도와드릴 수 있습니다. 그리고 두 개의 전화번호가 나와 있었다. 나는 숯불갈비집 광고와 함께 구겨버리려다 말고 다시 네 절로 곱게 접어 핸드백에 넣었다. 뭐든지 도와주겠다는 말이 구겨버리기엔 너무 아까웠다.

집에 들어가기가 싫었다. 대문에서 현관문까지의 예닐곱 발짝 거리는 그래도 괜찮지만 현관문을 열 생각을 하면 무서웠다. 집 안으로 발을 들여놓자마자 백 년 묵은 먼지가 피어오르듯이 자욱하게 피어오르는 냄새 때문이었다. 뼛속까지 시리게 음습한 그 곰팡내는 책이나 벽지가 썩는 듯도 했고 묵은 쌀이나 마른 반찬이 변질하는 듯도 했다. 그러나 양지바르고 구석구석 정돈이 잘된 집 안을 몽땅 한바탕 뒤엎어도 그런 것들을 찾아낼 순 없었다. 집 안과 차단된 지하실까지 샅샅이 뒤져도 하다못해 말라비틀어진 새앙쥐 시체 하나 찾아내지 못했다. 온종일 헛된 수고 끝에 기진해서 잠시 쉬는 사이에 깨달음처럼 문득 그 냄새가 무엇이라는 걸 알아차리게 되었다. 그것은 나의 냄새였다. 내가 떨구고 간 나의 체취가 빈집에 괴어서 온종일 썩어가는 음습한 냄새였다. 젊음에 의해 희석되거나 중화될 길이 막힌 채 괴어 썩어가는 늙은이 냄새는 맡을 때마다 새롭게 섬뜩하고 고약했다. 어쩌면 안방에서 나의 시체가 썩어가고 있을지도 모른다는 터무니없는 생각까지 들고부터 그 냄새는 고약할 뿐만이 아니라 무서웠다. 내가 살아 있다는 증거는 무엇이란 말인가. 나로 인해 기뻐하거나 괴로워할 사람도, 내가 사랑하거나 미워할 사람도 없는 집구석에서 말이다. 먹고 마시고 숨쉬고 소리내는 나의 인기척을 타인에 의해 확인시킬 수도, 타인의 인기척을 감지할 수도 없는데 어떻게 내가 살아 있다는 걸 믿을 수 있을 것인가. 내가 살아 있다는 게 의심스러울수록 안방 아랫목에서 나의 시체가 썩어가고 있을지도 모른다는 혐의는 짙어만 갔다.

강북의 서쪽 끝에 있는 주박사 병원에서 강남의 동쪽 변두리에 있는 내 집까지는 갈아타는 데 소요되는 시간 빼고도 좌석버스로 꼬박 시간 반이 걸렸다. 그 동안이 별로 지루하지 않았던 것은 시끌시끌한 인기척 때문이기도 했지만 딸의 책상에 앉아서 딸의 편지를 읽을 수 있겠거니 하는 희망 때문이었다. 딸이 떠난 지는 석 달이 넘지만 딸의 방은 딸이 쓰던 때와 조금도 다르지 않게 보존돼 있었다. 그러나 옷장을 열면 허드레옷 몇 가지뿐 텅 비어 있어서 흠칫 놀라곤 했지만 책상만은 안 그랬다. 카세트테이프, 연극이나 미전의 팸플릿, 잔다란 마스코트 열쇠고리, 머리핀, 편지, 볼펜, 수첩 따위로 서랍마다 가득 차 있는 게 딸이 있을 때와 똑같았다. 딸의 편지는 번번이 내가 기다리고 바라는 것만큼 길지도 간절하지도 않았지만 딸의 손때 묻은 책상 앞에 앉아 곰곰이 읽음으로써 의례적인 편지가 채워주지 못한 허전함을 채울 수가 있었다.

나는 담 너머로 내 집 마당을 망연히 넘보다가 지나가던 야쿠르트 아줌마가 나를 수상쩍게 되돌아보는 걸 느끼고 황급히 집 앞을 물러났다. 집 앞은 골목이나 한길이 아니라 시뻘건 공터였다. 공터 끄트머리엔 토건회사의 야적장이어서 몇 아름은 되게 큰 수도관, 하수도관, 철근, 빈 드럼통 등이 쌓여 있고 그런 자재를 관리하는 사무실 가건물이 두 채 기억자 모양으로 서 있었다. 공터의 한편은 동회 교회 이발소가 섞인 상가인데 한산하고 촌스러운 폼이 인구가 해마다 줄어드는 어느 읍 소재지의 한 귀퉁이를 연상시켰다. 나는 공터에 남아 있는 나무그늘에 앉았다. 여름내 남자 노인들이 화투도 치고 장기도 두던 나무그늘이라 야적장에서 주워온 널빤지 보도블록 등이 흩어져 있었다. 고만고만한 아이들이 날카로운 환성을 지르며 수도관 속을 다람쥐처럼 민첩하게 들락거리는 게 보였다. 엄청나게 커 보이는 관이었지만 지름이 아이들 키에는 못 미쳐 아이들은 몸을 직각으로 꺾기도 하고 포복하기도 했다. 아이들이 지금 하고 있는 놀이는 숨바꼭질일까, 기차놀이일까? 아이들이 감쪽같이 보이지 않았다. 길게 이어진 관 중간쯤 전혀 빛이 안 드는 깜깜한 어둠 속에 모여서 몸을 관처럼 둥글게 오그리고 어둠을 즐기고 있는지도 몰랐다. 그만 나이에는 대낮의 어둠이 짜릿짜릿한 쾌감이 될 수도 있다는 걸 나는 알고 있었다. 문득 어린 시절 시골 마을 상둣도가의 어둠이 떠올랐다. 상둣도가는 마을에서 한참 떨어진 외딴 곳에 있었다. 아이들은 그 집을 귀신 나오는 집이라고 서로 겁을 주고 있었다. 여름날 동구밖 개울에서 미역을 감다가 소나기를 만난 적이 있었다. 지독한 소나기였다. 빗방울도 굵었지만 천지가 곧 개벽을 할 것처럼 흉흉하고 아득했다. 우리 또래는 뜻 모를 비명을 지르며 마을을 향해 달음박질을 쳤다. 먼저 달리던 큰아이가 상둣도가 앞에서 멈춰 서더니 그 안에서 비를 긋자고 말했다. 혼자라면 비에 떠내려가는 한이 있어도 감히 엄두도 못 낼 일이 여럿이서 눈치 보는 사이에 별안간 못된 장난만큼이나 재미있어졌다. 우리는 킬킬대며 상돗도가 안으로 들어갔다. 큰 아이가 널빤지 문을 닫자 그 안은 오밤중처럼 캄캄해졌다. 우리는 올빼미처럼 눈을 크게 뜨고 서로의 눅진눅진한 몸을 비비며 모여 앉았다. 재미있는 얘기 해줄까. 큰 아이의 눈빛이 달라졌다. 귀신 얘기는 싫어. 제일 작은 아이가 겁먹은 소리로 말했다. 그까짓 귀신 얘기, 큰 아이가 무시하는 투로 말했다. 큰 아이가 그때 해준 재미있는 얘기란 아기가 어떻게 생겨나나 하는 얘기였다. 이상한 것은 내가 그걸 안 게 그때가 처음이 아니라는 거였다. 그러나 그전에 언제 어디서 누구한테 그 사실을 얻어들었는지는 아무리 생각해도 떠오르지 않는 깜깜한 부분이다. 딴 사람은 어떤지 모르지만 나의 기억은 어슴푸레한 박명에 덮인 부분, 쨍쨍한 밝음 속에 지겹도록 뚜렷이 떠오르는 부분, 가물가물 곧 잊혀질 듯 몽롱한 부분 사이를 전혀 생각해낼 수 없는 깜깜한 부분이 단절시키고 있어 마치 밤과 낮의 끝없는 되풀이처럼 보였다. 그 사실을 그때 처음 안 건 아니었지만 그 사실에 수치감과 혐오감과 함께 짜릿한 죄악의 예감을 느낀 건 그때가 처음이었다. 나뿐 아니라 그 자리의 모든 아이가 그랬음직하다. 그 사실을 소곤소곤 말한 큰 아이의 눈빛 때문이었다. 그 아이의 눈빛은 우리 또래의 눈빛하곤 달랐다. 어른들의 나쁜 짓에 대해 우리보다 많이 알고 있다는 자부심 때문인지 갑자기 어른처럼 굴었지만 미처 어른만큼 교활하지 못해 적나라하게 나쁜 아이로 보였다. 나는 그 아이가 싫어서 진저리가 쳐졌다. 귀신 얘기는 싫다고 말한 작은 아이가 별안간 큰 소리로 울기 시작했다. 큰 아이가 바보같이 왜 우냐고 구박했지만 나는 작은 아이가 우는 까닭을 알 것 같았다. 나는 작은 아이의 눅눅하고 시척지근한 몸뚱이를 꼭 껴안고 연방 괜찮아, 괜찮아 하면서 달랬다. 뭐가 괜찮다는 건지는 나도 몰랐다. 그때의 고약한 기억 때문에 나는 의식적으로 나의 삼남매에게 성교육을 따로 시키지 않았다. 그런 건 안 가르쳐도 저절로 알게 돼 있다고 믿고 있었다. 내가 상돗도가에서 큰 아이한테 노골적으로 듣기 전서부터 알고 있었듯이 언제 누구한테 들어서 알고 있는지 전혀 생각나지 않는 그 부드러운 암흑 속에 인생의 중요한 인식의 출발이 숨어 있다는 건 얼마나 좋은 일인가.

아무리 기다려도 수도관 속에 숨은 아이들은 나오지 않았다. 나는 조금씩 조바심이 나기 시작했다. 그 속에서 큰 아이가 작은 아이를 골탕 먹이고 있을지도 모른단 생각이 들었다. 아이들이 모여 있을 때, 더군다나 깜깜한 곳에 모여 있을 때 몇몇이 집단적으로 혹은 한 아이가 단독으로 돌연 악마 같은 가해자가 되는 수가 있다. 관 속에서 꼭 그런 일이 일어나고 있을 것 같았다. 작은 아이의 자지러진 울음소리가 들리는 듯했다. 그 작은 아이를 내 품에 꼭 안고 달래주고 싶었다. 큰 아이들이 널 못살게 굴던? 어떻게? 저런 저런 고얀 놈들 같으니라구. 아가야, 잊어버려라.

그건 네가 못된 꿈을 꾼 거야. 자아 할머니가 이렇게 꼭 안아줄 게 잊어버리고 편히 쉬렴. 이렇게 달래가지고 될 수 있으면 집으로 데려가고 싶었다. 그 아이를 식탁에 앉히고 날름대는 가스불 위에서 온갖 맛난 걸 지지고 볶고 싶었다. 포식한 그 아이를 가슴에 품고 고른 숨소리를 즐기려는데 아이들이 전혀 엉뚱한 방향에서 하나 둘 모습을 드러내기 시작했다. 길게 이어진 수도관은 야적장으로 트럭이 드나드는 포장도로까지 뻗어 있었다. 기나긴 터널을 지나 빛을 찾은 아이들이 환호성을 지르며 그쪽으로 나오고 있었다. 마침 녹슨 철근을 싣고 출발하려고 궁둥이를 트는 트럭을 향해 오라잇 오라잇 하면서 손짓을 하고 있던 노란 모자 쓴 남자가 난데없이 수도관에서 튀어나온 아이들한테 발을 구르며 욕을 했다. 이 새끼들, 죽고 싶어! 아이들이 팔을 프로펠러처럼 휘저으며 도망치기 시작했다. 그애들이 빠르게 가까워왔다. 꼭 나를 향해서 뛰어오는 것 같았다. 나는 그애들의 맹렬한 속도와 넘치는 힘이 부럽고 슬며시 겁도 났다. 곧장 내 가슴으로 뛰어들 경우 아이의 체중과 기운을 감당 못 해 벌렁 뒤로 나자빠질 것 같아서였다. 그러나 곧 아이들의 체온과 숨결과 체중과 부대끼며 땅바닥에 뒹굴 생각을 하니까 저절로 웃음이 나면서 몸뚱이 마디마디에서 상쾌한 기운이 용솟음쳤다. 얼마 만에 느껴보는 살맛인지 몰랐다. 나는 가슴을 펴고 팔을 둥글고 크게 벌렸다. 그리고 속으로 으스댔다. 자아 얼마든지 덤벼보렴. 이 할미 기운도 만만치 않을걸. 그러나 첫째로 달려오던 큰 아이는 나를

거들떠도 안 보고 쏜살같이 주택가로 달려갔다. 둘째도 셋째
도…… 꼬래비까지 그렇게 내 곁을 스쳐만 갔다.

그러면 그렇지, 남의 자식이 무슨 소용이람. 그렇지만 이 늙은
일 너무 얕보지 말아. 나에게도 느이들만한 손자가 자그만치 넷
이나 있단다. 나는 쓸쓸하고 허전했지만 아직도 으스대고 싶은
마음은 남아 있어서 이렇게 내 손자들 생각을 하려 들었다. 나에
게 손자가 넷이나 있다는 건 거짓말이 아니었다. 그러나 그중 한
아이도 안아본 적이 없었다. 웃고 우는 목소리를 들은 적도, 기
고 걸음마하는 움직임을 본 적도 없었다. 그애들은 다 미국에서
태어났으니까 미국 시민권이 있겠군요. 아는 척하기 좋아하는
친척 조카며느리가 이렇게 말했을 때 나는 아니라고 극구 부인
했다. 나는 살아 움직이는 그애들을 내 오관으로 느낀 적은 없지
만 그애들이 어떻게 생겼는지는 잘 알고 있었다. 큰아들도 둘째
아들도 편지할 때마다 제 자식들의 사진을 동봉하는 걸 잊은 적
이 없었다. 손자들은 순종 한국 사람인 즈이 에미 애비를 닮아서
어디에다 갖다놓아도 한국 사람임을 부정 못 할 얼굴을 하고 있
었다. 미국 시민이라니, 당치도 않은 소리였다. 그러나 순종 한
국 사람이라는 것밖에 그애들에 대해 아는 게 없었다. 나는 그애
들의 버릇도 목소리도 냄새도 알지 못했다. 살아 움직이는 그애
들을 떠올릴 수가 없었다. 사진으로 박힌 아이들 얼굴이란 분유
통에서 활짝 웃고 있는 아이 얼굴과 다르지 않았다. 살아 움직이
는 손자를 안고 싶다고 하소연하고 싶었으나 참고 있었다. 그건

내 마지막 카드여서 결정적인 순간까지 움켜쥐고 있어야 할 것 같았다. 또 섣불리 그런 하소연을 했다간 비디오테이프를 부쳐 올지도 모른다는 두려움 때문이기도 했다. 그 정도가 내 아들들의 효도의 한계라는 걸 알고 있었다. 미국 유학 떠날 당시의 아들 생각이 났다. 그때 내 아들은 참으로 보기 좋은 젊은이였다. 훤칠하고 늠름하고 야심만만했다. 미국 유학은 그애의 고등학교 시절부터 예정된 거였다. 자기가 대학에서 전공하고 싶은 분야는 미국 한번 안 갔다 오고는 끗발이 없다고 했다. 그때만 해도 미국 유학은 모든 젊은이들의 선망의 대상이었다. 그만큼 어렵기도 했다. 그러나 그애는 거뜬히 해냈다. 노후를 궁색하지 않게 지낼 만큼 영감이 남겨놓은 재산을 한 귀퉁이 헐어줄 각오쯤 하고 있었건만 장학금까지 받게 되어 내 돈은 한푼도 축내지 않고 유학을 가게 되니 자랑스럽기 그지없었다. 내 보기에 내 아들의 출세와 성공은 보장된 거나 마찬가지였다. 나는 그애가 금의환향할 것을 예상하고 미리 흥분해서 가슴을 울렁거리느라 떠날 때 미처 섭섭해할 새도 없었다. 이 년 만에 아들은 결혼하기 위해 돌아왔다. 학문에 전념하려면 가정을 갖는 게 유리하다고 했다. 건강한 젊은이의 정열이란 학문 쪽으로만 외곬으로 다스리기엔 벅차리란 걸 이해 못 할 내가 아니었다. 그렇지만 일생을 같이할 반려를 구하는 일을 한두 달 사이에 해치워야 된다는 건 좀 마음에 걸렸다. 우리 집안의 개혼(開婚)이었다. 사랑이 무르익은 꽃다운 결혼을 보고 싶었다. 그러나 아들은 그 어려운 미국 유학길도 남보다 쉽게 찾아낸 것처럼 배우자도 쉽게 구했고 결혼식도 간략하게 올릴 것을 주장했다. 너무 일사천리로 돼가는 걸 탐탁잖아하니까 친척들은 너무 복이 좋아 샘트집을 잡는다고, 되레 나를 나무랐다. 나는 워낙 복 좋다는 말에 약했다. 남 보기에 좋아 보이는 복을 들까불고 싶지 않았다. 그렇게 장가를 들고 겨우 삼 일 만에 제 색시와 함께 미국으로 가버린 아들은 그후 한 번도 돌아오지 않았다. 작은아들도 마찬가지였다. 형과 다른 건 연애하던 처녀와 식을 올리고 처음부터 같이 갔다는 것뿐이었다. 따라서 작은아들은 한 번도 집에 돌아올 필요가 없었다. 둘 다 공부는 벌써 끝마쳤고 큰애는 회사에 다니고 있고, 작은애는 아주 이민 간 처가의 장사를 거들고 있었다. 왜 안 돌아오는지는 분명치 않았다. 자식 낳고 눌러앉고 나서 처음 몇 년 동안만 해도 편지마다 변명처럼 마땅한 자리만 있으면 언제든지 돌아가고 싶다는 뜻을 비쳤었다. 도대체 어떤 자리가 내 자식에게 마땅한 자리인지, 나는 그 뜻을 이해할 수가 없었다. 수방석이나 비단보료에 높이 앉혀주길 바라지 않는 한 그애들이 미국에서 종사하고 있는 회사 월급쟁이나 가게 지배인 정도의 일자리를 이 나라에서 못 구할 것 같지가 않았다. 아이들이 하나씩 더 생기자 그나마의 희망적인 말도 안 하게 되었다. 아이들을 위해 눌러살 뜻을 노골적으로 드러냈다. 아이들을 위해, 아이들을 위해…… 나는 너무 일찍 삶의 목표를 아이들한테 이양해버린 아들들한테 분노를 느꼈다. 그럼 나는 뭐니? 너희들만 자식 있냐? 나도 자식 있다. 너희들이 자식한테 기대하는 걸 나도 내 자식한테 바라면 좀 안 되냐? 이렇게 원색적으로 싸우고 싶은 충동을 종종 느꼈다. 그 무렵부터 나는 미국을 '그놈의 나라'라고 불렀다. 그놈의 나라 탓을 할 때마다 딸이 장단을 잘 맞춰주었다.

"그놈의 나라는 땅덩이도 엄청 크고, 없는 거 없이 자원도 많고, 인종도 오만 가지 인종이 다 섞여 산다는데 뭣 하러 내 아들을 붙들고 안 놓아준다냐?"

"엄마도, 그놈의 나라가 오빠들을 붙드는 게 아니라 오빠들이 그놈의 나라에 빌붙는 거라우."

이렇게 핀잔을 줄 적도 있었지만 살뜰한 위로도 잊지 않았다.

"엄마, 오빠들은 그놈의 나라에서 자알들 살라고 그래요. 아무 데서나 잘만 살면 그만이지 뭐. 엄마는 내가 자알 모실 테니까 오빠들 생각은 조금씩 잊어버리세요."

"시집은 안 가구?"

"시집가면 못 모시나 뭐. 모시는 걸 꼭 한 집에서 산다고만 생각하지 마세요. 여건이 허락하면 한 집에서 모셔도 되지만 이웃에서 사는 것도 좋잖아요. 요샌 아이들도 다 그렇게 모신대요. 엄만 제가 아들 못지않게 모실 테니 두고 보시라니까요."

이렇게 선선한 딸이었지만, 서른이 내일모레가 될 때까지 마땅한 혼처가 안 나서자 은근히 걱정이 안 되는 건 아니었다. 그래도 도심의 구옥을 팔고 변두리로 집을 구할 때, 이 동네를 마음에 들어하면서 앞으로 땅값도 제일 많이 오를 거라고 점친 딸의 뜻에 두말없이 동의한 것은 모시겠다는 말을 은근히 믿고 이 왕이면 제 마음에 드는 동네서 같이 살든지 이웃해 살고자 해서 였다. 그렇게 믿던 딸도 방학 때 색시 구하러 나온 미국 유학생과 맞선 본 게 인연이 닿아 즈이 오라비보다 더 휘딱휘딱 마치 번갯불에 콩 구워 먹듯이 예식을 치르고 신혼여행도 생략하고 미국으로 가버렸다. 꼭 돌아오마고 했지만 편지가 뜸해지는 속도가 즈이 오라비들하고 맞먹는 걸로 봐서 아이만 하나 생기면 주저 물러앉을 게 뻔했다. 아이들을 위해, 아이들을 위해, 그놈의 나라에서 살겠다는 걸 누가 말리랴. 어떻게 된 게, 자식 위하는 일이라면 조상 신주단지로 불쏘시개를 하겠다고 해도 오냐오냐 할 수밖에 없는 세상이 되었으니 말이다. 너도 나도 아이들을 위해 차마 못 떠나는 그놈의 나라에선 아이들을 은소반에 받쳐 기르는 걸까, 금소반에 받들어 기르는 걸까? 온종일 노깡 속에서 숨바꼭질하다 해질녘에 노가다한테 욕 얻어먹고, 집으로 쫓겨나서 어른들한테 종아리 맞고, 숙제하는 둥 마는 둥 잔다고 해서 그 아이의 어린 시절이 을씨년스럽거나 불행하다고 누가 단정할 수 있을 것인가? 더 잘 기르고 싶으면 아파트에 살면서 어린이 놀이터에서만 놀리고, 아니 놀 새 없이 학교 갔다 온 즉시 피아노학원 미술학원 태권도학원으로 마구 조리를 돌리면 될 것을 꼭 그놈의 나라에서 길러야만 아이들을 더 위할 수 있다니, 늙은이가 알아듣기엔 너무 어려운 얘기였다.

텅 빈 공터를, 보자기에 싼 것을 한 손에 들고 한 손으로 치마

꼬리를 살짝 잡은 젊은 새댁이 가로지르고 있었다. 한복 입은 옷매무새가 나무랄 데가 없었다. 엉덩이를 약간 휘두르는 걸음걸이가 한복엔 안 어울렸지만 처녓적엔 줄창 양장만 했을 테니 나무랄 게 못 됐다. 머리를 억지로 올려서 드러난 목고개가 애잔했다. 보자기에 싼 게 둥근 쟁반에다 그릇들을 받친 모양인 걸로 봐서 음식을 해 나르는 게 분명했다. 새댁이 음식을 해 나른다면 한 동네 사는 시부모나 친정부모한테일 테지. 오밀조밀한 그릇에 든 게 무슨 별식일까. 가서 한번 어루만져주고 싶게 기특하기도 했고 그런 재미를 보는 늙은이들한테 샘이 나서 가슴이 아리기도 했다. 쯧쯧 본견이었으면 좋았을 것. 치마저고리 감이 화학섬유인지 자꾸만 다리에 휘감겨 새댁은 몇 발짝 가다 말고 그걸 잡아떼어 내리느라 몹시 신경을 쓰고 있었다. 버선도 미끄덩대는 나일론 버선에다 슬리퍼를 신고 있었다. 샘이 나서 그런지 그녀의 격을 조금씩 떨어뜨리고 싶어졌다. 노란 바탕에 다홍빛 꽃그림이 흩뿌려진 치마저고리 감도 과히 눈에 차지 않았다. 그게 집요하게 휘감기면서 허벅지와 사타구니의 모습을 드러내는 것도 보기에 민망했다. 여자가 주택가 쪽으로 가지 않고 상가 쪽으로 꼬부라지더니 식료품가게 이층으로 올라갔다. 이층 창엔 '장미다방'이라고 씌어 있었다. 언젠가는 창문을 잘못 닫아 미장방다로 보여 딸하고 같이 거기가 뭐 하는 곳인지 연구하느라 애를 먹던 곳이었다. 여염집 새댁이 아니라 다방의 얼굴마담이었다고 생각하자 이미 사라진 고운 한복이 한층 을씨년스러워졌다. 여자가 나타난 방향으로 봐서 야적장 사무실에 차를 날라다 주고 오는 모양이었다. 커피 다섯 잔. 꼭 마담이 가져와야 돼. 알 았지? 딴 애 시키면 국물도 없으니까 그런 줄 알아. 이랬겠지. 그리하여 담배꽁초 우려낸 것 같은 맛없는 커피를 사먹어주는 본전 빼고도 남을 만큼 게걸스럽게 여자의 몸을 더듬었겠지. 눈뿐 아니라 손을 뻗쳐 여자의 토실한 허벅지를 만진 놈팡이도 있었을 거야. 뉘 집 딸인지 기를 땐 고이 길러 시집가서 잘살기 바라지 않은 부모가 어디 있었을까만 조실부모했거나 제가 좋아 철없을 때 실수를 해서 그만 저 꼴이 되고 말았을 테지. 쯧쯧, 온종일 서 있자니 다리는 또 얼마나 아플 것이며 이 변두리 다방의 손님인들 야적장 노가다 수준밖에 더 될라구. 나는 신들린 것처럼 끝도 없이 그 여자에 대한 동정을 계속했다. 야적장 사무실에서 노란 모자를 쓴 사내들이 대여섯 명 몰려나왔다. 하나같이 우락부락 건장해 보였다. 그들이 일제히 호탕하게 웃는 소리가 들렸다. 좀전에 저희들끼리 눈으로 손으로 더듬은 여자 얘기를 하는 것 같진 않게 듣기 좋은 쾌활한 웃음소리였다. 여자에게 탐욕스러웠던 것은 그들보다 내가 아니었을까. 여자를 미친 듯이 탐욕스럽게 더듬은 것은 그들이 아니라 나의 굶주린 동정심이었을지도 모른단 생각이 들면서 나는 빠르게 비참해졌다.

어깨를 툭 치며 나뭇잎이 떨어졌다. 자지러지도록 곱게 물든 나뭇잎이었다. 우러른 나무는 잎이 반도 못 남아 엉성했다. 발밑에도 낙엽이 어지러이 흩어져 있었다. 어깨를 친 낙엽처럼 곱지 않고 칙칙해선지 전혀 의식을 못 하고 있었다. 꽤 큰 거목인데 무슨 나무인지 한동안 생각나지 않았다. 나무껍질을 자세히 보고서야 그게 벚나무였다는 걸 깨달았다. 지난 봄 그 나무는 참으로 당당했었다. 우리집 마루에서 곧바로 바라보이던 그 나무를 잊다니. 그 변두리 집으로 이사 와서 처음 맞는 봄이었다. 그 나무가 꽃 피기 전에도 그 나무가 거기 있다는 걸 몰랐었다. 마루에 나서면 보이는 건 황량한 공터와 그 끄트머리의 야적장뿐이어서 마치 타의에 의해 예까지 밀려난 양 서글프고 심란했더랬다. 공터와 특히 야적장이 꼴 보기 싫어 겨우내 마루 커튼을 변변히 연 적이 없었다. 어느덧 긴 겨울이 가고 퀴퀴한 겨울 냄새를 몰아내기 위해서라도 자주 창문을 열어야 할 만큼 날씨가 풀리고 해가 길어졌다. 대기에도 봄기운이 완연해졌건만 눈이 녹아 속살을 드러낸 빈터의 황량함은 변함이 없었다. 그러던 어느날 엷은 꽃구름을 두른 한 그루 나무가 땅 속에서 솟은 것처럼 느닷없이 그 한가운데 나타났다. 어머, 저기 벚꽃나무가 있었네. 딸도 그것을 처음 본 듯 이렇게 환성을 질렀다. 엷은 꽃구름은 불과 일 주일 만에 활짝 피어났다. 어쩌나 미친 듯이 피어나던지 야적장을 드나드는 중기차 때문에 딱딱한 불모의 땅이 된 공터에 묻혔던 봄의 정령이 돌파구를 만나 아우성치며 분출하는 것처럼 보였다. 한 그루 나무가 공터를 가득 채웠다. 이제 마루에 서면 공터는 없고 만개한 벚나무만 있었다. 어느 날 갑자기 피어났듯이 어느 날 갑자기 지기 시작했다. 벚꽃은 지면서도 공터뿐 아니라 대기를 온통 채웠다. 그것은 낙화가 아니라 광분이었다. 내 시야를 아무리 부풀려도 미처 낙화의 영토를 따라잡을 수가 없었다. 나는 난분분한 낙화에 홀린 몽롱한 목소리로 딸에게 말했다.

"애야, 난 이 집에서 죽는 날까지 살고 싶구나."

그러나 꽃이 진 다음날부터 우리는 그 나무를 기억하지 못했다. 꽃이 지자 나무까지 없어지고 공터만 남았다. 그것은 바로 올봄의 일이고 딸은 올여름에 떠났다. 집엔 나 혼자 남았다. 딸은 이 황량한 서울 끄트머리 동네에다 나를 팽개쳐놓고 혼자만 떠났다. 혼자 남은 늙은이가 할 수 있는 일은 무엇일까. 자식들이 아주 잊어버리기 전에 슬쩍 그애들의 어깨라도 칠 수 있는 일은 무엇일까. 철저한 필부(匹婦)로 살아서 비록 산 자취는 없다고 하나 예전 같으면 천수를 누렸다 할 환갑을 넘긴 나이니 오래 살았달 수 있고 산 날이 오래니 죽을 날이 어찌 가깝지 않으랴. 사람이 몽매하여 오늘 살 줄만 알고 내일 죽을 줄 몰라서 그렇지, 내 조그만 육신 첩첩한 갈피 어디멘가에선 이미 죽음의 예비가 시작됐으리라. 그걸 찾아내야만 했다. 고혈압, 간경화, 신부전, 암(癌)…… 어느 것이라도 무방했지만 될 수 있으면 죽음이 가장 확실한 암을 앓고 싶었다. 에미가 육 개월이나 일 년 안에 죽을 게 확실하다는데 안 와볼 자식이 있을까. 아아, 그럴 수만 있다면 목숨을 다해 암으로 피어나고 싶었다. 독버섯처럼 진하고 아름다운 암으로 피어나고 싶었다. 오직 그것밖에 할 일이 없다는 건 좋은 일이었다. 병들 일밖에 할 일이 없다고 생각하자 시난고난 기운과 밥맛이 줄고 거울에 비친 얼굴에도 병색이 완연해지기 시작했다. 덜컥 앓아눕기 전에 그 암의 꼬투리가 내 몸 어디에 자리잡고 있는지 그게 내 생명력을 마지막까지 잠식할 시기는 언제쯤이 될는지를 분명히 해둘 필요가 있었다. 그것으로 내 자식들의 편안한 망각을 두드릴 시기는 차후에 결정한다 하더라도 우선 그것을 갖고 있고 싶었다. 그것을 내 자식들의 망각을 언제든지 열 수 있는 열쇠처럼 어루만지고 싶었다.

내 집과 주박사 병원은 행정구역상 같은 서울이다뿐 거리상으로나 교통상으로나 가장 멀리 떨어져 있었다. 그러나 주박사는 큰아들의 고등학교 친구였다. 대학에서 과가 달라졌지만 여전히 집에까지 드나들던 무난한 친구였다. 아들이 미국 갈 때 주박사는 아직 레지던트였지만 그때부터 나의 주치의를 자처하면서 딴 건 몰라도 어머니 건강만큼은 제가 책임지겠노라고 장담했었다. 아들의 편지에도 편찮으시기 전에 미리 주박사한테 건강진단 받아보시란 인사말이 종종 들어 있곤 했다. 그러나 실제로 주박사 병원을 찾아가긴 이번이 처음이었다. 주박사도 일 년에 한 번 전화로 세배 올린다고 얼렁뚱땅 너스레를 떠는 게 고작이지 들른 적은 없었다. 그렇다고 딴 병원 신세 진 적이 있는 것도 아니었다. 한 번도 안 아팠다고는 할 수 없어도 약국에서 해열제나 소화제 몇 알 사다 먹으면 거뜬해졌으니 무병했던 셈이다. 사소한 일로 신세 안 지긴 참 잘한 일이었다. 엄살이 심한 늙은이란 선

입관이 들면 죽을병도 또 엄살떠는 걸로 지레짐작해버릴 수도 있을 게 아닌가. 처음으로 주박사 병원에 가는 날 나는 일부러 아무것도 바르지 않고 옷도 가라앉은 회색 옷을 입었다. 그건 딸까지 보내고 부쩍 늙은 얼굴에 걸맞았고 또 병자다웠다. 주박사 병원은 생각보다 크고 주박사는 알아볼 수 없을 만큼 몸이 나고 권위가 있어 보였다. 형석아, 형석아, 하면서 아들하고 똑같이 흉허물 없이 반기고 먹이고 나무라던 먹성 좋고 익살 잘 떨던 젊은이가 아니었다. 십여 년 만이었다. 전화로는 똑떨어지게 하던 해라가 잘 되지 않았다. 주박사라고 하다가 자네라고 하다가 존댓말을 하다가 하게를 하다가 어쩔 줄을 몰랐다. 주박사는 거만한 건지 그런 데 무관심한 건지 말씀 낮추세요, 소리 한마디를 안 했다. 내 아들도 저렇게 변했을까. 십여 년의 세월이 에미가 자랑스럽게 기억하는 그 훤칠하고 늠름한 아들에게 무슨 짓을 했는지 알지 못한다는 게 분하고 원통했다.

"자넨 크게 성공했네그려."

"뭘요, 어머니는 조금도 안 늙으셨어요. 고대로세요."

"머리가 하얗다네. 염색을 해서 그렇지 파파할머니라네."

"원 어머님도, 혈색도 좋으시고 아주 건강해 보이시는데요."

몸이 안 좋다고 전화로 미리 귀띔을 하고 왔건만도 괘씸하게도 주박사는 시침을 떼고 있었다.

"건강한 게 다 뭔가. 요샌 영 몸이 말을 안 듣는다네. 오래 못 살 것 같아. 진찰해보면 알겠지만 암만 해도……"

"암만 해도 암 같으신 게 아녜요?"

주박사가 씽긋 웃으면서 말했다. 얼핏 그 옛날 익살떨 때의 모습이 비쳤지만 그때보다 훨씬 밉상이어서 비웃는 것 같았다.

"그, 그걸 어떻게 벌써 알았나?"

"아, 이래 뵈도 박사 아닙니까? 그건 농담이고요, 어머니, 요샌 암 노이로제 환자가 진짜 암환자보다 훨씬 더 많거든요."

"진찰도 해보기 전에 꾀병 취급이군. 실없는 사람 같으니라구."

"죄송합니다. 어디가 어떻게 편찮으신데요?"

"지딱지딱 아프면 좋게, 그 병이 어디 처음부터 아픈 데가 있는 병인가?"

"어머니 혼자서 그렇게 단정을 하지 마시고 자각증상을 말씀하시라니까요."

주박사가 더이상 노인의 망령기와 상대하지 않겠다는 듯이 냉정하고 데면데면하게 말했다. 어딘지 조금은 남아 있던 형석이의 모습이 싹 자취를 감추자 나는 낯설음을 감당 못 해 울상이 되었다.

"자각증상이요?"

나는 먼저 왼손을 왼쪽 젖가슴 밑에다 대면서 말했다. 여기 심장이 있다는 걸 느낀다네. 아주 자주 그게 힘겹게 헐떡이고 있다는 걸 느낀다네. 전엔 그걸 느낀 적이 없었는데. 그걸 느낀다는 건 거기가 아픈 것보다 더 기분 나쁘다네. 또 명치에 손을 대고 말했다. 여기 위가 있다는 것도 느낀다네. 조금만 시장해도 쓰리고 조금만 뭘 먹어도 가쁘고, 여기 위가 있다는 걸 시시때때로 느껴야 한다는 건 지딱지딱 아픈 것보다 더 괴롭다네. 가슴에 손을 대고 말했다. 이 속에 허파가 있다는 걸 느낀다네. 환기가 제대로 안 되는 좁아터진 방처럼 답답하거든. 또 배를 어루만지면서 말했다. 이 속에 창자가 있다는 걸 느낀다네. 아무리 배가 고플 때도 그 속은 가득 괴어 있는 것처럼 더부룩하고 답답하다네. 그뿐인 줄 아나. 다리팔의 뼈마디 하나하나를 다 느끼면서 살아야 한다네. 마디마디가 쑤시거나 아픈 건 아니지만 녹슨 것처럼 빽빽한 데가 있는가 하면 죄어줘야 할 것처럼 헐렁한 데도 있어서 그 여러 마디들이 제각기 신경을 거슬리게 한다네. 신경 얘기가 났으니 말인데……

"어머니, 잠깐이요. 종합진찰을 받으시도록 하겠습니다. 아주 정밀하게요. 좀 괴로우시더라도 참으실 수 있겠죠?"

주박사가 사무적으로 데면데면하게 내 말의 중동을 끊었다. 그는 내 말을 전혀 알아들은 것 같지가 않았다. 처음부터 귀담아들으려 하지도 않았을지도 모른다. 하긴 귀담아들어봤댔자 알아들을 수 있는 얘기가 아니었다. 그는 한창 나이였다. 나도 젊은 나이와 한창 나이를 겪었듯이 오장육부와 뼈마디의 기능이 왕성하고 서로 조화로울 때는 아무도 그것들을 각각 느낄 수가 없다. 다만 그것들이 왕성하게 활동하고 완벽하게 화합해서 만들어내는 쾌적한 힘, 싱싱한 의욕, 빛나는 욕망, 아름다운 꿈, 진진한 살맛을 느낄 수 있을 뿐이다. 주박사가 바로 그런 나이라는 데

나는 질투와 실망을 느꼈다. 그러나 좀더 나이 지긋한 의사를 찾아갈걸 하는 후회는 하지 않았다. 내가 그 먼 데까지 주박사 병원을 찾은 건 아들의 친구니까 믿거라 하는 마음 때문만은 아니었다. 나는 좀더 용의주도한 늙은이였다. 내가 죽을병 들었다고 내 입으로 자식들한테 통고하고 싶지 않았다. 주박사가 알리자고 해도 나는 한사코 말리는 시늉을 할 작정이었다. 암만 해도 나만 알고 있는 게 마음 편하겠네. 늙으면 죽는 게 누구나 당하는 사람의 운명인데 만리타향에서 살아보려고 애쓰는 자식들을 불러들일 게 뭐 있겠나. 다행히 자네가 있고 병원비 할 만한 돈도 있으니 그애들 놀래킬 거 없네. 이렇게 의젓하게 굴 작정이었다. 그렇다고 안 알릴 주박사가 아니었다. 나에겐 몰래 알릴 게 빤했다. 주치의가 직접 알리는 에미의 사망 예고를 믿지 않을 자식이 어디 있으며 달려오지 않을 자식은 또 어디 있을까. 나는 그 정도나마 품위 있게 나의 죽을병을 앓고 싶었다. 그건 나의 마지막 허영이었다.

정밀한 종합진찰이란 게 시작되었다. 주박사는 나에게 손끝 하나 안 대고 더 젊은 의사, 간호사, 기사한테로 넘겨주었다. 주박사가 내 가슴에 청진기 한 번을 안 댔다는 게 나를 몹시 서운하게 했다. 엑스레이, 심전계, 초음파, 내시경 등 각종 의료기기가 내 몸을 샅샅이 훑었다. 그중엔 견디기 어려운 고통을 주는 것도 있었다. 그들은 마치 공모하고 나의 참을성을 실험하려는 사람들 같았다. 인정머리가 없을 뿐 아니라 잔혹 취미마저 있어

보였다. 볼에 살이 많은 간호사가 내 피를 뽑았다. 생각했던 것보다 진한 피를 대롱이 굵은 주사기로 듬뿍 뽑는 걸 지켜보면서 아찔하니 현기증이 왔다. 그만두라고 악을 쓰고 싶었지만 혀가 잘 말을 듣지 않았다. 곧 괜찮아졌지만 일순 죽음의 차가운 촉수가 이마를 스친 것처럼 느꼈다. 꿈꾸던 죽음보다 현실로 다가온 죽음은 훨씬 낯설고 무서웠다. 각종 기계를 부착하고 기계적인 사람들 사이에 둘러싸여 죽느니 차라리 안 죽고 싶었다. 오늘 종합진찰 결과를 알러 가기까지 이틀 동안 문득문득 그 진한 피가 떠오를 때마다 아까워서 가슴이 뭉클했다. 그 심술궂은 간호사가 일부러 그렇게 많이 뺐을 것 같고 그만큼 목숨이 줄어들었을 것 같았다. 그렇다고 죽을 병에 대한 염원이 줄거나 없어진 것도 아니었다.

"어머니도, 뭣 하러 또 그 먼 걸음을 하셨어요. 전화로 알려드리려고 했는데."

주박사는 종합진찰 결과를 알러 간 나에게 이렇게 판잔 먼저 주었다. 사형선고도 전화로 할 수 있다고 생각하는 그의 둔탁함에 나는 고통에 가까운 혐오감을 느꼈다. 그는 내 몸에 아무 이상이 없고 아주 건강하다고 말했다. 그리고 백세 장수하실 테니 염려 말라고 너털웃음을 웃었다.

벚나무의 앙상한 그늘이 부드럽게 번지면서, 땅거미지듯이 공터를 스멀스멀 뒤덮기 시작했다. 야적장 가건물의 액자만한 창에서도 주황빛 불빛이 비쳤다. 바람이 비질하듯이 낙엽을 한 군데로 몰아붙이면서 치맛자락을 부풀렸다. 어디론지 한없이 표표히 날아갈 것 같아 나무둥치를 잡았다. 거기 그렇게 있음의 부질없음이 목 놓아 울고 싶게 서러웠지만 눈물은 나오지 않았다. 그렇게 샅샅이 휘젓고도 내 몸 갈피에서 죽을병의 꼬투리를 못 찾아낸 걸 믿을 수 없는 나머지 병원 전체를 불신하는 기색을 드러내자 주박사는 너털웃음을 웃으면서 말했다. 꾀병 앓기도 힘든 세상입죠. 그 소리가 나에겐 마치 기계의 역성을 드는 것처럼 들려 심한 모욕감을 느꼈다. 아직도 그 모욕감이 예민한 상처처럼 남아 있음에도 불구하고 꾀병이라는 말에서 그리움 같은 걸 느꼈다. 한때 안타깝고 집요하게 꾀병을 앓고 싶어해서뿐만이 아니었다. 그 말엔 아득한 지난날, 늙음이 생전 나하고 상관있을 성싶지 않게 싱그럽고 앳된 날들을 스치고 지나간 한 귀여운 노인의 모습이 배어 있었다.

나에겐 한 할아버지에 두 분의 할머니가 계셨다. 아버지를 낳아주신 친할머니와 할아버지의 사랑을 독차지한 별명 '화초 할머니'는 한 남편을 모시고 살면서도 서로 의가 좋았다. 적어도 남 보기엔 그랬다. 친할머니는 우리들을 지성껏 업어 기르고, 장 담그고 고추장 담그고 버선 깁는 일을 했고, 화초 할머니는 할아버지 사업눈을 뜨게 해 읍내에 정미소랑 싸전을 차리는 데 물심양면으로 큰 도움을 주어 가산을 일으켰다. 내가 철나고 우리집은 부자 소리 들으며 살았지만 그전엔 겨우겨우 사는 집이었다고 한다. 할아버지가 하조면에서 술집을 하던 과부와 눈이 맞아

딴살림을 차렸을 때도 친할머니는 투기라는 걸 몰라 배알도 없다느니 등신이라느니 하는 소리를 들은 모양이다. 풍신 좋고 풍류 좋아하는 할아버지에게 친할머니는 우리 보기에도 너무 걸맞지 않았다. 얼굴이 몹시 얽은 박색에다 키는 작고 평생 일밖에 몰라서 그런지 손발은 커서 상스러워 보였다. 자신에 비해 영감님이 늘 과람했던지 첩을 얻자 토라지기는커녕 좋아하더라고까지 전해내려오고 있다. 하조댁을 얻고부터 집안이 불 일어나듯 늘어나자 일가 문중과 동네 사람들은 하조댁보다는 할머니를 칭송했다. 본댁 마음이 가히 부처님 가운데 토막이니 애물인 첩도 복덩이로 변하는 것 좀 보라는 말로 투기나 일삼는 여편네들을 나무랐다고도 한다. 할아버지의 사업이 읍내에서 기반을 잡자 할머니는 하조댁을 집으로 불러들이자고 할아버지한테 간곡하게 소청했다. 큰마누라 노릇 하고 싶어서가 아니라, 하조댁을 늙도록 장사판으로 내돌리는 게 안쓰러우니 이제 그만 편안히 지내게 하고 싶다는 할머니의 간청을 할아버지는 기꺼이 받아들였다. 본마누라한테 비록 살뜰한 정은 없었지만 그 정도의 믿음은 줄창 가지고 있던 할아버지였다. 우린 하조댁을 친할머니와 구별하기 위해 하조 할머니라고 부르다가 곧 화초 할머니로 부르게 되었다. 하조댁이 들어오자 집 안이 갑자기 색스럽고 향기로운 화초가 가득 찬 것처럼 부드럽고 화려해졌다. 친할머니는 여전히 몽당치마를 입고 일만 했다. 화초 할머니는 자주 고름을 길게 늘이고, 남치마 밑으로 외씨 같은 버선발이 보일락 말락 아장

아장 걸어다니면서 주로 할아버지 시중을 들고 남는 시간은 우리들을 귀애해주었다. 친할머니가 벽장에 감춘 약과나 다식 같은 귀한 먹을 것도 화초 할머니는 아낌없이 꺼내주었다. 할머니는 우리가 아무리 졸라도 없다고 잡아떼던 것도 화초 할머니가 찾는 눈치면 얼른 내주곤 했다. 우리는 그때 자기가 인심을 잃어가며 화초 할머니만 인심을 얻게 해주는 친할머니를 참 바보 같다고 생각했다. 학교 친구가 집에 놀러 오면 으레 화초 할머니가 나섰다. 시골서는 보기 드물게 예쁘게 썬 과일을 쟁반에 받쳐들고 와서 친구들을 대접해줄 때, 나는 화초 할머니가 자랑스럽고 고마운 나머지 친할머니는 어디 꼭꼭 숨어 보이지 않길 간절히 바라곤 했었다. 화초 할머니가 친구들한테 친할머니로 보였으면 해서이다. 우리 눈에도 그랬으니 할아버지가 화초 할머니한테 빠져 친할머니를 거들떠도 안 본 걸 나무랄 일도 못 된다. 그렇다고 친할머니가 화초 할머니를 집으로 불러들인 걸 후회하거나 섭섭하고 억울해서 속을 썩인 적이 있었던 것 같지도 않다. 만약 그랬다면 집 안에 전과 다른 불화의 분위기가 감돌았으련만 전혀 그런 기미 없이 화기애애했다. 전과 달라진 거라곤 정말이지, 아름답고 향기로운 화초를 새로 들여놓은 것처럼 집 안이 부드럽고 화려해진 게 전부였다. 명실공히 화초 할머니였다. 어느 날, 아침 잘 잡숫고 난 할아버지가 측간 다녀오다 힘없이 모로 넘어지더니 중풍이라고 했다. 그 풍신 좋던 멋쟁이 할아버지가 하루아침에 반신을 못 쓰게 되고, 입에서는 침이 질질 흐르고 숨갈로 떠넣은 밥도 반은 흘렸다. 얼굴이 삐뚤어지고 입술도 획 돌아가 말도 무슨 말인지 알아들을 수 없을 만큼 버벌댔다. 더 놀라운 건 할아버지의 마음이 달라진 거였다. 그 하기도 힘들고 알아듣기도 힘든 말로 온종일 낑낑대서 표시한 의사가 친할머니가 보고 싶다는 것이었다. 친할머니가 떠넣는 죽은 흘리지도 않았고, 그후 친할머니 치마꼬리를 놓치지 않으려고 했다. 처음엔 앞날이 길지 않을 것을 예감하고 조강지처에게 속죄하려는 말년의 일시적인 감상이려니 했다. 그러나 중풍이란 쉽게 낫지도 쉽게 죽지도 않는 병이어서 병석에 누운 날이 계속되는데도 할아버지의 마음은 본대대로 돌아오지 않았다. 친할머니가 옆에 있어야만 편안한 얼굴을 했고 의사소통도 친할머니하고만 됐다. 어쩌다 화초 할머니가 옆에서 시중을 들려면 우선 말귀를 못 알아들어 할아버지를 화나게 했다. 그토록 입의 혀처럼 싹싹하고 날렵하던 화초 할머니가 할아버지 중풍에는 전혀 쓸모가 없었다. 점점 할아버지는 화초 할머니를 꼴도 보기 싫어했다. 남치맛자락만 보여도 얼굴을 찡그리면서 어서 나가라고 고래고래 괴성을 질렀다. 화초 할머니는 스스로 할아버지 앞에 나서기를 삼갔다. 할아버지한테 잊혀진 화초 할머니는 더이상 집 안의 화초일 수가 없었다. 풀이 죽은 화초 할머니는 쓸쓸하고 초라해 보였고, 그의 존재가 집 안에 밝음과 향기가 아닌 암울하고 짐스러운 그림자를 던지기 시작했다. 그러나 할아버지와 화초 할머니가 아무리 놀랍게 달라졌다고 해도 친할머니가 달라진 것에다 대면 아무것도 아니었다. 친할머니는 조금도 눈치 보지 않고 실로 당당하게 할아버지의 병구완과 의사소통과 응석받는 일을 전담했다. 조금쯤은 화초 할머니의 심정을 헤아려주었으면 싶을 만큼친할머니의 돌연한 당당함은 어린 마음에도 무자비해 보였다. 그러나 아무도 감히 할머니한테 그런 말을 하지 못했다. 그토록 초라하게만 보이던 무명의 무색옷에도 못생긴 얼굴의 곰보 자국에도 침범할 수 없는 기품이 서려 보였다. 친할머니의 전성기였다. 그러나 친할머니의 전성기는 오래가지 못했다. 모든 식구들한테 잊혀진 채 겉돌던 화초 할머니가 어느 날 할아버지가 넘어지던 바로 그 측간 모퉁이에서 쓰러져 할아버지하고 똑같은 반신불수가 된 것이다. 친할머니는 물론 어머니 작은어머니들한테도 재앙이 엎친 데 덮친 셈이었다. 병구완의 편의상 두 분을 한방에 나란히 눕힐 수밖에 없었다. 할아버지는 당신하고 똑같은 모습으로 반신불수가 되어 침과 음식물을 흘리고 오줌똥을 가렸다 못 가렸다 하게 된 화초 할머니가 옆에 눕자 잠시 망각했던 애틋한 정이 되살아난 듯했다. 정과 연민에 못 이겨 하루에도 몇 번씩 노안에 가득 눈물이 괴곤 했다. 잣죽도 무과수도 당신이 잡숫기 전에 화초 할머니한테 먼저 드리도록 했다. 화초 할머니는 할아버지보다 더 식욕이 왕성해서 주는 대로 먹고 요강을 댈 새 없이 오줌똥을 흘리곤 했다. 친할머니는 배로 늘어난 병자로 눈코 뜰 새 없이 바빠지고 할아버지는 화초 할머니가 남긴 턱찌끼나 얻어먹는 신세가 되었다. 할아버지를 따로 충분히 드리려도 막무가내였다. 중풍 걸려 나란히 누운 노부부의 금슬은 우리들의 어린 눈에도 좀 뭣해 보였다. 처음엔 지극한 연민으로 화초 할머니를 불쌍해하던 할아버지가 차츰 자신의 닮은 꼴로, 잃은 반쪽으로, 애지중지하기 시작했다. 이제 친할머니가 통역을 안 해주어도 두 사람만이 알아들을 수 있는 언어로 온종일 버벅거렸고, 젊은 연인들처럼 온종일 손잡고 바라만 보아도 싫증나지 않는 모양이었다. 동네 사람들이 구경을 와서 창 밖에서 얼씬거리고 킬킬거릴 만큼 두 분의 지극한 행복과 이상한 금슬은 인근에 소문이 났고 또 볼 만했다. 그러나 할아버지는 화초 할머니보다 스무 살이 위였다. 비록 똑같은 중풍으로 누워 있을망정 한날한시에 죽을 순 없다는 걸 깨달은 할아버지는 어느 날 비장한 얼굴로 친할머니를 불렀다. 자식보다도 당신을 믿고 부탁하는 것이니 자기가 먼저 죽더라도 화초 할머니 공경을 자기 생전처럼 할 것, 자기 생전에 화초 할머니 몫으로 충분한 재산을 떼어줄 것 등을 부탁했고, 친할머니는 물론 그 어려운 부탁을 통역 없이 알아듣고 눈물을 흘리며 지킬 것을 맹세했다. 재산을 떼어주는 문제에 있어선 아버지와 작은아버지들이 적지 아니 반발했지만 친할머니는 그 재산이 누구 덕으로 모은 재산인가를 깨우치며 준엄하게 꾸짖었다. 상당한 재산을 화초 할머니 몫으로 떼어준 걸 눈으로 직접 확인하고 난 지 며칠 만에 할아버지는 운명하셨다. 할아버지 삼우를 치르고야 겨우 식구들은 화초 할머니를 돌볼 만한 여유가 생겼다. 그러나 그 동안 화초 할머니는 말끔히 중풍을 씻고 일어나 집 떠날 채비를 하고 있었다. 식구들과 일가친척들은 혀만 내두를 뿐 감히 무슨 말을 못 하다가 그가 집 떠나자 갖은 욕들을 다 했다. 천생 첩년, 도둑년, 구미호, 천하 요물 등등. 그러나 친할머니가 나서서 점잖게 이 구구한 구설을 막았다.

"닥치거라. 하조댁만한 열녀도 없느니라. 하조댁 때문에 그 어른은 돌아가시는 날까지도 외로움을 몰랐으니 그런 열녀가 어딨겠니. 하조댁 아니면 못 할 일등 가는 병구완을 한 셈이지."

그러나 친할머니 못 듣는 데서는 두고두고 하조댁의 요망스러움이 사람들의 입초시에 오르내렸다. 아마 지금까지도 친정 쪽 동네와 친척간에 전설적인 요물로 남아 있을 것이다. 나 역시 하조댁이 요물이라는 걸 감히 의심해본 적이 없었다. 그러나 과연 그 절묘한 꾀병이 재산만을 목적으로 했을까. 재산은 나중에 덤으로 얻었을 뿐 하조댁이야말로 온몸으로 사람 속의 깊고깊은 오지(奧地)에 뛰어들 줄 아는 특별한 재능이 있었던 게 아닐까.

나는 실로 몇십 년 만에 하조댁의 꾀병을 회상하고 새로운 감동에 사로잡혀 있었다. 마음이 따뜻하고 부드러워졌다. 꾀병도 그쯤 되면 극치에 다다랐다 할 만했다. 뭐든지 극치에 다다르면 그 나름의 아름다움이 있는 법인가. 나는 잠시 몇십 년 전 꾀병에 황홀하게 현혹되고 있었다. 아아, 나도 그런 꾀병을 앓아봤으면. 그러나 제아무리 화초 할머니도 우리 친할머니의 도움 없이 그의 꾀병을 극치의 경지까지 몰고 갈 수는 없었으리라.

지금은 섣불리 꾀병도 앓을 수 없는 세상이라니 어쩔거나. 화초 할머니의 꾀병을 아무도 못 말렸듯이 나의 고독을 누가 말릴 것인가. 나도 내 몫의 고독을 극치까지 몰고 가보리라. 아랫목에 누워서 송장내를 풍기며 썩어가는 또하나의 나를 무서워하지 말고 직시하고 껴안으리라. 그 늙은이를 따뜻하게 녹일 수 있을지도 모르겠다. 스멀스멀 발밑을 기던 땅거미가 비로드처럼 도타워졌다. 어느새 주택가의 그만그만한 창에 모조리 불이 켜져 우리집만 이 빠진 것처럼 보였다. 어서 가서 우리집 식탁에도 불을 밝혀야겠다. 그리고 그 늙은이를 위해 오랜만에 맛있는 저녁상을 차려야겠다.

비애의 장(章)

　사람이 살고 있을 것 같지 않은 동네였다. 어디선지 피아노 소리가 들려오고 있었다. 그 소리는 잘 친다든가 못 친다든가 하는 기교를 분간할 수 없을 만큼 은은한 채 다만 그 하염없음으로 둘레의 고요와 사람의 심금을 흔들고 있었다. 나는 고요 때문인지 비탈길 때문인지 숨이 차고 목이 탔다. 그 동네는 해마다 그랬다. 부자나 명사들이란 즈이 동네선 늘 이렇게 숨죽이고 사는 것일까? 나는 그게 해마다 궁금했지만, 그걸 확인하려고 정초 아닌 때 일부러 그 동네에 와본 적은 없었다. 나는 그렇게 할 일 없는 몸이 아니었다.

　지교수 댁 대문은 열려 있지 않았다. 육중한 철문 옆에 달린 작은 출입문도 꼼짝을 안 했다. 해마다 정월 초이튿날이면 활짝 열려 있었고, 나는 초이튿날 아닌 날에 거기 가본 적이 없으므로 그 철문이 그렇게 배타적인 위엄에 넘치고 있는 줄은 미처 몰랐었다. 나는 그 낯설음에 가볍게 진저리를 치면서 거기 또 와 있다는 게 일껏 떨친 줄 알았던 수치스러운 버릇을 또 저지르고 난 것처럼 낭패스러웠다. 그냥 돌아가자니 안에서 누가 내 꼴을 보고 있을 것 같고, 초인종을 누르자니 용기가 모자라 당최 중심이 안 잡히는 마음으로 두리번대다가 문득 나란히 붙은 두 개의 문패가 눈에 띄었다. '지꽹묵' '김복녀', 그 두 개의 나무로 된 한글 문패는 내가 지교수 댁을 출입하기 시작한 십여 년 전에도 이미 고색창연해 보일 만큼 오래된 거였으니까 요새 흔히 그렇게들 하는 유행하곤 상관없는 거였다. 그래도 보는 사람마다 참 의좋은 부부, 엄처시하, 평등한 부부, 바람직한 부부 등 그 안에 사는 부부에 대한 신식 해설을 붙이고 싶어했다. 나는 좀 달랐다. 지꽹묵이란 이름이 혀도 잘 안 돌아갈 뿐 아니라 한자로도 얼핏 감이 안 잡히기 때문인지 우선 김복녀란 이름을 한자로 떠올리면 마음이 편안해지면서 절로 웃음이 났다. 지금도 '복 복(福)자, 계집 녀(女)자'란 소박하고 만만한 이름은 나의 변변치 못한 망설임, 단순치 못한 속셈, 불투명하고 치사스러운 이해타산을 너그럽게 다독거리면서 다만 세배를 왔을 뿐이라고 위로하고 있었다. 나는 그래 세배를 왔을 뿐이야, 딴 저의 같은 건 없어라고 생각할 수 있게 된 김에 얼른 초인종을 눌렀다. 뉘시우? 사모님, 저예요, 조숙희예요. 세배 왔어요. 문기둥에 달린 작은 창살을 통한 이런 문답 끝에 출입문이 열렸다. 현관까지의 오솔길을 빼고는 넓은 마당에 작년 섣달 그믐께 내린 눈이 고스란했다. 현관

364

문을 손수 열어준 복녀 여사는 그 나이에도 팽팽한 볼에 건강한 홍조가 남아 있는 게 여전했다.

"어머, 사모님 더 젊어지셨어요."

주는 데 힘 안 들고 받아서 즐거운 그 인사말을 올해도 또 써먹을 수 있어서 참으로 다행이었다. 다음은 복녀 여사가, 뭐얼…… 하면서 살짝 부끄러움을 탈 차렌데 뜻밖에도, 고마워요, 하면서 두 팔을 크게 벌려 나를 얼싸안고 등을 토닥거리는 것이었다. 고소한 양념 냄새 대신 감미로운 장미 향기가 은은하게 풍기는 것도 예년과 달랐다. 바지저고리 대신 대추색 비단가운을 입은 지교수는 소파에서 흰 털실뭉치 같은 강아지를 희롱하고 있었다. 내가 세배절을 올리는 동안도 그놈은 지교수의 무릎에서 떠나지 않고 말끄러미 나를 쳐다보고 있었다. 함부로 눈을 가린 곱슬곱슬한 털 사이로 노려보는 눈은 섬뜩하도록 영롱하고도 교만했다.

"올해는 음력 과세를 하시나보죠? 몰랐어요, 용서하세요."

세배를 하고 나서 지교수 맞은편 소파에 앉긴 했지만 예년과 다른 호젓한 분위기가 암만 해도 마음에 걸려 나는 이렇게 변명 겸 떠보지 않을 수가 없었다. 음력설이 공휴일이 되고 나서 음력으로 차례 지내고 세배 손님 받는 집이 부쩍 늘어났다고 하는 소문을 들은 것 같은데, 그걸 미리 알아보지 않고 불쑥 세배부터 온 게 어쩌면 큰 실례일지도 모른다는 생각 때문에 나는 계속해서 불안했다.

"아닐세, 정년퇴직한 김에 자식들네를 두루 둘러보느라 작년 설엔 우리가 여기 없었잖나. 한 해 거르는 사이에 세배꾼의 맥이 이렇게 시원섭섭히 뚝 끊어져버렸다네, 껄껄……"

지교수의 웃음소리는 플라스틱 바가지를 두드리는 소리처럼 시끄럽기만 하고 통 감정이 섞여 있지 않아서 시원한 쪽인지 섭섭한 쪽인지 도무지 분간을 할 수가 없었다. 나는 사물을 대할 때 그게 싫다든가 좋다든가, 악하다든가 선하다든가, 밉다든가 예쁘다든가 하는 양자 중 택일하기가 곤란할 때 괜히 주눅이 드는 버릇이 있었다. 이번엔 자신의 이런 단세포적인 감각에 대한 느닷없는 싫증까지 겹쳐 더욱 몸 둘 바를 몰랐다.

"숙희씨, 마침 잘 왔어요. 지금 선생님하고 말다툼을 하고 있었는데 하마터면 큰 싸움 될 뻔했지 뭐유."

들으나마나 낯간지러운 말장난일 게 뻔했다. 남편 흉보는 척하면서 추켜세우고 대판 싸웠다는 게 깨가 쏟아지는 금슬 자랑인 게 복녀 여사의 특기이자 미덕이었다. 그 어마어마하게 배타적인 철문의 보호를 받고 있는 게 겨우 개도 안 먹는다는 느글느글한 사랑싸움의 찌꺼기라는 게 나의 입장을 더욱 초라하게 했다. 그래도 어느 틈에 예전 가락이 되살아나 나는 시들시들 장단을 맞추기 시작했다.

"어머, 그게 정말이세요? 교수님이 사모님하고 싸우셨다면 아무도 안 믿을걸요. 저만 아는, 그야말로 특종이에요. 왜 싸우셨어요?"

"나는 글쎄, 이번 설에 세배 손님 발길이 뚝 끊어진 게 선생님의 정년퇴직과 관계가 있을 거라고 했더니, 선생님은 부득부득 우리가 일 년간 외유한 것하고 관계가 있다시는 거야. 숙희씨는 어떻게 생각해?"

나는 마치 진작부터 내 속에 잠복해 있던 의문을 그들에게 들킨 것처럼 당황했다. 그러나 잠깐이었다. 그럴 염려는 전혀 없어 보였다. 지교수도 복녀 여사님도 남을 넘겨짚거나 떠볼 만큼 음흉하지 않았고, 무엇보다도 그럴 만한 남에 대한 관심이 있지도 않았다. 그렇다고 하마터면 큰 싸움 될 뻔했다는 문제의 쟁점에 심각해져 있는 것도 아니었다. 그들이 제기한 의문은 염량세태와 관계있는 것이어서 한 번쯤 비분강개할 만도 하고, 제아무리 달관의 경지에 도달했다고 해도 초연하게 인생무상을 읊조릴 만도 하건만 그들의 분위기는 그런 것하곤 얼토당토않았다. 마치 최신의 식인종 시리즈를 즐기고 있는 것처럼 재미가 자글자글 있어 보였고, 약간 얼빠져 보였다. 나는 잠시지만 정답을 알아맞히려고 긴장했던 게 억울해서 아까부터 발밑에 굴러다니는 조그만 고무공을 집어서 지교수 무릎에 앉아 있는 강아지 얼굴을 겨냥하고 던졌다. 공이 미처 얼굴을 때리기 전에 그놈이 먼저 날렵하게 뛰어오르면서 두 앞발로 공을 받았다. "아이고, 똑똑한 내 새끼." 복녀 여사가 혀 짧은 교성을 지르면서 지교수 무릎으로 달려들어 강아지를 안았고, 지교수도 늙은 곡예사처럼 확실한 자신감 넘치는 웃음으로 나에게 답례를 보내고 나서 강아지 볼을 비볐다. 자연히 노부부와 강아지는 한 덩어리가 됐다. 작은 공은 또 한번의 도전을 촉구하듯이 데굴데굴 내 발밑으로 굴러오고, 천진난만하고도 경박한 노부부의 웃음 사이로 강아지의 영특한 눈이 매섭게 나를 노려보고 있었다. 나는 밑도끝도없이 아아, 바보짓이다라고 생각했다. 진심으로 내가 소원한 것은 그런 바보짓이 아니었다고 해도 지금 확실하게 내 몫으로 떠맡은 게 바보짓뿐임을 어이하랴.

노부부는 강아지 쪽에서 싫증을 내고 목구멍에서 가래 끓는 소리를 낼 때까지 지치지도 않고 강아지가 방금 부린 재롱을 즐거워하고 감격하고 자랑해 마지않았다. 노부부가 번갈아 흉내까지 내가며 자랑하는 바에 의하면, 그 강아지는 그 밖에도 열몇 가지의 재롱을 부릴 줄 아는데 목하 임신중이라 행여 과로를 시킬세라 재롱을 부릴 기회를 안 줬다는 것이었다. 내 덕에 그 강아지가─참, 임신중이라니 아무리 쪼꼬매도 개라고 불러야 마땅하리라─그 동안 재주를 안 잊어버렸을 뿐 아니라 무거운 몸임에도 불구하고 뛰어난 날렵함까지 여전하다는 걸 보여준 셈이었다.

"이름이 뭐냐?"

나는 개에게 직접 물었다. 네가 아무리 재주가 많기로소니 말이야 못 하겠지 하는 유치한 심보였으니 그야말로 개가 다 웃을 지경이었다.

"퍼얼."

"진주."

개 대신 지교수와 복녀 여사가 동시에 대답했다. 그러고도 한참 동안이나 퍼얼, 퍼얼, 내 새끼 우리 귀염둥이, 아이고 예쁜 것, 하면서 혀 짧은 소리로 수선을 떨고 나서야 복녀 여사는 조촐한 다과상을 내왔다. 나는 유자차를 다 마시고 나서 건더기까지 씹으면서 염치없는 소리를 했다.

"올핸 빈자떡 안 부치셨어요? 작년엔 그 맛을 못 보고 설을 더니 도무지 나이를 헛먹은 것같이 허전하길래 이번 설을 얼마나 기다렸다구요."

지교수 댁 만두국과 녹두빈자는 제자들 사이에서 그 맛이 신식화되지 않고 진국스럽기로 소문이 나 있었다. 만두국은 몰라도 녹두빈자의 맛은 정말 일미여서 나도 그 맛을 못 잊고 몇 번인가 집에서 시도해보았지만 실패의 경험을 가지고 있었다.

"아유, 녹두빈자 얘긴 꺼내지도 말아요. 생각만 해도 지긋지긋하니까. 해마다 자그만치 녹두를 두 말은 부쳐야 그 손님을 다 치르게 되어 있는데, 제 맛을 내려면 믹서를 써선 안 된다우. 방앗간에서 갈아와도 단박 맛이 달라지는걸. 꼭 집에서 맷돌로 갈아야 하니 그 수고가 이만저만인 줄 아우. 그때만 해도 황소 같은 식모를 두고 살 땐데도 섣달그믐껜 꼭 파출부를 불러서 맷돌질을 돕게 하건만도 맷돌질을 핑계로 앓아눕기가 일쑤였으니 얼마나 눈치 보이는 일인지 몰라요. 그뿐인 줄 알아요. 맷돌을 하도 심하게 쓰니까 몇 년에 한 번은 맷돌장이를 대서 쪼아주어야 하는데 요새 맷돌장이가 어디 있수? 내가 손수 정으로 맷돌을 쫀 적이 있다면 말 다 했지. 한번 맛본 사람은 입맛을 다시며 먹고 싶어하고 해마다 그 맛을 못 잊어하는 맛을 내기란 사람 공력이 그만큼 드는 법이에요. 선생님의 신조가 제자를 워낙 인간적으루다 대하시는 거니까 나도 그 뜻을 받들려니 숨은 고생이 많았다우. 선생님이 정년퇴직하시자 그 짓 안 해도 될 생각을 하니어찌나 시원하던지 외국 나갈 땐 맷돌을 아예 마당구석에다 팽개치고 떠났다우. 돌아와보니 글쎄, 중쇠가 삭아서 부러져 있습디다. 중쇠가 부러졌으니 맷돌 구실은 끝난 거지 뭐. 맷돌도 정년퇴직해서 지금은 화분 받침 노릇을 하고 있어요. 우리 선생님이 제자들을 한결같이 인간적으루다 대한 건 하여튼 알아줘야 한다니까."

나는 처음으로 얻어들은 녹두빈자의 진미의 비결이 신기하긴 해도 지루해서 적당히 흘려버렸지만 '인간적으루다'만은 고약처럼 끈끈하게 귀청에 엉겨붙었다. 그것이야말로 바로 내 오랜희망의 줄이 죽자꾸나 매달려 있는 허구의 정체가 아니었을까. 내가 지교수 댁을 출입하기 시작한 것은 뒤늦게 다시 공부를 한답시고 대학원에 진학하고부터였다. 지교수는 내 석사학위 논문의 지도교수였다. 지금이야 석사학위 가지고 대학 전임 자리는 꿈도 못 꾸지만 그때만 해도 전공에 따라서는 석사학위만 가지고도 지방대학 전임 자리로 풀리는 수가 드물지 않았다. 그때 나는 난생처음으로 참 열심히 공부했었다. 배우도, 탤런트도, 가수도, 호스티스도, 주방장도 앞으로 더욱 열심히 공부하겠습니다가 크게 유행하던 때였다. 그러나 솔직히 말해서 그때 나는 공부보다는 대학원을, 대학원보다는 석사학위를, 석사학위보다는 직업은 교수라고 대답할 수 있는 일자리를, 교수 자리보다는 육십오 세 정년퇴직을 더욱 사랑했었다. 남편이 무능하거나 실직 중도 아니건만도 나는 그때 육십오 세까지 안정이 보장된 자리에 걸신이 들려 있었다. 남편은 그때 실직중이기는커녕 마침 중동 붐이 불어닥쳤을 때라 재벌급 건설회사가 스카우트에 눈독을 들일 만큼 유능한 토목기사일 뿐 아니라 자기 관리에도 영악해서 이태에 한 번꼴로 회사와 현장을 바꿔가면서 직위와 급료를 올려받고 있었다. 그의 말짝으로 그는 운이 좋았다. 그가 대학에 들어갈 때만 해도 토목과는 비인기학과여서 제3지망으로 써넣은 게 성적이 시원치 않다보니 거기까지 굴러떨어졌고, 재수하기도 싫고, 굴러떨어진 걸 운명으로 받아들이기도 뭣해 공부 안하는 걸로 반항을 일삼느라 남이 사 년 다니는 대학을 육 년이나 다니고 군복무 삼 년하고 나니 국내의 고속도로 건설이 한창일 때라 취직이 쉽게 됐다. 작지만 자꾸 커가는 토건회사에서 착실하게 현장 경험을 쌓고 나니 뒤미처 중동 붐이 불어닥쳤다. 나는 사통오달 막힌 데 없이 막막한 사막에도 왜 고속도로가 있어야 하는지 알지 못했다. 그러나 아기자기한 추억과 무덤이 옹기종기 모여 있는 산허리를 무참히 자르고 천 년 묵은 씨족마을을 수장하지 않아도 되는 넓디넓은 땅에서의 토목공사를 생각하면 절로 숨통이 트였다. 또, 국내의 월급쟁이보다 많은 돈을 벌고 그게 외화라는 건 긍지를 가질 만했고 속된 소견으로는 자주 비행기를 탄다는 것도 부러웠다. 어떤 사람은, 그까짓 중동, 하면서 우리가 무조건 동경하는 외국에서 중동은 마땅히 제외시키려 했지만, 내가 동경하는 외국에서의 경험이란 우리보다 발달한 과거나 현재의 문화를 관광하고 배우는 데 있는 게 아니라 한국적인 사고의 틀로부터 일시적으로나마 자유로워지는 거였기 때문에, 그 외국이 선진국이라든가 후진국이라든가 온대라든가 열대라든가 하는 것은 별로 중요하지 않았다. 다만 한 가지, 우리가 붐을 타고 있다는 것 때문에 불안했다. 갑자기 불어닥친 좋은 세월은 갑자기 가게 마련이라는 걸 잠시도 잊을 수가 없었다. 나는 자신의 불안을 위로하기 위해 툭하면 세계지도를 펴놓고 들여다보길 잘했다. 중동지방엔 우리 국토의 몇 배, 몇십 배나 되는 사막이 널려 있었다. 고속이니 발전이니 하는 것은 하면 할수록 갈증이 나는 것이므로 그 넓은 사막에 길을 뚫고 또 뚫어 바둑판처럼 정연한 걸로 만들려면 몇십 년이 걸려도 모자랄 것 같았다. 남편이 오십오 세, 아니 육십오 세가 될 때까지 그런 날이 오지 않으리라 안심해도 될 만큼 쪼끄만 우리 땅에 비해 사막은 광활했다. 그러나 붐을 타고 있다는 불안감은 고약할 뿐 아니라 집요해서 떨치면 떨칠수록 내 속 어딘가에 늘어붙어 있었다. 나는 남편이 붐을 타고 외화를 벌어들일 수 있는 시한을 그의 사십오 세쯤으로 내다보고 있었다. 붐의 주기를 일단 십 년으로 잡은 것도 '십 년 가는 세도 없다'는 속담에서 암시받은 바도 없지 않았지만, 그 밖의 체력의 한계, 승진의 벽 등 과학적인 계산도 충분히 반영한 결과가 그랬다. 그가 마흔다섯 살이면 큰애가 겨우 고등학교 이학년이다. 둘째는 중3. 그러므로 마흔다섯에 실직을 하는 것은 부당하다고 아무리 이를 갈아붙이고 항의를 해봐도 소용이 없었다. 나보다는 같은 붐을 타고 있는 기능공의 아내들이 훨씬 더 현명했다. 그들은 춤바람이 나서 그런 불안을 잊어버리기도 하고, 파출부라도 나가서 악착같이 생활비를 벌고 남편이 번 외화는 고스란히 저축을 함으로써 실직의 불안과 너 죽고 나 죽자 식으로 정면대결을 펴기도 했다. 밥 먹고 이빨 쑤시는 방법도 백 사람이면 백 가지 방법이 나올 만큼 다 다른데, 하물며 자신의 삶을 뿌리째 뒤흔드는 불안과 대결하는 방법이 같을 리는 만무했다. 나는 내 나름의 방법을 찾아냈다고 생각했고, 그건 나라도 육십오 세 정년의 일자리를 획득하는 일이었다. 나는 그것을 위해 남편이 비워준 시간과 부쳐준 돈을 아낌없이 투자했다. 지교수는 그를 따르는 제자들의 재능에 대해서뿐 아니라 희망에 대해서도 매우 너그러웠고 또 발이 넓어 각계각층에 연줄을 가지고 있었다. 육십오 세 정년에 대한 나의 희망의 끈을 십 년 아니라 이십 년도 더 붙잡아둘 만한 힘이 지교수에겐 있었다. 여북해야 학문에 대한 열정이나 하다못해 지적 호기심조차 결코 보통 이상이 못 되는 내가 마흔을 바라보는 나이에 박사과정을 밟을 엄두를 낼 수 있었겠는가. 내가 그 꿈에서 십 년 안에 깰 수 있었던 것은 지교수와는 상관없는 일이었다. 남편이 마흔다섯

안에 실직을 했기 때문이었다. 중동 붐은 내가 예측한 것보다도 미리 퇴조했다. 별안간 본사로 소환된 남편은 일거리도, 자리를 지킬 만한 책상 걸상도 주지 않고 월급만 받는 특별한 대우를 석 달쯤 견디다가 스스로 사표를 냈다. 과장 대우를 받고 있다가 과장으로 스카웃당해 간 지 이 년이 채 안 돼서 받은 대접이었다. 실직 후 그는 비참했다. 그가 차마 바로 보기 민망하게 비참해 보인 것은 실직과 어처구니없는 배신감 때문만은 아니었다. 중동 근무만 하는 동안 돈은 좀 벌었지만, 국내의 친구와 연줄을 놓쳐버려 자기 회사에 자기 의자가 없었듯이 이 사회에 기댈 데도 부빌 데도 울분을 털어놓을 데도 없이 완전 고립되어 지내야만 했다. 마흔다섯도 안 돼 실직도 억울한데 이 인맥으로 얽힌 사회에서 유력한 연줄은커녕 대포 마시며 속마음을 털어놓을 우정조차 없다는 건 끔찍한 노릇이었다. 그런 그를 보고 있으면 매달려 있던 끈이 끊어져 허공으로 한없이 추락해가는 상자갑을 보는 것 같은 기분이 들곤 했다. 마흔다섯도 못 돼 실직을 하다니. 이왕 실직을 하려면 좀더 일찍 하든지. 그때 그는 마흔두 살이었다. 내 딴엔 꽤 짜게 그리고 꽤 과학적으로 계산한 게 이렇게 어처구니없이 빗나가자 육십오 세 정년에 대한 나의 집요한 꿈에서도 비로소 부스스 깨어날 수가 있었다. 그 동안 불안하기 때문에 꿈을 꾼 게 아니라 풍요하기 때문에 꿈도 꿀 수 있었음인가. 나는 그후 일 년쯤 하던 박사과정을 무심히 쥐고 있던 쓸모없는 물건 버리듯이 포기하고 방송국에서 여성프로 담당의 프로듀서가 된 동창의 연줄로 그 프로의 스크립터 노릇을 하게 됐다. 수입은 웬만한 월급쟁이보다 낫지만, 내가 그렇게도 바라던 육십오 세까지의 안정과는 얼토당토않은 생활을 하고 있다. 나의 생존권은 프로듀서의 기분에 달렸고, 하루의 안정을 그의 안색에서 점치며 산다. 그렇다고 그후 당장 지교수 댁에 발길을 끊지는 않았다. 전처럼 자주 드나들진 않았어도 세배는 거르지 않았다. 의리가 있어서라기보다는 일 년에 한 번쯤은 향수처럼 그 중이 도졌다. 그것은 나에게 있어 세배가 아니라 귀향이었다. 부질없음을 알면서도 옛 꿈의 자리를 일 년에 한 번쯤 돌아보고자 했다. 녹두빈자 맛은 해마다 일정했고 분위기는 화기애애했고, 무엇보다도 스승과 학자의 전형 같은 지교수가 있었다. 그는 죽어서도 스승과 학자의 박제를 남길 것처럼 머리끝부터 발끝까지 학자였다. 아니, 그는 이미 박제가 되어 있는지도 몰랐다. 우리는 모두 그의 생각이나 업적보다도 학자의 모름지기 그래야 될 것 같은 그의 외관에 황홀했으니까.

"우리도 이제 번거로운 건 피하고 오붓하게 편하게 살래요. 선생님도 정년퇴직하셨겠다, 인생은 이제부터라고 기분 좀 낸들 누가 뭐라겠수. 외국 가서 보니까 우린 여직껏 참 너무 쓰잘 데 없는 고생에다 쓰잘 데 없는 신경만 쓰고 살았다는 걸 절감하겠습디다. 숙희씨 보기엔 어때요? 우리 두 내외 이만하면 이상적인 부부죠?"

복녀 여사가 지교수 옆에 바싹 다가앉으며 포즈를 취했다. 카

메라를 갖고 있지 않은 게 유감이었다. 그러나 노부부는 행복한 부부상의 박제가 되어 오래오래 내 의식 속에 눌어붙어 있을 게 뻔했다. 그때 소파 밑에 웅크리고 있던 퍼얼이 깡총 뛰어올라 노부부 사이에서 포즈를 취했다. 아까부터 뭐가 하나 빠진 것 같더라니 바로 그놈이었다. 그놈의 영특함에 나는 새삼스럽게 혀를 내둘렀다. 그놈이 끼어듦으로써 노부부의 행복의 구도는 완벽했고, 그놈은 자신이 끼어들 자리를 명확하게 인식하고 있었다.

"그러믄요, 사모님. 두 분을 뵙고 있으면 하도 보기가 좋아서 덩달아서 자신이 늙어가는 것도 조금도 서글픈 줄 모르겠다니까요."

나는 속으로 엣다 모르겠다, 어차피 마지막 아부가 될 텐데, 아껴뒀다 뭐 할 건가 싶어 속에서 보깨는 걸 마지막 한 방울까지 토악질해내듯이 지껄였다.

"그렇지만 아무나 우리처럼 늙을 수 있는 게 아니라구."

사모님이 약간 섭섭한 뜻을 비쳤다.

"그러믄요, 아무나 퍼얼 같은 개를 가질 수 있는 건 아니니까요."

내 속셈은 두 분의 행복하고 오붓한 노후를 비꼴 셈이었으나 뜻밖에도 지교수가 무릎을 탁 치며 좋아했다.

"여보, 우리 진주가 새끼 낳거든 조군에게 나누어줍시다. 괜찮지, 여보?"

"우리 퍼얼은 새끼를 한 마리밖에 안 낳을걸요. 똥개나 여러 마리 낳지, 고급 개는 사람처럼 한 마리씩밖에 안 낳는다고 수의사가 그러던걸요."

사모님은 새끼를 주기가 아까운지 이렇게 말하면서 퍼얼을 품에 꼭 껴안았다. 그렇지만 어디까지나 새끼의 값어치를 올리고 생색을 내려는 것뿐이지 아주 안 주려는 눈치는 아니었다.

"귀하니까 조군에게 주려는 거 아뉴."

"숙희씨, 오늘 횡재했네."

드디어 사모님의 동의가 떨어졌다.

"전 개를 좋아하지 않습니다. 사양하겠어요, 선생님."

나는 단호하게 말했다. 어디서 그런 용기가 났는지 스스로도 대견했다. 지교수가 제자들한테 뭘 주고 싶어하는 건 이번이 처음이 아니었다. 물론 값나가는 물건이나 구하기 어려운 물건은 아니었지만 하찮은 물건도 귀물처럼 가치를 부여해서 주는 특별한 기술 같은 걸 가지고 있었다. 물론 그런 혜택을 받은 건 나만이 아니었다. 이를테면 누가 응접실에 난만히 핀 아프리칸 바이올렛 중 희귀종을 들여다보고 감탄을 할라치면 지교수는 매우 심한 갈등을 나타내다가도 어김없이 주고 싶은 마음으로 기울어 예리한 면도칼로 그중 싱싱한 이파리를 한 장 그지없이 안쓰럽게 도려내어 나누어주는 것이었다. 그가 기르는 난초나 수집한 돌도 그런 방법으로 얻어가질 수 있는 것도 있었다. 홍보용으로 들어온 수첩이나 일기장 같은 걸 나누어줄 때도 귀물 같은 가치를 부여하긴 마찬가지였다. 바이올렛 이파리를 한 장 떼어주면서도 바이올렛의 고향으로부터 종류, 번식법, 시비(施肥), 걸리기 쉬운 질병 등 일장의 해박한 지식이 피력되고 아무쪼록 잘 길러야 한다는 애정 어린 신신당부가 첨부됐다. 수첩을 줄 때는 메모의 중요성이, 일기장을 줄 때는 일기의 중요성이 이 세상의 그 무엇보다도 중요한 게 되어 우리 골 속에 늘어붙게 했다. 그 역시 그것을 나누어주었다는 사실이 뇌리에서 일 년 내내 떠나지 않는 모양이었다. 일단 나누어주면 그것으로 끝나는 게 아니라 다음해엔 어김없이 그 안부를 물었다. 바이올렛이 며칠 만에 뿌리를 내리고 새로운 잎이 돋아 지금은 어느 만큼 충실하게 자라고 있나를 소상하게 알고 싶어했다. 돌은 어디다 놓았고 어느 만큼 사람들의 칭찬을 받았나 알고 싶어했고, 수첩이나 일기장은 기록하는 버릇에 획기적인 도움이 되었다는 치하를 받고 싶어했다. 그는 자주 제자들의 이름을 헷갈렸고, 제자들이 지금 준비중이거나 이미 학위를 받은 논문에 대해 아무것도 기억하고 있지 않다. 그러나 한 번도 제자들에게 나누어준 잡다한 것들의 품목을 헷갈린 일이 없고 한 번도 그 뒷조사를 망각하거나 허술히 하지 않았다. 지교수한테서 무엇을 얻어가진다는 것은 그만큼 무거운 책임을 지는 것이었음에도 불구하고 아무도 감히 그것을 거절할 생각을 못 했다. 안 쓴 일기를 쓴 것처럼 꾸며댈지언정 시들어버린 이파리가 큰 포기로 번식하고 꽃 핀 것처럼 거짓부렁을 시킬지언정 애시당초 싫다고는 못 했다. 총애의 표시 같아서였다.

378

"개를 좋아하지 않는다구? 숙희씨, 어쩌면 그럴 수가 있어?"

복녀 여사는 아직도 나의 거절을 믿을 수가 없는 모양이다. 난생 이런 모욕은 처음이라는 듯이 분개하고 있었다.

"왜요, 제가 뭘 어쨌게요?"

"숙희씨, 그런 줄 몰랐더니 개장국도 먹을 것 같은 얼굴이야. 야만스럽게."

"사모님도 참, 사람이 어떻게 싫어하는 건 모조리 먹어치울 수 있다고 생각하세요?"

"내가 언제?"

"방금 그러셨잖아요?"

"이건 뒤죽박죽이야, 정초부터 난 여간 불쾌하지 않아요."

"죄송합니다, 사모님. 전 다만 좋아하지 않는 걸 좋아하지 않는다고 말씀드렸을 뿐인데."

"아, 그만들 해둬요. 논쟁도 원, 논쟁 같은 걸 해야지. 여보, 나 좀 쉬고 싶으니 조용히 하도록 해요."

지교수도 불쾌한 빛을 역력히 나타내면서 이렇게 말하고는 퍼얼을 안고 눈을 지그시 감더니 소파에 기댔다. 나는 하직할 시간이 됐다는 걸 깨닫고 일어섰다. 쫓겨나는 기분도 없지 않아 있었지만 그게 그닥 불쾌하진 않았다.

"저 그만 가보겠습니다."

나는 생급스럽게 들릴 만큼 들뜬 소리로 말했다.

"그래요, 바쁠 텐데 어여 가봐요."

지교수가 눈을 번쩍 뜨고 반색을 한다. 노부부는 애매한 얼굴로 현관까지 배웅을 해주었다. 노부부 사이에서 퍼얼의 섬뜩하도록 맑은 눈이 나를 노려보고 있었다. 나는 그놈을 향해 애매하게 웃었다. 애매하지 않은 건 사제지간을 결정적으로 이간질한 그 고급 개의 눈빛밖에 없었다. 하늘은 덜 간 먹물로 개칠을 해놓은 것처럼 암울했다. 나는 퍼얼 새끼를 거절한 일은 참 잘한 거라고 애써 개운해지려 했지만, 잘 되지 않았다. 퍼얼 새끼를 지우는 건 간단했지만 또하나의 개가 아직도 내 속에 늘어붙어 있었다.

처음으로 집 장만을 했을 때도 남편은 중동에 나가 있었다. 큰집은 아니었지만 아이들만 데리고 하는 이사가 안돼 보였던지 친정 어머니가 집 지키는 개 한 마리를 어디서 얻어다주었다. 며칠 후 동생이 개집까지 지어왔다. 까만 발바리였는데 몸집은 작았지만 영악해서 낯선 사람이 얼씬만 해도 악착같이 짖어댔다. 그 개는 제 구실을 열심히 하면서 한편 주인 식구의 총애를 바라마지않는 듯 식구들만 보면 꼬리를 맹렬히 흔들면서 흥얼댔다. 그러나 아이들도 나를 닮아 개를 별로 좋아하지 않았고 특히 딸애는 개를 무서워해서 곁에 오기만 해도 비명을 질렀다. 나는 개에 비해 너무 크고 튼튼한 개집에다 큰 못을 박고 거기다가 쇠사슬로 개를 묶어놓고 길렀다. 아들애가 아침저녁 마지못해 오줌똥을 뉘기 위해 끌러주는 것 외엔 줄창 묶여 있어야만 했다. 발정을 해도 모르는 척했다. 암캐였지만 새끼 같은 것은 바라지 않았다. 개는 외부 사람한테는 더욱 사나워지고 식구한테는 더이상 애정을 구걸하지 않았다. 섭섭하다 못해 냉담한 눈으로 바라볼 뿐이었다. 몸집에 비해 사납게 짖어대는 걸 보고 사람들은 묶어 기르면 사나워진다고 했지만 풀어 기를 마음은 없었다. 우리는 주인에겐 치근덕거리지 않고 외부인에겐 사나운 개에게 만족하고 있었다. 우리에게 필요한 건 집 지키기였을 뿐 애완은 아니었다. 한갓 집짐승으로부터 인간이 필요로 하는 걸 취했으면 됐지, 짐승이 인간으로부터 취하고 싶어하는 것도 있을 수 있다는 걸 헤아릴 만한 마음의 여분이 나에겐 없었다.

그 무렵 KBS에서 이산가족 찾기가 시작되어 허구한 날 시청자를 울리고 있었다. 내가 6·25를 체험한 건 여덟 살 때였다. 몇 개의 참상의 기억을 갖고 있긴 하지만 그건 마치 문자를 해독하기 전에 펄떡펄떡 넘겨본 그림책 속의 삽화에 지나지 않았다. 곱고 예쁜 삽화보다는 끔찍하고 무서워서 오래도록 마음속에서 지워지지 않는 그림일 뿐이었다. 해방 전에 결혼해서 죽 서울에서 살았지만 친정이 북쪽인 어머니는 자주 6·25 때 얘기를 하고 싶어했지만, 나는 내 기억 속의 무서운 그림에다 슬픈 해설을 덧붙임으로써 그 무서움을 한층 강렬하게 하고 싶지 않았다. 나는 어머니의 감정적인 넋두리에 냉담했다. 어머니 세대는 체험했지만 우리 세대는 생각하고 분석해야 하므로 감정에 휘말려선 안 될 것 같았다. 그러나 연일 계속되는 만남의 드라마는 분석이나 이념을 떠나서 곧장 누선을 자극했다. 남도 질질 짜기 잘하는 사람은 질색이었는데 자신이 질질 짜는 걸 컨트롤할 수 없다는 건 정말 참을 수가 없었다. 방법은 한 가지밖에 없었다. 비극을 보지 않으면 눈물이 날 까닭도 없었다. 그러나 안 봐도 좀이 쑤셨다. 텔레비전을 꺼버리고 편안해지려면 마치 제 두 눈만 가리고 온 세상을 무화(無化)시킨 걸로 억지로 믿을 때처럼 창피해지곤 했다. 보고도 울지 않을 수 있는 계기는 전혀 예상 밖의 사건으로부터 비롯됐다. 어느 날 친정 어머니가 그의 막내동생과 만나는 장면을 보게 됐다. 어머니가 결혼할 당시 겨우 다섯 살이었다는 막내동생은 어머니가 아무도 모르게 신청한 여러 명의 친정 식구 중 남으로 내려와 살고 있는 단 하나의 동기간이었다. 나에겐 외삼촌이 생긴 것이었다. 백몇번째로 만남을 이룩한 어머니와 외삼촌은 그 전의 백여 명의 가족과 마찬가지로 원색적인 통곡을 터뜨렸고 화면은 신통히도 닮은 남매의 얼굴을 사정없이 클로즈업시켰다. 그때 나는 눈물 대신 열화 같은 분노가 치밀었다. 누구 마음대로 내 어머니의 오장육부를 난도질하고 피눈물을 쥐어짜고 그러고도 모자라 가장 비통한 얼굴을 구경거리로 삼느냐 말이다. 나 역시 좀 전까지 남의 비극을 구경거리로 삼았건만 내 어머니의 실룩거리는 노안이 몇백몇천만의 구경거리가 되고 있다고 생각되자 분노와 모욕감에 치를 떨었다. 어머니와 삼촌은 격정을 가라앉히자 앞서 만난 사람들이 다 그랬듯이 예의지국의 민족다운 인사성을 빠뜨리지 않았다. 방송국에 감사하고 온 국민에게 감사하고 나서 또 한바탕 감읍(感泣)을 했다. 내가 참을 수 없는 건 바로 그 감읍이었다. 누가 우릴 이 지경으로 만들었어? 누가 우릴 구경거리로 삼을 수 있어? 하고 왜 아무도 외치지 않나. 생사람을 토막치듯이 양단해놓은 자리에서 아직 유혈이 낭자함을 몸으로 증거하면서 왜 한마디의 질문도 없이 감사는 무슨 놈의 감산가. 그게 속상해지고부터 그후에도 만남은 계속됐지만 눈물 없이 말똥말똥한 눈으로 볼 수가 있었다. 어머니의 맏딸로서 새로운 친척이 된 외삼촌을 집으로 초대하는 게 불가피해졌을 때는 오히려 눈물 마른 게 큰 걱정이 되고 말았다. 외삼촌이 엉엉 우는데 나만 눈물이 안 나면 어쩌나 걱정이 될수록 눈물을 한 방울도 못 흘릴 것 같은 예감이 확실해졌다. 어머니한테 전해들은 바에 의하면, 외삼촌은 남한에서 공부는 못 했지만 장사로 돈을 꽤 벌어서 결혼을 늦게 해서 아이들이 아직 어린 것 말고는 남부러울 게 없이 산다고 했다. 어머니는 외삼촌이 잘산다는 소리를 좀 듣기 싫을 만큼 여러 번 반복했다. 못살아서 신세 지려고 하는 것보다 좋은 일이지만, 너무 좋아하니까 못살아서 신세 지려는 동기간은 안 만나느니만 못할지도 모른다는 객쩍은 비약을 유발하기 십상이었다.

아이들을 집에 있게 하고 음식을 좀 차리고 외삼촌네 식구를 초대한 날이었다. 외삼촌 내외와 네 아이를 다 초대했지만 아이들 중 한둘쯤은 빠질지도 모른다고 예상하고 있는데, 처제랑 처조카까지 같이 온다니 여남은 명은 더 될 것 같으니까, 음식을 넉넉히 차리라고 어머니가 미리 귀띔을 했다.

"뭐 그런 몰상식한 사람들이 다 있어요?"

나는 발칵 화부터 냈다.

"애야, 이왕 초대했으니 네가 참아야지 어떡허니? 몰상식한 게 어디 그 사람 죄냐? 혼자 살아보려고 학교 못 다니고 어른이 없으니 가정교육을 못 받았으니 몰상식해질 수밖에. 그래도 가문 있는 핏줄은 못 속이겠더라. 시장바닥에서 뼈가 굵은 깐으론 아래위턱 알아보고 말씨도 점잖더라. 제딴엔 친척 생긴 게 얼마나 좋고 대견하면 처가 식구를 다 끌고 오겠니. 여적지 처가 친척밖엔 없이 살았다니 자랑을 시키고 싶은 게야."

어머니는 이렇게 입에 침이 마르게 변명을 했고 나도 몰상식하다는 편견을 스스로 뉘우쳤다. 드디어 와자지껄 그들이 들이닥쳤다. 친정에서나 시집에서나 비슷하게 가늘게 먹고 가늘게 싸고, 체면을 존중하고 말소리가 조곤조곤한 사람들만 봐온 내 눈에 그들은 첫눈에 낯설었다. 사람도 여럿이지만 하도 문 밖에서부터 크게 떠들길래 싸우는 줄 알았더니 웃는 얼굴이었고, 아이 어른이 한껏 차려입은 옷도 너무 울긋불긋 요란해서 먼구스러웠다. 이런 것이 소위 문화의 차이라는 걸까. 나는 핏줄의 동질성을 확인하기 전에 문화의 차이를 어떻게 극복하고 화해로운 만남을 이룩할 것인가가 도무지 난감해서 잠시 우두망찰을 하고 있는데 우리 개가 들입다 짖기 시작했다. 낯선 사람을 보면 워낙 악바리같이 짖는 개였지만 이번엔 짖기만 하는 게 아니라 길길이 뛰어올랐다. 개가 뛰는 대로 사슬을 매단 개집까지 덜컹덜컹

널을 뛰었다. 워낙 개에 비해 튼튼하고 큰 개집이라 그렇게 개한 테 휘둘리는 걸 보긴 처음이었다. 개의 난동이 내 힘으로 다스리 기엔 벅차다는 걸 판단한 나는 다급한 소리로 아들을 불렀다. 개 는 한층 난폭하게 날뛰며 짖어댔고 그 큰 개집이 작은 방울처럼 경망스럽게 춤을 추었다. 명랑하고 활기차고 겁 없이 보이는 외 삼촌네 식구들도 개의 심상치 않은 난동에는 질린 듯 말없이 한 데 똘똘 뭉쳐 섰다. 그때 개집에 달린 못이 빠지면서 마침내 자 유로워진 개는 비호같이 일행 중 맨 앞에 선 소년한테로 달려들 었다. 소년의 자지러진 비명이 들리고, 아들이 뛰어나오고, 나 는 정신없이 울부짖으며 아들과 함께 개목에 달린 쇠사슬을 죽 을 기를 쓰고 끌어당겼다. 가까스로 개를 소년으로부터 떼어내 고 나서도 나는 소년을 바로 보지 못하고 내 아들의 등에 얼굴을 묻고 와들와들 공포에 떨었다. 소년이 처참하게 찢겼을 것만 같 아서였다. 다행히 소년은 넓적다리 한 군데만 물렸는데, 청바지 위로 물려서 살에 이빨 자국만 나 있을 뿐 피는 나지 않았다. 소 년은 외삼촌의 처조카였다. 소년보다 그의 엄마가 울고불고 야 단이었다. 시골서 공수병으로 죽은 사람을 본 얘기를, 울면서도 여실히 흉내까지 내 소년이 겁에 질려 울게 만들었다. 나는 소년 을 업고 근처 병원으로 달음질치고 애엄마는 울음과 넋두리를 멈추지 않고 뒤따라왔다. 나이 지긋한 외과의사는 넓적다리의 이빨 자국과 청바지의 상태를 면밀히 들여다보더니 상처를 소독 만 해주고 가라고 했다.

"아니, 선생님 이대로 가라니요. 시상에 이 자식이 어떤 자식이라고 치료를 그렇게 엉터리로 해준대요. 이 자식이 공수병에 걸리면 이 자식만 죽는 게 아니라 여러 목숨 죽습니요. 그때 가선 누가 책임질 거냐 이 말예요. 어여 예방주사를 놔주세요. 천만금이 들더라도 예방주사를 맞아야 안심이 될 거 아녜요. 젠장, 사람 나고 돈 났지 돈 나고 사람 났나."

그 여자는 마치 의사와 내가 공모를 하고 돈을 아끼기 위해 예방주사를 안 놓아주는 양 눈을 부라리며 생떼를 썼다.

"이것 보세요, 예방주사를 꼭 놓아야 할 환자라면 왜 안 놓아드리겠어요. 청바지 위로 물렸는데도 청바지는 이렇게 감쪽같으니까, 개 이빨이 직접 살을 문 건 아니고 단지 자국만 난 거예요. 집에서 기르는 개라니까 공수병에 감염됐을 리는 없지만 만약 보균을 하고 있대도 타액을 통해 전염되는 거니까 절대로 안전하다고 보는데, 만약의 경우를 생각해서 개를 일 주일쯤 매놓고 관찰을 하세요. 만약 보균한 개면 일 주일 내에 발병을 할 테고, 그때 가서 예방주사를 맞아도 늦지가 않습니다."

의사는 불쾌한 빛을 용케 누르고 차근차근 알아듣기 쉽게 말했다. 그래도 애엄마는 막무가내였다.

"선생님, 명색이 의사가 이렇게 가해자 편만 들어도 되는 겁니까? 우린 피해자란 말예요. 피해자가 주사를 놓아달라면 놓아줄 것이지 왜 이렇게 말이 많아요. 예방주사란 다 만약의 경우를 생각해서 놓는 거지, 어느 누가 꼭 걸릴 줄 알고 놓는답니까."

"못 놓겠습니다. 놓으라면 놓고 말라면 말아도 될 주사가 아니란 말예요. 한 번도 아니고 여러 번에 걸쳐 지속적으로 놓아야 되고 체질에 따라선 부작용이 있을 수도 있단 말예요. 어디다 놓는 줄이나 알고 놓아달라고 조르는 거예요? 척추에다 맞아야 돼요. 맞은 애가 당할 고통도 생각해야죠. 위험하고 고통스러운 주사라면, 안 맞을 수 있으면 안 맞도록 하는 게 내 권한이자 의무입니다."

"어머, 의사선생님도 권리는 좋아하시네."

그러면서도 부득부득 우기진 않았다. 그리고 애가 놀랐을 테니 간 튼튼해질 주사나 한 대 놓아달라고 했다. 의사는 놀랐다고 간이 약해지는 건 아니라고 한마디 하고는 더이상 상대를 안 했다. 차라리 영양주사라도 한 대 놓아주고 다리엔 붕대도 칭칭 감아주고 나한테 비싼 치료비를 청구했더라면 그 여자의 직성이 풀렸으련만, 그 의사는 어떻게 된 게 상처를 닦아준 비용도 그만두라고 퉁명스럽게 말하고 우리를 내몰았다.

"참, 그 개를 일 주일쯤 매놓고 관찰하는 건 소홀히 하면 안 됩니다."

나한테 한번 더 그 당부만 했다. 우리가 그 난리를 치고 병원에 간 사이에 아들이 개를 얼마나 혼을 냈는지, 개는 축 늘어져서 짖지도 못했다. 아까와는 딴판으로 얌전해진 개를 유심히 들여다본 그 여자는 다시 보채기 시작했다.

"내 그럴 줄 알았다니까. 저 개가 어디 성한 갠가 다들 좀 봐봐요. 개는 미치면 달아난다는데, 저 개도 곧 아까처럼 용을 쓰고 사슬을 끊고 어디로 도망을 쳐버리고 이 집에선 알 게 뭐냐고 시침을 떼버리면, 우린 어디 가서 하소연을 하지. 누구한테 치료비를 청구하냐 말요. 증거물이 감쪽같이 없어져버리면 그만이지. 안 그래요, 언니, 형부?"

그 여자가 이렇게 우리 외삼촌과 외삼촌댁한테 동의를 구했다. 외삼촌과 외삼촌댁도 내 편은 아니었다. 암 그렇고말고, 그런 일은 있을 법한 일이고말고, 하는 뜻의 눈빛을 주고받으면서 나를 바라다봤다. 나는 그들의 눈빛에 서린 의혹을 헤아릴 길이 없어 두려움에 떨었다. 그들은 자기들끼리 서로 의혹을 상승시켜 마침내는 내가 증거를 인멸하고 치료비를 안 물기 위해 미친 개를 일부러 도망시킬지도 모른다는 데까지 도달했다는 걸 나는 그들의 눈빛에서 읽었다. 아니라고, 우린 절대로 그런 사람들이 아니라고 증명할 방법이 있을 것 같지 않았다. 도대체 어떻게 자라고 어떻게 살아온 인간들이기에 타인에 대해 그런 의혹을 품을 수 있단 말인가? 나는 도무지 새로운 개성, 생판 낯선 타인의 정체에 대한 근원적인 의구심에 떨었다. 서로의 의혹이 맞닿거나 소통할 수 있는 길은 전무했다. 당장 개를 때려잡아 푹푹 고아 한 뚝배기에 밥을 말아 먹는다 해도 달라질 건 아무것도 없으리라.

"어머니, 뭐라고 좀 그러세요. 네, 어머니? 제가 뭘 어떡해야 되는지 말씀해보세요."

나는 어머니에게 이렇게 대들었다. 어머니 역시 돌연 맞닥뜨린 이 새로운 상황에 무력하긴 나보다 더하면 더했다. 어머니는 저들 편을 들어줘야 한다고 생각하면서도 저들로부터 돌연 적대시당하고 있다는 걸 민감하게 느끼고 어쩔 줄을 모르고 있었다.

"애야, 좋은 수가 있다."

어머니가 가까스로 웃으면서 말했다. 어머니의 웃음은 은박지를 구긴 것처럼 처참했다.

"이놈의 개를 입원시키자. 도망도 못 가고 관찰도 할 수 있게."

"흥, 영양주사 한 대 놓아달래도 안 놔주는 놈의 병원에서 개를 입원시켜줄 성싶어요?"

개에게 물린 소년의 어머니가 눈을 희번덕대며 비꼬았다.

"그야 보통 병원에서 개를 입원시켜줄 리가 없죠. 개병원 가축병원을 찾아가야죠. 가축병원에 데리고 가면 만약 입원을 안 시켜주더라도 개의 건강진단이라도 떼어줄지 몰라요. 그럼 한결 안심이 될 게 아뉴."

그건 참으로 좋은 생각이었다. 아들이 개줄을 잡고 앞장을 섰다. 그 뒤를 나와 어머니가 따르고 우리 뒤를 소년과 그 여자가, 그 뒤를 외삼촌 내외가, 그 뒤를 네 명의 아이들이 우쭐우쭐 따랐다. 이 기괴한 행렬은 가축병원을 찾아 거리거리 골목을 헤매고 찻길을 건너고 로터리가 있는 큰길까지 나갔다. 가축병원은 보통 병원처럼 동네마다 몇 개씩 있는 게 아니었다. 우리는 버스 정류장을 두 개나 지나치고 나서야 가축병원과 만날 수가 있었다. 가축병원 앞에서 우리 개는 뒷걸음질을 치면서 슬피 울었다. 개가 짖지 않고 우는 소리를 나는 그때 처음 들었다. 가축병원 안은 조그만 약국만해서 우리 일행이 들어서니까 꽉 찼다. 이십대로 보이는 수의사는 시원찮게 생긴 싸구려 개한테 너무 많은 보호자가 딸린 게 이상한 듯 종잡을 수 없는 웃음을 흘리며 말했다.

"야, 너 호강한다."

"호강이 다 뭡니까? 그놈이 큰일을 저질렀답니다."

어머니가 한숨을 쉬면서 자초지종을 얘기했다.

"선생님, 이런 경우 어떻게 하는 게 물린 아이는 물론 양가를 위해 가장 좋은 방법이 될까요?"

젊은 수의사는 고맙게도 개를 일 주일쯤 입원시키고 관찰하는 게 가장 안심스럽고 합리적인 방법이라고 일러줬다. 개의 입원실은 전면이 철망으로 된 진열장같이 생긴 상자였다. 상자는 한쪽 벽에 4×5로 쌓여 있어서 그것만 해도 이십 실은 되는 셈이었다. 입원실은 삼분의 이쯤이 차 있었다.

"이 많은 개들이 다 사람을 물고 여기 이렇게 입원했나요?"

어머니가 신기한 듯 물었다.

"아니죠. 감기를 앓는 놈, 홍역을 하는 놈, 수술하고 회복기에 있는 놈, 별의별 놈이 다 있죠. 건강한 놈을 팔아달라고 맡긴 것도 있구요."

"일 주일 후 퇴원시킬 때까지 아무 일이 없으면 건강진단서를 떼주실 수 있겠습니까?"

"원하신다면 떼드리구말구요."

개는 입원실에 들어가면서 또 한번 그렇게 슬피 울었다. 개를 입원시키고 집으로 돌아온 일행은 늦은 점심을 배불리 먹고 간 후 다시는 개의 안부를 묻는 전화 한마디가 없었다. 외삼촌한테 서는 그후 대접을 잘 받아서 기뻤다는 얘기와, 가을의 자기 생일 에 초대할 테니 꼭 와달라는 뜻의 전화가 걸려왔지만 그때도 개 에 대해선 묻지 않았다. 개에게 병이 있나 없나를 알아보는 것보 다는 개를 입원시켜 어떻게든지 우리 돈을 축내려는 게 목적이 었다는 악랄한 해석을 할 수밖에 없었다. 나 역시 물린 아이한테 행여 무슨 일이 있으면 어쩌나 하는 걱정은 조금도 안 했으니 피 장파장이었다. 우리를 그런 곤경에 빠뜨리고 그 난리를 치르게 한 개에 대해선 더더욱 생각하기도 싫었다. 개를 퇴원시키러 가 면서도 개를 다시 집에 들일 생각은 손톱만큼도 없었다. 그 끔찍 한 족속으로부터 트집 잡히지 않기 위해 개의 건강진단서만 보 관하고 있을 작정이었다. 병원에 들어서자마자 우리 개가 네 발 로 창살을 휘어잡고 슬픈 소리로 울기 시작했다. 다른 개들은 물 론 나에게 냉담했고 가까이 가도 고개 한번 돌리지 않았다. 그래 그런지 우리 개의 울음이 우레와 같은 박수, 수많은 사람의 환호 성, 뭐 그런 가당찮은 것으로 들렸다. 무슨 잘못으로 별안간 관 중의 미친 듯한 환호성 속으로 들어선 평범한 사람처럼 얼른 도 망가고 싶었다. 우리 개의 울음은 소프라노의 발성 연습 비슷했

다. 나 말고 누가 개의 짖음이 아닌 울음을 들었는가. 빳빳하게
일어서서 네 발로 창살을 휘어잡은 그놈의 배는 백설처럼 희었
다. 검정개인 줄 알았는데 배 쪽은 아니었다. 나는 도망치고 싶
어 죽겠으면서도 미적미적 다가갔다. 그놈이 맹렬하게 꼬리를
쳤다. 그건 눈부신 선회였다. 그리고 그놈의 눈은 기쁨으로 당장
폭발할 것 같았다. 인간은 제아무리 기뻐도 별수 없이 잡것이 섞
이게 마련인데 그놈의 것은 무섭도록 순수했다. 아아, 진짜배기
란 바로 저런 거로구나. 나는 몽둥이에 얻어맞은 것처럼 그렇게
생각했다. 수의사가 고리를 벗기고 문을 열었다. 가벼운 쇳소리
가 나기도 전에 그놈이 내 품으로 뛰어들었다. 창살을 긁던 다리
로 내 목을 부드럽게 안았다. 마음을 놓았는지 이제 울지 않았
다. 그때였다. 내 목구멍에서 혁, 소리가 나면서 통곡이 터져나
오기 시작했다. 도무지 걷잡을 수가 없었다. 분명히 내가 울고
있는데도 내 탓은 아니었다. 나는 엉엉 소리내어 통곡했다.

개업한 지 몇 년 되지 않았지만 이렇게 동물을 사랑하시는 분
은 처음 뵙습니다. 수의사가 그렇게 말하는 것 같았다. 동물 애호
라니 당치도 않았다. 그놈을 몇 년 동안 길렀지만 머리 한번 쓰다
듬어준 적이 없었다. 이제 그놈에 대한 다소의 심경의 변화가 있
다면, 앞으로 그놈에게 무관심이란 구박을 안 하기 위해 다시는
그놈을 집에 들이지 않을 작정이었다. 지금 울고 있는 건 사랑 때
문이 아니라 비애(悲哀) 때문이었다. 그러나 젊디젊은 수의사가
그것을 어찌 알 수 있으랴. 인간의 첩첩하고도 깊고깊은 오지(奧

地)에 있는 그 알 수 없는 비애에 대해 나 또한 그것을 막아내지 못해 통곡했을 뿐 거기에 대해 무엇을 안다고 할 수 있으랴.

그날 수의사의 오해 때문에 나는 그에게 우리 개의 처분을 부탁하려던 당초의 내 계획을 바꾸었다. 때로는 남의 오해를 풀어주기가 남의 꿈을 깨뜨리는 것 같아 차마 못 할 때가 있는 법이다. 그렇다고 개를 다시 기를 생각을 한 건 아니고 돌아오는 길에 동네 복덕방 영감에게 넘겨주었다. 그러면 우리 개하고 낯설지 않고, 언젠가 새끼 낳으면 한 마리 달라는 부탁을 들은 것 같아서였다.

덜 간 먹물을 개칠해놓은 것 같은 하늘에서 눈이 내리기 시작했다. 정초의 눈이니 서설(瑞雪)인가? 퍼얼 새긴지 진주 새긴지를 거절한 건 생각할수록 잘한 일이었다. 자신이 대견했다. 그러나 나의 검정개는 아직도 내 속에 늘어붙어 있었다. 그건 검정개가 아니라, 한줌의 비애인지도 몰랐다.

꽃을 찾아서

"난 이 동네가 싫어요."

설거지를 끝낸 마나님이 고무장갑을 벗으면서 중얼거렸다. 행주걸이 옆에다 고무장갑을 걸고 나서도 마나님은 돌아서지 않았기 때문에 거실 흔들의자에 앉아 있는 장명환씨는 여전히 마나님의 뒷모습밖에 볼 수 없었다. 장명환씨는 아까부터 마나님의 뒷모습을 바라보면서 무료할 때나 온종일의 무료를 예감하면서 흔히 하는 별것도 아닌 생각을 하고 있는 중이었다. 마나님은 물빛과 보라색과 분홍빛이 어지럽게 뒤엉킨 마직 원피스를 입고 있었다. 마나님은 육십이 넘고도 몸에 군살이 거의 붙지 않은지라 시집간 딸이 놓고 간 허드레옷들이 다 잘 맞았다. 더구나 그 마직 원피스는 허드레옷이 아니라 딸이 즐겨 입던 고급 옷이었는데 아마 너무 낡아서 안 가져간 모양이었다. 머리도 요새 젊은 여자들 사이에 유행하는 갈색으로 염색하고 파마기가 얼추 풀려가는 머리를 짧게 커트친 게 시집가서 제법 괜찮게 사는 막내딸 머리 모양하고 조금도 틀리지 않았다. 막내딸의 사주와 투자의 흔적이 역력했다. 그러나 장명환씨가 아까부터 흥미있어하는 건 그런 막내딸의 흔적이 아니라 그럼에도 불구하고 마나님의 뒷모습에 고스란히 드러난 예순의 나이였다. 장명환씨는 사람의 나이를 속일 수 없는 게 첫째는 얼굴, 그 다음이 머리칼, 걸음걸이, 몸매, 옷차림의 순서라고 막연히 생각하고 있었다. 그러나 지금 마나님은 그런 것들하곤 상관없이도 여실히 나이를 드러내고 있었다. 얼굴은 보이지 않고, 머리칼은 염색하였고, 걸음걸이는 정지돼 있고, 몸매는 이십대가 즐겨 입는 유행의 옷차림 속에 감쪽같이 숨어 있건만도 나이를 속일 수 없는 건 무슨 까닭일까?

"이 동네가 지긋지긋해요."

마나님이 느릿느릿 강조를 하면서 돌아서는 바람에 장명환씨의 인체에 나타난 시간의 증후에 대한 고찰은 부득이 중단될 수밖에 없었다. 마나님은 식탁 의자를 끌어내더니 턱 쳐들고 장명환씨와 마주 앉았다. 마나님이 일부러 턱 쳐들고 앉은 건 아니련만 둘 사이가 너무 가까워 그렇게 느낄 수밖에 없었다. 스물두 평짜리 다세대주택의 거실은 기억자로 꺾이면서 부엌과 식당을 겸하고도 여섯 평이 채 안 되는지라 감정이 엇갈릴 때는 두 사람만으로도 숨이 막히게 답답했다. 바로 코앞에서 턱을 쳐든 마나님의 얼굴에서 예순의 나이는 이미 낌새가 아니라 참혹한 낙인이었다.

장명환씨는 못 볼 것을 본 듯이 무안을 타며 눈길을 창 밖으로 돌렸다. 몇 번 몸을 흔들자 낡은 흔들의자는 회전의자처럼 부드럽게 돌아 그의 자세를 밖으로 향하도록 했다. 장명환씨가 무안을 타며 눈길을 피한 건 물론 마나님의 노안은 아니었다. 해로한 조강지처의 얼굴이란 제아무리 주름이 깊고 검버섯이 짙어도 오랜 세월 어루만지고 길들인 골동품처럼 자기만 아는 편안한 아름다움이 있는 법이다. 장명환씨도 예외는 아니었다. 그가 외면하고 싶은 건 마나님의 본심이었다. 마나님이 싫다고, 지긋지긋하다고 푸념하는 건 실은 허구한 날 그가 집 안에 죽치고 들어앉았는 생활이란 게 장명환씨에겐 거의 확실했다. 그렇다고 마나님이 본디부터 속마음 따로, 내뱉는 말 따로인 그런 여편네였으면 또 모를까 그럴 주변은 애시당초 타고나지도 못했다는 걸 알기 때문에 장명환씨의 마음은 한결 더 서글펐다. 장명환씨가 사표를 낸 건 지난 연말께였고 이 동네로 이사를 온 건 올봄이었다. 사표 내고도 한동안은 오랜 세월 몸에 붙은 버릇도 있고, 볼일이나 오라는 데, 보자는 사람도 이럭저럭 그치지 않아, 매일 한 번씩은 출입을 해야 했다. 그러나 그런 동안이란 기껏 석 달을 넘기지 못했다. 마나님은 집을 줄여온 게 가뜩이나 심란한데다가 공교롭게도 새 집에 들고부터 영감님이 붙박이장처럼 집구석에서 꼼짝을 않고 지내게 되니 동네 타박이 다 나올 법도 했다. 그렇다고 마나님의 동네 타박의 참뜻을 까발려서 고까워할 만큼 반지빠른 장명환씨도 아닌지라,

"교통이 좀 불편해서 그렇지 이 동네가 어디가 어때서 그래요?"

"처음엔 가락동이라더니 방이동이라면서요?"

마나님은 궁색하게 이 동네가 싫은 게 마치 이름 때문인 것처럼 말하면서 한숨을 쉬었다.

"이 일대를 통틀어 가락지구라나봅디다. 가락동은 가락동대로 따로 있고. 가락동이랬으면 좋을 건 또 뭐예요?"

"누가 가락동이랬으면 좋겠다고 했남요. 가락동, 오금동, 삼전동, 마천동, 방이동…… 다 싫어요. 저만치 남한산성 바라뵈는 것도 심란하구요. 혜화동, 명륜동, 안국동, 가회동, 계동, 사직동, 경운동 하는 동네 이름 좀 좋아요. 품위도 있고……"

장명환씨는 마나님을 등지고 앉아서도 마나님의 눈에 아득한 향수가 어리는 걸 본 것처럼 느꼈다. 마나님이 열거한 그 품위 있는 동네들은 하나같이 장명환씨가 한 번도 살아보지 못한 동네였다.

"당신이 그런 동네에 살고 싶어하는 줄은 몰랐대소. 알았다고 해도 지금 우리가 그런 동네에 살고 있을 것 같지는 않소만……"

장명환씨는 맥없이 말끝을 흐렸다.

"누가 그런 동네에 살고 싶댔남요. 지금은 예전 같잖아서 그런 동네라고 해서 이런 데보다 땅값이 몇 곱절 나가는 것도 아닌가봅디다. 변두리나 시내나 비슷하대요. 여기가 싸구려 동네라서 싫은 게 아니라요, 동네 이름마다 북쪽 오랑캐한테 임금이 무릎

끓고 항복한 티가 더덕더덕 붙어 있는 게 기분 나쁘단 말예요."

"그래요? 당신이 그런 역사적인 안목으로 이 고장을 보고 있는 줄은 미처 몰랐어요."

"영감님도 참, 학교서 아이들 어르실 적 버릇으로 누굴 놀리실 작정이시우? 병자호란 때 임금이 남한산성에 피란했다가 버티지 못하고 삼전도(三田渡)에서 항복한 건 국민학교 책에도 있는 상식 국산데."

"상식 국사를 역사적 안목이라고 했다고 화낼 건 없어요. 남한산성이나 삼전동은 그렇다 치고 그 밖의 동네는 그때의 치욕과 무슨 상관이란 말이요?"

"마천동엔 되놈이 말 물 먹인 개울이 있겠죠?"

"그런 개울이 있을지도 모르지만 말은 되놈만 있는 게 아니잖우. 우리 편 말이 물을 마신 개울일 수도 있을 게요. 태평성대에 역마(驛馬)에게 물을 먹인 게 근방일 가능성도 있고. 아마 그쪽이 더 맞겠는데. 말죽거리가 멀지 않은 걸 보면."

"태평할 때 말이 물 마실 만한 개울이 거기밖에 없을라구요. 조선팔도에 흔한 게 강이요 시내요 개울인데. 되놈의 말이 맞을 거예요. 북쪽 되놈의 엄장 큰 말들이 한꺼번에 고개를 쑤셔박고 작은 개울이 마르도록 마셔댔을 거예요. 깜짝 놀랄 만한 인상을 남긴 사건이 아니고서는 그런 이름을 남겼을 리가 없잖아요."

"호마(胡馬)가 마시던 개울이라? 호란의 유적지니 그건 그렇다고 칩시다. 딴 이름은 호란과 어떻게 상관이 되는지 좀 들어봅

시다."

그렇게 말하는 장명환씨의 목소리는 호기심이 조금도 섞여 있
지 않았고 다만 피곤했다. 그런 말상대란 적이 굴욕스러운 것이
었으나 마나님은 몸에 밴 순종의 미덕 때문에 먼저 입을 다물지
조차 못했다.

"오금동만 해도 그래요."

"왜, 오금동이 어때서?"

"우리가 되놈들한테 오금을 못 폈다는 뜻 아닌감요."

허허허…… 장명환씨가 텅 빈 소리로 오래 웃었다. 그가 웃는
동안 마나님은 아직 집구석 어딘가에 남아 있을 인삼 몇 뿌리를
생각했다. 아마 영계백숙을 세 번쯤 할 만큼은 남아 있을 것이
다. 여름을 몹시 타느니라. 복(伏) 넘길 때마다 인삼 몇 뿌리 넣
고 약병아리 달여 먹이는 거 거르지 말거라. 시집오던 해 시어머
니가 일러준 말을 사십 년 가까이 곧이곧대로 지켜온 마나님이
었다. 전쟁이 있던 몇 년간만 빼고는. 전쟁 때는 여름을 타지도
않았으니까 걸릴 것도 없었다. 집구석에 인삼 상자 떠날 날은 없
었는데. 아직도 마나님은 지난날에 대한 연모에 간단없이 시달
리고 있었다. 마직 원피스 밑으로 끈끈하게 땀이 흐르고 있었다.
영감님이 반쯤 가린 창 너머로 공사장의 포크레인이 바라다보였
다. 기사가 아직 안 나왔는지 포크레인은 이쪽을 보고 고개를 꺾
고 있었다. 그림에서 본 공룡의 뼈 생각이 났다.

"그런 오금이 아니라 오동나무 오(梧)자에 거문고 금(琴)자

요. 오동나무 거문고 얼마나 어여쁜 이름이오."

"그렇게 쓴다는 건 나도 알아요. 오금을 못 펴서 생긴 이름에 그렇게 그럴듯한 한자 토를 단 거겠죠. 이런 살벌한 땅에 오동나무 거문고가 아랑곳이에요."

"원 사람도, 고집은. 그럼 방이동은 왜 싫소?"

"이자가 오랑캐 이(夷)던데요. 이 근처는 모조리 되놈들한테 짓밟힌 땅이라니까요."

"그거야말로 잘못 알아도 크게 잘못 알고 있는 거요."

"무식하다고 그러셔도 괜찮아요."

"그 이는 동쪽 오랑캐 이(夷)요. 그러니까 중국 사람이 우리를 일컫은 말이지. 그때 우리가 당한 건 호란이었잖소. 북쪽 오랑캐 호(胡)자를 쓰는. 그리고 이 동네 이름에는 이(夷)자 위에 초머리가 붙어 있어요. 나도 한자에 밝지 못하기가 당신보다 별로 나을 게 없어 자전을 찾아보았더니 흰비름 이(薐)자라고 합디다. 필시 예쁜 꽃이 피는 풀 이름일 게요. 꽃다울 방(芳)자하고 어울린 걸 보면. 오금(梧琴) 방이(芳薐) 얼마나 좋소. 안국이니 명륜에다 대겠소?"

"얼마 전 시내에 나갔다가 택시를 타고 들어온 적이 있는데 운전사가 그럽디다. 몇 해 전만 해도 기사들이 제일 꺼리는 동네였대요. 이 근처가 이름난 우범지대였다는군요. 요금 안 내고 내빼는 건 운수 좋은 편이고 잘못하다간 하루 번 돈 다 털리기가 예사였다니까요. 끔찍한 동네였나봐요."

마나님은 한때는 삶의 기쁨을 추구하기에 집요하고 세심했던 열성으로 이 동네의 흉을 거머쥐려고 함부로 시간을 건너뛰고 있었다.

"나쁜 사람이군."

"누가요?"

"그 운전기사 말요. 난 일전에 아주 좋은 기사를 만났더랬소. 그 사람한테 들은 이쪽이 개발되기 전 얘기가 퍽 인상적이었소. 여기가 글쎄 몇 년 전만 해도 가없는 풀밭이었다는구려. 군데군데 노송(老松)이 무성한 언덕이 있을 뿐인 가없는 풀밭을 상상해보구려. 그 친구 말을 고대로 빌면 불두덩만한 언덕이었다나. 참 재미있는 친구였어."

"재미도 있겠수. 남자들 지저분한 소리 좋아하는 건 하여튼 알아줘야 한다니까."

"지저분하긴, 문학적이지. 더 들어봐요. 그 풀밭엔 여름내 하얀 풀꽃이 지천으로 피어 있었다는 게야. 지금 확인할 길이 없어서 그렇지 그 꽃이 흰비름꽃임에 틀림이 없을 것 같소. 옛사람도 그 꽃이 얼마나 보기 좋았으면 꽃다울 방(芳)자를 붙였겠소."

"아무리 그러셔도 소용없어요. 난 이 동네가 싫은걸요."

마나님이 조용하고 단호하게 말했다. 영감님에 대한 연민과 그것만은 순종할 수 없다는 까닭 모를 오기로 마나님의 얼굴이 처참하게 일그러졌다. 장명환씨는 못 들은 척, 하던 얘기를 띄엄띄엄 이었다.

"언제고 이 근방에서 그 꽃을 찾아내고 말 테요. 그 꽃은 공기 맑은 넓은 초원에나 피는 모양인데 길 내고 아파트 짓느라고 초원이 남아 있어야 말이지. 참, 요 앞길 건너 올림픽공원이 며칠 있으면 완공이 된다는데 혹시 그 안에서 그 꽃을 찾아낼 수 있을지도 모르겠군. 우리나라에서 제일 큰 공원이라니까. 그리고 그 자리에 있던 백제시대의 토성까지 복원해놓는다니 넓은 초원인들 없겠소? 거기서라도 그 꽃이 살아나면 좋으련만."

"없어진 성 만들어내긴 쉬워도 없어진 꽃을 무슨 수로 만들어낸답디까?"

장명환씨가 별안간 당당하고 생기 있어졌다. 그는 흔들흔들 흔들의자를 유리창 쪽에서 마나님 쪽으로 돌리더니 옛것의 발굴과 고증과 복원이 얼마나 섬세한 손길과 사랑과 전문적인 지식을 요하는 일인가를 설명하기 시작했다. 그의 얼굴이 그 발굴작업에 참여해 흙을 체질하고, 작은 토기 조각을 솔질한 경험이라도 있는 것처럼 자랑스러워졌다. 신바람이 나서 바람에 깃발이나 머리칼을 풀풀 마구 날리는 소년처럼 으스대는 그를 바라보며 마나님은 한숨을 삼켰다. 어쩌다이긴 하지만 남이 모르는 걸 가르쳐주거나 설교하려 들 때 물을 만난 고기처럼 싱싱해지는 그가 번번이 마나님을 심란하게 했다.

저 어른은 천상 교육자라니까. 그런 생각은 안 하는 게 수였다. 벌써 콧날이 시큰하고 보이는 게 부옇게 흐려져 마나님은 수선스럽게 딴청을 부렸다.

"점심은 수제비로 하실라우?"

"그러구려. 커피나 한잔 하구. 나는 이 동네가 좋소. 백제고분로와 올림픽로가 함께 있고, 최신 최고의 현대적 시설을 자랑하는 경기장과 이천 년 전 백제 사람들이 왕을 받들고, 토성을 쌓고. 도랑을 파 외적을 막고 오순도순 모여 산 고대도시가 함께 어우러져 있는 올림픽공원이 있고, 바라보이는 산과 밟고 다니는 땅 어디메서고 치욕스러운 호란의 자취 또한 피할 수 없는 고장이 우리 동네 말고 어디 또 있겠소? 역사와 미래가 함께 밀집해 숨쉬는 고장이오. 그 밀집이 다소 조잡하다고 해도 구박하지 말아요."

"알았어요. 복(伏) 들려면 아직 멀었는데 무슨 날이 벌써부터 이렇게 찌나."

마나님이 일어나서 유리문을 드르륵 밀었다. 마나님은 영감님이 구박하지 말라고 당부한 게 이 동네가 아니라 영감님 자신을 두고 하는 소리만 같아서 다시 언짢아지고 만다. 사람 사는 켯속이 제아무리 염량세태 쪽으로만 기운다고 해도 내 마음이 달라질 걸 다 겁내시다니. 저 어른도 별수 없이 마음이 약해지신 게야. 마나님은 그러나 그런 마음을 내색하진 않았다. 수제비보다 한결 손이 더 가는 칼국수를 맛깔스럽게 만들어서 저 양반이 결코 구박데기가 아니란 걸 보여줘야지. 작은 음모를 꾸미듯이 속 간지러운 느낌으로 그런 생각을 하며 몸을 일으켰다. 그러나 아침 설거지를 끝내자마자 점심 걱정을 해야 하는 새로운 시집살이에 대한 염증이 몸살의 예고처럼 뼈 마디마디에 엷은 통증을 일으키고 있었다.

장명환씨는 흔들의자에 엉덩이가 눌어붙은 것처럼 또 앉은 채로 창 쪽으로 돌아앉았다. 유리문을 열어놓았어도 바람 한 점 없긴 마찬가지였다. 자잘한 꽃잎이 무수히 흩어진 망사 커튼이 미동도 안 했다. 장명환씨는 탁자 위 호리병에 꽂힌 태극선으로 손을 뻗었으나 한 치쯤 모자라서 닿지 않자 일어서기가 귀찮아서 그만두었다. 이층이라 좁은 마당과는 상관없이 밖을 내다볼 때 덜 답답하다는 이점은 있었으나 단열 면으로는 아래층만 못한 것 같았다. 준공검사를 맡기 위해선 최소한도 나무를 몇 그루 심는 것까지 규정지어진 모양으로 집집마다 좁은 마당에다 우중충한 측백나무와 향나무를 서너 그루씩 심고 그 밖의 여백은 양회칠을 해놓아 거기서 올라오는 열기도 만만치 않았다. 아래층 아이가 호스로 물장난을 하는지 높은 환성과 비말(飛沫)이 공중에서 어지럽게 난무했다. 장명환씨는 얼굴에 그 물방울이 튀기기를 기다리는 듯 눈을 스르르 감았다. 아래층 아이들이 하루에도 몇 차례씩 하는 장난이었다. 눈을 감아도 물방울은 튀지 않았지만 강렬한 햇살 속에 공작의 날개처럼 활짝 펼쳐진 비말의 모습이 더 선명하게 떠올랐다. 장명환씨는 빙그레 웃었다. 그만, 그만 하라니까. 수돗물은 어디서 거저 나오는 줄 아니. 아래층 여자가 아이들을 나무라는 소리가 들렸다. 그 여자는 하루에도 몇 차례씩 같은 소리로 아이들을 나무랐다. 그 여자의 매가리 없이 짜증스럽기만 한 목소리에 아이들의 장난치는 소리뿐 아니라 그 시간에 들려옴직한 거리의 소음까지 뚝 그쳤다. 그 일순의 정적에 장명환씨는 까닭 없이 긴장하여 흔들기까지 멈추고 귀를 기울였다. 깊은 정적에 미세한 파문이 일었다. 들릴 듯 말 듯한 피아노 소리였다. 하도 멀리서 들려서 처음엔 환청인가 했다. 거기 박자를 맞춰 다시 의자를 흔들기 시작하자 소리도 조금씩 분명해졌다. 옆집일까? 벽이 붙은 오른쪽 옆집 같기도, 동이 다른 왼쪽 옆집 같기도 했다. 소리가 분명해진 푼수로는 방향감각은 오락가락 믿을 만하지가 못했다. 또박또박 스타카토로 이어지던 연습곡이 어느 틈에 〈소녀의 기도〉로 변했다. 일 년쯤 바이엘에 시달리던 소녀가 명곡을 치고 싶다는 조급한 갈망으로 간신히 치는 멜로디를 들으며 장명환씨는 전신의 감각이 가닥가닥 살아나는 것 같은 묘한 전율을 느꼈다. 학교 음악실 앞을 지날 때 흔히 듣던 멜로디였다. 그는 얼마나 여학교 음악실 근처를 좋아했던가. 아무리 바쁠 때라도 그는 그 앞에서 잠시 걸음을 멈추곤 했었다. 소녀들이 치는 피아노 소리는 서툴고 능숙하고에 관계없이 순결한 것, 여성적인 것에 대한 그의 동경과 앙모, 그리고 그런 것들을 옹호하고 책임져야 할 사명감 같은 걸 울리고 새롭게 했다. 그건 어떤 감동보다 컸고 그의 사는 보람이었다. 요새 애들 조숙한 건 말도 말라고 남들은 그러지만 그에게 있어서 여중생이란 꽃받침 속에 싸여서 꽃잎이 보일락 말락 하는 생경한 꽃봉오리에 지나지 않았다.

처자식이 있는 수학선생이 이학년 여학생을 건드렸다는 교감의 귀띔은 이미 소문이 자자하게 퍼진 후건만 장명환씨는 믿을 수가 없었다. 아무리 남의 말이라고 해도 그런 말을 입에 담을 수 있는 교육자에 노발대발 귀라도 썼고 싶은 심정이었다. 그러나 교감이 그에게 그 일을 보고했을 때는 이미 그 사건이 더이상 비밀로 할 수 없을 만큼 커졌을 때라 그는 그것을 믿기도 전에 그 더러운 사건의 한가운데로 떠밀리게 되었다. 교사에게 농락당했다는 여학생의 아버지가 한 손에 그 교사의 먹살을 잡고 다른 한 손으로 교장선생의 먹살을 잡으려고 살기등등 교장실로 달려든 건 그 사실을 귀띔받고 나서 불과 한 시간도 안 돼서였다. 따라 들어온 여학생의 어머니는 슬리퍼를 짝짝이로 신고 있었고 무서운 기세로 통곡과 푸념을 시작했다. 교감선생님이 서무실 직원까지 교무실로 내보내고 교무실과 교장실 사이의 두 개의 문을 꼭꼭 닫았다. 교장실은 복도 끝에 있었고 교무실과는 서무실을 사이에 두고 격해 있었다. 믿을 수 없는 일이 너무 빨리 현실로 나타나자 장명환씨는 하늘이 무너지는 것 같았다. 먹살 아니라 시퍼런 칼을 들이댄대도 목을 내놓을 만큼 격렬한 죄책감을 느꼈다. 그가 그다지도 사랑하고 자랑스러워했으며, 그를 거쳐간 수많은 소년과 소녀들 또한 그를 사랑과 존경으로 기억할 것을 의심하지 않았으며, 그걸 어떤 훈장이나 칭송이나 영예보다 만족스러워한 교육자로서의 생애의 끄트머리에 그런 더러운 게 기다리고 있을 줄이야. 그러나 자신의 오욕을 열 곱절

백 곱절로 받기를 자청한다 해도 소녀의 순결이 돌아올 리 없다는 사실이 그를 더욱 전율스럽게 했다. 그는 소녀의 아버지에게 먹살을 잡히기 전에 무릎을 꿇으려고 했다. 아버지의 발길에 흠뻑 짓밟히는 게 먹살보다는 좀더 무거운 죄 갚음일 듯싶어서였다. 복도와 옆방으로 통하는 문단속을 끝낸 교감이 무너져내리는 그를 재빨리 부축해서 의자에 앉히고 고개를 뒤로 기대게 했다. 그 와중에도 교감의 눈부신 행동이 신기했다.

조용히 하세요. 이러신다고 뭐가 됩니까. 따님 장래를 생각하셔서라도 이렇게 떠들 문제가 아니잖습니까. 따님 가지신 분이 이렇게 뭘 모르셔서야. 더군다나 우리 교장선생님은 혈압이 높으셔서 안 알려드리고 해결하려고 쉬쉬하던 문제를 이렇게 다짜고짜 교장실로 갖고 들어오시면 어쩌겠다는 겁니까. 참 딱도 하십니다.

장명환씨는 한 번도 혈압이 높은 적이 없었다. 그럴 만한 낌새가 있어 꽤나 엄살을 부린 적 또한 없었다. 교감의 말은 진실성이 없었음에도 불구하고 소녀의 아버지는 교사의 먹살을 놓았고, 어머니는 푸념을 그쳤다. 수습책은 우리가 의논할 테니 일단 돌아가 계시라는 말을 교감은 매우 함축성 있게 했다. 특히 일단이란 말의 울림이 그랬다. 무한한 뒤끝, 요사한 꼬리 같은 걸 교묘하게 암시하고 있었다.

그들이 일단 돌아간 후 문제의 교사는 침착하게 넥타이를 고쳐매고는 교장선생님께까지 심려를 끼쳐드려 죄송합니다, 면목 없습니다. 공손하게 고개를 조아렸다. 그는 공손하다 못해 하급자의 잘못을 뒤집어쓰고 대신 상급자에게 사죄하는 중급자처럼 어눌해 보이기까지 했다. 따라서 그에겐 아무 잘못도 없어 보였다. 이선생이 정말 그런 실수를 한 건 아니겠죠? 장명환씨가 매달리듯이 물었다. 이선생이 머리를 긁으며 웃었다. 그 웃음의 야비하고 유들유들하고 육감적임이 충분한 대답이 되었으므로 장명환씨는 치를 떨었다. 뭐라고 꾸짖어야 할지 혀가 말을 듣지 않았다. 그는 별수 없이 혈압이 오르나보다고 생각했다.

　그후의 일은 생각하기도 싫었다. 교감은 이 일이 학교 밖으로 새어나가지 않도록 비밀리에 수습하기를 주장했고, 그런 교감의 생각을 어떻게 알아차렸는지 피해자의 부모들 역시 딴사람이 된 것처럼 나직하고 그윽한 목소리와 발소리로 교무실이나 서무실을 통하지 않고 직접 교장실을 드나들기 시작했다. 이왕 이렇게 된 거 어쩌겠습니까. 선생님을 죽인들 제 딸이 성해지겠습니까. 미역국을 먹인다고 분풀이가 되겠습니까. 누구누구 탓해 뭐 하겠습니까. 딸년 하나 잘못 두고 잘못 가르친 탓이죠. 일찌거니 몸 버린 년이 시집 제대로 가기란 애저녁에 틀린 일이고, 그렇다고 부모가 생전 끼고 살 수도 없는 노릇이고…… 이렇게 느긋하게 한탄을 하면서 결국은 돈을 요구했다. 교감이 중간에서 이선생과 절충을 벌이는 것 같더니 상당한 액수에 합의를 보았다고 했다. 교장선생님은 혈압도 높으신데 깊이 아실 거 없다는 게 교감이 간단간단히 중간보고만 하는 이유였다. 장명환씨는 그게 아닌 줄 알면서도 어느 틈에 있지도 않은 고혈압에 의지하고 있었다. 합의된 액수를 건네기 전에 이번엔 이선생이 교감을 사이에 넣고 장명환씨에게 '쇼부'를 걸어왔다. '쇼부'란 말은 교감이 문제의 학부형과 합의에 이르는 과정을 보고하면서 자주 입에 올린 말이었는데 장명환씨는 그 말이 듣기 싫어 번번이 눈살을 찌푸렸었다. 맞대놓고 면박을 주기가 뭣해서 참고 들어준 그 말이 이선생이 걸어온 수작엔 그렇게 맞아떨어질 수가 없었다. 장명환씨는 나사못으로 배배 틀어박힌 것처럼 옴치고 뛸 수 없는 기분으로 이게 바로 쇼부라는 거로구나 생각했다. 학부형이 요구하는 적지 않은 금액을 지불하는 대신 그만한 돈을 뽑을 수 있는 학군이 좋은 중학교로 전근이 되도록 힘써달라는 거였다. 그 더러운 사건에서 몸을 사린다는 게 실은 얼마나 깊이 개입돼 있었는지를 뒤늦게 깨닫고 그는 몸서리를 쳤다.

아직 이선생은 돈도 건네기 전이었다. 그렇게 호락호락 돈 먼저 내놓을 이선생이 아니었다. 그는 어느 틈에 칼자루를 쥐고 있었다. 그 하늘 무서운 과오를 변두리 학군에서 일류 학군으로 비약할 수 있는 전화위복의 계기로 삼으려 하고 있었다. 장명환씨는 교장실 유리창을 통해 소녀가 체육시간에 급우들과 어울려 포크댄스를 추는 걸 보았다. 그는 또 복도에서 소녀의 교실을 들여다보았다. 국어시간이었다. 성적은 중간쯤 된다더니 소녀는 주의가 매우 산만해 보였다. 앞자리 친구의 옆구리를 찌르면서 말을 시키다가 아이들이 다 손을 드니까 저도 뒤늦게 덩달아 손을 들었다. 선생님이 시켰더라면 천연덕스럽게 엉뚱한 대답을 하든지 혀를 쏙 내밀든지 해도 미울 것 같지 않게 천진한 듯, 당돌한 듯한 소녀였다. 장명환씨는 또 청소시간에 소녀가 유리창을 닦는 것도 지켜보았다. 호, 호 입김을 불고 박박 닦다가 옆에서 역시 유리창을 닦는 친구의 귀에다 뭐라고 속닥거리기 시작했다. 듣는 소녀나 들려주는 소녀나 둘 다 일손을 멈추고 눈에 재미가 옥시글옥시글 넘쳤다. 장명환씨는 또 소녀가 과학시간에 하품을 하는 것을 보았다. 하품하고 나서 그렁한 눈을 닦는 소녀는 나이보다 유난히 어려 보였다. 네댓 살 먹은 계집애처럼 맹랑하고도 멍청해 보였다. 비로소 장명환씨는 심한 노여움에 사로잡혔다. 지금이라도 늦지 않았다고 생각했다. 소녀를 범한 이선생을 더는 교단에 서게 해서는 안 되며, 소녀의 부모로 하여금 딸의 매춘에 맛들이게 해서도 안 되며, 교감이 그 더러운 쇼부의 거간꾼 노릇을 하게 해서도 안 되며 자기가 더이상 책임 없는 방관자여서도 안 된다고 생각했다.

이교사는 파면조치하고 그는 책임을 지고 사표를 냈다. 명예롭게 퇴직할 수 있는 정년을 이 년 남짓 남겨놓고서였다. 그런 과정에 있어서 소녀의 이름이 표면화되지 않도록 관할 교육구청과는 세심하게 사전협의를 했고, 일의 결과는 마땅히 그렇게 돼야 할 만큼은 됐다. 그 나름의 소신껏 한 일인데도 그는 문득문득 외로움을 타곤 했다. 아무도 그를 이해하지 못했다. 마나님까지도 그의 처사는 여럿이 희생되고 이득을 본 사람은 하나도 없는 어리석은 것으로 여기고 있었다. 결국 희생을 하나도 안 시키고 자신도 다치지 않고, 이득을 보는 사람도 생기게 하는 방법을 그가 망쳐놓았다는 얘기밖에 안 됐다. 앞뒤의 이득이 다 소녀의 부모가 받아낼 수 있는 돈이라는 게 그는 참을 수가 없었다. 그가 주위의 상황이 요구하는 온건하고도 상식적인 방법에 따르지 않고 평지풍파를 일으킨 것은 소녀의 앞날 역시 상식적인 통념에 따르게 하고 싶지 않았기 때문이었다는 걸 아무도 알아주지 않았지만 후회는 없었다. 그가 어른의 잘못을 책임지고 주위의 기대를 배반했듯이, 소녀 역시 자신에게 찍힌 어른의 잘못을 감쪽같이 무화(無化)시키고, 음탕한 여자, 더러운 년, 제년도 꼬리를 쳤을 거야, 팔자 조졌지, 누가 데려가겠어, 어떻게 살지는 뻔하잖아, 하는 세상의 공모와 동정을 배반하고 건강하고 아름답게 피어나길 바랐다. 너만은 알아줘야 한다. 그는 소녀가 언제고 그렇게 됨으로써 그를 알아주길 바랐다. 그 녀석은 네가 입을 동그랗게 벌리고 하품하고 있을 때 네 입으로 날아들어간 한 마리의 파리에 불과해. 그 파리를 씹거나 너무 오래 기억하는 건 바보짓이란다. 소녀를 생각하는 사이에 장명환씨의 눈 속엔 소녀에 대한 간절한 기대가 가득 괴었다.

어차피 이 년만 있으면 맞게 돼 있는 퇴직이었다. 그 딴엔 퇴직 후의 설계를 요모조모 해왔다고 여기고 있었다. 읽고 싶은 책들, 배우고 싶은 잡기, 다녀보고 싶은 고장들, 그리고 소년 같은 막연한 설렘으로 퇴직 후의 시간은 모자랄 듯 안타까웠다. 그게 단지 이 년을 미리 왔을 뿐인데 현란한 설계는 여전히 이 년 후에 있었다. 그렇다면 표표한 자유인일 수도 있으련만 그는 이 년의 공백에 결박당하듯 매여 있었다. 표표한 자유인—그것이야말로 정말로 해보고 싶은 거였거늘.

열한시밖에 안 됐는데 마나님은 벌써 싱크대 앞에 엎드려서 국수를 밀고 있었다. 커다란 안반 때문에 부엌이 더욱 좁아 보였다. 코너에 몰린 마나님이 무릎 꿇고 이미 보름달처럼 둥글게 퍼진 밀가루 반죽을 죽자꾸나 더 밀어 너덜너덜 해지게 하고 있었다. 마나님이 그걸 가늘게 썰고 멸칫국물을 끓이고 웃고명을 장만하고 나도 열두시가 채 안 됐을 테고, 그가 채 시장해지지도 않았으리라는 별것도 아닌 예감이 그의 가슴을 옥죘다. 담 밖 공사장에선 어느 틈에 포클레인이 움직이고 있었다. 포클레인은 삼태기만한 손으로 일직선으로 구덩이를 파서 덤프트럭에다 흙을 옮겨붓고 있었다. 사람의 손은 조금도 안 가고 차들의 움직임은 굼떠 보였지만 일의 결과는 신속했다. 잠깐 한눈팔거나 졸다 보면 한 길도 넘는 도랑의 길이는 저만치 아득하게 물러나 있곤 했다. 동네 사람들이 공사장이라 부르는 그 공터엔 앞으로 상가가 들어설 거라고도 하고 학교가 들어설 거라고도 했다. 땅의 모습이 하루가 다르게 변해가는 걸로 봐서 용도가 확정된 예정지일 텐데도 그걸 확실히 아는 사람들은 없었다. 그 일대에 다세대주택을 지은 업자는 분양이 순조롭지 않자 자금 압박을 견디다 못해 막판엔 전세를 놓아야 했다. 육십 가구의 입주자 중 집을 사서 든 가구는 장명환씨네를 비롯해서 열 가구 정도밖에 안 됐다. 그래 그런지 좁다란 골목길 하나를 사이에 두고 뭐가 들어설지에 대해서 너무 무심한 것 같았다. 장명환씨 역시 거기에 상가가 들어서면 편리하긴 하겠지만 지저분할 거라든가, 학교가 들어서면 시끄럽긴 하겠지만 온종일 눈이 심심치는 않을 거라는 생각을 얼핏얼핏 하는 게 고작이었다. 그보다는 아득한 고대 백제로부터 사람들이 모여서 정붙이고 삶을 영위하던 땅, 임금의 몽진의 발자국과 호족의 말발굽 자국이 함께 묻혀 있는 고장, 최근까지도 변두리 영세민들이 우범지대란 소리를 들어가며 치열하게 아귀다툼하던 곳의 흙을 아무런 느낌이 없는 무쇠 손으로 저리 함부로 급하게 파헤쳐도 되는 걸까, 하고 지난날에 대한 쓸쓸한 우수 속을 천방지축 헤매는 게 성미에 맞았다. 네모난 공사장 안측으로 금을 긋듯이 곧바로 파던 도랑은 한 변(邊)의 금을 다 긋고 나서 땅 모양을 따라 직각으로 꺾였다. 그 안쪽으로 건물이 들어선다면 도랑은 해자(垓字)가 됨직했다. 공원 안에 복원했다는 몽촌토성은 외벽 밑에 해자까지 옛 모습을 살려 복원했다고 한다. 발굴작업 중 뻘층이 나와 백제인들이 토성만 가지고는 외적의 침입을 막기에 미흡하다고 여겨 해자를 파놓은 걸 확인했다니 집단과 집단끼리의 싸움은 인간의 영원한 운명인가? 문명의 동기(動機)인가? 웅진 천도 전까지의 도성이었다면 천오백 년은 훨씬 넘게 거슬러올라가야 된다. 천칠팔백 년 전의 백제 사람들은 무엇으로 땅을 팠을까, 지금도 볼 수 있는 삽을 썼을까, 나무자루가 달린 예리한 석기를 썼을까? 장명환씨는 굳이 그 시대를 금석병용시대로 추정하려 들었다. 석기로 도랑을 팠다고 생각하고 싶어서였다. 강제적이었건 자발적이었건 간에 그 시절의 기술로 한 도성을 지킬 만한 길고도 깊은 도랑을 파기란 얼마나 험난하고도 장엄한 역사(役事)였을까. 장명환씨는 아무런 고증도 없이 토성을 지킨 도랑을 석기로 팠다고 여기고 싶은 것은 옛사람의 고통을 한껏 극대화시키면서 자기도 동참하고 싶어서였다. 그 역시 돌로 이 땅을 판 적이 있었다.

맏자식의 열병으로 차일피일하다가 맨 마지막날에나 피난을 떠날 수가 있었다. 요행 몇 가구가 함께 타고 가는 트럭 한구석을 얻어탈 수가 있었다. 잘 아는 학부형의 특별한 배려였다. 그러나 아이의 열이 진물이 흐르는 부스럼으로 피어나자 그들 세 식구는 그 일행으로부터 따돌림을 당할 수밖에 없었다. 인정 많은 학부형도 새중간에서 애쓰기를 그만두었다. 아이는 이고 지고 걷는 부모의 품을 왔다갔다하다가 숨을 거두었다. 바람 찬 들판에서였다. 죽은 아이가 행여 바람 쐴세라 겹겹이 꼭꼭 싸안고 씩씩하게 걷던 아내가 벌판이 끝나고 아늑한 산모롱이를 만나자 아이를 묻고 가자고 했다. 그리고 그에게 땅을 파라고 했다. 민가도 보이지 않았고 더군다나 연장이 있을 리 없었다. 그는 그 근처에서 뾰족한 돌을 주워다가 땅을 파기 시작했다. 꽁꽁 언 땅이었다. 그는 돌부리로 땅을 꽝꽝 두드려 무르게 만들고 파내기는 손으로 했다. 작업은 지지부진했다. 아내는 죽은 아이를 바람

414

쐴세라 꼭꼭 싸안고 그의 서툰 작업을 싸늘하게 지켜보았다. 그는 어머니로부터 아내까지 여인 2대를 거치는 사이에 집안에선 손끝 하나 까딱 못 하게 철저히 길들여져 있었다. 빗자루 한 번든 일도 못 한 번 박아본 일도 없었다. 재떨이가 아무리 눈에 보인다고 해도 손만 닿지 않으면 부엌이나 바깥에 있는 아내를 불러 집어오게 했다. 그를 육신을 쓰는 노역으로부터 철저하게 보호하는 것은 어머니로부터 아내로 이어져내려오는 그 집안 여자의 의무요 미덕이었다. 그런 아내가 사뭇 명령조로 그에게 땅을 파게 하고 있었다. 그는 숨을 헐떡이고 식은땀을 흘렸다. 굳은일에 서툴다는 걸 아내에게 숨길 수가 없었다. 그는 고스란히 폭로당한 자신의 무능에 심한 수치감을 느꼈고 죽은 아이를 안은 아내는 터무니없이 도도해져서 얼굴에 야릇한 조소마저 띠고 그를 경멸했다. 그의 요량으로 아이를 눕힐 만한 구덩이를 팠다고 생각했을 때 그의 손톱은 여지없이 제껴져 있었다. 그러나 아내는 눈을 부릅뜨고 더 파라고 명령했다. 안 돼요. 우리 아기 춥단 말예요. 그는 다시 돌부리로 언 땅을 이르집고 손톱으로 흙을 우볐다. 아내가 이제 됐다고 할 때까지 무덤을 파는 동안 아내는 꼼짝도 안 하고 명령하고 핀잔주었다. 맏자식과 함께 깡통을 우그려 만든 당시의 조잡한 장난감을 묻고 돌아서면서 그들은 거기가 어디쯤인지도 기억해두지 못했다. 그후에도 그때 일을 생각할 때마다 그게 한스러운 대신 맏자식을 잃은 비통을 극도의 수치감과 경멸, 조소로 대신한 그들의 이상한 슬픔법이 떠올라 야

꽃을 찾아서 415

룻한 전율을 느끼곤 했다. 열 길 물 속은 알아도 한 길 사람 속은 모르는 거예요. 아내가 남에게 뜻밖의 피해나 배신을 당하고 이런 소리로 체념할 때도 그때 일이 생각나곤 했다.

공사장에 보통 트럭보다 세 배는 긴 트럭이 한 아름도 넘게 생긴 굵은 노깡을 싣고 나타났다. 바로 파놓은 도랑 옆에다 부리고 가는 걸로 봐서 도랑은 하수도관을 묻을 구덩이인 게 드러났다. 그러나 거기 어떤 건물이 들어설지 모르긴 마찬가지였다. 곧 뭔가가 들어서긴 들어설 모양이었다.

장명환씨네가 이사 올 때만 해도 그곳은 빈 터가 아니었다. 그렇다고 온전한 동네도 아니었다. 철거가 진행중인 동네는 폭풍이 난타하고 간 것처럼 심하게 망가져 있었다. 벽은 서 있는데 지붕이 없어진 간살 작은 집들은 장명환씨네 이층에서 빤히 속이 들여다보였다. 부랴부랴 이사들을 떠난 듯 가난한 사람들이 끝까지 아껴두었던 쓸잘 데 없는 것들이 여기저기 어지럽게 흩어져 있었다. 누더기 사이에서 파란 비닐우산 껍데기가 큰 꽃처럼 부풀어오르기도 하고, 뱀껍질 같은 스타킹이 망가진 연탄화덕을 감고 있기도 하고 뾰족뾰족 새싹이 나는 화분과 깨진 시루가 한데 어우러져 있기도 했다. 그런 것들보다 더욱 보기 민망한 건 그 갈피갈피에 남아서 일상적인 생활을 영위하고 있는 아직도 못 떠난 사람들이었다. 남의 떨어진 문짝이나 널빤지로 지붕을 삼아 간신히 하늘이나 가리고 살면서도 아침이면 아이들이 학교에 가고 빨랫줄에선 정결한 빨래가 깃발처럼 날리고 저녁엔

간고등어 굽는 냄새도 나고 따뜻한 불빛도 새어나오는 걸 지켜보면서 장명환씨는 늙어가는 여자의 벗은 몸을 훔쳐보는 것처럼 죄스러웠다.

그런 날은 그리 오래가지 않았다. 모조리 헐린대요. 불도저로 민대요. 한바탕 난리가 난대요. 어느 날, 이른 아침부터 다세대주택 사람들이 술렁이기 시작했다. 남아 있는 주민들이 최후통첩을 받은 날이라고 했다. 그날 아침 다세대주택 사람들은 매우 행복하고 화목해 보였다. 전세건 제 집이건 간에 허가 맡은 집에 살고 있다는 즐거움에 팽배해 있었고 그걸 만끽할 준비가 되어 있었다. 그러나 철거와 이사는 조용히 이루어졌다. 아무 일도 일어나지 않았다. 아침부터 쓸 만한 유리창 기둥목 루핑 조각 등을 들어내는 이들이 철거반인가 하는 사람들인 줄 알았더니 이사가는 당사자들이었다. 그들은 그렇게 이삿짐에다 해체된 집의 일부까지 얹어가지고 어디론지 뿔뿔이 이사를 떠났다. 소문으로만 듣던 한바탕의 소동을 구경하려고 대기하고 있던 다세대주택 사람들은 발산 못 한 동정심과 우월감 때문에 온종일 칙칙한 표정으로 지내지 않으면 안 되었다. 동네가 비자마자 주거의 잔해는 신속히 치워졌다. 사람 살던 흔적이 자취도 없이 사라지고 망망한 빈터가 고르게 붉은 맨살을 드러낸 걸 보고 장명환씨는 주춤주춤 뜰로 내려서 빈 터 쪽으로 건너갔다. 허전한 마음에서였을까. 그는 아무것도 안 남은 공지를 오랫동안 배회했다. 사람이 살던 터전이라 땅 모양은 고르지가 못했다. 웅덩이가 진 곳도 있었고, 볼록하게 배를 내민 데도 있었다. 장명환씨는 웅덩이를 메운 연탄재를 막대기로 쑤시다가 요구르트병과 변신 로봇을 발견했다. 그게 사람 살던 자취의 전부였다. 그는 그걸 그 자리에 도로 쑤셔박고 나서 그곳을 떠났다. 다음날이던가 불도저가 와서 땅을 고르게 밀었다. 땅은 운동장처럼 평평하게 다져졌다. 요구르트병과 변신 로봇도 가랑잎처럼 압착되었으리라. 그런 생각이 장명환씨의 마음을 예리하게 저미고 지나갔다. 이렇게 해서 땅위의 사람 산 흔적은 아주 사라지고 말았다. 그러나 이 땅에서 아주 없어진 건 아닐 것이다. 불도저가 밀고 압착한 건 땅이 아니라 이 시대의 가장 미천한 삶이었다. 그 삶의 터전은 우리 눈앞에서만 사라졌을 뿐 앞서 사라진 삶의 궤적 위에다 시루떡처럼 또 한 켜를 보탰으리라. 그 한 켜는 비록 백제의 해자나 신라의 금관, 고려의 청자처럼 어느 날 문득 천년의 세월을 떨치고 일어나는 일은 없을지라도 영원히 한 켜 지층으로 남아, 조용하게 구정물도 거르고, 이름 모를 풀과 흰비름꽃처럼 보잘것없는 들꽃도 키우겠지. 장명환씨는 그의 젊은 날, 미숙하고 미련한 부정(父情)이 피맺힌 손톱으로 이 땅에 보탠 것도 어딘가에서 사라지지 않는 지층을 이루었으리라 믿으며 눈시울을 적시었다.

"점심 잡수세요. 국수 다 불겠어요."

몇 번째인 듯 마나님의 목소리엔 역정이 섞여 있었다. 의자와 생각에 마냥 흔들리던 장명환씨는 꿈에서 깨어나듯 어, 어, 어눌하게 부르짖으며 부엌 쪽을 돌아다보았다. 명색이 부엌 따로 거

실 따로이지 한통속인 공간이 그래도 거실 쪽에서 한 자쯤 넓어
지면서 생긴 벽에 걸린 낡은 괘종시계가 막 열두시를 치고 난 직
후였다. 시장하지도 않았거니와 장국에 넣고 끓인 칼국수에서
김이 무럭무럭 나는 게 도무지 먹을 엄두가 안 났다. 장명환씨는
가루붙이면 다 좋아하는 식성이었으나 여름에 장국에다 직접 넣
고 끓인 칼국수는 질색이었다. 그걸 모를 리 없는 마나님은 으레
칼국수를 쫄깃쫄깃하게 삶아 건져 미리 차게 식혀놓은 장국에다
다시 말아냈거늘 오늘은 그걸 깜박 잊은 모양이었다.

"그냥 드세요. 장국을 식힐 새가 없어서 그랬어요."

마나님도 금방 영감님의 마땅찮아하는 눈치를 알아채고 이렇
게 변명했다.

"식힐 새가 없다니, 나 허기지지 않았어요."

장명환씨는 이렇게 말하고 나서도 미심쩍어 풀어놓은 손목시
계를 찾아서 다시 시간을 확인했다. 괘종시계는 오 분밖에 틀리
지 않았다.

"오늘 토요일 아녜요. 지요코(千代子) 들어오기 전에 점심을
끝내려고요."

"토요일이라도 들어오려면 아직 멀었잖소. 설사 일찍 들어온
다고 해도 그렇지 식사시간이 겹친 적이 어디 한두 번이요? 왜
안 하던 짓까지 하면서 신경을 쓰는 거요?"

"지요코가 무슨 말끝엔지 그럽디다. 한국 요리가 다 맛있는데
파마늘 냄새는 참기가 힘들다고요. 지독하게 맡으면 두통이 다

난대요. 당신은 국수에다 유별나게 진한 양념장을 얹어서 잡숫잖수. 김치 냄새도 뭣한데 양념장 냄새까지 풍겨보세요."

"천대자 때문에 나더러 배도 안 고픈데 점심을 먹으라구?"

장명환씨가 불쾌한 듯이 반문했음에도 마나님은 조금도 미안해하는 기색 없이 또 천대자라신다, 하면서 깔깔댔다. 장명환씨가 지요코의 이름을 불러야 할 일은 거의 없었지만 혹시 화제에 올릴 적엔 꼬박꼬박 천대자라고 불렀고 그때마다 마나님은 경망스러운 계집애처럼 허리를 잡고 깔깔거리곤 했다. 삼지창사건 생각이 나서였다. 몇 년 전 옛날 제자로부터 부부동반으로 양식당에 초대된 적이 있었다. 마나님이 잘못해서 포크를 바닥에 떨어뜨렸다. 마나님은 무안해하며 얼른 엎드려 주우려 하자 장명환씨가 눈짓으로 말리면서 웨이터를 불렀다. 웨이터가 포크를 떨어뜨린 걸 알아보았더라면 좋았을 것을 모르고는 부르셨습니까, 하고 허리를 꺾고 다음 하문을 기다렸다. 삼지창을 새로 하나 갖다주게. 네? 삼지창이 필요하다니까. 네? 회장님, 뭐가 필요하시다구요? 원 사람도 미련하긴, 난 회장님 따위가 아니에요. 삼지창이나 달라니까. 이런 것 말일세. 숙수간에 근무하는 사람이 음식 찍는 쇠스랑도 모르나? 장명환씨가 언성을 높이면서 자기의 포크를 집어 웨이터의 코앞에 들이댔다. 네에…… 웨이터가 넋을 잃고 생전 처음 보는 진귀한 물건 들여다보듯이 포크를 들여다보면서 신음소리 비슷한 소리를 냈다. 그때 웨이터는 보는 사람에 따라서 지독하게 감동한 것도 같았고 계속해서 등신 노릇만 하고 있는 것도 같았다. 별안간 제자 부부가 푹, 하고 폭소를 터뜨렸고 이어서 마나님이 웃기 시작했다. 어찌나 몹시 웃었던지 그날 밤까지 뱃살이 당기었고, 그후에도 그 일이 생각날 때마다 딴 도리 없이 허리를 잡고 한바탕 웃어젖혔다.

장명환씨는 마뜩찮은 눈으로 마나님을 바라보다가 딴 군소리 없이 상을 받았다.

"일본 사람이라고 다 그런 건 아니래요. 김치 맛에 한번 맛들이면 사족을 못 쓰는 일본 사람도 많대나봐요. 자기가 좀 특이체질인가보다고 미안해하니까 우리가 좀 신경을 써줍시다. 까짓거."

마나님은 나중 말을 크게 인심 쓰듯이 선선히 말하고는 자기도 국수대접을 가져다가 겸상을 했다. 걸쭉한 장국 속에서 칼국수는 벌써 많이 퍼졌는데도 식지는 않아서 장명환씨는 부아가 났다. 마나님은 그의 좋지 않은 기색을 지요코 때문인 줄로만 알고 주절주절 변명을 늘어놓았다.

"뭐니뭐니 해도 지요코가 지금 우리한테는 보배예요. 월세 십오만원이 어디예요. 부엌도 안 딸린 코딱지만한 방에. 이 집이, 말이야 바른대로 말이지, 문서를 손에 쥐었으니까 독채로 내 집인가보다 하는 게지 실속이야 방 두어 칸짜리 곁방살이 폭밖에 더 되남요. 아무리 식구가 단출해도 거기다 또 세를 놓고 사는 게 어디 될 뻔이나 한 소린가요. 세전이나 한두 푼이면 또 몰라, 알토란 같은 십오만원씩이나. 상대가 일본 사람이니까 그게 되는 것도 모르고 동네서들은 괜히 샘이 나서 배를 앓더니 한때는 집집마다 있는 방 없는 방 월세 내놓는 게 유행을 했다니까요. 혼자 사는 여자도 구하려니까 흔치 않은가봅니다. 그중 몇 집이 겨우 구해서 월세를 주긴 주었는데 그후에 학을 뗀 건 말도 못해요. 여대생이다 회사원이다 하는 소리는 새빨간 거짓말이고 혼자 세든 여자는 하나같이 화류계래요. 낮에는 실컷 자다가 점심 겸 아침 먹고 목욕탕으로 미장원으로 다녀와서 한 시간쯤 처덕거리고 나가면 온 집 안에 메슥메슥한 향내가 진동을 하고 오밤중에 남자를 끌어들이지 않으면 새벽에 들어온다니 그래도 다 여염집들인데 그 꼴을 어떻게 보겠어요. 게다가 우리집 본을 따서 보증금도 안 받고 월세로 돈 십만원이나 받기로 하고 들인 모양인데 나중엔 월세는 떼도 좋다고 살살 빌어서 내쫓았대요. 그래도 우리 다음 줄 가운뎃집 아래층에 혼자 사시는 할머니가 사람 볼 줄을 좀 아는지 둘이서 자취하는 여대생을 골라서 됐는데 여대생도 개차반이긴 마찬가지래요. 남자만 안 끌어들인다뿐이지 전깃불 수돗물 헤프고 부엌 차지 마루 차지 하면 내놓을 줄 모르고, 온종일 음악을 듣는데 어찌나 시끄럽게 트는지 동네서 다 듣고 일어날 지경이고, 된장·고추장·기름·깨소금 꾸어달래고 안 갚긴 여반장이고…… 여북해야 그 노인이 두 달 만인가 석 달 만인가 그애들 내보내고 나서는 앞으로는 절대로 허욕 안 부리고 가늘게 먹고 가늘게 싸겠노라고 맹세를 하고 다니겠어요? 우리 지요코가 보배죠. 이젠 아무리 샘이 나도 섣불리 흉내낼 생각들은 못 할 거예요. 일본 여자가 사람 하나는 됐습니다.

우리나라 사람들은 아직 멀었어요. 가정교육이나 학교교육이
나……"

입에 침이 마르던 지요코 칭찬이 움찔했다. 양념 냄새 건으로
행여나 영감님이 지요코를 못마땅해할까봐 두둔한다는 게 지나
쳐 영감님 자존심 상할 말이 나올 뻔했기 때문이다. 장명환씨도
마나님의 지요코 칭찬에는 전적으로 동감이었다. 지요코는 일본
에 유학 가 있는 외아들 기정이가 소개한 여학생이었다. 일본에
서 알게 된 누님뻘의 노처녀인데 회사에 다니다가 뜻한 바 있어
한국사를 배우려고 한국 유학을 간다는 것, 하숙을 구하는데 도
움을 주시길 바란다는 것, 한국엔 아는 사람이 거의 없어 부모님
을 말로만 듣고도 의지하고 존경하고 싶어하니 형편만 허락하신
다면 방을 딴 데서 구할 거 없이 데리고 계시면 우선 덜 적적하
실 테고 경제적으로도 약간의 보탬은 되리라 사료된다는 것 등
이 지요코 편에 보낸 안부편지 말미에 붙은 본론이었다. 노부모
를 극진히 생각하는 것 같은 편지였지만 장명환씨는 몰라도 뭘
너무 모르는 아들이 야속하기만 했다. 그때는 이미 이 다세대주
택으로 집을 줄여 왔을 때고 집을 줄이게 된 경위에 아들도 무관
하진 않았다. 군대 마치고 대학원 다니다가 일본 문부성 유학시
험에 합격해서 간 거기 때문에 나이도 먹을 만큼 먹었지만 요행
학비 걱정을 따로 시키진 않았다. 그래도 늦게 둔 아들이니만치
공부도 좋지만 언제 직업을 가지고 돈을 버는 걸 보나 하는 조바
심은 항상 있었다. 아들보다 세 살 아래인 막내딸의 혼인날짜를

잡아놓고 교장 자리를 내놓게 됐을 때도 제일 먼저 그 생각이 떠올랐었다. 그 아들만 버젓한 직장 다니고 있으면 아비가 무직이라도 딸의 결혼이 한결 덜 초라할 듯싶은 건 어려운 결단을 내린 그답지 않게 속물스러운 생각이었지만 피할 길 없는 인지상정이기도 했다. 누이동생의 결혼식을 보려고 잠시 귀국한 아들은 막내딸마저 여의고 허탈해 있는 부모 앞에 참한 규수를 데려와 뵙게 했다. 오래 사귀고 장래를 약속한 사이인데 아직 신랑 쪽 여건이 안 갖추어져 기다리고 있는 규수라고 했다. 노부모의 심정이 한껏 약하고 축축해져 있을 때였다. 같은 대학 한 해 후배라는 소리만 듣고 벌써 규수의 나이를 셈해보고 안쓰러워했고 눈웃음칠 때마다 눈가에 물결치는 고운 잔주름도 길고 힘든 기다림의 흔적만 같아서 마음이 아팠다. 규수 쪽 집안이 한미하고 고적하다는 자격지심 때문에 벼르기만 하고 미루어오던 부모님과의 초대면 시기를 잘 타 바라던 것 이상으로 성공하자 쇠뿔도 단김에 빼야겠다는 배짱이 생긴 모양이었다. 그후엔 노부부가 정신 차릴 새 없이 서둘러, 누이 결혼한 지 한 달 만에 제 결혼식까지 치르고 일본으로 돌아갔다. 꿈에 본 듯한 며느리였다. 결혼식 날 본 며느리는 처음 본 날의 그 참한 규수가 아니었다. 공항에서 배웅한 며느리는 결혼식장에서 본 그 화사한 신부가 아니었다. 떨구고 간 결혼사진, 신혼여행 사진 속의 아리따운 모습들은 결혼 전 예물이랑 옷감을 살 때 몇 번 데리고 다니면서 익힌 셈바르고 영악한 인상하고 또 틀렸다. 노부부는 아무리 애써도 며느리의 모습을 떠올릴 수가 없었다. 길에서 만나도 못 알아볼 것 같았다. 눈 감으면 떠오르는 얼굴이 없기 때문인지 며느리를 보았다는 사실도 긴가민가했다. 다만 가장 어려울 때를 잡아 연거푸 치른 대사로 경제사정에 지위가 진 것만이 분명했다. 그래서 이십 년을 넘어 정들인 집을 처분할 뜻을 비쳤을 때도 아들은, 참 잘 생각하셨다고 진작 그러실 일이지 그 불편한 구옥을 뭘 하러 그렇게 오래 지니고 사셨냐고 사뭇 신이 나서 축하해 마지않았었다. 철없는 것, 나이 서른이 아깝다 싶으면서도 차마 궁색한 내색을 못 하고 말았더니 버젓하고 편리한 양옥집이라도 새로 장만하고 떵떵거리고 사는 줄 알고 있는 모양이었다. 미리 의논 한마디 없이 아닌 밤중에 홍두깨처럼 일본 여자를 보낸 아들의 맹문이 같은 처사가 노엽고 한심했다. 딸도 아닌 아들이 노부모 사정에 그리도 깜깜하다는 게 가뜩이나 울적한 그들의 마음을 더욱 참담하게 했다. 그러나 외국인 앞이라는 체면도 있고 해서 우선 빌릴 방이 마땅찮은 사정을 정중하고도 궁상스럽지 않게 알리려고 애를 썼다. 자식들을 다 성가시켜 두 내외뿐이라 보다시피 겨우 둘이 살 만한 집으로 이사한 지 며칠 안 돼, 아들은 전에 살던 넓은 집 생각만 하고 설마 이렇게 협소한 집에 우리가 사는 줄은 모르고 댁을 보낸 것 같다는 말에 지요코는 이 집이 작다니요? 하고 깜짝 놀라는 것이었다. 처음엔 일본인 특유의 듣기 좋은 빈말인 줄 알았는데 몇 마디 오고가는 사이에 그렇지도 않다는 걸 알게 되었다. 그녀는 이만한 넓이면 일본에서 다섯 식구는 불편 없이 안락한 생활을 즐길 만한 공간이라는 걸 여러 모로 실례를 들어 설명했고 아무도 안 거들떠보던 대물림의 구닥다리 세간들을 하나하나 눈여겨보며 찬사를 아끼지 않았다. 그렇다고 요사를 떠는 티가 나는 것도 아니었다. 약간 못생긴 편인 무뚝뚝한 얼굴이지만 눈빛은 신실했고 목소리는 상냥하고도 낮았고 옷차림은 검소했고 태도는 겸손하고도 예의발랐다. 그 여자가 장명환씨한테 특별히 요사를 떨 만한 까닭은 하나도 없었다. 그녀가 무슨 말끝엔가, 요량하고 있는 방값을 내비쳤는데 어디 가든지 방 하나 얻기에 부족함이 없는 액수였다. 장명환씨 부부는 짧은 시간 안에 지요코가 마음에 들고 말았다. 반했다는 말이 더 합당할지도 몰랐다. 지요코 역시 노부부가 마음에 들었는지 이런 점잖은 댁의 방 하나를 빌릴 수 있다면 고국의 부모님도 마음을 놓으시겠지만, 자기도 이 땅의 상류가정의 법도를 보고 배울 행복한 기회가 될 듯하니 허락해달라고 간절히 청하는 것이었다. 어쩜 어쩜…… 지요코가 짐을 가지러 가고 나서 마나님은 이렇게 호들갑스럽게 서두를 떼고 나서 지요코 칭찬에 침이 말랐다. 겪어보기 전에 너무 그러지 말아요. 쉬 다는 쇠가 쉬 식는다는 소리도 못 들었어요. 장명환씨도 말은 그렇게 하면서도 속으로는 지요코를 신통해하는 마음이 그득했다. 지요코는 처음부터 노부부의 마음을 그득하게 채웠고, 그후에도 한결같았다. 노부부가 입 밖에 내서건 마음속으로건 이루지 못할 욕심인 줄 번연히 알면서도 며느리가, 딸이, 요새 젊은것들이 이만저만

했으면 바라고 있던 조건들을 지요코는 한 몸에다 고루 갖추고 있었다. 조신했고 얌전했고 어른을 어려워할 줄 알았고, 밝고도 조용했고 겸손하고 정결했다. 코딱지만한 부엌을 같이 쓰는데도 걸리적거리는 법이 없었다. 마나님이 설거지까지 끝내고 나면 그제서야 잠깐 부엌을 썼다. 도마 소리 발짝 소리는 나직나직했고, 기름 타는 소리는 그윽했다. 그리고 아무런 자취도 안 남겼다. 간혹 마나님은 늙은이다운 짓궂은 눈으로 지요코가 행여나 부엌 바닥에다 구정물을 떨구지 않았나, 은그릇처럼 보얗게 닦아서 층층이 쌓아놓은 양은냄비 중 하나를 말없이 빌려 쓰지나 않았나 살펴보아도 허사였다. 이렇듯 없는 듯이 살다가도 노부부가 심심할 때라든가 울적할 때를 용케 알아맞히고 냉큼 건너와 말벗이 돼주곤 했다. 지요코의 말벗이 될 때마다 노부부는 해박해지고 으쓱했다. 지요코는 이 나라의 역사와 풍속에 깊은 관심을 가지고 미주알고주알 알고 싶어했고 새로운 걸 배울 때마다 솔직한 감동을 나타냈기 때문에 그들은 무심히 계승해온 생활습관이나 장롱 밑의 숨겨놓은 놋요강까지를 자랑스럽게 여길 수가 있었다. 버리고 싶었던 누습이나 대대로 누적된 열등감까지도 지요코가 건드리기만 하면 빛나는 문화가 되어 떨치고 일어났다. 월세금 십오만원보다도 덤으로 얻은 그런 것들이 한결 노부부를 살맛나게 했다. 장명환씨네가 누리는 이런 짭짤한 재미가 이웃으로 파급되어 혼자 사는 여자에게 월세 놔먹기가 한때 붐을 일으켰지만 모조리 실패하고부터는 지요코의 보배스러움이 더욱 돋보이게 됐고 어느 틈에 지요코의 미덕은 그녀의 개성이라기보다는 국민성처럼 평가받기에 이르렀다. 일본 사람들 깔끔한 건 알아줘야 한다니까. 일본 여자들 예의바른 건 본받을 만하다니까. 마나님이 요새 종종 안 하던 짓을 하는 것도 이런 예찬과 무관하지 않은 듯했다. 안 하던 짓이란 오래 익히고 떠받들어온 생활방식이나 사고방식을 생급스럽게 점검하고 반성하면서 흠을 잡아내지 못해하는 거였다. 짙은 양념 냄새를 갑자기 창피해하는 짓 따위도 그런 안 하던 짓의 일종이었다.

칼국수에는 짙은 양념장과 열무김치를 듬뿍 얹어 먹어야 제맛이 나는 오랜 식성을 느닷없이 창피해할 수밖에 없다는 무력한 체념이 장명환씨의 식욕을 반감시켰다. 그래도 그는 훌쩍훌쩍 한 대접의 더운 칼국수를 다 비웠다. 아침 먹고 점심때까지는 서너 시간밖에 안 되는데 점심에서 저녁까지는 여덟 시간이나 기다려야 하고 그때의 허기증이 얼마나 고약하다는 걸 알고 있기 때문이었다. 마나님은 영감님이 집에 온종일 있게 되고 나서도 출근할 때의 식사시간을 무슨 철칙처럼 지키고자 애쓰고 있었다.

"또 푹푹 찔 모양인데 모시옷으로 갈아입으세요."

장명환씨가 후줄근하게 붙은 런닝셔츠 밑으로 타월을 집어넣어 땀을 닦아내는 걸 보면서 마나님이 말했다.

"시원킨 하지만 모시 고의적삼을 무슨 수로 당하려고……"

장명환씨는 마나님 사정을 봐서 이렇게 얼버무렸다. 모시옷 수발이 얼마나 까다롭다는 것쯤은 장명환씨도 알고 있었다.

"아따, 별걱정을 다 하슈. 늘그막에 그 정도의 호강도 못 하실까봐."

어제 잠깐 입어 구김살 간 건 어느 틈에 다림질해놓았는지, 방금 날아오르려는 잠자리 날개처럼 상긋해진 모시 고의적삼을 갖다놓고 부득부득 갈아입으라고 재촉을 했다. 그런 분수에 넘치는 호강도 지요코와 무관한 게 아닌 듯했다. 어제 처음 입어봤을 때 지요코가 극찬을 했기 때문이다. 인간이 만들어낸 섬유 중 이렇듯이 고상하고 품위 있는 섬유는 다시 없을 거라는 경탄은 듣기 싫지 않았지만 거기 잽싸게 아부하려는 마나님의 비굴한 태도가 문득 그를 심술궂게 했다. 그는 그 품위 있는 옷을 못 본 척 눈을 감고 조는 시늉을 했다. 따분한 자는 시늉이 혼곤하고 달착지근한 가수로 바뀌려는 그 애매모호한 사이 짬을 가르듯이 전화벨 소리가 날카롭게 울렸다. 전화를 받는 것은 으레 마나님의 일로 되어 있었으나 얼떨결에 벌떡 일어난 장명환씨는 수화기를 잡고 얼뜬 소리로 악을 썼다.

"여보시우? 뉘시우?"

"아이고, 미안합니다. 잘못 걸린 듯합니다."

어딘지 묻지도 않고 잘못 걸린 것 같다고 황송해하는 소리는 귀에 익었다.

"여보세요. 얻다 거셨는데요?"

그제서야 상대방은 전화번호와 장명환씨 이름을 댔고 장명환씨도 상대방이 누군지를 알아냈다.

"서교수 아냐? 이 사람 성급한 건 여전하구먼."

"장교장. 자네였구먼. 난 어떤 촌놈이 전화를 그따위로 받나 했다네. 하마터면 귀청 떨어질 뻔했지 뭔가."

"어리어리 잠이 들다 깼거든. 거기 어디냐? 시골이냐, 서울이냐?"

"모처럼 서울 올라왔으니까 걸었지. 시골서 전화값 아까워서 어떻게 거냐?"

"두 집 살림씩이나 하면서 죽는 소리 하고 자빠졌네."

"그런 자네는 시골 사는 친구한테 전화 좀 걸면 어디 한 구퉁이가 무너진다던가?"

"살다보니 그렇게 됐네. 그 대신 오늘은 내가 한잔 사도 되겠나? 모처럼 어부인한테 서비스 하려고 올라온 사람 꼬셔내긴 좀 뭣하지만……"

"그런 걱정은 안 해도 되네. 그 동안 합쳤어."

"그래? 몰랐네. 아이들 학교는 어떡허구?"

"막내놈이 올 봄에 졸업하고 군대 갔잖나. 이웃에 살면서 맨날 즈이 에미 치마폭을 못 벗어나던 딸년네는 이민을 가고, 즈이 에미는 끼고 돌던 외손자들이 눈에 밟히나보네만 꼭 앓던 이 빠진 것 같네. 그 참에 겨우 마누라도 독차지하게 됐다네."

"그 동안에 그렇게 됐구먼. 하긴 남의 일이니까 쉬워 보이지 두 내외가 만나 자손 퍼뜨리고, 교육시키고 짝 지어 내보내고 다시 두 내외만 달랑 남으려면 내남적없이 삼십 년은 넘어 걸리지. 그 동안 마소처럼 일하고 속 썩이고…… 사람 사는 게 뭔지……"

장명환씨의 목소리에 슬며시 만감이 서렸다.

"이 사람이 전화로만 마냥 처량 떨긴가. 나오려나? 내가 그리로 갈까? 난 아무리 울적해도 맨입으로 처량을 못 떠는 건 자네도 알지?"

"자네 한잔 하면 도지는 증이 그게 어디 처량인가 지랄이지."

"그 지랄 걱정도 안 해도 되네. 금주금연령이 내렸어."

"신접살림 구색을 제대로 갖추었구나. 정말 지랄하고 자빠졌네."

"내가 설마 마누라 무서워서 못 마시겠냐? 당뇨에 고혈압에 엉망이래. 의사의 위협이 아니더라도 내가 느끼는 내 몸의 장단이 영 정상이 아냐. 예전엔 급살을 맞으라는 욕이 욕 중에도 끔찍한 악담이더니만 요샌 급살맞기들이 소원인데 혹시 추한 꼴보이게 될까봐 조심을 하는 데까지 해볼 참이네."

"아무렴, 그래야지. 환갑 진갑 다 지나고 철났네그려."

"어디서 만날까? 자네 마시는 걸 구경이라도 하면서 회포를 풀어야겠네."

"부끄러운 얘기네만 내가 늘그막에 옮긴 집이 명색만 내 집이지 다세대주택인가 뭔가 하는 건데 꼭 곁방살이 같아서 한여름에 귀한 손님 모시기가 좀 뭣하다네. 자존심도 켕기구."

"점점 더 지랄허구 자빠졌네. 쳐들어갈 테니 위치나 소상히 일러줘, 얼른."

장명환씨가 문득 서교수가 집에 오는 걸 꺼리는 마음이 생긴
건 지요코 때문이었다. 지요코를 서교수에게 보여선 안 될 것 같
아 쳐들어오겠다는 말을 묵살하고 자기 말만 밀고 나갔다.

"그래도 동네는 우리 동네가 근사하다네. 바로 근처엔 호수도
있고 호숫가엔 놀이마당도 있고 포장집도 즐비하다네."

"호수에다 놀이마당까지? 그게 정말인가? 그런 예스럽고 촌
스러운 것조차 왜 서울에 다 모여 있지? 시골 사람 자존심 상해
서 어디 살겠나?"

서교수가 적이 솔깃해하는 김에 얼른 석촌 호숫가의 놀이마당
에서 해질녘에 만나기로 하고 전화를 끊었다. 서재호는 사범대
학 동기 중 재학중에도 그후에도 가장 마음을 터놓고 지내는 친
구였다. 같은 학교에서 교편을 잡은 적도 한 번도 없었고 더군다
나 서재호는 동료 교사와 결혼을 하고 나서 중등교육의 현장에
서 슬며시 떠나버리고 말았다. 그러는 동안도, 나중에 부인의 뒷
바라지로 공부를 더 해 학위를 받고 지방대학으로 내려간 후에
도 그들의 우정은 계속되었다. 일부러 건수를 만들어서 자주 만
나거나 한동안 격조했다 싶으면 부랴부랴 전화를 거는 일 없이
도, 좋은 일에나 궂은일에나, 하고 싶은 얘기가 쌓였을 때 제일
먼저 서로의 얼굴을 떠올리는 그런 사이였다.

해가 설핏할 무렵 장명환씨는 모시 고의적삼으로 갈아입고
태극선을 들고 집을 나섰다. 지요코가 들어올 무렵에 갈아입으
라는 걸 들은 척도 안 했었기 때문에 마나님 눈치가 약간 보이

기는 했지만 그 결곡하고 교만한 섬유가 그의 매인 데 없는 신세를 어느 만큼 기품 있게 해주길 바라고 굳이 그렇게 했다. 해질 무렵이란 소리는 누가 먼저 꺼냈는지, 아무튼 몇시 몇분이라고 못 박지 않는 일에 두 사람이 똑같이 죽이 잘 맞아 정한 약속이었는데 놀이마당을 다 가기도 전에 이거야말로 기막힌 약속이다 싶었다. 저만치 청청한 아파트군 너머로 핏빛 해가 지면서 그 일대의 하늘과 구름을 아찔하도록 화려하고도 적막한 빛으로 물들였다. 손발의 힘이 쭉 빠지면서 무릎을 꺾고 싶게 장엄한 일몰이었다. 땅에 있는 것들이 일제히 공구(恐懼)하여, 호수는 얼핏 그 비장의 장밋빛 요괴로운 비늘을 드러내면서 크게 한번 뒤채었고, 주변의 나무와 풀들도 으스스 전율하면서 작은 소요를 일으켰다. 그러나 찰나의 빛은 찰나의 실수처럼 곧 자취도 없이 사라졌다.

"보았나."

"보았네."

놀이마당에서 만난 장명환씨와 서교수는 그 광경을 각각 놓치지 않았다는 것만 확인하고 나서, 우두커니 거기 모여앉은 노인들이 노는 걸 구경했다. 마침 소리판도 춤판도 탈판도 없는 날이어서 놀이마당은 노인들 차지였다. 장기자랑에 나선 노인들이 하나같이 기를 쓰고 젊은 인기가수들의 목청과 몸짓을 흉내내는 게 웃음과 슬픔을 동시에 자아냈다. 길 건너에 즐비하게 나타난 포장집으로부터 돼지갈비 굽는 냄새가 진하게 풍겨왔다.

"어쩌다 술도 못 마시게 됐나?"

장명환씨는 생각보다 훨씬 수척하고 기운 없어 보이는 서교수를 흘겨보면서 나무라는 투로 말했다.

"그러게나 말일세."

장명환씨는 앞장서더니 포장집이 늘어선 거리를 지나쳐 제법 호사스럽게 차려놓은 화식집으로 들어갔다.

"왜, 포장집이 좋아 보이던데."

"젊은애들이 판치는 데는 우리가 비켜줘야지 별수 있나."

"하긴 그래."

"자네 정말 식이요법만 해도 되는 거야?"

호수가 보이는 창가에 자리를 잡고 물수건질을 하면서 장명환씨가 근심스러운 듯이 물었다.

"병원에서 처방해준 약도 열심히 먹고 있으니까 차차 괜찮아지겠지 뭐, 둘 다 완치될 수 있는 병은 아니니까 잘 구슬러서 벗삼으라나."

"누가 그따위 소리를 해."

"누군 누구겠나, 의사지."

"의사가 그따위 소리를 하고도 돈이 벌리나 원. 하긴 나이는 먹는데 병은 없이 마냥 건강하다는 것도 못할 노릇이야. 그게 얼마나 외로운 노릇인지 당해보지 않고는 모를걸."

"무슨 뚱딴지같은 소리야, 누굴 약을 올릴 셈인가."

"아냐, 진정이야. 최달식 알지, 자네도. 지난 겨울 그 친구가

434

자네 말짝으로 급살을 맞았잖은가?"

"최달식이 누구더라."

"왜 있잖아, 일찌거니 교직 때려치우고 장삿길로 들어선 친구. 한때는 돈도 벌었지만 말년엔 실패의 연속이었지. 가정적으로도 그렇구. 자잘한 납품관계로 서무실도 드나들구 해서 나하곤 꾸준히 교분이 있었네만 자네는 아마 생각도 안 날지도 모르겠군."

"그래, 그 친구가 무슨 병으로 급사를 했다던가?"

"염려 말게. 당뇨병도 고혈압도 아니었으니까. 여느 때처럼 술이 억병이 돼서 들어와 여편네 들볶다 잠이 들었는데 아침 늦게까지 안 깨어나서 들여다보니 숨져 있더라는 거야. 그 친구 고질병은 주사더니 주사로 죽었지."

"아이들은 장성하구?"

"어디가? 두 번씩이나 살림 작파하고 세번째 겨우 맘잡고 살다가 그 지경 당했으니 아이들이 둘인데 글쎄 중학생 국민학생이더라구. 자식들 어리구, 사회적 지위 또한 없고 보니 장례식이 어찌나 초라하구 을씨년스럽던지, 막판엔 글쎄 도망을 치고 싶더라니까."

"그게 무슨 자네답지 않은 소린가. 그런 장사일수록 끝까지 봐주는게 친구 도리지."

"낸들 그걸 왜 모르겠나. 그래도 장지까지 가는 버스에 남자라고는 나하고 그 친구 형하고 대서방 한다는 늙은이하고 서너 명밖에 안 되는 걸 보고는 더럭 겁이 나더라구."

"겁까지 날 건 또 뭔가."

"나더러 무덤을 파라면 어쩌나 하고. 그래서 꽁무니를 빼려는
데 그 친구 형님이 눈을 부라리고 붙들지 뭔가. 붙들려서 장지까
지 가는 동안 내내 그 생각만 했네. 땅이 꽁꽁 얼어붙은 겨울이
었거든. 다행히 관 들어갈 자리는 미리 반듯하게 파놓았더군. 비
로소 한숨을 내쉬었지. 그래도 관 위에 마지막으로 흙 한줌씩 뿌
리는 일은 슬쩍 피했어. 생각만 해도 손이 오그라드는 거야."

"자네가 그 친구를 무척 좋아했었나보이."

"아니야, 그런 느낌하곤 또 다른 거였어. 자식들이 성공한 연
후에 죽든지 현직에 있을 때 죽든지 해야지. 그 친구처럼 초라하
게 죽긴 정말 싫더라구."

"난 자네 생각하곤 좀 달라. 비싼 조화를 트럭으로 실어내는
장례식을 보면 구역질이 나. 마지막 가는 길만은 그런 헛된 걸
로 치장하고 싶지 않아. 식구들하고 친한 친구 몇 명의 마음으
로부터의 전송을 받으며 표표히 떠나는 게 내 장례식에 거는 내
꿈일세."

모듬회와 맥주 두 병이 나왔다. 장명환씨가 얼른 양쪽 글라스
에다 맥주를 가득 부었다. 자아 건배, 우리들의 건강을 위해
서…… 그리고 나서 서교수가 잔을 입으로 가져가려 하자 시늉만
하게, 시늉만…… 하면서 지켜보다가 입술이 거품에 닿자마자 낚
아채서 자기 앞으로 놓았다.

"자넨 정말 초라한 장례가 어떤지 몰라서 그런 소리를 하는 거

436

야. 그날 어찌나 울적했던지, 오는 버스 속에서 막걸리 기운도 있고 해서 내가 좀 울었지. 내가 뭐 죽기가 겁나서 우는 줄 알았는지 그 대서방 한다는 늙은이가 뭐랬는 줄 아나. 그 작자 한의학에 취미가 있다면서 내 체질이 소음인(少陰人)이라나. 소음인은 살이 별로 안 쪄서 약해 보이지만 강단이 있고 혈압이니 당뇨니 하는 현대병하고도 무관하다는군. 제일 오래 사는 체질이래. 팔십 구십은 넘어 살아도 귀 밝고 눈 밝고 치아도 건강할 거라는군. 참말로 재수 더러운 날이었어. 생각해보게. 친구랑 식구들을 앞세우고도 새하얀 건치(健齒)로 갈비가 뜯고 싶은 욕망이 지글지글하고 눈이 초롱초롱한 노인을. 그야말로 외로움의 극치야, 난 그렇게 될까봐 겁이 난다네."

장명환씨의 목소리가 몹시 흔들렸다.

"원 사람도, 맥주 한 병에 벌써 취했구먼. 사람이 마음이 그렇게 약해서 뭣에다 쓰나. 자네가 나보다 건강하다고 으스댈 것 하나도 없을 것 같네. 기정이 그 녀석 언제 귀국한대? 결혼까지 했겠다 마음잡고 늙으신 부모님이나 모실 것이지 왜 또 일본은 갔대?"

서교수가 못마땅한 듯이 말했다. 장명환씨하고 서교수는 비슷한 시기에 결혼해서 자식들끼리도 비슷한 또래였다. 특히 기정이하고 서교수의 막내아들하고는 죽이 잘 맞는 고등학교 동창끼리여서 서로 이 집 저 집으로 몰려다녔고, 부모들 역시 내 자식과 똑같이 무관하게 굴었고 내 자식처럼 야단칠 건 야단치고 칭찬할 건 칭찬하곤 했다. 양쪽 어머니들은 서로 남의 자식 식성

잠버릇까지 빤히 알고 있을 정도였다. 그러다가 대학에 가고 나서 뜨악해진 건 약간의 실력 차이로 대학이 달라진 때문보다는 한쪽이 운동권으로 돌았기 때문인 듯싶었다. 자주 드나들고 내 자식처럼 예뻐하던 아들의 친구가 시나브로 발길을 끊으면 부모들은 으레 그 까닭이 궁금해서 제 자식에게 물어보게 마련이다. 양쪽 집에서 비슷하게 짜식, 말이 통해야 말이죠, 하는 간단한 대답을 얻어냈을 뿐, 그들의 우정은 영 회복되지 못하고 말았다. 자연히 장명환씨와 서교수도 그 아들들 얘기를 화제에 올리기를 삼가게 되었다.

"자네가 우리 기정이 일본 유학을 마땅찮게 보는 건 알고 있었네만 좀 너무한 것 같네. 마음잡고 부모 봉양이나 하라니, 걔가 그럼 난봉이 나서 일본 유학을 갔단 말인가."

"그렇게 들렸다면 용서하게. 내 자식 같으니까 하는 소린데, 한국사를 일본에 가서 한다는 게 암만 해도 객쩍은 일 같아서 하는 소릴세."

"나도 처음엔 그렇게 생각했네. 그러나 알고 보니 그게 아니더구만. 고대사로부터 최근의 독립운동사까지 그쪽에서 보유하고 있는 자료가 실로 어마어마한 모양이야. 학문하기 위해 자료를 이용하는 것뿐인데 일본 것이니까 기피해야 된다는 게 어디 학문하는 올바른 태도인가."

"기정인 자료를 열람하러 간 게 아니라 유학을 간 걸세. 그들이 풍부한 자료를 갖고 있는 건 사실이나 상품도 진열방법에 따

438

라 덜 팔리고 잘 팔리는 품목이 바뀌듯이, 그 풍부한 자료를, 일본은 고대로부터 조선을 지배해왔으며 명치 때의 조선 침략도 필연적이었으며 앞으로도 이 땅에 대해 역사적 사명이 있다는 식의 식민주의 사관으로 정리하고 체계화시켜놓았다면 어쩌겠나? 이미 자신의 사관을 가진 학자도 아니겠다, 그곳 학계에서 인정을 받고 학위를 받으려는 학생이 그쪽의 투철한 사관의 영향을 안 받고 자료만 이용한다는 게 있을 수 있다고 생각하나? 말도 안 되는 소리야."

서교수가 기정이를 정면으로 나무라는 소리를 들으며 장명환씨는 찔리는 데가 있는지라 별안간 안절부절을 못했다. 손뼉을 쳐서 종업원을 불러 복매운탕을 추가해 시키고 맥주도 두 병을 더 가져오게 했다. 모듬회도 많이 남아 있었고 서교수가 말렸는데도 그는 느닷없이 호기 있게 굴었다. 기정이가 아직도 한국사를 하고 있는 줄 아는데도 서교수가 저렇게 마땅찮아하거늘 그동안 일본 고대사 쪽으로 돈 걸 알면 어떤 얼굴을 할까? 생각만 해도 얼굴이 화끈거렸다. 장명환씨가 그걸 안 것도 지난 겨울이었다. 그때는 워낙 그의 사직에다 두 결혼식이 겹쳐 경황이 없기도 했지만 무슨 말끝엔가 얼핏 그 소리를 들었을 때, 놀랍고 화가 나기보다는 누가 알까봐 겁부터 났었다. 나중에 얘기하자꾸나, 느이 엄마한테도 알릴 것 없다. 당분간 이렇게 덮어두려고만 했다. 생각하기 따라선 크게 흉될 것도 없는 걸 자꾸 덮어두려고만 하니까 속에서 점점 더 창피한 일이 돼갔다. 아직도 마나님은 모르고 있었다. 그 일이 마나님에게도 충격이 될까봐서가 아니라 멋모르고 풍길까봐 비밀로 하고 있었다. 그만큼 그는 그 일을 수치스러워하고 있었다. 아비를 수치스럽게 한 그 일을 그 자리에서 한바탕 크게 호통쳤으면 좋았을 것을, 발산하지 못한 노여움은 시시때때 지글거려 그를 괴롭혔다.

"그게 꼭 일본 유학에만 해당한다고 볼 순 없지 않은가. 사람 됨이나 정도의 차이는 있지만 우습게 돼서 돌아오는 건 미국 쪽 유학생이 더하지 않던가. 나에겐 기정이가 하나밖에 없는 아들이고 솔직히 말해 내 돈 하나도 안 들이고 그쪽 비용으로 유학할 수 있는 기회를 잡았을 때, 자랑스러웠다네. 너무 그애를 비난하지 말아주게."

"그들은 그들의 돈을 결코 우리에게 이롭게 쓰지는 않을걸세. 우리에게 이로울 것 같은 건 미끼고 결국은 자국으로 이익이 돌아오게 할 테니 두고 보게. 조만간 알게 될 테니."

장명환씨는 서교수가 이미 그 일을 알고 있는 게 아닌가 싶어 괜히 전전긍긍했다.

"나는 말일세, 자네 앞에서 종종 열등감을 느끼는데, 왠 줄 아나? 자네가 나보다 공부를 더 해서 교수가 됐다고 해서? 천만에, 자네가 교수 되는 동안 난 교장이 됐고 난 내 일에 누구보다도 자부심을 갖고 있었지. 교장일을 도중하차한 경위에 대해서까지 자부심이 대단하다네. 내가 열등감 느끼는 것은 자식들을 비교할 때라네. 자네가 뭐라든 또 어떻게 생각하든 간에 내 자식이 더 잘됐는데도 말야. 자네 아들은 둘 다 참 자네 속 많이 썩였지. 운동권인가 뭔가에 미쳐 하라는 공부는 안 하고 맨날 데모나 하고 붙들려가고 피해다니느라 남이 사 년 하는 공부 칠 년 팔 년 하잖으면 아예 졸업장도 못 타고…… 자네는 아들이 둘이지만 난 하난데 그게 만약 그런 속을 썩였더라면 어쩔 뻔했나. 그럴까 봐 늘 타이르고 눈치 보고 했지. 요행 그런 것하곤 담을 쌓고 대학을 우수한 성적으로 졸업했으니 난 더 바랄 게 없네. 자네가 우습게 보는 일본 유학도 나는 감지덕지고. 그애가 학위 받고 귀국해서 교수 자리라도 하나 얻는 걸 보는 게 나의 유일한 희망이라네. 그만하면 이 어려운 세상에 자식농사 하나는 잘 지은 셈 아닌가. 자네도 그것 하나는 인정해줘야 하네. 우리들의 우정을 위해서. 강요가 아냐, 절로 우러나야 돼. 그건 그렇고 내 속에서 절로 우러나는 감정 중 열등감 문젠데, 서교수, 해석 좀 해보게. 나의 잘나고 잘 기른 자식이 왜 자네의 빗나간 말썽꾸러기 자식들과 비교가 되면 왜 떳떳지 못한 것 같고 주눅까지 들어야 하느냐 말야? 응, 서교수. 기정이에 대해서만 아는 척할 게 아니라, 나의 이 모순된 심정에 대해서도 명쾌한 해석을 해보게나."

장명환씨는 기정이의 일을 실토하고 싶은 자신의 입을 틀어막으려고 조바심하며 전혀 딴 실토를 하고 있었다. 서교수의 얼굴에 잠깐 초탈한 듯 서늘한 미소가 스쳤다.

"그건 많이 가진 사람이 너무 못 가진 사람에게, 너무 행복한 사람이 지지리 불행한 사람에게 간간이 느낄 수 있는 동정심 우월감 뭐 그런 것에다 우리 사이의 우정을 가미한 거 아닐까. 신경 쓰지 말게."

"아냐, 그런 거라면 자네 딸은 힘들게 사는데 내 딸은 잘사는 걸 보고도 의당 느꼈어야 할 텐데 전혀 못 느낀 건 이상하지 않은가."

"글쎄 아무것도 아니래두. 의사가 툭하면 암이라듯이 그런 자기 위안을 양심이니 뭐니 과대평가하면 괜히 꼴만 사나워지네."

서교수는 그런 얘기가 더이상 하고 싶지 않은 듯 정색을 하고 화제를 돌렸다. 정년도 얼마 안 남았고, 건강에도 자신이 없어지니 여직껏 가르치면서 연구한 걸 집대성해 변변한 저서를 한 권쯤 남기고 싶은데, 욕심만 급하지 어려움이 많아 지지부진하다는 한탄을 담담하게 했다. 서교수도 한국사가 전공이었다. 그런 저런 하소연 끝에 고구려 벽화에 대한 자료 중 북쪽에서 일본에 소개된 걸 입수해서 참고로 삼고 싶어도, 보내달라면 보내줄 만한 친구야 아쉽지 않지만 벌써 몇 년째 운동권으로 낙인찍혀 주목받는 집이고 보니 우송되는 과정에서 또 무슨 오해를 받고 말썽이 생길까 겁이 나서 못 한다는 거였다. 서교수가 꼭 그 책이 없어서 뭐가 안 된다는 것도 아니었고 이를테면 그렇다는 정도로 고충의 일례를 들었을 뿐인데도 장명환씨는 중대한 기회를 잡은 것처럼 정신이 퍼뜩 났고 짜릿하니 기뻤다. 지요코 앞으로 부쳐오면 별 문제가 없을 듯했다. 지요코를 이용해 친구를 도와줄 수 있다는 발상은 아무리 생각해도 그럴듯한 꾀였다. 친구에게 학문적인 도움을 줄 수 있을 뿐 아니라 언제부터인가 그들의 우정 속에 껄끄럽게 스며들기 시작한 석연치 않은 갈등을 풀 수 있는 실마리도 될 수 있을 듯했다. 장명환씨는 거리낌없이 그의 집에 세든 지요코란 일본 여자에 대해 실토했고, 그 여자 앞으로 서교수가 참고하고 싶은 책을 부쳐오면 안전할 테니 염려 말라는 제안을 했다. 장명환씨가 너무 미리부터 뜰 듯이 기뻐해서인지 서교수는 되레 탐탁해하는 눈치가 아니었다. 그렇게까지 할 만한 책은 아니니 괘념 말라고 담담하게 거절하고 넘어가려고 했다. 더 설득하려 해도 그 얘기를 계속하는 것조차 싫은 눈치였다. 여북해야 자네의 필생의 역저에다 내가 검부락지만큼이라도 보태고 싶어서 그러네, 그래도 마다면 자네는 정말 상종 못 할 독종이야, 이렇게 애걸 겸 공갈을 다 쳤다. 그래서 겨우 떨떠름한 반승낙을 얻어냈다. 그의 승낙이 설사 흔쾌한 것이 아니었다 해도 지요코를 이용할 수 있다고 생각하니 장명환씨는 절로 신바람이 났다. 돌아오는 길에 큰 수박까지 한 덩이 사가지고 호기 있게 초인종을 눌렀다. 마침 문을 열어준 게 지요코였다. 마나님은 그가 일부러 소리내어 문을 여닫고 한바탕 물을 끼얹고 나자 그제서야 뒤뚱뒤뚱 하품을 하며 나왔다. 깜빡 초저녁잠이 들었댔나, 지요코 상 때문에 요새 내 팔자가 늘어졌지 뭐유, 이렇게 능청을 떠는 마나님에게 따끔한 눈총을 주기는커녕 그 역시 그러니까 나도 지요코 양하고 같이 먹으려고 이렇게 수박을 다 사왔지 않소. 잘 익었으니 어여 얼음에 채요. 조금 있다 지요코 양

불러서 같이 먹읍시다. 마나님은 뭐가 우스운지 킬킬거리며 수박을 부엌으로 가져갔다. 천대자가 지요코로 바뀐 게 우스운 모양이었다. 그도 사람의 심사란 이렇게 간사하고 얄팍한 건가 싶어 덩달아서 실없는 웃음을 흘렸다.

셋이서 수박을 먹는 자리에서 장명환씨는 지요코에게 자세하게 우편물 건을 설명하고 이름만 좀 빌려줄 것을 부탁했다. 지요코는 오물오물 수박씨를 발라내던 입술로 야죽야죽 말했다.

"한국에서 생활하려면 가장 경계해야 할 게 두 가지가 있다고 들었습니다. 연탄가스하고 이 나라의 특이한 사정인 사상 대립에 말려드는 일이 없어야 한다구요. 둘 중의 하나를 포기해야 한다면 차라리 연탄가스를 포기하라고 하더군요. 저 역시 그런 일에 말려듦으로써 조그만 불이익이라도 당하고 싶지 않습니다."

손톱 하나 들어갈 여지없는 거절이었다. 거절당할 경우를 전혀 예상 안 했기 때문에 장명환씨는 등신같이 눈만 멀뚱멀뚱하고 있었다. 한참 만에야 전혀 사상과 관계없는 책이라는 걸 설명했지만 믿으려 들지 않았다. 불신뿐 아니라 경멸하는 기색까지 노골적으로 드러내고 있었다. 그 겸손하고 상냥한 여자의 어디에 그런 안하무인의 교만이 숨어 있었던가 어리둥절할 만큼 그 여자는 돌변해 있었다. 늘 미안하다 고맙다는 말이 입에 붙은 여자의 미안하지만을 뺀 간결하고 딱 부러진 거절의 말은 차라리 신선했다. 지요코는 앉은자리에서 그런 계획을 당장 취소하고, 앞으로도 그런 일로 폐를 끼치는 일은 절대로 없으리라는 장명환씨의 굳은 약속을 듣고서야 물러났다. 사람 호락호락하게 보지 말아요. 조신하고 겸손한 태도와 그런 당찬 주장을 함께 겸비하고 있다는 걸 미처 못 알아본 건 이쪽의 실수였다.

장명환씨가 정작 충격을 받은 건 그 다음다음날이었다. 생전 처음 받아보는 내용증명 우편물이 왔다. 지요코로부터였다. 점잖은 늙은이가 그렇게 굳게 약속한 것도 못 미더웠던지 앞으로 만약 자기 앞으로 불온한 우편물이 오는 경우 자기 책임이 아니라는 걸 문서로 밝힌 내용증명이었다.

장명환씨는 그 편지를 손아귀에서 구기면서 치가 떨렸다. 심상치 않은 기색에 마나님은 무슨 일이냐고 물었다.

"천대자가 글쎄, 그년이 글쎄 우리 거기를, 하필 거기를 이렇게 자꾸자꾸 물고 늘어질 줄은 몰랐소."

"거기라뇨? 여보 어디가 아프슈."

마나님은 그의 나쁜 안색에 질려 부르짖었다. 거기가 그의 아픈 곳이라도 되는 줄 아는지 근심스러운 눈길로 그의 몸을 살피기 시작했다.

에잇, 장명환씨는 마나님의 그런 아둔함이 꼴 보기 싫어 혀를 차며 집을 나섰다. 무턱대고 공사장을 가로질렀다. 그 많던 노깡은 벌써 땅 속에 묻혀 자취도 없었다. 요구르트병과 변신 로봇이 묻힌 웅덩이도 흔적이 없었다. 그는 걷고 또 걸었다. 몸의 곳곳에서 분노가 열꽃처럼 피어나고 있었다. 그의 헤매임은 공사장과 골목을 지나 백제 고분에 다다랐다. 제아무리 백제 고분로도 그의 분노를 되걸음질치게 하진 못했다. 길 건너로 숲이 보이고 숲속에 우뚝 솟은 경기장의 라이트가 보였다. 낮의 라이트는 수은처럼 무겁게 번들댔다. 새로 개통된 조경이 아름다운 팔차선의 기름진 대로가 그를 가로막았다. 여기저기 조성된 화단에서 색색가지 꽃들이 요염하게 피어나고 있었다. 그 고장이 가없는 풀밭이었을 때 지천으로 피었다는 흰비름꽃은 지금 어디 있는가. 그는 마치 아직 본 적도 없는 꽃을 찾아서 여직껏 그렇게 헤맨 것처럼 느꼈다. 뒤늦게 찾아낸 목적이 그의 헤매임에 활력을 보탰다. 시원하고 아름다운 대로가 꺾이면서 건너편에 재개발지구가 보였다. 그곳 역시 한 마을이 헐리고 새로운 마을이 생겨나기 전의 막막한 빈 터였다. 앞으로 국내에서 가장 호화스러운 아파트가 들어설 자리라는 소리를 어디서 들은 것 같았다. 그러나 지금은 그냥 빈 터였다. 거기에 흰비름꽃이 피어 있을 것 같은 기대로 그는 당당하게 팔차선을 횡단하기 시작했다. 그의 몸 곳곳에서 열꽃처럼 화려하게 피어나던 분노도 초라하고 쓸쓸한 흰비름꽃으로 사위어가고 있었다.

자아의 서사, 소설의 기원

—진경시대 예술가의 초상

신수정(문학평론가)

1. 이야기꾼의 기원

1970년 박완서는 '소설가'가 된다. 작품 『나목』이 그해 『여성동아』 여류장편소설 공모에 당선된 것이다. 그의 나이 마흔이었다. 자전적 소설 「부처님 근처」에 따르면 소설가가 되기 이전 그는 "처자식만 아는 착실한 남자"와 결혼하여 "뭘 믿고 애를 둘만 낳을까" 저어하며 "애를 낳고 또 낳"은 평범한 가정주부였다. 일찍이 세 살 때 아버지를 여의고 전쟁의 와중에 집안의 유일한 남자였던 오빠마저 잃어야 했던 박완서에게 있어 "처자식의 먹이를 벌어들이는 것 이외에는 자기가 속한 사회에 섣불리 참여하지도 저항하지도 않는 남자"와 "많은 아이들"은 남들과 다름없는 행복을 누리기 위한 최소한의 전제조건이었을 것임에 틀림없다. 그에게 그것은 원통하기 이를 데 없는 두 죽음으로부터의 도

피이자 전쟁으로 차압당한 자신의 애절한 청춘에 대한 보상이며 궁극적으로는 삶이 마련하고 있는 무수한 우연, 순식간에 모든 것을 휩쓸고 가버리는 그 무지막지한 폭력으로부터의 보호막에 다름아니었을 것이다. 그는 그것이 필요했고 또 결국 그것을 가지게 된다.

문제는 그럼에도 불구하고 그것이 "행복하지 않았다"라는 데 있다. 헛된 이데올로기의 희생양이 된 "오빠에게 복수하는 기분"으로 추구했던 그 행복은 어느새 "시들시들하고 구질구질하고 답답하고 넌더리"나는 일상의 이름으로 존재를 구속하기 시작한다. "싱싱한 것은 아무것도 없었다." 곡소리 한번 제대로 내보지 못한 채 황급히 삼켜버린 두 죽음으로부터 가까스로 자유로워졌다고 믿는 순간 정작 그에게 남겨진 것은 "망가진 용수철처럼 매가리" 없는 감수성 뿐이었다. 두 죽음은 여전히 의식의 한쪽 구석에서 "언젠가는 토해내지 않으면 치유될 수 없는 체증"으로 남아 "온갖 사는 즐거움, 세상 아름다움"을 남의 일처럼 쳐다보게 만든다. "땅을 도봉지구에 사두는 것이 유리한가, 영동지구에 사두는 것이 더 유리한가"를 고민하느라 밤을 새우며 "오로지 어떡하면 더 잘살 수 있나"에 모든 관심을 집중하고 있는 대다수의 '살맛나는' 사람들의 세상에서 그만 홀로 '과거'의 망령에 사로잡혀 세상 살맛을 잃고 있는 것이다. 치유된 것은 아무것도 없었다. 자상한 남편도, 많은 아이들도 그에게 진정 '행복'을 가져다주지는 못했다. 그는 영원히 깰 수 없는 과거의 '악몽' 속에서 주기적으로 체증과 신경통을 반복하고 있을 뿐이었다. 이 악몽을 떨쳐버릴 수 없는 한 그 어떤 '행복'에의 추구도 한갓 도로에 그치고 말 것이다. 그렇다면 이 악몽을 어떻게 치유할 것인가?

나는 그 이야기가 하고 싶어 정말 미칠 것 같았다. 나는 아직도 그 이야길 쏟아놓길 단념 못 하고 있었다. 어떡하면 그들이 내 얘기를 끝까지 들어줄까, 어떡하면 그들을 재미나게 할까, 어떡하면 그들로부터 동정까지 받을 수 있을까. 나는 심심하면 속으로 내 얘기를 들어줄 사람의 비위까지 어림짐작으로 맞춰가며 요모조모 내 이야길 꾸며갔다.

—1권, 「부처님 근처」, 112~113쪽

이야기를 하는 것, "6·25 때 말야, 사실은 말야, 우리 오빠는 말야" 하고 그 동안 억누르고 있던 이야기를 쏟아내는 것, 그를 구원한 것은 바로 그 '이야기'의 신비하고도 폭넓은 치유력이었다. '임금님의 귀는 당나귀 귀'라고 소리친 이발사처럼 그는 '이야기'라는 인류가 개발한 특유의 '제도적 장치'를 통해 그토록이나 오랫동안 시달려오던 신경증으로부터 벗어날 수 있었던 것이다. 박완서 소설의 기원은 바로 이 이야기 욕망이다. 억압된 채 체증이나 신경통을 통해서만 간신히 자신의 존재를 알리던 악몽 같은 사건들은 이야기의 몸을 빌려 공식적 발화의 장에 등장하는 순간 그것이 지니고 있던 해묵은 '원한'을 떨쳐버린다. 이야기된다는 것은 이미 이야기되고 있는 것들이 더이상 아무런 위협이 되지 못한다는 것을 의미한다. 마술램프를 빠져나온 거인 '지니'는 그를 구해준 자의 충복이 되지 않던가! 그 어떤 엄청난 경험이나 사건도 이야기 속에서는 다만 하나의 이야기에 지나지 않는다. 과거사는 이야기꾼의 목소리를 타고 현재 속으로 생생하게 걸어들어옴과 동시에 다시 영원한 과거의 시간 속으로 되돌아간다. 시간에 대한 봉인(封印), 일종의 씻김굿 같은 것, 아마도 이야기꾼 박완서에게 있어 소설은 바로 그러한 거대한 해원(解冤)과 관련된 '제의(祭儀)' 같은 것인지도 모른다.

2. 분노와 부끄러움의 현상학

이야기 욕망과 관련한 박완서의 고백적 진술은 우리에게 한 소설가의 탄생을 예고하는 '원초적 경험'을 제시함과 동시에 이후 다양하게 변주되는 '소설' 사이의 구조적 유사성에 주목하게 한다. 말하자면, 가족 로망스(family romance)에서 파생된 근원적 상처가 언어적 질서로 구조화될 때 그것이 드러나는 방식과 작가의 문학적 태도 사이에는 모종의 친연성이 내재하리라고 추측되는 것이다. 물론 모든 정신분석학적 해석이 하나의 원인에로의 환원을 경계하는 것에서 알 수 있듯이 이 작업은 언제나 거

대한 허구를 구축할 가능성을 안고 있다. 그러나 박완서의 경우 그것은 이야기되는 내용, 예컨대, 전쟁과 관련한 이데올로기 문제나, 모성성과 생명의 문제에서부터 소시민 의식과 그들의 일상적 풍경에 대한 스케치에 이르기까지 지대한 영향을 미치고 있을 뿐만 아니라 그것이 이야기되는 방식, 즉 풍자와 해학을 넘어 냉소에 이르는 작가 특유의 균형감각을 생산해내고 있기까지 하다는 점에서 이에 대한 해명은 박완서 문학에 이르는 첩경이라고 할 수 있다.

우선 '처자식만 아는 남자'와의 '결혼'이라는 단위가 갖는 의미론적 자장을 살펴보자. 그가 고백하고 있는 대로 이것은 무엇보다도 '오빠에 대한 복수'다. 어떻게 '소시민적 행복에의 추구'가 오빠에 대한 복수로 전이될 수 있는가? 이것은 박완서 개인사에 있어 오빠가 차지하고 있는 위치를 가늠해볼 경우 보다 선명한 답을 얻을 수 있다. 박완서의 많은 소설들, 특히, 자전적 소설 『그 많던 싱아는 누가 다 먹었을까』나 『그 산이 정말 거기 있었을까』를 통해 드러나는 오빠는 총명하고 효성이 깊을 뿐만 아니라 과묵하기 이를 데 없으며 첫사랑의 여인을 폐결핵으로 잃게 되는 '낭만적 상처'의 소유자이기도 하다. 진리와 도덕의 준거이자 그 자체 미(美)인 그는 세상이 요구하는 모든 절대적인 덕목의 대표자로서 조금의 모자람도 없다. 요컨대 그는 '아버지'라는 이름에 부여된 상징적인 가치체계를 대변한다고 보아도 무방하다. 사실, 세 살 때 아버지를 여읜 작가에게 일곱 살 위인

오빠는 아버지를 대신할 수 있는 거의 유일한 존재라고 할 수도 있을 것이다. 그는 아버지를 대신하여 엄마와 어린 박완서로 이어지는 삼각형의 한 꼭지점을 형성하고 있으며 그런 한에서 이들 편모 슬하의 가정과 전형적인 핵가족 모형 간의 구조적 유사성을 이야기할 수 있도록 해준다.

상징적인 의미에서든 실질적인 의미에서든 아버지를 대체하고 있던 이 오빠는 우리가 익히 알고 있듯이 전쟁의 와중에 목숨을 잃는다. 해방 후 잠시 좌익에 몸담은 적이 있는 그를 한쪽에선 '반동'으로 몰고 또다른 한쪽에선 '빨갱이'로 몰아 결국에는 약 한번 변변히 써보지 못한 채 죽게 만들고 있는 것이다. 이데올로기에 압사당한 이 오빠는 일제 말기 봉건적 무지에 의해 희생당한 아버지의 죽음의 반복이다. 아버지의 죽음은 오빠의 죽음을 통해 다시 한번 상기되고 오빠의 죽음은 다시금 아버지의 부재, 그 총체적인 상실감을 확인시킨다. 그런 의미에서도 오빠의 죽음은 보다 강화되고 압축된 형태의 가부장의 죽음이라고 할 만하다. 이 양편 모두의 죽음을 지배하는 것은 집단적 광기의 폭력성, 특정한 집단을 영속시키는 이데올로기의 비극성, 그리고 그 허구적 환상이 요구하는 희생제의의 필요성 같은 것들이다. 그들은 '희생양' 이미지에 의해 하나로 묶인다. 개인의 잘잘못과 시시비비를 떠나 그들은 죽어야만 했고 이 '죽임'을 토대로 집단과 집단, 제도와 제도, 권력과 권력, 욕망과 욕망은 서로를 견제하며 새로운 계약관계를 성립시킨다. '아무 일도 없었다는 듯' 역사는 그들을 망각한 채 가짜 기억을 유포하며 그렇게 지속적으로 흘러간다.

그러나 '죽임'을 당한 '아비'를 대하는 '아들'의 내면은 허다한 고전작품들이 예증하듯 복수심으로 불타오른다. 아비를 죽인 적에 대한 원한과 증오는 하늘을 찌르고 아직도 살아 있는 자신에 대한 학대는 극에 달한다. 박완서를 소설가로 만들어준 『나목』의 주인공 경아의 내면이 바로 이것이 아니던가. 누구를 향해서 분노를 터뜨리고 누구를 미워해야 할지 명확하게 알지 못하는, 아니 설혹 그 실체를 알고 있다 하더라도 그에게 곧바로 증오의 화살을 날리기에는 적에 대한 공포가 복수 욕망을 압도하는 갓 스무 살 된 여자아이의 '신경질적인' 분노는 곧바로 세계의 잔혹한 폭력성에 전율하는 작가 박완서의 비틀린 원한과 정확히 대응된다. 경아의 분노가 다만 손톱을 질경거리거나 종이에 구멍을 뚫는 행위를 통해서만 겨우 유지될 수 있었던 것처럼 박완서의 분노 역시 정당한 대응법을 알지 못한다. 아니, 그렇게 하기에 그는 너무 약했다. 훼손된 세계에 무방비로 던져진 그에게 남아 있는 유일한 복수는 오히려 죽임을 당한 오빠의 나약함을 증오하는 길밖에 없었다. 남들은 다 잘도 피해가는 죽음을 그는 어찌하여 피하지 못했단 말인가! 이제껏 칭송되던 그의 온갖 미덕들은 순식간에 치명적인 약점으로 뒤바뀐다. 그의 나약함이 그의 죽음을 부른 것이다. 오빠는 다른 누구도 아닌 자신의 존재 자체에 의해 죽임을 당한 것이다. 이제, 미워하고 증오하고 분노를 터뜨려야 할 대상은 분명해 보인다. 오빠 내부의 정언명령에 대한 거부, 오빠와 정반대의 길을 가는 것, 그리하여 이 사악한 세계를 긍정하고 이 세계에서 끝까지 살아남는 것, 박완서가 택할 수 있었던 '복수'는 고작(그러나 '고작'이라니!) 그것뿐이었다. 우리는 이 유일한 복수의 구체적인 형식을 이미 살펴본 바 있다. '처자식만 아는 남자'와의 결혼, '많은 아이들'! 이데올로기에 대한 일상의 승리!

그럼에도 불구하고 오빠(아버지)와는 다른 남자를 선택함으로써 죽임을 당한 오빠로부터 벗어나고자 하는 방식은 다분히 '죄책감'과 '부끄러움'을 동반한다. 죽임을 당한 아비를 대신하여 적과 싸우는 대신 적에 대항하여 살아남지 못한 아비의 나약함만을 공격하는 아들의 왜곡된 복수심은 기실 자신의 나약함에 대한 '자학'이자 세상에 대한 '냉소'의 다른 표현이기 때문이다. 아들은 결국 적에 대해서는 아무런 말도 하지 못했다. 오히려 적과 공모하고 타협함으로써 다시 한번 아비를 죽이는 작업에 동참하게 된 것인지도 모른다. 아들 역시 이를 잘 알고 있다. 살아남아야 한다는 생존 본능이 아들을 아비가 가지 않은 길로 유도하기는 했지만 그것이 최선의 길이 아님은 누구보다도 아들이 가장 잘 알고 있는 사실이다. '체증'과 '신경통'으로 현상하는 아들의 '불행의식'은 바로 이러한 딜레마의 산물이다. 죽임을 당한 아비의 피 흘리던 모습은 아들의 무의식으로부터 언제든지 의식의 표면으로 솟아오를 태세를 갖추고 있다. 이 무의식의 느

454

닷없는 방문을 통해 아들은 자신이 아비를 '살해' 했을지도 모른다는 환상과 싸운다. 실제로 오빠의 '죽음' 을 간절히 희구한 적도 있는 박완서에게 이 환상은 근거 없는 것이 아니다. 총상으로 신음하며 생명의 보전을 위해 한없이 비굴해진 오빠의 말기 모습은 작가의 영혼을 갈기갈기 찢으며 차라리 그의 평화로운 죽음을 요구하는 지경에 이르기도 했던 것이다. 오빠가 죽더라도 그의 가족들, 엄마와 올케와 조카들은 '살아야' 했으며 그들이 살기 위해서는 오히려 오빠가 죽어주는 것이 그들 모두의 짐을 덜어주는 것인지도 몰랐다. 그는 서서히 오빠의 죽음을 방조하며 '살아야 한다' 는 지상과제를 수행할 준비를 한다.

그리하여 그와 그의 가족은 그 지옥 같은 전쟁, 참척의 상처로부터 벗어나 표면적으로는 남들과 다름없는 일상으로 옮겨간다. 그러나 이 이행이 '살아남은 자' 들의 뿌리 깊은 죄의식까지 제거할 수 있었던 것은 아니다. 다른 사람들처럼 과거를 잊고 모든 것이 잘됐다고, 다만 더 잘살 일만 남았다고 믿을 수 없는 박완서의 '양심' 은 자신의 생존본능에 대한 애증에서 기인한다. 끝까지 살아남아서 먼저 간 오빠에게 복수하고자 하면 할수록 오빠에 대한 끓어오르는 애정과 형언할 수 없는 그리움을 지울 수 없다. 그 사랑은 현존하는 일상을 위협하며 존재를 무의미의 극단으로 내몬다. 일상은 끝없는 악다구니의 연속이고 자아는 그 속에서 너덜너덜하게 닳아간다. 이것을 위하여 그렇게 오빠를, 아버지를 잊고자 하였던가? 일상의 이름으로 자행되었던 이데올로기 비판은 이리하여 다시금 그 일상에 대한 비판으로 반전된다. 박완서 문학을 추동시키는 가장 강력한 심적 구조의 하나라고 할 '복수' 혹은 '분노'의 미학은 결국 '부끄러움'에 기반한 일상의 풍자로 자리잡는다. 자신이 박차고 나온 고향 박적골을 향해서는 근대성을, 근본 없는 현저동의 '상것'들을 향해서는 봉건적 양반의식을 내세웠던 작가의 '엄마'처럼 박완서 소설은 헛된 이데올로기에 대해서는 일상의 감각을, 일상의 안일함에 대해서는 '부끄러움'을 요구하는 이율배반, 그 자체의 연쇄고리로부터 자유롭지 못한 것이다.

3. 이데올로기 비판의 양상

모든 이데올로기에 대한 박완서의 불신은 이미 정평이 나 있는 바다. 박완서만큼 끊임없이 집단 환상이나 추상적인 관념에의 헌신을 경계해온 작가도 드물다. 개인적 진실의 추구보다 집단적 응집력과 새로운 세계에 대한 비전 제시에 치중했던 7, 80년대 우리 문학의 이데올로기적 성격을 염두에 둘 때 이 점은 박완서 소설의 단연 돋보이는 측면이 아닐 수 없다. 비록 그것이 이미 살펴본 대로 작가의 개인사에서 연원한 특수한 측면이 없지 않다 하더라도 당대의 지배적인 문학 경향으로부터 벗어나 이처럼 일관되게 자신만의 독특한 시각을 유지하기란 생각만큼 쉬운 일이 아니다. 더욱이 그것이 당대의 문학적 대의명분에 대한 무조건적 거부가 아니라 그것이 지니고 있는 일정한 의의를 인정하고 있는 경우에는 더욱 그러하다.

더이상 동화를 쓸 수 없게 된 어느 동화작가의 딜레마를 다루고 있는 「어느 이야기꾼의 수렁」이 우화적으로 보여주고 있는 것처럼 이 '비판적 거리'는 문학적 상상력을 제한하고 일정한 틀에 가두려는 온갖 시도들에 대한 작가의 필사적인 저항의 산물이라고 할 수 있을 것이다. 「풍선 타고 세계일주」의 주인공 '또마'를 민통선 안의 군사 분계선에서 북한 아이와 만나게 함으로써 이제껏 보아온 6·25 특집극과는 다른 특별한 작품을 만들어보겠다는 방송국 피디 김경채의 야망처럼 작가를 가로막는 장애물은 곳곳에 편재한다. 그것은 어느 순간 현실의 리얼리티를 뛰어넘는 '희망'의 이름으로 완전한 '허구'를 요구할 수도 있고 작가의 실천적 '윤리'를 명목으로 그 허구에의 '봉사'를 강요할 수도 있다. 그럴 경우 작가의 진정한 윤리란 무엇인가? 거짓인 줄 알면서도 전망의 제시를 위하여 집단 환상을 받아들여야 할 것인가, 아니면 리얼리티를 넘어서는 헛된 망상이라면 그것이 아무리 당대가 요구하는 것일지라도 거부해야 할 것인가? 이 문제는 모든 작가들에게 있어 결코 해결되지 않는 진퇴양난의 '수렁'임에는 분명하다. 물론 그럼에도 불구하고 이 문제에 대한 박완서의 입장은 확실하게 보인다. "그 아이들의 말문을 열지 못"한 채 전전긍긍하기만 하는 동화작가의 초상은 "환상"을 통해서는 "어떤 글을 써도 가짜"라는 작가의 입장을 다시 한번 확인시켜준다. 그런 의미에서 이 소설의 마지막이 "김경채야말로 나의 수령이었다"로 끝나는 것은 여러모로 의미심장하다. 그것은 무엇보다도 '환상이냐 리얼리티냐'는 가짜 딜레마에 불과한 것임을 암시한다. 오히려 작가를 위협하는 진정한 딜레마, 그 영원한 수령은 끊임없는 요구와 주문을 통해 '나'에게 부단히 간섭해오는 '김경채'(작가를 규제하는 제도적 장치로서의 이데올로기) 벗어나기다. 이는 당대의 지배 이데올로기에 대한 작가 박완서의 윤리 선언처럼 들리는 측면이 없지 않다.

온 국민을 웃고 울리던 '이산가족찾기' 캠페인에 대한 냉소적인 시선이나 80년대 운동권 대학생, 특히 운동권 남학생들의 가부장적 허위의식에 대한 날카로운 풍자가 빚어지는 지점이 바로 여기다. 우리가 잘 알고 있듯이 『그해 겨울은 따뜻했네』나 「도둑맞은 가난」의 세계가 바로 그것이다. 피난 도중 일부러 손을 놓은 여동생을 가까스로 찾아내고도 다시 모른 척하는 언니나 자신의 도덕적 우월성을 확인하기 위한 수단으로 '가난'을 이용하는 운동권 남자는 이데올로기를 넘어서는 인간의 이면, 특히 중산층의 속물근성이 얼마나 추악하며 질긴 욕망인지, 그러므로 섣불리 그것을 초월할 수 있다고 믿는 것이 얼마나 순진하고 헛된 이념인지를 드러내는 데 가장 적절한 실례를 제공한다. '이산가족찾기'가 빚어내는 가족관계의 얽히고 설킨 이해관계를 풍자적으로 그리고 있는 작품 「재이산」이 말하고 있는 바도 그것이

458

다. '이산가족찾기' 캠페인을 "휘황한 거국적 쇼"라고 규정하고 있는 이 소설은 기본적으로 혈연에 의지한 샤머니즘적 화해의 가능성을 냉소한다. 박완서에 의하면 인간이란 추악한 이기주의자들일 뿐이며 일상의 문화를 통해 드러나는 계급성은 '피'를 뛰어넘는다. "가족이 있을지도 모른다는 황홀한 희망" 속에서 육친의 포옹, 체온, 손길, 눈물, 목멘 소리 등 텔레비전이 제공한 달콤한 환상에 젖어 있던 옷수선공 몽동필(이 풍자적인 명명법 자체가 기실 작가가 말하고자 하는 바를 가장 경제적으로 항변하고 있다!)을 찾아온 것은 "냉정하고 지적인 목소리"로 대변되는 "이질감"일 뿐이다. "이제껏 살아오면서 만난 어떤 사람과도 닮지 않았을 것"이라는 예감처럼 결국 몽동필은 가족을 되찾았음에도 불구하고 "가슴속에 가득한 분노" 그것마저 없앨 수 있었던 것은 아니다. 가족은 찾음과 동시에 영원히 사라졌다. '이산'이 있었던 곳에 이미 전통적인 의미에서의 '가족'은 사라지고 없어졌기 때문이다.

이 새로운 '재이산'을 그리는 박완서의 목소리는 어떠한 환상도 불허한다. 몽동필 가족을 두고 쑤군거리는 '안집' 사람들이라든가 '숙모'를 비롯한 친족들의 행태에 대한 예리한 관찰력은 근거 없는 감상주의와 소박한 낙관론을 비웃으며 그들의 일상을 천착하지 않는 어떠한 이념도 '진리'가 될 수 없음을 분명하게 선언한다. 이것은 비단 중산층에게만 해당되는 문제가 아니다. 다른 계층에 비해 자기 이해관계에 대한 욕망이 보다 선명하게 드러난다는 것뿐 그것은 다른 어떤 계층에 있어서도 마찬가지다. 중산층의 입장에서 몽동필 일가에 해당하는 외삼촌 가족을 해부하고 있는 「비애의 장(章)」은 몽동필 일가의 입장에서 중산층인 숙부의 가족에 대한 분노를 표현하고 있는 「재이산」과 여러모로 대칭적이다. 떼거지로 몰려와 경우 없는 짓거리를 해대는 외삼촌 일가를 바라보는 소설 화자인 중산층 여성의 '비애'는 기본적으로 몽동필이 숙부 가족에게 느끼는 '이물감'과 그리 다르지 않다. 단 한 번의 '극적 상봉'이 오랜 시간 동안 길들여진 일상의 문화적, 계급적 디테일들을 순식간에 봉합해버릴 수는 없다. 쇼(축제)가 끝나면 다시 변함없는 일상이 지속된다. 이 일상의 완강한 힘에 대한 승인은 박완서를 간혹 완고한 보수주의자로 바라보게 하는 측면이 없지 않지만 무엇보다도 어떠한 주의나 이념으로부터도 비판적인 거리를 유지하게 만드는 강력한 힘으로 작용한다. 일찍이 이데올로기의 희생양이자 그 자신 이데올로기의 추종자이기도 했던 '오빠'에게 복수하기 위해 '처자식만 아는 남자'를 선택했던 작가의 '생존본능'은 '일상'의 이름으로 속 빈 강정 같은 '이데올로기'의 헛됨을 직시하고 있는 것이다. 재미있는 것은 개인적 이력에서 드러나듯 이데올로기나 예술 혹은 추상적 관념에 대한 일상, 혹은 구체적 현실의 승리는 때때로 연애의 삼각형 구조로 현상한다는 사실이다. 문학청년 '지섭' 대신 최후의 승자가 되는 중인 출신의 '남편'(『그 산이 정말 거기 있었을까』)은 『나목』의 그 전기공이며 「부처님 근처」의 바로 그 '처자식만 아는 남자'다. 그들은 언제나 허황한 연애놀음을 종식시키며 일상의 안정감으로 삶의 균형감각을 유지시켜준다. 박완서 소설에서 '남편'은 언제나 '애인'보다 한 수 위다. 이 남편의 질서, 일상의 시간이 소설적 무게를 저버리지 않는 한 애인들의 부박함, 이데올로기의 허황함에 대한 박완서의 조롱 섞인 비판은 사라지지 않을 것이다.

4. 아이러니 혹은 인간에 대한 옹호

그러나 과연 '남편'들은 박완서의 영원한 우군일까? 그들이 "시들시들하고 구질구질하고 답답한" 일상의 주재자인 한 이 동맹관계는 언제나 위협받을 가능성을 안고 있다. 사실 그들은 생활고에 얽매여 지나치게 체제 순응적이거나(「너무도 쓸쓸한 당신」) 아내의 미모를 사교에 동원하며 사세를 확장시켜보려고 안간힘을 쓰는 외화내빈형(「초대」)이거나 그것도 아니면 뭐든지 자신의 마음대로 주관하려고 하는 권위주의자(「로열 박스」)들이기도 하다. 이른바 '속물근성'의 대표자로서 남편은 일상이 강요하는 권태와 무위, 그 전망 없음을 환기시키는 상징적 기호라고 할 수 있다. 물론 그들 가운데 타인에게는 너그럽고 자신에게는 엄격한 원칙주의자의 모습이 보이지 않는 것은 아니다. 「저문날의 삽화」 연작이나 「꽃을 찾아서」 「J-1 비자」 등에 등장하는 남편들의 경우가 특히 그러하다. 세파에 물들지 않은 동심의 소유자이기도 한 그들은 하루가 다르게 급변해가는 세상과는 무관하게 자신만의 원칙을 고수하며 성장의 가속도를 멈추지 않는 당대 시속에 저항한다. 불미스러운 사건으로 여자 중학교 교장 자리를 물러나게 된「꽃을 찾아서」의 장명환은 올림픽공원 조성이 한창인 방이동이 이전에는 '흰비름' 꽃들이 넘쳐나던 아름다운 초원이었음을 알아볼 줄 아는 올곧은 심성의 소유자이며 유정회 국회의원이었다는 전력을 내세워 작가의 다소 조롱기 섞인 풍자의 대상이 되고 있는「애 보기가 쉽다고?」의 맹범씨 역시 세상의 진실을 직시하는 데 있어서는 모자람이 없다. 이 '남편'들은 '오빠'의 이데올로기를 비판하는 가장 강력한 근거를 제공해준 일상적 모럴 감각의 최대치라고 할 만하다.

그럼에도 불구하고 이 일상의 윤리는 또한 살아남은 자들의 죄책감, 생존본능에 모든 것을 내맡긴 자들의 부끄러움과 무관한 것이 아니다. 산다는 것, 살아남는다는 것에 절대적인 가치를 부여한 삶은 어느 순간 오로지 "더 잘사는 것" 이외에는 다른 어떤 가능성도 생각하지 않는 욕망덩어리로서의 인간과 조우할 가능성을 항용 지니고 있다. 중산층의 물적 토대의 확립과정과 그들의 도덕적 타락 현상을 극명하게 대비시키고 있는『도시의 흉년』이나 결혼 문제를 중심으로 물화된 인간관계의 극단을 추적하고 있는『휘청거리는 오후』등이 다루고 있는 문제가 바로 그것이다. 이 계열의 소설들은 이른바 풍속작가로서의 박완서의 개성을 다시 한번 확인할 수 있는 중요한 텍스트들이다. 사실 우리 문학사에서 이 '남편'으로 대변되는 중산층의 일상에 대한 묘사는 그리 오랜 역사를 지니고 있는 것은 아니다. 그것은 일단 근대화 프로젝트에 힘입은 중산층의 양적 확산을 전제조건으로 도시 거주자들의 획일적인 일상 문화가 사회의 전반적인 생활 풍속도의 하나로 자리잡은 다음에야 비로소 가능한 작업이다. 주로 70년대 이후 도시적 일상성을 추적해온 박완서의 소설이 이러한 작업의 선두에 서 있었음은 새삼 말할 것도 없다. 일상의 미세한 틈새로 개입되는 존재의 불길한 징후를 섬뜩하게 드러내는 데 치중해온 오정희의 소설들과 더불어 박완서의 중산층에 대한 해학적인 묘사와 날카로운 풍자는 이미 한 전형을 획득한 바 있다.

「지 알고 내 알고 하늘이 알건만」은 이러한 박완서식의 세태 풍자를 엿볼 수 있는 백미편이다. 혼자 된 시아버지가 중풍으로 쓰러지자 그의 병수발을 돌보게 하기 위해 시장에서 광주리 장사를 하던 성남댁을 불러들인 진태 엄마의 얌체 같은 속성과 경제적 잇속 차리기 과정을 해학적으로 훑어나가는 이 소설은 판소리계 소설에서나 볼 수 있는 능청스러움과 유들유들함이 도처에 낭자하다. 특히 시아버지가 죽은 후 그 동안의 대가로 성남댁에게 주기로 되어 있던 아파트를 모른 척 떼먹는 진태 엄마의 그 악스러움은 소설 전편에 얄밉게 묻어나던 중산층의 "체면 차리기"식 겉치레와 대조되어 더욱 선명한 여운을 남긴다. 죽은 시아버지와 성남댁의 우정 어린 동거를 두고 성적인 농담을 서슴지 않는 진태 엄마의 친구들의 행태 역시 중산층의 '교양'이란, 머리에 임을 이고 "엉덩이를 신나게 휘두르"는 성남댁의 투박한 생명력에 결코 미칠 수 없는 '천박한 본능'에 다름아니라는 작가의 메시지를 전면에 부각시킨다. 교양과 세련미로 무장된 가면 뒤의 무지와 잔혹성을 추적하는 박완서의 문체는 자신이 가장 잘 아는 세계를 묘사하는 자의 자신만만함으로 추호의 주저함도 없다. 팬티만 입고 남편을 맞는 여자 이야기를 하며 자신들은 고상한 척 히히덕거리는 아파트 여자들(「울음소리」)이나 아들 낳은 산모를 앞에 두고 다른 사람이 듣건 말건 상관하지 않은 채 남아선호사상을 거리낌없이 밝히는 지식인(「해산바가지」) 등 박완서가 묘사하고 있는 중산층은 기본적으로 가식적인 인간 군상일 뿐이다.

그러나 이 중산층의 이중성에 대한 비판이 곧바로 노동자 농민으로 대표되는 민중에 대한 관념적인 신비화로 넘어가는 것은 아니다. 계몽적 어조를 유지하고 있던 당대의 계급 편향 소설들이 그러하듯 민중에 대한 신뢰와 확고한 전망을 제시하는 것은 박완서의 장기가 아니다. 이 점에 관한 한 박완서의 균형감각은 유례가 없다. 물론 상대적으로 민중적 인물에게서 긍정적 성격이 보다 두드러지는 것은 사실이다. 이를테면, 「지 알고 내 알고 하늘이 알건만」의 성남댁이나 「흑과부」의 능청스러운 인물 흑과부, 「해산바가지」의 배운 것 없는 시어머니, 그리고 「애 보기가 쉽다고?」의 철거민 등 '모자라고 누추한 자'들의 철학은 배운 자들, 가진 자들의 정신적 빈곤과 인간적 야만성을 되비추는 거울 역할을 톡톡히 해낸다. 그러나 그렇다고 해서 박완서에게서 민중 지향성을 발견해내고 그의 문학의 계급적 성향을 이야기하는 것은 지나치게 도식적인 해석이라고 하지 않을 수 없다. 당대 박완서 문학에 가해졌던 비판들, 즉 그의 세태풍자를 쇄말주의로 몰아가거나 풍속화의 차원에서 벗어나 보다 선명한 이념적 성향과 새로운 대안을 제시할 필요가 있다고 이야기하는 것 등이 박완서 소설에 관한 피상적인 인식을 보여주고 있는 만큼이나 이러한 해석들 역시 단선적이기는 마찬가지다.

중산층의 허위의식에 대한 박완서의 비판은 단순히 계급적인 측면에 기댄 사회 비판의 맥락에서만이 아니라 인간 삶의 총체적인 진실에 비추어볼 때 그 진면목이 드러난다. 핏줄이나 계급, 지식이나 돈 등 어느 하나에만 귀속될 수 없는 인간 마음속의 역동적인 드라마를 다각도로 조명하고자 하는 작가의 산문정신은 종종 그 가장 압축적인 형태로서의 중산층의 삶의 풍속도를 통해 집약적으로 구현되고 있는 경우가 없지 않지만 그것이 지향하는 바는 인간 각자의 내밀하고도 심오한 "마음의 오지"에 대한 관심이다. 세상사의 이치로는 죄다 설명되지 않는 인간의 내밀한 욕망과 그 욕망이 그려내는 인간 내면의 신비에 대한 깨달음은 아이러니하게도 인간에 대한 그 어떠한 환상도 용납하지 않는 작가 박완서의 궁극적인 도달점이다. 자기 자식이 아닌 남의 자식을 키우는 여자의 이율배반적인 진실 찾기(「움딸」)라든가 자식을 앞세운 부부간의 역설적인 동지애에 대한 천착(「울음소리」「꽃을 찾아서」) 등은 박완서의 인간에 대한 관심이 표면적인 층위의 것이 아니라 보다 심층적이고 입체적인 차원의 것임을 암시한다. 특히 하조댁 할머니의 기이한 사랑의 방식을 에피소드로 제시하고 있는 「저물녘의 황홀」은 이후 지속적으로 형상화되고 있는 노년기에 대한 작가적 관심의 출발이자 인간이란 무엇인가라는 작가 본연의 질문을 함축하고 있다는 점에서 문제작이다. 하조댁 할머니는 본처를 잘 받드는 시앗이다. 그녀는 본부인을 도와 가산을 일구는 데 많은 도움을 주었을 뿐만 아니라 남편이나 손자들의 사랑을 독차지하는 데 있어서도 조금의 빈틈도 없다. 그러나 갑자기 중풍 든 남편이 자신을 외면하고 본처에게만 의지하자 자기도 그만 중풍에 걸리고 만다. 그리하여 결국에는 남편과 나란히 누워 그가 죽는 날까지 동병상련의 아픔을 함께하며 남편으로부터 상당한 양의 재산까지 물려받는다. 그러고는 남편이 죽은 다음 언제 아팠냐는 듯이 훌훌 털고 일어나 집을 떠나고 만다. 인근인들 사이에 "전설적인 요물"로 남아 있는 이 하조댁은 작중화자에 의해 "온몸으로 사람 속의 깊고깊은 오지(奧地)에 뛰어들 줄 아는 특별한 재능"을 지니고 있었던 영혼의 조련사로 인식된다.

거의 작가의 목소리로 들어도 무방한 화자의 평가는 인간에 관한 박완서의 탁월한 통찰력과 상식을 뒤엎는 발상의 전환을 보여주기에 모자람이 없다. 그에 따르면 인간이란 언제나 짐작 불가능한 아이러니의 산물이다. 따라서 이러한 다면적인 인간에 대한 인식은 도식적인 관념이나 섣부른 도덕적 평가에 의해서는 결코 드러날 수 없다. 인간 영혼 깊숙이 숨겨져 있는 악마적인 본성에까지 인식의 촉수가 드리워지지 않는 한 인간에 관한 총체적 진실의 확인은 불가능하다. 때로 우리가 외면하고 싶어하는 인간적인 모순까지 적나라하게 파헤치는 가면 박탈력에 의해서만 간신히 인간의 다양한 면모 가운데 어느 한 면에 관한 인식에라도 이를 수 있을 것이다. 작가 자신의 경험에서 우러난 흔적이 역력한 노망든 시어머니를 모시는 중산층 며느리의 내면에 관한 이야기가 빛을 발하는 것도 이 지점이다.

부엌으로 나온 그녀는 먼저 부엌방의 기척부터 살폈다. 밤사이에 시어머니가 죽어 있을지도 모른다는 기대는 매일매일 새롭고도 독한 쾌감을 동반했다. 그러나 그녀는 그 쾌감을 너무 오래 탐닉하길 삼가고 찬 우유를 한 컵 받쳐들고 방문을 열었다.

—「울음소리」, 78쪽

때때로 혐오감이 고조될 땐 살의를 방불케 해 섬뜩한 전율을 느끼곤 했다. 이런 정서적인 불균형을 은폐하고, 아이들 앞에서나 이웃이나 친척 보기에 여전히 좋은 며느리처럼 보이려니 여간 힘이 들지 않았다. 나는 점점 못쓰게 돼갔고 때로는 자신의 몸과 마음이 망가져가는 걸 즐기기도 했다. 저 늙은이가 저렇게 며느리를 못살게 굴다가 필시 며느리를 앞세우고 말걸. 두고 보라지. 이렇게 악담을 함으로써 복수의 쾌감 같은 걸 느꼈다.

　　　　　　　　　　　　　　　　　　　　—「해산바가지」, 235쪽

이 대목의 핵심은 '쾌감'을 동반한 '살의'다. 아이들이나 이웃이 강요하는 윤리는 노망든 시어머니에 대한 며느리의 학대를 죄악시한다. 한 인간에 대한 다른 인간의 존중은 자신의 존엄에 버금가는 중요한 미덕이라는 것이다. 그러나 그것이 허울뿐인 가식에 지나지 않을 때 눈앞에 드러난 현상만을 가지고 옳고 그름을 판단하기란 여간 어려운 일이 아니다. 오히려 진정한 애정은 이러한 무자비한 적대감을 통과한 다음에야 얻어질 수 있는 성질의 것인지도 모른다. 살의를 방불케 하는 혐오감과 그로 인한 자기 파괴 사이에서 고통받는 며느리의 가학-자학적인 메커니즘은 인간사의 이면에 깃들어 있는 어두운 그늘이다. 이 그늘에 무지하거나 살짝 덮어두고 피해가려는 어떤 시도도 인간, 그 다면적인 존재의 진실에 이르지는 못한다. 이를 두고 역설적인 의미에서의 휴머니즘을 이야기할 수도 있을 것이다. 박완서의 휴머니즘은 인간에 대한 신비화에 대항하는 인간다움에 대한 옹호다. 인간에 들씌워져 있던 가식과 허울에 대한 항전을 통해 역설적으로 획득되는 인간다움은 "생명에 대한 존엄"을 통해 더욱 확대된다. 내리 딸만 넷을 낳은 며느리의 해산 구완을 위해 언제나 최선을 아끼지 않았던 시어머니의 인간적 품격이 그의 노망에 의해서도 결코 파괴될 수 없는 귀중한 실체임을 깨닫는 「해산바가지」의 며느리는 비로소 그 깨달음을 통해 인간 혐오의 터널을 빠져나오게 된다. 박완서의 생명주의는 인간의 이면에 대한 처절한 절망을 거친 다음에야 도달하게 된 존재에 대한 대긍정의 세계다. 때로 그것이 페미니스트들이 이야기하는 대지적 모성에 기반한 자비의 세계로 현상하게 되는 이유도 바로 거기에 있다. 정신이 아니라 육체가, 해탈이 아니라 번뇌가, 다른 어떤 곳에 대한 동경이 아니라 지금 이곳에 대한 수용이 강조되는 그의 '생명주의'는 철저하게 이 진창투성이의 삶에 매달려 있다. 그런 의미에서 그의 '부처'는 멀리 있는 것이 아니다. 바로 그 안에 깃들인 마성(魔性)과의 싸움, 그것을 가능하게 하는 인간적인, 너무나도 인간적인 본능, 그 보잘것없는 품격일 뿐이다.

5. '나'로부터 출발하는 문학

박완서 문학을 두고 한 비평가는 "체험되지 않은 것은 아무것도 없다"는 표현을 썼다. 이 말은 허구와 사실의 경계가 뚜렷하지 않은 박완서 소설의 한 양태를 드러내는 것일 뿐만 아니라 작가의 삶의 서사에 고스란히 대응되는 소설적 구조의 동질성을 지적하는 것이기도 하다. 이미 살펴본 대로 박완서에게 있어 소설이란 한 개인의 '원한'과 관련된 일련의 '제의'적 행위다. 때로는 분노로 또 때로는 부끄러움으로 현상하는 원한의 소설적 매개화 과정은 작가 개인의 실존과 관련된 생 그 자체를 형성한다. 이 저주받은 영혼은 소설이라는 장치를 통해 존재를 구원받고 소설적 자아(공적 자아)로 재탄생한다. 개인을 구속하는 집단 이데올로기에 대한 강한 거부감, 추상적 관념의 공허함에 대한 직시, 일상에 편재되어 있는 허위의식에 대한 조롱, 모순투성이의 인간에 대한 옹호, 생명의 근원으로서의 인간에 대한 경이 등 박완서의 소설적 자아들은 기본적으로 구체적 현실과 온갖 감정들의 보고(寶庫)인 육체에 대한 승인을 기반으로 하고 있다. 우리가 박완서를 두고 진정한 의미에서의 현실주의자라고 이야기할 수 있는 맥락이 여기에 있다. 그는 어떠한 초월이나 낭만적 환상도 경계한다. 그가 믿는 것은 자신의 감각, 구체적 경험의 확실성이다. 그것은 일종의 신탁(神託)이다. 서울 시민 대부분이 피난가버리고 아무도 없는 텅 빈 도시 한가운데서 그 혼자 거대한 침묵의 현장을 지켜보지 않을 수 없었던 자의 자의식은 자기가 본 것에 대한 증언에의 예감, 그 어떤 운명에의 맹종에 의해 위무되고 승화될 수 있었던 것이다.(『그 산이 정말 거기 있었을까』) 본 것, 들은 것, 겪은 것, 느낀 것 등 '나'로부터 비롯된 모든 것은 이 순간 다른 어떤 것보다 절대의 위치로 고양될 수밖에 없다.

세기말, 소설은 이미 '나'의 확실성을 뒤집는 다양한 담론들을 '소설'로 공인함에 따라 스스로의 존재 갱신의 위기 혹은 기회에 처해 있다. 90년대를 줄곧 괴롭혀왔던 종말론의 영향은 소설 장르라고 해서 예외가 아니다. 현실과 가상, 정신과 육체의 오랜 대립은 경계를 허물고 상호침투의 불확정 공간으로 접어들었다. 이 인공의 공간에서 '나'란 한갓 허구적인 주체에 불과하다. 무수히 많은 '나'로 분열된 '타자'로서의 '나'는 자신의 기원을 설명할 수 없을뿐더러 그 어떤 원한도 분노도 부끄러움도 알지 못한다. 다만 타자가 '나'에게 새겨놓은 '나'의 흔적들을 통해 '나'는 '나'를 확인할 수 있을 뿐이다. 이 '나'를 믿을 수 있을 것인가? 오히려 진정한 나는 확인할 수 없는 '나', 미지의 저편에서 숨죽인 채 웅크리고 있는 '나'가 아닐까? 최근 우리 소설에 나타나는 자아는 이토록이나 불길하고도 공포스러운 자아 망각 혹은 자기 부정의 계기를 통해서만 가까스로 그것의 맨 얼굴을 드러내 보이고 있을 뿐이다. 이에 비하면 자신의 기원을 확고하게 설명할 수 있는 박완서의 소설적 자아는 자기를 확정 지을 수 있었던 행복했던 시대의 산물이라고 할 만하다. 그의 싸움은 적어도 적이 분명할 뿐만 아니라 지향점 역시 선명하다. 집으로 귀환하는 율리시즈처럼 그는 그 어떤 광기 속에서도 자신을 보존하며 균형감각을 잃지 않는다. 이데올로기를 향해서는 일상의 진실을, 일상의 권태에 대해서는 인간의 오묘한 실체를, 그 오묘한 실체의 덧없음에 대해서는 인간 내면에 깃들인 범신론적 생명 사상을 내세우는 박완서의 소설적 여정은 그 자체 주체의 정립과정과 무관하지 않다.

이제 일상의 독자와 등신대(等身大)로 호흡하며 교감할 수 있는 작가는 박완서 세대가 거의 마지막인 듯하다. '그'의 원한이 '우리'의 원한으로, '그'의 재생이 '우리'의 재생으로 순식간에 접합될 수 있었던 시대는 이렇게 하여 점차적으로 역사의 저편으로 사라져가고 있다. 그 뒤에 오는 것들은 나의 진실에만 골몰하는 골방의 서사거나 아니면 아예 진실 찾기의 여정 자체를 허구로 대체하는 게임의 서사일는지도 모른다. 이념시대와 사이버시대를 사이에 둔 진경시대 예술가의 저주받았던 그러나 행복했던 초상, 오늘, 우리가 박완서 소설을 통해 확인하는 것은 바로 그것이다.

1931년 10월 20일 경기도 개풍군 청교면 묵송리 박적골에서 출생.
아버지 박영노(朴泳魯), 어머니 홍기숙(洪己宿). 열 살 위인
오빠 있음.

1934년 아버지 별세. 어머니는 오빠만 데리고 서울로 떠남. 조부모
와 숙부모 밑에서 어린 시절을 보냄.

1938년 서울로 와서 살게 됨. 매동국민학교 입학.

1944년 숙명여고 입학.

1945년 소개령(疎開令)이 내려져 개성으로 이사, 호수돈여고로 전
학. 고향에서 해방을 맞음. 서울로 와 학교를 계속 다님. 여
중 5학년 때 담임을 맡은 소설가 박노갑 선생에게서 많은 영
향을 받음.

1950년 서울대학교 문리대 국문과 입학. 6월 초순에 입학식이 있어
서 학교를 다닌 기간은 며칠 되지 않음. 전쟁으로 오빠와 숙
부가 죽고 대가족의 생계를 책임지게 됨. 미군 부대에 취직,
미8군 PX(동화백화점, 곧 지금의 신세계백화점 자리)의 초상
화부에 근무. 거기서 박수근 화백을 알게 됨.

1953년 호영진(扈榮鎭)과 결혼, 이후 1남 4녀의 자녀를 둠(1954년
원숙, 1955년 원순, 1958년 원경, 1960년 원균, 1963년 원태).

1970년 『나목』으로『여성동아』여류장편소설 공모에 당선.

1975년 남편이 사기사건에 연루되어 옥바라지를 함.『도시의 흉년』

을 『문학사상』에 연재.

1976년 첫 소설집 『부끄러움을 가르칩니다』(일지사) 출간. 『휘청거
리는 오후』를 동아일보에 연재.

1977년 남편의 옥바라지 체험을 바탕으로 전해에 발표했던 단편소
설 「조그만 체험기」에 얽힌 기사가 일간지에 실렸는데, 개인
의 명예를 생각하지 않고 검찰측의 입장만 밝혀서 문제가
됨. 『휘청거리는 오후』(창작과비평사, 전2권), 중편집 『창밖
은 봄』(열화당), 산문집 『꼴찌에게 보내는 갈채』(평민사),
『혼자 부르는 합창』(진문출판사) 출간.

1978년 소설집 『배반의 여름』(창작과비평사), 장편소설 『목마른 계
절』(원제 『한발기』, 수문서관), 산문집 『여자와 남자가 있는
풍경』(한길사) 출간.

1979년 『도시의 흉년』(문학사상사, 전3권), 『욕망의 응달』(수문서관,
이 책은 1985년 같은 출판사에서 『인간의 꽃』으로, 1989년 원제
대로 우리문학사에서 재출간), 창작동화 『달걀은 달걀로 갚으
렴』(샘터, 『마지막 임금님』으로 재출간) 출간.

1980년 「그 가을의 사흘 동안」으로 한국문학작가상 수상. 전해부터
동아일보에 연재했던 『살아 있는 날의 시작』(전예원) 출간.
『오만과 몽상』을 『한국문학』에 연재.

1981년 「엄마의 말뚝 2」로 제5회 이상문학상 수상. 제5회 이상문학
상 수상작품집 『엄마의 말뚝 2』 출간. 『도둑맞은 가난』(민음
사, 『나목』이 재수록되어 있음), 콩트집 『이민가는 맷돌』(심설

당) 출간. 20년간 살던 보문동 한옥을 떠나 강남의 아파트로 이사.

1982년 10월, 11월 문공부 주최 문인해외연수에 참가하여 유럽과 인도를 다녀옴. 소설집 『엄마의 말뚝』(일월서각), 장편소설 『오만과 몽상』(한국문학사, 1985년 고려원에서 같은 제목으로 재출간), 산문집 『살아 있는 날의 소망』(학원사) 출간. 『그해 겨울은 따뜻했네』를 한국일보에 연재.

1984년 7월 1일 영세 받음. 풍자소설집 『서울 사람들』(글수레) 출간.

1985년 11월에 '일본 국제기금재단'의 초청으로 일본을 여행함. 장편소설 『서 있는 여자』(학원사, 『떠도는 결혼』과 동일 작품), 작품선집 『그 가을의 사흘 동안』(나남) 출간.

1986년 산문집 『서 있는 여자의 갈등』(나남), 소설집 『꽃을 찾아서』(창작사, 1982년에서 1986년 사이에 창작한 중·단편 수록) 출간.

1988년 남편과 아들을 연이어 잃음. 서울을 떠나는 일이 많아짐. 미국 여행을 다녀옴. 『문학사상』에 연재하던 『미망』을 10월부터 다음해 6월까지 쉼.

1989년 『그대 아직도 꿈꾸고 있는가』를 여성신문에 연재. 장편소설 『그대 아직도 꿈꾸고 있는가』(삼진기획) 출간.

1990년 『미망』(문학사상사, 전3권) 출간. 이 작품으로 대한민국문학상 우수상을 수상. 산문집 『나는 왜 작은 일에만 분개하는가』(햇빛출판사) 출간. 『그대 아직도 꿈꾸고 있는가』의 성공으로 출판사 주최 성지순례 해외여행을 다녀옴.

1991년 회갑 기념 소설집『저문 날의 삽화』(문학과지성사), 콩트집『나의 아름다운 이웃』(작가정신) 출간. 장편소설『미망』으로 제3회 이산문학상 수상.

1992년 『그 많던 싱아는 누가 다 먹었을까』(웅진출판사), 『박완서 문학앨범』(웅진출판사) 출간.

1993년 「꿈꾸는 인큐베이터」(『현대문학』 1월호)로 제38회 현대문학상 수상. 제38회 현대문학상 수상작품집『꿈꾸는 인큐베이터』(현대문학) 출간. 제19회 중앙문화대상(예술 부문) 수상. 장편소설『휘청거리는 오후』를 제1권으로『박완서 소설전집』(세계사) 출간 시작. 소설전집 제2·3·4·5권으로 장편소설『도시의 흉년』(상·하), 『살아 있는 날의 시작』『욕망의 응달』출간.

1994년 「나의 가장 나종 지니인 것」(『상상』 창간호, 1993)으로 제25회 동인문학상 수상. 제25회 동인문학상 수상작품집『나의 가장 나종 지니인 것』(조선일보사), 소설집『한 말씀만 하소서』(솔), 창작동화『부숭이의 땅힘』(한양출판사), 소설전집 제6·7·8·9권으로 장편소설『목마른 계절』, 소설집『엄마의 말뚝』, 장편소설『오만과 몽상』『그해 겨울은 따뜻했네』출간.

1995년 장편소설『그 산이 정말 거기 있었을까』(웅진출판사), 산문집『한 길 사람 속』(작가정신) 출간. 「환각의 나비」(『문학동

네』 봄호)로 제1회 한무숙문학상 수상. 소설전집 제10·11권
으로 장편소설『나목』『서 있는 여자』 출간.

1996년 소설전집 제12·13권으로 장편소설『미망』(상·하) 출간.

1997년 티벳, 네팔 여행기『모독冒瀆』(학고재), 동화집『속삭임』(샘
터) 출간. 장편소설『그 산이 정말 거기 있었을까』로 제5회
대산문학상 수상.

1998년 산문집『어른 노릇 사람 노릇』(작가정신) 출간. 보관문화훈
장(문화관광부) 받음. 소설집『너무도 쓸쓸한 당신』(창작과
비평사) 출간.

1999년 묵상집『님이여, 그 숲을 떠나지 마오』(여백) 출간.『너무도
쓸쓸한 당신』으로 제14회 만해문학상 수상.『박완서 단편소
설 전집』(문학동네, 전5권) 출간.

2000년 장편소설『아주 오래된 농담』(실천문학사) 출간. 제14회 인
촌상 수상.

2001년 단편소설「그리움을 위하여」(『현대문학』2월호)로 제1회 황
순원문학상 수상.

2005년 기행산문집『잃어버린 여행가방』(실천문학사) 출간.

2006년 『박완서 단편소설 전집』개정판(문학동네, 전6권) 출간. 서울
대학교 명예문학박사학위 수여. 제16회 호암상 예술상 수
상.

2007년 산문집『호미』(열림원), 소설집『친절한 복희씨』(문학과지성
사) 출간.

2009년　동화집『세 가지 소원』(마음산책), 장편동화『이 세상에 태어나길 참 잘했다』(어린이작가정신) 출간.『문학동네』가을호에 단편소설「빨갱이 바이러스」발표.

2010년　산문집『못 가본 길이 더 아름답다』(현대문학) 출간.

2011년　1월 22일, 담낭암 투병중 향년 81세를 일기로 별세. 1월 24일, 정부로부터 금관문화훈장을 추서받음.

2012년　산문집『세상에 예쁜 것』(마음산책), 마지막 소설집『기나긴 하루』(문학동네) 출간.

2013년　『박완서 단편소설 전집』개정판(문학동네, 전7권), 소설집『노란 집』(열림원) 출간.

2014년　티베트, 네팔 여행기『모독』, 산문집『호미』개정판(열림원), 그림동화『엄마 아빠 기다리신다』(어린이작가정신) 출간.

2015년　『박완서 산문집』(문학동네, 전7권), 그림동화『이 세상에서 제일 예쁜 못난이』『7년 동안의 잠』(어린이작가정신) 출간.

2016년　대담집『우리가 참 아끼던 사람』(달) 출간.

2017년　소설집『꿈을 찍는 사진사』(열림원), 그림동화『노인과 소년』(어린이작가정신) 출간.

2018년　『박완서 산문집』제8 · 9권『한 길 사람 속』『나를 닮은 목소리로』(문학동네), 대담집『박완서의 말』(마음산책) 출간.

「재이산(再離散)」, 『여성문학』, 1984. 1

「울음소리」, 『문학사상』, 1984. 2

「저녁의 해후」, 『현대문학』, 1984. 3

「어느 이야기꾼의 수렁」, 『문예중앙』, 1984. 6

「움딸」, 『학원』, 1984. 9

「지 알고 내 알고 하늘이 알건만」,

　　창비신작소설집 『지 알고 내 알고 하늘이 알건만』, 1984

「해산바가지」, 『세계의문학』, 1985. 6

「초대」, 『문학사상』, 1985. 10

「애 보기가 쉽다고?」, 『동서문학』, 1985. 12

「사람의 일기」, 창비신작소설집 『슬픈 해후』, 1985

「저물녁의 황홀」, 문학과지성사 신작소설집 『숨은 손가락』, 1985

「비애의 장(章)」, 『신동아』, 1986. 2

「꽃을 찾아서」, 『한국문학』, 1986. 8

박완서(1931~2011)

1931년 경기도 개풍 출생. 서울대 문리대 국문과 재학중 한국전쟁을 겪고 학업을 중
단했다. 1970년 불혹의 나이에 『나목(裸木)』으로 『여성동아』 장편소설 공모에 당선되
어 작품활동을 시작한 이래 2011년 향년 81세를 일기로 영면에 들기까지 사십여 년간
수많은 걸작들을 선보였다.

『부끄러움을 가르칩니다』『배반의 여름』『엄마의 말뚝』『그해 겨울은 따뜻했네』『꽃
을 찾아서』『미망』『친절한 복희씨』『기나긴 하루』등 다수의 작품이 있고, 한국문학
작가상(1980) 이상문학상(1981) 대한민국문학상(1990) 이산문학상(1991) 중앙문화대
상(1993) 현대문학상(1993) 동인문학상(1994) 한무숙문학상(1995) 대산문학상(1997)
만해문학상(1999) 인촌상(2000) 황순원문학상(2001) 호암상(2006) 등을 수상했다.
2006년, 서울대 명예문학박사학위를 받았다.

박완서 단편소설 전집 4

저녁의 해후

ⓒ 박완서 2013

1판 1쇄	1999년 11월 20일
2판 1쇄	2006년 8월 25일
2판 2쇄	2011년 2월 1일
3판 4쇄	2021년 2월 8일

지은이 박완서

펴낸곳 (주)문학동네 | 펴낸이 염현숙
출판등록 1993년 10월 22일 제406-2003-000045호
주소 10881 경기도 파주시 회동길 210
전자우편 editor@munhak.com | 대표전화 031)955-8888 | 팩스 031)955-8855
문의전화 031) 955-3576(마케팅) 031) 955-8864(편집)
문학동네카페 http://cafe.naver.com/mhdn

ISBN 89-546-0196-0 04810
       89-546-0192-8 04810 (세트)

＊ 이 책의 판권은 지은이와 문학동네에 있습니다. 이 책 내용의 전부 또는 일부를
  재사용하려면 반드시 양측의 서면 동의를 받아야 합니다.
＊ 이 도서의 국립중앙도서관 출판예정도서목록(CIP)은 서지정보유통지원시스템 홈페이지
  (http://seoji.nl.go.kr)와 국가자료공동목록시스템(http://www.nl.go.kr/kolisnet)에서
  이용하실 수 있습니다.(CIP제어번호: CIP2006001742)

www.munhak.com